Band **139e** Teil 1 in der gelben Buchreihe

Jochen Klepper

Friedrich Wilhelm I

Soldatenkönig

Der Vater

Roman eines Königs

1688 - 1740

Den Barcode finden Sie auf der Umschlag-Rückseite
Dieses Buch kann bei epubli.de oder über den Buchhandel für 24,99 €
mit SW-Bildern unter **ISBN 978-3-753150-21-5** bestellt werden.
Es folgt Teil 2
Herausgeber:
Jürgen Ruszkowski, Nagelshof 25, D-22559 Hamburg
Tel.: 040–**18090948**
e-mail: **juergenruszkowski@googlemail.com** oder **maritimbuch@googlemail.com**

Inhalt Beitrag Seite

insgesamt 432 Seiten
www.maritimbuch.de
https://sites.google.com/site/maritimegelbebuchreihe/

* * *

Vorwort des Herausgebers

Zu den von mir bevorzugt gelesenen Büchern gehören Dokumentationen zur Zeitgeschichte und Biographien. Seit etwa zwei Jahrzehnten sammle ich Zeitzeugenberichte, zunächst von Seeleuten, mit denen ich über Jahrzehnte in meinem Beruf als Diakon und Dipl.-Sozialpädagoge in einem Seemannsheim in Hamburg täglichen Kontakt hatte.

So kam es, dass ich in etlichen Bänden Lebensläufe und Erlebnisberichte von Fahrensmännern aufzeichnete und zusammenstellte.

Menschenschicksale sind immer interessant und aufschlussreich, und wir können viel aus dem Erleben unserer Mitmenschen lernen.

Jochen Kleppers Lieder sang ich bereits in meiner Jugend, nachdem ich nach dem Kriegsende Mitte der 1940er Jahre in Mecklenburg den Weg zur Kirche gefunden hatte. Kleppers Bücher – sowohl seine Tagebuchaufzeichnungen, als auch seinen ‚Vater' – las ich mit großer Anteilnahme bereits vor Jahrzehnten. Gerade die Tagebücher vermitteln einen sehr lebhaften und bildhaften Einblick in die Zeit, als die meisten Deutschen – geblendet durch die Erfolge eines Adolf Hitler – ihrem „Führer" noch zujubelten. „Klepper bedient sich ... einer bilderreichen Sprache." Er lebte in der Ambivalenz des deutschen Patrioten und dem ihm durch seine Ehe mit einer Jüdin auferlegten persönlichen Schicksal.

Hamburg, 2001 Jürgen Ruszkowski

Ruhestands-Arbeitsplatz des Herausgebers

Jochen Klepper

Jochen Kleppers Leben und Werk

(Die folgenden Texte wurden teilweise wikipedia, seinen Büchern und weiteren Quellen entnommen)

Jochen Klepper wurde am 22. März 1903 in Beuthen an der Oder in Schlesien als Sohn eines evangelischen Pfarrers geboren. Er besuchte das Gymnasium in Glogau und studierte anschließend Evangelische Theologie in Erlangen und Breslau.

Prälat Dr. Bernhard Felmberg: Die tragischen Elemente seines Lebens wurden in der nachträglichen Darstellung oft verharmlost. Nicht von ungefähr kommt die Warnung seines wohl besten Freundes aus Schul- und Studienzeiten **Harald Poelchau**: „Man muss sich hüten, die Biographie Kleppers künstlich zu glätten oder zu idealisieren." Doch auch Poelchau, von Paul Tillich stark geprägter religiöser Sozialist, nicht nur Theologe, sondern auch Sozialpädagoge („staatlich geprüfter Fürsorger"), der später Gefängnispfarrer in Tegel war und seit 1941 Mitglied des Kreisauer Kreises, gibt zu: „Meine persönlichen Erinnerungen an das gemeinsame letzte Studienjahr mit Jochen Klepper sind schwer wachzurufen, und sie verformen sich so leicht."

Kleppers Jugendfreund Harald Poelchau (1903-1972) war eine sehr interessante Persönlichkeit. Ferdinand Schlingensiepen hat ihn sehr gründlich beschrieben. Poelchau, der unzählige Menschen auf ihrem letzten Weg zum Schafott begleitete, verstand es, sehr geschickt, als Gefängnispfarrer in Tegel mit seinen Möglichkeiten als Staatsbeamter bis zum Kriegsende engagiert und mutig vielen Gefangenen, darunter auch Dietrich Bonhoeffer, zu helfen und seelsorgerlich beizustehen, ohne selber der Gestapo ins Netzt zu gehen.

Harald Poelchau

* * *

Rudolf Hermann brachte Jochen Klepper Martin Luther nahe und wurde sein väterlicher Freund. Wegen seines labilen Gesundheitszustandes verzichtete Klepper jedoch darauf, Pfarrer zu werden. Er begann beim Evangelischen Presseverband für Schlesien in Breslau unter Leitung von Kurt Ihlenfeld als Journalist zu arbeiten. Klepper leistete erfolgreiche Pressearbeit und bemühte sich um ein anspruchsvolles Rundfunkprogramm. Währenddessen belastete ihn ein Konflikt mit seinem Vater schwer.

* * *

Am 28. März 1931 heiratete er die um 13 Jahre ältere jüdische Rechtsanwaltswitwe Johanna Stein geborene Gerstel, die ihn bei der Realisierung seines Zieles einer Betätigung als freier Schriftsteller unterstützte. Sie brachte ihre Töchter Brigitte und Renate mit in die Ehe.

Jochen Klepper blieb in seinem ganzen Leben der Tradition des evangelischen Pfarrhauses und dem ursprünglichen Berufsziel verpflichtet. Obwohl er sich nach dem Theologiestudium nicht für den Dienst des Gemeindepfarrers entschied, setzte er sich ständig mit dem geistlichen Amt und dem Pfarrhaus als Lebensraum auseinander und suchte sie auch in seinen anderen Lebensumständen in ihrer geistlich-kulturellen

Bedeutung zu verwirklichen. Diese unkonventionelle Erfüllung der geistlichen Tradition in ständiger hellwacher Reflexion kennzeichnet den Menschen Klepper und spricht eindringlich aus seinen Tagebüchern. Aus Verworrenheit und Depressionen der Jugendjahre führte Klepper die Begegnung und **Ehe** mit **Hanni** Gerstel heraus. Noch aus den späteren Tagebuchaufzeichnungen geht hervor, in welchem Maß das Verstehen und Vertrauen der reiferen Frau Kleppers Selbstverständnis begründeten und sein künstlerisches Schaffen ermöglichten. Zugleich aber hatte die Verbindung mit einer **Jüdin** den durch Jahre schmerzvoll erfahrenen Bruch mit Elternhaus und ursprünglichem Berufsziel zur Folge.

Im März 1932 zog die Familie nach Berlin; Jochen Klepper fand eine Anstellung beim Hörfunk, der Funk-Stunde Berlin. Sein Vorgesetzter dort war der Schriftsteller und Filmregisseur Harald Braun.

Sein erster Roman ‚**Der Kahn der fröhlichen Leute**', der das Leben an und auf der Oder beschreibt, wurde bei der Deutschen Verlagsanstalt angenommen und 1933 veröffentlicht. Er gilt als anspruchsvolle Heimatdichtung.

Mit der Machtübernahme durch die Nationalsozialisten im März 1933 begann die Gleichschaltung des Rundfunks. Da Klepper bis zum Oktober 1932 Mitglied der SPD gewesen war, wurde er Mitte 1933 aus dem Rundfunk entlassen. Er hatte seinerzeit im ‚Vorwärts' eine Reihe von Reportagen zum Leben der Kinder 1932 geschrieben. Zu dieser Zeit lebte Klepper im Berliner Ortsteil Südende, wo sich heute der Jochen-Klepper-Park mit einem Gedenkstein befindet.

Im Juli 1933 erhielt er eine Stelle im Redaktionsbüro einer Funkzeitschrift. Zum 24. Februar 1934 konnte er seine Aufnahme in die Reichsschrifttumskammer erreichen. 1935 verlor er auch die anschließende Tätigkeit beim Ullstein-Verlag.

Da Johanna und ihre beiden Töchter nach Definition der Nürnberger Rassegesetze Jüdinnen waren, geriet die Familie zunehmend unter Druck. Jochen Klepper sah in der wachsenden Judenfeindlichkeit Frevel an Gott. Er verfolgte das Zeitgeschehen und auch den Weg der evangelischen Kirche zwischen Anpassung und Bekennender Kirche mit großer Anteilnahme und Sorge.

Seit 1933 stellte er seinen Tagebuchaufzeichnungen die Herrnhuter Losungen der Brüdergemeine voran und lebte viel bewusster mit dem Bedenken des Wortes Gottes.

Im Oktober 1934 besuchte er seinen sterbenden Vater in Beuthen an der Oder.

Auf Anregung von Reinhold Schneider schrieb er für die Weißen Blätter; sein erster Artikel erschien dort im Dezember 1935.

* * *

Bemerkungen zum Roman ‚Der Vater'

Drei Jahre lang schrieb Klepper im Verborgenen an seinem neuen Roman ‚**Der Vater**'. Darin bearbeitete er nicht nur anhand des Konflikts zwischen dem **preußischen Soldatenkönig**, Friedrich Wilhelm I. und dessen Sohn Friedrich II. dem Großen seinen eigenen Vater-Sohn-Konflikt, sondern entwarf im Bild eines Königs, der in allem nach Gott fragt und sich als „ersten Diener im Staat" begreift, das **Gegenbild zum Führerkult des Nationalsozialismus**. Der Roman erschien im Februar

1937 im Buchhandel und wurde ein Verkaufsschlager, besonders in preußisch gesinnten Kreisen; er wurde **Pflichtlektüre für Offiziere der Wehrmacht**.

Andererseits erfolgte kurz nach Erscheinen des Romans am 25. März 1937 der Ausschluss aus der Reichsschrifttumskammer, was Berufsverbot und Arbeitslosigkeit gleichkam.

* * *

Ursula Homann referierte 2003 in Bad Herrenalb über den ‚**Vater**' unter:

(http://www.ursulahomann.de/JochenKleppersRomanDerVaterDieRomanbiografieDesSoldatenkoenigsAlsZeitansage/kap001.html)

Warum aber verfiel Klepper darauf, ausgerechnet einen Roman über den Soldatenkönig zu schreiben, den Begründer des preußisch-deutschen Militarismus? Inspiration und Entwicklung zu und an diesem Buch kann man ganz gut anhand seiner Tagebuchnotizen verfolgen. Zudem ist das Tagebuch auch eine gute Interpretationshilfe.

Tagebuch: 4. April 1933

„Meine alten Romanpläne sind so stark in den Hintergrund geraten – meine Sehnsucht, etwas Neues zu schreiben, ist so stark geworden, dass ich fast glaube, es bahnt sich etwas Neues an. Aber ich habe nicht die geringste Vorstellung, was es sein könnte... Es ist Gottes Sache, wie weit er einem Menschen über sich die Augen öffnen will, und von Gott aus läuft wohl da die ganze menschliche Selbsterkenntnis auf das Bewusstsein aus dafür, dass man sich geführt weiß."

8. April 1933: „Nun warte ich auf das neue Buch. Umkreise es dauernd. Alle alten literarischen ‚Projekte' scheinen mir ad acta gelegt. Vielleicht auch der Voltaire. Er ist mir zu kulturgeschichtlich. Meine Abscheu gegen Studien ist groß. Dauernd, dauernd umkreise ich das neue Buch."

20. April 1933: „Ich kann eine Karriere nicht erzwingen. Ich kann einen Roman nicht erzwingen."

Im Sommer 1933 durchstreifen die Kleppers die Umgebung Berlins, den Park von Sanssouci, das Potsdamer Stadtschloss, wo Jochen Klepper die Gemälde von der Hand des Soldatenkönigs seltsam anrühren.

Am 13. September schreibt er in sein Tagebuch: „Und dann mitten beim Abendbrot durchfährt es einen auf einmal am ganzen Körper: Das ist das neue Buch! Der Vater. Die Geschichte Friedrich Wilhelms I."

Tags darauf beginnt er bereits mit den Vorarbeiten, obwohl er nicht einmal weiß, ob dieses Buch jemals in Deutschland erscheinen kann.

Klepper hat an dem Roman fast drei Jahre geschrieben. Nach eigenen Worten war es für ihn eine von Ängsten und Selbstzweifeln geprägte Zeit, die er nur „mit Zittern und Zagen“ und physisch angeschlagen, durchstand.

Zweifel und Anfechtungen blieben natürlich nicht aus. So stand im Zentrum der mehrjährigen Entstehung des Vater-Romans für Klepper lange Zeit die Angst, dass Gott sein unzulängliches Werk wie den keine Frucht bringenden Feigenbaum, verwerfen würde. Gerade 1935 gab es immer wieder Durststecken bei der Arbeit mit dem Buch.

Mitte Oktober 1936 kündigt die „Frankfurter Zeitung“ das Erscheinen des ‚Vater' an. In den letzten Tagen dieses Jahres schließt Klepper endgültig die Korrekturen am ‚Vater' ab und schreibt am 30.12.1936 „Um dreiviertel fünf Uhr nachmittags beendete ich wirklich und wahrhaftig den ‚Vater'.

Kleppers Hauptwerk ‚Der Vater' entstand nach gründlichen und zeitaufwendigen historischen Studien. Klepper hat dafür u. a. Fontanes „Wanderungen durch die Mark Brandenburg“ für Milieustudien zum ‚Vater' gelesen, hat in Memoiren der großen Randfiguren Zar Peter, Karl XII. und Ludwig XIV. Bilder über die Zeit des Soldatenkönigs zu entdecken gesucht und nahm sich einige zeitgenössische Biografien über den Soldatenkönig vor von Autoren, die inzwischen längst im Orkus der Vergessenheit gelandet sind (Heyck, Rehberg, von Oppeln-Bronikowski, Karl Heidkamp). Klepper las außerdem die Memoiren der Markgräfin von Bayreuth, der Schwester Friedrichs II. In den Archiven wurde er mit nahezu 120 Bänden über Friedrich Wilhelm I. konfrontiert, auch die als unleserlich geltenden Briefe Friedrich Wilhelms I. hat er dechiffriert.

Im Jahr 1938 edierte Klepper diese Briefe mit den allgemein wenig bekannten Bildern aus der Hand des Soldatenkönigs. Wichtige Impulse und weitere dichterische Inspiration für sein Werk empfing er im Frühjahr 1934 vor allem durch Reinhold Schneiders Hohenzollernbuch und durch die persönliche Begegnung mit Reinhold Schneider. (Schneider hat, nebenbei bemerkt, in „Verhüllter Tag“ seinem Freund Jochen Klepper ein Kapitel gewidmet.)

Wenden wir uns nun dem Inhalt des Romans zu:

Im Mittelpunkt des Romans (als er 1937 erschien, trug er den Untertitel „Der Roman des Soldatenkönigs“, nach 1945 hieß es „Roman eines Königs“) steht der auch heute noch vielfach umstrittene Soldatenkönig Friedrich Wilhelm I., der oft in einem nur negativen Licht gesehen wurde, im Gegensatz zu seinem Sohn Friedrich II., den manche Leute, wie mein Lateinlehrer zu sagen pflegte, den „Großen" nennen. „Wohl niemand käme auf den Gedanken", schreibt Christian Graf von Krockow in seinem Buch „Die preußischen Brüder – Prinz Heinrich und Friedrich der Große", Friedrich ein Buch unter dem Titel „Der Sohn" zu widmen."

Klepper indessen stellt gegen das überlieferte Bild des ungebildeten Soldatenkönigs, der seine Landeskinder prügelte, seine Interpretation des gläubigen, christlichen Königs und zeichnet den autokratischen Preußenkönig Friedrich Wilhelm I. (1688-1740) als einen pflichtbewussten, aufopferungsvollen Herrscher, der sich ganz unter das Gesetz seines Gottes gestellt hat, der sich von Gott in die Pflicht für Land und Leute genommen sieht und an dieser Aufgabe fast zerbricht.

Reinhold Schneider schrieb in seiner Rezension zu dem Buch: „Klepper hat dem König ins Herz geblickt." Vorangestellt ist dem Buch der Ausspruch: „Könige müssen mehr leiden können als andere Menschen."

Zunächst erleben wir Friedrich Wilhelm als Thronfolger. Schon als Königsanwärter wird er gefürchtet. Er spricht ein grobes Deutsch und nennt alle Frauen, auch die eigene Stiefschwester, „Huren". Er bevorzugt Reitstiefel statt elegante Schuhe, selbst im Schloss, und der Kunst ist er auch nicht gerade zugetan. Schon in jungen Jahren gilt er als „kleiner Geizhals". Er kümmert sich um alles. Man sagt ihm nach, dass er gewalttätig, eigenwillig und beschränkt sei.

Sein Vater Friedrich I. (1657-1713) wird als willensschwach, unfromm, verschwenderisch und hoch verschuldet dargestellt. Auch die Mutter, Königin Sophie Charlotte, wird negativ gezeichnet. Sie war die „verschwenderischste, schöngeistigste aller Mütter".

Nach dem Tod des Vaters, Friedrichs I., sorgt sein Sohn für Ordnung und Sparsamkeit und macht sich daran, die Schulden seines Landes auszurechnen. Nun beginnt das große Sparen. Dem König zur Seite steht ein einfacher Mann, der Rechnungsrat Creutz. Klepper malt auf vielen Seiten aus, wie und wo gespart wird. Das ist durchaus erhellend, fesselnd und amüsant zu lesen, und man hat den Eindruck, dass der König seinerzeit sicher mehr Geschick im Einsparen unnützer Ausgaben bewiesen hat als gegenwärtig unser Finanzminister... Der Etat des Hofes wurde auf den fünften Teil herabgesetzt, der König selbst bewilligte sich nur ein kleines Gehalt. Es gab keine königliche Tafel mehr. Kurzum, das Leben wird einfach und spartanisch.

Friedrich Wilhelm I. hatte sein Amt angetreten inmitten maßloser Ansprüche sinkender Weltreiche und verzettelter, lähmender Kriege. Nun schickt er sich an, Brandenburg zum Zünglein an der Waage in der Wirrnis Europas zu machen.

Er bemüht sich, verschleppte Kriege zu beenden, er erkämpft sich gegen Karl XII. von Schweden den Zugang zur Ostsee. Aber ansonsten gelang es ihm, Preußen zu seinen Lebzeiten aus allen großen militärischen Konflikten herauszuhalten und den Aufbau seines Riesenheeres und den der armen Ostprovinzen ungestört voranzutreiben.

Kriege sollten künftig nur noch geführt werden, wenn es sich dabei um eine vor Gott gerechte Sache handeln würde. Der König wird als sehr friedliebend dargestellt, hat er doch erkannt, welchen Schaden Kriege anrichten, welche schlimmen Auswirkungen diese auf Land und Bevölkerung haben. Um die Kriege einzudämmen und sein eigenes Land stark zu machen, baut er ein wehrtüchtiges Heer auf. Innerhalb kurzer Zeit verfügt der König über zahlreiche neu angeworbene Truppen, nicht zuletzt dank seiner unermüdlichen Werber, die sich auch unlauterer Methoden bedienen, um junge Männer für den Soldatendienst zu gewinnen. Potsdam wird Sitz des preußischen Heeres.

Ständig wächst das Herr. Aber das genügt dem König nicht. Er führt die Wehrpflicht ein und schafft als erster Landesherr in Preußen ein Heer aus rekrutierten Landeskindern, nicht mehr als Söldnern.

„Das Heer war Schönheit, Wohlstand, Ebenmaß“ heißt es im Buch, ist der ganze Stolz des Königs sowie: „Ein wohl ausgerüstetes Heer von zweihunderttausend Mann ist die beste und einzige Bürgschaft des Friedens.“ Die Hauptsäule eines wohl eingerichteten Regiment jedoch sollte der Gottesdienst sein.

„Welcher Soldat den allerheiligsten Namen Gottes durch Beschwörung der Waffen, Festmachen oder andere dergleichen verbotene Teufelskünste und Zaubereien missbraucht, Gottes Majestät, Eigenschaften, Verdienst und Sakrament oder heiliges geoffenbartes Wort lästert, schmäht oder schändet, hat nach göttlichen und weltlichen Gesetzen sein Leben verloren“ lautet eine königliche Order.

„Die sichersten Mittel, einem Volk, einem Land, einem Königreich eine dauerhafte Glückseligkeit zu verschaffen, sind ein Heer auserlesener Soldaten und eine gute Wirtschaft der Bürger“ lautet des Königs Wahlspruch, den er aus der Antike von Xenophon bezogen hat.

Der König ist, wie gesagt, sehr friedfertig, der Krieg als solcher wird in Kleppers Roman sehr in Frage gestellt. Diese Botschaft hat man bei Erscheinen des Buches sicher noch nicht so herausgelesen wie wir es heute tun. dass er ein stark ausgeprägtes Sündenbewusstsein hat, zeigt sich in den Momenten, in denen er Todesurteile aussprechen muss. Einmal fragt er den Pastor Johann Anastasius Freylinghausen, ob „der lebendige Gott den Soldatenstand segnet, in dem es doch schließlich und immer wieder zum Vergießen von Menschenblut kommt?“

Der König hat zudem ein Herz für die Armen, schon als Kronprinz wusste er um die Elendshütten und -viertel in seinem zukünftigen Königreich, Höflinge sind ihm zuwider. Zu seinen Freunden zählt er den Alten Dessauer und Prinz Eugen, den edlen Ritter. „Fürchte Gott“ heißt seine Devise, für seine Untertanen gilt aber auch „Ordre parieren, nicht räsonieren“.

Dann wieder legt er fast demokratische Tugenden an den Tag. Sein Verhalten gegenüber ledigen Müttern ist geradezu fortschrittlich zu nennen. Der König, der sich als „Sachverwalter Gottes auf Erden“ versteht, kommt zu der Erkenntnis, dass die vormals übliche harte Bestrafung der Mütter unehelicher Kinder Gottes Schöpferwillen widerspricht. Nur Kindsmörderinnen werden bestraft. Der König erneuert die Rechtsprechung. Vieles nimmt er selbst in die Hand. Nicht wenige Richter waren bisher bestechlich, nun ruft Friedrich Wilhelm I. das Volk auf, „mitzuschaffen an dem Rechte seines Landes, mit zu wachen über Preußens Redlichkeit“. Er schafft Einrichtungen, die der Allgemeinheit zum Wohl dienen, zum Beispiel ein Pestlazarett, und gibt Anstöße zur Entstehung des Krankenkassenwesens. Er gründet ein Waisenhaus, verfasst selbst ein Lehrbuch für die Erziehung des neuen Staatsbeamten und Staatsbürgers, gibt dem Land eine neue Verfassung und führt die allgemeine Schulpflicht ein.

Durch die Abschaffung der Leibeigenschaft und der Prügelstrafe bricht Friedrich Wilhelm die verkrusteten Strukturen auf und legt die Fundamente für eine gerechtere Lastenverteilung, indem er diese gegenüber dem Adel durchsetzt, der wiederum recht unzufrieden ist, sieht er doch seine Rechte mehr und mehr bedroht. Durch Anwerbung von Fachleuten aus anderen Gebieten, Einführung neuer landwirtschaftlicher Geräte verhilft er den verwahrlosten Ostgebieten zum Aufschwung.

Gegenüber der Königin Sophie Dorothea und der wachsenden Kinderschar (14 an der Zahl), von denen viele in jungen Jahren sterben, ist er, zumindest in den Anfangsjahren, ein liebevoller Gatte und Vater.

Der König und sein Volk bleiben indes von Schicksalsschlägen nicht verschont. „Ein unheimliches Sterben unter den Regimentern war angebrochen (481), „durch Potsdam ging ...der Würgeengel", Teuerungswellen kamen über das Land.

Intrigen, Emporkömmlinge und Günstlinge, die sich überschätzen, machen Friedrich Wilhelm I. oft das Leben schwer. Immer wieder findet er unzuverlässige Berater, was ihn wiederum tief verletzt. Der König führt die Briefzensur ein, als er glaubt, dass eine Verschwörung gegen ihn im Gange sei. Schuld an diesem Gerücht ist der Abenteurer Michael Clement, der ihm gefälschte Briefe vorgelegt und ihn in große Unannehmlichkeiten gegenüber den europäischen Höfen gebracht hat. Den König schmerzt dies besonders, weil er Clement persönlich vertraut hatte.

Am Ende beugt sich der Rebell vor der Königsmacht als Inbild göttlicher Majestät und ist bereit, den Frevel, die bestehende Ordnung in Gefahr gebracht zu haben, mit dem Tode zu sühnen. Denn Clement erkennt schließlich, nachdem er zum Tode verurteilt ist, Größe und Tragik des Königtums an: „Könige, Majestät, Könige im Glauben, sind wandelnde Gleichnisse unter den Menschen, sind Hüter der heiligen Ordnung Gottes, für die er sich in seinem Sohne hingab. Haushalter seiner Geheimnisse sind die Könige der Erde – auch dort, wo sie morden." Der König aber fragte sich: „Was hatte Gott mit einem Menschen vor, den er vom Rebellentum zu solcher Demut vor der Ordnung führte?"

Könige sind, heisst es an einer Stelle: „Sachverwalter des Glaubens auf Erden". „Ihr Wandel sei voller Gleichnisse; Tod und Leben, Gnade und Gericht und alle Ordnung sei in ihre Hand gegeben." Zu dieser Ordnung gehören freilich auch Folter und Hinrichtungen.

Frevler, die wie der Abenteurer Clement die bestehende Ordnung in Gefahr gebracht haben, müssen mit dem Tode sühnen, und daher darf der König nicht wie ein Privatmann einfach vergeben. Er wird darüber schwer krank. Den Prediger Roloff, der von seiner Gemeinde skeptisch betrachtet wird, aber sozusagen als gewissen des Königs hier auftritt, dem es schwer fällt, „den Menschen die Botschaft von Gottes Gnaden zu bringen, denn vor dem frohen Boten stand das Kreuz" – wählt sich der König zum Hofprediger. Er steht dem König an den existentiellen Stationen des Königslebens bei.

Die Beziehung des Königs zu Roloff und anderen Geistlichen (Pater Bruns) findet Klepper vorgezeichnet in der Bibel, in der Beziehung König und Prophet: Saul / Samuel 1. Sam 9-15, David / Nathan 2. Sam 12, Ahabs / Elia 1. Könige 17, Jerobeus II. / Amos 2. Sam 12, Ahas / Jesaja 7.

Wie ein roter Faden zieht sich durch Kleppers Roman von Anfang an das tiefe Unverständnis der Königin Sophie Dorothea gegenüber ihrem Mann – und vor allem für die Entwicklung des Verhältnisses zwischen dem König und dem Kronprinzen, dem späteren Friedrich dem Großen, der unbedingt eine männliche Erziehung erhalten soll, obwohl seine Neigungen in eine ganz andere Richtung tendieren.

Mit psychologischer Einfühlsamkeit schildert Klepper die Gefühlswelt Friedrichs, der zwischen Vater und Mutter geradezu zerrieben wird, denn auch die Mutter nimmt Einfluss auf seine Erziehung und das durchaus nicht im Sinne ihres Mannes.

Als dies dem König bewusst wird und er entdeckt, dass Friedrich der Kronprinz Schulden gemacht hat, dass sich in der Bibliothek des Sohne kein Neues Testament befindet, wird Friedrichs Musikunterricht eingeschränkt, die „geliebten französischen Romane“ weggeschlossen, der Sohn wird stattdessen auf die Jagd geschickt und hart angefasst. Durch diese Erziehungsmethoden gewinnt der König nicht unbedingt das Herz seines Sohnes.

Vater und Sohn entfernen sich immer mehr voneinander und sind am Ende geradezu tödliche Feind geworden.

Der König selbst wird immer strenger und verhärtet sich. Er lässt sich sogar zu Tätlichkeiten hinreißen, schlägt seine Untertanen, prügelt sie, wenn es sein muss, auch mal mit dem Stock, selbst den Kronprinzen traktiert er auf diese Weise. Gleichzeitig steigert sich seine Schwermut ins Unerträgliche. Als er entdeckt, dass der Sohn das Land verlassen wollte, er nennt es desertieren, will er den Sohn sogar hinrichten lassen. Am liebsten hätte er auch seine älteste Tochter, die in Friedrichs Pläne eingeweiht war, vors Gericht gestellt. Eine Mitwisserin Friedrichs wird öffentlich ausgepeitscht und Leutnant von Katte, ein enger Vertrauter des Prinzen, zum Tode verurteilt und unter dem Fenster des Thronfolgers hinrichtet. „Aber da war kein Zorn in ihm, und er war nur vom Schmerz übermannt.“

Der König hatte in seinem Sohn „den Gefährten in der Schwere des Amtes“ gesehen, er hatte versucht, ihn in die erkannte Gottesordnung zu zwingen. Die Flucht war Ausbruch aus dieser Ordnung, die Strafe ihre Wiederherstellung. Davon handelt vor allem das Kapitel „Der Gott von Geldern". Hier hat Klepper den ansonsten in strenger Konsequenz und historischer Verantwortung nachgezeichneten Lebensweg Friedrich Wilhelms I. verlassen. Am 19.August 1937 schreibt er an die befreundete Familie Meschke: „Der Gott von Geldern ist für mich die einzige Lösung gewesen, Theologie in Epik umzuwandeln und in der Bildersprache zu bleiben, das irre Herumfahren auf dieser Reise ist historisch, die Begegnung mit dem Gott von Geldern aber Erfindung, an der ich schwer laborierte."

Klepper schildert, wie Friedrich Wilhelm in Geldern während eines Gottesdienstes auf die Pièta des schmerzensreichen Vaters stößt, deren Anblick ihn „ins innerste Herz" trifft. Der Vater hält den toten Sohn auf den Knien, der sich im Gehorsam opferte, den der Vater aus Liebe geopfert hat.

Angetan von den „Leiden des ewigen Vaters" wendet sich Friedrich Wilhelm an den Gemeindepastor, der sein Anliegen jedoch genau so wenig begreift wie die daraufhin um Rat gefragten Kantoren und Lehrer. Einzig der Erzbischof von Köln erfasst, „was in dem König vorgegangen war" und gibt ihm den Rat: „Züchtige deinen Sohn, solange Hoffnung da ist, aber lass deine Seele nicht bewegt werden, ihn zu töten." Doch beim König vollzieht sich noch keine innere Wandlung, für ihn ist der Sohn schuldig geworden, weil er desertieren wollte. Dazu kommt noch ein weiteres „Verbrechen", das den Vater wohl am meisten trifft. Es ist der „Hochverrat, der an seinem Herzen verübt worden war. „Er ist für mich tot", sagt der König. Die Oberhofmeisterin von Kameke warnt ihn: „Bis jetzt taten Sie sich etwas darauf zugute, ein gerechter, frommer König zu sein, und dafür segnete Sie Gott. Nun wollen Sie ein Tyrann werden – fürchten Sie sich vor Gottes Zorn. Opfern Sie Ihren Sohn Ihrer Wut; aber seien Sie dann auch der göttlichen Rache gewiss."

„Unabänderlich ist das Gesetz", sprach der König, „und um der ewigen Ordnung willen muss es bestehen; denn alle Ordnung spiegelt Gottes ewiges Maß." „Einer muss um der verletzten Ordnung willen sterben."

Um der Gerechtigkeit und der Ordnung willen ist der Preußenkönig bereit, seinen Sohn zu opfern, so wie einst Abraham seinen Sohn Isaak.

Der in der Bibel lesende König – Klepper arbeitet die Bedeutung der Heiligen Schrift für den König immer wieder klar heraus – meint aus der Schrift entnehmen zu müssen, das zur Wiederherstellung der „verletzten

Ordnung" ein Opfer von ihm gebracht werden müsse. Seine Krone war ihm zur Dornenkrone geworden und sein Zepter zum Kreuz. Der König meint, es sei besser, dass ein Mensch stirbt, als dass die Justiz aus der Welt komme. Das Kriegsgericht entzieht sich indessen der Aufgabe, den Sohn zum Tode zu verurteilen und hinrichten zu lassen. Es ist der von Gott gegebene Auftrag an die Könige, dass sie das staatliche Recht in dieser Welt hochhalten, glaubt der König lange Zeit und erkennt dann doch, nach vielen Qualen und inneren Kämpfen, dass Gott sein Opfer nicht wollte. Durch den Versuch, seinen Sohn nach seinem Bilde zu formen, hatte er seinen Königsauftrag, Diener Gottes zu sein, aus den Augen verloren. Ganz allmählich wird dem König bewusst, dass er zu weit gegangen war, er ist „zu Tode erschrocken", als er merkt, dass er versucht hat, sich mit Gott zu messen, statt ihm zu dienen. Er erkennt: Der König ist nicht Gott, und die Ordnung ist zuletzt nicht sein Werk, sondern Abbild, irdisches Gefäß und bleibt offen für Gottes unbegreifliche Freiheit, Neues zu schaffen."

„Gott ließ sich nichts abtrotzen. Gott allein vermochte Menschen zu machen nach seinem Bilde."

Später heisst es: Der König richtete seinen Sohn nicht, er betete für seinen Sohn." Ganz deutlich wird der Wandel des Königs: Am Anfang des mit „Der Gott von Geldern" überschriebenen Kapitels lässt Klepper den Preußenkönig über seinen Sohn sagen: „Er ist für mich tot. Ich habe nichts mehr mit ihm zu schaffen, als das Gericht über ihn einzusetzen." Am Ende dieses Kapitels aber steht ein Gebet.

Als Gnadengabe Gottes empfängt der König seinen Sohn zurück und sieht in ihm erneut den vorbestimmten Nachfolger.

Die Versöhnung zwischen Vater und Sohn bahnt sich an, als der Kronprinz in den Oderbruch kommt und überrascht ist, wie weit das Werk des Vaters dort gediehen ist, weil er die besten seiner Beamten dorthin geschickt hat.

Durch kleine Episoden und Begegnungen wird dem Kronprinzen nach und nach klar, dass sein Vater kein Unhold ist, dass der Vater ihn liebt und ihn auf das schwere Königsamt vorbereiten möchte.

Die Veränderung beim Kronprinzen liegt in dem Satz, den er dann ausspricht: „Ich hatte bisher nie geglaubt.. dass mein Vater die geringste Regung von Liebe für mich hätte. Nun bin ich davon überzeugt. Kurz, der Teufel selbst muss ins Spiel kommen oder diese Aussöhnung ist ewig."

Es dauert allerdings eine geraume Zeit, bis Friedrich in dieser Weise zu seinem Vater findet, aber dann ist mir das Beisammensein der beiden gar zu harmonisch geschildert. In der Realität hat der spätere Friedrich II. sicherlich immer noch einen Stachel im Herzen gegen seinen Vater gehabt. Hören wir noch einmal von Krockow: „Friedrich ist wirklich und lebensbestimmend vom Kampf mit dem Vater geprägt worden. Noch der weltberühmte König und Feldherr wurde in seinen Träumen wieder und wieder von der prägenden Gestalt, vom gespenstischen Über-Ich des Vaters heimgesucht, der Rechenschaft verlangte."

Erwähnt werden muss auch, dass der König Emigranten aufgenommen hat für seine menschenarmen Länder im Osten, vor allem die aus dem Salzburgischen vertriebenen Ketzer.

Litauen wird das neue Kanaan. Auch ihnen, den bedrängten Salzburger Glaubensbrüdern, will der König Fürst und Vater sein. Die Begegnung Friedrich Wilhelms schildert der Autor in einem friedvollen Bild. Der Herrscher fährt den Flüchtlingen entgegen und stimmt das Lied an: „Auf meinen lieben Gott trau ich in Angst und Not." – „Der König sang in die Ewigkeit, und einen Augenblick war er, vor allem Volk singend, doch allein vor Gott mit seinem Königslied." Zum Schluss heisst es: „Es war alles voller Bibel!" Später folgten auch noch böhmische Exulanten.

Klepper bedient sich in seinem Roman einer bilderreichen Sprache. Er dachte in Bildern, das Bildgestalten spielt bei ihm im künstlerischen Schaffen wie im religiösen Erlebnis eine zentrale Rolle im Gegensatz zur kalten gedanklichen Abstraktion. Auch dem König wird alles zum Bilde.

Warum von den Bildern solche Wirkung auf ihn ausgeht, weiß Klepper wie alle fundamentalen Erscheinungen seines Lebens nur biblisch-theologisch zu erklären: Der Grund der Welt ist dem unmittelbaren Einblick des Menschen verschlossen. Doch durch das Bild kommt er dem Geheimnis näher. Durch die Bildhaftigkeit der Bibel rückt für Klepper alle biblische Verkündigung in die Nähe der bildlich gestaltenden Dichtung und alle Dichtung in die Nähe der biblischen Verkündigung. „..ich bin glücklich, in Bilder auflösen oder umprägen zu dürfen, was als Theorie zu kalt und diffizil wäre." (17.10.1933) Auch im Leben und im Denken des Soldatenkönigs spielen Bilder eine große Rolle. Er malt selbst und ist ein Gemäldesammler. Das Ungenügen des Königs reibt sich an der Vorläufigkeit und Unzuverlässigkeit der menschlichen Erkenntnis. Ganz selten ist in seinem Leben das Bild des reinen gegenwärtigen Glücks. Eines der wenigen Beispiele dafür ist seine Begegnung mit den Salzburger Exulanten. („Er stand inmitten...“ S.748)

Am Ende ist der Rastlose, Taterfüllte, Nimmermüde mit zweiundfünfzig Jahren ein siecher Greis, verbraucht, vom Tode gezeichnet. („Mein Gott, ich sterbe zufrieden...“)

Hier wird die Parallele zwischen dem alttestamentlichen König David und dem preußischen Monarchen Friedrich Wilhelm I. sehr deutlich. Beide schließen ihr Leben mit dem versöhnten Blick auf den von Gott bestimmten, würdigen und gesetzten Nachfolger. Darin besteht die Erfüllung ihres Regentendaseins.

Es besteht aber auch eine Parallele zwischen Salomo und Friedrich; beide gewannen den Glanz ihrer Herrschaft auf dem Grund, den die Väter geschaffen hatten.

Mit Vorliebe hat Klepper in die verschiedensten Partien des Vater-Romans Spiegel und Spiegelmotive verwoben. Durch Spiegel wie durch Bilder lässt sich die Wirklichkeit nicht nur vermehren, sondern auch ergründen.

Der Spiegel erscheint im ‚Vater' vor allem als Sinnbild der Selbstbetrachtung eines Menschen, und zwar im doppelten Sinne der Selbsttäuschung und der Selbsterkenntnis. (S. 919, hier deutlicher Bezug zu 1. Korinther 13,12. Der König spricht die Worte aus der Bibel als wären es die eigenen.)

Sterbestunde. Lied von Paul Gerhardt, nicht ohne Humor, während der Choral singt, „...nackend wird' ich auch hinziehen“, schlägt der Sterbende noch einmal die Augen auf und sagt: „Nein, das stimmt nicht... das ist nicht wahr. Ich werde in meiner Montur begraben.“

„Durch alle Qualen geht der Vater in den Frieden des Erlösten ein. „Gottes Vaterhände lagen über seinem Haupte.“ Wilhelm Kahle fügt in seiner sehr religiös (katholisch) ausgerichteten Literaturgeschichte der „Deutschen Dichtung“ hinzu: „Gott hämmert ein Herz, das ist der Sinn dieses religiösen Romans, der Geschichte als Feld göttlichen Wirkens sieht.“

* * *

Religiöse Fundierung

Kleppers Roman vom Soldatenkönig ist zweifellos eines der bedeutenden Zeugnisse sogenannter christlicher Literatur aus der ersten Hälfte des 20. Jahrhunderts. Dem Autor ging hier es um eine Darstellung des irdischen Geschehens im Hinblick auf die göttliche Ordnung. (Für oberflächliche Betrachter trägt der Roman nur ein historisch konkretes Gepräge. Er ist aber ein religiöser Roman, auch wenn sich Klepper eng an die historische Realität gehalten hat.) Der Schriftsteller wollte seinen Roman literarisch und theologisch gewertet wissen. Klepper hat das Bemühen des Königs, die Herrschaft auf dem Boden der Frömmigkeit zu begründen und auf Gott zu bauen, immer wieder ganz klar herausgestellt.

Wie in seinem Tagebuch setzt der Schriftsteller, der in der Geschichte den Weg ins Gericht Gottes zu erkennen glaubte, auch in dem streng komponierten Roman über jedes Kapitel ein Bibelwort. Er will, wie er selbst bekennt, „Dichtung als Bibelexegese“ und lässt sein Dichten mit allem, was dazugehört, auch mit der Bilder schaffenden Fantasie, vom Wort Gottes ausgehen.

Klepper dichtet mit dem Wortschatz und dem Sprachgut der Bibel und versteht sich in seinem Sein als Dichter als Knecht des göttlichen Wortes. Er hat sich mithin in den Dienst des göttlichen Wortes gestellt.

Hat man sein Tagebuch gelesen, wird man auch aufmerksamer für bestimmte Bruchstellen seiner eigenen Konfessionen, die der Dichter in seinen Vater-Roman behutsam, wenn auch spärlich eingearbeitet hat. Kleppers Bruder Erhard entdeckte, als er den Roman las, eine Ähnlichkeit zwischen ihrer Mutter und der Königin Sophie Dorothea. Klepper griff natürlich auch bei der Gestaltung des Vaters auf eigene Leiderfahrungen zurück.

Indem er diesem Schicksal nachspürt, der Tragödie des von den Seinen unverstandenen Vaters, der sich leidend und büßend Gott unterwirft, sublimiert Klepper besondere Erfahrungen seines eigenen Lebens: die Trauer um den Vater, den er nicht zu lieben vermochte und der nun fern von ihm dahinsiecht. Klepper hat hier zweifellos sein eigenes Kindheitstrauma vom gefürchteten Vater zu bewältigen versucht.

Am 9. August 1935 notiert Klepper in sein Tagebuch: „...die Last des Buches drückt mich sehr, und die Liebe zu Friedrich Wilhelm kann nichts daran ändern.“ (Eine nachgetragene Liebe zum eigenen Vater à la Peter Härtling?)

1934 schreibt Jochen Klepper in sein Tagebuch kurz vor dem Tod des Vaters: „Vater und ich sind uns ja eine der schwersten Prüfungen gewesen, die Gott uns auferlegt hat, und was Sünde und Gnade, Führung Gottes ist, haben wir in großen Erregungen und Leiden aneinander erfahren. Es ist das einzige Mal, dass ich im Leben die Bitte des Vaterunsers ganz begriffen habe, im jahrelangen Prozess: „Und vergib uns unsere Schuld, wie wir vergeben unseren Schuldigern."

Zudem sind in manchen Gedanken und Überlegungen des Königs auch die ganz persönlichen Gedanken und Überlegungen des Autors enthalten. Vor allem wenn der König über Gottes verschlungene Wege und über Gottes Beziehung zu sich selbst nachdenkt, wird man an Tagebuchaufzeichnungen von Klepper erinnert.

An einer Stelle im Roman heißt es: „...er fühlte sein Leben von einem harten dunklen Griff durchstoßen. Aber er glaubte, er sei die Hand Gottes; und darum musste sie ertragen sein." So ähnlich dachte auch Klepper über seine Situation. Derartige Sätze findet man in seinem Tagebuch zuhauf wie: „Mir kann nur noch Gott helfen", oder „Es konnte nur Gottes Befehl sein".

Manchmal dachte der König, Gott müsse ihm in all den Leiden, Widerständen und Wirren der Arbeit ein sichtbares Zeichen geben, das ihm half." „Aber dies eben ist Gottes Zeichen" – der König entsann sich eines Wortes des toten Roloff-, „dass er seine Knechte durchhalten, wagen und erdulden lässt im Aussichtslosen und im Unerkennbaren." Vielleicht liegt das Zeichen Gottes darin, dass er kein Zeichen gibt. Diese Überlegung stellt auch Klepper in seinem Tagebuch an und er lässt den König ebenso denken.

Die Herrschaft von Gottes Gnaden kann nach Kleppers Ansicht nicht bestritten werden, sofern sich ihr Träger seiner Rolle als Diener Gottes voll bewusst ist. Denn allein der Glaube, nicht der Glanz seiner Machtentfaltung verschafft dem Herrscher seine hervorragende Würde.

Klepper hat hier eine Gestalt der Vergangenheit vergegenwärtigt, um an ihr anschaubar zu machen, was Glauben konkret bedeutet, aber auch was politische Verantwortung vor Gott bedeutet. Er hält seiner Zeit einen Spiegel vor.

„Herr, lass uns wieder einen König sehen,
bevor die Welt die Könige vergisst.
Denn sonst vermögen wir nicht zu verstehen,
nach welchem Maß man deine Ordnung misst."

So lautet der Beginn eines Gedichtzyklus' aus den Vorarbeiten zum „Vater".

„Bald wird sich das Jahrtausend wieder neigen,
und Gottes neue Stunde bricht herein.

Wird dann der König seinen Thron besteigen
und deine Ordnung bei den Völkern sein? ...
Die Völker stehen ganz erstarrt in Waffen,
und der gilt viel, der neuen Tod erdenkt.
Auch wenn sie Sicheln zu den Schwertern schaffen,
bleibt dennoch nur der Untergang verhängt...
Nur wer das Kreuz sieht, hat von fern verstanden
die Heiligkeit im irdischen Gericht.
Wenn Könige dein Golgatha nicht fanden,
so fanden sie auch ihre Throne nicht."

Rita Thalmann schreibt hierzu in „Jochen Klepper: Ein Leben zwischen Idyllen und Katastrophen", dass Klepper in den Jahren zwischen 1935 und 1937 zu der Überzeugung gelangt sei, „dass für Deutschland und auch die anderen Völker Europas nur ein durch Leiden und Sühne für vergangene Irrtümer geläutertes Königtum die verlorene göttliche Ordnung zu verkörpern vermag, obwohl er weiß, dass die noch bestehenden Monarchien in Europa diesem Ideal nur wenig entsprechen.

Offensichtlich hing Klepper an Kaiser- und Königtum. Er korrespondierte mit dem ehemaligen Kaiser Wilhelm II. und war stolz auf Antworten aus dem Hause Doorn. Am 27. Januar 1939 schreibt er in sein Tagebuch: „...80. Geburtstag des Kaisers. Ein halbes Jahrhundert wäre er nun Kaiser. – Es geht einem durch und durch."

Klepper war kein Mann der Demokratie. Mit Kritik hatte er nichts im Sinn, er war auch kein Mann des Widerstands, wäre er nicht zufällig mit einer Jüdin verheiratet gewesen, hätte er im 3. Reich sicher nicht, vermuten viele seiner Biografen, allzu viel auszustehen gehabt; für ihn waren Nation, Vaterland, Heimat unantastbare Begriffe, lange Zeit aber auch die Obrigkeit.

Am 6. August 1937 findet sich im Tagebuch folgende Bemerkung: „...im übrigen hat Römer 13 gültig zu bleiben." Diese Stelle aus dem Römerbrief lautet: „Jedermann sei untertan der Obrigkeit, die Gewalt über ihn hat. Denn es ist keine Obrigkeit außer von Gott, wo aber Obrigkeit ist, die ist von Gott angeordnet." (Römer 13,1,) Und an anderer Stelle vom 6.08.1937 in seinem Tagebuch: „Es bleibt bei Römer 13, dem Gehorsam gegen eine mir auch noch so entgegengesetzte Obrigkeit,

Aber am 15. Dezember 1938 zeigt ein Tagebucheintrag eine deutliche Distanz zum unbedingten Obrigkeitsdenken: „Ihlenfelds und meine Einstellung wieder völlig gleich. Auch ihm ist nun die Obrigkeit zertrümmert."

Im „Vater" wird auch ein Loblied auf preußische Tugenden gesungen, wie Pflichterfüllung, Genügsamkeit, Gottesfurcht und Staatstreue. Klepper erweist sich in diesem Roman als Verehrer eines vom soldatischen Pflichtgefühl geprägten Preußens. Klepper und seine Frau haben sich, obwohl sie aus Schlesien nach Berlin gezogen sind, als Preußen gefühlt.

* * *

Klepper erwog die Flucht ins Ausland, konnte sich aber nicht dazu überwinden.

Auch nachdem eine Sondergenehmigung die Fortführung der schriftstellerischen Tätigkeit ermöglichte, blieb sie von Kontrollen und Einschränkungen belastet.

Kleppers Widerstand gegen das Regime zeichnete sich durch die Bemühung um ein gerechtes Urteil aus: Er versagte sich lange die einseitige Ablehnung, suchte an der Idee des Vaterlandes festzuhalten, wie es nicht zuletzt seine intensive Beschäftigung mit der preußischen Tradition verlangte, zu der ihn ‚**Der Vater**' veranlasst hatte. Kleppers Werk und Schicksal brachten ihm Kontakte mit führenden Persönlichkeiten des geistigen Widerstandes.

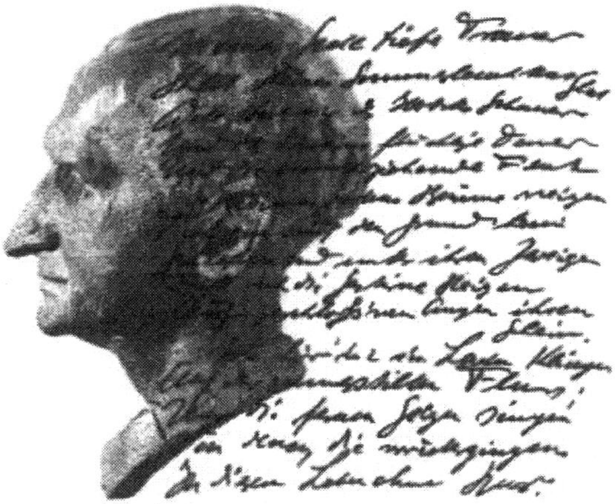

Reinhold Schneider – 1903 – 1958
Gemeinfrei, https://commons.wikimedia.org/w/index.php?curid=1892454

Am intensivsten war wohl die Freundschaft mit Reinhold Schneider.

Reinhold Schneider setzte sich intensiv mit dem totalitären NS-Regime auseinander, schrieb dagegen an und wählte schließlich den Weg der

„inneren Emigration“. Er prägte mit seinen Liedern das geistliche Leben christlicher Jugendgruppen der Nachkriegszeit.

Im Jahr 1938 erschien seine kritische Szenenfolge ‚Las Casas vor Karl V.‘, in welcher Unterdrückung, Rassenwahn und falsch verstandene Religiosität angeprangert werden (vom Herausgeber dieses Bandes Anfang der 1950er mit großer Anteilnahme gelesen).

Jochen Klepper liebte die Stadt Berlin, Naturerleben, eine gepflegte Häuslichkeit, Blumen und Musik; er pflegte Freundschaften. Er litt darunter, keine leiblichen Kinder zu haben, war oft schwermütig.

* * *

Am 18. Dezember 1938 ließ sich Johanna Klepper in der Martin-Luther-Gedächtniskirche, Berlin-Mariendorf, von Pfarrer Kurzreiter taufen. Anschließend wurde das Ehepaar Klepper kirchlich getraut.

Seine ältere Stieftochter, Brigitte, konnte kurz vor Kriegsausbruch über Schweden nach England ausreisen. Mit dem Beginn des Zweiten Weltkriegs verschärfte sich die Verfolgung der Juden.

Ab 1938 wohnte die Familie in Berlin-Nikolassee in der Teutonenstraße 23.

Jochen Klepper erhielt am 25. November **1940** die **Einberufung zur Wehrmacht** und war vom 5. Dezember 1940 bis 8. Oktober 1941 **Soldat**. Klepper wurde in Polen und auf dem Balkan eingesetzt und nahm schließlich im Stab einer Nachschubeinheit der 76. Infanterie-Division, Heeresgruppe Süd, von Rumänien durch Bessarabien am Angriff auf die Sowjetunion teil.

In seinen sehr interessanten Kriegstagebüchern schildert er seine Erlebnisse in diesem knappen Jahr.

* * *

Der Vater

Könige müssen mehr leiden können
als andere Menschen
Friedrich Wilhelm I

Der Vater: Preußenkönig Friedrich Wilhelm I.
Von Atelier / Werkstatt von Antoine Pesne - 1. Unbekannt 2. The Bridgeman Art Library, Object 384437, Gemeinfrei, https://commons.wikimedia.org/w/index.php?curid=1153850

Roman eines Königs

Zeittafel

1688: Geburt Friedrich Wilhelms, des späteren „Soldatenkönigs" (Sohn des Kurprinzen Friedrich von Brandenburg, des nachmaligen ersten preußischen Königs, und seiner Gemahlin Sophie Charlotte)

1706: Vermählung Friedrich Wilhelms mit Sophie Dorothea von Hannover

1713: Thronbesteigung als Friedrich Wilhelm I. von Preußen

1740: Tod des Königs und Thronbesteigung seines Sohnes Friedrich als Friedrich II. (Friedrich der Große)

Seine 14 Kinder: Prinz Friedrich (* 1707 † 1708), Prinzessin Wilhelmine, die spätere Markgräfin von Bayreuth (* 1709 † 1758), Prinz Friedrich Wilhelm (* 1710 † 1711), Kronprinz Friedrich, der spätere König Friedrich II. (* 1712 † 1786), Prinzessin Charlotte (* 1713 † 1714), Prinzessin Friederike Luise (* 1714 † 1784), Prinzessin Philippine Charlotte, die spätere Herzogin von Braunschweig (* 1716 † 1801), Prinz Karl (* 1717 † 1719), Prinzessin Sofia, die spätere Markgräfin von Brandenburg-Schwedt (*1719 † 1734), Prinzessin Ulrike, die spätere Königin von Schweden (*1720 † 1782), Prinz August Wilhelm (* 1722 † 1758), Prinzessin Amalie (* 1723 † 1787 als Äbtissin in Quedlinburg), Prinz Heinrich, später einer der fähigsten Generale seines königlichen Bruders (* 1726 † 1802), Prinz Ferdinand (* 1730 † 1755)

* * *

Teil eins

König Midas

Den Königen ist Unrecht tun ein Gräuel;
denn durch Gerechtigkeit wird der Thron befestigt.
Die Bibel

Es ging um den Taufspruch für den Knaben, der als erster im Brandenburgischen Hause unter der Würde des königlichen Purpurs geboren war. Keinem der Herren war es zweifelhaft. Bis in die letzte Einzelheit war die Zeremonie vom königlichen Großvater selbst vorbereitet. Nur das Bibelwort, das über das Leben des hohen Kindes gestellt werden sollte, war noch ungewiss. König Friedrich hatte dem Hofmarschall sehr feierlich, doch mit einem huldreichen Lächeln einen Brief übergeben. „Eine Überraschung für Seine Königliche Hoheit", hatte er hinzugefügt. Der Hofmarschall sagte es seinen Kammerjunkern wie ein köstliches Geheimnis weiter, und schon eilten sie zu den Gemächern des jungen Herrn. Aber die Lakaien dort meldeten, Königliche Hoheit seien weder anwesend noch hätten sie hinterlassen, wo man sie finden könne. Wenn man sich nicht täusche, hätten Hoheit sich nach dem Quergebäude zwischen den Haupthöfen begeben.

Das war rätselhaft. Dort lag die Konditorei mit den Küchen. Doch der Auftrag war unverzüglich auszuführen. Der jüngste Kammerherr musste mit dem Personal der Zuckerbäckerei verhandeln. Man wagte es ihm nur zuzuflüstern, der Kronprinz sei vorübergegangen, noch eine Treppe tiefer, zur alten Gesindeküche.

Die war lange außer Gebrauch gesetzt und diente nur noch zum Gewölbe. Gerät, das zu nichts mehr taugen mochte, wurde hier abgestellt, bis die Verwandtschaft der Küchenmägde es abholen kam. Dann war es wieder zu mancherlei nützlich. Über den Fenstergittern hingen alte Lappen. Der mächtige Ziegelherd war an vielen Stellen schon zerfallen. Vom verrußten Rauchfang wehten dichte Spinnweben herab. Im Halbdämmer des Wintervormittags war der Kellerraum sehr düster. Die Kälte drunten war bitter.

Kronprinz Friedrich Wilhelm

Aber Kronprinz Friedrich Wilhelm hatte sogar den Rock abgeworfen; im Wams kniete er vor dem Ofen, so heiß war ihm bei seiner Arbeit geworden. Er besserte den Herd aus und hatte keinen Gehilfen. Die Höflinge gerieten in Verlegenheit. Wie sollten sie sich vor der Hoheit verneigen, wenn diese dem Herdwinkel zugewandt war? Und welche Stellung hatte man einzunehmen, wenn der Königssohn am Boden hockte? Friedrich Wilhelm endete ihre Not sehr rasch. Er stand auf und schritt mit flüchtiger Entschuldigung zu einem Schemel mit einem Becken, goss sich aus der Zinnkanne eisiges Wasser ein, wusch sich, immer wieder zu den Herren blickend, die Hände und trocknete sie an seiner Schürze ab.

„Nachricht über die Pest in Litauen?“

Seine raue Stimme klang in dem Gewölbe noch tonloser als sonst. Der Hofmarschall hielt ihm mit Anmut und Achtung den Brief des Königs entgegen, und der Kronprinz trat auf die Kavaliere zu, das Schreiben des königlichen Vaters aufzubrechen. Zornig fühlte er beim Lesen, dass wieder eine Blutwelle sein verdammt weißes Gesicht überlief. Er hasste seine schöne Haut, das Erbe einer zarten Mutter. Was hatte er nicht schon alles getan, um braun zu werden wie des Dessauers Grenadiere. Seit seiner Knabenzeit hatte er das Gesicht immer wieder mit Speckschwarte eingerieben und sich in die prallste Sonne gelegt; doch es wurde nicht besser.

Die Herren sahen die Röte des Unwillens; sie hörten die tiefe Verstimmung aus seinen Worten.

„Mein Vater überrascht mich damit, dass ich selbst den Taufspruch für meinen Sohn auswählen darf. Übermitteln Sie dem König meinen Dank und melden Sie, 1. Könige 10 Vers 21 schiene mir geeignet. Im Übrigen sehen Sie mich im Augenblick nicht in der Lage, eine Abordnung zu empfangen. Sie finden mich beschäftigt. Auch ist dies kein Ort für Sie."

Der Hofmarschall versuchte sich in höflichen Einwänden.

„Wenn Königliche Hoheit die Stätte nicht für zu gering befinden –"

Der Kronprinz schüttelte lachend den Kopf, legte seine Hand auf den Arm des Hofmarschalls und führte ihn nicht unfreundschaftlich hinaus. Schließlich war der ja einer der ganz wenigen Männer hier, die er noch für ehrliche Leute ansehen konnte. An der Schwelle hielt er ihn noch einen Augenblick zurück und sagte, allerdings mehr zu den Kammerjunkern gewendet: „Wisst ihr, was in diesem Spruch steht? Aber die Bibel kennt ihr ja alle nicht, trotz eurer frömmlerischen Reden. So werde ich es euch sagen: 'Alle Trinkgefäße des Königs Salomo waren golden, und alle Gefäße im Hause vom Wald Libanon waren auch lauter Gold; denn das Silber achtete man zu den Zeiten Salomos für nichts'."

Von dem Schwarm der Höflinge war er nun befreit. Die Gegenäußerung mied jeder. Mit finsterer Miene warf Friedrich Wilhelm wieder Holzscheit um Holzscheit in die Feueröffnung des Herdes. Seltsames Tun für einen Königssohn! Und wunderliche Gedanken für ein der Krone bestimmtes Haupt!

Verstünde der Goldmacher den Spruch – er würde sich gar nicht erst hierher getrauen. –

Besser noch, der König selbst begriffe dieses Wort der Schrift. Gab es denn wirklich in ganz Brandenburg einen einzigen Menschen, der mit dem König an ein Heil vom Goldmacher her glaubte?

Die Antwort erteilte der Kronprinz sich selbst: Zum mindesten sind drei, die das ganze Volk an solchen Zauber glauben machen wollen. Drei sind es, immer wieder die drei, bei denen alle seine Gedanken münden: das dreifache „Weh", die drei Minister Wittgenstein, Wartenberg und Wartensleben – des Königs Auge, des Königs Ohr, des Königs Mund!

Ach, wäre des Königs Sohn seine rechte Hand. – Das dachte der Kronprinz verbittert. Was galt des Königs einziger Sohn. – Verurteilt war er, das Haupt einer lächerlichen kleinen Garde im Kastell Wusterhausen zu sein, während in der ständigen und unmittelbaren Nähe des Herrschers diese drei Männer mit allen Vollmachten schalteten und walteten zum eigenen Nutzen, zum Leiden des Volkes und zur Verblendung des Königs, eines Königs in geliehenem Prunk und ohne Macht.

Alexander Hermann von Wartensleben

Nur Klagen und Wüten war dem Thronfolger vergönnt; Rechenschaft durfte er nicht fordern. Schuldlose Gegenstände mussten seinen Zorn ertragen. Aber der Arbeit seiner Hände kam es zugute. Er riss den alten Blasebalg herunter. Einen neuen wollte er anbringen für den Goldmacher seines Vaters, ihm einen guten Wind zu machen für seine Schaumschlägereien. Mit aller seiner Kraft hängte sich der junge Mann in die Lederfetzen und Balken; in einer einzigen gewaltigen Anstrengung zerrte er das Gebläse herab. Das Holz zersplitterte, das Leder ächzte, Staubwolken flogen auf, rostige Nägel klirrten auf den Steinboden.

Nun wird ja alles gut werden. Gold wird da sein in Hülle und Fülle, den Pestkranken Lazarette zu errichten, niedergebrannte Städte neu aufzubauen, die Kriegsschulden des Kaisers zu bezahlen dafür, dass man sich König nennen darf draußen vor den Grenzen des Reiches. Mein Sohn ist in herrliche Zeiten geboren! Mein Vater ist Midas, dem die Welt zu Golde wurde!

Das redete der Königssohn vor sich hin, und dabei geschah alles, eine Alchimistenküche herzurichten, der es an nichts mangelte.

Noch vor der Taufe des kleinen Prinzen sollte der Versuch des Goldmachers stattfinden, dass der Kronprinz selbst ihn vorbereiten und ihm vorstehen durfte, hing mit Geburt und Taufe des Stammhalters eng zusammen. Was war für König Friedrichs Freundlichkeit selbstverständlicher als die Gewährung einer, nein, jeder Bitte, die der junge Vater nach der Geburt des nächsten Thronfolgers an ihn richtete?

Friedrich I. hätte seinen Einzigen besser kennen müssen. Er glaubte, mit einer Verstärkung der kleinen Wusterhausener Kronprinzentruppe davonzukommen. Und vielleicht würde noch die Erhöhung seines militärischen Ranges von dem Sohn in Frage gezogen werden.

Aber nun hatte sich alles ganz anders entwickelt. Der Sohn hatte sich ausbedungen, den Grafen Gaëtano (Domenico Manuel Gaëtano – selbsternannter Graf von Ruggiero, Abenteurer, Hochstapler, Alchimist, angeblicher Goldmacher) überwachen zu dürfen. Welch peinliche Angelegenheit für den Herrscher! Wie überlegen hatte doch der Graf gelächelt, als der König ihn auf die Absonderlichkeiten seines misstrauischen Sohnes vorzubereiten suchte.

Gerade durch diesen Argwohn der Königlichen Hoheit, hatte der Graf ihm weltmännisch versichert, gerade durch die Überwachungsmaßregeln des Kronprinzen hoffe er seine Leistung in desto helleres Licht setzen zu können. Er selbst, fügte er mit allem Respekt hinzu, sei auch ein solcher Feuerkopf gewesen; nur jungen Feuerköpfen gelinge später Außergewöhnliches; kurzum, er hatte die Majestät die Peinlichkeit solcher Unterredung kaum spüren lassen. Das verpflichtete ihm den König sehr. Denn Friedrich I. Hasste nichts derart wie unangenehme Situationen. Die Vorgänge seines Tages waren nach einem feierlichen Zeremoniell festgelegt. Wo sollten da die Widrigkeiten des Lebens einen Raum behalten?

Jenes Zeremoniell half dem König aber gerade auch die unabweisbaren Schicksalsschläge ertragen. Er hatte zwei Gattinnen und einen Sohn verloren. Er verklärte ihren Tod. Mit seinem Volke feierte er an den fürstlichen Bahren Feste des Todes mit Fahnen von schwarzem Samt und Fackeln auf Leuchtern von Alabaster und Porphyr. Auch war er zum Sieger über die Vergänglichkeit geworden, begründete er doch eine gelehrte Akademie, um den Unsterblichen im Reiche des Geistes eine Heimstatt im neuen Lande Preußen zu schaffen.

Graf Gaëtano interessierte sich lebhaft für diese Königliche Akademie der Wissenschaften. Ob auch Naturgelehrte sich unter ihren Forschern und Weisen befänden, die man teilnehmen lassen könne an der Entdeckung des Steines der Weisen?

Den König schauerte es, wenn er an dieses zurückliegende Gespräch und das Ereignis, das bevorstand, dachte; Majestät hatten viel Zartes und Empfindsames an sich. Das und nichts Geringeres lag vor dem ersten „König in Preußen“: in seinem jungen Königreich würde für alle Welt, für alle Zeit der Stein der Weisen, das Geheimnis Gold zu machen, gefunden werden! Der ärmste und jüngste König Europas sollte ein Herrscher größer denn Salomo sein, zu dessen Zeiten man das Silber für nichts achtete. Er würde sein Volk beglücken, wie noch nie ein Volk beglückt worden war. Die Armut sollte in seinem Lande nur noch eine Drohung sein, ungeratene Kinder zu erschrecken und zu mahnen. Alles Böse würde allmählich erlöschen, denn wo des Goldes kein Maß und Ende mehr war, hatten Verbrechen und Hass den Sinn verloren. Das Gold war die Tugend. Wie hätte man auch sonst die Kunst, es zu schaffen, den Stein der Weisen nennen können? Der König empfand edel. Graf Gaëtano bestätigte es ihm ergriffen, und der König war entschlossen, ihn nun endgültig als Weisen in den Mächten der Materie und des Geistes zugleich in seine Akademie zu berufen. Da aber die Einführungsfeierlichkeiten für dieses Jahr bereits stattgefunden hatten und zur Zeit kein freier Platz verfügbar war, den der Graf nach den Gesetzen dieser erlauchten Gesellschaft hätte einnehmen können, ernannte die Majestät den Conte vorerst zum Generalmajor der Artillerie ohne Dienst. Nur dass der König bei solcher Erinnerung im Gedanken an seinen Sohn von einem unbehaglichen Gefühl nicht freikam.

* * *

Seit Friedrich Wilhelm zum Staatsrat zugelassen war, zeigte er manchmal eine geradezu verhängnisvolle Art, Zwischenfragen zu tun, die einen beinahe aus der Fassung bringen konnten. Sechs Jahre ging es nun schon so. Den Fünfzehnjährigen hatte der König in schöner Geste und Floskel zu den Beratungen der Minister hinzugezogen, und der junge Mensch machte sich seitdem einen Zwang daraus und versäumte keine Sitzung. Ja, mitunter nahm er bei aller Achtung vor dem König dem Vater das Wort aus dem Mund und gab, ohne dass die Majestät noch widersprechen konnte, der ganzen Verhandlung eine völlig andere Richtung als geplant war. Manchmal wusste man nicht, wer hier der Vater, wer der Sohn war. Fest stand nur, dass der Herrscher mitunter den Thronfolger, niemals aber der Kronprinz den König fürchte. Man bangte sich vor seiner misstrauischen Art, die man von Kindheit an bei ihm wahrnahm; man bangte sich auch namentlich vor seinem kriegerischen Geiste, der sich nun auch im Staatsrat offenbarte.

Kronprinz Friedrich Wilhelm als Kind

Der Unterricht in den Fächern der Kriegswissenschaft war darum immer weiter eingeschränkt worden; denn allein schon um dem Prinzen die lateinischen Konjugationen einprägen zu können, hatte sein Lehrer Rebeur sie ihm als Armeen aufmarschieren lassen müssen, weil er ja so sehr für den Krieg wäre. Jeder Modus war ein Regiment, jedes Tempus eine Kompanie; die Gerundive waren Marketender, die Infinitive und Futura waren Tamboure wegen des „rum“ und „rus“. Seinen Ephorus Cramer aber hatte bereits der Siebenjährige als Lehrer abgelehnt, einmal weil er einäugig, dann aber, weil er ihm zu „effeminiert“ war. Während Cramers Unterricht warf der Prinz sich auf ein Ruhebett, las oder schlief, da Cramer ihm zum Munde redete, im Übrigen aber über seine militärischen Interessen hinweg unterrichtete.

In den fremden Residenzen war schon dies und das über den jungen Wilden durchgesickert, und die verstorbene Mutter hatte sich einst alle Mühe gegeben, seine Härten zu mildern und ihn durch verzweifelte Dispute über Bücher für die Große Welt zu retten. Denn er lauschte von der frühesten Knabenzeit an den Pferdeknechten und Domestiken ihr grobes Deutsch ab, obwohl er das artigste Französisch sprach, das einer sich nur denken konnte.

Sonst ahmte er die gemeinen Soldaten nach, rauchte Tabak, fluchte, band sich einen Riesensäbel um und redete mit Vorliebe die niedrigsten Soldaten an, und zwar in ihrem Umgangston. Alle Frauen, auch die eigene Stiefschwester, nannte er Huren. Wenn er nicht fluchte, sprach er schnarrend, leise, kurz und abgerissen, sprach überhaupt ungern; fand er eine Antwort nicht, so runzelte er die Stirn; beim Sprechen nahm er stets, wie ein kleines, verängstetes Kind, den Daumen in die linke Hand; aber es kränkte ihn aufs tiefste, als sein großer Degen einmal durch einen passenderen, kleinen ersetzt wurde. Er ging einwärts, lief mit unsauberen Handschuhen und ungeputzten Zähnen umher; und immer hatte er Hunde um sich, gleichgültig, ob sie dem König Möbel und Gärten verdarben oder nicht. Im Zimmer ging er lieber durchs Fenster als durch die Tür, und in den Räumen des Vaters durfte er sich überhaupt nur aufhalten, wenn er das ausdrückliche Versprechen gab, nichts darin zu verderben.

Schloss Charlottenburg

Einen Entrüstungssturm rief es hervor, dass der Prinz im Schloss mit Reitstiefeln umherging, statt in leichten, eleganten Schuhen, wie die gesamte Hofgesellschaft es ausnahmslos tat. Auf die Schleppen der Damen hatte er es ebenso abgesehen wie auf die Schienbeine seiner markgräflichen Onkel. So hatte es seinen guten Grund, dass die Königin, weilte sie in Berlin, den Sohn täglich einmal sehen wollte; hielt sie sich aber auf ihrem geliebten Lietzenburger Schloss Charlottenburg auf, so musste er doch wenigstens einmal in der Woche zu ihr hinauskommen. Dafür hatte er einen eigenen kleinen Wagen, mit dem er auch wirklich regelmäßig zu antikischem Dialoge nach Lietzenburg und den er endlich auch in Trümmer fuhr. Ritt er aber, so umgab man ihn angstvoll mit vier Wächtern; denn der Knabe nannte sich selbst zwar dick und verschlafen, war aber in seiner, ihm selbst immer viel zu geringen Tollkühnheit so zart, dass er unter der geringsten Hitze sehr litt, zu jäh sein Gewicht verlor, rasch in hohes Fieber fiel und dauernd quälende Kopfschmerzen zu verschweigen hatte.

Königin Sophie Charlotte

Sorgfältig wählte Königin Sophie Charlotte alle Lektüre für ihn aus; immer wieder griff sie auf Fénelons „Telemach“, den schwärmerischen

Fürstenspiegel, zurück. Friedrich Wilhelm wollte – abgesehen von der Selbstüberwindung, die er an ihm anerkannte – ganz und gar kein Telemach in Fénelons, der Königin und ihrer bewunderten Antike Sinne werden und wartete bei den wöchentlichen Dialogen mit seiner Mutter recht beharrlich mit demselben Satz aus Xenophons moralisch-politischen Schriften auf; was dort vom rastlos tätigen König Kyros ausgesprochen wurde, bedeutete ihm die höchste Weisheit aller Bücher: „Die sichersten Mittel, einem Volk, einem Land, einem Königreich eine dauerhafte Glückseligkeit zu verschaffen, sind ein Heer auserlesener Soldaten und eine gute Wirtschaft der Bürger." Allenfalls wollte er Titus sein: der küsste die Guten und bedachte die Bösen mit Nasenstübern. Die Guten aber waren dem Knaben die Fleißigen und Geringen, die Bösen die Vornehmen und Müßiggänger. Darauf gab man bei Hofe acht; ein Schneider hatte bei dem Thronfolger den Vortritt vor einem Baron.

Der Prinz verstand nur wenig von der Meinung seiner Eltern, dass Gold einen Besitz erst bedeute als Fest oder Kunstwerk oder geistige Schöpfung. Der Zehnjährige schon führte zum Entsetzen der hohen Familie und ihrer Höflinge ein Kontobuch, dem er die Aufschrift gab: „Rechnung über meine Dukaten." Er schien nur das Rechnen gelernt zu haben – und war doch immer ein ganz besonders schlechter Rechenschüler gewesen. Alles war in seinem Kassenbuche vermerkt: die Neujahrsgeschenke an die Dienerschaft genauso wie eine gelegentliche Anleihe von einem Taler bei dem Küchenmeister Jochen, der Preis für ein paar junge Füchse genauso wie Ausgaben für Blumen und Farben zum Malen. Damit trieb er es eigentlich recht arg.

Die Großmama in Hannover

Lediglich die Großmama in Hannover lachte darüber, und man wusste nicht gewiss, ob über den kleinen Geizhals oder die dauernde Wiederkehr eines Postens junger Füchse, Hasen und Farbentöpfe.

Sie, die schon den Neugeborenen, Starken, Gesunden gleich nach der Geburt nach Hannover zu entführen gedachte, schien ihn mit anderen Augen zu sehen als das hohe Haus und der Hof.

„Er weiß die Details von alles, er weiß wie ein Dreißigjähriger zu reden; jedwedem sagt er etwas Obligants", so schrieb sie von dem dreizehnjährigen Gast auf ihrem Lieblingsschlosse Herrenhausen, „er sieht aus wie man die Engeltien malt, hatt ein Hauffen blundt her; wan die frisirt sein, sieht er aus wie man Cupido malt."

Gottfried Wilhelm Leibniz – 1646 – 1716

Seltsamerweise hat auch Leibniz, der große philosophische Freund der Mutter, mit solcher Zartheit von ihm geurteilt – und musste doch eigentlich bangen für den weisen Erziehungsplan, den er für den jungen Wilden aufgestellt hatte!

Schließlich musste aber auch die Königin, die verschwenderischste, leichtsinnigste, schöngeistigste aller Mütter, den jungen Wilden über alles geliebt haben. Denn als der Siebzehnjährige seine Prinzenreise an die fremden Höfe antrat, die Fahrt nach Brüssel, Holland und Italien, stand in ihrem Tagebuche ein einziges trauriges „parti". Doch schien ihr die Große Tour des jungen Herrn aus hohem Hause der letzte Versuch, seine Rauheit zu glätten.

Nach dieser Reise sollten Mutter und Sohn sich nicht wiedersehen. Die Königin starb nach ihrem großen Karneval, um dessen Freuden sie sich durch Krankheit nicht betrügen lassen wollte. Das Leben war ihr Traum und Feier und Gedanke gewesen. Lesend, musizierend, diskutierend, tanzend und für ungefährliche Liebschaften schwärmend, hatte sie es hingebracht. Nach dem Tode der Mutter wurde Friedrich Wilhelm sichtlich noch schroffer. Der König war seitdem um den Sohn sehr besorgt. Nur jetzt, in den Ereignissen um Gaëtano, hätte der König ihn mehr als nur „parti" gewünscht, um bloß den Unannehmlichkeiten bei der Begegnung zwischen dem Kronprinzen und dem Conte enthoben zu sein.

* * *

Friedrich I. zog, als bedeute es Abwehr und Schutz, seinen Zobelmantel fest um die Schultern und Hüften, dass man die Seide knistern hörte, mit der er gefüttert war. Der Hofmarschall war froh, dass der König sich nach so langem Sinnen wieder regte. Solange die Majestät in düstere Gedanken versunken schien, wagte der Marschall nicht zu sprechen; und ihn beschwerten so dringliche Fragen. Endlich wandte ihm der Monarch sein lockenschweres Haupt wieder zu, und über seinen Zügen lag die alte Freundlichkeit. Der Herrscher sah es ein. Die Sorgen des Oberhofmeisters waren nicht leicht zu nehmen. Wie hatte man die Stätte des alchimistischen Laboratoriums, für die der Kronprinz nun einmal eigensinnig die alte Gesindeküche bestimmte, für den königlichen Zuschauer und seine Gäste herzurichten? Welche Treppen durften Majestät benützen, wenn sie zum Keller hinab schritten? Welcher Anzug war für solchen Anlass angebracht?

König Friedrich gab sich äußerst vertraulich. Er sei ebenfalls ratlos. Man möge sich mit der Prinzessin von Brandenburg-Ansbach, die als liebster Gast bei Hofe weilte, ins Benehmen setzen.

Die wisse in solch schwierigen Lagen stets einen Ausweg. Die habe, von der verstorbenen Königin selbst für das Hofleben erzogen, das feinste Gefühl für derartige Besonderheiten.

Die Ansbacherin half. Mit ihren großen, grauen Augen sah sie einen Augenblick den König schweigend an.

Prinzessin von Brandenburg-Ansbach Friederike Luise von Preußen

Dann war, wie immer bei ihr, die Lösung schon gefunden. Der Akt in der Gesindeküche sei eine Angelegenheit der Forschung und müsse in allem Ernste vor sich gehen.

Friedrich I. empfand beglückt, dass er sich immer und in allem auf das Geschick und die Klugheit jener jungen Kusine verlassen durfte. Er war entschlossen, sie mit einer kleinen Statue aus lauterem Golde zu überraschen. Das Kunstwerk sollte sie selbst als Pythia am Delphischen Orakel darstellen; es würde entzückend werden; er sah es vor sich. Immer war der Spruch der Ansbacherin unfehlbar, und vor noch schwereren Aufgaben hatte sich die Sicherheit ihrer Entschlüsse bewährt. Selbst Friedrich Wilhelm, ihn, der unbeeinflussbar schien, hatte sie allein zu lenken vermocht; und das in den schwersten Wirrnissen und Widerständen, denen des Herzens.

* * *

Es war schwierig gewesen mit dem Kronprinzen und den Frauen. Den Versuch der Mutter, ihn nach der von ihr heraufbeschworenen, schmerzvollen Knabentorheit ein zweites Mal durch anmutige Liebesgeschichten gefügiger zu machen, trat er mit offener Ablehnung und unverhohlenem Spott entgegen. Die Verführung durch das Fräulein von Pöllnitz, von der Königin veranlasst, reizte ihn zu maßlosem Zorn und stürzte ihn in tiefste Scham. Kam er von den Festen der Mutter aus ihrem neuen Schloss Charlottenburg, für die Königin und ihre Damen wie ein Kavalier gekleidet, warf er Brokatrock und Perücke zornig in einen Winkel und trat die weiße Lockenpracht mit Füßen. Die Diener berichteten es zuverlässig.

Verlangte es aber die höfische Sitte, dass jüngere Damen des Hofes der kronprinzlichen Hoheit die Hand küssten, so errötete der breitschultrige junge Mann über das ganze Gesicht.

Aber dann war des Vaters Ansbacher Kusine zum Berliner Karneval gekommen: liebenswürdig an allen Veranstaltungen des hohen Vetternpaares Anteil nehmend und doch ein wenig abwesend in ihren Gedanken; mit hellen, leuchtenden Augen und dennoch einem ernsten Schatten um die Lider; mit einem süßen und sehr weichen, jungen Mund, doch einer Stirn von männlicher Kühnheit. Und plötzlich errötete Kronprinz Friedrich Wilhelm nicht mehr vor den jungen Damen des Hofstaates, sondern nur, wenn die Ansbacher Brandenburgerin ihn ansah, flammte die jähe Röte über sein weißes Gesicht, dessen Zartheit er hasste.

„Sie sind mein Neffe, gewiss“, bemerkte lächelnd die Ansbacherin, „aber ich bin kaum fünf Jahre älter als Sie, und Sie tun mir fast ein wenig zu viel Ehre an.“

„Sie haben sehr groß gehandelt, Madame“, antwortete er, und seine Stimme war nicht rau und schnarrend wie sonst; die Röte war wieder verflogen.

Aber nun trieb es der Ansbacherin das Blut in die Wangen. Denn war sie auch die Ältere, so war sie doch sehr jung. Er sprach von der spanischen Affäre!

Friedrich Wilhelm fuhr ruhig fort: „Um des evangelischen Glaubens willen auf die Krone Spaniens, ja, die Hoffnung auf den Thron der deutschen Kaiserin, zu verzichten, dazu waren unter den Fürstentöchtern nur Sie fähig.“

Der Ansbacherin entging es nicht, dass das gewählte Französisch, das der preußische Thronfolger sprach, einen besonderen Klang hatte. Aber es war mehr der Ausdruck, den er seiner Rede gab, was sie so anzog. Der Kronprinz war so voller Widersprüche und in all den Gegensätzen seines Auftretens und Wesens so bezwingend, wenn man nur nicht sein Leben an den Unsteten zu heften brauchte; wenn man nur nicht seinen eigenen Willen unter seinen Starrsinn beugen musste; denn der Wille galt der jungen Fürstin viel.

Sie sah ihn lange an, und dabei gewann sie ihre Festigkeit und Kühle wieder. Er hatte die ernstesten und klügsten Augen, in die sie je blickte, und schmale, lange, feste, leicht gebräunte Hände, wie sie im Brandenburgischen Hause vor ihm noch keiner besaß.

Als ihr dann der Prinz von seiner Liebe zu sprechen begann, hatte die Ansbacherin von seinen Händen und Augen schon Abschied genommen.

Es war nicht nötig, dass der Generalmajor und Obermundschenk von Grumbkow ihr die Gründe der Staatsräson auseinandersetzte.

Generalmajor und Obermundschenk von Grumbkow

Niemals hatte er, der nur für die unentwirrbarsten Geschäfte bemüht wurde, es leichter gehabt. Die Ansbacherin nahm ihm die Worte von den Lippen, ehe er sie aussprechen konnte. Ihm blieb nur übrig, zu bewundern, anzuerkennen und im Namen Seiner Majestät zu danken.

Zwei Tage, nachdem ihre Entschlüsse gefasst waren, redete Friedrich Wilhelm die Ansbacherin plötzlich deutsch an. Sie wüssten beide, dass ihr Weg nicht wie der anderer junger Leute sein könne; zwischen ihnen bedürfe es keiner diplomatischen Spiegelfechtereien. Wenn sie sich trennen wollten, so sei es immer noch allein zwischen ihnen selbst auszumachen. Er Schloss: „Es geht um unsere Häuser, unsere Liebe."

Einen Augenblick kam es über die Prinzess, dass sie an seine Brust sinken wollte. Doch blieb sie ruhig stehen, lächelte und meinte nur: „Mein ältester Neffe ist der unverständigste. Er kennt noch nicht einmal die Spielregeln unserer Höfe. Dieser eine Satz durfte nicht mehr gesagt sein."

* * *

Don Domenico Gaëtano Conte di Ruggiero aus dem Königreich Neapel fuhr zu seiner Probe vor. O nein, der König brauchte es nicht zu bereuen, dass er ihm das Fürstenhaus am Friedrichswerder, das sonst nur fremden Fürstlichkeiten aufgetan wurde, als Quartier eingeräumt hatte. Der Conte trat durchaus wie einer dieser großen Herren auf.

Hundert Dukaten verbrauchte er die Woche. Seine Kutsche war reich verziert mit Gold, und seine zwanzig Pagen, die ihn mit zwei oder drei Dutzend Pistolen bewachten, trugen eine Livree von Scharlach mit leuchtend gelben Samtaufschlägen.

Auf alles Beiwerk des berühmten Magiers hatte der Graf jedoch verzichtet; er wählte einen Brokatrock, verschmähte den Alchimistenmantel, und all sein Zaubergerät bestand in ein paar Fläschchen, Retorten und Mixturengläsern. Auf einem Silbertablett wurden sie ihm in verschlossenem Kasten vorangetragen.

Gaëtano ließ sich nicht das leiseste Erstaunen anmerken, dass man ihn nicht die breiten Treppen zu den Audienzsälen hinaufführte, sondern tiefer und tiefer nach unten geleitete. Zum Schluss waren es so schmale und gewundene Stiegen, dass man sie nicht mehr hatte mit Teppichen belegen können. Aber Majestät würden auch geruhen, sie zu benützen, versicherte ihm der Hofmarschall.

Der König traf auch kurz nach dem Italiener ein, begleitet nur von den Höchsten seines Hofes, den Grafen Wartenberg, Wittgenstein und Wartensleben, den markgräflichen Brüdern sowie den berühmtesten Professoren seiner Akademie. Als die Majestät sich niedergelassen hatte, winkte der Kronprinz, man möge auf ihn keine Rücksicht nehmen und seine Plätze wählen. Er selbst stand in Wams und Schürze am Ofen. Die Herren Markgrafen setzten sich sofort; sie waren sehr gespannt und wünschten, dass die Vorführung sofort beginne. Die Herren Markgrafen hatten eine außerordentliche Vorliebe für dergleichen. Es kam ihnen gar nicht einmal sehr zum Bewusstsein, dass es hier um die Auffindung des Steines der Weisen ging. Ein wenig entsetzt waren sie nur, dass man den Keller wirklich allein mit einem Prunksessel und ein paar Armstühlen hergerichtet hatte.

Doch Graf Gaëtano bot ihnen kein prunkvolles Schauspiel. Er ließ keine Tribüne aufstellen und mit figurenbestickten Tüchern überhängen. Er baute ihnen keine Hexenmeisterküche hin, ließ nicht von Dienern und Adepten rätselhafte Gegenstände und schlösserverwahrte Truhen herbeischleppen. Er versank nicht in schweigendes Grübeln und mied die klingenden Beschwörungsformeln. Lediglich sieben Pfund Quecksilber und mohnsamengroße Körner von Kupfer wurden in eine gläserne bauchige Flasche gegossen und in der Sandkapelle des Windofens vor aller Augen abgestellt; und auf einer Tafel waren alle Testimonia publica und Patente ausgebreitet, nach denen der Magier das Gold nicht nach Loten und Unzen, sondern zu zwanzig und dreißig Pfund zu produzieren imstande war.

Lebhaft plaudernd, dabei mit aufmerksamer Bescheidenheit die Fragen und Gegenreden König Friedrichs abwartend, saß der Graf neben der Majestät.

Der Lakai stand mit dem silbernen Tablett an seiner Seite. Das Kästchen war jetzt geöffnet, der Goldmacher ließ sich diese und jene Phiole mit einem Arcanum oder Spiritus vini rectificatissimi und der Tinctura universalis, die nur er besaß, reichen und war bei alledem eigentlich eifrig damit befasst, das Wunder, das er vollbringen würde, von vornherein zu entzaubern. Er pries mehr die chemische Wissenschaft, als dass er Schauer einflößte vor seinen Mixturen. Er leitete mehr zu den letzten Schlüssen der Logik, als dass er seine geheimen Kräfte ahnen ließ. Die erst ein wenig inquisitorischen Fragen der Herren Professoren verwandelten sich sehr bald in nahezu ehrfürchtige Erkundigungen.

König Friedrich I

Der König in seinen weißen, wallenden Locken und im weichen Faltenwurf seines himmelblauen Mantels schien in einer Wolke des Glückes und der Erkenntnis zu ruhen. Er hatte seinem Sohne längst vergeben, ja, er nickte ihm bei den Erklärungen des Grafen freundlich zu und sagte einmal über das andere: „Da – Sie sehen es, mein Sohn – Sie hören selbst.“ Dabei gestikulierte er lebhaft. Seine Ringe funkelten. Die weichen Spitzen um die Handgelenke flatterten.

Der Kronprinz stand unbeweglich vor dem Herd. Jede Bewegung und jedes Wort des Italieners verfolgte er mit nicht aussetzender Aufmerksamkeit. Graf Gaëtano besaß die Höflichkeit, sobald er dem König Rede und Antwort gestanden hatte, auch zu dem stummen Prinzen hinüberzusprechen. Ganz nebenbei, ganz zwischendurch fragte er dann einen Diener, wie lange das Feuer schon brenne.

Friedrich Wilhelm mischte sich ein. „Seit zwei Stunden. Ich selbst habe die Kohlen aufgeschüttet. Ich selbst werde den Blasebalg bedienen, um Ihnen nahe zu sein, Graf. Ich selbst habe die Tiegel, den Lehm und das Kupfer besorgt, das Sie verlangten.“

„Ich danke Euer Königlichen Hoheit für alle diese Anteilnahme“ – der Graf verneigte sich im Sitzen –, „aber wenn Hoheit die Vorgänge nahe neben mir verfolgen wollen, müssen Sie geruhen, hier an meiner Seite Platz zu nehmen. – Tu Er Lehm in den ersten Tiegel“, befahl er dem nächsten Lakaien. Aber der Kronprinz breitete seine Hände vor das Werkzeug. Er tat selbst, was Gaëtano gebot. Bald ließ der Goldmacher, mit dem Friedrich Wilhelm sich überaus schnell zu verständigen schien, alle weitschweifigen Höflichkeitsbezeigungen. Knapp gab er seine Anweisungen; rasch und genau führte der Königssohn sie aus. In schneller Folge ließ Gaëtano dem Kronprinzen Mixturglas um Mixturglas reichen, sie prüfen, in den zweiten Tiegel gießen. Danach hatte Friedrich Wilhelm das eine Ende der Kupferstange in den Tiegel mit dem Lehm zu tauchen. Der Münzmeister sollte sich bereit halten; der war der Prüfer des Goldes.

Der Graf erhob sich – leicht, unbefangen, behende. Er nahm das letzte, das kleinste Fläschchen von dem Tablett. Als die Blicke des Kronprinzen ihn nahezu verschlangen, hielt er einen Augenblick lächelnd ein.

Die Züge König Friedrichs wurden schlaffer. Der König war sehr bleich. Die drei Minister Wittgenstein, Wartenberg und Wartensleben hatten sich erhoben und standen hochgereckt hinter der Majestät, stets das gleiche Bild ehrfurchtgebietender, aber recht gefährlicher Einmütigkeit. Die Herren Markgrafen wurden wieder aufgeregter. Sicher, jetzt gab es endlich etwas zu sehen! Wenn nur der Italiener den Neffen sichtlich demütigte!

Friedrich Wilhelm befolgte schweigend die Befehle des Magiers. Er senkte die Kupferstange mit dem vom Lehm nicht bedeckten Ende in den Tiegel, in dem die Mixturen schäumten. Er ließ keinen Blick von dem Werk. Das Kupfer blieb rot.

Der Graf trat dicht neben ihn. Er drehte den Glasverschluss seines Flakons auf und träufelte, als wäre es nur ein zartes Parfüm, einige Tropfen in den Schaum. Der Kronprinz hielt die Stange ganz ruhig. Das Kupfer blieb rot.

Alle umdrängten sie wortlos den Herd. Der König hatte tiefe Schatten um die Augen. Die redseligen Herren Markgrafen brachten keinen Laut über die Lippen. Das Kupfer blieb rot.

Graf Gaëtano reichte dem Kronprinzen ein kleines Messer und ließ ihn die Lehmkruste vom oberen Ende des Barrens lösen. Die weichen Schichten des abgeschälten Lehmes zischten auf dem Herde. Der König schlug die Hände vors Gesicht. Die Markgrafen hielten einander umklammert. Der Graf sagte etwas heiser: „Hoheit – ich danke."

Friedrich Wilhelm schloss die Augen vor dem übermächtigen Glanz des Goldes, das er nun in Händen hielt. Er ließ den Barren auf die Herdplatte sinken. Halb war es Kupfer, halb war es Gold.

„Es kann nicht sein, Graf."

Gaëtano kam zu keiner Antwort. König Friedrich zog ihn an seine Brust. Da schob der Kronprinz das Häuflein der Markgrafen beiseite und stürmte die Kellertreppe empor. Wohin – er wusste es nicht. Er fand sich selbst erst wieder, als er an der Wiege seines Sohnes stand und die Kronprinzessin, aus dem Nebenzimmer tretend, ihn mit einem erstaunten „Sie hier?" wie aus Traum und Fieber weckte.

„Es ist Gold", stammelte Friedrich Wilhelm, „und das kann nicht sein."

„Danken Sie Gott, dass es Gold ist. Sie brauchen einmal Gold."

Der Kronprinz starrte die Gattin fassungslos an. Aber er nahm nur wahr, dass sie ein ganz aus Goldstoff gewirktes Kleid trug, einen überaus weiten und reichen Rock ganz von lichtem Golddamast, mit Vögeln und Blumen von dunklerem Golde übersät.

„Sie bringen sich selbst um eine Überraschung: mein Kleid für die Taufe." Die Schöne lächelte und fuhr sich verlegen, dabei aber doch ein wenig kokett über ihr Haar. Denn sie hatte die Perücke noch nicht aufgesteckt, und der Gatte sah ihre braunen Locken.

Friedrich Wilhelm wischte die Hände an seiner groben Schürze ab und streckte die Arme nach seiner jungen Frau aus. Er klagte tonlos und war, wie ein Unbeteiligter, fast verwundert, dass er nicht stöhnte: „Nun ist ein Unglück geschehen, das vielleicht nie mehr gutzumachen ist."

Sophie Dorothea

Frau Sophie Dorothea wandte sich kühl ab. „Ich verstehe Sie nicht. Der Stein der Weisen ist gefunden. Kleiden Sie sich um. Begeben Sie sich mit mir zum König, ihn zu beglückwünschen. Lassen Sie mir Graf Gaëtano vorstellen."

Die Feier des Goldes sollte nun zugleich zum Fest des königlichen Kindes werden. Die Stunde voller Gewalt und Tiefe war Ereignis geworden: Dem ersten im Königspurpur geborenen Hohenzollern würde der Stein der Weisen als Gabe des Tauftages dargebracht werden.

* * *

Der Kronprinz hatte sich den väterlichen Wünschen gefügt. Die Kammerdiener stürzten mit Perücke, roten Schuhen, Scharlachmantel und Schmuckkasten herbei. Sie zogen ihm den Brokatüberwurf fast zu eilig über Kopf und Schultern. Der Kronprinz prüfte vor dem Spiegel kurz und aufmerksam, was man ihm anlegte. Der Schärpe gab er einige andere Falten. Die Perlenagraffe, die den Mantel an der Schulter hielt, steckte er um eine Kleinigkeit schräger. Die Locken der Perücke strich er weiter aus der Stirn zurück; die Hände erhielten einige Tropfen eines orientalischen Balsams. Er lächelte ein wenig über das Erstaunen der Diener. Und in all dem fremden Tun schlug sein Herz doch rascher und voller, weil all das Ungewohnte für seinen Sohn geschah.

Von der Mittagsstunde an wurden auf den Wällen die Kanonen gelöst. Der königliche Festzug begab sich auf dem im Winter blumenübersäten Wege zum Dom. Der Donner der Kanonen überklang die Glocken, der Wirbel der siebenhundert Trommeln übertönte die Orgel. Den langen Gang vom Tor zum Altar standen die Reihen der Schweizergarde in goldverbrämten Mänteln und straußenfederüberladenen Hüten. Die Trommelstöcke flogen, kaum mehr sichtbar, in ihren Händen. Es war ein unfassbarer Glanz über dem Dom. Von allen Emporen der Kirchenhalle wehten Fahnen. Der Altar baute sich zu einer Kerzenpyramide auf; der Zug der Gäste, zu ihm schreitend, war ein goldener Strom.

Am goldenen Taufbecken auf der obersten Stufe hielt die Ansbacher Brandenburgerin das hohe Knäblein über sie alle empor.

Um seine schwachen Schultern lag der schwere Purpur, auf seinem kleinen Haupte strahlte die Krone, in seine Ärmchen hatte man Zepter und Reichsapfel gedrückt, und über seiner Brust spannte sich das Band des Schwarzen Adlerordens mit dem glänzenden Stern.

Der Wirbel der siebenhundert Trommeln steigerte sich zu immer ehernerem Dröhnen, um plötzlich in fast unheimliche Stille abzubrechen.

Friedrich Wilhelm hörte einen Augenblick das leise Weinen seines Kindes. Aber da sangen die Chöre zu Flöte, Harfe und Orgel, und wenn er sich ein wenig vorneigte, um das blasse, welke Gesicht des Täuflings näher zu sehen, blendete ihn die Fülle der Kerzen.

Das Wasser, mit dem das Kreuz auf die Stirn des Kindes gezeichnet wurde, war aus dem Jordan geschöpft. Die Tropfen verrannen mit den Tränen des Täuflings. Die Ansbacherin musste ihn fester an sich drücken, das zitternde Köpfchen unter der Last der Krone zu stützen. Die Feier sollte noch sehr lange dauern. Gerade war erst der Name gegeben: Fridericus Ludovicus.

Im Taufspruch ließ der sanfte König dem ungebärdigen Kronprinzen eine herbe Zurechtweisung erteilen:

„Denn alle Dinge sind möglich bei Gott –", ein Bibelwort, vom Hofbischof mit vieler Weisheit auszulegen, mit Sinnbildern, Mahnungen und schönen Allegorien.

Der Kronprinz sah das Haupt seines Kindes, auf dem die Krone festgebunden war, immer wieder nach hinten sinken. Nun hielt eine der Prinzessinnen vom Geblüt den Täufling. Der Kronprinz suchte die Möglichkeit einer Verständigung mit seiner Frau. Die Kronprinzessin hatte ihre Augen fest auf den Prediger gerichtet, ihre Gedanken auf den anschließenden Kirchgang der Wöchnerin sammelnd.

Friedrich Wilhelm bemühte sich, die Aufmerksamkeit seines Vaters auf sich zu ziehen. Doch der König umfasste immer wieder mit weitem und verzücktem Blick das Bild des Prunkes und der Weihe. Nun verhüllten ihn die Fahnen ganz.

In der ersten Reihe der Herren des Hofes stand Graf Gaëtano, hervorgehoben vor allen durch das ihm neu verliehene Band des Schwarzen Adlerordens mit dem strahlenden Stern. Der Kronprinz, von der Krönung des Vaters her der erste Ritter des Ordens, öffnete die Spange, die des eigenen Sternes Schärpe an der Seite zusammenhielt. Er wusste, wenn er sich zum Verlassen des Domes anschickte, würde sie sich lösen und der Orden unter seine Füße fallen.

Wie es dann in der Ordnung des Gratulationszeremoniells möglich war, begriff der Kronprinz nicht. Aber die Ansbacher Brandenburgerin stand plötzlich nahe neben ihm und sagte leise: „Ich sah, dass sich die Spange Ihres Ordensbandes löste." Dann küsste sie schon der Kronprinzessin die Stirn und die Wangen.

Erst zwischen Tafel und Ball fand der junge Vater einen Augenblick Zeit, selbst nach dem Kinde zu sehen. Sehr blass lag es in seiner Wiege und schreckte im Schlaf oft zusammen. Friedrich Wilhelm nahm besorgt die schwere Hermelindecke von der Wiege und sah, wie der ganze kleine Körper immer wieder zuckte. Dabei lag doch der Knabe in so tiefer Stille; fast war es zu still.

Die Kinderfrauen hielten sich in einem der Vorräume auf. Der Kronprinz wies sie an, nachts abwechselnd bei dem Prinzen zu wachen und sofort Nachricht zu geben, wenn sie etwas Auffallendes im Verhalten und Zustand des Kindes bemerkten. Auch befragte er sofort einen der erreichbaren Ärzte.

„Er kümmert sich um alles", rügten die Kinderfrauen streng, als der Kronprinz, den Leuchter in der Hand, sich entfernt hatte.

Auf dem Ball war seine Anwesenheit nicht mehr lange erforderlich. Die königliche Familie zog sich früh zurück. Friedrich Wilhelm konnte sich zeitig zur Ruhe begeben. Es tat ihm not nach einer Nacht, die er nahezu schlaflos über alchimistischen Werken zugebracht hatte. Auch gedachte er am kommenden Tage schon in den ersten Morgenstunden aufzustehen, um sich genauer über die nächsten Pläne des Grafen Gaëtano zu unterrichten und engere Fühlung mit dem königlichen Münzmeister zu suchen, der das Elaborat des Italieners einwandslos als Gold anerkannt hatte.

* * *

Auf dem Ritt zum Münzamt nahm der Kronprinz einen Umweg. Jenseits des Schlosses und Domes Schloss sich an den Lustgarten bald wieder ein hässliches und ärmliches Stadtviertel an, das der König und sein Hof allerdings bei ihren Ausfahrten niemals zu berühren pflegten. Die Winkel und Gassen dort im alten Kölln waren auch nur noch wert, zu verfallen und vergessen zu werden.

Aber noch lebten Menschen in ihnen, für die keine bessere Wohnstatt bereit war. Der Kronprinz fasste jede Einzelheit ins Auge; jeden umgebrochenen Zaun; jede windschief hängende Tür; die vom Sturm zerrauften, von der Feuchtigkeit und Kälte modernden Strohdächer; die schmutzigen Kinder, die sich an dem frostigen Morgen draußen umhertrieben, zaghaft zu dem vornehmen Reiter aufsahen und ihn ängstlich, darum nicht minder beharrlich anbettelten.

Ein hochgewachsener junger Mann hämmerte trotz des eisigen Nordwindes an einem Fensterladen herum, der, locker und gesprungen, in den Angeln knarrte; er suchte den breiten riss im Holz mit einer Latte zu übernageln. Aber bei jedem Hammerschlag splitterte der Sprung nur weiter. Als der Mann den Reiter anhalten sah, legte er sein Handwerkszeug auf den Fenstersims, ging ins Haus und schlug die Tür hinter sich zu.

Friedrich Wilhelm sprang vom Pferde und schritt dem jungen Menschen rasch nach. Der öffnete nur zögernd die Tür.

„Warum hat Er seine Arbeit abgebrochen?“ fragte der Kronprinz unvermittelt.

„Weil das Holz keinen Nagel mehr hält.“ Die Antwort schien jede weitere Frage abzuschneiden.

Der Kronprinz blieb hartnäckig und fuhr fort: „Warum müht Er sich heute überhaupt mit derlei Dingen? Weiß Er nicht, dass dieser Tag noch für die Tauffeierlichkeiten auf dem Schloss bestimmt ist?“

Der junge Mann machte kein Hehl daraus, dass er die Hoheit erkannt hatte. Ohne jede Befangenheit, doch mit viel Bitterkeit sprach er weiter.

„Warum sind der Herr Kronprinz um diese Stunde hier?“

Er beschrieb am Fenster einen weiten Bogen um die armen Hütten und verkommenen Wege. „Hier ist kein Fest. Die Feiern sind drüben hinter dem Lustgarten.“

Der Kronprinz knöpfte an seinen Reithandschuhen. „Hör Er, die Feste werden auch hier bald beginnen. Eine neue und herrliche Stadt wird auch hier bald entstehen. Es gibt ja nun Gold.“

Der junge Mann zeigte sich vollkommen unterrichtet.

„Ja, Herr Kronprinz, Preußens letztes Gold in des Generalmajors Graf Gaëtano Tasche.“

Jetzt prägte Friedrich Wilhelm sich das Gesicht des Mannes genau ein. Seine Züge waren klar und klug. Aber die junge Hoheit sagte: „Er ist sehr kühn. Warum traut Er elender Untertan nicht dem, was seines höchsten Herrn und Königs heißester Glaube ist?"

„Weil Graf Gaëtano sich gestern nach der Tafel von des Königs Majestät fünfzigtausend Taler zusichern ließ für die neue Goldbrauerei." Der junge Mensch beschrieb wieder einen Halbkreis um die Elendshütten vor dem Fenster. „Fünfzigtausend Taler, Kronprinzliche Gnaden."

„Was schließt Er daraus?" Friedrich Wilhelm ließ sich auf den Holzschemel nieder, den der andere ihm blank gewischt hatte. Er riss seinen Mantel auf.

„Dass es mit den Künsten des Goldmachers nicht stimmen kann, Euer Gnaden. Wie könnte er sonst in Geldverlegenheiten sein."

Der Kronprinz bezwang seine Unruhe. Er gab sich sehr kühl. „Woher hat Er Botschaft, was an der königlichen Tafel gesprochen wird?"

Die Bitterkeit in der Antwort des Mannes war größer als der Stolz seines Ausdruckes. „Ich habe nur zum Freunde, wer mir und meinesgleichen helfen kann. Die königlichen Küchenjungen können unsereinem schon gute Freundschaftsdienste leisten, wenn sie nur den Herren Tafellakaien öfter ein wenig gefällig sind. Freilich, manchmal wollen sie mehr sagen, als sie wissen. Dann muss man sorgfältig sondern; denn die Küchenjungen tun nun auch noch ihr Teil dazu."

Er lächelte flüchtig. Friedrich Wilhelm sah ihn von der Seite an, den Knopf der Reitpeitsche an den Mund gelegt. Der junge Mann wartete keinen Einwurf ab. Mit einer hastigen Wendung zu der Hoheit hin rief er hell, fast scharf: „Aber hier ist nichts übertrieben. Aber hier ist alles wahr, Euer Gnaden."

„Trotz Küchenjungen- und Tafellakaiengeschwätz", fiel der Kronprinz ein und hatte eine tiefe Falte zwischen den Brauen, „- das ist wahr."

Er streifte die Handschuhe über. „Wie heißt Er?"

Es klang trotz der rauen, abgerissenen Sprechweise der jungen Hoheit nicht unfreundlich.

„Creutz." Der einfache Mann verneigte sich mit großer Höflichkeit.

„Creutz", wiederholte der Prinz. Schon trat er aus der engen Kammer; und Name, Mensch und Schicksal waren ihm eingeprägt. Im Takte seines Rittes dachte er nichts mehr als die eigenen Worte: „Aber das *ist* wahr – das *ist* wahr –"

Woher nahm der Vater noch fünfzigtausend Taler für den Goldmacher? Er zahlte seinen Beamten die Gehälter nicht mehr und war seinen Großen tief verschuldet, die ihn ausgesogen hatten. Bei denen, die sich schamlos an ihm bereichert hatten, musste er borgen.

Aber dem Sohne schlug er es mit hochmütigem, mitleidsvollem Lächeln ab, als er ihn bat, seinen kronprinzlichen Etat von fünfunddreißigtausend Talern herabzusetzen. Das sei ein kleiner Etat. Der Kronprinz von Preußen müsse doch Tafel halten. Der erste Kronprinz von Preußen dürfe doch nicht derart bürgerliche Wäsche, Manschetten und Krawatten tragen. Von seiner Tafel, heiße es, stehe man manchmal hungrig auf.

Ach, über Tafel und Krawatten! Er brauchte sein Geld zu Wichtigerem; und dies war nun sehr seltsam: Genau die fünfzigtausend Taler hatte der Kronprinz gespart, die der Goldmacher vom König verlangte. Er hatte sie gespart, obwohl der eigene Vater ihm, noch als er Knabe war, schon über dreißigtausend Taler schuldete. Er hatte sie gespart, obwohl er gewaltige Mengen seines Knabentaschengeldes immer wieder in seine Miliz gesteckt hatte. Die war so angewachsen, dass er seine Leute in den Scheunen verstecken musste, kam der Vater König einmal nach Wusterhausen hinaus.

Er war bereit, seine Ersparnisse dem König zu leihen – zu solch harter Kur. Er wollte auch nur eine einzige Garantie von ihm: den Sturz der drei Minister, den Sturz vor allem Graf Wartenbergs. Denn der war Oberkämmerer, Erster Staatsminister, Generalpostmeister, Generalökonomiedirektor, Oberhauptmann der Schatullämter, Oberster Stallmeister aller Gestüte, Protektor der Akademien und Erbstatthalter der oranischen Erbschaft; er war es ohne jede Kontrolle und mit unumschränkter Verfügungsgewalt. Die Gräfin – einst die Frau des Kammerdieners Bidekap und im Packwagen aus Emmerich mitgebracht – schickte Geld nach England, denn sie traute Preußens Zukunft nicht recht; der Graf kaufte Güter in der Pfalz. Ihre Tafel kostete mehr als die königliche.

Der König dankte. Der König lehnte ab. Der Kronprinz investierte über zwanzigtausend Taler in „Bau Wusterhausen, Garten und Landmiliz". So hatte die Preußische Krone ein schuldenfreies Gut. Der König pochte vor den Gläubigern auf seine oranische Erbschaft, gab dem Goldmacher Versprechen und hoffte.

* * *

Friedrich Wilhelm ersuchte den König um seine Entfernung vom Hofe.

Friedrich I. fand seinem Sohn gegenüber nur noch müde Gesten. Dabei war es doch durchaus kein ungebräuchliches Mittel, sich eines etwas schwierigen jungen Herrn für eine Weile dadurch zu entledigen, dass man ihn auf Reisen schickte. Aber selbst an diese Erwägung knüpften sich unangenehme Erinnerungen. Denn war der Kronprinz vielleicht auf die Große Tour gegangen, wie sie für Fürstensöhne üblich war? Hatte er sich etwa durch das Leben an fremden Höfen verfeinern lassen? Über Holland war er überhaupt nicht hinausgekommen. Und in Amsterdam hatte er lediglich die Polizei, die Armenhäuser, die Gefängnisse, Schiffe und Magazine besichtigt, in Leiden nur die Anatomie aufgesucht!

Aber gut, gut; mochte er doch wieder reisen auf seine Art. Im Augenblick war seine Abwesenheit nur zu genehm. Was er nur wünschte an Urlaub, Ermächtigungen, Empfehlungen, sollte ihm zugebilligt sein.

Aber der Kronprinz wollte gar nicht reisen. Er wollte in den Krieg nach Flandern; und in der Verfechtung dieses Planes entwickelte er eine rhetorische Gewandtheit, die man bis dahin noch nicht an ihm wahrgenommen hatte, dass er dem Vater seinen Willen klarzumachen suchte in dessen eigener Sprache und von der Fürstentragödie redete, die um die spanische Erbfolge aufgeführt werde: Das entschied den Erfolg seiner Bitte.

Die überraschenden Redewendungen gefielen dem Herrscher. Sie wären nicht bäurisch, wie so vieles an dem Sohn. Die Majestät raffte ihren Mantel zusammen und erhob sich. „Reisen Sie meinethalben auch nach Flandern – ich gewähre es Ihnen gern. Reisen Sie zu meinen Truppen – nur quälen Sie mich nicht mit Ihrer Engherzigkeit, Verzagtheit, Ihrer Kleingläubigkeit." Er wollte den aussichtslosen Kampf gegen seinen Sohn nicht weiterführen.

Die Kronprinzessin fand es angebracht, dass der Kronprinz sich nach der Taufe des Stammhalters nun auch den Truppen zeigen wollte. Solche Besuche bei der Armee waren abwechslungsreich und ungefährlich. Das wusste die junge Fürstin von Vater und Bruder, dem Kurfürsten und Kurprinzen von Hannover.

König Friedrich aber wurde plötzlich wieder besorgt um den einzigen Sohn; nirgends und niemals war er des vollen Einsatzes fähig. Er ließ dem Kronprinzen schriftlich einen Befehl zugehen, nach welchem er ihn zum Besuch der verbündeten Heerführer ins flandrische Hauptquartier entsandte, keineswegs aber in seiner Eigenschaft als Chef des Kronprinzenregimentes. Schreibend blieb der schwache Vater fest; der Begegnung mit dem Sohne wich er aus.

Der gesamte Hof glaubte, sobald der Aufbruch des Kronprinzen zur Armee bekannt geworden war, die junge Hoheit von dem Goldmacher in die Flucht geschlagen. Wer konnte ahnen, dass der neue Regimentsschreiber in der Wusterhausener Truppe des Kronprinzen ein Spürhund gegen Gaëtano war. Wer konnte wissen, wer der Schreiber Creutz war, wie sein junger Herr ihn fand und was er von ihm hielt.

* * *

Friedrich Wilhelm fügte sich den Wünschen des Vaters und Königs. Er hatte ja auch wirklich eine Fürstlichkeit im flandrischen Lager zu besuchen, freilich gerade einen großen Herrn, der am Berliner Hofe verfemt war: Herrn Leopold von Anhalt-Dessau.

Leopold von Anhalt-Dessau

Er hatte begonnen, all die Verbitterung zu verstehen, durch die sich der Fürst in den Kreisen des Hofes gar so unbeliebt gemacht hatte. Er fing an zu ahnen, warum der große General sich als Freiwilliger bei den brandenburgischen Truppen herumtrieb, obwohl ein Rangjüngerer das Kommando führte. Was noch groß war an Brandenburg, schien unlösbar an den Fürsten Anhalt-Dessau gebunden; er wollte nicht von seinem Werke lassen, die Truppen, die er vierzehn Jahre, in vierzehn Feldzügen für Brandenburgs Reichsdienst geführt hatte, ruhmreich zu machen. Er wollte nicht Berührung haben mit dem neuen Königshofe.

Der „Kronprinz in Preußen“ und Kurprinz von Brandenburg brach nicht zur Armee auf, nur weil es ihm verdrießlich war, lediglich dem Titel nach Regimentschef zu sein. Der Kronprinz in Preußen ging, den Dessauer zu suchen. Vielleicht sah der mit seinen Augen, hörte der mit seinen Ohren, redete der mit seiner Zunge. Einer musste doch noch sein! Man hielt sie voneinander getrennt!

Der Fürst von Anhalt-Dessau fuhr Friedrich Wilhelm entgegen.

* * *

Je mehr sie sich dem Lager näherten, desto stärker spürten der ältere und der jüngere Mann ihre Übereinstimmung.

Den letzten Teil der Reise hatten sie gemeinsam zurückgelegt. Der Kronprinz hatte nur wenig Kasten und Truhen als Gepäck bei sich. Er hielt sich nicht an das Feldlagerzeremoniell.

Dem Dessauer war es recht, wie der Thronfolger kam: zerstreut, wortkarg, noch ganz gefangen im Berliner Ärger. So, genau so, pflegte auch er selbst jedes Mal vom neuen Königshofe zu kommen!

Aber heute war des Prinzen schlechte Laune bald wie weggefegt.

Der Tag war da, an dem sie nun die ersten Truppen sahen. Sie waren noch nicht sechs Stunden gefahren. Es war gegen Mittag. Eine breite, blitzende Welle kam ihnen den Hang einer Erhebung entgegen, dichte Reihen von Soldaten. Fern hinter ihnen wehten schmale Wimpel von hohen Lanzen, Zeichen der Zelte, deren graue Spitzen vor dem Horizont der Ebene zum Gebirge wurden.

Man schien dem Frühling näher. Über den Stämmen der kahlen Bäume war ein feuchter, grüner Schimmer, Hauch des Frühlings über altem Holz. Der Schnee war getaut.

Die Mannschaften scharten sich zu schmalen Kolonnen, als sie am Reisewagen der Fürstlichkeiten vorbeimarschierten. Der Fürst und der Kronprinz lehnten sich aus dem Schlag. Den Dessauer erkannte jeder Soldat. Aber die Ordnung der Gruppen durfte durch die Begegnung nicht gestört werden. Darauf achtete der Fürst; das wussten sie und wollten keine schlimme Begrüßung.

Nur den Marsch des Dessauers stimmten sie an, den Marsch der Schlacht am Ritorto und des Sieges von Cassano:

„So leben wir, so leben wir –"

Der Zug war lang. Andere Lieder des Feldzugjahrzehntes folgten.

„Prinz Eugen, der edle Ritter –"

Prinz Eugen, der edele Ritter,
wollt' dem Kaiser wied'drum kriegen
Stadt und Festung Belgerad.
Er ließ schlagen einen Brucken,
dass man kunnt' hinüber rucken
mit d'r Armee wohl in die Stadt.

„Marlborough s'en va-t-en guerre, mironton, mirontaine –"

„Auf ein Lied, das Ihnen gilt, Hoheit." Der Dessauer beugte sich in den Sitz zurück und kramte eine Reiseflasche mit Schnaps hervor. Sie tranken ohne Becher, der Kronprinz nach dem Fürsten; dann wechselten sie ab. Friedrich Wilhelm hob die Reiseflasche wie ein schönes Glas.

„Für ein solches Lied gäbe ich alle Titel, Fürst."

Eugen von Savoyen

Der Trinkspruch des Dessauers griff dem Prinzen ans Herz.

Aber niemals ist ein Lied auf Friedrich Wilhelm gesungen worden.

An der Tafel begrüßte Prinz Eugen von Savoyen den jungen Prinzen und den großen General mit höflicher Rede. Er stellte den Dessauer dem jungen Brandenburger hier draußen im Lager gleichsam von neuem vor: „Der Fürst von Anhalt-Dessau hat mit den brandenburgischen Truppen Wunder gewirkt. Kein Preis ist zu hoch, wodurch ich ihr Ausharren erkaufen kann."

Der Kronprinz wandte keinen Blick von dem herrlichen Manne, der so begeistert von des Dessauers Heerschar redete – dem Manne, den der Sieg wie ein Schatten begleitete. Nun sah er ihn, der nur in Feldlagern Hof hielt: Prinz Eugen, den edlen Ritter – den heldischen Zwerg! Oh, es war etwas anderes, als unter Höflingen zu weilen!

Aber wenn Prinz Friedrich Wilhelm glaubte, auch den Fürsten von Anhalt-Dessau im Lager aufleben zu sehen, wie er selbst es tat, so täuschte er sich. Der Fürst wirkte plötzlich sogar ungemein ernüchternd auf ihn.

Der alte Dessauer – Fürst Leopold

Sein braunes Gesicht war faltiger, als seine Lebensjahre glauben ließen. Seine grauen Augen beobachteten mehr, als dass sie feurig strahlten, wie man immer pries. Mit seinem anliegenden, knapp zusammengebundenen frühen Grauaar und dem – an den Rang- und Standesgenossen gänzlich ungewohnten – kurzgeschnittenen Schnauzbart erschien Fürst Leopold fast streng und unfreundlich. Da begann der Kronprinz nachzuspüren und von Stunde zu Stunde mehr zu begreifen, wie die Heerführer auch im Felde noch an ihren Höfen litten, wie sie von Spionen ihrer Kabinette umgeben waren und, selbst wenn sie einig waren im Kriegsrat, der Verräter wegen einander zum Scheine widersprechen mussten wie Prinz Eugen und der Dessauer. Der Kronprinz sah den erschlichenen Sieg der héros subalternes über die Tapferen und Großen.

Gewiss, es klang überwältigend: England, Holland, Portugal, Dänemark, das Reich – von zwei Verrätern abgesehen – sind vom Kaiser zu einem gewaltigen Bündnis zusammengeschlossen gegen den vermessensten König, der je auf Frankreichs Thron saß!

Aber als Truppenkörper war eine solche Fülle der Nationalitäten schwierig zu lenken. Nach erschöpfenden Feldzugsjahren waren die Söldner jedes Heeresteiles zudem nur noch Hergelaufene aus aller Herren Ländern – auch die Offiziere; und Deutsche kämpften gegen Deutsche um Spaniens Thron: die Kurfürsten von Bayern und Köln hielten es mit dem König von Frankreich! Der junge Brandenburger stand verwirrt im Treiben des Lagers. Er fühlte, dass er keinem etwas galt: den großen Heerführern, den Fürsten alter Häuser nicht – den Offizieren seines Vaters am wenigsten.

Die bitterste Stunde aber kam für ihn, als sich in seiner Gegenwart zwei Offiziere der Verbündeten unendlich beleidigend darüber streiten durften, ob der „König in Preußen“ wohl fünfzehntausend Mann auf den Beinen halten könne.

„Mein Vater“, rief der Kronprinz voller Zorn und Scham, „kann, wenn er nur will, dreißigtausend Mann halten!“ Und er verschwieg: Wenn er nur dem Dessauer und mir seine Sache in die Hand gibt –. Ach, es genügt mir nicht, dass ich von fern ein wenig für die Verwundeten der letzten Schlachten sorge; dass ich Sonderentlohnungen vermittle; dass ich mir unentwegt berichten lasse; wahrhaftig, es ist nicht genug für einen Fürstensohn in dieser Zeit.

Er war verdammt, zu warten. Die Bäume wurden grün; und wo das Kriegsvolk nicht das Land zerstampfte, keimten Halme, ungleich und verstreut, aus Körnern, wie sie ohne Aussaat im Erdreiche lagen; aus Körnern, wie sie der Wind in den ängstlichen Ernten kriegerischer Vorjahre verwehte. Bauern hatten diese Felder nicht bestellt. Das Land gehörte den Söldnern.

* * *

Außer vom König empfing der Kronprinz auch sonst zahlreiche Post, wie jeder der großen Herren im Lager; nur dass die Schreiben, die ihm ausgehändigt wurden, nicht immer nur hochgestellte Absender hatten.

Gewiss, auch die Kronprinzessin teilte mit, sie habe sich seit Karnevalsbeginn an den Hof ihres Vaters nach Herrenhausen und Hannover begeben. Friedrich Wilhelm war von einer Last befreit, die ihn wochenlang bedrückt hatte. Der Kleine musste also gedeihen! Wie wäre die junge Mutter sonst zum hannoverischen Karneval gereist!

Aber auch der einfache Mann Creutz (Ehrenreich Bogislaus Creutz – 1670 – 1733) schrieb, und der Kronprinz war erstaunt, wie der neue Sekretär seiner Wusterhausener Landmiliz diese Kunst beherrschte, die im Volke nur sehr selten anzutreffen war.

Der königliche Münzmeister, so stand in dem Brief, habe in letzter Zeit einen Aufwand getrieben, der ihm vor des Conte Gaëtano Zeiten nicht möglich gewesen sei.

Der Graf aber habe sich, bevor er nach Berlin kam, in München den Umstand zunutze gemacht, dass nach der Schlacht von Höchstädt ein Volksaufstand ausgebrochen war. Ohne alle Papiere hatte er die Stadt verlassen; eine Flucht war es, keine Abreise. Der Kurfürst von Bayern, um unermessliche Summen von ihm betrogen, war gerade daran gewesen, ihn festsetzen zu lassen.

Creutz hatte auch sehr selbständig nachgeforscht, woher der Italiener nach München gekommen war: Er hatte am pfälzischen Hofe und bei dem Herzog von Savoyen Goldmacherdienste getan, und der Herzog, als er sich in den Händen eines Gauners und Gauklers sah, war so tief beschämt, dass er ihn dem verdienten Gericht nicht übergab, sondern mit allen erforderlichen Ausweisen nur heimlich des Landes verwies. Er hatte keine Sühne verlangt; er hatte sich nur mit der Zusicherung begnügt, dass Gaëtano in fremden Landen an keinem anderen Fürsten ähnliche Verbrechen begehen würde.

Aus solcher Scham des Herzogs von Savoyen flössen das Unglück und die Schande des ersten Königs von Preußen. Und die Schande erschien dem Thronfolger umso größer, je tiefer er mit seinem neuen Schreiber in die Vorgeschichte des Italieners eindrang. Der Kronprinz ließ es sich viel Reisegeld kosten. Der arme Mann Creutz sah die Welt. Aber er kam immer weiter von den Städten fürstlicher Höfe ab, drang in immer abgeschiedenere Gefilde, bis er es endlich wusste, dass Domenico Manuel Gaëtano der Sohn eines armen Bauern aus Petrabianca, weit hinter Neapel, war; ein kluger Sohn, ohne Frage, denn er hatte das feine Goldschmiedehandwerk gelernt und zudem, um das Lehrgeld bezahlen zu können, von Taschenspielereien sein Leben gefristet. Da fiel er einem Alchimisten auf; der wollte von dem gar so geschickten Burschen kein Lehrgeld; der bot ihm Löhnung und Kost.

Nach einem Jahre musste der Adept Gaëtano seine Heimat verlassen, und die Landreiter waren noch an der Grenze hinter ihm her. In Madrid war er schon kein Adept mehr. Dort begann er gleich mit eigener Alchimistenküche; dort wurde er auch gleich Betrüger genannt. Dafür trug die Frau, die mit ihm durch die Länder reiste, für eine halbe Million Taler Juwelen auf dem Leib und war doch nur eine Fleischerstochter aus einer so armen, dunklen Gasse, wie sie des hungrigen Mannes Creutz Jugend überschattet hatte.

* * *

Der dritte Kurier für den Kronprinzen kam mit Eilpost aus Hannover. Der Sohn war tot, die Kronprinzessin nach Berlin zurückgekehrt. Endlich versicherte noch ein Handschreiben König Friedrich I., die Trauerfeierlichkeiten würden bis zum Eintreffen des tiefbetrübten Vaters aufgeschoben werden, ihm eine Tröstung und Erhebung zu geben.

„Ich habe hier nichts zu suchen." Mit solchen Worten nahm der Kronprinz Abschied vom Dessauer. „Es war keine Schlacht. Es ist auch keine Schlacht in Vorbereitung. Man hält Reden, die Unfrieden stiften sollen im Reich. Ich werde dem König sagen, dass hier sein und aller Fürsten Geld vertan wird nur für Habsburgs Träume."

Er ging vom flandrischen Lager weg, sein totes Kind zu sehen. Er hatte im Krieg nicht einen Toten erblickt.

Die Kinderfrauen beteuerten, was sich beteuern ließ. Die Ärzte wussten viele lateinische Gründe für den Tod seines Sohnes. Die Kronprinzessin hatte keinerlei Ahnung gehabt. Nun war sie leidend, sprach kaum mit dem Gatten.

Als man Friedrich Wilhelm zu der einbalsamierten Leiche des Kindes führte, wusste er, warum sein Sohn gestorben war.

Der Knabe Fridericus Ludovicus war aufgebahrt im schweren Purpurmantel, die Krone auf dem schwachen Haupt, Zepter und Reichsapfel in seinen welken Händen, das Band des Schwarzen Adlerordens über der Brust, den Stern über dem schweigenden Herzen. Die Schweizergarde hielt die Totenwacht, mit siebenhundert silbernen Trommeln. Vor Schloss und Dom standen die Kanonen bereit, gelöst zu werden zum Trauersalut.

Der König hatte einen Sarg von Gold anfertigen lassen; am Fußende war ein mächtiger Adler ausgebreitet.

Vom Morgen bis zur Dämmerung durfte das Volk vorüberziehen und die Aufbahrung bewundern. Dem Kinde kam Ehre zu. Es war als der nächste Thronfolger begrüßt und ein Glück des Geschlechtes genannt worden. Der Kronprinz sprach nicht. Nur bat er die Ansbacher Brandenburgerin, sich seiner Frau anzunehmen.

* * *

Der Dessauer hatte ihn dringend zurückgerufen. Als er ihn am Wagenschlag empfing, stürzte sich der Prinz in seine Arme.

Der Dessauer legte die Arme um ihn, ohne allen schuldigen Respekt. Er war ja selbst ein söhnereicher Vater.

„Mein Sohn lag in einem goldenen Sarge", stöhnte Friedrich Wilhelm auf.

Da schauerte es den Dessauer. Und das geschah selten.

Niemand erschien seinem klaren Sinn geheimnisvoller als der junge Königssohn, von dem es an den Höfen immer nur hieß, dass er gewalttätig, eigenwillig und beschränkt sei und keine andere Bildung habe als die der Kaserne, keine andren Formen des Umgangs kenne als Kommandieren und Order parieren. Er müsse künftig einmal, so hatte es immer bei Hofe geheißen, die Minister für sich regieren lassen, denn er scheue ja die geringste geistige Anstrengung; er werde Verwicklungen herbeiführen und den Staat nicht schützen können. Wie sollte der Fürst von Anhalt-Dessau damit vereinen, was er nun im Lager sah!

Mit welchem Trübsinn grübelte der Prinz jetzt manchmal des Abends dem Fluch des eigenen Horoskopes nach; vielleicht dass Gott in seinen Sternen doch ein Zeichen gab! Das Zeichen der Unfruchtbarkeit war seinem Horoskope eingegraben.

Der Dessauer lachte den Prinzen aus, aber sein Lachen fand keinen Weg zum Herzen des trauernden jungen Vaters. Der Dessauer ließ nicht ab. Was hatte es denn mit Unfruchtbarkeit zu tun, wenn ihm sein erstes Kind starb! Er sollte doch einmal Umschau halten in den Häusern der Fürsten, der Bürger, der Bauern! Und war nicht seinem kurfürstlichen Großvater und selbst dem königlichen Vater das gleiche widerfahren, den ersten Sohn und ersehnten Thronfolger zu verlieren?

Der Kurprinz von Brandenburg beurlaubte sich vom Heer und reiste zu seiner Gattin, die sich im Kreise der Ihren in Hannover trösten ließ. Er fand sie in banger Sorge darüber, dass ihre Stellung am Berliner Hofe jetzt erschüttert sein könne. Er weilte einen Tag in stummer Anklage und Trauer bei ihr, und aus einer Nacht voller Fruchtbarkeit und Schwermut brach er wieder zu den Truppen auf.

Der unerfahrene Oberst Friedrich Wilhelm von Hohenzollern vertraute dem großen General Leopold von Anhalt-Dessau. Der hatte von der Schlacht gesprochen; nun würde sie sein.

Die Schlacht und der eigene Tod mochten kommen. Vielleicht wuchs schon der neue Sohn heran. Dachte der junge Fürst an die Schlacht, so war sein Gedanke nicht Sieg, sondern Tod.

Furchtbares musste sich vorbereiten: Aufruhr und Ausgleich neun kranker Jahre verschleppten und verrotteten Krieges. Der Kronprinz sah bereits mit des Dessauers Augen; er erkannte, dass Bündnis Handel war und Traktat nur Geschäft und Heer nur Söldnerhaufe; und Kampfgenossen waren die Rivalen ihrer Höfe. Tod musste wachsen, reif geworden in neun faulen Jahren. Er zwang sich, nicht an die neun Monate und das Reifen des neuen Kindes zu denken. Monat um Monat kämpften der Fürst und der Kronprinz vergeblich um den rechten Augenblick der Schlacht.

* * *

Dann, als es ein sehr zartes Mädchen war, ein Kind des Sommers, strafte Friedrich Wilhelm alles Gleichnis Lüge, verlachte die Horoskope und war den hohen Sommer hindurch guter Dinge und nur, wie mancher junge Vater es gewesen wäre, eine Kleinigkeit enttäuscht, dass es ein Mädchen war. Jedes der Eltern gab dem Kinde seinen Namen: Sophie die Mutter, Friederike Wilhelmine der Vater. Die Kronprinzessin blieb in den Sorgen, welche Politik sie nun, da kein Sohn geboren war, einzuschlagen habe, allein. Nur Briefe aus Hannover vermochten ihre Befürchtungen zu zerstreuen. Dann lenkten die Feiern sie ab. Mitten im großen Kriege Europas standen drei Könige Pate: Der „in“ Preußen. Der von Polen. Der von Dänemark.

Man machte viel Redens davon, dass alle drei den Namen Friedrich trugen und dass jeder einen einzigen Sohn besaß. Sie losten um den Vorrang. Der Hofdichter der preußischen Majestät malte – gegen einen Ehrensold von tausend Dukaten – die Allegorie aus und schrieb von den Heiligen Drei Königen und ihrer Myrrhe, ihrem Weihrauch und Gold.

Der Kronprinz hörte aus den üblen Versen nur den Kehrreim: Gold.

Weil es ein Mädchen war, trug das Kind bei der Taufe keine Krone, kein Zepter, keinen Reichsapfel, weder Ordensstern noch Purpur. Sie brachten ihm nur Gold zur Gabe: Die drei Könige, die drei mächtigen Minister, der Goldmacher.

Der Goldmacher und das Dreifache Weh hielten Friedrich Wilhelms zweites Kind mit den Königen über die Taufe, im zehnten Monat nach der Nacht der Fruchtbarkeit und Schwermut.

Im elften Monat war die Schlacht die blutigste des jahrelangen Krieges.

Bei Malplaquet war alles Heer zusammengezogen, und jede der Armeen, die hier miteinander ringen sollten, war über hunderttausend Mann stark.

Am Morgen lag der Nebel der Ebene und des Herbstes um die Zelte. Die Männer, die das Nebelmeer durchschritten, schienen über irdische Maße groß. So kamen, wie die Helden eines höheren Reiches, in dem ersten Lichte des Septembertages die Generale von Tettau und von Derschau vor das Zelt des Kronprinzen und nahmen der Ordonnanz ihren Dienst ab, den Sohn ihres Königs zu wecken. Der von Tettau stand zu Füßen des Feldbettes, im offenen Eingang des Zeltes. Schon schimmerte die Sonne in dem Nebel, und ein fahler Glanz umgab ihn.

„Ich komme Abschied zu nehmen", sagte der von Tettau.

Julius Ernst von Tettau

Und Friedrich Wilhelm gab zurück: „General, wir reiten zusammen."

Er war ganz wach, in einem Augenblick.

Der von Tettau schüttelte den Kopf. „Gebe Gott, dass wir nicht zusammen reiten. Mein Ritt geht in den Tod."

Da stand die Sonne über dem Gebirge der Zelte, der Nebel wich, der Tag war da.

„Wer kann den Tod wissen?" fuhr der Kronprinz auf und dachte daran, wie arm die Ahnungen und Zeichen der Menschen sind. Hatte sein Söhnlein nicht eine Krone getragen?

„Ich habe keine Zeit mehr zu reden", sprach der von Tettau sanft, „ich habe nur noch etwas zu ordnen. Ihres Vaters Majestät hat mich im geheimen beauftragt, stündlich auf Ihr Wohl zu achten. Aber nun habe ich nur noch eine Pflicht und kann auf Sie nicht mehr achten."

Friedrich Wilhelm hatte sich im Feldbett aufgesetzt. Er lächelte, jedoch in Unruhe. „Ich werde auf Sie achtgeben, General."

„Keiner, Hoheit, kann uns bewahren", griff nun der von Derschau ins Gespräch ein, „und niemand soll es. In uns ist keine Furcht."

Der Kronprinz wandte sich um. Er suchte den von Derschau. Der stand zu Häupten seines Lagers. Der Kronprinz redete mit einer Heftigkeit, die fast etwas gequält schien. „Ja, ja, ja – alles kann sein. Die Schlacht wird kommen und wie jede Schlacht Tote bringen. Dies kann man sehr wohl vorher wissen. Aber wer es sein wird, vermag der Mensch nicht zu ahnen."

Der von Tettau sagte: „Wenn Gott es will – ja."

Und der von Derschau sprach nach: „So fest, dass kein Zweifel ist."

Friedrich Wilhelm sprang aus dem Bett. Er goss sich aus seinem Ledereimer das Wasser über das Gesicht, die entblößten Schultern und Arme, griff nach dem Rock und den Stiefeln. Er wollte hinaus, noch einmal zum Prinzen Eugen, zum Herzog von Marlborough, in letzter Stunde alles vor ihnen zu wiederholen, was er seit Tagen immer wieder vorgehalten hatte: dass es nun, nach so vielen versäumten Monaten zu spät war für die Schlacht. Man werde aller Voraussicht nach siegen, ja und abermals ja, aber die Opfer seien zu groß; niemand könne solche Verantwortung auf sich laden.

Er hat den Herzog von Marlborough, er hat den Prinzen Eugen nicht erreicht. Sie waren für die jungen Herren aus großem Hause nicht zu sprechen. Sie hielten ihn hin. Zwei breite Ströme, wälzte sich nun das Heer gegen Mons und Malplaquet. Zur Rechten sangen sie vom „Edlen Ritter", zur Linken klang „s'en va-t-en guerre ..." Vom jungen Prinzen, der allein die rechte und die schlechte Stunde dieser Schlacht erkannt hatte, sang kein Grenadier, kein Kanonier, kein Reiter.

Schlacht bei Malplaquet – 1709

Schlacht bei Malplaquet – 1709

Niemand hat an diesem Tage Rat oder Tat von ihm gefordert, obwohl er sich in der Schlacht beständig bei den beiden hohen Feldherren hielt. Aber der Tod wollte Antwort von ihm auf mancherlei Frage.

Ein Sattelknecht des Prinzen von Savoyen ritt hinter Friedrich Wilhelms Pferd, ganz dicht.

Nur dass sich des Sattelknechts Pferd, ganz nahe an seiner Seite, bäumte: dann verlor es sich herrenlos im Gewühl, und Rappen und Schimmel sprengten über den Leichnam des Burschen. Die beiden Ordonnanzen des Kronprinzen sprengten heran, ihn von dem gefährdeten Platze wegzuholen. Mit aufgehobenen Händen wehrte Friedrich Wilhelm ab: „Nicht näherkommen – nicht näher!"

Da sanken sie unter die Hufe, beide im gleichen Augenblick.

„Wir müssen über tausend Mann verloren haben", rief der Adjutant des Herzogs von Marlborough dem Kurprinzen von Brandenburg zu, als es wie eine Pause war im Pfeifen der Kugeln.

So begann das Zählen, die grausige Rechnung des Sieges. Die Stunden des steigenden Tages nahmen die Tausende und aber Tausende hin; sechzigtausend mussten sterben, ehe das letzte große Heer des Sonnenkönigs geschlagen war. Der ungenannte Sieger neben dem Prinzen Eugen und dem Herzog von Marlborough war der Fürst von Anhalt-Dessau mit der Truppe, die er nicht befehligen durfte, weil die Höflinge den hellen Klang seines Namens nicht mehr ertrugen.

Als der von Derschau und der von Tettau tot am Sohne ihres Herrn vorübergetragen wurden, war der Sieg schon entschieden, nur dass die Völker und die Fürsten und die Söldner um seine Sinnlosigkeit noch nicht wussten. Der Kaiser wollte nicht den Frieden. Er wollte den greisen Sonnenkönig dazu zwingen, gegen den eigenen Enkel zu Felde zu ziehen.

Der Erbe Brandenburgs ritt aus der Schlacht, ein Grübler.

Sein anklagender Hass gegen den Bourbonen und den Habsburger wurde sehr groß. Das Amt eines Landesherrn wurde ihm noch größer. Die Fragen, die auf ihn einstürmten, setzten sich in ihm fest für immer, nicht nur für die Nacht von Malplaquet.

Der Königssohn trat seine Pilgerfahrt an durch die Nacht des Todes, die Söhne des Landes zu suchen, dessen Fürst er einmal werden sollte.

Aber hier blieb er schon bei einem Dänen stehen; dem bettete er den Kopf auf den Mantel, den er einem Toten ausgezogen hatte. Und dort befreite er einen ächzenden Portugiesen, der sich nicht vom Fleck bewegen konnte, von der Last des über ihn gestürzten Pferdeleichnams. Mehr vermochte er nicht zu helfen. Doch lernte er in dieser Stunde die Milde roher Männer kennen. Überall suchten sie mit flackernden Laternen das Feld ab, in Gebüschen, unter Kanonentrümmern, bei zersplitterten Bäumen. Überall stützten sie Sterbende, tränkten sie Verdurstende, verbanden sie Blutende; und als vermöchte es eine Linderung des Geschickes zu bedeuten, strichen sie den Toten über die Lider. Als er einsah, dass es kein Helfen gab in dieser Nacht des Leidens, hockte er sich auf einen Baumstumpf und sah den Lichtern nach. Was der Morgen ihm enthüllen würde, machte ihn zur Nacht schon frösteln. Er wollte hin zu den Laternen. Er ging den Trägern nach. Vier Männer schleppten einen, voran schritt einer mit dem Stalllicht. Sie hatten ein Haus am Feldrand entdeckt. Die Dörfer waren fern, und ihre geringe Zahl vermochte das Heer der Verblutenden nicht zu fassen.

Das nahe Gehöft war eine Schenke. Es ging hoch her in ihr. Sie feierten den Sieg; nur Männer, nur Soldaten fand er vor. Sie hatten das längst von Wirt und Frau und Knecht und Magd Und Kind verlassene Haus aufgespürt. Der Stall war niedergebrannt; das Haus stand beinahe unversehrt. Am Brunnenschwengel war ein Kalb angebunden gewesen, und in dem Keller hatten heil die Fässer flämischen Weines gelegen.

In der Schenkstube und im offenen Flur tanzten Soldaten miteinander. Der Dessauer weilte hier und sah seinen Leuten zu. Als der Kronprinz eintrat, das Gesicht beschattet von Mühsal, Schwermut und Erschöpfung, schritt der Fürst auf ihn zu, legte den Arm um seine Hüfte, fasste seine rechte Hand und führte den Prinzen zum Tanz.

„Es ist Sitte so im Lager nach dem Sieg." Das war seine Aufforderung. Und sein Abschiedswort nach dem Tanze war: „Das Leben geht immer weiter."

Die Grenadiere freuten sich. Gleich stimmten sie der Hoheit und der Durchlaucht zu Ehren das Lied ihrer Feldzüge an. „So leben wir, so leben wir –."

So leben wir, so leben wir,
so leb'n wir alle Tage
in der allerschönsten Kundenkompanie.
Des Morgens bei dem Brantewein,
des Mittags bei dem Bier,
des Abends bei den Mägdelein im Nachtquartier.

Manchmal gaben sie der Weise auch andere heitere, derbe Worte, weil sie den Harten liebten, der immer mit ihnen lebte und überall, ob bei Cassano oder Malplaquet, an ihrer Spitze kämpfte.

„So leben wir, so leben wir", begannen sie von neuem, das dritte Mal in dieser Nacht.

Und plötzlich begehrte der junge Prinz in seinem Herzen, dass nie ein Lied auf ihn gesungen werde und dass man niemals eine Krone auf sein Haupt drücke. Er zog sich in einen Winkel zurück. Da saß einer, der nicht mittanzte, und putzte an einem blanken Ding herum. Was er da habe, fragte der Prinz, und er möge nur sitzen bleiben.

Der Soldat wies die Kugeleinschläge im Helm. Der war das Beutestück von einem Toten.

Einen Helm mit den Löchern der Kugel darin, dachte der Königssohn, den müssten die Könige am Tage ihrer Krönung tragen; einen blanken, eisernen Helm mit den Spuren des Todes, den Helm, in dem einer für sie starb – ein Landessohn oder ein Söldner.

Da sah er wieder das welke, schwache Köpflein seines Kindes unter der mörderischen Krone. Aufschreckend, sprach er mit dem Manne weiter; ob er ein Brandenburger sei und aus welcher Landschaft er komme. Er stamme aus der Havelberger Gegend. Schon saß der Kronprinz dicht neben ihm. Wie lange es schon her sei, dass er in den Krieg zog?

„O Herr", rechnete der junge Mann ihm schwerfällig vor, „nun sind es schon vier Ernten. Und in den Krieg gezogen bin ich nicht. Sie haben mich geschickt."

„Was heißt: geschickt? Geworben –?"

„Nein, Euer Gnaden: Der Herr Baron aus unserer Herrschaft musste Ablösung stellen für seine Söhne."

„Was hat Er getan, ehe der Baron Ihn schickte?"

„Den Eltern das Feld bestellt. Der Vater ist alt."

„Was haben die jungen Barone getan, als Er sie ablösen ging?"

Oh, der Grenadier begriff ganz gut.

„Die jungen Herrn Barone, Euer Gnaden, mussten ins Ausland reisen, reiche Bräute in der Fremde zu suchen, weil wir Bauern allein es nicht schaffen konnten, Schloss und Gut aus den Schulden zu bringen."

Der nächste Mann, zu dem der Kronprinz trat, verstand ihn nicht: Soldat zwar in brandenburgischer Uniform, jedoch von fremder Sprache und einer Mundart, die seine Herkunft kaum erraten ließ. Nur so viel war aus ihm herauszuholen: „... mehr Sold versprochen."

Versprochen. Versprochen. Der Kronprinz kannte den Kehrreim.

Außer im Kürassierregiment „Kronprinz" und in dem Infanterieregiment des Fürsten Anhalt-Dessau stand es überall schlimm um Löhnung, Verpflegung und Montur.

Ah, schon die Monturkostüme, wie jeder Chef eines Regimentes in der ganzen verbündeten Armee sie sich erdachte, forderten Spott und Zorn des Prinzen heraus; Spott und Zorn, durch die er sich unter den Fürstlichkeiten und Offizieren von Tag zu Tag unbeliebter machte. Der junge Herr schien ins Lager gekommen, um unter all den Erfahrenen und geruhsam Lässigen feurige Reformen einzuführen; und weil der Fürst von Anhalt-Dessau allmählich Wind davon zu bekommen schien, dass man ihn, den gar so Unbequemen – wenn auch Unentbehrlichen – weder im neuen Preußen noch im alten Reich zum Generalissimus erheben wollte, hielt er sich nun wohl an den Neuerungssüchtigen. Man hatte dem Ehrgeiz des berühmten Feldherrn mehr zugetraut, als dass er sich nur den Erben der Streusandbüchse des Heiligen Römischen Reiches zum Protektor und Zögling zugleich ausersah. Schließlich gab ihm der Kaiser doch nun schon den Titel Durchlauchtig und nannte ihn nicht mehr nur Hochgeboren.

Seit der Bund mit dem Dessauer bestand, der Bund, durch den er hoffen konnte, ihn bei Brandenburg zu halten, war die Tatenlust des Kronprinzen ungeheuer belebt. Er bestellte Creutz an die Grenze. In wenigen Tagen sollte man sie nun überschreiten.

Creutz trug die Uniform des kronprinzlichen Regimentsschreibers. Alle Papiere hatte er ordentlich und sauber bei sich.

Die Zahl der an der Pest gestorbenen Litauer war in die Hunderttausende gestiegen.

„Ein Drittel der Bevölkerung", erklärte Friedrich Wilhelm in kurzer Unterbrechung dem Fürsten Anhalt-Dessau, der dem Gespräch mit Creutz beiwohnte. Der Kronprinz hatte die wichtigsten Zahlen im Kopf, die Zahlen, die Leben benannten.

Graf Gaëtano, meldete der Regimentsschreiber ferner, habe vom König endlich die fünfzigtausend Taler erhalten, sein großes Experiment angekündigt und umfangreiche Aufträge für allerlei Einzelvorbereitungen an vielerlei Handwerker vergeben: Creutz hatte von den verschiedenen Bestellungen des Conte gute Kenntnis.

Der Kronprinz horchte auf. „Daraus schmilzt man kein Gold. Daraus baut man eine Kutsche." Es ließ sich unschwer errechnen.

Der königliche Münzmeister war um seine Entlassung eingekommen. Der Ausbruch eines lange unterdrückten Lungenleidens hätte ihn zu weiterem Dienste unfähig gemacht. Treue Verwandte seiner Frau, in Lohn und Brot bei einem Schweizer Landedelmann, wollten ihm den Aufenthalt in gesunder Landluft ermöglichen.

Nun stockte der Bericht. Denn die junge Hoheit ging sofort daran, Maßnahmen vorzubereiten, die den Münzmeister am Grenzübertritt verhinderten, ohne dass ein Eingriff in der Majestät alleinige Rechte geschah. Der Graf war noch sicherer zu machen, das Misstrauen der Bevölkerung noch zu steigern, damit der König zu eigenem Einschreiten gedrängt werde. Die Wusterhausener Truppe sollte nach und nach zum Besuch der Residenz beurlaubt werden und Quartier nehmen um das

Fürstenhaus am Friedrichswerder, wo der Conte als Gast des Königs lebte, und um das Münzamt und jegliche Werkstatt, die für Gaëtano arbeitete. Es ging um mehr als das Ertappen eines Gauners.

Creutz eilte den brandenburgischen Truppen voraus nach Berlin. Auch der Kronprinz drängte unter diesen Umständen auf Rückkehr in die Winterquartiere.

Manchmal beengte ihn der Reisewagen; dann ritt er eine weite Strecke. Pläne, für die er Genehmigung und Unterstützung des Königs erbitten und einholen wollte, beschäftigten ihn zu jeder Stunde. Jeder Aufenthalt war ihm eine Pein.

Endlich, in Küstrin, rastete er wieder in einem Schlosse seines Vaters; und, dreimal endlich, war es das letzte Quartier vor der Hauptstadt! Was machte es da aus, wie kalt der Abend im alten Markgrafenschloss war, wie der Wind der Oderebene durch alle Fugen und Ritzen der Fenster drang. Er hatte dieses erste Ziel gewählt um einer neuen Verabredung mit Creutz willen.

Nur ein Häuflein Fischer stand am Tor, als sie in den Schlosshof einritten. Der Kronprinz war müde und grüßte nur flüchtig. Gleich ließ er sich das Zimmer im Turme zur Nacht herrichten; kaum dass er etwas von dem Imbiss nahm, den der Kastellan ihm noch brachte.

Der Alte wollte zu reden beginnen. Aber der Kronprinz winkte ab. Er brauchte einen langen Schlaf vor Berlin.

In der Dämmerung wurde er geweckt. Trommeln wirbelten, aber es waren nicht Trommeln des Heeres; dünne Trommeln waren es, blecherne Trommeln, klappernde Trommeln. Und Glocken setzten ein, ohne Klang und ohne Tiefe: schrill, erbärmlich und schneidend.

Dann flammte der Widerschein von Fackeln in dem Turmraum auf. Der Kronprinz warf sich den Mantel um, zündete eine Kerze an und trat in die Fensternische.

Die Fackeln leuchteten um einen Galgen.

Der Kastellan kam voller Angst. Schon seit einer Stunde habe er vor den Fenstern der Hoheit gewartet, hinaufzueilen, sobald Licht im Turmzimmer würde. Hoheit müssten benachrichtigt werden, dass eine Hinrichtung vor dem Schloss stattfinden sollte! Gestern Abend zeigten sich Hoheit zu erschöpft und abweisend; man habe es ihr nicht mitteilen können!

Der Kronprinz war nicht mehr erschüttert. Er hatte zu viele Tote in der letzten Zeit gesehen: seinen Sohn, die jungen Bauern, die ihr Lehnsherr als Ersatz für seine Söhne stellte; Portugiesen und Dänen, für den Tod gedungene Sardinier und Moskowiter; den Sattelknecht des Prinzen Eugen; die eigenen beiden Ordonnanzen; den von Derschau; den von Tettau. Und er hatte nicht gewusst, wofür sie starben.

Hier aber war der Tod der Sünde Sold.

Er wandte sich vom Fenster ab, die Kammer für diese Stunde zu verlassen. Da wurde der Schein der Fackeln so hell, dass er zurückblicken musste; fast war es erschreckend.

Der Galgen strahlte in der Dämmerung des Odermorgens von wehendem Golde. Sie hatten ihn mit Fahnen von Rauschgold behängt und, angetan mit einem wehenden Mantel von Flitter und Rauschgold, führten sie den Conte Gaëtano in Fesseln heran. Er sah so schön aus in der Dunkelheit der frühen Stunde, dass es den Prinzen schauderte vor solchem Tod im Golde.

An diesem Urteil hatte er mitgewirkt, obwohl er nie den Tod des Italieners wollte. Und doch war es gut, auch solches Sterben anzusehen. Er löschte das Licht, sich den Blicken zu verbergen. Er trat ganz nahe ans Fenster. Auch er würde einmal Urteile unterschreiben, Tod verhängen. Er stand regungslos. Er entzog sich nicht der grausigen Stunde von Küstrin.

Die Glocken und die Trommeln blieben leer und blechern. Der Italiener schrie. Alle Fassung war von Gaëtano abgefallen. Er wollte seinen Tod nicht glauben, raste mit der Stirn gegen den Pfahl seines Galgens und brüllte, er würde jetzt noch echtes, echtes Gold herstellen. Noch wich die Dunkelheit nicht, als wollte sie das erbärmliche Sterben verhüllen.

Aber da waren die Fackeln; die machten das Gold so flackernd und grell. Am Galgen mit den schimmernden Fahnen und blitzenden Bändern wanden sie das zuckende Bündel von wehendem Rauschgold empor. Die Fischer waren herbeigeeilt. Sie drängten sich um das Tor in der Mauer. Der Conte war verschieden. Das Beten der Priester verriet es. Die Fackeln verlöschten im Sande. Das Gold wurde kalt, wurde fahl.

Aber nun war die Oder groß in dem werdenden Morgen. Breit, schwarz und schwer strömte sie unhemmbar hin, als lösche sie alles aus, was Glanz war und Leben. Selbst die Wälle von Küstrin, dem Ebenbilde der Sumpffestung Mantua, hatte die Oder zerfressen. Als er aus dem flandrischen Kriege kam, fand der Kronprinz von Preußen einen neuen Feind.

* * *

Später am Morgen klagten sie die Oder an. Es wurde ein Tag des Gerichtes. Die Ackerbürger aus der Altstadt und vom Kietz, die Bauern aus dem Oderbruch kamen. Sie hatten gehört, einer vom Königshause sei hier. Endlos war es her, dass sich einer von den Hohen zeigte. Vielleicht, dass man nun diesem klagen konnte: vom Hochwasser, vom Bruchland zwischen Oder und Warthe, vom Sumpf, der zum Acker ihres Lebens bestimmt war. Ertrunkene Rinder schleppten sie in den Schlosshof. Andere brachten ein Bündel verfaulten Getreides, von der Ernte her aufbewahrt. So sei das Ganze, murrten sie alle. Die Abgaben hätten sie jedoch zu entrichten, als wäre das Korn schwer, golden und trocken; als schwelle die Milch das Euter der Kühe. Der Kronprinz stand vor den Kadavern und den fauligen Garben wie ein Händler auf dem Landmarkt vor Ware und Vieh. Man bot ihm den Tod an, und er fand keinen Preis, ihn zu bezahlen.

„Ich bin nicht der König", sagte der Kronprinz.

„Aber Sie werden es sein", riefen die Bauern.

So krönte ihn die Not weit vor den Toren der Königsstadt unter dem Galgen von Küstrin.

* * *

Was war der Krieg? Was war die Schlacht von Malplaquet? Was war die Heimkehr des Prinzen? Berlin scholl wider von dem einen Rufe: „Gaëtano!" Der Kronprinz brauchte sich nicht viel um das Gerücht zu scheren. Er hatte Creutz. Der wusste die Wirklichkeit.

Der Graf hatte sich eine Grenadiersuniform zu verschaffen gewusst. Am bedrohlichsten Tage, als die Wusterhausener Kronprinzenleute schon am Friedrichswerder vor dem Fürstenhause patrouillierten, hatte er sich in der Dämmerung unter sie gemischt. Nicht weit von dem Fürstenhause wartete der Reisewagen. Der alles verhüllende Mantel lag bereit.

Von Küchenjungen und Tafellakaien hatte Creutz es gleich gehört, dass der Conte ohne jede Entschuldigung von der königlichen Abendtafel ferngeblieben war. Noch vor dem Anbruch der Nacht stellte er fest, welche Kutschen einer sehr bestimmten Art die Tore Berlins in den letzten Stunden verlassen hätten.

In einem Gasthof, schon bei der ersten Rast, verriet sich Gaëtano. Man hatte es beim Aussteigen bemerkt, dass der Herr im eleganten Reisemantel die Uniform eines Grenadiers trug. Da sandte man einen Reiter nach Berlin; man witterte Desertion.

Als Gaëtano am Morgen das Gasthaus im Anzug des Kavaliers auf Reisen verließ, die Fahrt nach Frankfurt am Main fortzusetzen, waren

Creutz und seine Leute schon zur Stelle. Ein Kommando König Friedrichs folgte nach.

Der König versank in Scham. Er ließ das Urteil und seine Vollstreckung beschleunigen; er bestimmte die Oderfeste weit vor den Toren Berlins zum Richtplatz – und machte so den Sohn zum Zeugen seiner Schande.

Was der Kronprinz durchaus nicht erfahren sollte, hatte er nun selbst mit angesehen.

Er war fest entschlossen, den Goldmacher vor dem Vater nicht mehr zu erwähnen. Von den Bauern im Oderbruch wollte er sprechen; von den Söldnern; vom Dessauer und seinem Regiment. Aber der König machte dem Sohn die bittersten Vorwürfe. Er hätte durch die törichte Spielerei mit der Wusterhausener Miliz von der heiklen Angelegenheit erst so großes Aufhebens gemacht. Ob er nun wenigstens zufrieden sei, dass er den verhassten Italiener endlich am Galgen habe hängen sehen?

Der Kronprinz erlaubte sich gehorsamst zu bemerken, dass er einen Mann von derart überragender Klugheit, der chemische Geheimnisse so einzigartig beherrschte, niemals zum Tode verurteilt haben würde. Vielmehr hätte gerade eine Begnadigung zu Haft und Arbeit – unter strenger Aufsicht von Professoren der sonst untätigen Akademie – die Möglichkeit gegeben, in Zukunft allen Goldmachern das Handwerk zu legen.

Die Majestät war außer sich über den Sohn. Seit Friedrich Wilhelms Rückkehr löste eine erregte Auseinandersetzung zwischen König und Kronprinz die andere ab; kaum dass der Prinz zu Gattin und Töchterchen kam.

Aber in diesen Wochen begann er wieder an einen neuen Sohn zu glauben, der einst den Bauern und dem Heere helfen sollte; denn das mühevolle Werk würde länger währen als sein eigenes Leben; es begnügte sich nicht mit dem Manne; es verlangte das Geschlecht. Den Prinzen drängte es zu dem neuen Sohne; der sollte ihm völlig gehören und Friedrich Wilhelm heißen, ganz allein nach ihm.

Schwer und immer schwerer war es für ihn geworden, noch immer der Sohn zu sein. Die Einsicht in das Versagen des Vaters ging zu tief.

Der königliche Vater kehrte aber nun gerade jetzt unter der Einwirkung der drei großen Minister sogar den militärischen Vorgesetzten gegen ihn heraus. Und da jede Wandlung seines Wesens auch nach außen im neuen Kostüm sich ausdrücken musste, trug er die Uniform des Generalissimus und verzichtete auf den kostbaren Aufbau der Locken. Alles Milde, Schwärmerische, Behütete, Huldreiche und Schwelgerische an Friedrich I. war ausgelöscht.

König Friedrich I

Ein vergilbtes Männlein, im ernsten, dunklen Brandenburger Rock sich unbehaglich fühlend, hing im Sessel; die dünnen Beine steckten fremd und hilflos in den hohen Stiefeln; spitz stachen die Knie hervor. Kein Purpur, kein Pelz, kein Brokat verhüllte die Welkheit. Der Blick der dunkel schimmernden Augen war müde und stechend zugleich. Die braunen Haarsträhnen hingen lang und unordentlich an Wangen und Schultern herab. Der sonst so Heitere, Helleuchtende war bleich; der schwarze Eckenhut, zu tief in die Stirn gedrückt, beschattete das vergrämte Gesicht. Zudem hatte König Friedrich zu der Tracht des Feldherrn sich ein

Bärtlein stehen lassen, kahl, dunkel und struppig. Er sprach, was die Minister ihm befahlen.

Groß war das Dreifache Weh über Preußens jungen Königsthron geschrieben. König Friedrich musste vor den drei Ministern heucheln, als wüsste er nicht, was um ihn geschah. Er hatte sich so auch zu verstellen, als es um den Plan einer dritten Heirat für ihn ging. Die Minister dachten sich des Sohnes zu entledigen. Und Erben des Sohnes waren nicht da. Der König brauchte einen neuen Sohn.

Dies war die neue Sprache, die sie vor dem König führten. Der Tod des ersten Söhnleins, die Schwächlichkeit des zweitgeborenen Töchterchens der Kronprinzessin ließen ernstlich befürchten, dass Ihre Königliche Hoheit nicht mehr in der Lage sein würden, trotz ihrer jungen Jahre Preußens nächsten Thronfolger zur Welt zu bringen. Widerführe nun dem Kronprinzen im weiteren Verlaufe des Spanischen Krieges ein Unheil, so wäre es um die Erbfolgefragen im Brandenburgischen Hause schlimm bestellt.

Luise Dorothee von Mecklenburg-Schwerin – die neue Königin von Preußen

Luise Dorothee von Mecklenburg-Schwerin, so meinten die Minister, besäße alle Eigenschaften einer Königin von Preußen, außerdem auch eine erhebliche Mitgift an Gold und Juwelen.

Und überdies sei dies der Weg, einen alten Erbschaftsstreit zu regeln. Erbschaften schienen dem König, der kein Vermächtnis hinterließ, die einzige Rettung.

Die Herren wussten um alles Bescheid. Die Sorge um ihre Gehaltsrückstände bestimmte ihren Eifer. Diese Fürsorge für den König aber ging so weit, dass man ihm überzeugend nachwies, der Kronprinz müsse sich Spione halten, anders erkläre sich nicht der Ausgang des Falles Gaëtano; ferner, dass die eigentümliche Beurlaubung der Wusterhausener Truppe nach Berlin sich zur Militärrevolte hätte auswachsen können; vor allem, dass man von Umtrieben des Kronprinzen und des Fürsten Anhalt-Dessau Kenntnis hätte, die an den Grundfesten der brandenburgischen Heeresordnung rüttelten; dass der Kronprinz durch seine Einmischung in die Staatsaffären und öffentlichen Angelegenheiten, etwa das Gesundheitswesen Litauens, die Ordnung der Geschäfte in unverantwortlicher Weise verwirre, und das zu einem Zeitpunkt, zu dem jeder der Minister aus seinem Dezernat die vortrefflichsten Berichte über den Zustand des Landes vorlegen könne.

Daraufhin freute sich der König an den schönen Berichten, ohne sie nachzuprüfen. Die Pest war im Lande.

* * *

Bei der dritten Vermählungsfeier König Friedrichs I. sang die Hamburger Opernsängerin Conradin für tausend Taler eine Arie; Minister- und Gesandtenfrauen rissen sich wegen des Vortritts bei den Festlichkeiten die Perücken vom Kopf; andere erhielten dafür, dass sie freiwillig den Vorrang abtraten, Entschädigungen von zehntausend Talern. Der Kronprinz überraschte den König am Morgen der dritten Vermählung mit der Nachricht, dass die Kronprinzessin zum dritten Mal schwanger sei.

Die neue Königin wurde in der Brandenburgischen Familie nicht sonderlich erfreut aufgenommen, von ihrem Stiefsohn aber mit der gebotenen Höflichkeit behandelt. Sie und ihre Oberhofmeisterin benahmen sich unerträglich bigott. Von allen übersehen und von niemand gestützt, scharten sie die Geistlichkeit um sich, die bei Hofe nicht viel galt. Die Königin wirkte an ihrem Hochzeitstage etwas verrückt, und der König wurde sehr unruhig. Die Kronprinzessin war überaus unangenehm davon berührt, dass in Berlin nun eine regierende Königin residieren würde, die zudem noch ein Jahr jünger war als sie selbst. Die welfische Prinzessin hatte bisher die Gunst des Königs, Oheims, Schwiegervaters in einem ungewöhnlichen Maße besessen. Friedrich I. hatte der Frau

Schwiegertochter wegen ihrer außerordentlichen Befähigung zur Repräsentation die in den Ehepakten ausgesetzten Gelder verdoppelt, ihr für zweihunderttausend Taler Juwelen geschenkt und Sophie Dorotheens Heirat voller solchen Überschwanges gefeiert, dass der Kronprinz all dieser Torheiten müde gewesen war.

Oder sprach er so bittere Worte doch im Gedanken an die Ansbacherin? Auf der dritten Hochzeit seines Vaters wich er ihr aus. Ihre Vermählung mit Sophie Dorotheens Bruder, dem Kurprinzen von Hannover und dereinstigen Anwärter auf Englands Thron, stand bevor, und Friedrich Wilhelms alter Knabenhass gegen den Vetter lebte wieder auf. Der bedeutendste protestantische Thron, der britische, war der Ansbacherin für die ausgeschlagene spanische Krone, die ruhmreichste des Katholizismus, in langwierigem Schriftwechsel der Fürstenhäuser zugesprochen.

Sophie Dorothea und die Ansbacher Brandenburgerin, die künftigen Schwägerinnen, weilten in den Tagen um die Königshochzeit viel zusammen. Der Glaube der Kronprinzessin an die welfischen Hausverträge war unerschütterlich, jede Regung von Eifersucht lag ihr fern. Was neben den Verträgen an liebenden Gefühlen keimte oder starb, berührte den maßlosen Ehrgeiz der Welfentochter nicht mehr. Die Ansbacherin aber nahm wahr, dass die Ehe des geliebten Mannes, die immer wieder geforderte Verbindung der Welfen mit den Hohenzollern, kühl geblieben war. Was ihrem klaren Blick und ihrem sicheren Empfinden sich enthüllte, verschloss sie als geheimes Glücksgefühl in ihr beraubtes Herz.

Zwischen der Königin und der Kronprinzessin, den beiden jungen Frauen, vermittelte sie unermüdlich, freundlich und behutsam, so dass keine sich vor der anderen etwas zu vergeben brauchte. Unter den Frauen ging es diesmal glimpflicher ab als unter den Männern.

Die Herrenabende der festlichen Wochen waren nicht ungefährlich, zumal man nicht umhin gekonnt hatte, den Fürsten Anhalt-Dessau unter den Gästen nach Berlin zu bitten. Und um des Kronprinzen willen war er, leider, gekommen.

Wo der Fürst und der Kronprinz sich von den Festen nur entfernen konnten, suchten sie allein zu sein, die täglich sich häufenden unangenehmen Ereignisse miteinander zu besprechen. Gerade die Herrengesellschaften, die neben den Hoffeierlichkeiten herliefen, schienen ihnen eine Möglichkeit dazu zu geben. So trafen sie sich auch beim Obermundschenk von Grumbkow. Der, an der Pforte des Alters stehend, führte eine erlesene Küche und einen vorzüglichen Keller, und man traf mit Sicherheit nur die Herren bei ihm. Ängstlich hielt er seine Frau dem Hofe fern, solange eine Gräfin Wartenberg in Wahrheit dort vor Königin und Kronprinzessin residierte, wie ehedem in der väterlichen Schankstube; nur dass sie jetzt, auf der höchsten Stufe ihrer Laufbahn, Mätresse lediglich dem Ruf nach war. König Friedrich wollte den Potentaten Europas nicht nachstehen.

Alle waren sie in Grumbkows Hause im Gesellschaftsanzug; auch der Kronprinz; auch der Fürst von Anhalt-Dessau; man sah viel bunten Brokat, Samt und überaus kostbare Perücken, die man neu aus Paris hatte kommen lassen. Es reizte den Kronprinzen, wie sie da alle um den Kamin saßen, in goldenen Sesseln mit geblümter Seide, die Lockentürme im Gespräch dicht aneinander gedrängt. Der Kronprinz lenkte die Unterhaltung auf die Mode. Ob die Herren nicht auch all das Neue, Französische in Berlin etwas fremdartig fänden? Ja, das fanden sie. Ob man die beträchtlichen Gelder, die allein die Perücken in dieser Kaminnische hier ausmachten, nicht nützlicher anwenden könne? Ob der preußische Handel nicht jeglichen Betrag sehr dringend brauche? Die Herren waren sich einig.

Herr von Grumbkow fand im geheimen, die Hoheit benehme sich in seinem Hause nicht sonderlich gut. Aber darauf würde man sich in Zukunft nun einzustellen haben. Der Hoheit gehörte die Zukunft.

Endlich hatte es der Kronprinz soweit getrieben.

„Wer kein Hundsfott ist, der tut es mir nach!"

Er riss die Perücke vom Kopf und schleuderte sie in den Kamin. Herr von Grumbkow erfüllte seine Hausherrenpflicht. Die Lockenbündel der anderen folgten. Es roch widerlich nach versengtem Haar, die Flammen schlugen aus dem Kamin; die schwarzhaarigen, braunen, blonden, grauen und kahlköpfigen Kavaliere sahen recht bestürzt darein, nannten aber den Einfall des Kronprinzen außerordentlich lustig. Nur die Herren Markgrafen, die Brüder des Königs, suchten ihre Grämlichkeit gar nicht erst zu verbergen. Aber durften sie dem Neffen etwas sagen? Konnte er nicht schon morgen ihr Brotherr sein? Die Feigheit und Verlegenheit reizten den Prinzen. Sein Brokatrock fuhr als Zugwind über die Kerzen und in die Flammen. Der Kamin vermochte die Fülle der Röcke nicht zu fassen, die nun nachgeworfen werden mussten. Das Feuer sank zusammen, der Raum verdunkelte sich; alle Herren bemühten sich um einen Vorwand, diesen Schreckenswinkel verlassen zu dürfen. Zum Glück hatte jeder in Sänfte oder Wagen seinen Umhang oder Mantel.

Grumbkow bot auch seine Weste zum Verfeuern an.

„Nur so sind Königliche Hoheit auf dem rechten Wege. Alle brauchen sie hier handgreifliche Beispiele."

Die Antwort überraschte Friedrich Wilhelm. Er entschuldigte sich, in Grumbkows Hause ein gar so lebhaftes Exempel statuiert zu haben. Aber der Hausherr belachte es ohne Befangenheit und Verstellung. Auch der Kronprinz und der Fürst mussten lächeln über die verstörte Flucht aller Gäste und wie sie selbst hier voreinander standen ohne Perücken, ohne Spitzenjabots, ohne Röcke, nur in Hose, Hemd und Weste, zerrauft und verrußt. Sie waren so lustig und aufgeräumt, dass sie sich gar nicht erst in Ordnung brachten, sondern so, wie sie waren, am Kamin sitzen blieben, während die Lakaien in unbeirrbarer Gemessenheit Weine, Pasteten, eine ganze kalte Küche auftrugen.

In allen Äußerungen Grumbkows lag eine Billigung dessen, was der Kronprinz getan hatte; dabei hielt er sich von Schmeicheleien weit entfernt. Auch schien er deutlich die tieferen Gründe zu erkennen, aus denen alle Heftigkeit des jungen Herrn hervorgebrochen war. Jedenfalls nahm das Gespräch sehr rasch die Wendung zum Ernste, und zwar – von Grumbkow so geführt – gerade zu den Dingen, die den Sinn des Prinzen so ungestüm bewegten. Plötzlich war der Hausherr in alle geheimen Gedanken des Gastes eingeschaltet. Ein ausgezeichnetes Beobachtungsvermögen hatte ihn genau dieselben Wahrnehmungen machen lassen, die den Thronfolger derart erschütterten. Auch war nun die Zurückhaltung, die Grumbkow sich Gaëtano gegenüber aufgelegt hatte, mit einem Male bedeutsam.

Der große, dunkle Grumbkow, der verhaltene und ernste Mann mit dem genießerischen, satten Mund hätte noch zu schweigen gewusst, wenn er nicht vom nahen Zusammenbruch der Wittgenstein, Wartenberg und Wartensleben so felsenfest überzeugt gewesen wäre. Das Land war am Ende. Grumbkow hatte die Augen offengehalten und den Weg erkannt, auf dem das Unglück kommen musste. Grumbkow hatte auch wirklich gearbeitet. Das gab ihm jetzt die Übermacht über die drei Minister, die nicht mehr in der Lage waren, das Feld ihrer Zerstörung zu überblicken und das Gewirr der Fäden in der Hand zu halten, das sie um den König gar zu kunstvoll spannen. Es war kein Gold mehr da. Da sackten Intrigen, Rankünen und alle Diplomatie einfach in sich zusammen.

Fraglos überschätzte der Kronprinz in dieser wunderlichen Nacht am Kamin Grumbkows innere Größe. Er fand einen, der alles wusste. Er begegnete einem, der im geheimen auf das Bündnis mit ihm hingearbeitet hatte. Unter Müßiggängern, Verschwendern und Verschwörern traf er auf einen Strebsamen, der sich in den Staatsaffären einen Überblick angeeignet hatte, weit über den eigenen Amtsbezirk hinaus.

Aber was bei dem Königssohn in der Stunde dieser Bundesschließung die Aufwallung eines großen Herzens war, blieb bei dem Obermundschenk der mühsam vorbereitete Schlussakt einer schwierigen diplomatischen Unternehmung.

Ein anspruchsvoller, ehrgeiziger, genusssüchtiger junger Herr aus gutem Hause, war er ziemlich mittellos in die Staatslaufbahn und die Hofämter gekommen, die seinen Vätern alles bedeuteten: Brot und Glanz. Die entscheidende Stunde des Aufstiegs und des Einflusses schien ihm genaht, als dem Großen Kurfürsten der schwache Sohn gefolgt war, im Banne nur der einen Sehnsucht, ein König zu sein, um welchen Preis und mit welchem Sinn oder Unsinn es auch sei. Sobald nun Grumbkow sah, was zwischen dem ersten „König von Preußen" und seinem Volk gespielt wurde, hielt er sich eng an die allmächtigen drei Minister. Aber ihr Bund war so fest und vorsichtig geschlossen, dass kein vierter Raum darin finden konnte. Kreatur zu sein – dazu war Grumbkow zu hochmütig und herrschsüchtig. Der König schien ihm zu schwach, als dass er allein gemeinsam mit ihm gegen die Minister hätte stehen können. So blieb dem Hofmann nichts, als auf das Heranwachsen des Thronfolgers zu warten. Fremder konnten ein älterer und ein jüngerer Mann einander nicht sein. Aber Grumbkow spürte die gewaltige Energie, die vielleicht schon in kurzem alle preußischen Staatsaffären durcheinanderschütteln, der keiner sich entziehen können würde und auf die im wankenden Preußen allein noch zu bauen war.

Der Dessauer stand sorgenvoll bei dem jungen Fürsten und dem Hofmann. Es war zu wenig Einsatz für den Bund, dass Grumbkow gar nichts in ihn einbrachte als die Verbitterung über die Allmacht des Dreifachen Wehs. Aber eben um jener gemeinsamen Gegnerschaft willen musste der Fürst dem Höfling gegenüber jedes eigene Bedenken zurückstellen und den Thronfolger an das Bündnis zwischen ihnen dreien glauben lassen; denn Klugheit, wie die eines Grumbkow, war ein rares Ding im Lande und bei Hofe.

Als die drei Männer in Weste und Hemd am verflackernden Feuer im spärlichen Anbruch erster Helligkeit über dem Tisch mit den geleerten Bechern einander die Hände zum Abschied hinhielten, schien es eine jener seltenen Stunden neuer Freundschaft zu sein, aus denen gemeinsames Werk wird. Und allein die Erinnerung an diese Nacht ließ den Kronprinzen geduldig bei den weiteren Vermählungsfeierlichkeiten ausharren.

Der königliche Bräutigam selbst war von nun an viel bedrückter, dass niemand etwas von der Schwangerschaft der Schwiegertochter gemerkt haben sollte; dass man ihn in die neue Ehe gehetzt hatte; dass so entgegengesetzte Männer wie der Fürst von Anhalt-Dessau und Herr von Grumbkow – die beiden fähigsten und unbequemsten – plötzlich zueinander fanden, dies alles machte ihn betroffen. Er fühlte sich verraten und verkauft, ohne zu wissen, an wen, von wem und für welchen Preis. Immer wieder wurde ihm der Kronprinz als der Stein des Anstoßes und Grund allen Ärgernisses genannt. Hass setzte sich in ihm fest. Weil er sich nicht mehr hindurchfand durch die Wirren, Lügen und Gefahren, hielt er sich an die einzige Erklärung, die man ihm gab: Der Sohn war schuld, der Sohn, der Sohn, der Sohn.

Der Kronprinz begann sich bei den neuen Gefährten bitter zu beklagen: „Ich habe es nicht verdient, wie um der Ungnade des Königs willen alle diese Canailles hier mit mir verfahren. Sie müssen wissen, dass ich wenig und bald gar nichts mehr zu sagen haben werde. Der König glaubt, ich wäre ein Verräter. Meine Freunde dürfen nicht von mir sprechen, wenn sie sich nicht beim König in Verdacht bringen wollen. Wenn ich nur nicht hier wäre und müsste alle die Schelmereien mit ansehen, wie sie unseren guten König betrügen, so wäre ich zufrieden. Hier kann nur Gott noch alles gutmachen!"

Aber der König und die Seinen taten übel.

Und dennoch ließ der König den Kronprinzen seinen Unwillen noch nicht in den letzten Folgerungen auskosten. Wenn nun sein drittes Kind, auch noch so unerwünscht, geboren werden würde und gar ein Knabe wäre, so sollte ihm alle gebührende Ehre erwiesen werden. Denn Preußens erster König ehrte ja sich selbst und sein Werk, wenn er dem Thronfolger und des Thronfolgers Sohn huldigen ließ. Ach, Glanz und Unsterblichkeit über seinem jungen, noch von aller Welt verachteten Königshaus! Friedrich I. atmete tief. Er söhnte sich aus mit dem Gedanken, es möchte nun doch wieder ein Knabe sein.

* * *

Es war ein Knabe.

Am Abend seines eigenen Geburtstages war der Kronprinz allein zurückgeblieben. Eine lange Sommernacht hatte er auf den Schrei des neuen Menschen und das Licht des neuen Tages geharrt. Als es hell war, sank er in Schlaf – unentkleidet, ungewaschen sogar gegen seine selbstverständliche Gewohnheit.

Und nun beglückwünschten sie ihn, wie sie ihn gestern kaum mit Gratulationen bedacht hatten.

Ein Sohn sei es, ein schöner Sohn.

Natürlich, das mussten sie sagen. Friedrich Wilhelm lachte.

Aber beim Anblick des Kindes verlor sich das Lächeln; kaum dass er auf die junge Mutter achtete. Dort lag noch einmal sein erster Sohn. Es strömte ihm glühend über das Herz: Gott konnte alles wiedergeben, was er nahm. Der Sohn war wiedergekommen! Er blieb tief über ihn gebeugt. Nein, es war doch ein anderer, ein ganz anderer – die Augen waren noch dunkler zwischen Schwarz und Blau und waren klarer, der Mund schien kräftiger geschwungen, Stirn- und Backenknochen waren stärker ausgeprägt; und runder war er; und lauter im Schrei; und lebenskräftiger – oh, es war ein ganz anderes Kind! Sein Sohn! Sein Geburtstagsgeschenk! Sein Friedrich Wilhelm! Man konnte ihn schon recht fest anpacken. Er ließ sich schon streicheln und ein ganz klein wenig drücken. Er brummte dem Kleinen ins Ohr, ob er es sich merken würde – Friedrich Wilhelm! Friedrich Wilhelm! Und was für ein pünktlicher kleiner Soldat – genau am ersten Tage im neuen Lebensjahr des Vaters angetreten! Solche Dinge schwatzte der Kronprinz überglücklich und töricht.

Die Kronprinzessin, vierundzwanzigjährig, lächelte milde und weise. Sie kam sich so viel reifer vor als der dreiundzwanzigjährige Vater. Übersah er denn ganz die großen Aspekte dieser Stunde? Die regierende Königin war zum Eindringling im jungen preußischen Königshause gestempelt! Auch die Kronprinzessin, auf ihre Weise, war sehr glücklich.

Aber das Größte an dieser Stunde des frühen Augustmorgens ging ihr verloren. Sie nahm es nicht wahr, dass Friedrich Wilhelm sie von diesem Tage an unauslöschlich zu lieben begann, sie und den Sohn.

Im Vorzimmer nahm er die kleine Wilhelmine auf den Arm und küsste sie, bis sie zu weinen und von ihm wegzustreben anfing.

* * *

Nichts drang in das Glück seines Herzens, auch das nicht, dass heute aus Ansbach und Hannover Kavaliere eingetroffen waren, zur ansbachisch-hannöverischen Hochzeit einzuladen.

Gott kann wiedergeben, was er nahm. Der Kronprinz dachte es auch hier von den Frauen wie zuvor von seinen Söhnen.

„Der Herr hat's gegeben, der Herr hat's genommen; der Name des Herrn sei gelobt“, prägte sein Herz in heißen, raschen Schlägen den Taufspruch für den zweiten Sohn, und dem jungen Vater kam nicht der Gedanke, dass dieses Wort an den Gräbern und nicht am Taufbecken gesprochen wird. Aber endlich musste eine Abordnung des Konsistoriums die Hoheit auf den peinlichen Irrtum aufmerksam machen. Da schlug der Kronprinz einen anderen Text, aus dem Evangelium des Johannes, vor: „Vater, ich danke dir, dass du mich erhört hast.“

Nun war das Entsetzen noch größer. Die Locken der Amtsperücken wehten, die schwarzen Roben der geistlichen Räte rauschten.

Das Wort stand bei des toten Lazarus Erweckung. Wer wagte es dem jungen Herrn zu sagen?!

Aber er war ganz still. Es war ihm selber eingefallen. Er kannte die Schrift.

* * *

Preußen schritt von Fest zu Fest. Die neue Taufe sollte ein Höhepunkt werden. Friedrich Wilhelm aber wollte über dem Taufbecken des Sohnes die Hand des Vaters gereicht bekommen. Er aß nicht mehr; er trank nicht mehr; er magerte zusehends ab. Die Feiern wurden ihm zur Qual und zum Gericht. Im Festgeläute hörte er das Wimmern der Armesünderglocke von Küstrin. Statt des goldenen Kirchenschmuckes sah er nur den Galgen im Rauschgold, und der Purpur um die Schultern des Täuflings wurde ihm zum Flittermantel des Goldmachers, in dem man ihn zur Richtstätte führte.

Wieder trug ein Sohn den Reichsapfel, das Ordensband, die Krone und das Zepter. Das kleine Antlitz war wächsern; das schwankende Köpfchen wurde gestützt. Aber Predigt und Einsegnung, Namensgebung und Gesang, heroische und sakrale Musik nahmen gerade erst den Anfang.

Friedrich Wilhelm suchte sich aus dem Kreise der Paten und Gäste zu lösen; Schritt für Schritt, dass keiner es bemerkte, wollte er seinem Kinde näherkommen bis an die Stufen des Taufsteins.

Als sie den Knaben über das silberne Becken mit dem geweihten Jordanwasser hielten und die Krone emporhoben, das Haupt des hohen Kindes mit den Tropfen der heiligen Flut zu netzen, sah er den blutenden Riss. Dort, wo der Rand der Krone sich in den bleichen Schläfen breit und dunkel abgezeichnet hatte, war das Wundmal eingegraben. Sie senkten die Krone auf das ungestillte Blut.

Noch schrie der Vater nicht, noch gebot er nicht Einhalt. Aber die um ihn wussten es sofort, dass etwas Furchtbares geschehen würde. Gewaltig, aufgereckt und totenblass stieß der Kronprinz sie zur Seite, mit beiden Armen griff er nach den Pfeilern zur Rechten und Linken, wie Simson einst die Säulen packte.

Aber kein Dachgewölbe, keine Wände stürzten, und die Pfeiler sanken nicht. Die Hände des jungen Vaters waren an den Stein gepresst, sein Mund war stumm geöffnet.

Dann klirrte die Krone auf die Stufen des Altars. Reichsapfel und Zepter rollten auf den Samt der Gänge, in Blumen und seidene Schleppen. Alle, die um den Taufstein standen, umringten entsetzt den Prinzen; die in den Kirchgestühlen neigten sich vor und steckten die Köpfe zueinander. Der Kronprinz schlug den Purpurmantel um sein Kind. Keiner mehr sollte es anrühren, keiner mehr es sehen. Er gab es nicht mehr her. Und aller Sohnesgehorsam war in ihm nun abgetan. Er blickte den Vater und König nicht an, er fragte nach niemand, der ihn halten oder ihm das Kind vom Arme nehmen wollte. Er durcheilte den Dom zum Portal. Am Tor war er allein, denn alle wandten sich voll Sorge nach dem König um. Dem bedeckte kalter Schweiß die Stirn und die Wangen. Zitternd lehnte er in seinem hohen Stuhl. Der Dombischof sprach milde auf ihn ein. Als er das Taufbecken umgestoßen und das Jordanwasser über die Stufen des Altars rinnen sah, erstarben ihm die Worte auf den Lippen.

* * *

Erst als die Ärzte kamen, überließ Friedrich Wilhelm seinen Sohn den Kinderfrauen. Er gab ihn den Ärzten angstvoll und schweigend. Die Ärzte hatten Furcht vor ihm. Was sie nicht verordneten! Was sie nicht erfanden! Welche Krankheiten sie nicht entdeckten!

Das Dreifache Weh hatte gute, gute Tage. Kein Kronprinz störte seine Machenschaften.

Der Kronprinz hielt zwischen seinen Räumen und den Zimmern der Gattin und des Kindes fürchterlichen Umgang, die halbe Nacht hindurch.

Ehe er frühzeitig wiederkam, hatten sie den toten Knaben schon entfernt, den Leichnam zu waschen, zu balsamieren, aufzubahren. Der Vater fand nur noch die leere Wiege. Den Kopf auf den noch nicht erkalteten Kissen seines Kindes, schlief er ein nach einer schlummerlosen Nacht.

Am Abend konnte man wie sonst mit ihm reden; nur der König hielt sich fern. Der Kronprinz stand Rede und Antwort, aber man spürte, wie ihm die Zeit zu langsam verrann, bis sie ihn endlich allein lassen würden. In der zwölften Stunde ging er mit dem Leuchter, ohne Diener, durch das Schloss. Er schritt so rasch, dass alle Kerzen flackerten und wirre Schatten warfen in dem langen, hohen Gang. Vor der Treppe zur Kapelle stellte er den Leuchter ab. Mit beiden Fäusten klopfte er an die Tür, die den Gang zu den Gesindekammern von der Galerie abschloss. Der Kronprinz wollte die Schlüssel zur Kapelle.

Kein Diener ist ihm gern gefolgt. Mitternacht, Leichnam und Kapelle – der Dreiklang ließ auch Männer schaudern. Aber dem Vater war, was die anderen entsetzte, der süße Körper seines Kindes. Er suchte ihn, er leuchtete das Gewölbe ab.

Am Särglein von rohem Holze lehnten zwei wächserne Engel, seinen toten Söhnen nachgebildet, die Arme lieblich gehoben, die Lippen lächelnd geöffnet, die dunklen Augen sinnend aufgeschlagen. Ganz nackt waren sie, umschlungen nur vom Band des Schwarzen Adlerordens. Hochgeschlagene Hüte mit gewaltigen, weißen Straußenfedern hatten sie wie im Spiel auf ihre kleinen Häupter gedrückt.

„Nehmt sie weg!" schrie der Kronprinz fassungslos die furchtsamen Diener an. Gleich danach gab er ruhige Erklärungen. Sie sollten sich nicht so töricht anstellen; dies seien die vom König dem Hofwachsbossierer für das Trauerlager in Auftrag gegebenen Figuren der verstorbenen Prinzen. Dort liege noch das Gerät des Wachsbildners, den der Abend überraschte, als er das Konterfei des kleinen Leichnams überprüfte.

Die Diener waren befreit und belebt. Neugierig leuchteten sie in den Winkel mit dem Zeichentisch, auf dem die Skizzen für das Trauerprunkbett aufgeheftet waren: auf hohem Katafalk der Sarg mit Totenkopf und Krone, Gebeinen und geflügelten Saturnsköpfen als Zier seiner Wandungen. Die wächsernen Knaben umschwebten ihn als Engel.

Der Kronprinz trat unter die Diener. Er riss die Skizzen vom Tische, warf sie in einen Winkel. Die Wachsfiguren rührte er nicht an; es war überflüssig, dass sich gleich die Diener schützend vor sie stellten. Doch den Sarg hob er auf und trug sein Kind hinweg ins Dunkel. Sie geleiteten ihn mit den Kerzen. Keiner wagte eine Frage. Keiner nahm ihm den Sarg ab. Er trug ihn in sein Schlafgemach; er stellte ihn auf den Tisch. Die Diener wies er an der Schwelle ab. Nur ein Licht ließ er sich noch reichen. Das nahm er auf den Tisch zu dem Sarge. Er rückte sich den Sessel heran. Er zog den Sarg ganz dicht an sich. Nun konnte er den Arm um ihn legen, ganz eng, ganz nahe um das harte, rohe Holz. Er trauerte um das Geschlecht, um seinen Vater, seine Söhne. Das Land brach zusammen. Seine Söhne starben.

Morgen sollte der Knabe in goldenem Sarge ruhen, auf hohem Katafalk, bei Fackeln und Engeln. Ach, dass solche Feier nicht mehr wäre! Er wollte kein Fest des Goldes und des Todes mehr. Ach, dass er sein Kind noch diese Nacht im Garten vergraben dürfte! Niemand sollte es finden.

Schon erhob er sich. Aber als er aufstehen wollte, standen die Frauen in der Tür. Viele Leuchter wurden über sie gehalten. Er sank zusammen. Er war wie ohne alle Kraft. Nur der Arm um das Särglein blieb stark. Seine Blicke, weil sie vor den Frauen flohen, blieben auf dem toten Kinde haften. Es war im Sarge vom Tragen und vom Niederstellen zur Seite gefallen; nun schien es lebend, schlafend. Nichts, nur dies sah der Vater.

Die Kronprinzessin schluchzte auf. Die Ansbacherin stand schweigend, beide Arme um die Schwägerin geschlossen, so dass die eigenen Hände wieder ineinandergriffen. Noch spät in der Nacht hatte sie bei der Trauernden geweilt. Da hatten die Frauen die Diener gehört und das grausige und seltsame Tun des Kronprinzen erfahren. „Wir müssen zu ihm", hatte die Ansbacherin gesagt, und die Kronprinzessin war ihr gefolgt, von ihr gestützt, von ihr geführt und weinend.

Die künftigen Königinnen von Preußen und England hielten einander umschlungen. Der Kronprinzessin verschleierten Tränen den Blick. Die Augen der Ansbacherin waren tränenlos und klar. Sie sah den Mann, den Tisch, den Sarg, das Licht. Sie atmete zitternd, doch beherrschte sie ihr Stöhnen.

Friedrich Wilhelm wandte den Kopf auf sie zu. Regungslos blieb er sitzen, zusammengesunken, den Arm um den Sarg gelegt, den leeren, schweren Blick auf die Frauen gerichtet.

Die Ansbacherin presste den Leib der Schwägerin an sich. Gib ihm Kinder, immer wieder Kinder, gib ihm den Sohn, riefen alle Sehnsüchte, schrie alles Mitleid in ihr. In einem einzigen Schlage ihres Herzens begriff sie, dass sie von dem Blicke dieses Mannes niemals loskommen würde, was auch verloren und beendet, was auch an Glanz des Welfenhauses über ihr verheißen war.

Sie bebten alle vor dem Morgen, am bangsten der König. Um Mitternacht war ihm schon gemeldet worden, was sich in der Kapelle begab.

„Gott gnade ihm vor dem Sohn", flüsterte der Hof.

Der Hof tat alles, die Wirren und Leiden dieser Stunden in weite Zukunft hin zu mehren.

Graf Alexander Dohna

Gott gnade dem Hof vor dem Sohn, dachte Graf Dohna, der Hüter dieser Prinzenkindheit.

Ein Wort des Knaben Friedrich Wilhelm war wieder im Umlauf: „Der Teufel hole mich! Wann ich werde groß werden, will ich sie alle miteinander aufhängen lassen und ihnen den Kopf abhauen!"

* * *

Der Plusmacher

Siehst du einen Mann behend in seinem Geschäft,
der wird vor den Königen stehen
und wird nicht stehen vor den Unedlen.
Ein König, der die Armen treulich richtet,
des Thron wird ewig bestehen.

Die Bibel

In allen Erlassen aus den letzten Regierungsjahren König Friedrichs I. war Friedrich Wilhelms Ernst und Eifer zu spüren. Der Vater begann sich dem Sohne zu fügen; langsam schwand er hin.

Nach der Beisetzung des Enkels, die trotz aller Vorbereitungen nun plötzlich lückenhaft und übereilt schien, war Graf Dohna zu ihm gekommen, außerhalb jeder Audienz, und hatte zu ihm vom Kronprinzen geredet wie in der Knabenzeit des Thronfolgers – Dohna, der vor der Aufgabe, den ungeratenen Sohn König Friedrichs I. und Königin Sophie Charlottes zu erziehen, einst fliehen wollte und endlich seinen Kohl zu bauen und zu sparen begehrte. Er allein kannte die Leiden des Knaben; oft hatte er den Widerspenstigen, der für den Prunk empfänglich gemacht werden sollte, aufs tiefste bedauert; das Silberservice des kleinen Prinzen war so schlecht gewesen, dass Graf Dohna häufig mit dem eigenen hatte aushelfen müssen; der Kurprinz, als er Kronprinz wurde, verfügte nur über zwölf Hemden und sechs Nachthemden; das meiste davon war schlecht. Achtundzwanzigmal in einem Monat musste der Thronfolger mit dem König zur Komödie gehen und die Stunden vor dem Theaterbesuch mit Tanzunterricht hinbringen. Da hatte der Knabe aufbegehrt: „Euer Tanz lehrt mich nicht regieren!“ Denn bei allen Dingen, die er trieb, wollte er einsehen, wozu es geschah.

Er hatte sich dagegen aufgelehnt, dass sein Lehrer Rebeur, der ihm den Lebenslehrsatz einprägte und vorlebte „Tugend adelt den Menschen“ von seinem Tische ausgeschlossen blieb. „Ihr seid ein wahrer Edelmann“, rief das königliche Kind, „wie kommt es dann, dass Ihr nicht an meiner Tafel speisen dürft?“ Und er versprach dem Lehrer – den er im Überschwange seiner Leidenschaften schlug und küsste – Haus und Garten zum Trost, obwohl ihm der Ahner und Träumer Rebeur für einen Schulfuchser zu reinlich war.

Aber das schöne Wort von Adel und Tugend hatte den Prinzen noch nicht mit seinem ganzen Herzen begeistert. Da war noch ein anderes

Wort, das ihm zum Lieblingsspruch wurde: Deum time – Fürchte Gott! Und fortan verlangte er nie mehr den Teufel zu sehen. Er hatte immer wieder den Anblick des Satans zu erzwingen getrachtet, bis man endlich einen alten, bösen Raben die zarten Wangen und Hände des Knaben zerhacken ließ. Jenes als lügnerisch verschriene, zornige, ja oft rasend scheinende Kind, das angesichts aller Schuld und allen Übels im Reiche des Vaters aufschrie: „Unser Herr Gott ist ein Teufel! Ich will Gott quälen; ich will katholisch werden!" hielt dennoch streng darauf, dass Gefolge und Dienerschaft allmorgendlich bei ihm zur Hausandacht erschienen. Und hatte der Knabe Friedrich Wilhelm Gäste bei sich, so pflegte er das Gespräch gern immer wieder auf religiöse Dinge zu bringen. In seinen sehr sorgfältigen Tuschereien aber malte der verwahrloste kleine Bursche mit den übergroßen, ernsten, blauen Augen und dem stets leicht träumerisch geschürzten Mund einen Altar, auf dem Bibel und Gesetzbuch aufgeschlagen lagen. –

Daran gemahnte Graf Dohna vor dem König. Es waren offene und kühne Worte gewesen, die den alten, nüchternen, gleichmäßigen, in jedem guten Dienste treuen Grafen wieder jünger scheinen ließen. König Friedrich reichte ihm lange die Hand. „Wollte Gott, dass alle, die sich mir nähern, so herzlich mit mir sprächen; allein das ist das Los der Fürsten, die Wahrheit nur durch die trüben Nebel der Verstellung und Kabale zu erblicken."

Der Kronprinz dankte dem alten Erzieher sehr bewegt. Er habe ihm das Leben gerettet; denn Vater und Sohn zugleich zu verlieren, das vermöchte er nicht zu ertragen. Ohne die Versöhnung mit dem Vater wäre er in tödliche Schwermut verfallen; in all der Wirrnis und dem Elend brauche er aber Taten, Taten, die der König ihm aufgab.

König Friedrich beriet sich kaum mit seinem Sohn; er erteilte ihm einfach Vollmachten. Die Korrespondenten der auswärtigen Höfe hatten aus Berlin zu melden, dass die „Intrigen und herrschenden Fraktiones bei Hofe seit einiger Zeit gänzlich ruhten, indem des Kronprinzen Kredit und Autorität jeden zwischen Furcht und Hoffnung hielte und alle insgesamt obligiere, in ihren Demarchen große Vorsicht zu gebrauchen."

Den Kronprinzen dagegen kam das Lachen an, wie die Blackschisser konfus wurden, als wenn das ganze Land schon verloren wäre.

Denn König Friedrich ging auf eine weite Reise und ließ dem Sohne das Land.

Es war nur eine armselige Macht, die König Friedrich seinem Sohn verleihen konnte; vor den großen Mächten blieb sie ein Spott. Er überließ ihm die armselige Zahl und das unnennbare Elend von zweieinhalb Millionen Menschen; er übergab ihm ein zerfetztes Länderbündel, benachbart dem unermesslichen Russland; gelegen neben dem französischen Reich, das von den Pyrenäen bis an den Oberrhein, von dem Mittelmeer bis an den Ozean reichte; gestellt neben das unerschöpflich scheinende Österreich: groß in Deutschland, dem Orient und Italien; und unvergleichbar mit dem reichen England, dem die See gehörte mit allen umfassenden Ansprüchen des großen Inselreiches.

Des Schwedenkönigs Karl XII. geschlagenes Heer zog, von der Pest gefolgt, durch brandenburgisches Land. Berlins Protest blieb ohnmächtig. Sachsen, Polen und Russen rückten gegen Oder und Uckermark vor – Brandenburgs Truppen lagen im Spanischen Kriege der Habsburgischen Hausmacht. Der Thronfolger hatte nur zwei Reiterregimenter und ein Bataillon Fußvolk zur Verfügung und musste zuschauen, während sich fremde Heere zwölf Meilen von Berlin auf märkischem Boden bekriegten. Nichts blieb ihm als die Klage vor dem Fürsten Anhalt-Dessau: „Wir sitzen still; geht mir sehr nahe. Keine Regimenter im Lande, kein Pulver und kein Gold; und das Schlimmste, man muss sie wie rohe Eier traktieren. Die hiesigen Blackschisser, die sagen, mit der Feder wollten sie dem König Land und Leute schaffen!"

Er hatte genug, übergenug gelitten unter den Verträgen König Friedrichs und der drei Minister. Noch konnte ihm der König das so neu erst geschenkte Vertrauen mit jedem Tage wieder entziehen. Es galt, so grundlegende Veränderungen im Staatsgetriebe vorzunehmen, dass keine Sinnesänderung des Königs noch eine wesentliche Umwandlung zu bewirken vermochte.

So löschte Friedrich Wilhelm in der Zeit, da sein Vater ihn fürchtete und um Versöhnung warb, das Dreifache Weh aus. Mit dem Grafen Wartensleben durfte er noch am mildesten verfahren; dessen Hauptschuld war gewesen, dem Treiben der beiden anderen Minister nicht Einhalt geboten zu haben. Graf Wartenberg vermochte aus dem Anfang seiner Amtszeit tatsächlich Verdienste nachzuweisen; Friedrich Wilhelm billigte ihm eine Pension zu; er war bereit, sie ihm ins Ausland zu überweisen. Gräfin Wartenberg, die Gastwirtstochter, lächelte über solche Gerechtigkeit des Kronprinzen; sie nahm allein für fünfhunderttausend Taler Diamanten mit über die Grenze, Diamanten, aus Brandenburgs armem

Sande gewonnen. Ihr übriger Besitz belief sich auf Millionen; doch erkannte der Kronprinz ihn als ihr unantastbares Eigentum an.

Schloss Monbijou

Nur Schloss Monbijou fiel an den König zurück; der machte es der Frau Schwiegertochter, der trauernden, jungen Mutter zum Geschenk. Reichsgraf Wittgenstein wurde verhaftet und in die Feste Spandau überführt. Sämtliche Reichsgrafen protestierten. Sie fühlten sich in dem Urteil, nicht in Wittgensteins vorangegangenem Tun beleidigt. Der Reichsgraf deckte seine Veruntreuungen; er musste die Staaten des Königs verlassen.

In das Untersuchungskomitee, das der Kronprinz eingesetzt hatte, war der Obermundschenk von Grumbkow berufen: Über die schwierigsten und undurchsichtigsten Vorgänge zeigte er sich vorzüglich unterrichtet. Zum Kabinettssekretär des Komitees hatte der Kronprinz seinen neuen Regimentsschreiber Creutz beordert.

Graf Dohna wurde zum Premierminister ernannt. Im Staatsrat fand der Redliche nur Kreaturen des Dreifachen Wehs vor. Der Kronprinz beschloss, den ganzen Staatsrat aufzulösen. Aber dieser Schritt, der das ganze Fundament der preußischen Staatsverfassung veränderte, musste mit Umsicht vorbereitet werden.

Inzwischen erging an sämtliche Regierungen des Landes ein Reskript, über den wahren Zustand des Landes zu berichten, dabei nicht das geringste zu verhehlen und die Meldungen unmittelbar zu Händen des Königs einzusenden. Meist verständigten sich die Berichterstatter untereinander, denn noch fand der Kronprinz keine Zeit, ihre Meldungen nachzuprüfen.

Leopold von Anhalt-Dessau schlug er zum Generalfeldmarschall vor.

In heimlichen Zusammenkünften mit den Gestürzten und Bedrohten klagte König Friedrich, er werde seiner alten Diener beraubt und wisse nicht, wem er sich noch zu vertrauen habe. Es wurde still um ihn. Ilgen, der unsäglich geduldige, einsichtige, tätige Leiter der auswärtigen Politik, und der Oberhofmarschall standen schon längst bei dem Neuen; Ilgen vor allem, nicht weil er zurückgesetzt war, sondern wie er sich klar eingestand, aus Voraussicht.

* * *

In diesen Tagen des Wechsels und der Wandlung, des Sturzes und Aufstiegs unternahm der Schreiber Creutz einen Selbstmordversuch. Doch zog man ihn noch lebend aus der Spree.

Der Kronprinz ließ ihn zu sich kommen. Creutz weilte schon lange in dem Kabinett, aber die Hoheit wandte sich ihm immer noch nicht zu. Der Kronprinz stand, dem Zimmer den Rücken zukehrend, am Fenster. So redete er mit Creutz.

„Glaubt Er, dass es der Ehre meines Regiments gar so förderlich ist, wenn ein neuer Schreiber kopfüber ins Wasser geht? So, so. Er will nicht mehr Regimentsschreiber sein? Er hat sich auf dem geraten scheinenden Wege um einen Posten beworben, und das Schreiben ist abschlägig beschieden worden? Es kann demnach nicht in meine Hände gelangt sein? Nun, noch gehen alle Gesuche an Seine Majestät den König. Der allein erteilt Gnaden, der allein vergibt Ämter. Der Posten, um den Er eingekommen ist, Creutz, ist auch heute dem König noch nicht verfügbar. Fünfzehn Taler mehr pro Monat liegen nicht auf der Gasse."

Creutz nahm all seine Klugheit zusammen, und die war größer als alle Leidenschaft seines Ehrgeizes. Er schwieg, doch in Bescheidenheit und ohne Trotz. Es genüge ihm, sagte er dann, als der Kronprinz ihn entließ, wenn er das Bewusstsein mitnehmen dürfe, Seiner Hoheit gnädige Gesinnung nicht verloren zu haben.

* * *

Er hatte zu lange gehungert. Das Elend ließ ihn nicht los. Die schmalen Bissen eines Regimentsschreibers konnten diesen Hunger nicht mehr stillen. Was half es, dass er glücklich gewesen war über seinen neuen, sauberen Rock? War er nicht ein Günstling des Kronprinzen? Spürte nicht jeder: Jetzt kommt der Neue zur Macht? Aber wen trug er mit sich empor? Die großen Herren, wieder nur die großen: den Fürsten, den Grafen, den Junker; den Dessauer, den Dohna und Grumbkow.

Der Kronprinz brauchte zu all seiner Härte ein reines Gewissen. Er bat den König, das verwahrloste Amt verbrecherischer Minister auf die wenigen zu übertragen, die der jungen preußischen Krone aus kurfürstlichen Zeiten her mit Eifer dienten. Für einen Günstling bat er nicht.

Erst als er den Thronfolger als einen mächtigen Herrn am Hofe seines Vaters wiedersah, begriff es Creutz. Der Kronprinz musste schon sehr mächtig sein, wenn man in preußischen Ämtern mit fünfzehn Talern zu rechnen begann.

Für eine Nacht kehrte Creutz freien Willens in das Elend zurück, das ihn nicht losgab. Er blieb eine Nacht unter den verworfenen Mädchen seiner Gasse, unter denen die Ramen einherging wie ein stilles und erstauntes Kind und bei ihm blieb mit wunderlichen Fragen. Da war sein Sinn schon voller Geduld, aber es lag etwas Gefährliches in ihr. Noch musste er dienen. Er pries den Neuen vor der Gasse. Er pries den kommenden König, der um fünfzehn Taler feilschte. Und die verworfenen Mädchen nachts und ihre Väter und Brüder, denen sie es morgens erzählten, nickten und gaben ihm recht: „Ja, fünfzehn Taler sind viel Geld."

In diesen Tagen verbreitete sich das Gerücht, der König habe unter dem Einfluss seines Sohnes eine ungeheure Summe für ein Pestlazarett gestiftet. Um der großen Barmherzigkeit willen sollte es den Namen tragen: La Charité.

* * *

Der Kronprinz speiste mit seiner Gattin. Über den Geschäften war es eine Seltenheit geworden. Die Kronprinzessin war ohne Vorwurf und nur erfüllt von Ehrgeiz und Stolz. Welcher Thronfolger hatte solchen Anteil an den Geschäften des regierenden Herrn wie ihr Gemahl? Zu welcher Geltung erhob er sie dadurch vor der Königin! Wie triumphierten bereits die Damen des Kronprinzlichen Hofstaates über die hochmütigen, bäurischen Mecklenburgerinnen der bigotten Königin.

Der Kronprinz sah voll Besorgnis und Liebe, wie seine Frau, zu hohen Leibes, bei der gemeinsamen Tafel immer ein wenig vom Tisch abgerückt saß, rührend und unbeholfen, wenn sie sich stärkte und labte für ihr Kind. Er erschrak vor ihrer Blässe und war zugleich beseligt, weil sie die nahenden Wehen verriet. Was war der Tod zweier Söhne vor der Fruchtbarkeit dieser Frau!

Er wollte die Pest bekämpfen und den Tod: Das kleine Leben sollte wachsen, zu jeder Stunde dieser furchtbaren Monate freudig und behütet wachsen. Niemals war größere Sanftheit in dem Ungestümen, als wenn er auf den Leib der mütterlichen Frau sah. dass sie immer wieder zwiefaches Leben war in all dem Jammer, all dem Sterben, all der Angst!

Er ließ sich die kleine Wilhelmine, die er lange vernachlässigt hatte, bringen und hob das zarte Kind mit bedauernder Geste empor.

„Sie ist anderen Kindern ihres Alters überlegen“, beharrte die Kronprinzessin, als er lachend den Kopf schüttelte, „sie ist der Abgott der Hofdamen. Sie schwatzt den ganzen Tag.“

Wilhelmine war ein Kind, wie geschaffen, präsentiert zu werden. Sie tat sofort, was Mama ihr abzulocken suchte. Sie merkte geradezu, dass man eine kleine Prüfung mit ihr veranstaltete. Alle Scherze rollten wie am Schnürchen ab. Dem Vater war alles neu. Er hielt den schwachen, kleinen, im Brokat verhüllten Körper in zärtlichen und starken Händen; er fühlte das weiche Gesicht ohne eine Scheu des Kindes an seiner Wange. Aber zugleich war es ihm nicht mehr die Tochter, das einzige Kind – das neue hielt er umklammert, den Sohn.

Die Damen unterbrachen ihn wieder mit ihrer Konversation.

Er hatte noch nicht von dem Wunder vernommen. Es fiel ein dichter Schnee in kleinen, festen Flocken, die größere Kälte verkündeten. Im Schlossgarten in Köpenick blühte die alte Agave zum ersten Mal mit einer zauberhaften Blüte von mehr denn siebentausend Blütenblättern. Der Kronprinz sah nur in den Schnee hinaus.

Die neuen Häuser der niedergebrannten Stadt Crossen waren noch nicht unter Dach und Fach, der Bau der Charité kaum begonnen.

Das Jahr ging zu Ende.

Er verabschiedete sich rasch, neue Tagesbefehle auszugeben. „Die Untertanen sollen nit übern Haufen gehen, gegen Ruin der Untertanen sollen alle guten Anstalten machen.“ So begann das erste Edikt, das er aufsetzen ließ im Namen des Vaters.

* * *

Die Wochenstube der Kronprinzessin war im stillsten Zimmer des ganzen Schlosses eingerichtet worden, über dem Turm der alten Kapelle, wo der alte und der neue Flügel zusammentrafen, hoch über dem abgelegenen zweiten Hof, in dem nur bei den großen Festen die Auffahrt der Gäste stattfand. Dort lag, durch eine Tapetentür von der reichen Büchersammlung der Königin Sophie Charlotte getrennt, das braungetäfelte kleine Bibliothekszimmer der Kronprinzessin Sophie Dorothea; dahin hatte man ihr Baldachinbett und die alte Kurfürstenwiege getragen. Die Brüstung der offenen Galerie des Hofdamenflügels verdunkelte den von Bücherwänden golden-bunten Raum selbst noch in der Mittagstunde; und nun, da ein Schneetreiben eingesetzt hatte, mussten schon sehr zeitig die Kerzen in den Leuchtern der Wandfelder brennen. Das Feuer im Kamin schlug hohe Flammen um die neuen Scheite und warf seinen Schein auf die Bücherwände und die Wiege. Der Kronprinz hob, als letzter von der Freudenbotschaft erreicht, die ganze Wiege auf die Feuereröffnung zu; die Wehmütter kreischten auf; er lachte.

„Ihr müsst ihn gut wärmen. Er hat kühle Hände. Ihr müsst ihm viel Biersuppe geben, das macht stark."

Drohend und dabei so strahlend ließ er den Knaben den Frauen.

Am Bett der Mutter stand er still. Er knöpfte seinen Rock auf über dem brausenden Herzen und nahm aus den Taschen, was er seit dem Morgen bei sich trug für diese Stunde: die kostbaren Etuis mit dem Schmuck seiner Mutter. Er wagte kaum, die Wöchnerin zu berühren. Er schlang ihr die Ketten nicht um; er legte ihr die Perlenschnüre nur lose um ihr offenes Haar und auf die Brüste voller Milch. Er fügte behutsam die Diamantringe in ihre Hände. Nur ein Armband, strahlender als alles, streifte er fest um ihr Gelenk, den Schlag ihres Pulses zu fühlen, der immer wiederklang in neuen Menschenherzen.

„Sagen Sie selbst dem König den Namen", bat die Wöchnerin lächelnd und begann, beseligt zu ihm aufblickend, die Ketten um den Hals zu knüpfen und die Ringe an die Finger zu stecken.

Die Hände sind noch krank, dachte der Kronprinz; dass es so schwer ist, Leben zu geben.

Wie niemals, küsste er auch heute nicht ihre Hand. Er küsste den Mund; der war wieder rot und voller Leben.

Die Wehmütter wussten nicht, wohin vor Verlegenheit.

Friedrich I. war zeitig zu Bett gegangen. Er fühlte sich unwohl und fror. Auch hatte er unangenehme Eindrücke gehabt, denn er hatte der Königin einen flüchtigen Besuch abgestattet und war sehr entsetzt, wie maßlos aufgeregt all ihre heiligen Reden waren. Sie bangte sich namenlos vor der Weißen Frau des Hauses Brandenburg.

Zum ersten Mal sah Friedrich Wilhelm seinen Vater im Bett. Er saß aufrecht, und das Hemd gab ihn noch mehr preis, als es schon einmal die Generalsuniform getan hatte. Er hatte eine hohe, schiefe Schulter. Sonst war sie von Locken und schön gerafften Falten verdeckt. Mit den knochigen, wächsernen Händen spielte er aufgeregt in den noch immer nicht ergrauten Haarsträhnen. Seine Augen waren trübe. Er blickte vom Sohne hinweg in eine Ecke.

Friedrich Wilhelm verzieh dem Vater viel. Er sah, dass er gelitten hatte.

In Haltung und Blick des Königs war etwas Zweifelndes gekommen. So saß er jetzt oft da: die wächsernen, gekrümmten Finger in den Haarsträhnen; fragend, zweifelnd, tatenlos – doch hinderte er die Taten des anderen nicht mehr. Oft saß er auch an der Wiege des Enkels, der – wie der Großvater sagte – brav schrie und recht fett und frisch war. Hier war etwas wie Vergebung.

„Er soll Friedrich heißen", hatte der Sohn ihm versprochen, weil die Furcht des Vaters ihn bedrückte. Nun griff Leben in Leben und Name in Name. König Friedrich hütete das neue Leben, wie er, der Tatenlose, es vermochte. Er ließ ihm ein Kleid aus Silberbrokat mit Diamanten besticken, dessen Schleppe sechs Gräfinnen tragen sollten; der König würde ihn unter einem Baldachin erwarten, dessen vier Stangen vier Kammerherren und dessen goldene Quasten vier Ritter des Schwarzen Adlerordens hielten. Dem Knaben war der Titel Prinz von Preußen und Oranien zugedacht, wobei es unklar blieb, was fragwürdiger war, der Besitz Preußens oder die Anwartschaft auf Oranien. Die siebenhundert Trommeln der bisherigen Prinzentaufen aber sollten schweigen.

Auch in den Wochen nach der Taufe blieb König Friedrich an der Wiege.

Nachts, wenn er wach lag, war der König voller Angst – Angst vor der Weißen Frau. Auch die Grimasse solcher Masken muss Gott dulden. Die Gatten, König und Königin, verband nichts als die Furcht. Die Gemahlin wollte bei ihm beten, und er wies sie ab. Da verlangte sie danach, über den Schlafenden ihre bannenden Sprüche zu sagen. Noch wusste außer ihren Mecklenburgerinnen niemand am Hof um ihren Wahnsinn; und die bewachten ihr Geheimnis ängstlich. Sie beobachteten auch das Tun und Treiben des Königs für die Herrin, die fieberkrank zu Bette lag.

Der König war soeben aus seinem Betkabinett gekommen, jenem Raum, der Friedrich Wilhelm unter allen Sälen und Zimmern des Schlosses am verhasstesten war. In einem wunderlichen kleinen Tempel mit roten, damastenen Tapeten und buntem Fußboden, mit Spiegelschränken und blitzenden Kandelabern, der kleinen Kapelle oder dem Sommerzimmer, das durch eine hohe Laterne sein Licht von oben empfing, pflegte Preußens erster König vor Gott zu knien. Der Vorraum zum Gebetsgemach, ein chinesisches Kabinett mit verwirrendem Wandmosaik voller phantastischer Vögel, trug an der Tür die Tafel, dass der Eintritt in diese Appartements verboten sei, solange der König mit Gott Zwiesprache vor den Spiegelwänden halte. Nach dem Gebet zog sich der König zur Mittagsruhe in ein Stübchen seiner ersten Gattin am Ende eines langen Ganges zurück; dort hatte er durch eine Glastür einen freundlichen Ausblick auf den weinberankten Laubengang, der zu dem Alten Haus der Herzogin, dem Aufenthalt der jetzigen Königin, führte. Noch im Entschlummern gingen seine Blicke immer wieder zu der Tür hin.

Da geschah das Entsetzliche, dass er das Gespenst in ihr erblickte: wirren Haares, weiß, mit lodernden Augen und blutigen Händen, angekündigt von gläsernem Klirren. Sein Herzschlag war wie gelähmt.

Auch als sich das Furchtbare erklärte, blieb jene Mattigkeit und Dumpfheit in der Brust, und seine Knie trugen ihn nicht mehr. Die Ärzte waren um beide sehr bemüht, den König und die Königin. Diese schien gefährdeter. Das Blut war kaum zu stillen und der Schrecken, der sie vor dem Schmerz ihrer Wunden und dem Aufschrei des Königs gepackt hatte, wollte nicht mehr von ihr weichen. Noch wagten die Ärzte es nicht zuzugeben, dass der Wahnsinn offenkundig ausgebrochen war, als sie von ihrem Krankenlager heimlich aufstand, im Hemd, mit nackten Füßen auf die kalte Galerie hinausschlich und in dem Wunsche, über ihm zu beten, der gläsernen Tür nicht mehr achtete, die sie von dem schlafenden König trennte. Manchmal brach aus ihren wirren Worten noch der echte Schmerz über ihr zerronnenes Leben hervor.

Der Kronprinz empörte sich über all die Heimlichkeit um die Kranke. Er wollte ihr Leiden vor alle Öffentlichkeit gebracht wissen, um endlich die dumpfen Gerüchte um die Weiße Frau (Häufig gilt die Weiße Frau als Geist eines weiblichen Vorfahren des betreffenden Geschlechts. Im Allgemeinen gilt sie, sofern man sie nicht herausfordert, nicht als böswillig oder gefährlich. Ihr Erscheinen verursacht dennoch häufig Schrecken, da es familiäre Katastrophen, insbesondere die Todesfälle von Mitgliedern der Familie, ankündigt.) der Hohenzollern zu zerstreuen. Dem freilich gab er recht, dass der Vater seinen Tod vorausgesehen haben sollte.

Andere glaubten es mit ihm. Die Besorgnis um ihr eigenes Wohl und Wehe gab ihnen klareren Blick. Es war so weit. Der neue Herr würde kommen. Jeder Tag, den der alte König noch lebte, wurde kostbar. Man musste versuchen, noch rasch Verträge mit der Majestät zu schließen für Renten und Pensionen. Ein letztes Mal musste es gewagt sein, unter dem Schutze des todkranken Königs das Wirken des Thronfolgers abzuwenden oder aufzuhalten. Die Federn der Schreiber flogen. Die Kurierpferde jagten zum Kaiser und zu den Verbündeten. Alles war Kampf gegen Friedrich Wilhelm. Sie wollten ihm solche Lasten aufbürden, in solche Schwierigkeiten ihn verstricken, dass ihm die Möglichkeit zu freien Taten nicht mehr blieb.

Tagelang teilte die Majestät an die Familie und die hohen Staats- und Hofbeamten Gnaden aus, um ihrem Sterben Glanz zu verleihen. Der Sohn wurde erst am dritten Abend gerufen.

Er hörte die leeren Formeln ohne Rührung. Heute und morgen, glaubte er, würde der Vater noch nicht sterben. Er gab sich vorerst noch ein Schauspiel seines Todes. Als wirklich eine Besserung sich zeigte, ordnete König Friedrich Dankgottesdienste, Trinkereien und Tanzereien an. Friedrich Wilhelm ging zu seinem Grenadierbataillon, das gegenwärtig in Köpenick lag. Doch wurde er sofort zurückgerufen. Dem, der ihn weinen sah und ihn mit großer Rede trösten wollte, hörte er schluchzend zu; dann aber fuhr er ihn an: „Was hast du Hundsfott dich darum zu kümmern, dass ich doch um meinen Vater weine?!"

Nachts arbeitete er mit Creutz. Es war so spät geworden, dass der Kronprinz die Kerzen noch einmal erneuern lassen musste. Das Schloss und die Höfe lagen schon im tiefen Dunkel der kalten Februarnacht. Mitten im Rechnen sprang Friedrich Wilhelm auf, eilte ans Fenster und starrte in die Finsternis.

„Warum sind alle Kerzen angezündet? Was ist im Schloss?" rief Friedrich Wilhelm, seinem Schreiber unverständlich, denn vor den Fenstern lag die Nacht. Er aber sah strahlende Säle. Der Regimentsschreiber sprach auf ihn ein. Der Kronprinz konnte ihm nicht glauben. Er ließ noch Diener rufen. Die standen nun frierend, übermüdet und töricht an den Fenstern. Nichts war, als tiefe, tiefe Nacht. Dem Prinzen flammte das

Schloss vom Schimmer der Leuchter. Die Männer eilten mit ihm die Treppe hinab, durch die Gänge, über den ersten und zweiten Hof, sie stießen sich an Stufen und Pfeilern. Ihm war alles hell. Sie weckten noch manchen im Schloss. Keiner sah brennende Leuchter. Nur die armen Lichte, die sie mit ihren gewölbten Händen vor dem Zugwind schützten, warfen unruhigen Schein.

Im Flügel der königlichen Gemächer kamen ihnen Bediente entgegen. Sie sollten den Thronfolger holen. Die Ärzte waren beim König. Da erkannte auch der Kronprinz, dass es dunkel war ringsum und dass nur ein sehr schwacher Lichtschein aus dem Vorraum der Königszimmer zu ihm drang. Er dachte: Ich will nicht Dinge sehen, die nicht wirklich sind.

Er wollte nicht die Welt der Träume und Gesichte aufgerissen wissen. Die schwerste Wirklichkeit war über ihn hereingebrochen. Er sollte König sein, wenn er die Flucht dieser Gemächer wieder verließ. Und was bei dem Vater in seinem leidenschaftlichen Handel um die Königskrone im alten Herzogtum Preußen nur vermessener Anspruch war, wurde für den Sohn zum unentrinnbaren Auftrag: das Königtum bestand.

Der König regte sich nicht; doch sagten die Ärzte, dass er noch lebe. So ging die Dämmerung hin. Nun steckten sie überall im Schloss wirklich die Leuchter an, in den Bedientenkammern, bei den Kammerherren vom Dienst, beim Oberhofmarschall. Die Lakaien richteten die Vorsäle im Flügel des Königs her; heute noch würden sie sich mit Trauernden füllen.

Unbewegten Gesichtes stand der Kronprinz zu Füßen des Sterbebettes, noch diese Stunde und die nächste. Dann zogen als erste die Ärzte sich zurück. Sie ließen den neuen König allein.

* * *

Die vom Geblüte und vom Hofe blickten immer wieder auf die goldene Tür. Die Frist der Vorbereitung war nicht kurz bemessen.

Schweigend trat der neue König aus dem Sterbezimmer. Er neigte nur den Kopf zum Gruß und schritt schnell an allen vorüber, dem Arbeitskabinett des verstorbenen Monarchen zu.

Langsam fanden sie wieder empor aus ihren stummen Verneigungen. Der Oberhofmarschall nahm an einem Schreibtisch im Vorzimmer Platz. Seine Herren reichten ihm die angeforderten Listen. Er hatte die Inhaber aller Würden und Ämter des Hofes zu melden, die nun der neuen Bestätigung bedurften. Ein Page eilte lautlos durch die Schar der Wartenden und sprach leise mit dem Hofmarschall. Der folgte ihm sofort.

König Friedrich Wilhelm

König Friedrich Wilhelm nahm ihm die Listen ab. Er las sie mit Sorgfalt. Er legte die Blätter einzeln auf den Schreibtisch. Im Stehen tauchte er die Feder ein und zog, Seite um Seite, einen Strich durch die Würden und Namen. Die durchstrichenen Listen reichte er dem Hofmarschall zurück. Der war schweigend entlassen.

Draußen wandten sich ihm alle zu. Er blieb dicht vor der Schwelle stehen. Die Blätter zitterten in seinen Händen. Der Nächststehende nahm sie ihm ab, warf einen Blick darauf und meinte halblaut zu dem Kreis, der ihn umscharte: „Meine Herren – unser gnädigster König ist tot, und unser neuer Herr schickt uns alle zum Teufel!“ Das war das erste laute Wort am Hofe der Trauer.

Von den Ministern sprach der König nur den Grafen Dohna. Ihm gab er einige Erklärungen ab. Alle bestehenden Hofämter seines Vaters seien aufgehoben. Er brauche nicht so vielerlei Bedienung. Jedoch solle keiner sich vom Hofe entfernen, bis die Beisetzung vorüber sei. Das Amt des Oberhofmarschalls übrigens werde um der Redlichkeit des derzeitigen Inhabers willen erst mit dessen Tode erlöschen.

Während er so sprach, überflog der König die Papiere, die ihm von den Geheimsekretären seines Vaters vorgelegt wurden. Meist waren sie ihm wertlos. Er zerriss die Seiten, zerknüllte die Bogen; Fetzen und Knäuel häuften sich um ihn.

Etwas übereifrig stellte Dohna ihm die Frage, ob nicht der Fürst von Anhalt-Dessau nach Berlin zu berufen wäre.

König Friedrich Wilhelm sagte: „Nein. Aber schreibt dem Fürsten von Anhalt-Dessau, dass ich der Finanzminister und der Feldmarschall des Königs von Preußen bin. Das wird den König von Preußen aufrecht erhalten."

Es sollte also keine neuen Günstlinge geben, und Dohna begriff nicht mehr, wie man je an seinem Zögling hatte verzweifeln wollen, ihn unfürstlich hatte nennen können.

Aus den letzten Worten seines jungen Herrn schien ihm aber noch hervorzugehen, dass er nicht mehr gewillt war, die demütigende Einschränkung auf sich zu nehmen, die in seinem Titel lag: „König in Preußen."

Auch in den Gemächern der Königin wurde fast nur von den erfolgten Entlassungen gesprochen, abgesehen von einigen herkömmlichen Redensarten über den hohen Verstorbenen und mancher mehr oder minder versteckten Huldigung an Preußens neue Herrscherin. Königin Sophie Dorothea saß ein wenig abseits im engsten Kreise ihrer Damen. Sie trug bereits große Trauer, war sehr gnädig und ernst, sprach aber ziemlich lebhaft. Sie wartete darauf, jeden Augenblick zum König gebeten zu werden. Sie hatte einen ihrer Herren zu ihm geschickt, wann ihre Kondolation wohl genehm sei. Doch kam der König selbst. Er war dem Kammerherrn der Gattin sofort gefolgt und hatte alle Schriften liegenlassen.

Die Königin ging der Majestät bis zur Mitte des Zimmers entgegen. Friedrich Wilhelm zog seine Frau an sich und schien bewegt. „Vielleicht wird niemand ehrlicher um meinen Vater trauern als du. Ihr habt euch ausgezeichnet verstanden. Du hast einen Freund verloren, der ungleich mehr für dich tat, als ich vielleicht je zu tun imstande sein werde."

Die Königin kam nur dazu, Bruchstücke ihrer Anrede zu stammeln. Die sollte feierlich mit „Sire" beginnen. Aber nun hatten die Worte des Gatten alles durchkreuzt. Zudem bereitete er sie darauf vor, dass auch ihr eigener Hofstaat auf das Notwendigste beschränkt werden müsse.

Bereits am Spätnachmittag standen die Personalien der königlichen Hofhaltung fest: ein Hofmarschall; vier Generale, in Uniform, als Kammerherren; einige Kammerjunker zum Dienste der Königin. Die Königin schämte sich im Gedanken an die anderen Höfe.

* * *

Als man bemerkte, welche Anstalten für die Beisetzung Friedrichs I. getroffen wurden, schöpften Königin und Hof wieder Hoffnung. Der gesalbte Leichnam, in Goldbrokat gekleidet, war im Weißen Saal auf einem Paradebett von rotem, mit Perlen besticktem Samt acht Tage lang zur Schau gestellt. Neben dem Katafalk lagen die Zeichen der königlichen Würde. Die Marmorstatuen von zwölf Kurfürsten, welche den Weg zum Königtum bezeichneten, umstanden das Totenlager. Der ganze Saal war mit violettem Samt ausgeschlagen und verschwenderisch mit Kerzen erleuchtet. Der Sohn gab dem Vater Feste des Todes, wie der sie längst zuvor bestimmte. Nichts fehlte am Prunk und der Schönheit, die Preußens erster König sich zugemessen wähnte. Der neue König selbst erschien in strahlendem Trauermantel zu der Überführung in den Dom. Acht Pagen trugen ihm die Schleppe. Die Schweizergarde leuchtete in ihrem goldenen Schmuck. Die siebenhundert silbernen Trommeln dröhnten, die Trompeter schritten in weißen Federhüten einher. Man begriff nicht, dass der König eine alte Zeit abschloss und dass es eine Wiederkehr solchen Glanzes nie mehr geben würde.

Als der Trauergottesdienst im Dom begann, riss sich der König plötzlich von den Pagen, schlug den langen Mantel um sich, kehrte sich nicht an die entsetzten Blicke, verschwand in dem Gedränge und hockte sich in eine Kirchenbank hinter einen hohen Pfeiler, der das düstere Gewölbe eines halben Jahrtausends über sich trug. Niemand, so groß die Fülle der Menschen auch war, hatte diesen Platz begehrt, weil er den Ausblick auf das Schauspiel nicht freigab. Dort saß nun König Friedrich Wilhelm I. und sah vor sich hin; er hatte nur noch den Wink gegeben, zu beginnen. Sein hoher Podest am Katafalk blieb leer. Die Königin thronte allein bei dem Sarge. Die weiten Falten ihres schwarzen Samtgewandes hüllten neues Leben ein. Der junge König aber dachte an den Sohn, der in der Wiege lag, in der Würde, die eben noch er selbst getragen hatte: Der Kronprinz.

* * *

Kaum dass der Sarg in der Gruft versenkt war, zog der König seine Trauerkleider aus und legte die Uniform an.

Als Oberst seines Regimentes stieg er zu Pferde und stellte sich an die Spitze der Garden, die sich, solange noch die Glocken läuteten, von dem Schlossplatz am Dom zwischen der Breiten- und der Brüderstraße zur Stechbahn bewegten. Er ließ eine dreifache Salve geben, und dreifach klang sie noch weiter bei der goldenen Wachtschar der Schweizer, bei den Grenadieren am Saume des Lustgartens und bei den Kanonen auf den Wällen. Des Königs schönes Pferd trug ihn mit Sicherheit und Anmut durch das Feuer und Gedröhn.

König Friedrich Wilhelm

Der König ritt in den Kampf seiner Herrschaft, ritt aus zur Eroberung des eigenen Landes, das ihm feind war, in der niedersten Würde, die sein König und Vater ihm ließ: ein Oberst. Er ließ den Hut des Kurfürsten und die Insignien des Reichserzkämmerers daheim und nahm nicht die Krone des Königs; sein Vater war schon vor der Krönung mit Krone und Zepter einher geschritten.

Man fragte nach dem Beginn der Feierlichkeiten zur Thronbesteigung. Er erklärte, die für ein so großes Fest erforderlichen Summen für nützlichere Zwecke ersparen zu müssen. Er sprach lediglich von der Regierungsübernahme, für die zweitausend Taler Unkosten vollauf genug seien. Die Königsberger Krönung seines Vaters hatte sechs Millionen Taler von dem Lande gefordert, und als Friedrich I. sich mit seinem Hofstaat auf die Reise zur Krönung begab, wurden nicht weniger als dreißigtausend Pferde für den Transport der Menschen, Koffer und Reiseeffekten benötigt.

Nur Generalität und Garnison zu Berlin, sechs Bataillone, mussten Friedrich Wilhelm I. am Tage der Beisetzung des Vaters den Treueid schwören. Die Kurmärkische Ritterschaft war zu kurzer Huldigung aufs Schloss befohlen; die Abordnungen der Städte sollten sich auf dem Domplatz versammeln. Die litauischen und clevischen Stände aber durften erst gelegentlich nachfolgen, je nach den Reisen des Königs in seine Provinzen. Denn solche Reisen hatte er vor.

* * *

Am nächsten Morgen waren zu der ungewöhnlich frühen Stunde von sieben Uhr die Minister zum König beordert. Man rechnete mit einem neuen Strich durch die Liste.

Der König sprach zum ersten Mal in längerer Rede; man war auf Schimpfworte gefasst gewesen und erwartete sein schnarrendes „Ordre parieren – nicht räsonieren", das schon den alten König zur Verzweiflung brachte, wenn er es den Kronprinzen von den höchsten Räten sagen hörte.

„Nach den Umstellungen der letzten Jahre", hob König Friedrich Wilhelm ruhig an und blickte jeden von ihnen, die im Halbkreis vor ihm standen, sinnend an, „haben Sie alle dem verstorbenen König, meinem Vater, wohl gedient; ich hoffe, dass Sie auch mir das Gleiche tun werden. Ich bestätige jeden von Ihnen in seinem Amte und verspreche Ihnen, dass, wenn Sie mir treu sind, ich Ihnen gegenüber nicht nur als ein guter Herr, sondern als Bruder und Kamerad handeln werde. Es gibt aber einen Punkt, von dem ich Sie benachrichtigen muss: Sie sind an beständige Kabalen („Intrige" oder ein „Ränkespiel", meint also im Verborgenen betriebene Machenschaften zur Erreichung niederträchtiger Ziele) gegeneinander gewöhnt; ich will, dass sie unter meiner Regierung aufhören, und versichere Ihnen, dass ich jeden, der eine neue Intrige anfängt, auf eine Weise bestrafen werde, die Sie in Erstaunen setzen wird. Man muss dem Landesherrn mit Leib und Leben, mit Hab und Gut, mit Ehre und gewissen dienen und alles daransetzen – außer der Seligkeit. Die ist für Gott. Aber alles andere muss mein sein."

Er legte Dohna und Grumbkow Schwert und Krone, wie er sagte, in die Hände – doch keiner seiner Anhänger kam an die Leitung. Wenn einer hoch in Gunst zu stehen schien, war es Graf Dohna, der ständige Vermittler zwischen Vater und Sohn. Denn noch aus der letzten Zeit des alten Königs und seit dem Sturz der Dreifachen Wehs hieß er Der Tribun des Volkes.

Dass Dohna diesen Namen trug, war weithin Creutzens Werk, obwohl der noch niemals ein gutes Wort von einem großen Herrn gesprochen hatte. Aber seine Klugheit und Wachsamkeit waren jetzt reger denn je. Die Zurücksetzung, die er durch seinen hohen Protektor erfahren hatte, schien alle seine Sinne noch geschärft zu haben. Er machte Dohna groß. Er brachte dem Minister alle Unterlagen, die das Volk betrafen; er machte sich ihm unentbehrlich; und verhandelte der neue Minister mit dem jungen Fürsten, so geschah es nun ein um das andere Mal, dass der Schreiber Creutz hinzugerufen wurde.

So erlebte Creutz jetzt den Triumph, als einziger Geheimschreiber den neuen König auf sein Jagdschloss Wusterhausen, das Kastell der Knabenjahre, begleiten zu dürfen, als sich der Herr sofort nach jenem ersten Empfang des Ministeriums, nur in Begleitung eines Adjutanten, für vier Tage dorthin begab. In so knapper Frist gedachte er Etat und Regierungsplan zu vollenden, die er sechs Wochen hindurch heimlich vorbereitet hatte. Diesmal hätte Creutz keinen Geheimratstitel für sein niederes Amt eintauschen mögen, denn die Begleitung jedes anderen hatte der König mit der barschen Bemerkung abgelehnt, ob denn nicht bekannt sei, dass er von keinem draußen importuniert sein wolle. Und als man den König warnte, dass er sich aller Räte entblöße, hatte er nur geantwortet, seine neuen Rechenkünste halte er höher als alle seine Räte, weil er diese gar nicht nötig habe, wo ihm seine eigenen Schreibtafeln und Ziffern das Fazit in die Hand gäben; und unter menschlichen Handlungen sei dies die einzige, die nicht betrüge, noch betrügen lasse. Ein akkurater Rechenmeister tue ihm viel sicherere Dienste als alle Schreibmeister, wie er denn auch viel eher die letzteren als den ersteren missen wolle.

Auf dieses Wort vom Rechenmeister baute der arme Mann Creutz seine Zukunft. Noch in den durchwachten Nächten in der Giebelkammer mühte er sich, das Warten zu lernen. Manchmal erschien der junge Mann sich schon zu alt dazu vor zu viel Wissen um die Hoffnungslosigkeit.

Aber ausgeruht wie einer, der in florentinischem Prunkbett schlummerte, schrieb er vier Tage hindurch Etat und Regierungsplan nieder, die König Friedrich Wilhelm entwarf. Der Regierungsplan schien ein einziges Rechenexempel. Die Schulden waren endlich samt und sonders aufgerechnet. Danach gab es keinen anderen Weg, als von nun an jedes Jahr zweieinhalb Millionen Taler einzusparen. Mit dem Verbrauch von Siegellack, Papier und Tinte fing es an; dies war die erste Weisung: „Zu den Expeditionen, die im Lande bleiben oder an den Hof gehen, müssen keine feinen, sondern nur gemeine und graue Papiere gebraucht und also das in dem Kammeretat dazu ausgesetzte Quantum bestmöglich menagieret werden. Der Quark ist nicht das schöne Papier wert."

Nahezu in allem sollte man sich künftig mit der Hälfte des bisher Üblichen begnügen. Der Etat des Hofes aber wurde auf den fünften Teil herabgesetzt. Alle hohen Gehälter wurden rund auf ein Drittel gekürzt, sollten nun aber auch wirklich ausgezahlt werden – wenn nicht jeden Monat, so doch schlimmstenfalls zum Quartal – und nicht mehr nur in abgetretenen Forderungen und Außenständen bestehen. Heraufgesetzt wurden dagegen die Gehälter der untersten Beamten. Dem Staatsrat wurde mitgeteilt, dass er aus Ersparnisgründen aufgelöst sei. Der König mied die harten Worte, die ihm in die Feder kamen. Zwei oder drei Namen dieser durchgestrichenen Staatsratsliste erhielten den Vermerk: „Ist gut. Bleibt."

Als König Friedrich Wilhelm sich von seinem Schreibtisch in der Fensternische des Hirschsaals erhob, hatte er für sein erstes Regierungsjahr eine halbe Million Taler eingespart. Allenthalben in den Reichen rings gehörte aller Staatsschatz dem Herrscher. Der neue Herr in Preußen nahm alle Schulden auf sich und bewilligte sich nur ein kleines Gehalt.

* * *

In Berlin zitterte man, wie die Rechnung des Königs wohl aufgehen werde. Zwischen Erlass und Durchführung war keine Zwischenspanne mehr gegeben, sich von dem Entsetzen zu erholen. Wer mehr borgte, als er bezahlen konnte, wurde als Dieb und Fälscher angesehen, seiner Ämter enthoben und für alle Zeiten unfähig erklärt, solche zu bekleiden. Wer sich boshaft benahm durch Üppigkeit, überflüssiges Bauen, übelgeführte Menage, Schädigung von Kaufleuten, ungedeckte Wechsel und dergleichen, sollte durch Pranger, Gefängnis, Festungsarbeit, Landesverweisung, Staupenschläge oder gar Tod durch Strang verurteilt werden.

Das Rangreglement all der Schuldenmacher, das am alten Hofe auf einhundertzweiundvierzig Stufen angewachsen war, verringerte der neue Herr um ein volles Hundert. Vor allem aber hatte er die höchsten Staatsbeamten und die Generale nun über die Hofmarschälle und Kammerherren gesetzt, als gedenke er eine neue Würde seines Hofes aufzurichten, soweit man dies übriggebliebene Gebilde noch Hof zu nennen bereit war.

Die Hoftrompeter und Hoboisten, die jeden Mittag das Schloss mit ihrer Festmusik erfüllten und den glänzenden Herren und Damen aufspielten zu dem schwelgerischen Mahl des alten Königs, waren zum letzten Male im Trauerzug des ersten Königs von Preußen und zum Leichenschmaus der Trauergäste erschienen. Von nun an sollten sie nur noch auf Kasernenhöfen zu dem Exerzitium der Soldaten blasen und die Becken schlagen. Der neue Herr behielt nur einen Hoftrompeter.

Die Schlosswache der hundert Schweizer, die bislang in Samt und Seide, reich mit Gold gestickt, einherstolzierte, war entlassen und wurde wie die prächtigsten Leibgardisten unter die Regimenter König Friedrich Wilhelms gesteckt. Die Schweizer warfen seinen Korporalen ihre weißen Federhüte vor die Füße. Aller Welt klang es wie Hohn in den Ohren, als der König erklärte, er jage niemand von sich; es stehe auch all den Kammerjunkern, Hofherren, Zeremonienmeistern, selbst den Hofpoeten frei, als Offiziere in die neue Armee einzutreten.

Eine königliche Tafel gab es nicht mehr für sie. Die Silbergedecke wanderten aus den Sälen in die Münze, damit Geld aus ihnen geprägt werde. Die kostbaren Weine des Schlosskellers gingen über die Grenze, über die sie kamen, und das für sie ausgeworfene Geld sollte wieder zurückkehren.

Über hundert edle Pferde aus dem Marstall, Karossen und Sänften in unermesslicher Zahl wurden fremden Fürsten zum Verkauf angeboten. Dabei trafen gerade jetzt dreizehn spanische Hengste, eine Bestellung noch des alten Königs, von siebenhundert Meilen her ein.

Aus den Gärten entfernte man die Statuen. Die ausgeräumten Gebäude, Ställe, Gärten und Parks wurden verpachtet. Die Pächter drängten sich in den Toren, und in den Vorkammern des Schlosses warteten die Juweliere. Denn die diamantenen Agraffen und Schnallen, die Perlenkrone und die Juwelen hatten als letztes das Paradebett des königlichen Leichnams geziert. Alle überflüssigen Schmuckstücke, neu getaxt und registriert, wurden verkauft und die daraus gelösten Summen vom König zur Errichtung neuer Regimenter und zur Bezahlung der väterlichen Schulden verwendet. Es sprach sich herum, dass der neue König viele Juwelen des alten Königs geschmacklos gefasst fand.

Die wilden Tiere und seltenen Vögel der königlichen Menagerie wurden an König Augustus nach Dresden verkauft, die antiken Statuen am sächsischen und russischen Hofe zu Golde gemacht. Der Fundus des väterlichen Opernhauses in der Breiten Straße gelangte zur Auflösung.

Die Staatsminister bekamen keine Schildwachen mehr vor ihre Häuser.

Der König brach mit der Gepflogenheit, dass nur Fürsten von Geblüt an der königlichen Tafel sitzen durften. Die Tafel der Gräfinnen hörte auf; der Maître de la garderobe verschwand.

Die Tafelbedienung hatten nicht mehr Edelleute, sondern nur noch Pagen und Lakaien; und selbst der Leibmundschenk war nun nicht einmal mehr wie vordem als Lakai, sondern nur wie ein Stall- und Reitknecht gekleidet, ohne Tresse und mit rotem Kragen.

Die Königin übersah geflissentlich die Verwandlung, die mit der Tafel vor sich gegangen war. Zinn war statt Silber gedeckt. Sie übersah auch die Aufmerksamkeit, die der König ihr erweisen ließ: Ihr eigener Platz war mit allen edlen Geräten, wie sie einer Fürstin nur irgend zukommen können, bestellt. Von den hausväterlichen Tischreden des Königs, der plötzlich nur noch deutsche Hausgerichte auftragen ließ, fühlte sie sich unangenehm berührt.

„Sie entbehren", hob er schon beim Vorgericht an, „heute zum Nachtisch die Früchte südlicher Zonen – in wenigen Monaten werden die gleichen Früchte in unseren Gärten reif sein, uns genauso gut munden und nicht den zwanzigsten Teil kosten."

Der König war mitten in der Durchführung des Wusterhausener Reformplans. Jedes Ereignis des Tages war zu diesem Projekt in Beziehung gesetzt, selbst die Rast und Labsal der Mahlzeiten.

Noch ehe es dunkel wurde, hielt der Hausherr einen Rundgang durch sein Schloss, Schlüters machtvolles Werk, die Schöpfung eines Römers in der Mark Brandenburg. Friedrich Wilhelm gedachte nicht, die oberen Räume des verstorbenen Königs mit all ihrem Gold und Elfenbein zu beziehen, sondern richtete sich im Erdgeschoss ein, das wesentlich einfacher, wenn auch für seine Begriffe noch sehr prächtig, eingerichtet war.

Er durchschritt das ganze Viereck und seine vier Höfe, die ihm siebenhundert Säle und Staatsgemächer umschlossen; er scheute nicht die langen Säulentreppen und die schmalen Wendelstiegen. Bewusst ergriff er von allem Besitz. Er stand im Turmgemach des Grünen Hutes, hielt Umschau in der Gobelingalerie und im Alten Haus der Herzogin und war entsetzt von der Unordnung in den niedrigen, dunklen Domestiken- und Offiziantenbehausungen im Halbstock. Er sprach mit der königlichen

Waschfrau und dem Bettzeugmeister, die ihre Wohnung zwischen zwei Portalen hatten.

Das Berliner Stadtschloss um 1702

Die Weißzeugkammern aufzusuchen, war ihm nicht minder lohnend als einen Blick in den Pfeilersaal mit seinen ionischen Säulen und in das Speisezimmer der Marschallstafel zu tun, wo goldene Adler Tische und Kamine aus buntem Marmor trugen. Er freute sich am Spiegelglanz der Kassettenfußböden im Cour- und Konzertsaal. Die weiten Hallen ermüdeten ihn nicht; er stand in den für fremde Fürstlichkeiten hergerichteten Appartements im Hause des Großen Kurfürsten, die von Ebenholz und Schildpatt strahlten, und sah aus den Bogenfenstern der Galerie auf den düsteren Hof und die Ufer der Spree. Tief und wie beschattet von den Wolken, stießen die Möwen über dem Fluss am Schlosse regellos stromauf, stromab. Bibliothek und Manuskriptenkammern wurden nicht übergangen; in den fast geleerten Silberkammern dachte er über die Möglichkeiten ihrer neuen Verwendung nach. Hinter dem Komödiensaal öffneten sich ihm wieder unversehens Türen in weite, in allen schweren Farben leuchtende Zimmerfluchten, mit denen nachtschwarze, schmale Alkoven wechselten; die Unzahl der Treppen führte in die Irre, die Fülle der Türen verwirrte – König Friedrich Wilhelm stand erschöpft. Doch hatte er sein Schloss durchwandert.

Es war nicht sein Haus, war eine Wirrnis, zerrissen von zu vielen Willen, war steingewordene Flüchtigkeit der Leidenschaften und Launen und

Spielball im Kampfe seiner Erbauer. Eine Stadt war es mit vielen Häusern und Wohnungen. Verfall war es und Übermaß der Pracht in einem, Schutt alter Zeit und Unvollendetes, Friedlosigkeit in der Unruhe fürstlicher Wünsche – zu viel Glanz, zu viel Unrat, zu viel Fremdheit! Ein Geist der Antike hatte einem armen Herrschergeschlechte einen Cäsarenbau, im Norden den größten aller römischen Paläste zu schaffen getrachtet. Die Kraft des ersten „Königs in Preußen“ versagte davor. Der zweite König musste einen Abschluss schaffen, dort, wovon Spinnenweben verhängte Gerüste noch auf den Fortgang des Baues harrten. Das Schloss sollte bewohnbar und verwertbar werden und namentlich menschenwürdige Dienerkammern neben dem Übermaß der Säle erhalten; ganze Zimmerfluchten standen noch unmöbliert.

So endete alle Umschau nur im Rechnen. Creutz zählte dem Herrn im Baubuch Spalte um Spalte auf. Die Berechnung der letzten sieben Jahre lagen dem König und dem Schreiber vor; Monat für Monat hatte das Land sechstausend Taler zum Schlossbau gegeben. Dreihunderttausend Taler waren an Spiegelwände und Brokattapeten, an Marmorportale und Schnitzereien von kostbarstem Zierholz vergeudet. Die Scharlatane und Verschwender waren über das Werk eines Gewaltigen gekommen. Schlüter (Andreas, 1634 – 1714), der große Römer des Nordens, war an der Weite seiner Ahnungen gescheitert; er war gestürzt, weil er das Gewimmel der Winzigen um sich an König Friedrichs Hof zurückzudrängen suchte; am Hofe König Midas' siegten die Winzigen. Die Launen eines Eosander triumphierten, des Königinnenschützlings, des Mannes von Geschick, der sich in Spielereien und Spiegelfechtereien gefiel. Der Dekorateur der Königsberger Krönung hatte weiterbauen dürfen, was Schlüter begann. Und solch kostbare Kraft wie einen Eosander legte der junge Barbar, der nun in König Midas' Reich regierte, brach!

„Im allgemeinen“, erklärte der König, „handelt es sich bei diesen Herren, die uns nun verlassen wollen, um Ausländer, die den Erfordernissen meines armen Landes fremd bleiben müssen.

Wenn Künstler und Tapetenmacher“ – und dieser Zusatz klang verächtlich – „weggehen, sie mögen nur hinziehen. Es wird sie eher gereuen als mich.“

Ehe er dahinzog, musste aber der Chevalier Eosander noch auf eigene Kosten das Trauerportal abbrechen lassen, das er eigenmächtig zu König Friedrichs Beisetzung aufgeführt hatte.

Johann Friedrich Eosander – 1669 – 1728

* * *

Jeder Morgen sah den König jetzt auf einem anderen seiner umliegenden Schlösser, auf dem vasengeschmückten Oranienburg und dem trophäenreichen Friedrichsfelde, auf Schönhausen, Ruhleben, Charlottenburg.

Schloss Oranienburg

Schloss Schönhausen

Ach, dass der Sand der Mark nichts tragen sollte als Arkaden, Säulen und Kapitale fremder Zonen und vergangener Zeiten, als die wunderlichen und steifen Figuren der Taxushecken ferner Gefilde! Ach, dass die weiten Buchen mit glatten, harten Kugeln sich schmücken mussten, statt ihrer schattenden Kronen! Ach, dass mit blauen Seidentapeten, durchwirkt von goldenen Drachen, die Armut der Schlossherrschaft verhüllt sein sollte!

Schloss Friedrichsfelde

Siebentausend Zentner Silber wurden auch aus diesen Schlössern nach Berlin geschafft als kleiner Beitrag zu der Schuldendeckung. Der Herr sprach sein Nein über seine Schlösser und Gärten.

Schlosspark Charlottenburg

Nur in Charlottenburg verweilte er. Zögernd stand er an dem goldenen Tor zum Schloss seiner Mutter. Wie eine eigene, weite Landschaft und ein besonderes Reich breiteten sich die Königinnengärten jenseits der kleinen Hügelwellen zwischen dem Lietzensee und der Spree. An jener Böschung des Ufers hatte er die Mutter und ihre Damen bei dem Gartenfest mit seiner Knabenkompanie, verkleidet als Türken, überfallen und zu Schiffe auf der Spree in sein Lager entführt, in bunte und gastliche Zelte, in denen die Knaben die Damen bewirteten. In den Nischen der bilderbedeckten Säle und Konzertzimmer blätterte er in den Büchern der Mutter. Dann und wann fand er an dem Rande mancher Seite ein Datum und Wort, die ihn selbst betrafen, und von den Wänden lächelte er sich überall selber entgegen, bald im Harnisch, bald im Hirtenmantel auf Befehl der Mutter gemalt. Er blieb lange vor der Schatzkammer ihrer Notenschränke, schlug die Partituren auf, summte einige Takte; da war nichts Tänzelndes und nichts Gespreiztes, nur Festlichkeit und süßer Klang und manchmal auch ein frommes Rauschen, manchmal auch der Schlag eines Herzens. Der König nahm die Schlüssel zu den Notenschränken an sich. Es hatte wohl in seiner Knabenzeit nicht zu Unrecht von ihm geheißen, dass er im Flötenspiel so sehr weit fortgeschritten sei; und es traf ihn tief, wenn man ihm seine Flöte nahm. Freilich wollte er auf ihr blasen, was ihm einfiel.

Der König sprach sein Ja über das Schloss und den Garten der Mutter, in den er auch die raren Gewächse all der anderen Lustgärten bringen ließ, die der Auflösung bestimmt waren. Und hier vergaß er es zum ersten Mal, darüber zu richten, dass das Schloss mit den drei mächtigen Flügeln und seiner weiten Cour de la reine zu reich angelegt war für den Landsitz der ärmsten deutschen Fürstin und dass es von Eosanders maßlosem Turmbau zu üppig gekrönt war für die Wandelhalle einer philosophierenden Königin, die sehr unphilosophisch Wünsche für Wirklichkeit nahm.

* * *

Alle sollten sie begreifen, was der neue Herr sich vorgenommen hatte. Die Menschen, die sich nicht Gedanken machen wollten, brauchten grelle Bilder. Sie mussten erfassen, dass das Alte vergangen und alles neu im Werden war und anders wurde; dass der Zauber verflog und nur ein Wunder das Unglücksland zu retten vermochte. Weil er das Wachsende liebte, sollten die starren Bosketts und Rondelle, all die müßigen Irrgärten vergehen, die Wasserkünste der Fontänen versiegen, die Mosaike und Arabesken der Alleen zertreten sein.

Blitzende Silberscheren und farbige Baste genügten nicht mehr, und die zierlichen, geputzten Herrlein aus Paris, die einen Park nur stutzten und frisierten, waren dieses Frühjahr überflüssig. Männer mit Seilen und Sägen hielten frühe Ernte in den Gärten, die noch niemals Frucht getragen hatten. Die mit Fabeltieren und Blumengöttern ausgemalten Gartenwagen fuhren nicht mehr von Brunnenspiel zu Grotte, von Terrasse zu Pavillon. Große, schwere Walzen pressten die Erde ein, der man alles entrissen hatte, was Farbe war, Zierrat und Duft. Die Parketts, Zeugnisse hoher Gärtnerkunst, sah man der fremden Blumen beraubt und von breiten Aufschüttungen märkischen Sandes überdeckt. Die Vögel fanden in den Laubengängen keine Stätte mehr, und entsetzt flatterten sie auf aus all der Leere und Kahlheit.

Was sollte nun noch das Ballhaus zwischen geköpften Lorbeerbäumen und vernieteten Fontänen? Der König forderte die Schlüssel ein. Die Brunnen sprangen nicht mehr. Immer schwächer, matter, welker war ihr Strahl und ihr Rauschen geworden. Düster stand der Herr dabei, als die letzten Tropfen ins geleerte Becken fielen. Das kleine Haus, darin das Triebwerk stand, wurde zum Pulvermagazin bestimmt.

Plötzlich war der König voller Leben. Die Kraft, die alle Wasserkünste spielen ließ, durfte er nicht vergeuden. Unermessliche Summen waren an all die spielerischen Erfindungen verschwendet. König Friedrich Wilhelm ließ die Gärtner stehen. Baumeister und Ingenieure wurden geholt. Der König selber nahm den Zollstock zur Hand – der König, der den Marschallstab nicht führen und durchaus ein Oberst bleiben wollte, weil keiner da war, ihn zu erhöhen, außer ihm selbst.

Wo die Wasserbehälter lägen, die das Röhrennetz der Wasserspiele speisten, fragte er eifrig. Sie zeigten sie dem Herrn am Wehr der Werderschen Mühle. Er ließ die Schritte zählen von der Mühle bis zum Lustgarten, vom Lustgarten zum Schloss, vom Portal zur Empore, vom Erdgeschoss bis zum Dach. Dann entwickelte er seinen Plan. Es sollte sauber werden im Schloss. Der König lachte. Was galten Wasserspiele! Wasser war da zur Reinlichkeit! Die aber fehlte.

Wasser ist Fruchtbarkeit, dachte er einen Augenblick, und es schnitt ihm ins Herz, dass er die Blumen ausrotten, die Bäume fällen, die Hecken zerreißen lassen musste, statt sie wachsen und grünen zu lassen, von immer rinnendem Wasser beregnet.

Er hielt sofort Konsilium mit den Ingenieuren. Er selber wies die Möglichkeiten; das Wehr an der Werderschen Mühle habe jene Wasserstärke, der Springstrahl der Fontänen diese Höhe. Wenn man ihn nun in dünnen Röhren in den Mauern des Schlosses aufquellen ließ? Eine Wasserleitung tat not! Er beschrieb sofort die Zeichnung, nannte Maße, Zahlen, erwog die Kostenanschläge. Zwei oder drei der Herren Baumeister und Ingenieure verstanden, einige verbargen das Lachen. Der König wollte große, steinerne Becken mit gutem Abfluss für das tägliche Morgenbad. In jedem Stockwerk verlangte er Hähne für die Wasserleitung. Die Waschbecken schienen ihm am meisten zu eilen. Einer unter all den Zögernden sagte: „Ich würde es wagen." Der Herr erbat den Namen, warf einen Blick auf den Mann. Nun war er fest im Gedächtnis des Königs.

* * *

Während der lärmenden und schmutzigen Bauarbeiten in dem Großen Residenzschloss entschloss sich die Königin, ihr Lustschloss Monbijou zu beziehen. Ihre beiden Kinder nahm sie mit sich. Die einstigen Gemächer der verbannten Gräfin Wartenberg wurden eiligst für die Bedürfnisse der Königin hergerichtet; wiederholt ließ König Friedrich Wilhelm anfragen, was etwa noch fehle. Doch war alles reichlich vorhanden. Die Königin hatte endlich ihren eigenen, wenn auch kleinen Hof und war deshalb in bester Laune. Das Schloss, ein Bau zu ebener Erde, ein Eosanderscher Lusthof nach italienischer Art mit französischem Garten, schien der Königin reich und schön und für die Repräsentation einer großen Dame wie geschaffen, weil auf die Gesellschaftsräume unendliche Sorgfalt verwendet worden war. Für Personal und Gäste waren reichlich Nebenflügel vorhanden. Die Galerie mit ihren Arkaden und den wie Bambusstäbe zarten Säulen und die kleinen Säle der Hauptfront lagen fast den ganzen Tag in der Sonne, und nahe an dem Gartensaal, vor der steinernen Terrasse, floss die Spree unter breiten Akazien vorüber. Der König freilich teilte nur wenig das Entzücken seiner Gattin darüber, dass der Chevalier Eosander die Schauseite so hatte anmalen lassen, dass sie den Marmor des Mittelmeeres mit dem Lack von China zu verbinden schien, und dass er über eine erdrückende Balustrade mit Vasen und Genien noch eine schelmische Pagode setzte.

Alle Deckengemälde des kleinen Palastes trugen den Namenszug der neuen Königin. Wenn möglich, wirkten sie plastisch, wie beinahe die ganze glatte Architektur von Monbijou perspektivisch bemalt war – eine dem König von Herzen verhasste Wirkung, welche die Epoche aber grenzenlos bewunderte. In all und jedem zeigte sich eben der König im Widerspruch und Unrecht. Er trübte aber nicht die Freude der jungen Königin an ihrem Gartenschlösschen à la mode, zumal es ein Geschenk seines Vaters an sie gewesen war.

Dabei, und das war ihr willkommen, verhielt es sich gar nicht so, als habe sich die Königin auf einen stillen Sommersitz zurückgezogen. In ihren Empfangsräumen und Gesellschaftszimmern herrschte vielmehr ein ungleich regeres Leben als drüben in dem großen Schloss, von dem Monbijou nur durch den der Vernichtung preisgegebenen Lustgarten getrennt war. Bald fuhr eine Equipage an der Seitenauffahrt von Monbijou vor, bald trug man eine Sänfte bis an die hohe Glastür der Galerie; die Königin hatte zu begrüßen, Konversation zu machen und war glückselig. Sie wollte sich nicht eingestehen, welch armen Landes Königin sie geworden war. Sie spürte es deutlich, wie die Kreise des alten Hofes nur darauf gewartet hatten, dass sie eigenen Hof hielt. Wer Glanz und Weite suchte, würde sich hier um sie scharen! Man bemühte sich, Zutritt bei ihr zu erlangen; man warb um ihre Gunst, um ihr allerlei Anliegen vorzutragen, für die beim König kein Gehör zu finden war. Wenn es nur noch ein anderes Thema gegeben hätte als die engstirnigen, kleinlichen Maßnahmen des Gatten!

Bestieg ein junger König sonst den Thron seines Vaters, so geschah es, dass selbst weither vom Morgenland die Kaufherren kamen mit reich beladenen Karawanen, die bunte, kostbare, golddurchwirkte Tücher mit sich führten, seltene Gewebe, hauchzarte Spitzen und üppige Pelze und Federn, um königliche Ware auszubreiten vor dem neuen Herrn.

Zum neuen König von Preußen hatte ein einziger, schlecht unterrichteter Händler sich verirrt; der bot ihm zwei Löwen und einen Mohren an. Der König empfahl ihm als Käufer für die Löwen den Kurfürsten August von Sachsen, der ihm selbst bereits die väterliche Menagerie abgenommen hatte. Den Mohren behielt er, weil er fand, er gebe einen herrlichen Krieger.

So hatten denn bei dem zweiten König von Preußen statt der fremdländischen Händler nur einfache märkische Wirker und Tuchmacher täglichen Zutritt, und er hielt Rat mit ihnen, als wären sie Ministern oder Kammerherren ebenbürtig. Ein Verbot für die Einfuhr fremder Tuche und für die Ausfuhr einheimischer Wolle war schon ausgesprochen; und um die Mode der Hofkreise zu verhöhnen, trugen die Profosse, die Henker der Regimenter, die prunkende Pracht französisch gekleideter Kavaliere. Frauen, die sich in fremdländischen Kattunkleidern sehen ließen, hatte der König auf offener Straße die Kleider vom Leibe reißen lassen. Die Untertanen sollten nur noch preußische Wolle tragen. Den königlichen Beamten und Lehnsleuten war befohlen, kein anderes als rotes und blaues, im Lande angefertigtes Tuch und lediglich inländische Zeuge, Strümpfe und Hüte für sich und ihre Dienerschaft zu verbrauchen. Die alte Markgräfliche Hofburg in Berlin war bereits in ein Lagerhaus für inländische Stoffe verwandelt. Der König prüfte die Proben des elenden Machwerks, als böte man ihm Kaschmir und Scharlach dar. Der König fragte und trieb die zögernden Antworten ein. Wie lässt die Leinenweberei sich beleben? In welcher Frist kann man Ersatz beschaffen für die auswärtigen Kattune und Baumwollstoffe? Auf welchen Gebieten der Stofffabrikation fehlt es an Facharbeitern? Soll man nicht Werkmeister aus Holland für die Tuch- und Gewebeindustrie als Lehrmeister holen? Muss man nicht Wollkämmer, Tuchscherer, Walker, Presser, Seidensortierer, Wicklerinnen, Blattmacher, Mouliniers, Musterleserinnen, Färber, Appreteure, Webstuhlschlosser, Stuhlaufsetzer aus Lyon, Turin, der

Schweiz herrufen? Wie steht es um Berliner Ellen und Archinen, ums Zwirnen und Haspeln und Zupfen, die besten Binsen zum Wollrade, das feinste Baumöl für die Walkmühle?

Nun wieder fragten die anderen, und oft taten sie es töricht; namentlich schienen aber alle ihre Erkundigungen, die offenen und die versteckten, dahin zu zielen, wer denn nun eigentlich der große Kunde all der neuen Manufakturen sei. Der König überstürzte sich in Antworten, Bescheiden, Erklärungen; sein Gesicht war ganz hell.

„Der König von Preußen wird mein Abnehmer für die Tuche sein. Der König von Preußen vergrößert sein Heer. Alle Bedürfnisse der neuen Armee sollen durch inländische Arbeit aus inländischen Stoffen preußischer Tuchmachereien gedeckt werden. Bisher hat lediglich der Aufwand des Hofes, und zwar allein in der Residenz, dem Verkehr und Gewerbe Nahrung gegeben. Fortan soll die Armee dem ganzen Lande den gleichen Dienst in gesünderer Weise leisten. Damit aber nie mehr hergestellt wird, als verbraucht werden kann, ist die gesamte Tuch- und Wollindustrie von nun an unter strenge Kontrolle gestellt – auch darum, dass keiner sich zu Unrecht bereichere.

Noch kann man eure Waren im Ausland billiger und besser haben. Aber wir werden alles tun, das Ausland zu überflügeln. Nur dieser Weg führt euch aus der Armut. Der geldraubende Import aus Frankreich, England und Holland muss ein Ende finden. Wurde nicht bisher aus unserem Land Wolle für ein Schleudergeld exportiert und, modisch verarbeitet, zu Wucherpreisen an uns zurückverkauft? Welcher Wahnsinn! Wollt ihr nicht an der selbständigen Verarbeitung zu wohlhabenden Handwerkern werden? Traut ihr euch nicht mit mir zu, selber gutes Soldatentuch und Landtuch zu weben, der Schwierigkeiten mit der grünen und der roten Farbe Herr zu werden, Spanisches und Londoner Tuch zu fabrizieren, Kirsey, Perpetuel und frisierten Molton, radrillierten Brillanttaft, Drap des Dames und Quinette – alles, was die Damen zur Seligkeit brauchen? Es gilt nur, noch einmal in die Lehre zu gehen! Es gilt nur vor allem für mich, das große Schafsterben für euch zu bekämpfen!"

Hätte nicht der Herr vor ihnen gestanden, manche hätten sich den Kopf gekratzt. Bis dahin hießen ihre Tücher Weinelaken, so viele Tränen der Not waren in ihr Gewebe gefallen. Der König raste noch mit der Feder: „Haben sie den Tuchhandel verdorben, so hole der Deuffel die Kovmannschaft" und griff nun dieses eine Gewerbe heraus, um an ihm zu erlernen, wie er in allen anderen sachkundig und leistungsfähig werden könne. Auf diesem einen Gebiete machte er ein Experiment für alle übrigen. Es war an der Zeit. Die Industrie in ganz Deutschland war tief herabgekommen; in der Mark Brandenburg war der Verfall am traurigsten.

„Ein Land ohne Manufaktur ist ein menschlicher Körper ohne Leben, also ein totes Land, das beständig pauvre und elend ist und nicht zum Flor gelangen kann“, beharrte der von allen angezweifelte König auf seiner Meinung, „Manufakturen im Lande sind ein rechtes Bergwerk aller Schätze“. Und er gründete auf eigene Kosten die erste Feinspinnerei für spanische Wolle in Berlin. Auf diese Weise, hieß es, vertat er das Geld, das er den anderen wegnahm.

* * *

Allgemein prophezeite man, die preußischen Zustände würden sich nur noch dieses Jahr und allenfalls das nächste halten lassen. Es könnte nicht so weitergehen; der Sturm würde, je heftiger er rase, desto eher ausgetobt haben. Am wenigsten glaubte man und sprach es höchst leichtfertig aus, dass in so wüstem Hin- und Herfahren irgendein Plan und Zusammenhang wäre; der junge Herr würde bald genug festsitzen. Aber da niemand den nächsten Schlag vorher wisse, sei es unmöglich, ihn zu parieren.

Die europäische Fama nannte den König einen guten Doktor, der durch seine dauernden Kürzungen die Leute von der Üppigkeit kuriere. Der König, als eine Gräfin es ihm vorlas, bemerkte, es sei ihm lieb, dass er ein so trefflicher Doktor würde. Er wolle bemüht sein, noch bessere Kuren auszuüben.

Gerade die, denen er Wohlstand verhieß, die Handwerker, wurden zu sieben- oder gar achttausend vorstellig, sie könnten statt fünf bis acht Gesellen nur noch einen oder zwei beschäftigen, wenn das vornehme Berlin derart zu verarmen drohe. Der König ließ sofort Ermittlungen anstellen.

Das Gesinde aufgelöster Haushalte der alten Hofkreise saß herrenlos in Schenken umher. Der König musste die Leute ins Spinnhaus, in seine neuen Fabriken oder die Kasernen bringen lassen. Die Gesindeordnung schreckte Dienstboten und Herrschaften; eine höchste und tiefste Lohnstufe war festgesetzt, Zeugnisse von Geistlichen und bestimmte Kündigungstermine wurden gefordert, Prämien für langjährige Dienste erwogen.

Die Kaufleute der Refugißes schlossen ihre Läden und verkauften ihre Waren stückweise und freihändig, ohne sie noch zu ergänzen. Vierzig französische Handwerkerfamilien machten sich heimlich davon.

Ein großer, vierzehn Tage währender Markt wurde kaum beschickt.

Die Einwohnerzahl Berlins verringerte sich zusehends. Nicht nur die Maler, Architekten und Bildhauer verließen die Residenz.

Einer der Hofnarren des alten Hofes erhängte sich auf dem Heuboden des Marstalls. Gerade die armen Narren und Zwerge aber, die bei seinem Vater in Gold- und Silberstoff gekleidet einherstolzierten, hatte König Friedrich Wilhelm nicht entlassen, bis auf den Zwerg aus Kurland, der jährlich für sechstausend Taler Wachslichte stahl. Auch schickte er des Königs Midas Mohren aus dem Morgenlande nicht hinaus in die Fremde nördlicher Länder.

Präsidenten und Geheimräte, deren sich das alte Regime durch Festungshaft entledigt hatte, wurden jetzt, wie es ausdrücklich hieß, wegen ihrer bekannten Fähigkeit, Treue und Redlichkeit aus dem Gefängnis auf hohe Posten gestellt. Kühnen Bewerbern gab der König kleine Chargen, vor allem aber zunächst einmal die Gelegenheit, das Metier zu lernen.

Der gerechten Verteilung der Geldmittel wegen wurde der Etat der Akademie der Künste auf zweihundert Taler herabgesetzt. Allerdings hatte der König nun auch für die herrschende Richtung kein sonderliches Wohlwollen. Er liebte nicht Maler, die zugleich Balletttänzer und Hoftanzmeister waren. Die Mitglieder der Akademie der Wissenschaften sahen sich eben um jener gerechten Verteilung der Geldmittel willen in der Verlegenheit, ihre Ämter niederzulegen, den Aufenthalt künftig in fremden Staaten zu suchen oder, was am häufigsten geschah, von nun an zurückgezogen und unbekannt zu leben. Die mit so großer wissenschaftlicher Spannung erwartete Begegnung des Jupiter mit dem Saturn sollte angeblich schuld daran sein. Der König hatte nur zu gut verstanden, warum die müßiggängerischen Sterngucker gar so viel Aufhebens machten von der erwarteten Opposition des Jupiter und Saturn! Er verstand es ohne astronomische und astrologische Kommentare, wer mit Jupiter, dem guten und gerechten, und Saturn, dem tückischen und unheilbringenden, gemeint war. Die Räume des Observatoriums wurden durch Anschlag zum Vermieten ausgeboten.

Die Brüder des verstorbenen Königs, die Herren Markgrafen, sah man nur noch als ein Häuflein ängstlicher, verschüchterter und verschuldeter alter Männlein.

Des Lamentierens und des Klagens war kein Ende. Selbst jene, die den Abschied begehrten, jammerten; sie wollten Dienst in Nachbarländern suchen. Aber manchen gab der Herr nicht frei, weil jener vielleicht ein Archiv und dieser einen Landesbezirk mit einiger Gründlichkeit kannte. Andere wieder sollten ihr Geld im Lande verzehren, weil man es ja auch hier erworben habe. So ging, dies schrieben die Gazetten, ein jeder sehr piano. Der ist ärger als Karl XII. von Schweden und Zar Peter, stöhnten viele.

Am Osterfest predigte der Hofprediger Henrich, es würden sich wohl wenige unter seinen Zuhörern an diesem Feste zu erfreuen haben, weil den meisten das Brot genommen wäre. Selbst der Fortbestand der Gotteshäuser wäre ungewiss, und wer könnte wissen, ob nicht sogar der Dom noch zu einem anderen, gewinnbringenderen Gebäude würde verwendet werden. Predigttexte wurden versehentlich und zufällig verwechselt, so in einer Predigt, die mit der Klage über den Tod des guten, alten Königs begann, Daniel 2, Vers 20 und 21 – was als leicht möglich galt – mit den entsprechenden Versen in Daniel 11; und dort hieß es: „An seiner Statt wird ein Ungeachteter aufkommen, welchem die Ehre des Königreichs nicht zugedacht war; der wird einen Schergen sein herrliches Reich durchziehen lassen; aber nach wenig Tagen wird er zerbrochen werden." Auch die Verse untereinander waren also noch ein wenig verwechselt, was ebenfalls leicht möglich sein sollte. Dennoch musste der Pastor für sechs Monate nach der Feste Spandau gehen, in größerer Ruhe den Text für seine nächste Predigt auswählen zu können.

An dem dritten Feiertagsmorgen – den Beamten war verboten, den dritten Tag der hohen Feste und die sogenannten Bummelfeste noch zu begehen – hingen Schilder aus den Fenstern des Schlosses: „Dieses Schloss ist zu vermieten und diese Residenz Berlin zu verkaufen."

Die Zeitungen berichteten es und fanden ungeheuren Absatz. Der König verbot die Journale; er liebe theoretische und kritische Auseinandersetzungen nicht.

Dass er in aller Munde ‚Der Plusmacher' hieß, vermochte er nicht zu verhindern. Da half ihm keines seiner neuen Gebote, von denen er gesagt hatte: „Edikte müssen Edikte bleiben, ohne alles und ferneres Räsonieren. Dieses ist die Meinung."

* * *

Die Gesandten der fremden Staaten waren sich in einem ungewöhnlichen Maße einig. Sämtlich fanden sie, dass ihre schwierigen Missionen außerordentlich erleichtert würden, wenn dieser eigenartige und heftige junge Herr sich derart in Bagatellen verzettele und seinem Feuereifer mit Lappalien genüge. Der junge Herr schien die Bedeutung der diplomatischen Vertretung unter den Ländern nicht zu erkennen. Die auswärtigen Gesandtschaften wurden eingeschränkt, die Residentenposten in den kleinen Ländern völlig eingezogen. Für den Plusmacher schien es nur den einen Gesichtspunkt der Sparsamkeit zu geben. Die fremden Herren wollten erfahren, ob dem auch ganz gewiss so wäre; und so wurden sämtliche Minister und Geheimräte, die im Amt belassen worden waren, allabendlich in einen der Gesandtschaftspaläste eingeladen. Auch waren beruhigenderweise gerade in dem Departement der auswärtigen Affären die wenigsten Veränderungen vorgenommen worden, als begnüge sich der junge König, er, der Neuerer, damit, dass er hier bereits drei seiner Anhänger aus seiner Kronprinzenzeit walten wusste. Wahrscheinlich aber war, dass er keinerlei Erschütterungen in Preußens Beziehungen zu dem Auslande wünschte und also eine tiefe Einsicht in die Ohnmacht seines Landes zeigte.

Dem widersprach, dass er plötzlich den Befehl ausgab, die Minister dürften nur noch auf bestimmte Weisung mit den fremden Gesandten verhandeln; und den Geheimräten war mit einem Schlage nicht einmal mehr erlaubt, sich selbst auf Assemblees mit den Gesandten überhaupt auch nur in vertrauliche Gespräche einzulassen.

Überdies erhielt man Kenntnis davon, dass der neue Herr alle Militär- und Regierungsschreiben eigenhändig aufbrach. Er wollte es lernen, diplomatische Schriftsätze zu lesen und Diplomatenreden anzuhören. Er hasste beide; er wollte, er wäre dieser Teufelsgeschichten frei, weil sie ihn von den Dingen abzögen, die ihm nützlicher seien, gestand er. Aber er begann, die Teufelsgeschichten wohl zu verstehen. Niemand wusste es ganz, wie eingehend er sich mit den auswärtigen Affären befasste, wie selbständig in seinen Entschlüssen er vorging, auch wenn er sich immer wieder sehr sorgsam mit seinen Ministern beriet und namentlich den alten Ilgen hörte, der nun schon dem dritten Brandenburger diente; Ilgen, der zu einer so vollkommenen Kenntnis aller Beziehungen und Interessen des Staates und der Dynastie gelangte, dass er in ihnen zu Hause war wie in seinem Eigentum.

Die eigenen und die fremden Minister aber lasen mit Befremden die Bedingungen, die der König für alle mit ihm zu führenden Verhandlungen stellte; er wollte deutsch von deutschen Dingen reden: „Ich bin ein Deutscher. Ergo will ich meine Sprache schreiben wie der Zar die seine." Immerhin verhieß er, dass in seine deutschen Briefe, sein Entgegenkommen zu beweisen, noch ein lateinischer eingeschlossen sein werde, „von Deutsch in Lateins übersetzet".

Die Herren Gesandten von Österreich, den Generalstaaten der Niederlande und von Großbritannien gedachten den Unerfahrenen, als den er sich selbst ausgab, mit ihren neu erhaltenen Instruktionen zu überschütten. Wie diese aber auch umschrieben waren: Sie wollten nur den Krieg gegen Frankreich.

Ludwig XIV, der Sonnenkönig von Frankreich – 1638 – 1715

Der große Alte von Frankreich, der greise Sonnenkönig, schien müde geworden nach zweiundsiebzig Jahren seines Königtumes.

Der junge Kaiser wollte vor dem alten König Spaniens Thron für die eigene Hausmacht behaupten, zum mindesten für Habsburg spanische Provinzen retten.

Karl VI. von Habsburg – 1685 – 1740

Der Krieg durfte noch immer nicht enden.

Der junge Kaiser trat den Kurfürsten des Reiches hochfahrend entgegen in dem Glanz des uralten Stammes und seines Anspruches. Der Kurfürst von Brandenburg ließ sich nicht durch große Versprechungen und kleine Belohnungen verlocken. Mit Worten, aus denen der herrische Befehl der Jahrhunderte widerklang, verlangte der junge Kaiser vom jungen Kurfürsten von Brandenburg Entscheidung zum Gehorsam. Der junge Herr im armen Lande gab ihm eine harte Antwort. Er sah das Reich vergessen; er sah die Notwendigkeit nicht, dass der müde, junge Kaiser der Herr sein müsse einer sehr weiten und sehr kranken Welt, die er nicht mehr zu behaupten vermochte. Er sah Notwendigkeiten, die ihn härter bedrängten. Der junge Habsburger hielt seinen müden Blick gebannt aufs Alte. Der junge Hohenzoller hob den schweren, hellen Blick zum Neuen. Er hatte in alten Registern die Namen verschollener Ortschaften gefunden, von denen ihm Vater, Räte und Minister niemals sprachen. Noch war der Dreißigjährige Krieg in seinem Lande nicht verwunden – der Spanische und der Nordische Krieg aber drohten sich bis zu einem Menschenalter hinzuziehen, ach, vielleicht noch alle seine Königszeit zu überschatten!

Das Cito! Cito!, das der König unter alle seine neuen Edikte noch vor den Namenszug setzte, brannte ihm im Herzen. Der Krieg musste ein Ende finden, der Krieg, in dem er die Fürsten gegen ihre Völker streiten, sie vernichten sah. Er aber hatte noch sein eigenes Land zu erobern. Er nahm den Kampf mit Brandenburg-Preußen und Europa zur gleichen Zeit auf.

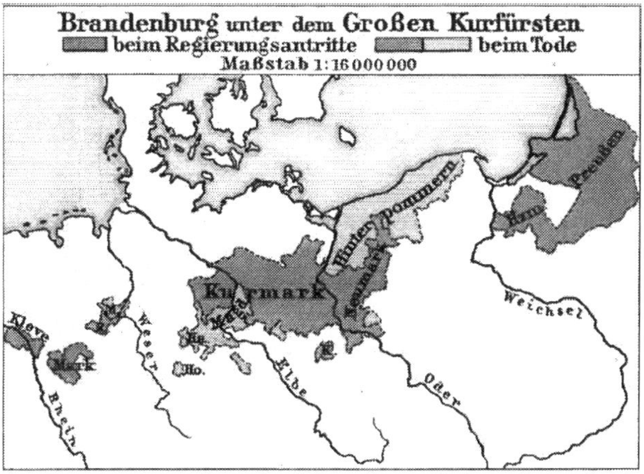

Der Kaiser bat, versprach, drohte, bereitete Schwierigkeiten, schuf Hindernisse, stellte den Kurfürsten von Brandenburg bloß und schmeichelte dem König in Preußen oder umgekehrt, verwirrte angestrebte Klärungen und suchte ihn mit allen Mitteln in den Krieg zu reißen.

Der neue Herr in Preußen, der Erbe der alten Mark Brandenburg, blieb fest, und sollte er darüber alles verlieren. Als König von Preußen sei er im Frieden mit Frankreich; als Stand des Reiches werde er sich seinen Pflichten nicht entziehen. Mit dem Zorn des Kaisers müsse er es darauf ankommen lassen. Es sei ihm dabei einerlei, ob er Käse und Brot oder Lerchen und teure Ortolanen äße. Doch kujonieren lasse er sich nicht. Wer das versuchen wolle, müsse haut à la main spielen. Aber wie jetzt der Kaiser wolle, ginge fürwahr nicht. Die Würfel lägen noch auf dem Tisch.

Aus dem Zerfall des Reiches und einer alten Welt begehrte er ein eigenes starkes Land zu retten.

Solche Sprache vor Diplomaten war neu. Sie schuf eine arge Ratlosigkeit; Offenheiten war man nicht gewachsen. Man beriet, was sich dahinter wohl verbergen könnte.

Noch standen die Kurierpferde in Berlin und Wien gesattelt, da waren die Würfel gefallen. Des greisen Sonnenkönigs Enkel war Herrscher über Spanien. Das Weltreich des Kaisers wurde zum Traumgebilde, fern aller Tat. Aber auch der Keim entsetzlicher Kriege – Kriege des Zerfalls, nicht des Entstehens – starb im Werden. Nach vielen verlorenen Schlachten ging Frankreich mit glänzenden diplomatischen Erfolgen aus dem zähen Kriege hervor. Aber war es, fragte der Neuling in der Weltdiplomatie, Herr Friedrich Wilhelm von Brandenburg, ein Gewinn für Frankreich, dass fortan ein bourbonischer Prinz Spanien und Indien beherrschte? Länder und Völker waren erschöpft.

Zu Utrecht erhielt das Reich seinen Frieden.

Es war der fünfzigste Tag der Regierung König Friedrich Wilhelms I., an dem der alte Ilgen den Vertrag für ihn ratifizierte. Ein Uhr mittags unterzeichneten England und Frankreich, um vier Savoyen, um sieben die Portugiesen, um acht die Holländer, um zehn die Preußen, „weil sie mit Fleiß nicht gern die ersten sein wollten, damit es nicht bei den Kaiserlichen das Ansehen gewinne, als ob sie dazu ein so großes Empressement gehabt".

Aber, sein glühendes Cito! Cito! im Herzen, hatte der junge Preußenkönig ein großes Empressement, dem unglücklichen Erdteil den Frieden zu geben.

Blau = Preußen nach dem Frieden von Utrecht 1713

Europa lächelte über die Friedensbedingungen, die der junge Barbar in Brandenburg für seinen Anteil ausmachte. Er nahm Geldern und nannte sich seinen Herzog. Er gab Oranien, doch behielt er sich Titel und Erbanspruch. Auch ließen Frankreich und Spanien von nun an die preußische Königswürde des Kurfürsten von Brandenburg als anerkannt gelten.

Ein Friede schien es, wie auch König Friedrich ihn geschlossen hätte – ein Handel um Würden, Titel und Ansprüche.

Prinz Eugen, beim Kaiser stehend und über die Karten gebeugt, lächelte nicht. Habsburgs alter Diener war in Sorge.

„Der Brandenburger gibt die Parks und Schlösser von Oranien, weil er sie, umklammert von französischem Land, im Kriegsfall niemals halten könne. Er nimmt sich Geldern, weil es nahe vor seinen Grenzen liegt, ihm fruchtbare Ländereien und ein halbes Hunderttausend Menschen bringt. Er beginnt, Menschen zu sammeln; er ist wie besessen von seinen menschenleeren, zerrissenen Ländern. Der Kurfürst von Brandenburg wird uns nie mehr Truppen stellen als ein kleines Pflichtheer."

„Es sei denn", sprach gelassen der Kaiser zu seinem Wächter und Mahner, dem heldischen Zwerg, „das Reich und nicht Habsburg wäre jemals bedroht."

Denn vom Reiche sollte der junge, wilde Herr der Mark Brandenburg altmodische und zuverlässige Ansichten haben, wie sie unter den Kurfürsten sonst nicht mehr im Schwange waren.

Auch Friedrich Wilhelm saß über die Karten gebeugt. Doch suchte er nicht Wien, Paris, Madrid, die nun in aller Munde waren. Sein Stift umzog den Osten und Norden. Die Stirn des jungen Königs war umwölkt: Fern war er Spaniens heißer Sonne. Seine Not kam ihm von Eis und Sumpf.

Die Farben, Umrisse, Linien, Namen, Zahlen der Atlanten lebten ihm auf als Gefahr. Er sah die Länder des Nordens leiden an den alten Kriegen und das Ostreich der Wälder, Ströme und Steppen, Zar Peters gewaltiges Land, nach der Zukunft drängen, die eine alte Welt verwandeln sollte. Auch der Nordische Krieg war beendet – nur befriedet war er nicht. Noch lebte Schwedens großer König, wenn auch ein Gefangener, fern den nördlichen Meeren, am Bosporus.

Was wollte es bedeuten, dass die Verbündeten die Krone Schwedens in Besitz genommen hatten. Der Mann, dem sie gehörte, lebte noch und blieb ein König, und immer wieder, wo man seinen Namen nannte, klirrte Waffenlärm. Brach der Krieg noch einmal aus – so musste er dahinstürmen über Friedrich Wilhelms Land. Der Brandenburger tat dem Schwedenkönig hohe Ehre an. Er hielt auch den Gefangenen noch für groß und gefährlich, Brandenburg und das Reich von ihm bedroht. Der junge König sah sich eingekreist von verschleppten Kriegen und ähnlichen verraten, wie sie den Großen seines Geschlechtes vom Sterbebette des herrlichen Sohnes in Straßburg in die Sümpfe von Fehrbellin, von den Sümpfen des Havellandes in das Eis und den alles begrabenden Schnee des Ostens jagten.

Friedrich Wilhelm – Kurfürst von Preußen – 1620 – 1688

Das Antlitz des Großen Kurfürsten, des Siegenden, Leidenden und Betrogenen sah den Enkel an aus den Atlanten, näher als ihm je das Angesicht seines Vaters war.

Heute war der Zar der Sieger über Schweden.

Aber noch lebte König Karl XII.

Auf den Schlachtfeldern des Brandenburgers konnten sie noch einmal einander begegnen.

Es musste ein Ende sein, auch mit diesem Kriege. Niemand, außer dem Dessauer, der noch immer seines Rufes nach Berlin harrte und das bloße Wort eines jungen Mannes für Siegel, Stempel und Verträge nahm, wollte verstehen, warum der sparsame König nach dem Spanischen Frieden sein Heer nicht verringerte. Er schien doch plötzlich schwach und friedfertig! Was sollten ihm die freigewordenen Regimenter!

„Es muss“, erklärte der König, „vielmehr bis Jahresende auf fünfzig Bataillone und sechzig Schwadronen gebracht werden.“

Sechstausend Mann wurden auch wirklich noch aufgestellt.

Des greisen Sonnenkönigs gedachte ihr Kriegsherr kaum noch.

Und Spanien war ihm nur ein ferner Klang.

* * *

Über all der Sorge und dem Eifer war es geschehen, dass die Geburt eines Kindes ihn nicht tief bewegte. Die zweite Tochter war geboren, die junge Mutter war gesund, der Taufgäste wurden nicht wenig, der Name Charlotte Albertine ward ohne Zaudern gewählt – all dies erschien ihm mit einem Male durchaus nur als Frauensache. Er sah die Seinen nur selten, und ein längerer Besuch bei der Königin war etwas Besonderes geworden.

Noch immer bewohnte sie Monbijou; gelegentlich lud er sich bei ihr zur Tafel. Seine Bitte, in kleinem Kreise mit ihr speisen zu dürfen, schien dann allerdings meist unerfüllbar. Immer empfing ihn die Gattin in größerer Umgebung, und das Gespräch bewegte sich daher bei Tische nur um recht allgemeine Dinge. Kaum dass der Nachtisch abgetragen war, bat der König, die Kinder sehen zu können.

Die Königin entschuldigte sich, sie seien zu so später Stunde nicht mehr angekleidet, da der König ihr in dieser Hinsicht keinen Befehl habe zukommen lassen.

Der König versicherte, das mache nichts. Er sehe die Kleinen gern in ihren Bettchen.

An Friedrichs Wiege lachte er. „Oho, das kleine Tier bekommt ein zu starkes Gebiss. Wir werden das kleine Tier abschaffen müssen. Sonst erbeißt es die anderen.“

Wilhelmine stammelte schlaftrunken auf Geheiß der Mutter ein paar Begrüßungsworte, die dem König im Munde einer Fünfjährigen possierlich vorkamen; doch fand er seine Älteste sehr blass.

An Charlottes Albertines Wiege wurde er nachdenklich, wie ihm dieses sein fünftes Kind so fremd blieb, weil ihn die Angelegenheiten des Landes so sehr beschäftigten. Das Kleine wuchs, und er sah es nicht. Es schrie, und er hörte es nicht. Es trank und aß, und nie war er zugegen. Er fragte nach der kleinen Tochter, wie man sich nach eines fremden Mannes Kind erkundigt. Die Königin wusste dem Vater von seiner Tochter nichts zu erzählen, als dass die Prinzessin manchmal etwas Hoheitsvolles an sich hätte. Darüber musste der junge Vater laut lachen. Doch schritten sie jetzt schon durch die Galerie zum Mittelflügel zurück, und er störte die drei Kleinen nicht. Er öffnete die Tür zum Garten. Ein abendlicher Gang mit der Gattin durch den schmalen Park zwischen Fluss und Schlösschen schien ihm verlockend. Vor der Säulenfassade des Ufers am offenen Lusthaus blieb der König stehen. Zwischen glatten, schön geschwungenen Mauern floss die Spree leise, eilig und dunkel. Der König wies auf das Wasser. „So ist sie zu bändigen. So kann die Spree nützen. Ich werde sie im ganzen Stadtbereich mit Mauern einfassen."

„Ich habe bemerkt, dass Sie die Spree für Ihre Hauptstadt benötigen" – Königin Sophie Dorothea lächelte, doch ohne Güte –, „es kommen jetzt viele Lastkähne den Fluss herauf. Die Schiffer sind sehr laut."

Der König nahm es dankbar auf, dass die Gattin verfolgte, was er tat. Jede ihrer Äußerungen bot ihm die Möglichkeit eines freundlichen Irrtums.

Die Königin sprach die Hoffnung auf baldige Beendigung der lästigen Bauten aus. Über diesen ihren Wunsch war Friedrich Wilhelm glücklich. Er wollte seine Frau bald wieder bei sich haben.

Diesen Abend fand er keine Trennung: einmal kein Rechnen, einmal kein lärmendes Handwerk, einmal kein schwieriger Vertrag! Gar nichts war auf der Welt als nur das kleine, lichte Schloss und sein Spätsommergarten, von schlanken Kandelabern durchleuchtet. Er hatte die Kinder wiedergesehen und wünschte den Park der Gattin heiteren Lärmens voll von der Fülle fröhlicher Söhne und zärtlicher Töchter. Einen Blick nur in den Garten der Frau zu tun – es würde ihm die schönste Rast und tiefste Ruhe bedeuten! Es sollte ihm kein Kind mehr so verloren gehen, wie ihm das zweite Töchterchen fremd blieb bis in diese Stunde. Er wusste nicht, dass er zu dieser Stunde schon das ganze Leben dieses

Menschenkindes betrauerte. Er dachte neues Leben, indes der Tod zum dritten Male eines seiner Kinder verlangte, als sei dieses harte Land kein Hüter jungen Lebens.

Jedes seiner Worte, das er auf dem abendlichen Weg durch ihre Gärten mit seiner Frau sprach, war Hoffnung und Dankbarkeit. Eine Freude kam über ihn, die er noch gar nicht kannte. Seine Frau war ganz allein bei ihm; seine Frau zeigte Anteilnahme an all seinen Geschäften; auch trug sie den Schmuck seiner Mutter. Er sah es schon den ganzen Abend. Er ahnte nicht, dass sie es tat, ihn davon abzulenken, dass sie seine Gabe, die ersten Tüchlein seiner neuen Gespinste, verschmähte und seiner Bitte nicht entsprechen konnte, seine preußischen Tuche zu tragen – sie, deren gesamter Toilettenfundus zur Heirat mitten im Kriege mit Frankreich zur großen Genugtuung des Sonnenkönigs in Paris bestellt worden war. Sie sprach vom kostbaren Schmuck seiner Mutter, und wie alles andere erst zu Glanz und Schönheit kommen müsse. Er hörte sie von seinen Angelegenheiten reden, und zum ersten Male begann er die Nähe eines sehr vertrauten Menschen zu spüren; und es schien ihm mild, aus so unendlich wohltuender Nähe und Wärme leise Worte, nur für ihn und sie bestimmt, in die Weite des Abends und der versunkenen Welt zu sprechen. Die Hoffnung erwachte in ihm, in Monbijou vermöchte ihm ein freundliches Eiland im aufgewühlten Ozeane seines jungen Königsdaseins zu erstehen.

* * *

Die Königin blieb bis tief in den Herbst in ihrem Monbijou. Der Bau riss noch immer die Treppenhäuser des Großen Residenzschlosses auf. Es war kalt auf ihrem Sommersitz geworden. Dunkel und langgestreckt duckte sich das Schloss unter kahle Bäume. Der Fluss stand im Eis. Und dennoch überkam sie ein Grauen vor der Rückkehr in das Hauptpalais, auch wenn sie dort kein Hämmern mehr stören sollte. Aber im Alten Haus der Herzogin, dem Flügel an der Spree, irrte die wahnsinnige Königinwitwe umher, lachte, sang mit geschlossenen Augen stundenlang oder weinte in tiefem Jammer, putzte sich dauernd mit anderen Kleidern und redete wirr; auch klagte sie laut, sie würde misshandelt.

Der König, sehr von ihrem Jammer angerührt und auf alles Elend gelenkt, das dem der jungen Königinwitwe glich, ging an die Begründung eines „Hauses für melancholische und rasende Leute“, das er unter ärztliche Aufsicht zu stellen plante.

Der Mecklenburger Hof war außer sich, als er von dem Vorhaben des Königs im Zusammenhang mit dem Leiden der jungen Königinwitwe hörte, verlangte ihre Rückkehr nach Schwerin, focht aber zuvor noch einen heftigen Kampf um die der Gattin Friedrichs I. überlassenen Juwelen des Hauses Brandenburg aus.

Als die Mecklenburger die Unglückliche holen kamen, wehrte sie sich verzweifelt. Sie müsste bleiben, die Weiße Frau zu erwarten. Das jagte Königin Sophie Dorothea den schrecklichsten Schauder ein; denn sie wusste allmählich, dass an ihrem jüngsten Kinde Furchtbares versehen worden war und wollte den entsetzlichen Ausgang noch leugnen, alle Schuld weit von sich weisen und das Unabwendbare beschwören. Sie konnte nicht ertragen, von der Weißen Frau des Hauses Brandenburg zu hören.

Bis der König, der unablässig rechnete, reiste, ritt und exerzierte, wieder nach den Kindern fragte, haben sie es ihm verheimlicht, dass das Mädchen Charlotte Albertine im Hinschwinden war, verzehrt von skurrilen und geheimen Kuren, die ohne Wissen des Königs angewendet wurden, das kurze rechte Bein des Kindes zu strecken. Der König hatte von solchem Gebrechen gar nichts gewusst.

Niemand durfte dann Charlotte Albertines Leiche sehen. Sie wurde beigesetzt in der tiefsten Stille der Nacht, nur von weißen Fackeln geleitet, ohne ein Geläut der Glocken. Der König, der sich schwerer Versäumnis anklagte, willigte in alles. Da er nicht prüfte und nicht Anklage erhob, waren die Königin und ihre Vertrauten schon völlig befreit.

Am Sarge wurde dem König als ein Trost gesagt, dass in den späten Herbsttagen von Monbijou das neue Kind dem künftigen Sommer schon entgegenwachse.

Die Königin war nicht gebrochen. Es lebte ja der Sohn. Ein neues Kind war nahe. „Sie werden einen Sohn haben“, tröstete die Königin. „Eine Tochter“, beharrte schwermütig der junge König. Denn gebeugt von der Versäumnis an dem Kinde Charlotte Albertine erbat er sich, wie ein Zeichen der Vergebung, eine Tochter von der geliebten Frau, die den Tod nicht anders verkündete, als dass sie Leben verhieß; die gelassen vom Sarge des einen Kindes hinwegschritt und die Wiege des anderen bereitete.

Friedrich Wilhelm liebte sie stärker und stärker von Geburt zu Geburt, und jedes Kind war eine tiefe Spur in seinem Herzen und eine heiße Aufwallung in der Liebe zu seiner Frau. Denn er war ein König ohne

Volk. Die Königin aber sah nur die abstoßende Härte und Nüchternheit seines Lebens.

Am Morgen goss der Fünfundzwanzigjährige, dessen Haut noch immer knabenhaft zart war und dem das kurze, braune Gelock weich und gelöst um die Stirn lag, an dem mächtigen neuen Steinzuber das kalte Brunnenwasser über Leib, Gesicht und Hände, ganz in die Kühle des Tages sich tauchend. Er nahm das reine Hemd – wie es geschneidert zu werden pflegte nach seinem eigenen Entwurf, ganz ohne die üblichen Spitzen und Rüschen – und ließ sich die blanke Uniform reichen, von der er für jeden Tag eine besondere besaß, damit die des Vortages gereinigt werden könne, obwohl es kaum jemals etwas an ihr zu putzen gab.

Ehe um vier Uhr die Kammerdiener eintraten, ihn anzukleiden und ihm die braunen Locken zum adretten Zopf zu drehen, las der König schon in seinem Andachtsbuch; und eigentümlich scheu wachte er darüber, dass niemand seine Zeichen in den frommen Schriften nachsah. Sein Erster Diener, der nachgelesen und darüber gesprochen hatte, wurde nach Spandau gesteckt. Noch während der Toilette empfing nun der Herr, hastig seinen Morgenkaffee dabei trinkend, die Kabinettsräte, überprüfte und unterschrieb die ausgefertigten Resolutionen des Vortages vom Küchenzettel bis zur Reinschrift des neuesten Gesetzentwurfes und tat den letzten Federzug, wenn der letzte Knopf seiner Stiefeletten geschlossen wurde. Das Jahr, den Tag, die Stunde hielt er fest in Händen. Um zehn Uhr trat er hinaus auf den Exerzierplatz, der noch vor gar kurzer Zeit Lustgarten, Königsspiel, Wasserkunst und Zauberlabyrinth gewesen war. Der Herr hielt Besprechung mit den Generalen und Stabsoffizieren, gab die Parole aus – wobei Gouverneur und Kommandant von Berlin nebst dem Stabsoffizieren, die vom Tage waren, gegenwärtig sein mussten – und erteilte sämtliche Befehle für die Garnison. Aber auch den Gesandten und etwaigem Reisenden, die ihn zu sprechen wünschten, wurde hier Audienz gewährt.

Die Reihen seiner Grenadiere standen vor ihm in der neuen blauem Montur aus den Tuchmanufakturen des Königs von Preußen und warteten auf des Obersten Friedrich Wilhelm von Hohenzollern Kommando. Noch trat er nicht vor die Front. Am Portal hatte Creutz ihn erwartet, sauber und schlank wie der König, rege wie er und voller Drang und Eifer, zu handeln. Umschweife und Verschweigen waren ihm vom Herrn verboten. Ohne Verbrämung und Vorbehalt musste er sagen, was er sah. Das war der Wille des Königs. Dem war, was er heute erfuhr, nur noch die Bestätigung. Graf Dohna, der redliche und treue, war fehl im neuen Amt. Er wurde zum unermüdlichen Anwalt des armen, leidenden Volkes, niemals aber vermochte er der Richter zu werden der faulen, der bösen, der törichten Menge. Er kam vom Schloss, nicht aus der Gasse. Die Schlechten nutzten ihn aus. Creutzens Zahlen sprachen ein hartes Urteil über den Volkstribun, den Pöbel und den knappen Vorrat an neugeprägtem Silber. Auch fügte Creutz noch ungefragt den Rat hinzu, der König möge die verlassenen Güter der räuberischen Quitzows an sich nehmen. Der König fuhr ihn hart an. Noch leben rechtmäßige Erben der Quitzows. Überdies aber habe er Creutz nur beauftragt, alle seine Beobachtungen mitzuteilen, die die Sache des Volkes beträfen; niemals jedoch habe er ihn nach den Angelegenheiten des Adels gefragt. Den kenne wohl er selbst doch besser.

Creutz ging, in Blick und Geste noch der immer Wartende. Noch gab der König ihm nicht Amt und Rang und Namen, sondern nur den Dienst. Aber die Gewissheit nahm der Schreiber mit sich, dass Graf Dohna fallen würde, sanft fallen zwar, jedoch ihm selbst nicht mehr im Wege sein. Einer der großen Herren war dann abgetan, und er begann, auch wenn ihn der König selbst noch nicht zu sich hob, dem Gebieter um eine Stufe näher zu rücken. Vor allem aber musste sich nun zeigen, dass Dohnas Geschäfte unverändert weiterliefen, auch wenn er selber schied: Creutz hatte sich die Kenntnis jeder Akte, jeder Ziffer angeeignet.

Der König schritt, längst schon dem neuen Dienste zugewandt, den Block der Grenadiere ab. Kümmerlich klein fand er das Karree angesichts der Weite des Planes. Als Kriegsherr war er noch ein schwacher Mann, und das Ziel lag noch sehr weit. Wie sollte er je in all der Wirrnis

Europas das Zünglein an der Waage werden und der Hüter des Friedens sein nicht aus Schwäche, sondern Stärke?

Fast ohne Anteilnahme gab er die Kommandos, hielt er die Übungen. Er sah in die Augen seiner Soldaten. Vieler Blicke waren dunkel glühend, denn sie hatten südlichere Sonne getrunken als das bleiche Licht der Mark Brandenburg. Fremde Blicke waren es, oft voll der Feindseligkeit des Söldners gegen den Käufer und Herrn. Noch im Exerzitium selbst lag Widerstreben, und den preußischen Rock trugen die meisten als ein lästiges und aufgezwungenes Kleid. Manche lauschten mühsam, das Kommando seiner fremden Zunge zu verstehen.

Dies war nicht das Heer des Königs von Preußen! Der Söldnerhaufe des armen Kurfürsten von Brandenburg war es, und in seinen besten Reihen das einstige Spielzeug eines Prinzen!

Mit Ungeduld hielt er die Zeit des Exerzierens ein. Noch an diesem Tage schickte er die Werber aus. Sie sollten möglichst innerhalb der eigenen Grenzen werben. Aber dann sah er die Trostlosigkeit ein, die ihm bei der Ausführung solchen Befehles zur großen Schande werden musste. Er war ein König ohne Volk. Er musste sich fremdes, junges, oft verzweifeltes Blut erschachern. Er musste Menschen kaufen. Sie wuchsen ihm nicht zu aus seiner Erde.

Die Briefe nach Dessau häuften sich. Bedenken füllten sie aus. Der Fürst verstand den König wohl. Noch war seine Stunde nicht da. Noch konnte der Generalissimus des Königs von Preußen der Wirt seiner eigenen Herrschaft sein. Gerade als Ökonome aber schrieben sie einander, dass erst die Wirtschaftsprogramme fertig daliegen müssten, ehe das Exerzierreglement entworfen werden könne. Der junge König verdammte sich selbst zu der harten Probe, als Rechenmeister am Schreibtisch, als Händler, Baumeister und Gutsherr das Heer vorzubereiten. Es gab keinen anderen Weg. Sein Vater, sein Großvater, alle seine Vorfahren hatten Subsidien vom Ausland bezogen und für ihre Landeskinder und für Söldner, die sie selbst erst warben und in fremde Dienste weitergaben, Geld in jeder Prägung angenommen: Louisdors, Guineen, Gulden. Herr Friedrich Wilhelm aber setzte seine Ehre darein, seine Ausgaben nur mit selbst wohl und rechtmäßig verdientem Gelde zu bestreiten.

Bitter empfand er den Zwang, das schwer erworbene Kapital für die Werbung auswerfen zu müssen und gar genötigt zu sein, sich grimmige Scherze zu erdenken, um im Menschenhandel nun auch einigen Erfolg zu erzielen.

Er gab sich wie der anderen, angeseheneren Fürsten einer und bestellte, obwohl noch alle Welt über die Plünderung seiner Gärten und Schlösser schrie, „Statuen“ durch seine Gesandten und gute Freunde, die ungenannt blieben. „Die Statue ist mir richtig gesandt und gefällt mir die Fasson und Arbeit“, schrieb der König seinem Londoner Residenten. „Ihr werdet besorgt sein, noch einige zu verschaffen. Sie müssen aber so gut gemacht und von einem guten Meister sein.

David Splittberger – 1683 – 1764

Dem Bankier Splittgerber habe ich befohlen, Euch einhundertzweiundneunzig Pfund zu übermachen.“

Solche Summe kam den armen Tuchfabrikanten Friedrich Wilhelm von Hohenzollern sehr hart an. So teuer war für den Plusmacher in seinem menschenarmen Lande ein starker und gesunder junger Mann. –

Die geringen Mittel, die der König seinen Werbern hatte zur Verfügung stellen können, bewirkten keine Wunder. Der neue Werbestreifzug war arm an Ertrag. Dabei wollte der König, dass es seinen Söldnern gut gehe. Wie sollte sonst der harte Dienst ihren störrischen Willen gewinnen? Wusste denn einer, warum und wofür er den Sold von einem fremden Fürsten nahm?

Selbst für die kleine Menge der Geworbenen reichten die Kasernen nicht aus; ihre Anzahl war zu gering, der Zustand zu schlecht. Der König wünschte die neuen Soldaten in Bürgerquartiere zu geben, in jedes Bürgerhaus einen Mann. Der Magistrat von Berlin, noch von dem Verbot des großen Rathausbaues und der Rüge, die daraus sprach, schwer getroffen, schichtete dem König Dokument auf Dokument und Freibrief auf Freibrief, bis endlich der Buchstabe siegte. Der Magistrat von Berlin hatte den Kampf gegen den neuen Landesherrn nun offen aufgenommen und gedachte damit ein Zeichen zu geben. Der König prüfte die Materialien, die man ihm beibrachte, mit Sorgfalt. Jawohl, bekannte er, die Räte seien im Recht und kein Bürgerhaus zu Berlin habe, auf Grund der vom alten König erteilten Privilegien, die Verpflichtung, Soldaten des Königs aufzunehmen. Umso deutlicher erkannte der Herr, dass man ihm in der Hauptstadt Fehde ansagte und nun wohl bald allenthalben die Sache der Städtefreiheit mit ihm auszufechten beginnen würde. Er dachte nicht, das Recht der Freihäuser zu beugen; aber er war nicht mehr gewillt, Berlin noch weiterhin zur Residenz zu wählen.

* * *

Unverzüglich begab sich der Herr auf die Reise. Das Ziel stand sofort für ihn fest: Brandenburg.

Hier war der Kern und Keim seines Landes, hier lag die Gabe des Kaisers beschlossen, die er vor dreihundert Jahren dem Ahnherrn Friedrich von Hohenzollern, Nürnbergs Burggrafen, verlieh. In Brandenburg war dem fränkischen Vorfahren die Mark zum Geschenk und zum Geschick geworden. Dreimal hatte das Geschlecht des Königs den unerträglich schweren Kampf von neuem und immer wieder mit gleicher Zähigkeit aufnehmen müssen.

Markgraf Friedrich von Brandenburg-Ansbach-Kulmbach – 1460 -1536

Über sumpfigen Seen, sandiger Ebene und öden, düsteren Kiefernwaldungen, in die nur einmal im Jahr gelbes Ginstergesträuch ein helleres Licht gab, ragte die Burg Herrn Friedrichs von Hohenzollern, des Burggrafen von Nürnberg. Als der Kaiser ihm zum Dank für seine Treue ein Land im Norden des Reiches zusprach und ihn mit der Mark Brandenburg belehnte, zog der Hohenzoller aus dem Süden des Reiches nordwärts, nur, damit er wieder von Seen, Sand und Sumpf und Kieferngehölzen Besitz ergreife und den Befehl empfange, eine tote Erde fruchtbar zu machen. Was anders aber war das Land, das endlich dem Reiche der Hohenzollern seinen königlichen Namen auferlegte; was anders barg das arme Preußen im Osten droben als Kiefernwälder, schwermutsvolle Seen und Sümpfe, sandige Ufer? Franken, die Mark Brandenburg und Preußen waren das eine, gleiche Geschick und Gebot, das eines ganzen Geschlechtes zu seiner Meisterung und Bewältigung bedurfte.

Die acht Meilen nach Brandenburg reiste der Herr in kürzester Zeit. Fast bäumten sich die Pferde auf, als man sie am Kurfürstenhause zu Brandenburg zum Halten zurückriss. Vom Kurfürstenhause aus wollte der Herr nun Boten an die Glieder des Magistrates senden und den Rat der Stadt einberufen. Die wenigen Schritte bis zum Rathaus gedachte er zu Fuße zu tun und noch in der Stunde der Ankunft vor das Stadtkollegium zu treten, um ihm mitzuteilen, dass er von diesem Tage an Brandenburg zu seiner Hauptstadt zu wählen gedenke.

Brandenburg an der Havel um 1700

Es war um Mittag. Alle Glocken läuteten die hohe Stunde ein. Als der Herr nach drei Tagen von Brandenburg abreiste, war das Wort zum Rat noch immer nicht gesprochen.

Es war um den Feierabend. Alle Glocken läuteten die stille Stunde ein. Der König war sinnend und schweigsam.

Was war dem Herrn zu Brandenburg geschehen?

* * *

Gott vertrieb ihn aus Brandenburg. In Brandenburg erschloss sich dem zweiten „König in Preußen" Gottes Befehl, der an die Hohenzollern erging; in Brandenburg traf ihn das harte Gebot in seiner ganzen Schwere; in Brandenburg begannen der Sand und die Steine im Bilde zu ihm zu reden – zu ihm, von dem man glaubte, er begriffe nur die Zahl. Sieben Türme ragten über der Stadt: der Dom und – nicht geringer als er – Sankt Pauli, Sankt Johannes, Sankt Gotthard und Sankt Katharinen, Sankt Franziskus und Sankt Nicolai. Dunkel standen die Türme und groß, steil und schwer, zerklüftet und doch miteinander strebend, als wären sie Zeichen für die Gebete der Verzweiflung, die aus dem armen Sand der Mark zum Himmel stiegen, der auch alle Blüte und Fülle dieser Erde überwölbt. Selbst der steinerne Zierrat der sieben brandenburgischen Kirchen war noch von Düsterkeit und Schwermut umwoben und schlang sich manchmal wie ein schwarzes Gespinst um die Tore der Kirchen. Zu Blumen war der Stein gebildet; Blumen und Blätter, Walnussgesträuch und Eichenlaubranken waren aus dem spröden, glühenden Backstein gebrochen und mühsam erkämpft von Menschenhänden, die ihrer Müdigkeit nicht mehr achteten. Es war, als wollten in dieser harten, ernsten Stadt Blumen aus weicherem Grunde nicht erblühen, als könnten sie nur aus dem Stein, von Betenden, errungen werden.

Erlag Herr Friedrich Wilhelm, die erste Stunde als König in Brandenburg weilend, der Macht solchen Bildes? Lange hatte er im Kreuzgang von Sankt Johannes gestanden. Dort wucherte das Gras zwischen frommem Gestein: ein Garten Gottes in all der Armut der Mark.

Im Kreuzgang breitete der Kruzifixus die durchgrabenen Hände in immerwährendem Schmerze vor die dunklen Klostermauern. Von solchem

Anblick vermochte der Herr sich nicht zu lösen. Die Predigt der steinernen Bilder hatte begonnen, und es gab kein Entrinnen. Denn es war ihm an diesem Tag noch ein zweites Steinbild begegnet: der Roland, der nahe dem Kurfürstenhause stand. Der war herrischer, mächtiger und gewaltiger als der Heiland. Aber stand der steinerne Held nicht gar einsam und verloren, von den sieben dunklen, steilen Türmen überschattet und umwogt von ihrem Geläut, das in dieser Gottesstadt nicht enden wollte?

Die Wachttürme der Stadt, die Hüter der Wälle über der Havel, wurden wie zur Wehr gegen Gott, der ein zu hartes Schicksal auferlegte. Die Heiligenbilder vergangener römischer Zeit lehnten ohne Prunk und Glanz und Wunderkraft in den Gewölben der Pfeiler. Eines hielt ein Schwert zwischen Gott und die Stadt. Das sah der Herr; was brauchte er zu denken, er, der dem Grübeln gram war aus der Tiefe seiner Schwermut heraus. Er sah.

Niemals, prägten die Bilder es dem schauenden König ein, würde eine Kraft, die jäh das Neue wagte, von dieser Stadt in sein Land ausgehen. Über Brandenburg war Gottes Last zu groß, und selbst der helle Fluss am Saume der Stadt war nur wie die Spur der Tränen, die das Angesicht des Leidenden überströmen. Er aber sollte handeln.

Gottes Schwere war hereingebrochen über Brandenburg. Des Himmels ernstestes Tor war geöffnet über der Stadt und der Mark, aufzunehmen die Gebete der Not und das Weihrauchopfer des Sandes und auszusenden das dem Menschen unerträglich dünkende Geschick, das Gott seinen auserwählten Knechten auferlegen muss.

Fast klang es wie ein Hohn, dass unter dem Grundstein der größten, der ältesten Kirche des Landes, der Kreuzkuppelkirche am Harlungerberge vor den Toren der Stadt, Pilgerschätze aus dem Morgenland vergraben sein sollten, um die nur Rom und nicht der Brandenburger Hohenzoller wüsste. Und alle zehn Jahre kamen Mönche von Rom her in die Mark Brandenburg, die geheimen Zeichen zu prüfen, an denen sie erkannten, dass das Gold und die Edelsteine noch unversehrt unter der Kirche auf dem Harlungerberge lagen.

Der junge König ließ die alte Kirche niederbrechen. So arm war die Mark Brandenburg. So hart musste der Plusmacher in ihr werden. Oder geschah es aus anderem Antrieb? Musste er auch diese Lüge zerstören, Brandenburg sei auf einen anderen Grund gegründet als den des Gebetes? War er so erbarmungslos gegen sich und sein Land? Tat er auch dies, dass er die alte, alte Kirche zerstörte, geschmäht und verdammt von aller Geistlichkeit, In Majorem Dei Gloriam, zur höheren Ehre Gottes? Bekannte er, indem er floh und zerstörte?

* * *

Der lichte, hohe, reichgeschmückte Giebel des Kurfürstenhauses trat in die Dämmerung zurück. Der steinerne Roland sank in das graue Gewölk der Ebene und der Havelufer. Der Herr fuhr gen Berlin.

Wenige Meilen vor der Stadt ließ er den Wagen halten. Er kam zurück, von Gott besiegt. Aber weil er gesetzt war zum König, durfte er sich nicht dem Rate seiner Hauptstadt beugen. Das nächste Schloss der Väter, das er nahe am Wege fand, sollte die Mitte seiner neuen Residenzstadt werden. Er wollte sie gründen, und sei es hier auf Sand und Sumpf und im sterbenden Jahr.

Der Herr hielt in Potsdam.

Der Fischerflecken lag ihm am Wege. Er fand den Anfang einer Stadt, die einer begonnen und wieder hingeworfen hatte, so wenig lohnte der Plan, so wenig lockte jenes Unterfangen. Ja, Potsdam war gar einmal für vierhundert Schock böhmischer Groschen verpfändet gewesen. Inmitten der Hütten verbarg sich ein Schloss, in all der Öde ein verzärtelter Park, und vor den Stufen am Ufer wiegte ein reiches Schiff auf der Havel. Der Herr nahm von allem Besitz, auch von dem Sumpf und dem Sand. Tiefste Beugung vor Gott und höchster Trotz vor den Menschen waren in einem über ihn gekommen.

Der Herr umschritt den neuen Bezirk. Am Schlosse nahm ihn die holländische Einfachheit gefangen; auch vierzig Jahre hindurch geführte Versuche, das ländliche Haus mit reichen Portalen und zierlichen Säulenkolonnaden zu schmücken, hatten sie nicht zu zerstören vermocht. Von der Mutter der Oranierin, der Frau Schwiegermutter des Großen Kurfürsten, war es erbaut; die klar geschnittenen Flügel verrieten noch das Vorbild eines Gutshofes mit Holzkammern und Bäckerei; hier war nur instand zu setzen und wenig zu verändern. Nur die gekünstelte Pracht des später angepflanzten Gartens verlangte nach Vernichtung.

Denn zerfallen und kümmerlich mahnten die nahen Fischerhütten zwischen den Armen des Flusses und der Seen zur Versöhnung solchen Gegensatzes. Sie harrten des Retters, der sie seinem Blick nicht durch grünende Ehrenpforten und kostbare Gewächse südlicher Länder verbarg. Tausend oder zweitausend Menschen mochten hier ihre tägliche Not voreinander tragen oder vor die einzigen Reichen, die Garnherren und Ratsherren, freilich vergeblich, auf das Stadthaus bringen.

Sofort bezog der Herr das Schloss.

Stadtschloss in Potsdam

Auch König Friedrich hatte hier einmal übernachtet, daher beleuchteten die Kerzen viel goldenes Zierwerk und brachen ihr Licht in der Fülle der Spiegel. Der junge Herr beschloss, auch hier dem falschen Glanz ein Ende zu bereiten, ja, hier, wo er verbleiben wollte, noch gründlicher und unversöhnlicher denn irgend sonst den Willen zum Ernst und zur Strenge zu bekunden. Die müßigen Dinge – farbige, golddurchwirkte, rote Ledertapeten mit leuchtenden Ranken und Sessel mit pfirsichblütenfarbenem Atlas und Silber aus dem Marmorsaal, dem Roten Saal und der Marschälle Tafelgemach sollten fürs erste für Fürstenbesuche ins Berliner Schloss gebracht werden. Zu Potsdam gedachte er sich nach Landhausart einzurichten: ohne Marmor, ohne Seide, gewebte Tapeten und Goldmalerei, und all die großen, prahlerischen Schlachtengemälde wurden in einem einzigen Saale gesammelt.

Schon am nächsten Morgen wurden Arbeitsleute gedungen, die Schätze wegzuschaffen und den Lustgarten zwischen Schloss und Ufer einzuebnen. Der wunderliche König war am Werk, der, zur Regierung gelangt, sich nicht neue Schlösser erbaute, sondern sogar die vorhandenen verschloss, wenn er fand, sie seien angesichts des Elends ohne Recht und Sinn. Sich selber aber wählte er das ärmste und fand nötig, ihm auch noch den letzten Schmuck zu rauben.

Selbst die bewunderte Orangerie wurde fortgeschafft, ihre Säulengänge wurden zugemauert und zum königlichen Reitstall bestimmt.

Für sich selbst hatte der Herr einige kleine Zimmer im Flügel an der einstigen Orangerie, neben der Fahnenkammer mit den Feldzeichen gewählt: einen Empfangsraum, ein Arbeitszimmer und ein Schlafkabinett nebst Garderobe. Die Wände wurden nur weiß übertüncht, aber die Fenster erhielten besonders große Gläser nach dem geplanten Exerzierplatz hinaus. Die Schlafkammer des Königs hatte einen eigenen Ausgang zu einer kleinen Treppe. An deren Brüstung stand er jetzt fast jeden Morgen und sah nach den Wolken und den Gerüsten, ob noch ein gutes, starkes Werk entstehen könne in dem späten Jahr.

Die Arbeiter rissen trotz des schlechten Wetters noch weiter den Lustgarten auf, schleppten die schweren Karren hinweg und stampften das umstochene, lehmige Erdreich fest. Wo Sand war, wühlte der Regen nun Rinnsal um Rinnsal. Die Havel lag im Nebel; alles war sehr trübe; und nur weil der Spätherbst nahte, war es milde verhüllt, dass der König alle Blumen rodete und dass das Laub gefällter Bäume, wie zu hohen Totenhügeln geschichtet, vermoderte. Der Regen rauschte so dicht, dass man kaum noch die Fischerhütten an den Ufern sah.

Nur eines blieb Glanz und Verklärung in all dieser Trübsal: König Midas' herrliche Liburnika, strahlend noch in den Nebeln des herbstlichen Flusses und golden sich spiegelnd im dunstigen Wasser. Golden war die Königsgaleere und sehr reich gemalt, von edelstem Holze und Elfenbein wie Salomos Schiffe, welche drei Jahre die Meere durchfuhren und Gold und Silber und Elfenbein brachten und Affen und Pfauen.

Unbewegt lag das Schiff in Nebel und Regen; seine Segel, hieß es, würden nur manchmal zum Lüften gesetzt. Das klang dem König wunderlich, dass sich die Segel niemals schwellten zur Fahrt und das Schiff nur wie ein Gleichnis war und keine Wirklichkeit. Die leeren Maste waren nur wie zarte, goldene Striche im Gewölk. Aber der Rumpf des Schiffes war verfault und morsch. War König Friedrichs Liburnika nur ein gespenstisches Zeichen der Vergangenheit mit all ihrem trügerischen, tötenden Golde?

Baren Hauptes stand der Herr im Regen, als harre er des Anbruchs einer neuen Zeit; als sei die Neubegründung dieser Stadt wie der Abschluss eines Paktes mit Gott, vor dem er aus Brandenburg geflohen war.

Schon wusste König Friedrich Wilhelm die erste Truppe auf Potsdams neue Tore, die vorerst nur als Sockel standen, zumarschieren. Wo einst die zarten Gitterwerke den Lustgarten milde umhegten, ragte nun ein hässlicher Palisadenzaun auf, dessen Einfahrt rechts und links von Kanonen und Wachthäuschen besetzt war. Eine Stadtmauer erstand, dereinst die Grenadiere wachsam zu umschließen, denn die Söldner desertierten gar zu leicht, auch in der Nähe des Königs oder gerade um der Nähe willen. Vom Zug der Langen Brücke führte der Herr einen verpalisadierten Damm vor die werdende Stadt hinaus, über die Strominseln hinweg, sie miteinander zu verbinden und eine feste Zufahrt- und Anmarschstraße zu schaffen.

Diesen Morgen waren seine einstigen Kronprinzengrenadiere von Wusterhausen und Köpenick nach Potsdam aufgebrochen, die übrigen neueren Regimenter unterwegs nach Brandenburg und Havelberg, von wo er sie später nach Potsdam holen wollte; denn er gedachte Potsdam zur Geburtsstadt des künftigen Heeres zu machen. Es war eine große Wanderung von Soldaten im Land.

Heute wollte sich der Herr nun auch wieder auf die Fahrt begeben. Er wartete nur, dass der Regen verrauschte, dann ließ er den Wagen bestellen. Eilig fuhr er in die alte Residenz zurück, die Übersiedlung in die neue vorzunehmen. Reger denn je hielt er Ausschau über die Ebene und ihre Wasser, noch einmal die Größe des Wagnisses zu überprüfen. Erinnerung an die holländische Jugendfahrt kam ihm. Hollands Reinlichkeit und Ordnung hoffte er über die Öde zu breiten und all ihre Wirrnis zu glätten.

Da schimmerte ein See. Da leuchtete ein hügelan steigender Wald über dem jenseitigen Ufer der Havel auf. Der König löschte die harten Worte aus seinem Herzen: Öde und Wirrnis. Wie ein Zeichen der Versöhnung war es ihm, dass die harte Landschaft sich lieblich verklärte.

Es war schon ausgesprengt von Dorf zu Dorf zur Hauptstadt hin, dass der Grollende nun wiederkäme. Als er einfuhr, um Abschied zu nehmen, wurde es ein wunderlicher Einzug. Er, der sich bei der Thronbesteigung jede Huldigung verbeten hatte, erfuhr den seltsamsten Triumph, der sich wohl je im Leben eines Herrschers ereignete.

Die Götter der Antike jubelten ihm zu, die Helden Griechenlands und die Vestalinnen der Heiligen Hügel Roms umdrängten seinen Wagen.

Dort harrten sie seiner und winkten und grüßten: Minerva und Hermes, Juno und Zeus, Achill und Athene in wehender Toga und faltigem Chiton, auf Hirtenstäbe und Lanzen sich stützend.

Denn die Götter Roms und die Helden von Hellas waren alt und siech. Bettler waren sie, Verlorene aus den schmutzigen Gassen, kürzlich erst vom Herrn aus dem aufgelösten Fundus von König Friedrichs Großer Oper beschenkt.

Der König fuhr vom Brandenburger Tor die sechsfache Allee von Linden entlang dem Großen Residenzschloss zu. Dort standen sie zu beiden Seiten der Allee unter den entlaubten Bäumen, gedrängt noch sogar auf dem majestätischen Forum um die Brücke, das Schloss und das Zeughaus in seinem leidensvollen, leidenschaftlichen Schmuck von Trophäenbündeln, Helmen, Kriegerköpfen, Römern und Landsknechten, bärtigen und blutigen Gesichtern.

Sie grüßten König Midas' Sohn, den jungen, der ihrem Elend eine ungeahnte Hoffnung wurde, sie beschenkte und kleidete und, indem er ihre Armut schmückte mit dem Linnen der Götter und den Fellen olympischer Hirten, furchtbares Gericht sprach über allen Zauber, alle Lüge, mit dem man vor dem alten König ihre Not verborgen hatte.

Er möge sie nicht verlassen, riefen sie ihm zu. Der Herr hielt an und sprach freundlich zu den siechen Göttern. Er gehe zwar nun von Berlin fort, doch ihr Jammer sei bei ihm, wohin er sich auch wende. Da wichen sie dankend zurück in ihre dunklen Straßen, Gassen und Höfe: Apollon und Mars. Adonis und Ceres, Luna und Morpheus. Die Götter schlurften durch die Stadt, auf Lanzen gestützt, an Hirtenstäbe sich klammernd, und redeten von großer Hoffnung; nun war einer da, der über sie wachte, dass ihre späten Erdentage nicht mehr von Verängstigung in Erschöpfung verrannen.

* * *

In den Stunden seines Abschiedes von Berlin trafen zwei Boten des Todes bei dem König ein. Die alte Kurfürstin von Hannover, die gemeinsame Großmutter des Königspaares, war gestorben, nachdem sie bis in ihr vierundachtzigstes Jahr darauf geharrt hatte, als Enkelin Jakobs I. die Krone der letzten erbberechtigten Stuart zu erhalten.

Die Thronfolge trat in Kraft. Der Kurfürst von Hannover, der Vater der preußischen Königin, der Oheim und Schwiegervater des Königs von Preußen, war in den Herbststürmen der Nordsee schon auf der Reise nach dem Inselreich, die Kronen Englands, Schottlands und Irlands entgegenzunehmen und den bedeutendsten Thron der protestantischen Christenheit zu besteigen. Der Kurprinz von Hannover, der Bruder der preußischen Königin, und seine Gattin von Brandenburg-Ansbach führten bereits den neuen Titel des Prinzen und der Prinzessin von Wales.

Aber auch eine Botschaft des Lebens hielt König Friedrich Wilhelm noch einmal in der alten Residenz zurück. Die Königin hatte in Monbijou eine Tochter geboren.

In Königin Sophie Dorothea verblasste die Freude neuer Mutterschaft vor dem alles in Schatten stellenden Stolz, zur Tochter des Königs von England geworden zu sein und solche Botschaft zu einem Zeitpunkt zu empfangen, zu dem sie selbst schon unter die Königinnen erhoben war. All die Ärmlichkeit Preußens, die sie sonst erbitterte, war vergessen.

In solchen Gefühlen liebte sie auch den Gatten; durch ihn war sie zur Königin geworden, zur Mutter des künftigen Königs und vielleicht sehr vieler Königinnen. Sie zählte die Kronen Europas.

„Es ist schön, viele Kinder zu haben“, sagte sie schimmernden Blickes zum König. Da küsste er seine Frau, wie er sie noch niemals umarmte, in einem durchglüht von der Woge der Fruchtbarkeit und der Lobpreisung Gottes. Im tiefsten Grunde, in der Seele, war es schon um diese Stunde, dass er sein nächstes Kind zeugte. Denn die Seele ist noch stärker als der Trieb, und Kinder werden aus dem Lobgesang der Schöpfung. Auch werden die Väter an Gott und nicht an der Frau.

Der König bat die Wöchnerin, ihm bald in seine neue Stadt zu folgen; noch könne er ihr es nicht zumuten; das Notwendigste müsse er erst für sie herrichten lassen. Seltsamerweise fügte er aber auch noch hinzu, ob sie ihn denn wohl auch in ein Feldlager begleiten würde, das noch kärglicher wäre als die neue Residenz.

Die Königin, die sich am Anfang unendlichen Aufstieges fühlte und sich unter den gekrönten Häuptern Europas Rat halten sah im Purpurzelte des fahnenumflatterten Lagers, lächelte beseligt.

„Ja, Majestät“ – sie hauchte es, weil ihr Herz so gewaltig zu hämmern begann – „auch in den Krieg.“

Der König sah nur das Lächeln. Der König hörte nur das verhauchende Ja.

Selbst in das Lager wollte ihn die Frau begleiten, eine Göttin der Fruchtbarkeit unter den Kriegern!

Und der Krieg war nahe, so nahe wie der Winter; so nahe wie König Karl von Schweden war.

Es war ihm wie ein feierlicher Abschied, als sich der König von Preußen nach seinem neuen Potsdam begab. Nun grüßten ihn schon von ferne die Gerüste der werdenden Stadt wie die Maste eines großen Hafens. Auf der Havel wiegte das goldene Schiff

* * *

Segel auf dem Wintermeer

An der Seite gegen Mitternacht liegt die Stadt des großen Königs.
Siehe, Könige waren versammelt
und sind miteinander vorübergezogen.
Du zerbrichst Schiffe im Meer durch den Ostwind.
Gott, wie dein Name, so ist auch dein Ruhm bis an der Welt Enden.

Die Bibel

In den Spätherbstabenden haben sie es sich erzählt, wie man ein schauriges Märchen beginnt bei Sturm und Regen und dem Geräusch der niederbrechenden Äste. In Bessarabien begann es; die Ungarn nahmen es auf; es flog durch ganz Deutschland; es erreichte den König von Preußen in der Unrast seiner Arbeit.

König Karl XII von Schweden – 1682 – 1718

Karl XII., der Gefangene von Demotika, war im neuen Anbruch – er, der als fünfzehnjähriger Schwedenkönig der Sieger über Dänen, Polen, Russen wurde und zum Herrn des Nordens sich aufschwang, bevor er noch Mann war; er, der Könige nach seinem Willen einzusetzen und selbst das Morgenland in die Kriege des Nordens zu ziehen vermocht hatte. Plötzlich entsann man sich wieder solcher Größe des Gestürzten.

Der einstige Herrscher der nördlichen Meere, der Triumphator über Deutschlands Küste, der in der Maßlosigkeit seines Ehrgeizes selbst nach dem Süden verlangte, war wieder auf dem Ritt gen Norden.

Besiegt von den Verbündeten, umhergetrieben von Land zu Land, ein Gefangener und Verbannter, wagte er dennoch die Rückkehr, und niemand wusste, ob er kam, um zu bitten, zu fordern oder sich zu rächen. Seine Krone war schon einem anderen versprochen. Aber den Seinen war er auch heute noch in allem Wollen und Träumen der König. Um seinen Namen wob sich schon die Sage.

Der König von Preußen nahm das Gerücht von Anfang an nicht als Märchen. Mit den russischen und dänischen und polnisch-sächsischen Gesandten hielt er Konferenzen, als brächte schon die nächste Stunde die Gewissheit. Der Fürst von Anhalt-Dessau blieb unentwegt an seiner Seite. Seine Stunde war da.

Man fand höchst widerspruchsvoll, wie sich der König auf jenen Konferenzen und danach an der Tafel gegenüber dem Schwedenkönig verhielt.

„Die Geschicke der nordischen Reiche“, sprach er am Sitzungstisch, „erfahren eine neue Wendung oder das furchtbarste Abenteuer eines Königs hat seinen Anfang genommen. Niemand weiß es. Aber das eine steht fest: Wenn König Karl wirklich aus der Gefangenschaft ausgebrochen ist, bis nach Schweden gelangt und zu seinen Truppen findet, wird der nie beendete nordische Krieg wieder etwas völlig Neues werden. Statt eines durch Jahre verzettelten Ränkespiels der Kabinette, Gesandtschaften und Ministerien wird er wieder eine Sache sein von Herrscher zu Herrscher. Wen Karl als Gegner aufruft, er wird sich ihm stellen müssen.“

Bei dem nächstfolgenden Mahl aber trank der Warner vor dem Schwedenkönig auf das Wohl des tapfersten Fürsten, der, von der Welt gebrochen und geschlagen geglaubt, aus der Sonne in den Winter ritt, um bis auf den Untergang um sein Nordreich zu kämpfen.

Die Meinungen des Preußenkönigs hatten bei den Gesandten plötzlich einiges Gewicht. Denn er verfügte über zahlreiche neu angeworbene und in kürzester Zeit erstaunlich gut ausgebildete Truppen, über Silber und erste Erträge aus den neuen Gebieten seiner kaufmännischen Tätigkeit.

Der Kurfürst von Sachsen und König von Polen, der Dänenkönig, der Herzog von Holstein-Gottorp, dem man Karls Thron verheißen hatte, der große Zar Peter, alle nahmen sie einzeln und dann sogar gemeinsam die Beziehungen zu dem neuen Herrn über Brandenburg und Preußen auf. Je eigennütziger ihre Beweggründe waren, desto mehr hielten sie König Friedrich Wilhelm vor Augen, wie sehr die gemeinsame Abwehr in den Interessen gerade seines Landes liege; ein nordöstlicher Krieg müsse als Verhängnis darüber hingehen; er habe das unumstrittene Recht auf das schwedische Vorpommern noch vom Großen Kurfürsten her.

Dem Preußenkönig war sein Weg so klar. Es bedurfte nicht der vielen umständlichen Beweisführungen von Seiten der anderen. Er bedachte den Weg und das Schicksal des Großen seines Geschlechtes und wie ihm die Pforte zum Meer zum größten Erwerb und herbsten Verlust seines Lebens und Brandenburgs Wende wurde. Es galt nicht nur, verschleppte und verzehrende Kriege zu beenden – es galt, die Höhe des Geschlechtes wieder zu erreichen. Der Sand, die Ebene und der Strom, der ohne Quelle und Mündung als einzige Ader des Lebens sie durchfloss, verlangten nach dem Meer; das abgebrochene, zusammengestürzte Werk des Großen Kurfürsten forderte die Vollendung.

Friedrich Wilhelm wartete nur noch auf den Ruf des Kaisers zum Kampf gegen die fremden Heere auf der deutschen Erde und gegen den Feind an der Küste, die den Wohlstand der nördlichen deutschen Lande verhieß. Dem jungen Kaiser aber, der ein Reich begehrte, darin die Sonne nicht unterging, ein Reich, darin ein ewiger Glanz um sein Haus lag, dem Habsburger war das Nordland ein Bettel. Sein Stolz und seine Sehnsucht suchten Spaniens glühende Sonne; der Mitternachtssonne war er blind. Der junge Habsburger und der junge Hohenzoller vermochten einander nicht zu verstehen. Der Brandenburger musste selber handeln, ohne den Ruf von Kaiser und Reich her. Der Habsburger war gebannt von dem Glanz der Vergangenheit seines Geschlechtes, geheftet an das Gewesene und Zerronnene. Den Hohenzollern trieb die gegenwärtige Not zur Tat für die Zukunft. Traum und Tat schieden sich voneinander.

Wie Herr Friedrich Wilhelm nun sein Werk begann, entsetzte die gegen Schweden Verbündeten.

Dem König von Polen fehlte es an dem Willen, dem von Dänemark an den Kräften, den Krieg fortzusetzen. Die Haltung Englands aber überließ sein neuer König der Whigpartei, wenn sie ihm nur seine Welfenpolitik machen half. Bei wem lag da noch die Entscheidung?

Zu all den schwierigen und unehrlichen Projekten, die den Holsteiner zum Schwedenkönig machen wollten – bei großen Versprechungen an Brandenburg – äußerte der Hohenzoller nur dies: „Um vierhunderttausend Taler Krieg anfangen und eine Million in die Krätze geben, kann nicht tun, sondern einen Totalruin und kein Segen Gottes; unrechtmäßiger Krieg. Ich würde euch helfen und Krieg führen, wenn ich nur eine vor Gott gerechte Sache hätte. Die habe ich aber nicht!“ Sähe er sich aber genötigt, den Degen zu ziehen, um den Frieden wiederzubringen, „– alsdann mit dem größten Pläsier von der Welt“.

Den kriegslustigen Rat seiner Minister tat er ab mit den Worten: „Ich bin ein junger Anfänger und noch nicht imstand, die geringste Sache mit Macht durchzusetzen.“ Er bot sich an als Garant des Friedens. Alle deutschen Länder der schwedischen Krone, die von den Verbündeten während Karls Exil in Besitz genommen waren, sollten bis zum endgültigen Friedensschluss an das neutrale Preußen übergeben werden. Die Truppen der Verbündeten hatten sofort alles deutsche Land zu verlassen. Der König von Preußen übernahm dafür die Verpflichtung, es zu verhindern, dass von Schwedisch-Pommern aus Angriffe auf die Verbündeten ausgeführt würden. Mit seinen sämtlichen Truppen wollte er allein für die Sicherheit der deutschen Lande einstehen, diese aber frei wissen von allen fremden Heeren, auch den Verbündeten.

Das Heil des nördlichen Reiches und Brandenburgs konnte nicht von Russen, Dänen, Polen kommen. Brandenburg musste zum Meer, um seines Sandes und des Reiches willen. Der König von Preußen harrte des großen Gefangenen. Bald war sein Ritt von der Türkei gen Norden nicht mehr Märchen. Karl XII. war in Stralsund, seiner Feste im Reich. Die Stunde der Entscheidung war da.

* * *

Von Bessarabien her war der Schwedenkönig gekommen, schweren und steinernen Gesichtes, in das der Sieg wie der Untergang beide nur wenige Furchen, gewaltige Umrisse zu graben vermocht hatten. Das

Steinerne wich auch nach dem wilden Ritt nicht von ihm, der Flüchtling und Eroberer in einem war.

Von der Türkei her war ihm nur einer gefolgt, sein alter Adjutant, der auch die Verbannung und Gefangenschaft mit ihm teilte. Der lag am letzten Tag des Rittes auf einem Bauernwagen bewusstlos, und sein König, so sehr es ihn zum Meere drängte, ritt geduldig neben ihm her. Und dennoch brach der Renner des Königs noch zusammen, als schon die bereifte Küste der Ostsee vor dem Reiter lag und die steilen, schweren Türme von Stralsund als große Schatten in dem Nebel standen; so hart war der Ritt des Vortages gewesen. Dreihundert Meilen hatte der Renner seinen Herrn getragen, den rasenden Ritt in sechzehn Tagen erduldet.

Am Tor der Feste wiesen sie den erschöpften und verkommenen Reiter ab.

„Wer sich mir widersetzt –“, hob der König gebieterisch an. Aber da versagten ihm die Knie. Und dennoch war im Klange dieser Worte etwas gewesen, das die Männer am Festungstor aufhorchen ließ. Der Kommandant von Stralsund ließ den mit Schmutz und Schnee bedeckten Reiter vor sich führen und fragte nach Dokumenten und Pässen.

„Ob ich Geschriebenes bringe oder nicht“, sprach der Steinerne – „Sie empfangen die Befehle Ihres Königs.“

Da stürzte schon ein junger Offizier mit einem Freudenruf vor Karl in die Knie.

Sie mussten dem König die Stiefel von den Füßen schneiden, als er sich entkleiden ließ, um nach sechzehn Nächten wieder in einem Bett zu liegen.

„Ich bin gekommen“, sagte er, ehe er in Schlaf sank, „um den Schriftwechsel abzukürzen, und bringe eine eiserne Schreibfeder mit, um die in meiner Abwesenheit unterzeichneten Verträge zu ratifizieren.“

Nach dem schweren Schlafe trat er unter seine Offiziere. Die Haut des Gesichtes und der Hände war wie gegerbt, sonst aber stand er, der gleiche wie einst, an den langen Tisch gelehnt, den schwarzen, runden Hut mit dem breiten Lederband und dem flachen, stumpfen Silberknopf tief in die Stirn gedrückt; den dunklen, glatten, langen Rock mit Knöpfen, wie der Hut sie trug, bis an den Hals geschlossen. Er wirkte ruhig; aber er atmete nichts als Krieg und Rache. Er schien wie ein kühler Beobachter, der wägend und wachsam alles verfolgt hatte, was in der Zeit seines Exils sich zutrug. Aber allzeit sich selbst gleich und alle Dinge nur nach seinen Maßen messend, wollte er in Wahrheit die Veränderungen, die während seiner Verbannung in seinem Lande und in ganz Europa geschehen waren, nicht verstehen noch anerkennen. Er sah nicht, dass nun Preußen auf dem Plan war.

Er schien zurückgekehrt, sein Land, den Norden des Reiches, den östlichen und nördlichen Erdteil in seinen eigenen Untergang zu reißen.

Sein Name hatte bei der Werbung für den deutschen Soldaten noch immer einen unwiderstehlichen Zauber. Verkleidet in Bauernkitteln, zogen sie zu ihm, gerufen von Werbeliedern und Flugzetteln, „Weit erklingender Hall und Widerhall der schwedischen Trommeln, Trompeten und Pauken in Pommern“ überschrieben. Mecklenburg, Wolfenbüttel, Kassel, Württemberg waren schon auf seiner Seite. Sie erboten sich mit anderen deutschen Fürsten in Paris, ein Heer von sechsunddreißigtausend Mann aufzustellen, wenn Frankreich – in Kleve, im Gebiet des neuen Plusmachers, einbrechen wollte. Das also war das letzte Ziel. Die Stimmung im Reich war für den berühmten Fremden. Der aber sah in seinem Recht als deutscher Reichsfürst nur einen Freibrief, den Boden des Reichs immer von neuem zum Kriegstheater der schwedischen Politik zu machen. Der Schwedenkönig zählte darauf, dass der Schrecken seines Namens ergänzen werde, was ihm zunächst an Mitteln noch fehlte. Stolz begann er vor seiner Flotte zu prophezeien, er, der nur noch ein Kriegsherr über sechzehntausend Mann war. Mit eiserner Schreibfeder gedachte er seine Weissagungen niederzuschreiben.

* * *

Die Einsichtigen um Karl XII., die es wussten, dass Schweden die von ihm eingenommenen Länder nicht mehr zu schützen vermochte, suchten den Gebieter zu einer Verständigung mit Preußen zu bewegen; und Preußen bot für den Fall der Kriegsverhütung sogar noch ein ansehnliches Darlehn. Aber die Antworten des Kriegers Karl an den Plusmacher Friedrich Wilhelm waren so vornehm und nichtssagend geworden, als wenn der König in Preußen sich eine Ehre daraus zu machen hätte, ihm gefällig zu sein. Wenn es in einer Flugschrift hieß, noch sei es nicht Mode, dass der Besiegte Gesetze vorschreibe, so schien jetzt Schweden auf dem besten Wege, es Mode zu machen.

Der Plusmacher nahm es hin. Aber die Gefahr, in der das Reich sich befand, gab ihm die „vor Gott gerechte Sache“; bis dahin hatte er nichts mehr gewünscht, als dass König Karl aufhöre wider den Stachel zu löcken und dass er das Elend seines Landes ansehe.

Mehr Worte fand er nun nicht mehr vonnöten.

Karl XII. eröffnete die Feindseligkeiten von der Nacht zum Morgen.

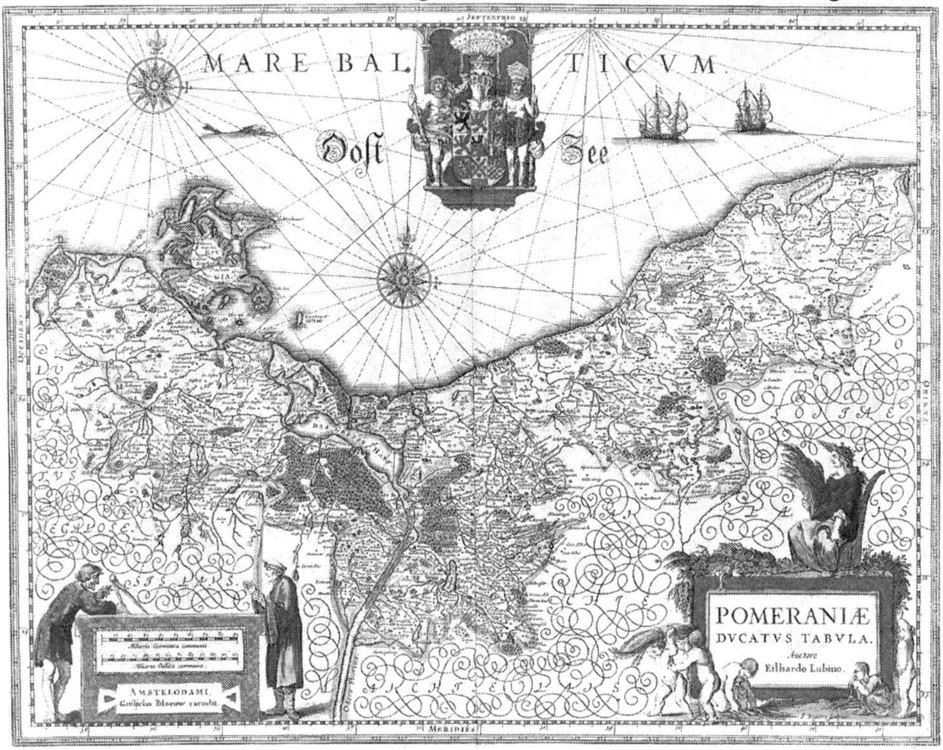

Er vertrieb die Brandenburger aus Anklam, Wolgast und Greifswald. Fünfhundert nahm er auf Usedom gefangen. Die Pommern in ihrer Angst vor den Schweden sowohl wie den Russen flehten den Brandenburger um seinen Beistand an.

Nach Empfang dieser Meldung ging König Friedrich Wilhelm vom Exerzierplatz, der von frisch geworbenen Truppen überflutet war, in den Ministerrat. Übermorgen werde er den Krieg erklären, weihte der König die Minister ein. Er habe zuverlässige Meldung, dass Karl die ersten Übergriffe wagte, ohne mit seinen Rüstungen fertig zu sein. Er gedenke ihm zuvorzukommen und sofort in das Zentrum Stralsund vorzustoßen. Aber ein Ausruf verriet, dass der Entschluss zu dem Krieg ihm hart ankam:

„Warum will mich gerade dieser König, den ich am meisten schätze, dazu zwingen, sein Feind zu sein?"

Die preußischen Truppen wurden indessen zu Schwedt zusammengezogen, am Ufer des Flusses, dessen Los nun zu entscheiden war.

Aus den zweiunddreißigtausend Mann des Königs, unter denen sehr viel Neugeworbene waren, hatte man in fliegender Eile noch eine Armee zu bilden versucht. Noch war viel Schein an ihr; doch verriet sich in ihr der Wille zur Zukunft. Das Heer trat in neuen, sauberen Uniformen, mit blankgeputztem Gewehr und in schönster Ordnung an. Erleichtert seufzte König Friedrich Wilhelm auf: „Gott sei Dank, ich bin imstande. Ich gehe ihnen auf den Leib. Es mag mir übel gehen, ich frage nichts danach. Die Schweden müssen vom deutschen Boden herunter."

Aber auch die noch folgende summarische Begründung des Königs, dass er absolut keine Fremden in Deutschland leiden wollte, seien es nun Schweden oder Franzosen, vermochte den Fürsten von Anhalt-Dessau, obwohl er ein ganzes Regiment von Freiwilligen aufgebracht hatte, nicht dazu zu bewegen, dass er dem ersten Krieg des jungen Königs gute Auspizien zu geben vermochte, so sehr er auch nach Waffentaten unter seinem neuen, jungen Herrn verlangte.

Um Magazine und Monturen stand es schlecht. Viele Geworbene desertierten. Im Nordland am Meer war keine reiche Beute zu machen, der Winter der Küste lockte nicht zum Abenteuer. In der Armee, ein verteufelter Zwischenfall, war das Fieber. Der erschöpften Kriegskasse musste der Herr vom Reste seiner Schatzkammer leihen. Das Land gab nicht genügend Pferde her; Händler mussten sie für teures Geld aus dem Braunschweigischen beschaffen.

Auf allen Gassen sah man vor Schmieden und Stellmachereien nichts als Artillerie-, Munitions- und Rüstwagen stehen. Vor der Brücke zur Schlossfreiheit standen die Artilleriewagenhäuser Tag und Nacht geöffnet, neue Kanonen aufzunehmen, weil die vorhandenen nicht reichten. Bomben und Kugeln wurden auf Schiffen und Wagen herangeholt und in Pyramiden um die Arsenale aufgeschichtet. Der Brandenburger ließ von dem Entschluss, Krieg zu führen, nicht mehr ab: ihm war die vor Gott gerechte Sache gewiesen.

In allen Berliner Kirchen fanden Feiern statt, weil in diesen Tagen ein neues Jahrhundert darüber anbrach, dass dem Hohenzollern vom Kaiser die Kurfürstenwürde übertragen worden war. Der König duldete nicht, dass voreilig verherrlichende Parallelen zwischen dem Einst und Jetzt gezogen würden, an deren Ehrlichkeit er ja doch nur zweifeln konnte. Der Krieg fand zudem auch keinerlei Begeisterung. Der Große Kurfürst war vergessen (siehe Band 127e in dieser gelben Buchreihe). Der König arbeitete bis zu der Stunde seines Aufbruchs, und es wurde nicht einmal etwas darüber bekannt, ob er von seinen Kindern Abschied genommen habe oder nicht. Gesprochen hatte er nur von Fritz. Sie sollten alle für ihn sorgen.

* * *

Es war ein gerader Marsch, ohne Umschweife, auf Stralsund zu, vor das festeste Bollwerk des Schweden auf dem deutschen Festland. Es hieß von Stralsund, es wäre mit Ketten an den Himmel gebunden.

Und wer vermochte an die irdische Besiegbarkeit der Stadt zu glauben? Sie schien der Erde entnommen: auf einer Insel schwebend vor der Weite der Bucht und des Meeres, von Glocken rauschend überbrandet, von sanften Wogen umspült, geschmückt und geschützt von wuchtigen und starken, steilen Türmen und gegründet über Klostergewölben im Gerank uralter Rosenstöcke. Doch bebten harte Kämpfe mit, wo man nur ihren Namen aussprach.

Der junge König von Preußen zog aus, die letzte Schlacht des Großen Kurfürsten zu schlagen.

Nicht Kugeln, sondern Briefe, immer noch Briefe erwarteten ihn. Frankreichs Gesandter, Bedroher mehr als Vermittler, warnte: „Mit der Erfahrung eines Soldaten, der fünfundzwanzig Jahre im Feld gestanden, kann ich Ew. Majestät versichern, dass, wenn je ein Unternehmen mir schwer erschienen, ich die Einnahme von Stralsund für unausführbar erklären muss."

Aber der junge Herr, nachdem die Entscheidung zum Kriege mit so viel Bedacht und Ernst und im Austausch unzähliger Vertragsentwürfe getroffen war, wollte das Schwere, Rasche und Endgültige. Der Krieg hieß: Stralsund.

Eigenhändig hatte der junge Brandenburger die Disposition für den Feldzug entworfen, seine Kosten bis auf den Pfennig mit einer Million Taler berechnet, seine Möglichkeiten bis auf den geringsten und widrigsten Umstand erwogen und vor allem die große Erkenntnis gewonnen: Preußen mit seinen offenen, langen Grenzen konnte sich keinen Krieg mit vorsichtiger Manövriertaktik und zäher Ermattungsstrategie leisten.

Jeden Morgen, sobald es nur dämmerte – aber die Dämmerung des nördlichen Winters brach dem jähen Willen des Königs zu spät an – stand der Herr voll großen Tatendranges im Ring seiner Truppen. Er selbst betrieb die Belagerungsarbeiten mit größter Anstrengung; er selbst hielt wachsam Ausschau auf die plötzlichen und kühnen Ausfälle der Schweden. Kein Schlag der Schweden blieb unpariert. Die Festung wurde von Woche zu Woche enger umgürtet. Der Krieg hieß Stralsund. Jedoch Stralsund erhielt nur, wer die Insel im Meer vor der Stadt besaß: Rügen. Noch hatten die Schweden die Verbindung mit dem Meer. Noch konnten sie Zufuhr erhalten, mochten auch Wollin und Usedom schon wieder an die Preußen verloren sein. Der Herr begnügte sich nicht mit den Teilerfolgen.

Ein Sturm kam auf, brach Maste um und versenkte Schiffe, die unersetzlich waren.

Die bitteren Tage des Wartens und Verlierens nützte der König, um seine kleine Flotte zur Aufnahme von Pferden herrichten zu lassen. Seine Ingenieure ersannen Maschinen in der Art von Brücken und Kranen. Der Plan des Herrn stand fest, Stralsund durch Rügen zu nehmen. Er verbot jegliche Korrespondenz aus dem Lager.

Als die Königin im Lager eintraf, war sie enttäuscht, derart wenig Sehenswertem zu begegnen. Sie wollte vor der Suite groß und heldisch erscheinen, wenn auch natürlich sich keinen Gefahren aussetzen; diese aber waren in den Quartieren fürstlicher Gäste durchaus nicht üblich.

Sie selbst – und das erschütterte den König – erinnerte ihn an seine eigene Frage, ob sie ihm auch in einen Krieg folgen würde. Wie wohl entsann er sich des Wortes. Er hielt die Gattin im Augenblick der Ankunft am offenen Wagenschlag fest umschlungen. Die Wimpel der Zelte, die Fahnen des Lagers erschienen ihm mit einem Male sehr festlich. Rings im Halbkreis um die hohe Frau wehten Kurbrandenburgs Flaggen, den Roten Adler auf dem blauen Schilde führend, darüber im weißen Felde den Kurhut.

Weil es so wenig für den lieben Gast zu zeigen gab, ließ der Herr von Pagen einen Sturm auf eine Festung in kriegerischem Schauspiel aufführen. Auch gab er noch diesen ersten Tag ein Fest. Er begann überhaupt so splendid zu leben wie noch gar niemals zuvor, entgegen der bisherigen Gewohnheit mit Trompeten und Pauken zur Tafel zu rufen und mit Feldmusik das Kriegsmahl in der Gegenwart der Königin zu feiern. Zwei und drei Tafeln wurden jetzt in seinem Zelt gedeckt. Die Zahl der Gäste war ihm nie genug. Auch ließ er verkünden, dass das Alt-Doenhoffsche Regiment noch diesen Tages Der Königin Regiment heißen solle. Die Königin hatte unentwegt nach England von Ehrungen zu melden, die sie erfuhr. Als erste Antwort eintraf, geriet sie in einen wahren Überschwang des Stolzes. Sie breitete den reichsgesiegelten Brief aus, der übers Meer von England her gekommen war. Die Schwägerin, die Prinzessin von Wales, die Kurprinzessin von Hannover, war von einem Erbprinzen entbunden.

„Durch drei Generationen", rief die Königin an der Tafel, und ihre Stimme bebte vor Begeisterung und Erregung, „ist nun der englische Thron dem welfischen Hause gesichert – meinem Vater, meinem Bruder, meinem Neffen!"

Der König gratulierte seiner Gattin freundlich. Er brachte ihr und ihrer Schwägerin Wohl aus, und sein Herz wusste nichts mehr davon, dass diese als Ansbacher Brandenburgerin die Geliebte seines Herzens, die Gemahlin aber, die ihm an der Seite saß, nur die von den Hausverträgen zudiktierte Gattin gewesen war.

Die Königin hob ihr Glas und blickte, es leerend, ihren Gatten an, als wolle sie ihm für die Worte seines Zutrunks danken. Aber es war, als sähe sie über den König hinweg und durch die bannergeschmückte Zeltwand hindurch aufs Meer hinaus, das sie so nahe vor dem Lager rauschen wusste; und sie begann, an Englands Insel denkend, das Meer in seinem Wintersturm zu lieben.

Der König wusste seine Gattin schwanger und freute sich an ihrem träumerischen und in weite Ferne verlorenen Blick.

Abends geleitete der König die Gemahlin in ihr Zelt. Lächelnd durchschritt er an ihrer Seite die Kammern, die von Teppichen und Spanischen Wänden gebildet wurden; viel Geschick war darauf verwendet. Dem Personal der Königin gab er selbst noch Anweisungen, wie unter so erschwerten Umständen für das Wohl der Herrin am besten zu sorgen sei.

Die Königin, in Erwartung der Fürstenbesuche, hatte ihre eingeschränkte Suite aus eigenen Stücken um einige Kammerfrauen vermehrt. Da zu jener Zeit die Bedientengelder bereits dem Rechenmeister Creutz unterstanden, war er auf jene Personen, die der Königin ihre neuen Kammerfrauen zu engagieren hatten, von einigem Einfluss. Schon lange aber hatte er die Ramen dafür vorbereitet, dass er sie zum Hofe bringen könne; und sie war still und flink und gelehrig gewesen, solche Dienste zu erlernen; denn denen aus der Gasse, Creutz und der Ramen, schien es gut, dass sie immer einen wüssten, der des Morgens als erster und des Abends als letzter um die Fürstin weilte.

Der König, der die neue Bediente bemerkte, fragte nach ihr mit freundlichem Scherzwort. Er möchte die Tapfere näher sehen, die ihrer Herrin ins Soldatenlager folgte. Die Neue nun war eine kleine, zarte Frau mit glatten, schönen, schwarzen Haaren. Große, dunkle Kinderaugen schlug sie, sich tief verneigend, zu dem König auf. Sonst aber war sie unschön. Ihr Mund war breit und hässlich, die Nase etwas stumpf. Doch der Blick der riesigen Augen schien alle Mängel strahlend auszulöschen. Der König winkte ihr, sie möge sich erheben. Sogleich begann die Kammerfrau sich wieder den Schachteln und Koffern der Königin zuzuwenden. Denn sie hatte allerlei müßige Dinge der Bequemlichkeit mitgebracht, und es wurde schön im Zelt der Königin. Der König lobte alles sehr. Die Königin jedoch erklärte, sie glaube nicht, in einem Zelte schlafen zu können. Der König bat, sich nur für eine kurze Frist zu gedulden, und versprach ihr den Bau eines Logements. Die Königin bemerkte, es müsse acht Räume haben, deren sie dringend bedürfe.

Der König ließ sofort den Bau des Logements beginnen. Auch bestellte er, damit die Gattin etwas Unterhaltung für die stillen Stunden ohne Tafel und Empfänge fände, große Stoffsendungen ins Lager. Seine Sorgen verbarg er vor ihr. Viertausend seiner Leute waren krank, und für den König war es nur ein bitterer Trost und eine verzweifelte Bestärkung, dass er erfuhr, den schwedischen Soldaten würden schon Schuhe aus alten Hüten gemacht. Über Karl und ihn schien Hartes verhängt.

In den schwersten Tagen erreichte die Fürsten des Nordens die Botschaft, der Sonnenkönig sei tot. Die Kunde traf zuerst im Lager des Brandenburgers ein. Der gab sie durch einen Trompeter an Karl XII. weiter. Der schwache Urenkel des Gewaltigen, ein müdes Kind, nahm ein müdes Reich vom großen, maßlosen Ahn in schwache Hände. Alle Macht war ihm verwehrt in weite Zukunft, dafür aber der schöne Name

Das Kind Europas geschenkt, es bald zu lehren, wie viele Vormünder es habe. Vordem hatten Zar Peter und Karl von Schweden den zarten, lichten, stolzen Namen geführt. –

Gerüchte von schwedisch-französischen Bündnissen tauchten auf, und es gab Stunden, in denen der König noch einmal alle Bitterkeiten, die der Große Kurfürst erlitt, zu durchkosten hatte. Es wurde sogar ein gemeinsames Vorgehen mit den Brandenburgern gegen die russischen Alliierten vorgeschlagen.

Der König von Preußen sah auf Rügen und Stralsund und hielt sich an die Begrenzung der Stätte, auf der das Schicksal des Nordens sich entscheiden sollte.

Häufig sah man in diesen Tagen einen Feldprediger an seiner Seite. Der war Lutheraner, und da der König zu den Reformierten, den Calvinisten, zählte, wusste man gar nicht, in wessen Fahrwasser er jetzt gezogen zu werden schien. Auch brachte man damit in Verbindung, dass der König schon seit dem Regierungsantritt den Gottesdienst nicht mehr in der Schlosskapelle stattfinden ließ, sondern alle Kirchen der Hauptstadt nacheinander aufzusuchen pflegte.

Man vermochte sich nicht vorzustellen, dass den König angesichts des Sturmes auf das Schwedenbollwerk die Fragen der protestantischen Einheit bewegten, als stritte er nicht gegen Karl, sondern Gustav Adolf von Schweden, und dass er zu wissen begehrte, ob der Mensch die großen Entscheidungen seines Lebens allein mit sich ausmachen könne und vor Gott verantworten müsse. Die Reformierten nun, denen das Brandenburgische Haus zugehörte, sagten: Es steht alles bei Gott – Verblendung, Verwerfung und Erwählung. Nicht der Mensch sucht Gott. – Gott sucht den Menschen. Nicht der Mensch umschließt sich. – Gott beschließt über den Menschen.

Davor erschrak der König und rief und suchte die Lutheraner, die Luthers Erbe nicht mehr wahrten und seine Glut und Härte zu verhüllen suchten; denn sie lehrten: Dem Menschen ist es gegeben, selbst zu entscheiden angesichts des göttlichen Gerichts; der Mensch vermag nach Fluch und Segen selbst zu greifen.

Solche Lehre schien dem König leichter und einem, der entscheiden, richten, ordnen und befehlen musste, gemäßer; er floh den Glauben, der ihn hielt und bannte, wie er vor Brandenburgs Türmen gewichen war. Er floh in jener Flucht aller Berufenen, die Gottes Anrede und Anspruch nicht mehr auszuweichen vermögen.

Solche Unterredungen mit dem Prediger freilich waren kurz und nahezu heimlich. Der Tag gehörte anstrengenden Rekognoszierungsgängen und strategischen Konferenzen, denn der König des Sandes sollte das Meer zum Schlachtfelde machen. Die dänischen Truppen und Schiffe waren entgegen dem Schwedter Vertrage in gar nichts parat. Zu den lebhaften Vorwürfen des Königs von Preußen, dass man ihn schon seit Wochen mit gekreuzten Armen dastehen lasse, zuckten die dänischen Herren die Achseln; schließlich waren die Verbündeten der Nordischen Allianz schon länger als ein Kriegsjahrzehnt an ihren Streit und ihre Lügen gewöhnt; wer wollte da erneuern; wer wollte da ändern. Das dänische Kontingent, die Fregatten, Transportschiffe und Prahmen mit ihren Vierundzwanzigpfündern und großen Kartaunen blieben aus. Die englische Flotte, „mit der man so große Parade gemacht", unternahm gar nichts. Der Brandenburger war mit seinen wenigen Getreuen ganz allein.

Der Oberstleutnant Koeppen hatte ihm einen hellen Streifen in der See, im Sunde, gegenüber Dänholm gewiesen. Der Koeppen war ein kleiner, unansehnlicher und wunderlicher Herr. Er zeigte dem König, wie ein Träumer, auch den Flug der Wolken und die Bahn des Windes.

Der helle Streifen in der See war eine Sandbank unter dem Spiegel der Wasser. Der Oberstleutnant Koeppen war als Knabe mit den Freunden oft hinausgeschwommen. Er kannte die Furt wie einen Pfad im Wald. Er bat den König, sich mit einer kleinen Schar durch diese Furt an die Feste heranschleichen zu dürfen, ehe die Kälte solche List unmöglich mache. Die Feste Stralsund schiebe ihr stärkstes Außenwerk durch Sümpfe, Teiche und Moraste der Sandbank in dem Meer entgegen. Wenn Südostwind wehe, werde das Meer an dieser Stelle auf eine weite Strecke flach. Man könne, die See durchwatend, das Außenwerk umgehen und vom Rücken her angreifen. So erklärte er dem Herrn, und er befahl nur noch, auf den Südost zu warten.

* * *

Sie spähten täglich nach dem Südost.

Sechzehnhundert Freiwillige wurden gefunden, vor allem unter denen, die dem Dessauer gefolgt waren, dem Stiefelettenfürsten und Alten Schnurrbart, wie sie ihn im Feindeslager höhnten. Darunter waren viel Verwegene, die der Welt vergessen hatten, welche außerhalb des Lagers und der Walstatt noch ist. Das Nie-Erlebte lockte sie: der Angriff aus dem winterlichen Meer auf die Inselfestung.

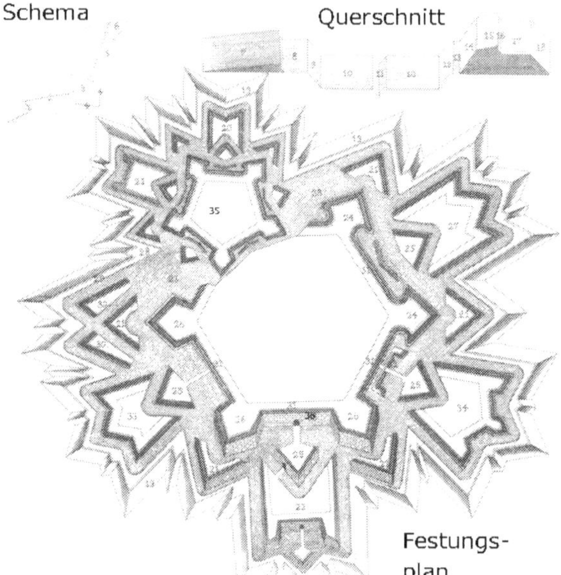

1 Flanke	16 Bankette	
2 Courtine	17 Wallgang	
3 Kehle	18 Innere Mauer	
4 Bastionsface	19 Glacis (Draufsicht)	30 Contregarde
5 Defenslinien	20 Tenaille	31 Courtine
7 Glacis	21 Demi-Lune	32 Tenaille
8 Gedeckter Weg	22 Hornwerk	33 Doppelte Temaille (Pfaffenmütze)
9 Contrescarpe	23 Festungsgraben	34 Kronwerk
10 Graben	24 Bastion mit gebogenen Flanken	35 Zitadelle
11 Künette	25 Ravelin	36 Revertierungsmauer
12 Escarpe	26 Bastion	
13 Berme	27 Doppelte Ternaille	
14 Äussere Mauer	28 Waffenplatz	
15 Plongeè	29 Gedeckter Weg	

Festungswerk Stralsund

Der König vermochte ein Gefühl der Bitterkeit in allem Stolz und Wagemut nicht zu verwinden; die Verwegenen flogen dem Dessauer zu, wollten neuen Ruhm mit ihm erwerben; er stand noch fremd vor seinem Heer; er dachte nicht, er handelte nicht in ihm; er hatte nichts, die alten Kämpen großer Schlachten zu begeistern. Beschwichtigend und anfeuernd in einem war nur, dass der Dessauer beim armen Preußenkönig blieb und neuen Ruhm in seinem Heer erwerben wollte. Der Oberstleutnant Koeppen, der kleine, unansehnliche, wunderliche Herr, führte die Schar in der Nacht des frühen Winters durch die Wogen. Der Dessauer attackierte das Außenwerk in der Front und lenkte den Feind mit heftigen Scheinangriffen ab.

Es war etwas Neues geschehen. Der Preußenkönig und sein Generalissimus, die sonst doch alles Heil nur von großen und heldischen Männern erhofften, fügten sich einem wunderlichen, kleinen Mann.

Unbeachtet erschienen achthundert Mann inmitten der schwedischen Baracken und marschierten dem Seetor der Festung zu. Doch ein Schwedenoffizier, der einzige, der aufmerksam wurde, eilte vor den Preußen her, den Damm am Werk zur Festung entlang, vom Dunkel geschützt. Er gewann den Vorsprung, der für König Karl die Rettung war. Das Tor wurde geschlossen, die Zugbrücke aufgezogen; in die Stadt einzudringen, war den Preußen nicht mehr möglich. Aber das wichtigste Außenwerk der Festung Stralsund, vom Feinde für uneinnehmbar gehalten, war genommen. In der letzten Spanne der Entscheidung hing alles an Rügen.

Mit achthundert Mann Fußvolk und zweieinhalbtausend Mann Reiterei und acht Kanonen setzte Karl XII. von Stralsund nach Rügen über, die Landung der Preußen zu verhindern. Die Schweden fuhren zweiundzwanzig Linienschiffe auf. Versenkte Schiffe machten das Fahrwasser ziemlich unbefahrbar. Sechs Fregatten und ein Bombenschiff lagen binnenwärts zur Sperrung beider Wasserstraßen.

Der König von Preußen und sein großer Marschall schreckten auch vor dieser Meldung nicht zurück. Ihre Truppen mussten zuvorzukommen suchen. Das Meer, gerecht vor beiden Völkern seiner Küste, Schweden und Deutschen, war beiden Gehilfe. Es lag still. Und dennoch füllte ein milder Wind die nebelfeuchten Segel. Fast immer, wenn der Küstenwinter kommt, beruhigt sich das Meer. Die letzte Wärme des Landes liegt, wenn das Jahr sinkt und die Erde sich gen Mitternacht wendet, über den nördlichen Ufern. Die See erduldete die Schlacht, als wäre sie ein Feld. Der König des Sandes lernte das Meer als Schlachtfeld begreifen.

Vierundzwanzig preußische Bataillone landeten auf Rügen, zwei Stunden hindurch. Der Schwedenkönig hatte mit tausend oder gar nur fünfhundert Mann des Feindes gerechnet. Aber zwanzigtausend Preußen kamen übers Meer. Die vierhundert Fahrzeuge mussten bei den Preußen in See streng dieselbe Ordnung behalten, die den Truppen nach der Landung bestimmt war. Das Meer lag bleich im hellen Mondlicht, sein Wellenschlag war sanft. Ein starker Nebel, der unter dem Mondesglanz wie eine silberne Wolke auf den Hängen der Inselwälder ruhte und Maste und Segel umhüllte, verdeckte die Landung und gab der Armee die Möglichkeit, sich sofort zu verschanzen. Das Heer blieb zur Nacht in den Waffen. Mäntel und Stiefel waren von feuchtem Salze beschlagen. Salz und Kälte, Meer und Winter brannten auf den Gesichtern. Müdigkeit und Erwartung hielten sich die Waage.

Lange bevor der Mondschein, der immer stärker durchs Gewölk brach, in die matte Helligkeit des Inselmorgens zu verblassen begann, rückte Karl XII. mit seinen acht Kanonen an. Die Schweden hatten auf einem nicht geernteten Getreidefelde übernachtet. Die Kriegsangst hatte die Bauern und Fischer auf der Insel ihre Ernte preisgeben lassen. Braun und feucht lag der Weizen auf dem winterlichen Acker, Lagerstatt für ein Heer, die schon nahe war der Kühle und Fäulnis des Todes. Jenseits der Felder war die Insel in bleichen Kreidefelsen als Absturz zum Meer hin zerklüftet. Der matte Schlag der milchigen Wogen dämpfte die Rufe, das Ächzen der Räder und Achsen, das stürmische Keuchen schweißbedeckter Pferde nicht.

Aber der Nebel verbarg das Lager der harrenden Preußen. Erst als die Schweden, ihren Kugeln unentrinnbar, vor ihnen standen, sahen sie die Schanzen und die Palisaden ragen.

Karls XII. Offiziere vernahmen ein Wort ihres Königs, wie sie es noch nie aus seinem Munde hörten: „Es ist schon zu spät!“ Und danach, als sein Antlitz ganz versteinerte, hörten sie noch das bitterste Wort, in dem alles Königtum erlöschen muss: „Ist denn kein Gott mehr für mich?“ Dann gab er das Zeichen zum Angriff und stürmte den Seinen voran.

* * *

Die Vorwinternacht ging zu Ende. Der Morgen war da. Das Meer behielt den gleichen Schlag wie am Abend zuvor. Erde, Baumäste, Leichen waren eine Brücke über den Graben des Lagers.

Der König von Preußen hatte auf dem Schiff wie an jedem Tage Hemd, Stiefeletten, Uniform und Hut gewechselt, nachdem er sich in Ledereimern wusch. Strahlend vor Sauberkeit, klar und gesammelt saß er über seinen Karten und Belagerungsskizzen. Die Welt war ihm zum Umriss einer Insel zusammengedrängt. Der Krieg war ihm ein Mensch geworden, steinernen Angesichts: König Karl.

Die Boten kamen. Der König hörte den Morgenbericht. Die Schweden hatten kein Süßwasser mehr an Bord. Ihre höchsten Offiziere waren gefallen. Pässe, an denen er das ganze Heer des Gegners hätte aufhalten können, ließ Karl XII. unbesetzt; und Stellen, wo der Angriff am meisten erwartet werden musste, blieben fast gänzlich unbefestigt. Sah der große Schwedenkönig das neue Preußen so gering an? König Friedrich Wilhelms Rechte zeichnete auf der Karte den Hergang jeder Meldung nach. Er wägte ab, er lobte und tadelte, riet und beschleunigte. Vor seinem inneren Blick war immer nur der Mann auf der Wende, der größte König oder der verzweiflungsvollste Abenteurer zu werden.

Neue Boote legten an und brachten weitere Kunde: Karl vollbrachte Wunder der Tapferkeit. Karl war der erste, der in den Graben am preußischen Lager sprang, den Degen in der Hand, einen Weg durch die Verschanzungen zu bahnen. Mit blutenden Händen zerrte er die Verhaue der Spanischen Reiter hinweg, erstieg er den Wall, riss er noch einmal die Truppen mit sich fort. Das Pferd des Schwedenkönigs lag erschossen auf dem Kampfplatz. Karl war zum zweiten Male schwer verwundet und vermochte sich nicht mehr aufrecht zu halten. Die Schweden sanken in Reihen nieder.

König Friedrich Wilhelm dankte und lobte und zeigte sich zufrieden; aber seine schmerzenden Gedanken taten die Frage: Warum kommen die schwedischen Verstärkungen nicht? Von Karlskrona sind Schiffe ausgelaufen, neue Schwedentruppen aufzunehmen. Warum muss es ein Kampf bleiben, der es sinnlos macht, dass ich selber vor Karl hintrete, den Degen in der Hand? Gibt es nicht nur noch das eine, den Kampf so rasch wie möglich zu enden, damit der Schwedenkönig nicht mehr sein Leben gefährdet?

Die letzte Schlacht des Großen Kurfürsten kam den jungen Brandenburger hart an.

* * *

Mit Mühsal und großer Gefahr hatten die Schweden ihren verwundeten Herrn zu einer Fährschanze getragen. Nur noch fünfhundert Schweden waren da, die Schanze und den König zu verteidigen.

Dies ist das Ende eines Weltreichs, dachte der König von Preußen, der inmitten maßloser Ansprüche sinkender Weltreiche und verzettelter, lähmender Kriege sein Amt angetreten hatte. Den Befehl zum Sturm auf die Fährschanze gab er erst, als das Gerücht zu ihm drang, den fünfhundert Getreuen Karls XII. wäre es gelungen, ihren Herrn weit weg zu bringen.

Gerüchte häuften sich, aber sie waren nicht grausig genug, die Wirklichkeit der Leiden zu begreifen, die über den Schwedenkönig eingebrochen waren. Am entsetzlichsten war jener Irrtum, der Schwedenkönig sei gerettet. Das Bombardement auf die Feste begann. Höher zischte das Meer von glühenden Kugeln auf, die ihr Ziel nicht erreichten. Aber dann brachen sie in die Mauern ein, wie Sturmflut einen Kai und ein Bollwerk zerstört. Die Preußen hatten den furchtbaren Kessel um Stralsund von Land und Insel her gebildet. Der Hauptsturm setzte ein. Der Untergang war bereitet. Der einzige, den König Friedrich Wilhelm schonen musste nach den Gesetzen eines königlichen Herzens und gegen die Regeln der Kriegskunst, galt ihm ja als geborgen.

Die ausgeruhten Kanonen der Verbündeten fielen ein. Die Festung am Meer ergab sich nicht. Furchtbar löste sich das Rätsel ihres Trotzes. Karl XII. war in Stralsund. Auf dem Räucherboden des Johannisklosters – vor seinen Blicken lag die Bucht mit den Segeln der todbringenden Schiffe – hatten sie ihn verbunden. Dann wankte er wieder davon. Die Männer in der Festung weinten um den König, der taumelnd noch dem Tod entgegenraste mit fliegendem Degen. Seine Leute drangen in ihn, er müsse die Feste verlassen. Gerate er in Gefangenschaft, sei alles verloren. Bliebe er frei, so würde er das Verlorene zurückgewinnen. Da hielt der Schwedenkönig ein. Er hob den Kopf und horchte auf. Das steinerne Gesicht, geschaffen, den Feind seines Landes anzublicken nur über die Länge des Degens hinweg, war überströmt von Schweiß und Tränen, das Antlitz eines Märtyrers und nicht mehr das Gesicht des Kriegers.

Es war der Morgen des zweiten Tages vor Weihnachten. Drei Fischkutter lagen festgefroren in der Bucht. Die Schweden schlugen ihnen einen Weg durchs Eis. Einer von ihnen kam, von dem Kreuzfeuer zwischen Rügen und den Belagerten schwer zerschossen, nach Stralsund zurück. Der zweite, mit Mühe den Weg durchs Treibeis erkämpfend, drohte ebenso dem Feuer zu erliegen. Nur der dritte entkam. Auf ihm war Karl XII. Er floh durch Winter und Meer, sich hoch im Norden in verzweifelten Abenteuern zu verbluten; er floh, von seinen Feinden gefürchtet, seinen Untertanen geliebt, von ganz Europa bewundert – von einem König gewürdigt. Er war wie der Wikingerjarle einer, die, nachdem sie die Ostsee und ihre Gestade mit Krieg erfüllt und die Rache des Schicksals auf sich gezogen haben, in den Nebel des Nordens zurückweichen: als Geschlagene noch von Drohung an die Welt umwittert, die sieglosen und ruhmreichen Waffen vom bleichen Licht der Mitternachtssonne beglänzt.

In den Stunden, in denen die Flucht geschah und die Feste erlag, fanden sich die großen Herren der verbündeten Armeen auf den Wällen ein. Nur der Preußenkönig fehlte. Er ließ Frauen mit Branntwein bei den Schwachgewordenen umhergehen, denn es war ein bitteres Siegen gewesen. Wo nichts mehr für ihn zu tun war, musste er beschäftigt sein; der Anblick solchen Unterganges war zu große Last. Die großen Herren wussten ihn nicht ungern entfernt. Man hatte von seinem wunderlichen Wohlwollen für den schwedischen König vernommen. „Ein blutender Feind bedarf schon des Schutzes“, hatte der Preußenkönig gesagt, „ein blutender König verlangt schon die Ehrung durch den Gegner.“

Es sollte alles geschehen sein, ehe Friedrich Wilhelm auf den Wällen eintraf. Sie fürchteten seinen Einspruch, als begönnen sie, ihn zu erkennen. Sie wussten alle, wen der Fischkutter barg, der durchs Eis auf das Meer stieß, erst vom Winde getrieben, dann fast zurückgejagt. Nun aber war der Wind auch der Flotte entgegen, und sie vermochte den Kutter nicht zu verfolgen; schon war er zu weit auf der See. So suchten die Kanonen das Meer ab nach dem Manne, der einmal der Herr aller Kanonen im Norden und Osten zu sein schien. Nun floh er gen Mitternacht, von der verlorenen Feste, der Türmestadt, hinweg übers Meer. Zwölf Kanonen hatten fest ihr Ziel gefasst, das Schiff des Flüchtlings in den Grund zu bohren.

Bei der Batterie auf dem Wall erschien der König von Preußen. Er ließ sein eigenes Regiment vor den Kanonenschlünden aufmarschieren. Er sagte nur: „Erst müsst ihr uns erschießen, ehe ihr euch an diesen großen Mann wagen dürft!“ und wich mit seinen Grenadieren nicht von der Stelle.

Der ärmliche Kutter entschwand in der Ferne des winterlichen Meeres, beladen mit den Trümmern eines Weltreiches und einen blutenden Menschen bergend.

Der Preußenkönig sah mit keinem Blick mehr nach der See hin. Von den Verbündeten schied er schweigend.

Herrn Friedrich Wilhelms Wort war eingelöst – vor den Verbündeten, weil es niemals Schwedens Weltreich geben würde; vor dem Reich, weil Deutschland nun frei war von allen fremden Armeen; vor Brandenburg und Preußen, weil der grimmigste Krieg von seinen offenen Grenzen ferngehalten war, die Pforte zum Meere sich auftat und das bittere Los des Sandes überwindbar wurde.

Der kaiserliche Hof saß über den Sieger, der die Sache des Reiches für ihn ausgetragen hatte, zu Gericht: „Zwar kann niemand den Ruhm leugnen, den die preußischen Waffen erworben haben; aber bei den meisten scheint die Vertreibung der Schweden vom deutschen Boden mehr Betrübnis und Jalousie, als der dadurch erworbene Ruhestand im Reich Freude und Dankbarkeit zu erwecken."

Der König von Preußen ordnete den Rückzug an und trug selbst Fürsorge für gute Winterquartiere auf dem Heimmarsch der Truppen. Auch besuchte er noch die Verwundeten.

Graf von der Schulenburg

Unter ihnen war Graf Achim Schulenburg, der ihn einst vor dem Anfall eines Hirsches bewahrte, sein Augenlicht für ihn opfernd.

Den Oberstleutnant Koeppen erhob der König in den Adelsstand und ernannte ihn zum Generaladjutanten, und der Lohn für seinen Gang durchs Meer fand keine Neider und Mäkler; denn es war nur eine Stimme, dass er groß dastünde in der „kostbarsten, schwersten und epineusesten Entreprise", die der König von Preußen in der Eroberung von Stralsund gewagt und durchgeführt hatte.

* * *

Täglich empfing die Königin guten Adel aus dem Lager und der Umgegend, und an Silber, Glas und Tafelgedecken durfte bis zum Schluss nichts fehlen, ebenso wie auch Küche und Keller noch täglich aufs Beste bestellt sein mussten. Denn die Zeit der gemeinsamen Tafel im Kriegszelt war vorüber, und das Logement der Königin im Felde wurde etwas wie ein eigener Hof. Sein besonderes Prunkstück waren neuerdings die beiden schönen, großen Spiegel in Rahmen von getriebener Silberarbeit, die der Stiefelettenfürst und Alte Schnurrbart, der Dessauer, der jungen Königin von seinen Beutestücken schenkte.

Die Kammerfrau Ramen, der selbst noch ihr Hofdienst so neu war, musste sich nach jungen Mädchen und adretten Leuten umtun, das Personal zu vervollständigen, und sie bewies dabei schon alle Eigenschaften einer Meisterin. In all ihren Mühen hatte die Ramen einen eifrigen Helfer gefunden, Ewersmann, einen Fischer der Küste, dem der Krieg das Gewerbe geraubt hatte. Der nahm die neue Stellung gern an. Denn er gedachte sich des Beistands des neuen Herrschers über Pommern zu vergewissern; er war nicht stumpf wie die Gefährten.

„Im Meere fischen sie jetzt Flotten“, pflegte er zu sagen, und das fand die Ramen so klug, dass sie ihn mit den schwierigsten Aufgaben betraute. Er durfte sogar schon die fremden Herrschaften bedienen, denn er wusste sich trotz seiner Größe und Schwere mit dem Tablett manierlich zu bewegen und Anzug, Hände und Gesicht sehr sauber zu halten.

Die Ramen bedachte den Mann mit mühsamem Dienst; aber er vermerkte jede Mühe, mit der sie ihn belud, dankbar.

„Er sieht, ich tue etwas für Ihn“, prägte die Ramen ihm ein, wenn er sich halbtot für sie plackte. „Ich werde Ihn zum Diener des Königs machen! Vielleicht ist uns gegeben, mehr über die Majestäten zu herrschen als ihnen, uns zu gebieten. Wir erfahren es immer, wenn sie uns befehlen. Sie dagegen spüren es nicht, wenn wir sie lenken. Wir wecken sie aus dem Schlummer, wir schlagen nach der Nacht den Vorhang ihres Bettes zurück. Wir verlassen als letzte ihre Kammer und sehen ihr Antlitz, wie keiner es sieht. Trauere Er nicht, dass sein erbärmlicher Kutter keinen Fischzug mehr tat. Wir werden auf glänzenden Schiffen unsere Fahrt machen und reichen Fang tun.“

Und als er schwieg, fuhr sie fort: „Noch einer wird sein Glück mit uns machen – Creutz. Wer das ist? Morgen ein anderer als heute.“

Und wunderbar wie nichts zuvor war es dem Mann, als die hässliche, Sanfte, Schwebendleichte ihre dunklen, glänzenden Augen zu ihm aufschlug.

Von nun an, wenn der König im Logement der Königin weilte, wurde er von Ewersmann bedient. Und da der König jeden Neuen kennenlernen wollte, der ihm nahe kam, fragte er ihn um dieses und jenes und erfuhr viel mehr, als Berichte ihm sagen konnten, wie es um die Not der Fischer in dem Lande stand, darüber er nun herrschen sollte; warum das Holz der Kutter auf dem Strande verfaulte und die Felder der Küste und Insel ungeerntet moderten.

Der Diener und die Kammerfrau aber wussten, dass die Königin, welche von den Beschwerden ihrer Schwangerschaft so gar nicht gequält war und hochgestimmt des Tages ihres Einzuges in der Hauptstadt und ihrer Niederkunft harrte, bedrückt und gereizt war, sobald der König sie verließ.

Alle feierliche Ehrung, die sie ihm und sich selbst zuteilwerden wissen wollte, hatte er von sich gewiesen und gemeint, sie habe das Schönste für ihn bereit, das es nach der Rückkehr aus dem Krieg und dem Anblick all der Vernichtung für ihn geben könne: das neue Kind. Es werde auf der Welt sein, noch ehe der Friede unterzeichnet sei; und es müsse ein heldischer Knabe werden, denn welche Mutter aus so hohem Hause hätte im Kriegszelt ihre Schwangerschaft durchlebt? Es werde eine Rückkehr sein, die sie beide nie vergessen könnten.

Vergeblich hatte die Königin geglaubt, ein fürstlicher Einzug sei ihr bestimmt und Tage des Glanzes würden ihre Treue lohnen.

Die Ramen reiste mit der Königin, Ewersmann mit dem König.

* * *

Außer Ewersmann hatte niemand etwas davon erfahren, dass König Friedrich Wilhelm schon einige Tage vor seiner Sitzung mit dem Rat allein in Stettin war. Und es war ohne Vorbereitung geschehen.

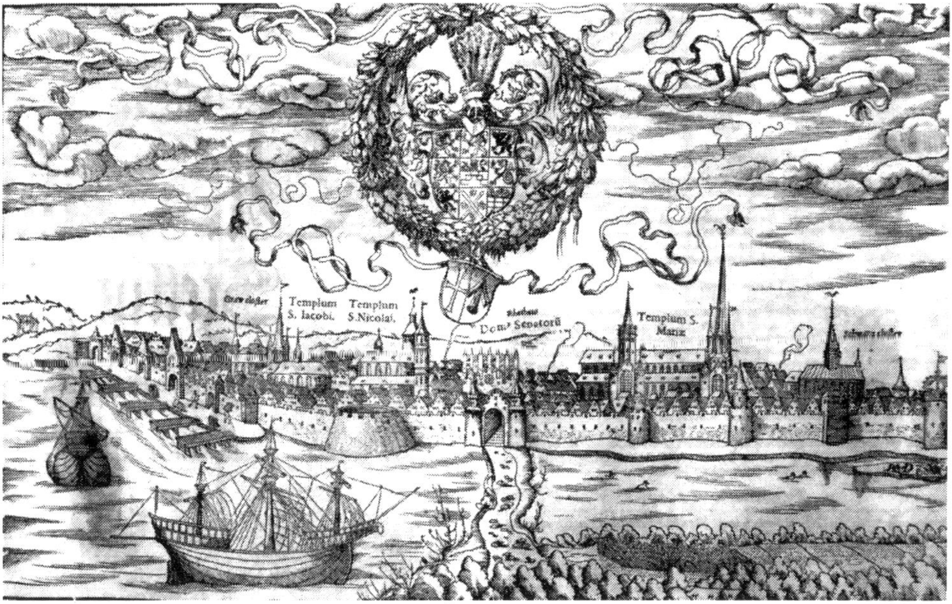

Stettin

Ewersmann hatte täglich den König, der nun der Herr dieses Landes sein würde, umhergeführt und ihm im Umkreis des Lagers und unter der Kahlheit des Winters die große Fruchtbarkeit einer schwarzen und feuchten Erde gewiesen, wie der König von Preußen und Kurfürst von Brandenburg sie in seinem Land noch nicht erblickte.

„Er trennt sich schwer von der See und Seinem Lande", sagte der König, „ich merke es. Ich könnte Ihm ein Fischerboot und Netze kaufen oder gar zum Hafenmeister machen. Aber es ist wichtiger, dass Er mit mir reist."

Das hätte den Fischer, wäre er noch gewesen, der er war, bitter ankommen müssen. Nun aber war die Kammerfrau in sein Leben getreten, und er entsann sich ihrer Nähe und ihrer Prophezeiungen und folgte dem neuen Herrn mit großer Willigkeit.

Der Fischer und der König standen am Haff, der gewaltigen See zwischen Oder und Meer, der mächtigen Stauung des Eises aus weitester Urzeit. Bleich lag das Haff und unbewegt, und weil eine Schicht des milchigen Nebels auf dem Wasser ruhte, war es, als höbe sich der Spiegel der weiten Flut über die Ebene empor.

Das Land war nicht zu sehen, die Grenze der Ufer blieb verhüllt, das bleiche, hohe, weiße Wasser schien unendlich, ein nördliches Meer, keinem Lichte als der Fahlheit des Nebels und der blassen Kühle der Mitternachtssonne hingebreitet.

Es war nur noch ein einziges Schiff auf dem Haff: ein schwerer, dunkler Kahn mit hohem, rotem Segel quer am gewaltigen Mast, einer ungehobelten Kiefer. Kaum dass ein Mensch es wahrzunehmen vermochte, glitt das rostbraune Segel in der Milde des Winters durch das grenzenlose Weiß. Der letzte Segler fuhr aus. Oder war es spät, sehr spät im Jahr der erste, das befriedete Meer zu befahren? Der König schwieg. Vor seinen Blicken war das goldene Schiff auf der Havel. Das Gold der Untertanen hatte es verschlungen und niemals Ware und Reichtum gebracht oder Erträge des Landes um guten Preis der Fremde zugeführt. Ein Traumschiff war es, golden, müßig und tückisch.

Aber die Gedanken des Herrn erfüllten sich mit Heiterkeit und Zuversicht. Unübersehbare Scharen goldener Schiffe sah er den dunklen Kahn mit dem roten Segel begleiten, zum Meer, in die Weite, gen Norden und Osten, die Erträge des Untertanenfleißes vor den fremden Völkern auszubreiten und goldenen Lohn für seine arme Mark Brandenburg zu bergen. In diesem einen Augenblick begrub er den Irrtum der alten Brandenburgisch-Ostindischen Handelsflottille.

Danach fragte er den Diener und Fischer, ob er ihn nicht ein Stück aufs Haff hinauffahren könne, aber nun nicht auf die See zu, sondern zum Hafen Stettin. Es verging einige Zeit, bis ein Kahn gedungen war; auch mussten sie sich erst pelzgefütterte Mäntel beschaffen. An Schiff und an Kleidung konnte keiner den König erkennen. So wollte es der Herr. Als König gedachte er erst später vor den Rat seiner künftigen Hafenstadt zu treten. Er verlangte nur danach, seinen Hafen zu sehen.

Das Eis war überall geschmolzen. Die Fahrt war ohne Beschwer. Im Hafen sahen sie die Schiffe sich rüsten zum Empfang des Siegers von Stralsund, des künftigen Herrn über Stadt und Hafen und Pommerns Küste und Land. Auf allen Schiffen wurde gehämmert, genagelt, geteert und geschmückt. Auf den Schonern, die den ganzen Kriegswinter über vor Anker gelegen hatten, richteten sie die Maste auf, als wäre die Zeit friedlicher Frühlingsausfahrt gekommen. Dann sollten die Segel, die sie heute zum Lüften setzten, die schönste und festlichste Beflaggung sein.

Denn sie wussten es längst aus den Bekanntmachungen des Rates: Der König von Preußen gedachte redlich zu bezahlen und guten Verdienst zu geben. Er kam nicht als Sieger, als Rächer, als Räuber. Er nahte als Schirmherr der Schoner und Kutter und Kähne.

Zum ersten Male erfüllte ihn der Gedanke an eine Huldigung unter Paukenwirbel, Trompetenschall und Kanonendonner mit stolzer Freude; denn der, dem er huldigen sah, war der Große seines Geschlechtes, dessen Auftrag er nun vollzog. König Friedrich Wilhelm nahm nicht Gaben von der neuen Preußenstadt Stettin; er schenkte; er wollte den Stettiner Bürgern die Waffen zurückgeben, die ihnen eine Zeitlang entzogen gewesen waren; er gedachte, seiner Hafenstadt eine französische Emigrantenkolonie zuzusenden, von deren Redlichkeit, Würde, Fleiß er die Hebung ihres Wohlstandes erhoffte.

Es wehte weit und hell über den dämmernden und wintertrüben Hafen. Am Kai standen Kinder, die Hände in den Jackenärmeln oder unter der Schürze versteckt, als ob viel Muße dazu gehörte, das Werden der ungewohnten Festlichkeit zu betrachten.

Es war ungewöhnlich, dass um diese Jahreszeit und Stunde ein Schiff mit Männern in großen Pelzen vom Haff her gefahren kam. Die Kinder liefen an der Stiege zusammen, die in die Mauern des Bollwerks gehauen war.

Der Herr fragte eines, für wen wohl all das Schöne hier bereitet werde.

„Für unseren neuen König“, sagte der Flachskopf, „und die neue Fahne hat unsere Mutter selber genäht.“

Nun war der König des Sumpfes und Sandes ein Herr und Vater auch der Schifferkinder.

„Wir stell'n uns in die erste Reihe, dass wir ihn auch ja gut zu sehen kriegen“, erzählte der Flachskopf noch weiter, der kommenden Ereignisse voll.

„Dann lasse dir nur eine schöne, neue Jacke kaufen“, sagte der junge Herr im Pelz und drückte dem Kinde eine Münze in die Hand, „damit der neue König sich freut, wie schmuck ihr hier seid.“

Das war der erste Dukat, den die Hafenstadt durch ihren neuen Herrn erhielt.

Es war gut, dass die Fahnen schon wehten, als er unerkannt gekommen war. Denn mit dieser Stunde begann es, dass die dunklen, schweren Kähne mit dem rotbraunen Segel quer am gewaltigen Mast zu den goldenen Barken eines jungen Königs wurden.

* * *

Wirte und Gäste

Der Wein macht lose Leute,
und starkes Getränk macht wild;
wer dazu Lust hat, wird nimmer weise.
Das Schrecken des Königs
ist wie das Brüllen eines jungen Löwen;
wer ihn erzürnt, der sündigt wider sein Leben.
Die Bibel

Jacob Paul von Gundling – 1673 – 1731

Hätte Professor Gundling, am Hofe König Friedrichs I. einst der Hofgeschichtsschreiber Seiner Majestät, Präsident des Oberheroldsamtes und Professor des Bürgerlichen Rechts, der Geschichte und der Literatur an der Ritterakademie – hätte der titelreiche Hofbeamte und Gelehrte zur rechten Zeit die Berechnung angestellt, dass im Kochschen Gasthof ein Glas alten Ungarweins fast eben so viel kostete wie anderwärts eine ganze Flasche, er wäre nicht Stammgast dort geworden und hätte in einfacheren Wirtsstuben länger seinen Wein genießen dürfen; und dieses Trostes bedurfte er jetzt sehr.

Denn es hatte Gundling hart getroffen. Als der neue Herr am Tage des Regierungsantritts die Listen der Hofbeamten überflog und durchstrich, war auch er ausgetilgt worden mit all seiner Klugheit, all seiner Vornehmheit und Eleganz, seinem reichlichen Einkommen und seiner angenehmen Tätigkeit; denn ihm oblag nur, alles zu verherrlichen, was die alte Majestät unternahm, und für ihre Taten gedankenreiche Vergleiche in der Antike zu entdecken. Der junge Herr hatte auf solche Dienste verzichtet und ihre Bezahlung verweigert.

Doch begann er, als er alle Schulden des Vaters übernahm, auch die Gehaltsrückstände an die von ihm Entlassenen abzuzahlen. Von diesen Raten ließ sich fürs erste durchaus leben, sogar im Kochschen Hotel.

Aber nun, nachdem seine Forderung erfüllt war, wurde es Zeit für den Professor, die Frage zu stellen, was wohl aus ihm werden sollte.

Nach Aufgabe seines Hofkavaliersappartements schien dem Verwöhnten als Domizil allein das Kochsche Haus in Betracht zu kommen. Ah, da waren auch geschulte junge Diener mit gepudertem Haar und in weiß-rotgestreiften Seidenwesten, Diener, die auf jeden Wink des großen Gelehrten harrten; dann, was das Leben im Gasthaus gar so angenehm machte, gab es doch kein Gezänk mit Frau oder Haushälterin und Personal; Küche und Keller waren bereit zu jeder Tageszeit, und in den Räumen fand er allen ihm unentbehrlich gewordenen Luxus. Oh, welche breiten Gänge, bespannt mit goldgetönter Blumenseide; welch reich geschwungene Türen voll der reizendsten Medaillons, Füllhörner und Putten, überreich geschmückt mit zartestem Schnitzwerk und zierlichster Malerei. Der Gastwirt Koch verstand sich auf französischen Geschmack; und nicht weniger wusste er das elegante Publikum in sein Haus zu ziehen, die Einheimischen sowohl wie die Fremden. Für die Reisenden, die am Potsdamer Tor die Grenze der Stadt überschritten, lag der Gasthof nahe bei den Zollwachen in einem freundlichen Garten inmitten köstlicher Rondelle und Rabatten, wie man sie einst nur im Lustgarten sah. Für die Berliner Kavaliere und Damen aber war es ein reizender Spaziergang dorthin, an den Gärten der Leipziger Landstraße entlang. Die Große Welt von Berlin und die distinguierten Fremden wussten voneinander, dass sie sich im Kochschen Saal bestimmt begegnen würden; und keine Hoffnung, die der Wirt auf diesen Umstand setzte, schlug fehl. Eine Stätte noblen Gebarens war, um der Fremden willen, aus der alten Zeit geblieben.

Wirt Koch war ein grämlicher und kränklicher kleiner Mann. Niemals betrat er selbst die Räume seines Gasthofs. Doch ließ er sich fast stündlich über alle Vorgänge in den Speisesälen und den Appartements der Fremden Bericht erstatten. Dann lebte er auf, war voller Einfälle und Aufträge, räsonierte und kommandierte. In der Zwischenzeit hockte er trübselig in einem hohen, altväterlichen Lehnstuhl in der Mitte der mittelsten Giebelstube seines Dachgeschosses. Die kärglichsten und unbequemsten Kammern, aus denen Erträge nicht zu ziehen waren, hatte er für sich und seine Tochter behalten. Es waren fensterlose Stuben, unregelmäßig geformt, von Balken und Pfeilern durchschnitten; ihr Licht empfingen sie nur von ein oder zwei ovalen Luken, den „Ochsenaugen“, die der Gastwirt Koch in französischer Manier hatte anbringen lassen, als er seinem Hause ein ganzes Stockwerk aufsetzen ließ. Damals richtete er auch die Fremdenzimmer völlig neu ein mit Marmorkaminen, goldenen Pfeilerspiegeln, seidenen Sesseln und elfenbein-eingelegten Kommoden. All das alte Mobiliar, das nun entfernt wurde, ließ er in seinen Dachkammern um sich häufen, so dass um seinen Lehnstuhl nicht weniger als sechs Tische aller Formen, Größen und Holzarten standen, bedeckt mit Rechnungen und alten Zeitungen, die von Gästen aus dem Reich und Ausland in den Fremdenzimmern weggeworfen worden waren. Auch waren den ganzen Tag Saucieren, Assietten, Pastetenbüchsen und Fischterrinen, hohe Kelche mit Weinproben und flache Tässchen mit vielerlei Arten von Tee und Kaffee und Schokolade um den kranken Alten aufgebaut. Keine unbekannte Sorte Weines, kein neues Gericht, von denen er nicht kostete. Kein Stück alten oder neuen Hausrats, das er nicht beschaute. Es war ein Zug seines Wesens, alles überblicken und um sich häufen zu müssen, auch wenn es alt und hinfällig geworden war. Die Kammer seiner schönen Tochter hatte er mit sämtlichem Gerümpel an gesprungenen Spiegeln aus den Appartements für die Fremden überladen. Es gab nicht eine Regung des Gesichtes, nicht eine Geste der Arme, nicht eine Wendung und Neigung des Kopfes, die das junge Mädchen aus der Unzahl der Spiegel nicht genau an sich kannte. In den Winkeln und Luken, zwischen den matten und zersprungenen Spiegeln lebte nun die Wirtstochter hin, ihren Reichtum nicht ahnend, und sehnte sich danach, die Fremden des Gasthofs möchten ihre Freunde und der Gasthof ihr Palais sein, in dem sie über all die Küchenjungen, Mägde, Diener und Pferdeknechte gebot. War sie in solche Träume verzaubert, dann erfüllte es sie mit Entzücken, dem Türenschlagen im Hause, dem Trappen der Pferde und dem Räderrollen neu eintreffender Kutschen mit Gästen zu lauschen; dann vergaß sie völlig ihrer düsteren Umwelt und trug es dem reichen Vater nicht nach, dass er sie in die Giebelkammer verbannte, während sein Haus berühmt war um seiner lichten Räume und seiner Vornehmheit willen. Ohne Groll saß sie bei qualmendem Talglicht bei ihm, wickelte ihn in Decken und Kissen, reichte ihm ein Glas des schwersten Tokaiers und plauderte von dem, was ihr von Zofen und Mägden zugetragen wurde. Und ihr Vater zog wichtige Schlüsse aus ihrem Geplauder. Da war zum Beispiel Madame Buccalossi in Not, einst an König Friedrichs Oper eine große Sängerin, die höchsten Wert darauf legte, im Kochschen Gasthof zu logieren; noch immer hoffte sie Fremden aus Dresden zu begegnen, die ihr nach der Auflösung von König Friedrichs Hoftheater ein Engagement an König Augusts Oper vermitteln könnten. Ohne Frage zog sie die Aufmerksamkeit sehr vieler Gäste auf sich, aber neuerdings, so sagte die Tochter des Wirts, finde sie nicht mehr so viel Beachtung; die Anwesenheit des neuen Fräuleins von Wagnitz mit dem tief schwarzen Haar und den perlengrauen Augen tue Madame Buccalossi sichtlich Abbruch. Immerhin, eine Dachkammer war sie dem Wirt noch wert, zumal sie ihm seine Tochter im Gesang ausbildete. Er glaubte nämlich, es könnte Wunder wirken, wenn in seinem Gasthof ein wenig konzertiert würde, da in Berlin nur noch die Tuchmacher, Wasserleitungsingenieure und Soldaten etwas galten und der Aufenthalt in der Hauptstadt für seine Gäste reichlich langweilig zu werden begann; leider hatte Madame sich geweigert, selbst im Kochschen Saale eine ihrer einst so bejubelten Arien zu singen.

Neben der aus königlichem Dienst entlassenen Sängerin verstand auch der Expräsident Professor Gundling noch immer einen größeren Kreis von Gästen allabendlich um sich zu versammeln; er wusste spannend und witzig – und sehr eingeweiht vom alten Hofe und dem Anfang des neuen zu erzählen. Der Herr Professor, dem sein Geld ausging, brauchte immer nur sein erstes Glas zu bestellen; die weiteren Becher und Kelche wurden ihm von Fremden reichlich eingeschenkt. Auch ihm ließ sich noch eine Kammer bewilligen; auch dieser rentierte sich noch.

Eine dritte Bodenstube, die der Wirt seiner Tochter und sich selbst entziehen wollte, gedachte er an den Rat Creutz zu vermieten. Der war zwar nicht vornehm wie frühere Räte – und die Rechnungskammer war ja ein noch gar zu junges Unternehmen –, auch konnte er sich gewiss ein Appartement im Gasthof Koch auf Jahr und Tag noch nicht leisten; doch war es ein Beweis von höherem Streben, dass er bereits in Kochs erlesenem Hotel Quartier zu nehmen suchte; und schließlich musste man mit des neuen Königs neuen Herren zu paktieren beginnen. Es war ein harter Handel mit dem neuen Rat, um Groschen und Pfennig; aber der Wirt, wenn auch mit grämlichem Seufzen, war schon entschlossen, nachzugeben.

Die Diener hatten an den langen Tafeln und den kleinen Tischen die hohen Leuchter entzündet. Fünf weiße, ebenmäßige Kerzen trug jeder Leuchter; schon im Entflammen dufteten sie edel. Die von Madame Buccalossi sehnsüchtig erwarteten Fremden aus Dresden waren mit mehreren Kutschen und reichlichem Personal vor einer Stunde eingetroffen und speisten in großem Kreise an gemeinsamer Tafel mit der Sängerin; noch immer war sie eine glanzvolle Erscheinung, und man rühmte ihr eine große Ähnlichkeit mit der Königin nach; leider musste Madame Buccalossi der Unterhaltung entnehmen, dass man zu Dresden nur noch Italienerinnen an der Oper wünsche.

Die übrigen ständigen Gäste des Kochschen Hotels hatten sämtlich kleine, separate Tische: der Expräsident Professor Gundling; das Fräulein von Wagnitz, das in schwierigen Geldgeschäften in Berlin weilen sollte; der neue Rat Creutz.

In kleiner Freundesgruppe soupierte, von allen Einheimischen erkannt und den Fremden sehr diskret gewiesen, der Staats- und Kriegsminister von Grumbkow. Er war sehr frühe aus dem Krieg am Meere heimgekehrt, da er sich gleich zu Anfang des Feldzuges ein Bein verstaucht hatte, so dass er nicht in den Laufgraben gehen konnte wie die anderen Ministergenerale. Leider tauchte da und dort nun die Erinnerung auf, dass er auch vor Malplaquet während der ganzen Schlacht in einem Graben hockte. Doch was man auch redete: Grumbkows Auftreten war von einer solchen Sicherheit, dass er nicht einmal den Versuch unternahm, das Tischgespräch von dem heiklen Thema des Krieges abzulenken. Er sprach, obwohl er als der glänzendste Gesellschafter bekannt war, überhaupt nur wenig; denn er prüfte sorgsam jeden Bissen, den er aß; er hatte die Absicht, Wirt Kochs Ersten Küchenmeister für sich selbst zu engagieren, wenn ihm der König endlich ein angemessenes Ministergehalt bewilligen würde. Grumbkow zweifelte nicht an der Erfüllung seines Wunsches. Der König kam als Sieger heim.

Dem Präsidenten Gundling war vom Minister Grumbkow für seinen Gruß ganz ungemein verbindlich gedankt worden, hatte man doch unter dem alten König nebeneinander hohe Ämter bei Hofe bekleidet. Später rückte dann der Präsident in die Tafelrunde des Ministers ein. Man lachte viel, war sehr animiert und bewunderte im geheimen den Professor, der sein Unglück so ganz als Kavalier und Grandseigneur zu tragen verstand. Als Grumbkow Gundlings Glas wieder füllte, bemerkte er den Gruß des neuen Rat Creutz. Er dankte kühl und nicht ohne Befremden.

Creutz empfand keine Demütigung. Er dachte an diesem Abend nicht mehr an die Last und an das Elend seiner Herkunft. Er sah die untrüglichen Zeichen des Aufstieges, und weil der Wein in allen Gläsern leuchtete, die Fülle der Kerzen überhell strahlte, die Frauen lachten und die Diener, ihm wie den Vornehmen zu servieren, leise von Tisch zu Tisch eilten, wurde ihm dieser Tag als der erste seines Lebens zum Feste. Er war Rat an der neuen Rechnungskammer des siegreichen Königs! Der König hatte ihm, dem Mann der Gasse, das Amt der Ziffern und Zahlen übergeben, die allein nicht trogen – ein immer noch geringes Amt, aber Creutz war es, als umschlösse es all die anderen, höheren mit eisernem Ringe. Er wusste, was ein Groschen war; und darum hatte ihn der Herr ans Rechenpult gesetzt; oh, er wollte rechnen – rechnen und abrechnen mit denen, die seine Jugend ins Elend bannten. Er hob sein Glas und sah auf die Frauen; die strenge Kälte, der quälende Ehrgeiz, die Schwermut seiner frühen Jahre erloschen zum ersten Male in ihm. Nichts war in ihm als das eine, berauschende Gefühl, dass nun die Stunde des Beginnes anbrach. Vielleicht würden einmal diese alle hier in einem Saale seines eigenen Palastes an seiner Tafel sitzen; vielleicht würden alle hier, auch die Frauen, sich darum bemühen, ihm zu gefallen: das Fräulein von Wagnitz mit den perlengrauen Augen, die ihm in all ihrem Hochmut manchmal doch so flehend schienen; die berühmte Buccalossi; all die Unbekannten. Nur begriff er nicht, warum seine Gedanken immer wieder zu der Ramen gingen. Aber die allein war Blut von seinem Blute und teilte mit ihm Herkunft und Anfang und das Wissen um die Maßlosigkeit des Ehrgeizes und der zu lange niedergekämpften Wünsche.

Als Creutz schon in seine Kammer hinaufgegangen war, um nicht gar zu lange unter den Zechenden zu sitzen, ohne neuen Wein bestellen zu können, ging es im Saal noch laut her. Man stürzte an die Fenster, man befragte, lebhaft und alle Gemessenheit der Sitte vergessend, die später noch eintreffenden Gäste. Minister von Grumbkow begab sich, kaum dass das Gerücht nur aufgetaucht war, hinweg. Es hieß, der König sei unerwartet eingetroffen und ohne dass einer es merkte vom Potsdamer Tor her soeben am Kochschen Gasthof vorübergefahren. Viele der Gäste gingen noch einmal zur Schlossfreiheit. In den Straßen war trotz der Kälte und Dunkelheit regeres Leben, als sonst am lichten Tage herrschte. Im Zeughaus brannten Ampeln über den Kanonen; noch tief in der Nacht hängten sie die Kriegsfahnen auf, ohne alle Feier. Das Gerücht schien bestätigt.

* * *

Am ersten Morgen nach der Heimkehr gehörte eine Stunde den Kindern.

Madame de Montbail (Marthe de Roucoulle) – 1659 – 1741

Madame de Montbail führte sie dem König zu. Seine drei Kinder waren noch der gleichen Gouvernante anvertraut, die einst die Jugend des Königs behütete.

Kronprinz Fritz und Schwester Wilhelmine 1715

Wilhelmine und Friedrich hielt sie an der Hand; eine Kindermagd trug Friederike Luise, die Tochter, die er sich nach Charlotte Albertinens Tode so ersehnte.

Der König tat sehr aufgeräumt und lustig, damit Frau von Montbail, die ihn wohl doch zu gut kannte, seine Bewegung und Rührung nicht merke. Wie lange hatte er die Kinder nicht gesehen; und der Krieg war eine Trennung in die Tiefe. Ach, es war ja nicht üblich an den Höfen Europas, dass Herrscher, ja, nicht einmal die Fürstinnen nach dem Leben ihrer Kinder fragten, es wäre denn ein Paradieren mit dem ältesten Sohne, für dessen Erziehung man ein umfangreiches Reglement entwerfen ließ –. Die übrigen Kinder wurden ja nur bei besonderer Gelegenheit vor den hohen Eltern, dem Hof und seinen Gästen präsentiert. Sonst sah man sie nicht. Doch wurden sie unentwegt von den größten Meistern Europas gemalt. Dies alles wollte er in seinem Hause nicht. Er musste um das Leben seiner Kinder wissen.

Seht, Wilhelmine war immer noch blass; doch schien sie gewachsen; und die Manieren der Sechsjährigen waren wirklich sehr artig. Sie verstand es, in ihrem Samtmantel mit der großen Schleppe fürstinnenhaft einher zu rauschen, einen Bund Blumen für den König in den Falten ihres Überwurfs verbergend. Sie erstarrte in tiefer Verneigung; erst als er sie an sich drückte, als er das schmale Gesichtchen in beide Hände nahm, war sie von Zeremoniell und Zwang befreit und lächelte den strahlenden Mann in der blanken Uniform zaghaft an.

Auch der vierjährige Friedrich versuchte sich in hofgerechter Verbeugung und küsste dem Vater die Hand. Es geschah noch unsicher, aber der König äußerte sich vor Madame de Montbail ganz außerordentlich zufrieden; sehr adrett sehe der Prinz aus.

Der trug eine duftige kleine Perücke, das Haar aus der Stirn gekämmt. Der Vater strich flüchtig über das weiße Gelock. Die Hugenottin bemerkte eine leichte Falte des Unmuts zwischen den Brauen des Königs. Sie hatte sie schon an dem Knaben Friedrich Wilhelm gekannt. Es störte den König, dass er von Perückenmachern und Friseuren künstlich gestuftes Gelock liebkoste und nicht das liebe Haar seines einzigen Sohnes. Aber so war es der Wunsch der Königin, und der Herr gedachte seiner alten Montbail nicht wehe zu tun mit Tadel oder Vorschrift. Mochte das Fritzchen sich selber helfen; war ja ein Bursche von vollen vier Jahren! Nicht wahr, genau vor einer Woche war sein Geburtstag? Frau von Montbail musste dem König rasch die dringlichsten Wünsche des Prinzen verraten. Die alte Baronin kniete sich zu ihrem Zögling nieder; sie erklärte ihm das gnädige Anerbieten des Vaters. Das Männlein war sehr froh, sich wieder von dem fremden Vater abwenden zu dürfen und sich mit seinen Erwägungen abgeben zu können. Das Fritzlein schwebte wie die Tugend selbst durchs Zimmer, in einem Röckchen von pfauenblauer Seide, das noch die kleinen Schuhe bedeckte, den Mund gespitzt, die graublauen Augen groß aufgeschlagen – die Erziehung der Montbail trug sichtbare Früchte. Ob sie denn mit dem Bürschlein noch fertig werde, fragte der König seine alte Gouvernante; er selber habe doch manchmal überhaupt nur vom Sims des geöffneten Fensters, hoch über dem Fluss, über ein Entweder-Oder mit ihr verhandelt.

Das Fritzlein, ebenso artig wie geweckt, bemerkte, dass von ihm gesprochen wurde. Als lockte ihn etwas am Fenster, ging der kleine Prinz unhörbar leise zur Nische, spielte ein wenig mit der goldenen Vorhangschnur, ganz wie ein zerstreuter Erwachsener, und blickte beharrlich hinaus; kein Wort, das ihm entging.

Ob sie sich wohl entsinne, fuhr der König im Gespräch mit der Montbail fort, wie er in einer ihm aufgezwungenen Robe – auch von der Art, wie das Fritzlein sie trug, im Augenblick vor einem Festbeginn im rußigen Kamin verschwand? Und wie er sein erstes männliches Kleidchen zwar mit Vergnügen betrachtete, den brokatenen Schlafrock, den er dazu erhielt, aber sogleich als Knäuel in das offene Feuer schleuderte? Ein Vierjähriger brauche eben schon die Montur. –

Aus den Andeutungen und Scherzen, den flüchtigen Äußerungen und Fragen entnahm Madame de Montbail sehr bald, was der König nun recht eigentlich auf dem Herzen hatte. Schließlich kannte sie ihren einstigen Zögling. So war immer seine Art gewesen, wenn er einem nicht wehtun und dennoch seinen Willen beharrlich durchsetzen wollte. Er umkreiste sein Thema von allen Seiten, er ging nicht davon ab; er führte alles darauf zu; nichts hatte sich daran geändert. Das Fritzlein und sein seidener Rock, das Fritzlein und die Montur – es stand außer Frage: Der Kronprinz sollte in männliche Erziehung kommen. Der König kam als Sieger aus dem Krieg und verlangte seinen Sohn für sich; er hatte als Enkel erreicht, was dem Großen seines Geschlechtes nach allem Kämpfen und Leiden versagt blieb: Das war die erste Tat für seinen Sohn.

Die Montbail machte es dem Herrn und einstigen Zögling leicht und sprach es selber aus, er habe einmal gesagt, ein Fürst müsse von seinem vierten Jahre an von Männern aufgezogen werden.

Und die Wehmut ihres Herzens niederzwingend, redete sie mit der Unbefangenheit des Alters, das seiner letzten Lasten ledig wird, und mit der Sicherheit der Frau, die durch ein Menschenalter nur am Hofe lebte. Madame de Montbail lächelte und flüsterte wegen des Fritzleins, doch ihre Gedanken gingen in den Gesprächen dieses Morgens gar eigene Wege. Was lag auch näher, als dass sie die Spanne des letzten Vierteljahrhunderts vergaß und den Knaben Friedrich Wilhelm mit dem Knaben Fritz verglich, als handle es sich nicht um Vater und Sohn. In ihrem Herzen standen sie nebeneinander: Brüder, Kinder eines deutschen Fürstenhauses, das ihr, der Glaubensemigrantin aus Frankreich, unsägliche Wohltat und unbegrenztes Vertrauen bewies. Sie sah im Geiste wieder des kleinen Prinzen Friedrich Wilhelm Kinderstube voller Waffen hängen. Aber die Schublade des „martialisch" gescholtenen Knaben lag voller kleiner Bilder, die er gemalt oder ausgeschnitten hatte. Manchmal war er noch stiller gewesen als das Fritzlein; und das Fritzlein war doch ein so leises Kind, das sich sehr gern in der Nähe der Damen aufhielt; ein wenig zerfahren und vergesslich war das Fritzlein; aber am Clavecin, nun es die ersten Tonleitern und Etüden zu üben galt, ließen Fleiß und Eifer nicht nach.

Der König stand bei der Kindermagd, die steif und verlegen das jüngste Kind vor ihn hinhielt. Der Vater betrachtete das Töchterlein ernst. Als er in den Krieg zog, war es ihm nur ein winziges Bündel in Kissen und Spitzen gewesen, das Mädchen Friederike Luise. Nun war es längst ein kleiner Mensch mit sehr ausgesprochenem Gesicht, Zug um Zug schon völlig sichtbar der Mutter Königin ähnlich. Endlich wusste er etwas von dem jüngsten Kinde; endlich war es ihm nicht mehr ein gänzlich fremdes Wesen; denn sollte es ihm nicht der Ersatz werden für das verlorene Mägdelein Charlotte Albertine, das hinschwand, ohne dass er je sein Werden sah? So völlig hatte die Unrast der ersten Regierungszeit seine Tage verzehrt. Und nun war das erste Jahr des neuen Kindes abermals verloren. Als er die Tochter Friederike Luise jetzt wiedersah, lieblich im Abglanz der mütterlichen Züge, vermeinte er erst ganz zu begreifen, welches Opfer die Gattin ihm brachte, als sie das Kleine ihren Frauen übergab und ihm in das Stralsunder Lager folgte.

In solchen Augenblicken geschah es immer von neuem, dass der König die Gattin noch stärker, noch ergriffener zu lieben begann als bisher. Er lachte in der Vorstellung, dass seine Ehe den auswärtigen Höfen als Sache der Konvenienzen und Kontrakte bekannt war und dass sich niemand um die Erwägung bemühte, ob nicht auch das Produkt der Staatsräson sich sehr wohl einmal zur wirklichen Ehe verwandeln könne. Er war den Berichterstattern der fremden Höfe ein gar zu herber Liebhaber einer gar zu kühlen Braut gewesen. Heute aber glaubte er, dass kein Mann auf der Welt leuchtendere Beweise einer großen Liebe empfangen könne, als er sie in dem bald sich rundenden ersten Jahrzehnt seiner Ehe von seiner Gattin erhielt, bis hin zum Geleit in den Krieg: als Schwangere!

Die Königin trat zu dem Gatten und den Kindern. Die Müdigkeit, die sie jetzt manchmal überkam, war wie verweht. Sie sprach entzückt von der Tochter; sie überstürzte sich in Lob, dass die Prinzessin während ihrer

Abwesenheit so viele Menschen gesehen und dadurch einigen höfischen Anstand, sich zu bewegen und zu sprechen, gelernt habe. Von nun an werde sie selbst sich Wilhelmines sehr viel annehmen, versicherte sie.

Der Vater meinte, die kleine Person scheine ihm aber doch recht blass. Man dürfe ihr wohl nicht zu viel zumuten. Damit gab er der treuen Montbail die ersehnte Gelegenheit, zu bemerken, dass die Gesundheit der Prinzessin viel zu wünschen übrig lasse. Da sie aber dauernd unter ärztlicher Obhut gestanden habe, brauchte man jedoch die Majestäten während ihrer Abwesenheit nicht zu beunruhigen. Der König drang weiter in seine Erzieherin, die ihm sein ältestes Kind, das erste, das nach dem Tod der beiden Söhne am Leben geblieben war, zu hüten hatte. Aber auf Wunsch der Herrin verschwieg ihm die Hugenottin den Blutsturz.

Die Königin beruhigte den Gatten. Sie selbst – er wisse es ja aus der Zeit, da sie am hannoverischen Hofe der gemeinsamen Großeltern weilten – sei auch so übermäßig zart gewesen, und man könne wohl nicht gut bezweifeln, dass sie recht rundliche Wangen bekommen habe. Dies letzte sagte sie lächelnd.

Fast überrascht sah der König zu ihr hin. Wahrhaftig, er hatte es über den eilenden Jahren nicht wahrgenommen, dass sie nicht mehr das schmale, junge Wesen war, in dem sein Vater so gern das verjüngte Ebenbild seiner gefeierten ersten Sängerin, der Madame Buccalossi, erblickte. In der wachsenden Liebe zu der jungen Mutter seiner Kinder hatte Friedrich Wilhelm nie danach gefragt, ob die Geburt der drei Söhne und drei Töchter sie veränderte. Nun erst bemerkte er, mit warmem Lächeln, die Fraulichkeit ihres Gesichtes und der vollen Arme. Er prägte sich die neu entdeckten Züge liebend ein und fand mit einem Male, es sei angemessen und sei an der Zeit, ein neues Bild von ihr malen zu lassen. Vor zwei Jahren wäre es besser gewesen, meinte die Königin leicht klagend. Aber er schüttelte beharrlich den Kopf. Gerade jetzt, nach dieser Heimkehr, sei es am schönsten. Die Gattin spielte flüchtig auf ihren Zustand an. Der König blieb ernst und entschlossen; gerade das meine er. Die Königin rückte ein wenig unruhig an ihrem Schmuck. Sie wagte den Vorstoß.

„In jedem Fall wird es Meister Pesne eine große Beruhigung sein, dass er den ersten Auftrag von Ihnen erhält.“

Meister Antoine Pesne – 1683 – 1757

Der König wurde nachdenklich. Lange hatte er nicht nach dem berühmten einstigen Direktor an der Akademie des verstorbenen Vaters gefragt; er hatte seinen Posten nicht gestrichen; er hatte ihm auch die Bezüge, die ihm, dem aus Frankreich und Italien Herberufenen, zugesichert waren, ausgezahlt; aber dies war nun wahr: es gab keine Kunst mehr im Lande, seit er König war. Worauf wartete Pesne?

* * *

Pesne war sehr glücklich. Eine lange, entsetzliche Zeit des Nichtbeachtetseins war mit dieser Stunde durchstrichen. Er, der gefeierte Frauen-, Schmuck- und Kostümmaler aus alter Pariser Künstlerfamilie, wusste den biederen Uniformpinsler Weidemann in seinem alten Akademieamte walten – er, der Meister der Farben und Köpfe, dem man an allen Tischen des Kochschen Gasthofes nachrühmte, er male die Damen ähnlich und dennoch viel schöner, als sie in Wirklichkeit seien.

Er bedachte nicht, dass jener „Uniformpinsler“ zum mindesten, als er den Knaben Friedrich Wilhelm für das Schloss der Frau Mutter in Charlottenburg malte, Künstler gewesen sein musste wie er, und dass Herr Friedrich Wilhelm in Weidemann keinen Schlechten in sein, Pesnes, bisheriges Akademieamt berief. –

Pesne gab sich aber vor dem König liebenswürdig und bescheiden; das entsprach auch der Sanftheit seiner blauen Augen und seiner friedlichen Rundlichkeit, die dennoch der Eleganz seines Auftretens nichts raubte; trug er nicht die Perücke, sondern sein schwarzes Gelock, wirkte er nahezu schön. Er überging das Vorgefallene; er beklagte sich nicht beim König über die Wartezeit. Dagegen fragte der Herr, wieso Pesne nicht wie die anderen Künstler aus dem neuen Berlin in die alte Heimat zurückgegangen sei. Der antwortete mit großer Anmut des Geistes.

„Ich entsann mich, dass Eure Majestät als Knabe manchen Taler auswarfen für Blumen und Farben. Ich habe zu viel Brüder, Schwestern, zwei Töchter, drei Söhne, ungezählte Neffen, Nichten, Schwäger, Schwägerinnen, die alle ihre ersten Taler so verwendeten – und alle noch den letzten dran setzen werden. Majestät werden Ihrem Schicksal nicht entrinnen.“

Das gefiel dem König nicht übel, und er wollte gleich noch wissen, ob noch immer all die unzählbaren Glieder der Familie Pesne und der Verwandtschaft seiner Gattin, der Dubuissons, derart eifrig über ihren Supraporten, Frucht- und Blumenstücken säßen.

„Eben jene Sesshaftigkeit der unzähligen Pesnes und Dubuissons, deren Zahl eine Auswanderung fast unmöglich macht – denn alle Glieder der Familie sind mir nachgefolgt –, hat mich aber auch hier festgehalten“, sagte mit resigniertem Lächeln der Maler, und damit nun endlich der Auftrag zur Sprache käme, wagte er die Frage anzudeuten, ob man von Majestät als dem siegreichen Herrscher ein Bild für den Rittersaal des Schlosses zu erwarten habe, etwa ein Porträt in ritterlicher Rüstung, den Purpurmantel über dem Panzer, den Marschallstab in der Rechten, im Hintergrund ein fliehendes Schiff. Pesne parlierte, als hätte er nötig, außerhalb seiner Bilder zu wirken; er redete beschwingter denn je.

Doch Majestät wehrte ab. Ein solches Porträt würde einen gänzlich falschen Eindruck von dem wirklichen Verlauf der Dinge geben; alles sei ganz anders gewesen. Außerdem wolle er das Bild seiner Frau.

Sofort beschrieb der Maler äußerst lebhaft, wie er Ihre Majestät abzubilden gedenke, und zwar auf dem Ruhebette vor dem Hintergrunde eines römischen Feldlagers; Mars, sie beschirmend; Venus, ihr dienend –

„Nein", sagte der König, „das muss durchaus anders sein."

Pesne gestand umständlich, dass natürlich die Schwangerschaft Ihrer Majestät einige Schwierigkeiten bereite. Der König achtete nicht auf den Einwurf. „Ich möchte", sprach er ziemlich rechthaberisch weiter, „meine Frau in einem ganz bestimmten Augenblick festgehalten wissen, nämlich wie sie in meinem Kriegszelt ihre neue Schwangerschaft verhieß."

Es war schwer für Pesne, sich sein Entsetzen nicht anmerken zu lassen.

Der König wünschte, dass er sich sofort zu der Gattin begebe, die erste Sitzung zum Porträt zu vereinbaren. Unverzüglich sollten ihm die erforderlichen Zimmer als Atelier renoviert werden.

Die Königin traf der Maler weniger gut gelaunt. Der Herr Vater hatte ihr seine hannoverischen Musikanten und Komödianten für ihren Hof in Monbijou sehr gnädig angeboten, da er in London in seiner neuen Königswürde bereits über ein sehr großes und berühmtes italienisches und französisches Ensemble und Orchester verfügte, während es seiner Meinung nach in Berlin in dieser Hinsicht trostlos bestellt sein musste.

Hatte die Königin von Preußen, so fragte sie Herr Friedrich Wilhelm, denn wirklich geglaubt, dass die Sänger, Akteure und Musiker, die dem Londoner Hofe nicht zu genügen vermochten, in Berlin auch nur den Vortakt einer Notenzeile spielen, die ersten Verse eines Prologes deklamieren durften? Der König versagte der Gattin den glorreichen Einzug in Berlin, die fürstliche Rückkehr aus dem Stralsunder Lager; er verwehrte ihr, die schöne Gabe ihres Vaters anzunehmen. Was also brachte ihr der siegreiche Abschluss des Krieges? Seehandelsberichte als Tafelgespräche? Die Tochter des Königs von England wollte nicht wissen, welch armen Landes Königin sie war. Nun aber sollte sie von Pesne gemalt sein?

Es belebte sie doch sehr, und namentlich beschäftigte sie die Frage, welche Embleme wohl ihr Bild erhalten werde, Preußens Adler oder Hannovers springendes Rösslein, und wie man daneben etwa ihre nahe Beziehung zur dreifachen Krone Englands, Irlands und Schottlands andeuten könne.

Er werde ihr, schlug Pesne sogleich die Lösung vor, ein Wappenschild in die Rechte geben, auf dem sie sinnend die drei Kronen Britanniens betrachte; und ein Löwe werde ihr zu Füßen liegen.

Dies fand die Königin schön. Ihr Herz pochte schneller, ihr Blick wurde stolzer.

Ein Adler! Ein Rösslein! Ein Löwe! Drei Kronen!

Plötzlich dachte sie an ihre drei Kinder, und das vierte, das zum Leben drängte, glaubte sie in ihrem Leibe hüpfen.

An die drei toten Kinder dachte die Königin nicht.

Nochmals trat der König zum Maler; unangemeldet erschien er im Zimmer der Gattin.

„Meister Pesne", sprach er sanft, „geht in den Dom, in die Gruft, seht Euch das Wachsenglein an und malt mir meinen ersten Sohn, als ob er lebe, im Gartenwagen durch die Blumenwege fahrend, wie sie damals hier waren. Und damit das Bild nicht gar so traurig wird, gebt dem Knaben ein Mohrlein zur Seite, das mit ihm scherzt."

Die Pesnes und die Dubuissons, die beiden glücklichen und malenden Familien, sollten wieder viel zu reden und zu planen haben. Anders war ihnen auch nicht wohl.

* * *

Rat Creutz war sehr erstaunt, als er in königlichem Auftrag Geld für ein Gemälde auszahlen musste. Für einen Augenblick schien ihm die Rechnungskammer zu wanken. Er liebte sein Amt, das Übermaß der Arbeit und die Stille des Winters, in der er unablässig Zahl auf Zahlen häufte, indes die Felder und die Bauten und mitunter auch sogar die Exerzitien ruhten. Er liebte den weißen, kühlen, festen Schnee, der das Unebene so gleich und klar machte und allen Unrat verdeckte. Er liebte das herbe, reine Licht der hellen Stunden. Er liebte die Sonne, die nicht wärmte. Von seinem Schreibpult aus sah er die Sonne aufgehen und sinken, denn das Pult stand vor einer glatten, weißgetünchten, fensterlosen Wand, und die Fenster der Amtsstube befanden sich zur Rechten und Linken des Pultes.

Immer, wenn der Rat die Rechnungskammer morgens betrat, war es noch dunkel, nur dass im Ofen die Holzscheite flackerten, die der Schreiber gerade eingelegt hatte. Wirklich warm wurde es in dem Raum zu ebener Erde nie. Aber auch das war dem Rat nur angenehm.

Ehe er seine Arbeit begann, beobachtete er noch im Lichtschein des einzigen Talglichts, ob der Schreiber auch ja in alle Winkel frischen Sand ausschüttete. Danach streifte er leinene Schutzhüllen über die Rockärmel, schlug sein Pult auf und hob die schweren, engbeschriebenen Bücher aus der Lade. Die Federn fand Rat Creutz schon gespitzt vor. Er pflegte am Abend die Arbeit damit zu beschließen, dass er die Federn zum morgigen Tagwerk selbst schnitt. Wurde es hell, so warf er noch einen letzten Blick auf den Tag. Im Schnee war noch die Spur der eigenen Schritte; kein Mensch war hier nach ihm gegangen, so früh war die Stunde. Die Seiten, die er nun aufschlug, waren weiß wie der kalte Schnee vor der Tür. Die langen Reihen dunkler Zahlen glichen seinen Fußstapfen, als bezeichneten beide den kalten und einsamen Weg eines Mannes. Schritte und Zahlen redeten eine harte Sprache. Allen Verschwendern im Haushalt des Staates waren sie unablässig und unnachsichtig auf der Spur. Sie zerstörten die Hoffnungen des Königs. Aber wer ihm verfrühte Hoffnungen nahm, wer ihn von dem Rest einer Lüge befreite, den nannte der König unter seinen besten Dienern.

Dies war die hohe Fähigkeit des jungen Rat Creutz, Verhängnis und Verfehlung in Zahlen zu bezeichnen, in Ziffern alle Mängel unverrückbar festzulegen. Ah, hier stand es in Zahlen und Daten: die Verzweiflung des Volkes, die Verwahrlosung des Staates, ehe König Friedrich Wilhelm kam; die Wendung zum Ausweg und zur Ordnung in der kurzen Spanne von der Thronbesteigung bis zum Auszug in den Nordischen Krieg; danach die Stockung alles neuen Antriebs, als der König Feldherr wurde auf der bleichen Ebene am Wintermeer; endlich der neue Ausbruch alter Not, die lässige Verschwendungssucht hoher Räte und Minister, die sich, ohne die Aufsicht des Herrn, im Besitz ihrer früheren Vollmacht zu fühlen schienen; ah, es war alles zusammengefasst am Ende jeglicher Seite, in einer einzigen Summe unter dünn und gerade und sauber gezogenem Federstrich. Auch das Elend einer Jugend, der Hass gegen alles, was die Gasse barg; der Hass auch gegen alles, was von draußen her die Gasse umringte und abschloss, sie hatten die kalte, lähmende und unerbittliche Sprache gefunden: Addieren, subtrahieren – nichts anderes waren die Schritte im Schnee, die Zahlen auf dem weißen Blatt. Ziel und Summe aber war, der oberste Rechner im Lande zu werden: einer, der das Leben der Kassen beherrschte. Denn die Kasse war ihm der Himmel der Zahlen. Auch Rat Creutz hatte einen Glauben.

Der Vormittag war mit den Zahlenreihen vorgerückt. In Reihen und Strichen erbaute der Tag des Rats sich seine Ordnung. Dann störte Unvorhergesehenes das klare Gefüge durchrechneter Stunden.

Der Schreiber stahl sich ins Zimmer und flüsterte dem Rat ins Ohr, das Fräulein von Wagnitz stehe draußen im Flur und zittere vor Kälte trotz seines schönen weißen Pelzes.

Creutz empfand beides: Genugtuung und Zorn; Genugtuung, dass eine der Damen des hochfahrenden Landadels bei ihm um Gehör bat; Zorn, dass sie wahrscheinlich bei ihm nur den letzten Versuch unternahm, nachdem ihre Standesgenossen sie abgewiesen hatten. Mochte das Fräulein noch eine gute Viertelstunde warten; dann durfte es erscheinen. Creutz spürte mit Bitterkeit: was half es ihm, dass er sein weniges, sein mühevoll erworbenes Geld dafür ausgab, im Speisesaal des Kochschen Hotels unter den Vornehmen und Hochgestellten sein Abendbrot nehmen zu dürfen. Es brachte ihn den Hochmütigen nicht näher; es trennte ihn nur noch strenger von ihnen. Er war unter ihnen, und sie übersahen seine Gegenwart.

Auch als das Fräulein von Wagnitz schon in die Amtsstube gebeten war, blickte der Rat noch immer nicht von seinen Akten auf; nur dass er, im Schreiben, das Fräulein bat, doch Platz zu nehmen. Groß und schmal, im knappen, langen Rock, die grünen Leinenhüllen um die Ärmel, stand er am Pult. Erst als die Spalte, mit der er sich mühte, aufgerechnet war, wandte er sich dem Fräulein zu. Und nun vermochte er, der weltmännische Manier und Gemessenheit noch nicht beherrschte, sein Erstaunen nicht zu verbergen, so fürstlich erschien ihm die Bittende. Er hatte die junge Fremde im Kochschen Gasthof immer nur von fern am Tisch mit ihrer Begleiterin gesehen. Nun erst gewann er den vollen Eindruck ihrer Schönheit. Sie war groß, doch zart und sehr schlank. Zum winterlichen weißen Pelzhut trug sie ihr eigenes dunkles Haar; Brauen und Lider waren sorgsam mit dem Stift umzogen, die perlgrauen Augen noch größer erscheinen zu lassen, als sie in Wirklichkeit schon waren. Zu ihrem schwarzen, samtigen Reifrock trug sie einen kleinen, um die Hüften fest schließenden, schneeweißen Pelz und keinerlei Schmuck als einen Ring mit einem Diamanten von ungewöhnlicher Größe und Klarheit.

Creutz verfolgte aufmerksam jede ihrer Bewegungen; er sah, wie sie den Muff hielt oder das Schleierchen zurückstrich; nichts entging dem jungen Rat, vor allem nicht der Glanz des Diamanten. Er könnte das Glück einer Jugend und mühelosen Aufstieg bedeuten, dachte Rat Creutz, der aus den Gassen der Armut kam; warum lässt sie sich herab, sich vor mir mit Bitten zu demütigen? Ich vermag ihr nichts zu verschaffen, was diesem Wert auch nur annähernd gleichkäme.

Noch niemals hatte er solche Sicherheit der Rede und Haltung wahrgenommen. Das Fräulein von Wagnitz war erregt, ganz gewiss; doch wer hätte überlegter zu sprechen gewusst; kaum dass im Unterton ihrer Worte Heftigkeit und Bitterkeit mitschwangen. dass aber der vornehmen jungen Dame ihre Beherrschung nicht leicht fiel, verrieten ihm zwei plötzlich sich abzeichnende, gerade dunkle Striche unter den Augen.

Das Fräulein holte Briefe und Rechnungen, Schuldscheine, Überschreibungen und Pachtverträge hervor. Der Rat hielt prüfend das dritte Blatt in der Hand. „Hiernach, Madame", sprach er, „werden Ihre Gläubiger binnen kurzem in Berlin eintreffen. Ein verlorenes Gut, vernichtete Höfe, ein verschuldetes Schloss – man kann sie durch die Flucht nicht leugnen. Außerdem, Madame, sind dies Affären des Adels, die keinesfalls für meine bescheidene Amtsstube bestimmt sein dürften."

Die Wagnitz presste unruhig die Hände gegeneinander. Wieder waren die geraden, dunklen Striche unter ihren Augen, und der Glanz der grauen Sterne schimmerte in der Erregung bis ins tiefe Schwarz.

„Ich weiß sehr gut, was Sie sagen wollen, mein Herr. Aber ich bin schon von Kammer zu Direktorium und von Kollegium zu Kommissariat gefahren. Man hat mich über Zuständigkeiten aufgeklärt; aber man hat mich nicht angehört. Ich kann nicht warten, bis der König die Geschäfte wieder aufnimmt. Ich brauche ein Amt, das mir rechnen hilft. Ich brauche den Beistand dieser einen neuen Kammer, die vom König eingesetzt und Ihnen anvertraut ist. Man hat an allen anderen Stellen nichts davon wissen wollen, dass mein Gut verfällt, wie ich alles Besitztum meiner Nachbarschaft, Verwandtschaft und Bekanntschaft in ganz Preußen verfallen sah. Wir sind Bettler und müssen dennoch nach den ungeschriebenen Gesetzen unseres Standes aufzutreten wissen, wie Frankreichs Herzoginnen am Hofe des Sonnenkönigs. Heute und morgen tun wir es ihnen, vom letzten Darlehen, noch gleich; übermorgen aber sind wir allem Elend preisgegeben. Die Felder, mein Herr, liegen Jahr um Jahr verwahrlost; aber ihre Herren leben heiter in Warschau und Paris; unter Menschen und Tieren war die Pest, die Städte sind entvölkert, die Dörfer verwahrlost, aber die Schlösser, deren letztes Wertstück den Wucherern gehört, sind von anspruchsvollen Gästen überfüllt –"

Der König hatte leise die Tür geöffnet. Er legte den Finger auf die Lippen, Creutz hinter dem Rücken der jungen Dame Schweigen zu gebieten. Der Rat verstand ihn sogleich. Der König hörte wie gebannt zu. Aber er wollte, auch wenn er unerkannt blieb, kein heimlich Lauschender sein. Er grüßte höflich, bat um Vergebung ob der Störung und stellte sich als Oberst vor, der lebhaften Anteil nahm an den Schilderungen des gnädigen Fräuleins, zumal er demnächst das Land im Osten selbst kennenlernen werde, da ein Kommando ihn dorthin berufe.

Er wollte weiter von den dunklen Dingen hören, die auf sein Herz einstürmten, als träfe ihn der Vorwurf schwerer Versäumnis. Nach diesem Ostland hieß sein Reich ja Preußen –.

Noch niemals hatte er eine Frau so leidenschaftlich klagen und anklagen hören. Und es galt seinem Lande! Dies allein entnahm er ihren Worten, und der Gedanke lag ihm fern, dass das Fräulein von Wagnitz auf Braunsberg in der Amtsstube des Rat Creutz lediglich gegen höchst private Gläubiger kämpfte.

Die junge Frau erschien ihm als eine Richterin.

„Aller dieser Angelegenheiten muss sich der König schleunigst anzunehmen suchen", rief der Oberst; und zu Rat Creutz gewandt, bemerkte er: „Halten Sie es dem König dreimal des Tages vor, dass er hinauf nach Preußen muss."

Die Wärme seiner Anteilnahme tat dem Fräulein wohl. Der Oberst hatte alle Artigkeit der Kavaliere, die es kannte, darüber hinaus jedoch eine schützende und ratende Art, wie sie der Baronin noch nie an einem Manne begegnete. Creutz aber hob es in ihren Augen höher, dass er von einem solchen Obristen so vertraut in seiner Amtsstube besucht wurde, und sie gedachte, abends bei Koch einige verbindliche Worte an ihn zu richten.

Als sie gegangen war, sagte der königliche Oberst zum Rat: „Dies ist mein Ernst, Rat Creutz, dreimal des Tages soll Er mir vorhalten, dass ich nach Preußen muss; dreimal des Tages, denn die hiesigen Geschäfte werden mich aufzehren."

Creutz schlug die Bücher auf. Und als er die Spalten, Kolumnen und Rubriken mit ihm durchging, Zeile um Zeile, war dem König alles andere schon versunken.

Außer dem König von Preußen gab es keine Produzenten, Abnehmer und Auftraggeber. Leistungen lagen vor – Gewinne nicht. Ein tödlicher Kreislauf der Ware und des Geldes war vor dem König und dem Rechenmeister aufgedeckt. Dass die kurmärkische Armenlotterie wegen Geldmangels nicht zustande kam, der Herr nahm es hin.

Die Oder, die gab seinen Rechnungsbüchern und Kassen ein großes Werk zu tun! An ein und demselben Tage musste es geschehen, dass er den letzten Federzug unter den Friedensvertrag mit Schweden setzte und den letzten Strich entwarf, den letzten Posten im Etat kalkulierte für seinen Plan der Schiffbarmachung der Oder und aller seiner Flüsse; notwendig gehörte ihm beides zusammen. Aber die Mittel? Aber das Geld? Noch war alles nur Verheißung; noch wies alles nur in eine weite Zukunft; noch war alle Gegenwart so arm und widerspenstig und beladen mit der Schuld – und den Schulden der Vergangenheit! Was nützte der Hafen zum Meer, wenn die Flüsse nichts taugten und für die Kähne keine Ladung da war?

Der König und der Rechenmeister, auf ihren Schemeln an den Pulten, waren über die Zahlenreihen gebeugt wie über strategische Karten. Sie führten auf ihre Weise den Schwedenkrieg nochmals von neuem.

Bereits im Laufe dieser Woche musste für die Rechnungskammer des armen Mannes Creutz eine andere Unterkunft gemietet werden, und die neuen Amtsstuben sollten sich mit Schreibern für den einstigen Schreiber füllen. Der König gab viel Geld aus, nur um zu erfahren, welche Summen ihm fehlten.

Was der jüngste Rat des Königs von Preußen noch nicht zu wissen brauchte, behielt Friedrich Wilhelm für sich: Noch war der junge Herr über Preußen nicht so stark, dass er auch nur das geringste von ihm aufgenommene Werk hätte abbrechen dürfen, sobald die Widerstände unbesiegbar schienen. Das harte Schicksal, das auch nur eines seiner Projekte traf, würde man sofort mit Eifer all den anderen Plänen prophezeien. Noch brauchten die Menschen täglich von neuem das Bild: Alles wird neu! Alles wächst! Alles gelingt!

Der König wurde mitten aus dem Rechnen abgerufen. Kaum vermochte der Lakai zu sprechen, so atemlos war er vom Lauf. Es war unendlich schwer für die Lakaien, mit einem König umzugehen, dem man in einfache Amtsstuben nachjagen musste. Diesmal aber war der Mühe nicht zu entrinnen. Der König musste gefunden werden. Prinzessin Wilhelmine hatte einen Blutsturz.

* * *

Die Ärzte wollten ihr zur Ader lassen, dem Blut einen anderen Abfluss zu geben. Der König raste. Das war gegen allen natürlichen Verstand! Er wollte Ärzte, Ärzte haben und keine Kurpfuscher! Die Akademie sollte ihm Ärzte ausbilden, statt zeit- und geldraubende Spielereien mit astrologischen und mythologischen Kalendern zu treiben!

Der König eilte die Treppen hinab. Er stürzte selbst in die Apotheke des Schlosses und scheuchte den Apotheker und seine Gehilfen auf, denen es gerade gelungen war, ein Tränklein zu mischen, welchem ein hehres Epos der Antike Zauberkraft zuschrieb. Sie hatten manche Stunde ihrer Arbeit und manchen Dukaten des Königs an ihr Werk gesetzt.

Der König fegte die Retorten und Phiolen mit dem kindischen Gebräu vom zierlichen Gestell. Er rückte die allegorisch bemalten hohen Fayencedosen auf den Regalen rücksichtslos durcheinander, warf eine Reihe duftig ziselierter Fläschlein vom Eckschrein und fluchte über Unordnung und Dunkelheit. Nichts, was er griff, war mehr wert als gefärbtes Zuckerwasser.

Apotheker und Provisor hielten ihm ängstlich entzückende Büchsen mit feingestoßenen Pulvern entgegen. Aber dem König galten sie zu gar nichts tauglich als zum milden Abführmittel für verstopfte Damen.

Sein Zorn sah alles, den Staub auf den verschnörkelten Vitrinen, den Grünspan auf den Messingmörsern, den Unrat in den Winkeln zwischen alten Fässern und korbumflochtenen, bauchigen Glasbehältern. Nirgends fand der König eine klar erkenntliche Aufschrift oder deutliche Bezeichnung. Er warf die Tür hinter sich ins Schloss und stürmte die Treppen wieder hinauf zu seinem blutenden, vergehenden Kinde. Der Apotheker und seine Gehilfen rafften auf Tabletts zusammen, was Blicke und Hände nur erreichen konnten. Mit fliegenden, veilchenfarbenen Mänteln und wehenden Locken, angstvoll die unschätzbaren Medikamente vor sich haltend, folgten sie der Majestät nach. Oh, der arge Ruf bestand zu Recht! Der König war ein Feind der Wissenschaft! Nun wussten die Apotheker darum.

Während der König vor ihnen dahinstürmte, erstand vor seinem inneren Auge schon das Neue: eine reinliche und lichte Apotheke, hell übertüncht, die Bretter und Borde aus Silber und Glas, Dosen und Schachteln und Flaschen und Behälter ohne Zierrat und Blumenmuster und olympische Szenen, dafür aber mit klarer und leichtverständlicher Aufschrift versehen. Die Mörser, Stäbchen, Löffel, Nadeln, Spachteln, Pinzetten und Gewichte werden pures Silber sein. Statt matter und befleckter Butzenscheiben werden breite, hohe Fenster die schweren Mauern zerteilen; und eine Abzweigung der Wasserleitung, die dauernd große Abflussbecken mit frischem Wasser nachfüllt, wird keinen Staub dem Wasser sich vermengen lassen. Freistehende, drehbare gläserne Platten werden alles tragen, was sofort zur Hand sein muss.

Europas beste Chemiker – es koste, was es wolle – in sonnengebleichten, weißen Leinenschürzen, das Haar zum festen Zopf gedreht, werden hantieren an Stelle der verspielten und verträumten Alchimisten in ihren lila Zaubermänteln und verstaubten Puderperücken.

Nun, da es still war im Gewölbe, huschten die Mäuse wieder hervor zwischen den Salbenbüchsen und Truhen mit getrocknetem Thymian. Sie schnupperten an zerschlagenen Dosen; sie stoben im Nu wieder in ihre Löcher und Winkel, als ein morscher Schrankflügel knarrte, den der ergrimmte König aus den Angeln riss.

Die Sonne lag schwer und gelb auf den matten, farbigen Butzenscheiben; denn der Wintertag war sehr licht. Aber in der Tiefe des Gewölbes blieb die Dämmerung. Wo es wie ein Sonnenfleck auf den Steinen des Fußbodens war, hockte schläfrig eine träge Ratte, die der kleinen Mäuse Unruhe nicht teilte. Hätte der König sie gesehen, er würde sofort ein Gesetz zur Vertilgung von Kellerratten erlassen und das Halten von Katzen zur Pflicht der Bewohner erhoben haben. Jeder Blick und Schritt des Königs schuf Ordnung.

Aber er selbst war in Verzweiflung und Verwirrung, als er zum zweiten Mal den Blutstrom aus dem Munde seines Kindes quellen sah. Ärzte! Ärzte! Ärzte! Ein König kann entsetzlich arm sein. Der Ruf nach den Ärzten verriet es.

Der König gelobte, dass er allen Vätern helfen wolle, die sich wie er um ihre Kinder bangten. Die neue Apotheke – schon war sie fest beschlossen – sollte an die Armen auch die besten Arzneien kostenlos verteilen.

* * *

Als er von dem Groll des Königs auf Apotheker, Ärzte, Akademiker und von der Krankheit der Königstochter hörte, machte Doktor Eisenbart, gefolgt von seiner Gauklertruppe, Sekretär und Advokat sich auf nach Berlin, um die Bestätigung seiner alten Privilegien einzukommen.

Doktor Johann Andreas Eisenbart – 1663 – 1727

Es war unter dem neuen Preußenkönig nicht so einfach damit; denn Eisenbart, der große Wundschneider, führte seinen Doktortitel nicht gänzlich zu Rechte, auch wenn man nun schon in drei Sprachen von ihm sang: „Ich bin der Doktor Eisenbart, kurier' die Leute auf meine Art" und er selbst behauptete, „dass nur ein Eisenbart ist, so lange ihm Gott sein Leben gönnen wird".

Die Vornehmen lagen in den Fenstern, wo er nun auf einem Jahr- und Wochenmarkt sein Bretterpodest aufschlug, und luden sich in ihren Kutschen einander zu ihm ein. Seiltänzer, Trompeter, Riemenstecher, Glückstöpfer, Marktschreier mussten von hoher Tribüne seinen Ruhm verkündigen, dass er „Leute heile, die melancholisch, traurig sein, mit schwermütigen, bösen Gedanken gequält oder gar unsinnig und närrisch gewesen", und dass er außer dem Balsamischen Haupt-, Augen- und Gedächtnisspiritus, seinem Zaubersaft, noch viele „gar rare und in Teutschland unbekannte, kuriose Medizinen habe, das Gesicht bis ins Alter weiß und rot zu erhalten, ohne Runzeln; auch emaillierte Augen in den Kopf setze, wo eines manquiere".

Da nach der neuen Märkteschauordnung des Königs von Preußen sein Einzug in Berlin erfolgen musste, ohne dass Harlekine Purzelbäume schossen, Trompeten schmetterten und Flugblätter durch die Gassen wirbelten, entschloss sich Johann Andreas Eisenbart zur Vornehmheit und stieg im Kochschen Hotel ab, das noch teurer war als der „Güldene Apfel" in Magdeburg und der Ratsweinkeller am Stettiner Kohlenmarkt. Doch hinderte die Noblesse seines Quartiers ihn nicht, noch immer wieder einmal des Polterhansen Bleuset Schenke aufzusuchen. Denn niemals mehr hatte er einen Ausrufer gefunden wie zu der Zeit, da der Polterhansen noch Spaßmacher in seinen Diensten war. Darüber hinaus aber verband den Prinzipal und seinen einstigen Harlekin die Leidenschaft für das heimliche Wissen um die heilenden Kräuter. In dieser Hinsicht blieb der große Doktor Eisenbart des Polterhansen Bleuset ständiger Schüler. Um dessen Schanktisch hingen nämlich heute noch in würzig duftenden Bündeln Johanniskraut und Augentrost, Mistel und Tausendgüldenkraut, Rainfarn, Zinnkraut, Gottesgnadenkraut.

* * *

Dem Wein- und Bierschenker Bleuset gefiel die neue Märkteordnung, die der König eingeführt hatte, gar nicht übel, auch wenn sie Meister Eisenbart die Freude am menschheitsbeglückenden Handwerk ein wenig trüben mochte. Das musste man dem König lassen: Die Märkteschauordnung lockte die Leute aus ihren Häusern; und wurde der Markt dann abgebrochen, sah der Küfer und Brauer Bleuset seine Schenke bis in den letzten Winkel gefüllt mit Händlern, Fuhrleuten und Käufern.

Und die Markttage waren für den Polterhansen umso wichtiger geworden, als der König auf der völligen Heiligung des Sonntags bestand, den Bierausschank und alle Spielmannsmusik in den Wirtschaften feiertags verbot, den Bedarf beschränkte, die Musikanten um den Tag ihrer besten Einnahmen brachte, für Kurzweil nicht einmal der Fremden sorgte – nur weil ihm gar so bitter ernst ums Herz war um der großen Nöte seines Landes willen. Der Lebenswandel aller Bürger wurde kontrolliert. Den Polizeiausreitern musste jede Tür sogleich geöffnet werden. Das Landsknechts- und à-la-bassette-Spiel war längst bei hoher Strafe untersagt. Nicht einmal in dem eigenen Hause sollte man noch nach Belieben feiern können! Arme Leute durften nicht mehr so häufig Gevatter stehen, wie es Brauch geworden war; es kostete zu viel Geschenke; und bei Taufe und Hochzeit waren nur drei Gerichte erlaubt.

Umso mehr wuchs die Beliebtheit des Polterhansen und seiner fröhlichen Schenke.

Jeden Tisch musste Bleuset selber bedienen. Nicht einer unter den Gästen, der nicht auf des Polterhansen Bleuset alte und neue Streiche wartete! Der hörte den Beinamen nicht ungern. Allerdings ließ er von Zeit zu Zeit immer wieder durchblicken, dass er von Hause aus ein ehrbarer Refugié und entfernter Verwandter des Pater La Chaise sei. Wie, sie wüssten nicht, wer Pater La Chaise wäre? Bleuset war es gewöhnt, dass, sobald er diese Frage tat, seine Gäste sich auf den langen Holzbänken unter den Fenstern zusammendrängten, teils sich auf die Tische hockten, Krüge und Humpen neben sich, und die ganze Mitte der Schankstube freigaben. Denn sie wussten alle: Jetzt beginnt die Vorführung! Bleuset eröffnet seine Harlekinade!

Er spielte ihnen das Lever des Sonnenkönigs vor, mit allerlei Unziemlichkeiten und derben Verrichtungen, die seiner Meinung nach zu einem Lever nun einmal gehörten. Sodann trat er als Pater La Chaise auf, als des Sonnenkönigs Beichtvater. Er spielte sie beide, den Herrscher der Herrscher auf dem Nachtstuhl und den Pater im Beichtstuhl; er tat es vermessen und zuchtlos. Die Schenke dröhnte vor Lachen, die Männer wischten sich den Schweiß vom Gesicht und den Bierschaum aus den Bärten; und waren Frauen bei ihnen, so gab es auch Tränen des Lachens und rote Gesichter vom Schämigtun und ungewohnten Trinken.

Aber als Bleuset heute die übliche Frage tat, antwortete ihm einer. Ein kleiner, dicker Mann in mächtiger Perücke, in verbrämtem und beschmutztem Rock stand auf, trank auf Bleusets Wohl, nannte ihn des Paters würdigen Nachwuchs und erklärte es in zierlichen, gelehrten und zugleich recht zweideutigen Redensarten, wer Pater La Chaise gewesen sei. Bleuset blinzelte dem neuen Gast, der sich so abhob, zu, er wolle ihm antworten und er möge drauf eingehen; es könne lustig werden. Er bat den Fremden, sich doch gütigst vorzustellen; der behauptete aber, er sei kein Mensch; er sei vielmehr eine Zeitung, und zwar die einzige, die es hier gebe. Denn die Blättlein, denen der König von Preußen nach dem zwei Jahre durchgeführten Verbot aller Zeitungen nun wieder das Erscheinen erlaube, seien nur Zeitungen von Zeitungen; sie druckten ab, was man im Ausland melde, und auch davon nur das Unwesentlichste. Oh, sie möchten es ihm alle glauben, er allein sei die einzige Zeitung.

Nun, der Schankwirt und Possenreißer Bleuset verstand: Gundling war eingekehrt, der abgesetzte Hofgerichtsschreiber König Friedrichs I., der Expräsident des Oberheroldsamtes und Exprofessor der aufgelösten Ritterakademie, ein gewaltiger Redner am Zechtisch! Dies war auch in die Schenken gedrungen, dass Gundling immer witziger wurde, je mehr er verarmte und je tiefer er sank. Wenn er den zu halten verstand, so würde bald mancher vornehme Gast hier unter dem Pöbel der Schenke erscheinen. Bleuset dachte blitzschnell; der Faden durfte keinesfalls mehr abreißen; rasch musste er die nächste Frage tun.

„Wo ist die Zeitung denn bisher erschienen, da ich sie noch niemals zu Gesicht bekam?"

„Im noblen Kochschen Gasthof", sagte Gundling, „und man hat sie als kostbares Gut so geheimgehalten, dass sie eines Tages, und das ist heutigen Tages, dort gar nicht mehr zu sehen war. Aber von nun an gedenkt sie in der Bleusetschen Schenke zu erscheinen; und es ist äußerst billig, diese Zeitung herzustellen. Man muss nur immer etwas Wein und Bier aufgießen."

„Nun", rief der Polterhansen, „gerade daran ist bei mir kein Mangel. So abonniere ich auf die Zeitung. Bisher waren die Gazetten für meinen armen Gasthof zu teuer, und außerdem dünkten sie mich für die lustigen Herrschaften, die meine Schenke mit ihrem Durst und ihrer Fröhlichkeit zu beehren geruhen, gar zu ledern und unverständlich. Aber diese Zeitung, geliebte Zecher, nicht wahr, die gefällt euch?"

Das war einmal eine Abwechslung! Solche Unterbrechung im gewohnten Spiel! Sie rückten alle Bänke und Schemel um den Fremden, nahmen die Krüge zur Hand oder stellten sie vor sich auf die Erde, und der Polterhansen, um noch einmal einzuschenken, kletterte über die Gäste hinweg, in jeder Hand eine Kanne, und ließ sich gleich die Münzen für den Trunk in seinen Schürzenbeutel stecken; doch gab er mitten im Lachen und Lärmen wohl darauf acht, dass keiner sich etwas herausstahl. Vor Gundling setzte er gleich einen ganzen Krug ab. Als der nun doch – und war es zum Spaß? – in die Geld- und Schürzentasche des Wirts griff, legte der sogar noch ein Häuflein Geldes vor den neuen Gast auf den Tisch. Der Professor erhob sich. Es war nun ein Augenblick, und keinem außer dem Polterhansen war es sichtbar, dass eine große Traurigkeit und Müdigkeit seine Blicke verschleierte. Er machte ein zierliches Kompliment. Die Zeitung beginne nun zu erscheinen, und da sie sehr gründlich sei, fange sie auf ihrer ersten Seite mit dem Alphabet an. Ob denn auch alle verehrlichen Leser nun wirklich auch wüssten, was ein (a)sei? Und nun wiederholte er seine höfliche Verbeugung, jedoch den Gästen abgewandt, so dass sein Hosenboden von abgeschabtem Samte zwischen den gestickten und zerfransten Rockschößen erschien. Das gab ein Gelächter! Doch meinte Gundling, er finde zwar seine Leserschaft vorzüglich unterrichtet und sehr hurtig im Begreifen, aber diesmal habe sie sich getäuscht. Das 'A' sei doch natürlich nur jenes große Ach, das unter dem neuen König immer lastender über Brandenburg und Preußen liege und durch die neuen Armenwächter Seiner Majestät kaum behoben werde. Und 'B' sei der Betrug der Hoffnungen darauf, dass der siegreich aus dem Schwedenkriege heimgekehrte König seine Schätze an das Volk verteilen werde. Vielmehr presse er sich einen neuen Schatz aus dem enttäuschten Volk heraus, was mittels des 'C', des Kalkulators Creutz, geschehe. Und zwar gehe es um den Schatz, den man am widerwilligsten herausrücke. Doch das stehe erst als Fleiß unter 'F'.

'D' und 'E', sie nicht zu überspringen, würden zu solchem Zwecke reichlichst angewendet, nämlich Druck und Entrechtung. Der König von Preußen sei allmählich auf das 'G', den Geschmack, gekommen; sonst finde er freilich an gar nichts Gefallen, und das 'H' würde er gänzlich verschwinden lassen, denn für Hurerei zeige der Sittsame kein sonderliches Wohlwollen, namentlich nachdem er selbst ins Feldlager das eigene 'I', sprich: Ihre Majestät, mitnahm, wovon er sich ohne Frage ein 'J', einen Jungen, versprach.

Gundling, die Wirkung seiner Worte zu verfolgen, brach ab und nahm einen langen Schluck aus seiner Kanne. Schon johlten sie nach dem 'K'. Aber Gundling wusste noch eine bessere Deutung des 'J'. Ein zweites 'J'? Das sei doch klar. 'J' das sei die Jagd auf alle, die ein größeres Einkommen bezögen als der König mit seinen schäbigen dreiundfünfzigtausend Talern Dispositionsfonds. Bei einem derart geringen Etat könne der König sich natürlich das 'K', das 'L' und das 'M' nicht mehr leisten. Mit der Kunst, mit Leben und leben lassen sowie der Muße wäre es nun aus, und sie alle hätten das 'N', alle, alle, das Nachsehen. Doch stünde es dafür einem jeden frei, für Seiner Majestät Entwürfe und Entschlüsse ein 'O' nach dem andern in Gestalt eines Opfers zu bringen. Das 'P' werde, so höre man, demnächst in Plusmachern sowohl wie in Paraden vorherrschend sein in ganz Preußen, obwohl die Privatinteressen des Königs, seitdem er eine eigene Apotheke aus Glas und Silber errichtete und einem Doktor Eisenbart derartige Einschränkungen im Medikamentenhandel auferlegte, sich dem 'Q', der Quacksalberei, zugewendet hätten. Ja, ja, sie könnten sich nur alle das 'R', die Ruhe wünschen, wenn der Herr auch weiterhin mit so viel 'S', mit derartigen Schikanen fortzufahren gedächte. Dafür gebe es nun aber freilich keine Schlupfwinkel und -löcher mehr in den preußischen Städten.

Jetzt brach der Überschwang los. Sie wollten mittun. Die Männer in der Schenke überboten sich.

„Bei dem 'T' wird der gelehrte Herr ins Torkeln kommen!“ riefen sie, denn der Professor wankte schon bedenklich. „Und mit dem 'U' wird er gleich allen Unrat ausspeien!" Denn es hatte dem Präsidenten zwischen gar manchen Buchstaben des Alphabets schon heftig aufgestoßen. Gundling tastete sich auch sogleich ängstlich durch die Wirrnis der Bänke. Die herabgebrannten Talglichter leuchteten ihm gar zu spärlich. Der Polterhansen musste ihn selbst auf den Hof hinausführen.

Erst als das ganze Marktvolk bezecht aus der Schenke getrieben war, schleppte er den Professor und Expräsidenten wieder in die Gaststube. Gar nicht einmal so unsanft drückte er ihn auf die Bank im Ofenwinkel und hob ihm die Beine auf einen Schemel. Für sich selber brachte der Wirt ein altes Federbett und einen Schafspelz aus einem Kasten herbei und streckte sich auf dem längsten und breitesten Tisch aus, ohne erst Tabak und Brotkrusten hinwegzufegen oder die Bierlachen und Schnapsreste aufzutrocknen. Das Talglicht, an einer Ecke des Tisches festgetropft, war schon im Zerfließen. Er drückte es mit der Hand aus. Gundling erwachte noch einmal aus seinem Elend.

„Muss ich so schlafen?"

„Ja", sagte der Polterhansen, „Stuben und Kammern habe ich nicht. Ich halt' es immer so."

Aber da der betrunkene Professor noch einmal zu sprechen angefangen hatte, sollte er ihm wenigstens noch den Schluss des Alphabetes verraten, damit die erste Zeitung auch wirklich fertiggestellt wäre. Dies begriff Gundling noch, dass die Frage schmeichelhaft für ihn war. Er brauchte auch gar nicht lange nachzudenken.

„Ah, das Ende des Alphabets", murmelte er, „das ist beinahe zu viel. Das ganze 'V' meines Lebens, Verhängnis und Verfall ohne Ende, steckt darin – das ganze 'W', die Wut auf den König, die Wehrlosigkeit vor dem Herrn, hat sich darin verkrochen. Aber das ist mein Trost: Der Kaiser wird unserer Majestät nach wie vor ein 'X' für ein 'U' vormachen, damit die Bäume nicht in den Himmel wachsen; mag er noch so erfolgreich gewesen sein im Nordischen Kriege, unser Herr, – es wird auf seiner Havel auch jetzt noch nicht von goldenen 'Y's', von Yachten, Frachtern und von Liburniken wimmeln – !"

„Das 'Z', das 'Z'", drängte Polterhansen, dem die Buchstabendeutung gar zu politisch wurde; außerdem vermochte der Professor nur noch zu stammeln, und der Schankwirt wollte nicht um den Abschluss betrogen sein.

Da brach es aus Gundling hervor: „Die Zote, die Zote, die Zote! Und wenn der König sich auf den Kopf stellt – Minister kann er entlassen,

Professoren aus dem Amte jagen, aber die Zotenmacher werden ewig leben."

„Dann braucht man doch den Mut nicht ganz zu verlieren", grunzte der Polterhansen. Und plötzlich, als belausche sie einer, begann er flüsternd zu fragen: „Hat Ihn Wirt Koch aus seinem vornehmen Gasthof nun ganz rausgeworfen?"

„Ja", sprach Gundling fest, denn dies erfasste er wieder, „ich habe keinen Staatsrock mehr für seinen Speisesaal. Und neue Kleider will er mir nicht kaufen. Das ist ihm die Unterhaltung der Gäste nicht wert."

„So lange Er den Kopf behält, kann Er bei mir bleiben, Professor."

Aber dem einstigen Historiographen des ersten Königs von Preußen, Professor der Ritterakademie und Präsidenten des Oberheroldsamtes war es kein Trost, dass er das neue Obdach fand in Qualm und Fusel. Er heulte. Wirt Bleuset hatte schon viele Betrunkene heulen hören. Er warf sich in seinem Schafspelz auf die andere Seite, so dass der Tisch, auf dem er lag, noch lange ächzte und knarrte.

„Morgen muss Er mit dem 'Z' beginnen, Professor, für meine Gäste ist es besser als das andere."

So forderte er den Lohn für das Quartier.

* * *

Als Bleuset den Unrat des Vortages in den späten Morgenstunden mit dem großen Reisigbesen zusammenzufegen begann, musste ihm Gundling aus dem Wege gehen. Der tat es bereitwillig. Er hatte die Absicht, nicht wiederzukommen, ohne dass er wusste, wohin er sich wenden sollte. So, wie er aus seinem Ofenwinkel hervorgekrochen war, Rock und Perücke zerdrückt, die Strümpfe in Falten hängend, ungewaschen, streifte er in den Straßen um den Köllnischen Fischmarkt umher. Gundling merkte bald, dass der König in der Nähe sein musste; niemals und nirgends war man vor ihm sicher. Die Marktfrauen kramten eiligst ihre Strickzeuge hervor, denn in den Pausen des Verkaufs war ihnen das Stricken vom König befohlen. Die Fuhrknechte stürzten aus den Schenken herbei und machten sich eifrig an ihren Geschirren und Wagen zu schaffen. Mütter zerrten ihre schmutzigen Kinder in die Häuser, und einige junge Stutzer, die fremden Freunden einmal das Treiben des rohen Berliner Volkes zeigen wollten, entfernten sich, zwar lässig in der Haltung, doch mit unverkennbarer Eile. Es war nicht ganz verständlich, wieso der König schon wieder in Berlin sein konnte. Ganz kürzlich erst war er aus der alten Hauptstadt in die neue aufgebrochen, und lange

Reihen von Wagen mit allem Maurer- und Zimmermannsgerät waren der Kalesche des Königs gefolgt; denn der Schnee war im Tauen, und der König drängte, den Bau von Potsdam wieder aufzunehmen. Der König harrte ungeduldig der Soldatenhäuser. Der König und die Korporale wollten exerzieren! Solange man den König in Potsdam vermutete, hatte Berlin ein wenig aufgeatmet. Sogleich ließ man sich ein wenig gehen. Aber schon war die gute Zeit wieder um –! Der Herr musste nahe, ganz nahe sein! Zwei Bürgerinnen, die sich sonst viel Muße zum Plaudern und zum Promenieren nahmen, rannten, atemlos, quer über die Gasse in eine Handlung, in der sie als gute Kundinnen galten. Ängstlich schloss der Kaufmann die Tür hinter ihnen. Mochte niemand bemerkt haben, dass sie Kleider trugen aus den verbotenen französischen Kattunen! Niemand als Gundling nahm es wahr, der nichts mehr auf der Welt zu wirken hatte, als eben sich umzusehen. Ah, sie hatten Glück gehabt, die Bürgerinnen! Erst als der Krämer sie geborgen hatte, bog König Friedrich Wilhelm um die Ecke, frischen Gesichtes und in blanker Uniform, lebhaften Schrittes und Blickes. Fast schien es, als sei die Kühle des Brunnenwassers, mit dem er sich allmorgendlich zu übergießen pflegte, um ihn.

Sie waren allein auf dem Bürgersteig, der König und Gundling. Alle waren vor dem Herrscher ausgewichen, und nun, da sie scheu nach ihm ausblickten, sahen sie es mit Entsetzen: – Der kleine, taumelnd schreitende Mann in der wirren Perücke, im zerschlissenen und befleckten Rock, ging geradeswegs auf den König zu, trat nicht zur Seite und machte auch nicht halt. Professor Gundling hatte nur einen schmalen Spalt der Augen geöffnet; aber nichts entging ihm, was er angespannt wahrnehmen wollte. Er sah, dass der König betroffen war, einen Augenblick stockte, dann lebhafter ausschritt –. Mit seinem harten Schädel und dem Wust der schmutzigen Perücke stieß Gundling in die Schulter des Königs. Nun hielten sie an.

„Verzeihen der Herr Offizier!“ entschuldigte sich Gundling, „ich wusste nicht, dass man mich sieht und spürt.“

„Daran war aber kaum zu zweifeln, muss ich sagen“, meinte König Friedrich Wilhelm schroff, rieb sich die Schulter und zupfte angeekelt ein paar hässliche Perückenhaare ab, die an seinem blauen Rock haften geblieben waren. „Wieso sollte man Ihn nicht sehen?“

„Weil ich ein Toter bin“, sagte Gundling, dem der König am Hofe seines Vaters nie begegnet war, weil er gerade jenen Kreis des Hofes am meisten mied. Der König ging einen Augenblick auf die Redensart ein, weil solch absonderliche Wendung ihn überraschte.

„Ich muss die Dauerhaftigkeit Ihrer Materie bewundern."

Noch immer hielt Gundling die Augen nur zu einem schmalen Spalt geöffnet.

„Und das besonders, mein Herr Offizier, wenn man bedenkt, wie lange ich schon tot bin."

Der König lachte kurz auf: „Wie lange nur?"

„Ich vermag es selbst kaum auszurechnen", sprach Gundling zögernd weiter und empfand ein Triumphgefühl, dass es ihm gelungen war, den König ins Gespräch zu ziehen. Auf der anderen Straßenseite und am Markt, in den die Straße mündete, beobachteten es staunende Gruppen.

„Kaum auszurechnen ist es", wiederholte Gundling nochmals, „es ist so lange her, dass auf Erden an Stelle von Königen Obristen regieren; und ich würde mich überhaupt nicht zurechtfinden, wenn nicht aus meinen Erdentagen noch eine hohe und gelehrte Akademie bestände. Die freilich scheint unsterblich."

Dies Letzte sagte er lateinisch. Der König hatte aber auch so schon begriffen, dass dieser wunderliche Vagabund kein gewöhnlicher Mann war. Gundling wartete, das Interesse seines Königs nützend, eine Aufforderung, weiterzusprechen, nicht ab.

„Wir waren mehrere Tote zu gleicher Zeit, Herr Offizier. Man kann behaupten, dass wir sozusagen aneinander gestorben sind: das Oberheroldsamt, die Königliche Ritterakademie und ich."

Nun gab es für König Friedrich Wilhelm keinen Zweifel mehr, wer dieses seltsame Abenteuer mit ihm suchte. Noch immer unterbrach er Gundling nicht.

„Es ist so lange her", rechnete der ihm weiter vor, „dass alle Zeitmaße auf Erden sich änderten, und deshalb wird auch die erlauchte Akademie der Wissenschaften niemals mit ihrem gelehrten Kalender zum Abschluss gelangen und muss demnach notwendig unsterblich werden."

Wieso die Zeitmaße sich geändert hätten; das wollte der König nun doch auf der Stelle wissen.

„Es ist sehr einfach zu verstehen, mein Herr Offizier. Die Begriffe der Muße, der Atempause, der Rast sind verschwunden, der Feierabend ist hin, es gibt nur den Werktag, und es gilt nur noch ein gewisses Cito! Cito!, das neuerdings als Marginale die Edikte einzuleiten pflegt. Ich vermag es Ihnen auch an drei Exempeln zu erläutern. Zu meiner Lebenszeit währte ein Krieg nicht unter einem und einem halben Dezennium. Heute tut man ihn über das Neujahrsfest ab. Oder dies andere: Früher nahmen Aufstieg, Höhe und Niedergang eines Mannes genau je ein Drittel seines Lebens ein. Heute, zu Ihren Lebenszeiten, mein Herr, stürzt jedoch mancher schon, ehe er die Höhe erreichte, und ein anderer wird ohne die Mühen des Aufstiegs sofort zur Höhe getragen. Auch vergingen, seit ich auf der Erde weilte, ganze Schlösser und Parks, ja, eine ganze große Residenz, doch sind dafür schon Städte aus dem Nichts erstanden."

„Woher kommt Ihm all das Wissen um das Neue?" warf der König ein. Da kam es wieder über Gundling, das Gestikulieren und Phantasieren! Der König schritt neben ihm! Der König hörte ihm zu! Der Professor parlierte im beredtesten Französisch.

„Ich beeile mich, solange ich auf Erden weilen darf, Herr Offizier, wenigstens einige der wahrhaft Weisen dieser Welt zu sprechen: die Wirte. Denn Sie werden mir recht geben, mein Herr: Im Grunde kommt man mit einigen wenigen Gastwirten aus, wenn es gilt, die ganze Menschheit kennenzulernen. Aus allen Enden der Welt und aus allen Ecken der Stadt strömen Jahrzehnt um Jahrzehnt und Stunde um Stunde die Menschen durch Wirtsstuben und Schenken. Und was es an diesen Menschen nun an Besonderheiten, Verschiedenheiten und Unfasslichkeiten gibt, das haben die Wirte studiert, durchschaut, erfahren und in ein Schema gebracht. Für sie ist es nicht schwer zu erraten, wessen das Herz des Landes voll ist und wo den Staat der Schuh drückt, mein Herr. Der Wirt ist der wichtigste Mann im Lande – der Herr kann es mir glauben! Wär' ich ein König – ich umgäbe mich mit Wirten! Selbst für die Toten verlieren sie nicht ihren Wert und Reiz. Sie sparen uns die Mühen einer weiten Wanderschaft, wenn wir noch einmal zur Erde zurückkehren dürfen."

Jetzt verneigte Gundling sich tief, bat nochmals um Entschuldigung, dass er gegen die Rechte der Lebenden verstieß, und schickte sich zum Gehen an. Er wusste, was er wissen wollte; er ahnte mehr als andere: Der grimme Herr war durch Gedanken verwundbar, ja, zu bannen. Der König hatte ihm zu lange zugehört. Der König war dem Untertan, und nun gar dem so tief Herabgekommenen, zu weit gefolgt. Auch sah er ihm nach, als Gundling auf den Zehenspitzen und lautlos, mit dem Schein des Rätsels sich umgebend, verschwand.

Der Professor glaubte fest, der König werde ihn noch einmal wieder holen, damit er weiter zu ihm spräche.

Lärmend, schwadronierend, kühnen Schrittes und mit erhabenen Gesten kehrte Gundling nun doch in Bleusets Schenke zurück, denn er hatte diesen Tag noch nichts getrunken, und nach solcher Begegnung verlangte er nach Becher und Gespräch. Der Polterhansen war wenig erstaunt. Er habe gedacht, erklärte ihm der Professor und Expräsident, nicht mehr wiederzukommen. Aber er wolle doch noch für ein paar Tage mit der elenden Schenke vorliebnehmen. Wirt Bleuset möge sich seine Zeche merken; er werde sie ihm in blankem Golde bezahlen.

Der Polterhansen putzte gerade einen fleckigen Zinnkrug mit einem Bündel getrockneten Eisenkrautes. Er hielt einen Augenblick ein.

„Einem wie Euch traue ich es zu, dass er's noch einmal kann. Dass er's dann tut, glaub' ich kaum."

Gundling rauschte durch die Wirtsstube, drehte und wendete sich wie ein Pfau und glaubte, das stumpfgewordene Goldgewirke seines alten Staatsrocks müsse wieder blitzen und sein verschmutztes und zerdrücktes Hemd dem Wirt als ein duftiges Spitzengekräusel erscheinen. Ah, ihm zu Ehren machte Polterhansen Bleuset sich endlich wieder einmal über sein schmieriges Zinn her! Ah, Geist war nicht zerstörbar und fand immer wieder Verehrung! Man brauchte seinen Geist nur aufzurufen, und er blühte in ungebrochener Fülle und Schönheit wieder auf!

Als Gundling sich diesen Mittag betrank, geschah es zum ersten Mal wieder ohne alle Verzweiflung.

* * *

Rat Creutz lag wach auf seinem Bett. Es bereitete ihm Wohlbehagen, die Härte der Bettstatt zu fühlen, den widrigen Geruch des zerrinnenden gemeinen Talglichts einzuatmen, die Kälte der Kammer in blutleeren Fingern zu spüren und sich den Glanz der Zukunft mit einiger Sicherheit zu errechnen. Nur noch einen Augenblick krochen die großen Schatten vom Deckengebälk zur Diele herab, dann fielen sie zusammen, und das Licht war verlöscht. Wie alle Dunkelheit die Sinne schärft, vernahm Rat Creutz erst jetzt, wie ruhelos drunten im seidenbespannten Alkoven unter seiner Kammer das Fräulein von Wagnitz auf und ab schritt. Beruhigte es sie so wenig, dass ihre Mahnbriefe, Schuldverschreibungen, unbeglichenen Rechnungen in den Händen des königlichen Rechenmeisters lagen? Oder was war es, das sie nicht zur Stille kommen ließ?

Wahrscheinlich, dachte Creutz im Entschlummern, wandelt auch der König noch schlaflos durch sein Zimmer. Woher soll er denn die vierzigtausend Taler nehmen, die er so dringend braucht, wenn er nicht auf meinen Vorschlag eingeht, sie vom Adel einzuziehen?

In all seinen Vorschlägen für neue Sparmaßnahmen gedachte der arme Mann Creutz den Schlag gegen den Adel zu führen, auch wenn es nur um vierzigtausend Taler ging; und die bisherige steuerliche Bevorzugung des Adels gab ihm ein Recht vor dem König. Alle seine Wege durch den Sumpf der Schulden und den Sand der Fehlbeträge hatten für Creutz, nur dieses eine Ziel, die glücklicheren Reichen, die dem Elend und der Niedrigkeit Enthobenen einzuengen, weil ihm kein Mittel gegeben war, sie in die Tiefe hinabzustoßen, aus der er kam und aus der er sich so schwer emporrang. Noch stieg er nicht auf zu den Beneideten. Da schien ihm gut, sich das adlige Fräulein zu verpflichten, durch die Wagnitz die Gepflogenheiten des Adels kennenzulernen und, ohne je ein Herrenhaus auf dem Lande oder ein Stadtpalais betreten zu haben, darin Bescheid zu wissen, als wäre er der neuen Polizeiausreiter einer, vor denen jede Tür sich öffnen musste. Ein junges Fräulein von Adel, das Ordnung für seine zerrütteten Finanzen und Erträge seiner verwahrlosten Güter ersehnte, musste auf diesen König doch immerhin einigen Eindruck zu machen vermögen. Welche Herzlichkeit war es doch neulich, als das Fräulein beim König vorgelassen wurde und das Inkognito des jungen Obristen aus der Amtsstube sich lüftete!

Creutz brauchte das Fräulein von Wagnitz gegen den Adel und – gegen den König. Der König war ihm zu gewiss in seiner Lauterkeit, zu sicher in allen seinen Wegen. Die Mühen des Amtes rieben diesen König nicht auf, die Ordnung seines Lebens reichte bis ins Haus oder sie kam sogar von seinem Hause her. Überall um ihn war Wahrheit und Klarheit. Unter diesem König war kein Plus zu machen! Der Herr, begehrte sein Rechenmeister auf, sollte sich nicht die grünen Ärmelhüllen von ihm leihen und wie ein Schreiber auf dem Schemel neben ihm sitzen! Ohne Frage stand der junge Rat Creutz am Anfang einer großen Laufbahn: Er hatte durch die Staatsgeschäfte schlaflose Nächte. Herr von Grumbkow hatte sie bis heute noch nicht, obwohl die Neuen ihm mehr und mehr zu schaffen machten.

* * *

Gundling war vortrefflicher Laune. Zugegeben, der König hatte ihn noch nicht geholt. Aber, nicht wahr, der König hatte ja jetzt solche Differenzen mit dem Adel! Da musste man sich schon geduldig zeigen. Gundling rechnete es dem Polterhansen hoch an, dass er indes Bänke und Stühle nageln und flicken und die langen Tische der Wirtsstube abhobeln ließ. Ganz gewiss, es geschah nur ihm zu Ehren! Bleuset wusste, wen er unter seinem Dache barg! Er ließ die Schenke richten, damit sie keine Schande sei für den, der bald in blankem Golde würde zahlen können – ganz abgesehen davon, dass er ihm schon sehr verpflichtet war. Denn Professor Gundling füllte Polterhansen Bleusets Schenke. Die Soldaten trauten sich schon gar nicht mehr herein, und das war gut; denn einer Schenke galt es als Unglück und Schande, wenn Soldaten kamen. Bürger und Handwerksgesell, jeder, der auf sich hielt, stand auf, wenn der Soldat sich an den Tisch setzte. Beim Polterhansen hatte sich alles geändert. Professor Gundling herrschte in der Wirtsstube.

Seitdem es so war, lehnte Bleuset nun den ganzen Tag hinterm Schanktisch, gestützt an den Schrank mit all den tönernen und zinnernen Krügen und Kannen aus Holzlatten, welche der Böttcher mit einem weißen Holzring zu umklammern pflegte. Bleuset hielt sich einen Gehilfen. Er schenkte nicht mehr an die Gäste aus. Er verdiente sich auch kaum noch seinen Namen Polterhansen. Und dennoch war in seiner Schenke mehr Gelächter denn je. Die Späße um die Dämmerung, den Abend und die Wende zur Nacht kannte Bleuset bis zum Überdruss und war nur froh, selbst nichts mehr beitragen zu müssen als dann und wann einen derben Zwischenruf und da und dort eine Anzüglichkeit. Oho, er war gestiegen im Ansehen seiner Gäste und dachte nicht mehr daran, hinter seinem Schanktisch jemals noch hervorzukommen. Reinlich gekleidet war der Polterhansen jetzt; er trug ein sauberes, derbes Leinenhemd mit weiten Ärmeln, dazu die schönste farbige Weste und einen runden, glatten Hut; den nahm er den ganzen Tag nicht mehr ab, und er stand ihm gut zum braunen Schnauzbart und den blauen Augen.

Der Schanktisch selber war ein Staat geworden. Die Becher und Humpen waren nun immer geputzt und standen in blitzenden Reihen; am schönsten aber war darüber das Leuchten und Funkeln, das Flattern und Kreischen und Pfeifen! In goldenen Gitterbauern und Käfigen von buntbemaltem Holz zwitscherten und hüpften sie droben, die Amseln und Zeisige, die zahmen Elstern und gar ein plappernder, schillernder, herrlich gefiederter Papagei. Und zwischen den Vogelbauern, an der Stange unterm Deckenbalken, dufteten die Bünde getrockneten Baldrians, Kamille, Schlüsselblume und Johanniskraut. Es war kein schlechter Handel, wenn ein Vogelhändler von der Großen Pomeranzenbrücke zu hoch in der Kreide stand!

Manchmal trat der Polterhansen einen Schritt hervor, lehnte sich auf den Schanktisch und reichte den Vögeln ein Stück Brot oder Zucker empor und schaute dann mit blanken Augen zwischen den Flaschen und Kannen hindurch auf die Gäste. Mochten sie lärmen, mochten sie zechen, die Tische begießen, die Streu auf dem Boden besudeln – er hatte nichts mehr damit zu schaffen. Er hörte die Zecher nicht mehr. Die Späße, die Professor Gundling machte, lockten beim Polterhansen kein Lächeln mehr hervor. Aber früh, wenn er an seinen Platz trat und die Vögel über sich fütterte, wenn Gundling auf der Ofenbank sich reckte und die Tischler pochten und feilten und sägten, Gundling sich endlich zu ihm setzte und Dinge erzählte, die dem Tross der Gäste nie bestimmt sein konnten – da war es gut, die Ohren aufzuhalten. „Der König wird sich den Kopf einrennen“, sagte Gundling heute, „der König achtet die alten Rechte des Adels nicht mehr oder er scheint sie nicht genügend zu kennen. Aber Professor Gundling, Präsident des Oberheroldamtes und Professor der Ritterakademie, weiß Bescheid. Er könnte den König besser beraten als der junge Rat Creutz. Der hasst das Volk und den Adel. Damals, als er Rat Creutz zu sich holte, hat der König es noch gut gemeint mit all dem armen Volk. Aber nun heißt es nur arbeiten, und Geld bekommt der einfache Mann nicht zu sehen! Will sich denn nun der König durchaus zu der Erbitterung des Volkes auch noch die Feindschaft des Adels aufladen? Der König geht den Weg der anderen Fürsten! Er drückt das Volk, er streitet mit dem Adel und sammelt alle seinem Volke schuldige Liebe und Fürsorge nur auf ein einziges schönes, junges Fräulein –“

Hör nur, mein grüner Zeisig! dachte Bleuset. Sprich es nur nach, mein bunter Papagei – da, nimm den Zuckerwürfel!

Gundlings Zeitung gab nicht mehr nur Berichte vom Gewesenen. Sie prophezeite auch das Kommende. Es sollte Streit mit dem Adel geben.

Als der Adel dann nach Berlin hereinkam, ging es hoch her in all den vornehmen Gasthöfen, und namentlich bei Koch. Der Wirt musste schleunigst seine öden Kammern droben als manierliche Appartements herrichten lassen, und das Appartement war in diesen Tagen nicht unter zwei Talern und das bescheidenste Menü nicht unter sechzehn Groschen.

Es war ein ungeheures Leben im Hotel. Aber das war das einzige, was noch an die frühere Zeit gemahnte. Sonst war alles anders geworden. Unter dem alten König kam man im Winter, um Neujahr, zum Karneval nach Berlin. Jetzt geschah es spät im Vorfrühling, und man stellte sich nur ein, um sein Geld für unerfreuliche Dinge auszuwerfen und mit Seiner Majestät einen harten Strauß auszufechten. Man zweifelte nicht, weswegen Majestät die Landstände, und zwar die Abgeordneten des havelländischen Kreistages, in die alte Hauptstadt lud. In den Wochen zuvor waren auf den Schlössern, Gütern und Herrschaften zu viele Kontrolleure seiner Rechenkammer eingedrungen, einer Kammer, die einem Manne ohne Namen, von niedrigem Stand und geringer Geburt unterstellt war. Diesseits und jenseits der Elbe und Oder traten die Deputierten von Prälaten, Grafen, Herren, Ritterschaft und Städten zusammen und stellten Forderungen auf, die nicht erfüllbar waren, und legten Verwahrungen ein, denen nicht Gehör gegeben werden konnte. Der Adel aus der Priegnitz war ein wenig geneigter zum Entgegenkommen, aber die Bernstorff, Bismarck, Schulenburg und Alvensleben wandten sich gar bis an den Reichshofrat – gegen ihren König.

Gundling, der große Kenner der Historien, Pandekten, Chroniken und Dokumente, sah eine weite Vergangenheit wiedergekehrt: Ritter lehnten sich gegen den Herrscher auf, der ihre Freiheit anzutasten wagte. Ritter stritten gegen die Städte, denen der Herr – in notabene verfehlten Spekulationen – allein noch seine Gunst zu schenken schien. Gundling sprach nur noch von der Burg statt vom Schloss, von den Zünften statt der Manufakturen, von Lanzen statt Degen und sagte Lager für Gasthof. Und wo ein heller Kopf war unter all den jungen Pferdeknechten, da gingen Gundlings Reden weiter zu dem würdigen Kutscher und von ihm zum wichtigtuerischen Kammerdiener, und durch ihn erfuhren es Freiherr und Graf. Es dauerte nicht lange, da kehrten auch die vom Landadel in Bleusets Schenke ein, hielten die Nasen fest zu und sperrten die Ohren weit auf. Gundling begrüßte die vornehmen Herren erfreut hier in Sparta. Das letzte Mal habe man einander in Athen gesprochen, und es sei noch gar nicht abzusehen, wo man sich das nächste Mal begegnen werde.

* * *

Der Marschall der kurmärkischen Landstände, Achim von Schulenburg, war zu männlichen Wesens, als dass er, auch wenn er zum Hofe befohlen war, seiner Toilette lange Zeit gewidmet hätte. Aber bevor er die weiße Perücke aufsetzte, pflegte er sein dichtes, dunkelblondes Haar –

schon trug es einen grauen Schimmer – sehr sorgsam durchzukämmen, während die anderen Herren sich das meist leichter machten. Dann legte er eine schmale, schwarze Binde über sein erloschenes Auge, das er verloren hatte, als er den Kronprinzen Friedrich Wilhelm vor dem Hirsche schützte; und endlich zog er sorgsam den Seitenscheitel der Perücke so tief, dass die rote Narbe von Stralsund auf seiner Stirn verdeckt war.

Der König tat den Junkern alle Ehre an. Er empfing sie im Rittersaal. Auch war es sein fester Entschluss, fürstlich zu handeln, wenn schon der Handel mit dem Adel unumgänglich war; wo er fordern musste, hielt er schon die Gegengabe bereit; er und der Adel mussten mit der neuen Not untereinander fertig werden; das Volk war zu schonen. Er unterbreitete seinen Vorschlag sehr kurz. Er wollte die absurd gewordene Stellung der Ritterpferde, ein Vierzigtalerpferd pro Jahr für jede Herrschaft, umwandeln in eine Barabgabe von der gleichen Höhe. Ein wenig Sparsamkeit der Lebensführung, um die er überhaupt ganz allgemein ersuchen musste, konnte den kleinen Ausfall leicht ersetzen. Der König fügte noch hinzu, es sei bisher der Ehrgeiz der Adelssitze gewesen, den alten Hof nachzuahmen. Aber der Hof habe ein falsches Beispiel gegeben, welches zwar leicht und angenehm, jedoch nicht ohne Verhängnis zu befolgen gewesen sei.

„Möchte doch“, schloss er, „jeder Herrensitz ein Königreich im kleinen werden: an festem Gefüge der Administration, im klaren Abwägen der Kalkulationen, im Freimachen von fremden Lasten, in der Wahrung des Überkommenen, in der fürstlichen Erfüllung aller Verpflichtungen, in der Fürsorge für alles Anvertraute.“

Mehr war es nicht. Aber der Adel sah alle Rechte bedroht, wenn er dem König die Umwandlung auch nur eines einzigen Paktes gewährte. Der König blickte prüfend umher. Die Junker umstanden ihn mit eisigem Schweigen, Schulenburg, der jedem Wort des Königs recht gab und von den Standesgenossen und dem eigenen Geschlechte mehr und mehr sich abwandte zum König hin, verriet mit keiner Miene die eigene Bereitschaft. Er stand als Landmarschall der kurmärkischen Stände hier und hatte nur im Auftrag der Junker zu sprechen.

Der König hielt es für ratsam, noch nicht von allem zu sagen, was ihm am Herzen lag. Weite und wichtige Teile der Rede, die er sich zurechtgelegt hatte, übersprang er. Es war besser, jetzt die Gegenleistung zu erwähnen. Denn mancher alte Herr von großem Namen stand hier vor ihm, mancher, der sich nur schwer an gar so neue Gedankengänge würde gewöhnen können. Aber er vermochte vor sich selber die Enttäuschung nicht zu leugnen, dass keiner der Gleichaltrigen und Jüngeren ihn zustimmend anblickte.

Ein zweites Mal hob König Friedrich Wilhelm an, und man spürte, dass er diese Rede sorgfältig vorbereitet hatte: „Ein Teil Ihrer Besitzungen sind Lehen der Krone. Wenn der Letzte des belehnten Mannesstammes stirbt, fällt solches Lehen zurück an die Krone. Es ist aber für alle Sprossen alter und fruchtbarer Geschlechter eine Unmöglichkeit, nur ihre eigene Lebenszeit zu bedenken. Vor unserem Auge muss stets auch der Letzte stehen, der unser Erbe von uns verlangt und unsere Bemühungen dafür vollendet. Wie wird er sie vollenden können, wenn er weiß, dass sein Tod jahrhundertealten Besitz, jahrhundertealte Leistung seines Geschlechtes der Krone ausliefern muss, die von einer Fülle ungeduldiger Anwärter bestürmt wird, diese in das freigewordene Lehen einzusetzen? Ich bin entschlossen, dem letzten Erben das Recht zu verleihen, durch Schenkung oder Testament frei zu verfügen unter den Zweigen seines Geschlechtes. Zwar erbt dann nicht mehr Mann vom Mannesstamm, wohl aber kann es ein Tochtersohn sein, der Blut vom gleichen Blute ist und Geist von dem Geiste, den ein Geschlecht sich als Gesinnung bildete. Ich merke sehr wohl, dass meine Gedanken jetzt noch nicht imstande sind, Ihre Aufmerksamkeit und Anteilnahme zu finden. Ich nehme sehr wohl wahr, dass Sie mir Ihren Entscheid noch vorzuenthalten gewillt sind. Ich dränge Sie in dieser Stunde nicht. Doch eine Frist muss ich setzen. Ich bitte den Herrn Landmarschall, mir morgen um die gleiche Stunde Ihre Antwort zu übermitteln."

Der König verneigte sich gegen alle und reichte Schulenburg für sie die Hand. Dann verließ er augenblicks den Saal. Er wusste die Antwort im Voraus.

Fast in allen Adelskarossen, die von der Schlossfreiheit her die Stadt durcheilten, wurden die gleichen Gespräche geführt. Der König wolle Bargeld auf den Tisch und gebe dafür windige Versprechungen auf eine recht ungewisse Zukunft. Vor allem aber suche er eine Bresche zu schlagen in den Wall der alten Adelsrechte.

Dann machte man seinem Ärger über das veränderte Berlin Luft. Redouten, Empfänge, Bälle, Oper und Komödie wurden in der Hauptstadt nicht mehr geboten. Man war auf den Verkehr in den Stadthäusern wohlhabender Standesgenossen angewiesen, und Gundlings Wort machte schnell im Adel die Runde: Das letzte Mal habe man sich in Athen gesehen; nun sei man sich in Sparta begegnet.

Die Herren Markgrafen, die Oheime des Königs, schlossen sich ebenso eng wie heimlich an die Adelsopposition an, mehr aus Angst denn aus Kampflust; denn sie waren im Grunde gütig, lebhaft, unbedacht und schwach, doch keine Rebellen. Die Herren Markgrafen waren alt geworden. Die wenigen Jahre seit dem Tode des Bruders König hatten genügt, sie dem Verlöschen nahe zu bringen. Bedrückt und betreten schlichen die ältlichen, welken Männlein umher. Sie konnten, ein Leben hindurch nicht darauf vorbereitet, auch nach der großen Wiederherstellung ihrer zerrütteten Vermögen das Sparen nun nicht mehr lernen. Kinder waren sie geblieben, die man mit einem Taler glücklich machte und mit der Entziehung eines Leckerbissens schreckte. Am meisten bangten sie sich vor dem Wort des Königs, er wolle „den Markgrafen den Rat Creutz rekommandieren, ihre Hofhaltung auf einen anderen Fuß zu regulieren und besser einzurichten".

Und da der ganze Adel ebenfalls seine Hofhaltung auf einen anderen Fuß regulieren sollte, bekämpften die Landstände und das Geblüt gemeinsam den König.

Die Ernsteren unter ihnen versammelten sich um den Landmarschall von Schulenburg oder suchten den Rest des Tages über, ihm brieflich diese Meinung oder jene mitzuteilen. Während des ganzen Diners im Kochschen Hotel, wo Schulenburg abgestiegen war, häuften sich die Briefe für den Landmarschall im Vorsaal auf mächtigen Tabletts an. Ein Lakai aus der Stadt löste den anderen ab. Auch Zofen kamen, die Briefe sorgsam wie die anderen, die sie meistens auszutragen hatten, in ihr Brusttuch drückend. Und einer der gepuderten Jungen in der rotweiß gestreiften Seidenweste des Kochschen Hotels eilte wohl fast alle Viertelstunden die Treppen zu den Kammern des Wirtes empor, ihm zu melden, wessen Livree man soeben sichtete und welch ein großer Mann der Herr Landmarschall sein müsse.

Wirt Koch war diesen Tag sehr ungeduldig. Nun hatte er sich einmal dazu entschlossen, drunten im eigenen Gasthof zu erscheinen – warum dann gerade solcher Aufenthalt an derart wichtigem Tage? Ach, wenn man es schon einmal mit anderen Leuten als dem eigenen Personal zu tun hatte! Koch war aus seinen Kissen hervorgekrochen, hatte sich zwischen der Wirrnis der Tische hindurchgemüht und stand nun in der Kammer seiner Tochter bei den vielen Spiegeln. Ein Schneider und sein

Geselle waren lebhaft damit beschäftigt, den kränklichen Alten einigermaßen ansehnlich herzurichten mit einem prächtigen Rock, der jedoch durchaus nicht fertig werden wollte. Auch ein Perückenmacher trieb sich in der Kammer herum, wühlte in seinen runden Schachteln und eckigen Kästchen, zupfte und bürstete und verstreute sehr viel Puder, bis endlich der rechte Lockenschmuck stattlich und sicher auf dem kahlen Kopf des Wirtes prangte. Wirklich, es war eine ganz wunderhübsche Perücke; und Wirt, Perückenmacher, Schneider und Geselle waren sich einig, dass sie wohl imstande sein müsste, sogar noch einmal Seine Majestät für diese würdige und schöne Mode zurückzugewinnen.

Draußen im Gang klopfte die Demoiselle Tochter schon ungeduldig an die Tür; sie wollte endlich wieder in ihren Alkoven. Auch sie hatte Schneiderin und Putzfräulein bei sich. Heute Abend sollte sie zum ersten Mal vor all den fremden Herrschaften singen, drunten in der bunten Salle-à-terre. Und Madame Buccalossi, fest entschlossen, ihre Schulden bei dem Gastwirt einzulösen, hatte endlich eingewilligt, sie auf dem Cembalo zu begleiten. Aber sie selber würde nicht singen. Dies nicht.

* * *

So absonderlich der Einfall war – die Öde, die in Berlin jetzt herrschte, bedingte ihn und gab ihm recht. Jegliche Zerstreuung war willkommen, und besonders mit der Musik stand es so schlimm in der Hauptstadt, dass der sächsische Gesandte sich zu seinen Gesellschaften stets eine Dreißig-Mann-Kapelle aus Dresden kommen lassen musste. Niemand missachtete daher das kleine Divertissement. Wirt Koch schritt, von Verbeugung in Verbeugung sinkend, ernsten Gesichtes durch die Räume seines Gasthofs. Er hatte an Kerzen nicht gespart, und von der Salle-à-terre in ihrer üppigen Wandmalerei konnte der stolze Wirt behaupten, dass ihre Kronleuchter kleinen Lichtkaskaden in einem märchenhaften Garten glichen. In einer Nische war ein Cembalo aufgestellt, darauf präludierte bereits Madame Buccalossi, der mancher Graf und Freiherr, staunend und sein Mitleid verbergend, eine leichte Verneigung nicht vorenthielt.

Die Frauen am Cembalo erschienen vielen als ein schönes Bild: die sinnende Frau in dem verbleichenden Flittertüll ihrer glanzvollen Jahre und die Tochter des Wirtes, bescheiden, ohne hochfrisierte Perücke im blonden Gelock, das zu den blanken, braunen Augen vielleicht von allem Schmuck der schönste war, zumal das Mädchen weder Ring noch Kette trug, sondern nur den weiten, den ersehnten ersten Reifrock von duftigem Florette mit weichen, blassen Seidenschleifen besteckt hatte. In dem Gesang des Mädchens aber war trotz all seiner Befangenheit etwas von der Seligkeit, einen Schimmer des Traumes verwirklicht zu sehen, die Fremden alle wären seine Gäste und der Gasthof sein Palais.

Aber der Blick der Herren wurde immer wieder abgelenkt durch eine junge, vornehme Dame, die dem Cembalo am nächsten saß und mit wannen Blicken das junge Mädchen betrachtete. In ihrer Kleidung hatte jene Schöne willkürlich die Sitte durchbrochen und war ohne Kopfschmuck und Perücke in ihren schwarzen Locken erschienen. Ihre Diamanten, die zu dem dunklen Haar den herrlichsten Gegensatz schufen, erkannte man als äußerst edel und wertvoll; ihr Reifrock war von silbergrauem Samt, der Überwurf von mattem, rosa Gros de Naples. Im weichen Kerzenglanze waren ihre grauen Augen sehr groß und sehr schimmernd. Von dieser Dame nun ging flüsternd die Rede, sie sei die junge Adlige aus Preußisch-Litauen, deren Angelegenheiten der König mit gar so persönlicher Beteiligung in die eigenen Hände genommen habe. Der Landmarschall von Schulenburg hörte es mit Entsetzen, wie in leisem Gespräche hinter seinem Rücken das fürchterliche Wort fiel: die Mätresse des Königs.

Ganz gewiss, es war seltsam und befremdend gewesen, was man in Berlin schon allgemein von der Fürsorge des Königs für das Fräulein von Wagnitz erzählte, aber er hatte den Gedanken, der an jedem anderen Hofe nahelag, weit von sich gewiesen. Zum mindesten erschien es doch auch seltsam, dass der König seine Mätresse in einem Gasthof wohnen ließ und sie nur über Rechnungen, Briefe und Kassenbücher gebeugt empfing. Wie konnte dieses Wort sich laut hervorgetrauen, das Wort, unter dem der Landmarschall um dieses strengen Königs willen bitter litt?! Er wollte aufspringen, ohne Rücksicht auf das rührende und süße, auf eine schöne Weise fast ein wenig atemlose Singen des jungen Mädchens; er wollte sich umwenden, die Herren, die hinter ihm sich unterhielten, gleich zur Rede zu stellen –. Aber dann wurde ja alles nur noch schlimmer, nur lauter, nur hässlicher; der Skandal war unvermeidlich, die Gewissheit herausgefordert –!

Wer zuerst das Wort Mätresse aussprach, wusste niemand; und keiner war der erste und der letzte. Ein Edelmann war es nicht, suchte der Landmarschall sich zu beschwichtigen.

Ein schmaler, großer Mann war es gewesen, sehr einfach gekleidet und ein wenig düster, ein bürgerlicher junger Rat, der für einen Augenblick an den Stufen zur Salle-à-terre gestanden hatte; der hatte das Wort, das Verhängnis nicht gescheut. Die um ihn wussten es nicht, dass von dem gleichen Manne auch die verhassten neuen Kontrolleure kamen, genannt die Fiskale. Der Feind blieb unerkannt.

* * *

Sie sprachen sich für einen Augenblick im Zimmer der Wagnitz. Sie, die nach der Meinung des Rates in seine Amtsstube betteln kam, bewohnte in dem teuren Hotel ein Appartement, wo er nur eine Kammer hatte. In solchen Gegensätzen und Klüften schienen fast eherne Gesetze zu walten; er war nicht bereit, sich ihnen auf die Dauer zu beugen. Auch daraus lernte er hassen.

„Sie haben gehört, was man von mir gesagt hat?" fragte die junge Baronin sofort, und Creutz sagte: „Ja."

Er sah sie ruhig an. Er nahm wahr, dass ihre Aufregung voller Erwartung war; die geraden, dunklen Striche unter ihren Augen schienen Zeichen mehr der Ungeduld als Abspannung. Das Fräulein stand am Tisch, und seine Hände mit den riesigen Diamanten hielten die Tischkante ohne eine Regung.

„Ich müsste Sie um Ihren Beistand bitten, da ich Sie nun am besten hier kenne, und meine Standesgenossen mich beleidigt haben."

„Aber –?" fragte Creutz und blickte auf ihr Haar, den Amorbogen ihrer Lippen und den Faltenwurf ihres Kleides; auch in der späten Nacht war sie von strahlender Frische, als habe sie soeben erst die Salle-à-terre betreten; keine Locke hatte sich gelöst, kein Stäubchen Puder und kein Flecklein Schminke war verwischt, keine Falte ihres Überwurfes zerdrückt.

Eine Sekunde nur hatten die langen Wimpern wie dunkle Schatten sich niedergesenkt und ruhten auf der zarten Rundung der Wangen. Dann schlug das Fräulein von Wagnitz die grauen Augen weit auf, und in den Sternen war ein Ring von schwarzem Achat.

„Ich möchte werden, was man mich nennt, Rat Creutz. Und ich weiß, dass nichts Leichtes vor mir liegt. Ich habe den König nun kennengelernt – und auch Sie."

„Sie sind sehr ehrlich, Madame", hatte Creutz nur zu bemerken, „aber nur so kann man miteinander rechnen."

„Sie sind blasser als ich", meinte die Wagnitz lächelnd und beobachtete sich in dem kleinen Spiegel, der am Pfeiler zu Seiten des Tisches hing.

Creutz blieb sehr ruhig. „Es ist weniger um der Kühnheit Ihrer Unternehmungen willen, Madame, als eine Betroffenheit über die erschreckende Übereinstimmung Ihrer und meiner Entwürfe."

Die Wagnitz sah noch immer in den Spiegel.

In wenigen Minuten schlossen sie eine Art von Kontrakt. Die Verpflichtungen für die Wagnitz waren folgende: den König aus ihrer ausgezeichneten Kenntnis und bitteren Erfahrung heraus gegen den Adel zu beeinflussen, Misstrauen zu säen gegen den Staats- und Kriegsminister von Grumbkow und die Königin in nichts zu reizen, damit die jähe, hochfahrende Art Ihrer Majestät zu ihrer Sanftmut in möglichst unvorteilhaften Gegensatz trete. Das Fräulein hatte sich zu fügen, wenn die nächsten Schritte es erforderten, dass es den Platz einer Hofdame erhielt, endlich aber dem Rat eine junge Dame aus dem Adel als Gattin zuzuführen, mit gutem Namen, aber getrost ohne Geld; denn die Abhängigkeit der Gattin von dem bürgerlichen Gemahl würde der Ehe nur zuträglich sein; er hoffte zuversichtlich, binnen kurzem über erhebliche Summen zu verfügen. Der letzte Wunsch des Rates war, das Fräulein möchte den König möglichst häufig und lange nach dem Ostlande ziehen.

Dafür glaubte er nun viel für sie tun zu können, in der Art, wie er den Kampf des Fräuleins gegen seine Schulden vor dem Herrn hinstellte.

Die Wagnitz nickte nur kurz, wenn Creutz ihr jede neue Forderung nannte. Mit der Linken hielt sie das Brillantmedaillon, das an einem knappen Perlenbande ihren zartdurchbluteten Hals schmückte. Sie war vom Tisch hinweggetreten, sie berührte nur noch mit den Fingerspitzen ihrer Rechten seine äußerste Kante. Sie war daran, sich in ihre Garderobe zurückzuziehen, hörte aber noch nachdenklich zu und sagte mehrmals leise: „Ja."

Dass sie den König wirklich liebte, sagte sie nicht. Und darum hatte sie nicht das Gefühl, sich vor Rat Creutz zu viel vergeben zu haben. An mancher harten, hässlichen Notwendigkeit kam man auf so kühnem Wege nicht vorbei. Wäre der König der Oberst, als der er ihr begegnete, es wäre leichter, meinte das Fräulein einen Augenblick. Aber sie sah es ein, dass das Hindernis seiner Ehe bei dem Oberst und dem König gleich unüberwindbar schien.

* * *

Der König hatte sich nicht schlafen gelegt; er wanderte ruhelos auf und ab.

Wenn die Schreie verstummten, war es ja doch am schlimmsten –. Kamen Schritte? Meldete man ihm schon –? Oder etwas Schreckliches –? Wenn der Feldzug ihr nun doch geschadet hatte –?

Das Kind des Krieges war im Kommen. Die Ungeduld war groß, das Warten hart. Er wanderte. Er hockte müde auf dem Stuhl neben seiner holländischen Kommode, wo er sonst niemals zu sitzen pflegte. Im Zimmer wurde es kühl. Weil der Frühling heraufkam, hatte man nur noch wenig eingeheizt.

Nur in den Zimmern der Königin flackerte das Feuer in den Kaminen noch hoch; noch viele Male in dieser Nacht wurden frische Scheite eingeworfen; und auf Schemeln, nahe dem Feuer, waren Kinderhemdchen und Windeln ausgebreitet, die angewärmt werden sollten. Das Kind kam schwer zur Welt.

Es lief einer die Treppe hinunter, am Gang vor den Zimmern des Königs entlang; es half ihm wenig, dass er sich mühte, leise aufzutreten. Die Schritte hallten im nächtlichen Schloss, Stufen und Dielen knarrten. Der König hatte angstvoll gelauscht. Nun griff er zum Leuchter und stürzte hinaus; er eilte den Schritten nach, aber er rief nicht, um die Gebärende nicht zu erschrecken.

Der Diener war eingeholt. Auf den Anruf des Königs gab er nur die Antwort: „Zu den Kanonen!“ Da stand der König still. Er faltete die Hände über seinem Herzen. Das Kind des Feldzuges war geboren, der zweite Sohn! Sie bestellten schon die Salven! Er eilte nicht zur Gattin, nicht zum neuen Kinde. Er stand ganz still, die hundert Salven zu erwarten.

Aber es wurden nur dreimal sechs Kanonen gelöst. Dann begann schon das Geläut der Glocken.

Wäre es ein Sohn gewesen, die Salven von sechzig Kanonen dröhnten noch über der nächtlichen Stadt.

Friedrich Wilhelm ging zur Gemahlin, plötzlich erschöpft vom langen Wachen und Harren dieser Nacht und im Herzen sehr traurig. Ach, ein einziger Sohn war ein bedrohter Besitz und tiefe Besorgnis für das Haupt des Geschlechtes.

Aber es war eine große Innigkeit in ihm, als er die Gattin umarmte und in der Nacht das Geläut der Glocken in der Wochenstube um sie war. Das Kind schrie sehr leise.

„O Majestät“, hauchte die Wöchnerin und schloss die Augen wie in großem Schmerz.

Der König sprach nur: „Töchter müssen sein, die Söhne zu gebären. Ich freue mich der neuen Tochter."

Es waren nur sechs Kanonen gelöst. Aber die Glocken schwangen voll und schwer und dunkel, und vor den Glocken war kein Unterschied, ob Königstochter oder Königssohn in einem Schlosse dieser Erde eingekehrt war. Sie sangen nur von dem Menschenkind, das begonnen hatte, zu leben.

* * *

In den Stadthäusern des Adels, in den Gasthöfen und Schenken waren Kanonenschlag und Glockenläuten ein Zeichen zum Aufbruch. In den Sälen unterbrach man den Tanz, man öffnete die Fenster und man hob die Gläser; man tat wie anteilnehmend und erfreut. Aber die Gesellschaften waren nun aufgelöst, Sänfte um Sänfte wurde durch die Nacht getragen; und weil man aus den Schenken auf die Straßen stürzte, waren auch die Zechereien gestört, und durch die Gassen um die Schenken torkelten Betrunkene. Auch die jungen Herren, die noch spät vom Kochschen Gasthof zu Bleusets Schenke aufgebrochen waren, standen nun wieder von Gundlings Tische auf.

Vergrämt und benommen vom Schwatzen und Trinken blieb Gundling noch sitzen. Nun erst kam Polterhansen Bleuset, eine Kanne in der Rechten, hinter dem Schanktisch hervor in seinem schönen, runden Hut und seiner sauberen, bunten Weste. Ihm folgte ein Mann. Der war bis dahin verborgen geblieben hinter all den Vogelbauern, Humpen und Krügen.

Bleuset schenkte dem Expräsidenten noch einen Becher bis zum Rande ein, spät in der Nacht, am Ende allen Zechens. Hatte Gundling seine Sache heute so vortrefflich gemacht, dass es besonderen Lohn verlangte? Nun, dem fremden Manne, der mit Bleuset an seinen Tisch getreten war, hatte er zum mindesten kein Lächeln abgelockt. Düster und traurig stand er vor ihm, die Hände in den Ärmeln verschränkt und stumm. Bleuset setzte sich neben Gundling; er rüttelte ihn an der Schulter, er zog ihn trotz Schweiß- und Branntweingeruches nahe an sich heran und sprach herrisch und erregt auf ihn ein. Er müsse dem Freund dort einen Brief aufsetzen, noch zu dieser Stunde.

„Muss er sich bei der Liebsten erst mit einer Epistel anmelden?" krähte Gundling, aber Bleuset schüttelte ihn nur an den Schultern und redete wieder ernst und heftig in den Bezechten hinein. Er wusste, in solcher Benommenheit half bei Gundling nur noch neuer starker Trunk. Auch zeigte er ihm Geld. Als er die Münzen in seinen Taschen versteckt hatte, in allerlei Fetzen und Unrat, war Gundling wieder aufmerksam und klar. Die drei Männer hockten um den Tisch, ums letzte Licht. Verqualmt und dunkel lag die Stube. Nun hatte Gundling alles gehört und begriffen. Er wühlte mit den langen, schmutzigen Nägeln in seiner Perücke; er sah auf Bleuset, der jetzt schwieg, und auf den Fremden, der noch nicht geredet hatte; er murmelte: „Es ist sehr schlimm." Dann verlangte er Feder und Tinte und Papier. Erst glitt der Federkiel dem Professor noch aus, dann schrieb er bedächtiger und lesbar und ganz in der einst am Schreibtische gewohnten Haltung. Die beiden Männer folgten mit den Blicken eifrig seiner Hand. Ja, es war gut; der Betrunkene schrieb recht; oh, es war sehr, sehr gut, das Bittgesuch an Seine Majestät. Sorgsam verpackte der Fremde das Schreiben in ein Tuch. Er ging eilig weg; auch dankte er nicht. Bleuset aber legte noch einmal Geld vor Gundling hin und bemerkte leichthin, das könne noch manchmal vorkommen, dass er solchen Dienst von ihm verlange und ihn dafür sogleich in bar bezahle.

Gundling wog das Geld in einer Hand. „So wenig ist der Kopf eines Menschen wert – sowohl mein denkendes Haupt wie die Haupteslänge, die einer zu viel hat." Er nickte langsam viele Male. „Ja, ja", sprach er dabei, „im allgemeinen fürchtet man sich nur davor, einen Kopf kürzer gemacht zu werden. Aber unter dem König von Preußen bedeutet es eine mindestens ebenso große Gefahr, einen Kopf zu lang geraten zu sein."

Der schweigsame Fremde war erst kürzlich von Bleusets Bruder zurückgekommen. Der hielt sich verborgen an der Grenze zwischen Brandenburg und Sachsen. Seit der König den Befehl ausgab, ihm große und schöne Männer zu werben, waren die preußischen Werber hinter dem jungen Bleuset her. Den kannten alle Werber in Berlin; der war schön und vergnügt und in des Bruders Schenke der windigste Hund von allen gewesen, über den man noch mehr hatte lachen müssen als über den Polterhansen selbst. Dreimal hatten ihn die Werber schon so weit gehabt, die Formel, die ihn für immer band, gültig mit dem Federkiel zu unterzeichnen. Dreimal war er ihnen ausgebrochen, weil er nichts so liebte wie die Freiheit. Nun machten sie im Kessel Jagd auf ihn, und der Polterhansen musste krumme Wege gehen, wenn er dem Bruder Geld schicken und Kunde von ihm haben wollte. Er liebte den Kleinen – der den Werbern ein begehrter Riese war – von Herzen; denn die Brüder waren frühe Waisen geworden und ohne andere Geschwister; und der

Bruder sang doch gar so schön und war auch den ganzen Tag von ganzer Seele lustig und hatte niemals des Polterhansen Groll gegen die Zecher im Herzen. Um Geld zu schicken und um Nachricht einzuholen, brauchte Wirt Bleuset einen schweigsamen Gehilfen. Der Fremde war der stillste von allen, die er kannte. Er schwieg nicht, um gewichtig und geheimnisvoll zu erscheinen; er war auch nicht lauernd oder bedrohlich; er schwieg aus Traurigkeit, und solches Schweigen schien dem einstigen Marktschreier Polterhansen allein als das rechte; der Stille hatte die Einsicht erlernt, dass das meiste Unglück der Menschen herkommt vom unzeitigen und maßlosen Reden. Nun lebte er von seiner Einsicht. Denn die, welche sich selbst und andere ins Unglück geredet hatten, brauchten den Schweiger zum Helfer. Er war so beladen mit Geheimnissen und Schweigegelübden, dass allmählich er selbst als der Geheimnisvollste erschien. Sie nannten ihn auch nur, obwohl sie ihn meist lange kannten, den Fremden, den Stillen oder den Stummen. Sie gingen ihm aus dem Wege und kamen ihm nur nahe, wenn Not und Schuld zu groß geworden waren und der Henker drohte. So fürchterlich und unentbehrlich wird einer, der begriffen hat, dass die Menschen sich ins Unglück reden, und der in solchem Wissen schweigen lernte. Dies aber sagte er jedem, der es mit ihm zu schaffen hatte, dass er Thulmeier hieße und hinter der Spreegassenbrücke wohne. Sein Weg zum Schloss, die Bittschriften abzuliefern, war nicht weit.

* * *

König Friedrich Wilhelm und der Landmarschall von Schulenburg waren beide übernächtig, als sie sich zu ihrer großen Aussprache gegenübersaßen. Solche Freiheit, bei ihm zu sitzen, gewährte der König den Partnern seiner Gespräche. Aber da sie rüstige Männer waren, sollte ihre Müdigkeit der rechten Gründlichkeit bei der Erörterung des heiklen Themas keinen Abbruch tun. Nur wenige Worte waren der Begrüßung gewidmet. Der Landmarschall brachte seine Glückwünsche dar zur Geburt der kleinen Prinzessin, und der Herr bemerkte freundlich, es sei zu hoffen, dass der Herr Landmarschall es nicht ausnützen werde, wenn auch ein König so wenige Stunden nach der Geburt eines Kindes in neuer Vaterfreude weicher gestimmt sei. Doch möge der Landmarschall auch wiederum keinerlei Rücksicht walten lassen.

Schulenburg zog sein Konzept hervor, aber er warf kaum einen Blick hinein. Jedes harte Wort, das er nun reden sollte, war aus der Nacht mit Schmerzen in sein Herz gebrannt. Der Adel, hatte er dem Herrn zu sagen, fühle sich schlechter gestellt als die Bauern, deren privaten Verbrauch man nicht so streng kontrolliere. Zudem erfolge solche Beaufsichtigung durch Persönlichkeiten von weit geringerem Range, was Bauern nicht so leicht widerfahren könne. Dieser Umstand offenbare zugleich die einseitige Bevorzugung, die Majestät dem Bürgertum angedeihen lasse, da bürgerliche Lebensweise allein noch richtunggebend scheine und ein noch sehr wenig bewährter, gar zu jäh betriebener Gewerbefleiß heute höher im Wert stünde als alle alten Tugenden und Leistungen des Adels. Die Folgerungen, die sich aus einer bedingungslosen Unterwerfung unter das System einer neuen Besteuerung ergeben könnten, seien nicht abzusehen; desgleichen nicht die Weiterungen, die man aus einem stummen Einwilligen in einen so grundlegenden Rechtsakt zu gewärtigen habe, wie die Aufhebung der Kronlehen ihn darstelle. Scheinbare Vorteile umschlössen die größten Gefahren; künftig würden alle seit langem eingetragenen Anwärter auf ein freiwerdendes Lehen leer ausgehen; auch könne der nächste Schritt durchaus auf die Aufhebung der Lehnbarkeit der Bauern abzielen, wodurch nicht die Krone, sondern allein der Adel getroffen würde. Eine unverkennbar bauernfreundliche Haltung Seiner Majestät lege diese Sorge immerhin nahe.

Der König stand auf. Die Röte war ihm nun doch bis in die Schläfen gestiegen. „Ich habe nicht mehr zu antworten, Herr Landmarschall", sprach er, „ich habe nur noch zu handeln. Aber ich werde es überlegt tun. Ich werde zuvor die Domänen der Krone, die Güter des Adels, das Land der Bauern bereisen und meine Entschlüsse nicht aus der Bitterkeit dieses Augenblicks heraus fassen. Ich werde selber Landfahrt halten und dann bestimmen, was dem Lande gut ist. Sie wenden sich gegen meine Fiskale – ich werde sie bestätigen nach eigener Kenntnisnahme. Man wirft mir nur aus Torheit und Böswilligkeit vor, ich stünde unter bürgerlichem Einfluss. Aber hier ist kein Kabinett als der Kopf des Königs und sind keine anderen Räte als seine eigenen Ideen."

Dann, die Person vom Amte trennend und die Audienz beendend, redete der König den Landmarschall, der sich mit ihm erhoben hatte und düsteren Gesichtes vor ihm stand, „Mein lieber Schulenburg" an und geleitete ihn selbst bis an die Tür. Als käme er vom Hundertsten ins Tausendste, meinte er plötzlich: „Weiß Er denn nicht, mein lieber Schulenburg, dass ich die Perücken nicht leiden kann?"

Und behutsam, wie es zu den Worten solchen Tadels gar nicht passte, hob er dem Landmarschall die Perücke vom Kopf. Da löste sich die schwarze Binde über dem erloschenen Auge. Und die Wunde in der Stirn, die lange, tiefe Narbe von Stralsund, lag bloß. Friedrich Wilhelm lächelte in großem Ernst: „Ich weiß, dass Sie Offizier des Königs und Landmarschall der kurmärkischen Landstände in einem sein müssen. Ich weiß auch, wie schwer das ist: Dem König treu dienen, heißt heute den Adel gegen sich haben. Auch der König von Preußen und der Kurfürst von Brandenburg dürfen nicht immer miteinander gehen. Und im Übrigen glaube ich, dass es leichter für mich war, mit Schulenburg Stralsund einzunehmen, als die Dörfer und Herrschaften meines eigenen Landes mit ihm für mich zu gewinnen."

* * *

Unter den Bittgesuchen, die der König anschließend durchsah, war eines, dessen Sprache schien sehr neu und eigentümlich. Dem Gesuche nachzugeben war unmöglich. Aber der König wollte den Mann vor Augen bekommen, der das Bittgesuch aufgesetzt hatte und derart seltsame Worte fand von Tod und Leben und den Königen der Erde, die den Tod verhängen dürfen und das Leben hüten müssen.

Es sollten sofort Nachforschungen angestellt werden. Der Schreiber meldete sich in kurzem selbst. Sehr bald stand, verwahrlost, notdürftig gekämmt, mit roten, blinzelnden Augen, Gundling vor dem König.

Der König bestellte ihm seine Schneider, und der Diener Ewersmann sollte für Gundling in einem großen Zuber gleich ein Bad bereiten lassen. Bei Tische aß der König wenig. Er erklärte den Herren seiner Umgebung, dass es nicht mehr die Sache des Adels betreffe, wenn er, was sie entschuldigen möchten, im Augenblick ein wenig abgelenkt sei.

So kam Gundling an den preußischen Hof, er, der ein gar sonderbares Wissen aus vornehmem Gasthof und anrüchiger Schenke in sich trug. Einst hatte er sie dem König als die Spiegel eines Landes bezeichnet, in welche ein König nur zu blicken braucht, um weise zu sein wie die Wirte.

Der König selber – doch ein Jahr ging hin – spielte zum ersten Male den glanzvollen Wirt. Eine der vielen Töchter eines der Herren Markgrafen feierte Hochzeit.

Der Erbprinz von Württemberg holte sie in sein Land; das erweckte so viel Hoffnung für die Zukunft der übrigen armen Prinzessinnen vom Geblüte, dass der König als Familienoberhaupt eine nicht unerhebliche Mitgift flüssig machte und eine Hochzeitsfeier richten ließ, die der Kusine eines Königs würdig war. Von Geheimrat Creutz – ihm, dem unermüdlichen; unerbittlichen Melder der Not und unnachsichtigen Späher in den

Kassen, hatte das Jahr diesen Titel gebracht – waren finanzielle Wunder vollbracht worden.

Bei dieser Hochzeit fiel es nun auf, dass von den hohen Herren und ihren Damen die neue Hofdame der Königin, das Fräulein von Wagnitz, mit so auffallender Aufmerksamkeit behandelt wurde, dass die Höflichkeit, die man der Königin schuldig war, darunter litt. Erst während all der Feierlichkeiten erfuhr Königin Sophie Dorothea von den Gerüchten, die über das Fräulein von Wagnitz im Umlauf waren. Bis dahin hatte die Ramen durch Creutz die Anweisung erhalten, keinerlei Geschwätz über die neue Hofdame an Ihre Majestät heranzulassen; und da der arme Mann Creutz, schon allen sichtbar, daran war, gemäß ihren Prophezeiungen sein Glück zu machen, gehorchte die Ramen ihm bedingungslos.

Doch nun drangen in wenigen Stunden die Andeutungen, Missdeutungen, Vermutungen und Behauptungen bis in die letzten Winkel des hochzeitlichen Schlosses. Damit hatte es begonnen: Das Fräulein von Wagnitz war mit einem Federfächer, einem Silberschleier und einer kostbaren persischen Schleppe auf der Hochzeit erschienen, eben genau den gleichen drei so unerschwinglich teuren Dingen, die ein persischer Händler vor wenigen Tagen Ihrer Majestät vorlegte und die der König ihr verweigert hatte. Damit hatte es begonnen, und in knappen Stunden war alles geschehen – fast bis zum Sturze des Geheimrat Creutz, der ein so viel großzügigerer Kunde bei persischen Händlern geworden war als der König.

Im Weißen Saal war Tanz. In den kleineren Prunkräumen richteten die Lakaien die Spieltische und Konfitürenschalen. Im Arbeitszimmer König Friedrich Wilhelms stand die Tür nicht still. Dorthin hatte er sich mit der Gattin zurückgezogen; das Fräulein von Wagnitz, sofort zu ihnen berufen, folgte, nach ihm Geheimrat Creutz. Dann, der Vertuschung halber, begab die Königin sich wieder zu den Gästen; das Fräulein von Wagnitz wurde ersucht; im Vorzimmer zu warten; Creutz und der König blieben allein. Aus Widersprüchen und Übereinstimmungen gewann der König ziemlich rasch ein klares Bild. Als der König, kaum dass all das Elende zu seinen Ohren drang, noch auf dem Feste für die Ehre des Fräulein von Wagnitz einzutreten entschlossen war, hatten Creutz und die Wagnitz ihre Schlacht verloren, denn sie begütigten, beschönigten und schwächten ab; sie hinderten den König daran. Da war für ihn kein Zweifel mehr: Das Fräulein von Wagnitz hatte längst von allen Gerüchten gewusst, Konflikte zwischen Königin und König kommen sehen und auf die entstehende Verwirrung ihre vermessenen Hoffnungen gegründet.

Der König hatte nur noch spöttisch zu bemerken, dass diesmal des Geheimrat Creutz Berechnungen auffällig schlecht gestimmt hätten.

Das Fräulein von Wagnitz erschien nicht mehr im Weißen Saal, und Ihre Majestät übersah geflissentlich die Lücke im Kreise ihrer Hofdamen. Jeden aber, der in den folgenden Tagen vor dem Herrn eine Äußerung über die Affäre bei der württembergischen Hochzeit fallen ließ, fuhr der König Friedrich Wilhelm an: „Nehme Er sich in acht, dass Er nicht mehr spricht, als Er verantworten und beweisen kann."

Die ungewohnten Vorgänge um seinen Hof erfüllten ihn mit einer tiefen Bitterkeit, die alles durchströmte, was ihm in diesen Tagen in die Hand kam, selbst noch sein hartes, neues Bordellgesetz, an dessen Rand er schrieb: „Wo sie alle Bordells in Berlin stören wollen, so müssen sie alle Häuser stören, die in der ganzen Stadt sind, und müssen bei dem Schlosse anfangen, das ist das größte Bordell."

In dieser Ausfertigung schickte er das Schriftstück Creutz zu. Der Hof war um die Sensation eines Skandals gebracht, der endlich denen anderer Höfe ebenbürtig gewesen wäre, nämlich, dass der König und sein Günstling, die beiden Plusmacher, sich in eine Mätresse teilten.

Dennoch wurden Schmähbriefe an den Schlosstoren, den Kirchenportalen, an den Brücken und allen öffentlichen Gebäuden angeschlagen. Das Volk der Gasse, enttäuscht, dass der emporgestiegene arme Mann Creutz seinesgleichen ganz vergaß, brach in offenen Hass aus. Aber Gundling entnahm den Pamphlets und Pasquillen, dass auch die Majestäten nicht sonderlich beliebt seien und der verarmte, hochfahrende Adel in Art eines Fräulein von Wagnitz schon gar nicht. Gundling schob alle Schuld auf die Akademie, die den gelehrten Kalender und alle Erd- und Sonnensysteme schon wieder einmal von Grund auf verwirrte.

Der König, der die Schmähschriften durch einen Unteroffizier entfernen ließ, auf Kopie und genaue Lektüre jedoch verzichtete, hörte Gundlings Aphorismen diesmal nicht sonderlich aufmerksam zu, denn er dachte: Meine Frau hat es nicht einen Augenblick geglaubt – liebste Königin! Und: Darum also blieb der Fürst von Anhalt meinem Hofe gar so lange fern – bester Freund!

Zudem hatte König Friedrich Wilhelm zu bedenken, wie emsig der Staats- und Kriegsminister von Grumbkow sich bemühte, die Aussöhnung seines Herrn mit Creutz als unmöglich hinzustellen. Aber der König hielt die Macht über die Alten und Neuen in Händen und ließ sich hinter seinem Rücken getrost einen zweiten Zar Peter schimpfen.

* * *

Der Zar war auf der Fahrt nach Berlin. Wirklich, war denn ein Jahr darüber vergangen, dass die Kuriere zwischen den Höfen der beiden Herrscher hin und her jagten, Termin und Ort und Dauer der Zusammenkunft zu vereinbaren?

Zar Peter, der Große – 1672 – 1725

Der Zar begehrte diese sehr, nachdem er das Wort gesprochen hatte, er wolle den Mann sehen, der im Nordischen Kriege so gut verstand, Verträge aufzusetzen und durchzusetzen. Von Charlottenburg aus sollte nun der Einzug des Zarenpaares in Berlin erfolgen, und die Königin vermochte es nicht zu verhindern, dass der Zarin, der einstigen Soldatenfrau, derartige Ehre zuteilwerden sollte. Offensichtlich aber wurde der Groll der Königin erst dann, als der absonderliche Wunsch des Zaren verlautete, zu Schiffe in der Preußenhauptstadt eintreffen zu dürfen. Für solche Landung eines Hofes kam nur Monbijou in Frage. Die Königin als Tochter des Königs von England wollte nicht die ehemalige Magd an den Stufen ihres eigenen Schlosses in geschmückter Barke landen sehen.

Die zweite Frau des Zaren, Jekatherina I – 1684 – 1727

Doch schmeichelte es ihr, dass sie der König so beharrlich bat, keine politischen Verwicklungen heraufzubeschwören. Bedenklich war der Königin nur, dass die Briefe aus England nicht rechtzeitig eingetroffen waren; sie hatte Vater und Bruder und Schwägerin um Verhaltungsmaßregeln gebeten, da sie dem Feingefühl des Gatten in Sachen solcher Staatsempfänge nicht vertraute.

Am Park von Charlottenburg, an der Brücke über die Spree, hatten der Zar und die Zarin das Lustschiff bestiegen, das sie nach Schloss Monbijou bringen sollte. Das Zarenpaar befand sich auf dem Bug der Jacht. Zar Peter trug seinen hochgeschlossenen Jagdrock, den Hirschfänger am Gürtel. In den Händen hielt er ein Sprachrohr, um bei der Landung in der Preußenhauptstadt den stummen Ruderern und flinken Segelknechten selber zu befehlen. Immer reisten die Schiffsleute mit ihm, und wo man dem Zaren eine Barke oder auch nur den einfachsten Kahn bot, war er sogleich sein eigener Kapitän und, was seinen Anzug und die Unrast seiner Fahrt betraf, ein wilder Jäger auf den Strömen. Die Zarin saß auf einem Taburett zur Seite ihres hohen Gatten. Sie sah zu den Segeln auf: die wurden eingezogen, denn man war am Ziel. Sie blickte zu den

Ruderknechten hin: die hielten die Stangen hoch über das Wasser, regungslos, in ungebrochener Linie; das Wasser tropfte von den Ruderstangen, und die Knechte sangen, als hätte keine Mühe sie erschöpft. Die Zarin schaute endlich nach dem Ufer: Die glänzende, weiße Terrasse zwischen dem Fluss und dem Park hatte sich mit den Kavalieren und Damen des Hofes von Monbijou gefüllt. Allen voran stand der König von Preußen in seiner blauen Uniform und winkte. Das lichte, kleine Schloss der Königin war umweht von farbigen Bannern.

Der Zar rief durch sein Sprachrohr einen Gruß, als stieße er ins Hifthorn. Da stürmten seine Hunde übers Deck und umkreisten die Zarin. Am Ufer stellten sich nun schon die Königskinder auf: Kronprinz Friedrich und Prinzessin Wilhelmine. Eine Kinderfrau hielt sogar die kleine Friederike Luise auf dem Arm, und die Kleinen sollten den russischen Gästen winken wie der Vater.

Einen Herzschlag lang senkte die Zarin die Lider. Dann hob auch sie den Arm, ließ ihren Schleier flattern und lächelte. Nun warfen sie auch schon die Taue ans Ufer, und Grenadiere fingen sie auf, sie um die Pfähle zu schlingen. Auf die höchste Stufe der Terrasse trat die Königin von Preußen, im Kreise aller ihrer Damen. Sehr stolz war die Königin, und das Festkonzert der fünfzig kleinen Mohren, welche ein Nelkenrondell mit ihrer Janitscharenmusik umwoben, schien sie ein wenig zu indignieren, weil es nicht nur dem Zaren, sondern auch der einstigen Magd und Soldatenfrau galt.

Als Katharina Alexejewna aus der Barke stieg, war ein leises Klingeln um sie, fast wie ein sehr sanftes Läuten. Denn ihr weites, blassgrünes Kleid, das zobelverbrämte, war mit kleinen Heiligenbildern behängt, über und über.

König Friedrich Wilhelm reichte ihr den Arm, aber als er sie die Stufen zu der Königin emporführte, löste die Zarin sich – kaum, dass er es spürte – von seiner Rechten, blieb auf der zweiten Stufe stehen und sank in eine tiefe Verneigung; auch hielt sie den Kopf, wie demütig, gesenkt. Sie war so tief vor Preußens Königin geneigt, dass diese ihr die Hand nicht hätte reichen können, auch wenn es ihr Wille gewesen wäre; und er war es nicht. Sie blickte über Katharina Alexejewna hinweg auf den Fluss, den Garten, die Jacht und fand kein Wort des Willkommens. Die Zarin schien ihr von Schmutz und Silber zu starren.

Zar Peter legte seinen Arm um Friedrich Wilhelms Schulter. „Hier will ich bleiben", rief er, und schon stürmten seine riesigen Hunde durch den behüteten Park der Königin von Preußen.

Katharina Alexejewna, noch immer das Knie auf die Treppe geneigt, sah auf die Kinder der Königin. Nach der kleinen Tochter auf dem Arm der Kinderfrau breitete sie mit sanftem Lächeln beide Hände aus. Aber das kleine Mädchen fürchtete sich vor den dunklen Augen und der braunen Haut; auch hatte die Bediente für einen derart unerwarteten Zwischenfall keinerlei Anweisung erhalten. Kronprinz Friedrich und Prinzessin Wilhelmine machten der Zarin aus der Ferne ihre artige Reverenz. Da ließ Katharina Alexejewna ihre Arme wieder sinken. Zur Königin hinblickend, schlug sie ihre ernsten, braunen Augen zu unwahrscheinlicher Größe auf.

„Ich habe meinen Sohn verloren", sagte sie leise, als wüsste die Mutter vor der Mutter in der Stunde der Begrüßung gar kein anderes Wort. Beide hatten sie in diesem Frühling und Sommer einen Sohn geboren.

Aber Königin Sophie Dorothea sah und hörte Katharina Alexejewna nicht; sie reichte dem Zaren die Hand, von allen Perlen, Diamanten und Saphiren der Welfentochter strahlend.

Noch immer strömten die Gäste die Treppe vom Ufer herauf. Die Barke des Zaren hatte sich schon wieder abgestoßen; neue Schiffe, von Blumenkränzen duftend und umflattert von Wimpeln, legten leise schaukelnd an. Die russischen Gäste wichen auf der Terrasse rechts und links zur Seite und ließen einen breiten Durchgang frei. Denn der letzten Jacht entstieg die Fürstin Galliczin; und der Beichtvater des Zaren, ein Abt, war ihr einziger Begleiter. Ohne den preußischen und russischen Hof auch nur eines Blickes zu würdigen, schritt sie die Stufen empor, mit beiden Händen, welche lang und schmal und edel waren, ihr weites, weißes Kleid ein wenig über die Fußspitzen hebend. Die hochgewölbten Brauen und jede Miene des Gesichtes waren unbewegt, die nachtschwarzen Augen ohne Ausdruck und Ziel; der schöne und bedeutende Mund war tief rot geschminkt und fest geschlossen, das Gesicht nur blass gepudert; die Haare wurden aus der hohen Stirn und von den schmalen, leicht vertieften Wangen durch einen Kopfputz zurückgehalten, der in sechs mondsichelgleichen Perlenbogen bestand. Von den Enden, in denen die Spitzen dieser Halbmonde unterhalb der Ohren zusammenliefen, hingen Perlenschnüre, zu losem Bündel geknotet, fast bis zu den Schultern herab, und an den Handgelenken der entblößten Arme wiederholten sich die halbmondartigen Perlenbögen noch einmal gleich einer Stulpe. Obwohl die Fürstin von der Reise kam, war sie schneeweiß gekleidet; Schleppe und Kleid waren in ebenmäßigen, längsverlaufenden Linien mit den gleichen blassgrauen Perlen bestickt. Die Fürstin sah kein Zaren- und kein Königspaar, sie streifte im Vorübergehen mit ihrem Reifrock die fast erstarrende Königin von Preußen, und erst an dem Rondell vor der Mittelgalerie des Schlosses blieb sie stehen und wandte sich langsam und feierlich um, als wolle eine Herrscherin zu ihrem Volke sprechen.

Der Zar hielt sich vor Lachen seine langen Seiten, hustete, räusperte sich, pfiff seinen Hunden, und sofort stimmten alle russischen Kavaliere mit in das Pfeifen ein, und es war ein Spektakel in dem Garten Ihrer Majestät, dass die preußischen Herrschaften nicht mehr wussten wie ihnen geschah. Von allen Seiten jagten die Hunde wieder heran, umkläfften und umstellten die Fürstin. Sie stand wehrlos in der Meute, zitternd vor Furcht; ihre Augen waren geweitet, und die Hände presste sie gegen die Ohren.

Er solle die Hunde von der falschen Heiligen bekehren, rief dröhnend der Zar dem Abte zu, und der zog zwei Hundepeitschen mit vier langen Riemen unter seiner Kutte hervor, schlug, sie in beiden Händen schwingend und mitten unter die Hunde springend, wie ein Rasender um sich und wirbelte im Kreise umher, dass seine Soutane wie ein fester Reifen um ihn stand –; die Hunde schnappten nach dem Saum des Mönchsgewandes, packten die Fetzen und stoben, manche sich überkugelnd, davon.

Zar Peter musste sich die Tränen des Lachens aus den Augenwinkeln wischen, sein Hof schrie, jubelte und pfiff, Katharina Alexejewna lächelte ein wenig bedrückt, König Friedrich Wilhelm machte große Augen, die Königin winkte nur ihren Damen und verschwand mit ihnen und den Kindern, die Fürstin Galliczin ließ sich an der steinernen Umfassung des Nelkenbeetes nieder, scheu und traurig, und alle preußischen Kavaliere wussten nicht, ob lachen, tadeln oder stumm verharren. Zum zweiten Male legte der Zar den Arm um des Königs Friedrich Wilhelm Schulter. „Das sind nämlich mein Narr und meine Närrin, Abt Sotof und die Fürstin Galliczin."

Für den Preußenkönig war es zu viel. Ein Geweihter als Narr und die fürstliche Verschwörerin, einst das Haupt eines Aufstandes, in Perlen und Seide von einer Meute umstellt!

Doch Zar Peter, des Neuen begierig, drängte weiter. An der Auffahrt von Schloss Monbijou warteten bereits die Staatskarossen, um die Fürstlichkeiten und ihre Begleitung nach dem königlichen Schloss zu bringen; denn ein Empfang in dem Palais der Königin war aus begreiflichen Gründen nicht vorgesehen. Noch während der Auffahrt vor Schlüters mächtigem Portal trafen von der Charlottenburger Allee und der Straße Unter den Linden her auch die Kutschen mit der übrigen Reisegesellschaft des hohen Paares ein. Die kleine, reichgeschmückte Flottille war nicht imstande gewesen, den gesamten russischen Hof aufzunehmen. Zwei Stunden hindurch rückte langsam, ja schrittweise Wagen um Wagen über die Brücke an der Schlossfreiheit vor, und die Lakaien hatten unermüdlich die Wagenschläge zu öffnen und zu schließen.

Die ersten Karossen und Kaleschen hatten sie nicht wenig in Erstaunen gesetzt, zwängten sich doch in ihnen fünf und auch sechs Damen, die sofort eifrig und alle zugleich in ihrer rauen, fremden Sprache auf die Diener einredeten, ihnen Kinder entgegenhielten – schreiende, schmutzige, braune Kinder – und sich dann, von ihrer Last befreit, eiligst und ebenfalls möglichst gleichzeitig aus ihren Kutschen drängten: geputzte, derangierte Damen, gar zu farbenprächtig angezogen, wilde Schleifen und samtene Blumen in den manchmal nicht ganz einwandfreien Perücken. Die zarischen Damen waren so geschminkt, als ob sie mit einer Handvoll Mehl über das Gesicht gefahren wären und mit einem groben Pinsel die Backen rot gefärbt hätten. Als Schönheitspflästerchen hatten sie sich Figuren ins Gesicht geklebt: Bäume, Kutschen, Pferde. Sie suchten sich darin gegenseitig zu übertrumpfen, namentlich sechs aus dem Dienst der Herzogin von Kurland entlassene Fräulein, die jeden Morgen vier Bouteillen Branntwein erhielten, sich den Mund auszuspülen, weshalb sie auch den ganzen Tag sehr guter Laune waren. Alle lachten, zankten, schrien; sämtlich waren sie sehr misstrauisch und wollten sogleich ihr Gepäck vom Wagendach abgeschnallt haben; und manche der moskowitischen Damen begann noch auf dem Platz vor dem Portal in ihren Koffern zu wühlen, Esskörbe auszuwickeln und ihren Inhalt zu verspeisen, oder sich um Schachteln und gestickte Reisetaschen zu streiten. Einige hockten sich bei den zehn dorischen Säulen zwischen Hof und Portal auf die breiten Mauersockel nieder, entblößten ihre Brüste und stillten ihre Kinder, andere suchten mit Eile den Ausgang nach den Höfen, und dass es ein Prunkhof war, hemmte sie kaum. Ihre kleinen Jungen hielten sie sogar zwischen Bordstein und Kutschen ab.

Ratlos, entsetzt, allen Verlegenheiten preisgegeben, standen auf der ersten Empore, in der die breiten Treppen zu den Gemächern des Königs und der Königin ineinander mündeten, zwei Kammerherren Seiner Majestät, beauftragt, die zarischen Damen in ihre Gemächer zu führen. Die stießen eine die andere vorwärts, und einige, die der französischen Sprache mächtig waren, wurden von den Freundinnen und Rivalinnen einmütig auf die Kammerherren zugeschoben. Als diese Damen nun begriffen hatten, worum es eigentlich ging, legten sie die Hände an den Mund und schrien laut ins Treppenhaus hinunter, es gebe Betten und Essen!

Während der Verhandlung, denn so musste man es schon nennen, war der große Zug ins Stocken gekommen. Nun brach er wiederum auf. Diener und Lakaien im Gefolge der Kammerherren konnten gar nicht schnell genug Koffer, Schachteln, Truhen und Beutel aufnehmen; es störte die Russinnen nur wenig; sie griffen selbst nach ihren Gepäckstücken, zerrten die Kinder hinter sich her oder schleppten sie, einfach unter ihren Armen festgeklemmt, mit sich fort. Unübersehbar flutete es an den Kammerherren vorüber. Sie waren bis an die äußerste Brüstung der marmornen Balustrade gedrückt. Dann und wann, fast erstickend, mühten sie sich, um Artigkeit und Fassung zu wahren, vor einer der wilden, braunen Damen die höfliche Frage ab: „Oh, Ihr Kindchen, Madame?“

Dann war es gleich wieder wie ein Stillstand in dem Wogen. Denn jede der Angeredeten, soweit sie Französisch verstanden, knickste artig, dankte der Nachfrage und gab den Bescheid: „Der Zar hat mich beehrt.“ Sonst aber nannten sie den Zaren „Väterchen“.

Draußen fuhren indes als letzte Zar Peters hundert Zwerge und Narren vor, von denen einige sich auch während der Reise beim Zaren in Zahnbehandlung befanden; er leistete Außerordentliches auf diesem Gebiet und fand ein ungeheures Vergnügen daran.

* * *

Der Zar hatte Abt Sotof gebeichtet. Er hatte keine heiße Stunde seiner Nächte verschwiegen; er hatte gebeichtet, dass er oft des Nachts noch unerkannt die fremde Stadt durchstreife; und wenn er auch noch nicht all ihre Merk- und Sehenswürdigkeiten kenne, so doch sicherlich die Betten ihrer hübschesten Mädchen, soweit sie vom Herrn Vater und der Frau Mutter oder der altjüngferlichen Schwester nicht gar zu streng und zimperlich bewacht würden. Aber nun werde er tugendhaft sein und jede Nacht, die ihn noch in Berlin sehe, in ein und demselben Bette seinen

Schlaf tun. Es gebe einen Gasthof, darin könne sich auch ein Kaiser und Sultan sehr wohl blicken lassen, einen Gasthof mit seidenbespannten und gemalten Galerien und Sälen, mit Spiegeln und Silbergerät, Lakaien und Köchen. Dort werde er wohnen zur Nacht. Denn der Wirt, ohne Muhme, Frau, Schwägerinnen und Schwestern, habe nur eine Tochter bei sich mit blondem Gelock und den seligsten hellbraunen Augen; die tue gar nichts als singen und sich die Sonne vom Himmel herabwünschen. Wenn sie ihm nur immer singe, beichtete kniend der Zar, so wolle er ihr die Sonne schon holen lassen und was es sonst an unbekannten Gestirnen etwa noch gebe, dazu. Er beichtete auch allen Schabernack, der große Zar mit den heiteren, oft aber vom Jähzorn glühenden, großen grüngrauen Augen, den festen, weißen Zähnen, der wettergebräunten Haut und dem gelockten kurzen Braunhaar. Das sei er, meinte der Zar, dem neuen Freunde Friedrich Wilhelm schuldig, dass er ihm dort helfe, wo er seine Hilfsbedürftigkeit gar nicht ahne, nämlich gegenüber der hochmütigen Frau Gemahlin, die ein wenig gefügiger gemacht werden müsse. Auch Königin Sophie Dorothea aus dem Hause der Welfen würde wohl nichts dagegen zu tun oder auch nur zu reden vermögen – und dies fiel ihr gewiss besonders schwer –, wenn der Zar als Gast für Frau und Gefolge auf all die Prunkzimmer im großen Schloss verzichtete und gerade an dem zierlichen Sommersitz der Königin Gefallen und Freude fand und daselbst zu logieren begehrte? Nun hausten sie in Monbijou mit Damen, Kindern und Hunden!

Er dürfte doch bei der Beichte nicht lachen, flüsterte Abt Sotof dem Zaren aus dem Beichtstuhl zu. Diesen Beichtstuhl führte der Zar gleich einer kleinen Sänfte auf allen Reisen mit sich, so auch jetzt, als seine Fahrt durch Holland und durch Preußen ging.

„Du hast recht“, sagte der Zar, „obwohl du nur hören und nicht reden sollst.“ Und dann raunte er dem Abte wieder das Ernste durchs geschnitzte Gitterwerk des Beichtstuhls ins Ohr. „Sie foltern Alexej Petrowitsch noch einmal.“

Da zögerte der Abt mit dem Zeichen des Kreuzes und mit der Verheißung der Gnade; denn Alexej Petrowitsch, das Kind der ersten Ehe, war des großen Zaren einziger und schwacher Sohn, seit Katharina Alexejewna ihren Sohn auf der gleichen Fahrt begrub, auf der sie ihn gebar.

Als sie das Zimmer, das ihnen im Preußenschloss zur Kapelle diente, verließen, neigte sich der Zar wie jeden Tag über die Hand seines Abtes und küsste sie. Aber als sie die Schwelle überschritten hatten, versetzte der Zar, ebenfalls wie jeden Tag, seinem Beichtvater einen groben Nasenstüber und herrschte ihn an: „Nun sei wieder lustig, Narr."

Aber der beklagte sich, er habe keine rechte Unterhaltung hier und beginne, ausgerechnet in dem vielgepriesenen Westen, ganz tiefsinnig zu werden vor Langeweile; und auch Madame Galliczin mangle es sichtlich an guter Gesellschaft. Der Zar gab es dem König weiter; denn er hielt darauf, in allen Stücken und hinab bis zum geringsten Fuhrknecht im Gefolge des Zaren ein Wirt ohne Tadel zu heißen.

Er habe einen, der könne wohl jeden vortrefflich unterhalten, glaubte König Friedrich Wilhelm versprechen zu dürfen. So kam Gundling unter die Narren. Dafür war er am Berliner Hofe der einzige, der binnen kurzem um die Geheimnisse, Vergehen und Qualen der Närrin Elisabeth Feodorowna Galliczin wusste. Der entsetzliche Plan der Fürstin, den Zaren mit Hilfe seines Sohnes, der Popen und des Adels zu stürzen, war aufgedeckt worden, noch ehe der Zarewitsch und die Fürstin nach Neapel zu entkommen vermochten. Der Plan war enthüllt; aber noch immer blieb dem großen Zaren unbekannt, wer Urheber war und wer Werkzeug. Darum erlitt der junge Alexej Petrowitsch die Folter auf Befehl des Vaters und Herrschers.

Die Galliczin aber suchten die Ihren zu retten, indem sie den Zaren beschworen, der unglücklichen Irren, deren Wahnsinn man geheimgehalten habe, dürfe kein Leid geschehen, und keinem Gericht könne die Umnachtete ausgeliefert werden. Von diesem Tage an, Stunde um Stunde, hatte die Fürstin die Wahnsinnige zu spielen, denn der Zar erklärte, sie in Verwahrung halten und von seinen Ärzten und Gelehrten beobachten lassen zu müssen, damit er sein Leben erhalte, sie selbst sich nicht ins Unheil stürze und die Wissenschaft an solcher Armut reicher werde. Niemals, so heftig er auch war und so furchtbar ihn sein Zorn auch mit sich fortriss, sprach es der Zar vor einem Menschen aus, dass er um die Lüge ihres Wahnsinns wusste. Aber Elisabeth Feodorowna Galliczin kannte keinen Zweifel, dass er sich die furchtbarste Strafe ersonnen hatte mit solcher Gnade. Und nun erlebte die Fürstin das Peinigende, dass ihr hier am Hofe des preußischen Königs ein eitel aufgeputzter, kleiner Mann mit mächtiger Perücke zur Unterhaltung beigegeben wurde, dessen wunderliche und geschraubte Redensarten, umständliche Vergleiche und phantastische Abschweifungen eine erschreckende Kenntnis des russischen Aufruhrs verrieten und keinen Zweifel zuließen, dass ihm die offene und geheime Geschichte jeglichen Wappenschildes nicht fremd war. Manchmal dachte die Fürstin vor der sanften Zarin zusammenbrechen zu müssen. Aber dann genügte es ihren Leiden, dass die Soldatenfrau Katharina Alexejewna ihrer Torheit Trost zusprach mit fremden und ungemein lieblichen Worten einer Kindermagd an der Wiege. Und die Gaben, welche ihr die Zarin verhieß, waren Geschenke, wie ein Bauernmädchen sie erträumt, das auf die Tage des Festes von seinem Liebsten mitgenommen wird in die Marktstadt; doch waren auch kleine Heiligenbilder und ein Ikon aus buntem Glas und von gemaltem Holze darunter.

* * *

Die russischen Herren waren auf des Königs Jagdschloss Wusterhausen eingeladen.

Aber auch die Zarin sollte wohlgeduldet sein; denn eben: Katharina Alexejewna war eine Soldatenfrau und kannte Lager und Zelt; und niemals lache sie schöner als am Lagerfeuer, sagte der Zar.

Die Königin von Preußen blieb zurück, durch Krankheit entschuldigt, doch in Wirklichkeit aus Verstimmung und Empörung darüber, dass die Zarin in Schloss Monbijou logierte. Es versöhnte die Königin von Preußen wohl kaum, dass ihre kleine Wilhelmine bei Zar Peter einen so großen Erfolg davongetragen hatte. Das Prinzesschen hatte die Lektion, die man ihm gegeben, gut auswendig gelernt und sprach mit dem Zaren von seiner Flotte und seinen Eroberungen in einer Weise, dass der große Mann zur Zarin sagte, er gebe eine seiner Provinzen, um solch ein Kind zu haben. Dagegen war es ihm nur belustigend, ja lächerlich, als das

Kind sich gegen seine rauen Küsse wehrte und schrie: „Sie entehren mich!"

Ohne die Gegenwart der Königin, fern dem Hofe und in der einfachen Umwelt von Wusterhausen war Katharina Alexejewna freier, glücklicher und sicherer, als man sie in Berlin bis dahin sah. Nichts gab es hier, was ihr Herz beengte, das gar so leicht von allzu glühender Liebe und zarter Schüchternheit so flatternd und so ängstlich war. Sie ging als Jägerin unter den Männern, und es nahm ihr etwas von ihrer Schwermut, dass nicht die Heiligenbilder um sie läuteten. Auch wirkte sie hier seltsamerweise würdiger, denn ihre höfischen, ihr selber fremden Roben waren immer leicht verwahrlost; aber das neue grüne Jagdkleid war ihr lieb, und sie hielt es gut, und man erkannte erst jetzt, dass die brünette, große, schlanke Frau mit ihrer ebenmäßigen braunen Haut, wie keine Frau hierzulande sie hatte oder begehrte, von eigener Schönheit, Anmut und Würde war. Der König empfand für Katharina Alexejewna großes Wohlwollen, in das sich manchmal tiefes Mitleid mengte, denn es geschah an seiner Tafel nicht selten, dass der Zar seine Frau in ihrer unbefangenen und ungeschickten Rede mit einem „Kopf ab" unterbrach. Dabei zog er mit dem rechten Zeigefinger einen raschen Strich quer über seine Gurgel, und Katharina Alexejewna erschrak jedes Mal gar sehr und war viele Stunden wie verstört. Der bange Glaube verließ sie nicht, sie werde auch, wie all ihr Glück, den Tod von seiner Hand oder durch seinen Befehl empfangen. Sie, die Zarin, erhob sich nicht einen Augenblick über die zarischen Damen. Sie war ohne Wehmut und Bitterkeit gegen all die Mütter und nur voller Freundlichkeit gegen des Zaren vierhundert Kinder. Noch vermochte sie es nicht zu fassen, dass der Zar sie zu sich emporhob. Redete aber nun der Zar in Gegenwart aller anderen freundlich mit ihr, so blühte sie auf und lachte fast verwegen, gab schlagfertige Antworten, ja, ließ sich sogar zu einem ausgesprochenen und überaus anmutigen Leichtsinn hinreißen. Doch war es in der Trauer um das Söhnlein nur ein ferner Abglanz ihres einstigen Wesens. Als sie die erste Stadt des Preußenkönigs verlassen hatten, war der Sohn, auf der Reise geboren, in der fremden und von nun an so schmerzlich geliebten Erde zurückgeblieben.

Der König von Preußen tröstete die Zarin oft, er habe zwei Söhne verloren und um das schwache Leben des dritten sich all die ersten Jahre sehr gesorgt; und nun trage der Sohn bereits die erste kleine Montur, und er selber habe ihm neulich erst die Plempe eigenhändig umgehängt.

Ach, und ein zweiter Sohn wachse indes schon heran zum Kornett im brüderlichen Knabenregiment. Freilich, zu langen Gesprächen blieb der Zarin und dem König hier auf Wusterhausen keine Zeit. In der ersten Morgenfrühe, kaum dass die Sonne die Wipfel der Linden vor dem Schloss und seine beiden hohen Giebel überstrahlte, blies das Jagdhorn zum Wecken, und die Jägerburschen, die hier allein die Bedienung besorgten, eilten, die Stiefel der Herren unter den Arm geklemmt, von Kammer zu Kammer; alle Zimmer außer dem Hirschsaal im Erdgeschoss waren klein und einfach, so dass man sie nur Kammern nennen konnte. Die Küchenjungen trugen die Eichenbretter mit Terrinen voller Biersuppe, die Schüsseln mit Schinken und Würsten, die Körbe mit mehlbestäubten Broten vom Keller zum Hirschsaal hinauf; im Hofe putzten Burschen die Flinten, die Hunde wurden gefüttert und gestriegelt, und endlich trat als erster der Herren der König im grünen Jagdrock auf die Treppe, nach allem Ausschau zu halten: nach dem Frühstück für die Gäste, nach der Meute, deren hundert Hunde er jeden einzeln kannte, nach dem Wetter, den Pferden, die Fütterung der Bären nicht zu vergessen.

Über Bach und Wald und den eben abgeernteten Feldern zog noch der Nebel. Ins Gras, das feucht vom Tau und nach der zweiten Mahd noch einmal voll emporgewachsen war, fiel, wo ein Birnbaum nahe dem Schlosse gepflanzt war, eine erste Frucht. Der König auf den Stufen vor dem Turmtor hörte den sanften Aufschlag trotz Pferdegewiehers und Hundegebells, und der Gedanke schien ihm nützlich und lieblich, dass sich einmal weite Gärten voller Birnen-, Pflaumen- und Apfelbäume, voller Beerensträucher und Himbeerhecken um seine Schlösser ziehen könnten, um jegliches Gehöft der Bauern und vor den Toren der Städte hin.

Es war um die Mitte des August und sein Geburtstag, und weil erst sein dreißigstes Jahr den Anfang nahm, war der König noch voller Wünsche und gab dem beginnenden Jahr seines Lebens Weisung, Ordnung und Plan. Er kam leicht ins Träumen, der König, der ins große Jahr des Mannes schritt. Aber seine Träume waren nur Befehle an die Wirklichkeit, werdender Entschluss und Hervorbruch festen Willens. Alle seine Träume mündeten in neue Tat. Ihm gab es kein anderes Erwachen. Gesicht und Leib und Hände noch vom Brunnenwasser kühl und das Herz sehr heiß vom frühen Tage und dem neuen Jahr, das angebrochen war mit Hifthornklang und Jägerruf, stand König Friedrich Wilhelm vor dem Jagdschloss seiner Knabenjahre.

Seine Gäste hatten ihn umringt. Der Freund, der Gast, der Zar ließ ihm Geschenke bringen, während sie draußen schon die Pferde sattelten und die Hunde an die Koppel nahmen. Der Zar hatte zwei Adler herbeischaffen lassen, wie er sie daheim auf seinen Schlössern hielt, mit mächtigen Schwingen, doch die Klauen beschnitten und an schwerer Kette eine eiserne Kugel am Fang. Auch Bären machte Zar Peter dem Preußenkönig zum Geschenk; schon seit zwei Tagen hielt man sie im Nachbardorfe verborgen, zottige, mächtige Bären. Die Zähne waren ihnen ausgebrochen, und die Vorderpfoten hatte man ihnen über der Tatze abgeschnitten, dass sie den neuen Herrn nun nicht zu stürmisch umarmten und sich lieber, was für königliche Bären schicklicher schien, ans aufrechte Gehen gewöhnten. Nur eine Bärin hatte man davor verschont.

Der König hatte zu staunen, zu schauen, zu danken; zu horchen und zu lachen gab es auch. Gundling und Abt Sotof hielten ihre Gratulationsreden, als preußischer Adler flatternd der eine und tappend und schaukelnd als russischer Bär der andere. Der Zar wollte sich ausschütten vor Lachen. Draußen vor der Brücke und am Tor hatten sich Leute aus dem Dorfe angesammelt, ob sie etwas erspähen könnten von dem Geburtstagsfest oder gar von des moskowitischen Mönchsnarren Spaßen. Der hatte zu Berlin und Wusterhausen ein leichtes Spiel; die Einfälle zündeten nur so; Professor Gundling ließ das Wortspiel nicht ermüden und war ein Partner, wie ein Narr ihn selten findet. Es sollte hoch hergehen, wollten der Narr in der Soutane und der verkommene Gelehrte im übermäßig prunkenden Hofratshabit. Die Zarin saß indessen schon zu Pferde, lächelte und wartete und blinzelte in die Sonne. Der Tag wurde klarer, die Sonne stieg, der Nebel war nur noch ein zarter Tau, der Heide, Stoppelfeld und Waldessaum von fernher glänzen ließ.

Sie zerrten die Bären in die Ställe, und die Adler sperrten sie in ihre hohen Käfige. Auf den Füchsen rechts und links der Zarin saßen Zar und König auf; der Zug der Jäger hinter ihnen war lang; gleich an der Brücke setzte man sich in Trab. Staub wirbelte nicht auf. Die Erde war noch feucht.

* * *

Peter und Friedrich Wilhelm ließen das Treiben sich immer weiter entfernen. Ihre Flinten lehnten an einem Baumstumpf, die beiden Jäger lagerten im Grase. Doch Rast und Ruhe waren fern, ja, Erregung hatte sie ergriffen. Ein paar Worte über die Flinten, die waren der Anfang gewesen. Und da in diesem Augenblick kein Wild in Sicht gewesen war, hatte der König noch bemerkt, er möchte binnen kurzem für das wachsende Heer selbst die Gewehre herstellen lassen; es gehe ihm gar zu viel Geld nach Lüttich zu den vielgerühmten Büchsenmachern.

„Das ist eine Sache“, sagte der Zar, „die lässt sich wohl hören. Wenn Ihr so weit seid, Bruder Friedrich Wilhelm, lasst es mir sagen. Ich könnte ein gutes Stück Geld sparen, wenn die Waffen für meine Armee nur noch den kürzeren Weg von Eurem Lande zu meinem gingen. Selbst kann ich die Fabrikation noch nicht wagen – soweit habe ich meine Völker noch nicht gebracht. Und wenn Ihr mir schon Waffen und Monturen schickt, dann sendet mir die Lehrmeister mit, die meine Truppen weisen, die neuen Flinten zu gebrauchen. Denn ich will dahin kommen, wo Ihr nun schon seid, Bruder Friedrich Wilhelm, obwohl Ihr es kaum leichter hattet als ich.“

Der König blickte den Zaren groß an.

„Und wo bin ich?“

Der lange Peter, der im Waldgras lag, schlug sich auf die Schenkel. „Wisst Ihr es denn nicht?“

Und nun zählte er ihm auf, was er gesehen hatte, seit er in des Preußenkönigs alter Hauptstadt eintraf und den Anfang der neuen Stadt Potsdam gezeigt bekam. Er pries die Betriebsamkeit der Manufakturen, die Einheitlichkeit und Sauberkeit der Uniformen, die Ordnung der Märkte, das Werk, das an den Flüssen und ihrem Bruchland geschah; er lobte das Wunder der gläsernen und silbernen Apotheke, die Übersichtlichkeit der Baupläne, die Pünktlichkeit der Ämter und Kammern und die Zuverlässigkeit der Kassenbücher. Er lobte als einer, der selber um jedes Dorf mit einer öden Steppe ringen, seinen Untertanen die Spindel in die Hand und das Hemd auf den Leib zwingen, sein Volk all seine Liebe und Sorge mit Knuten und mit Ketten lehren musste.

Der König, neben dem neuen Freunde hingestreckt unter Kiefern und lichtem Spätsommergewölk, wusste nicht, wie ihm in so wunderlichem, unerwartetem Gespräch geschah.

Einer hielt erste Rückschau für ihn; einer, der das Schwere kannte, erteilte ihm das erste Lob, während er nur das Unvollendete, das Widerstrebende, den Mangel, das Versagen und die unablässige Forderung zu sehen vermochte!

Er hat dem Zaren auch nur so geantwortet: dass alles sehr schwer, unvollkommen und dürftig sei. Aber eine Fröhlichkeit, wie er sie bis dahin noch nicht kannte, zog durch sein Herz und sein Denken.

Der König, der den Wald, die Heide, die Jagd und den späten Sommer so liebte, wünschte um diese Stunde seines Geburtstages nichts sehnlicher, als fern von alledem im Tuchmagazin in der Alten Hofburg zu stehen und von den Regalen und aus den Schränken dem neuen, dem ersten Käufer vorlegen zu lassen, was er da an Ballen – „Niemand zur Freude und allen zu Leide“ sagt das Volk – hatte spinnen, weben und aufhäufen lassen: Blaues Königstuch, glatten und geköperten Flanell, Pressbery und Fries, Serge und Zeugrasch, Prussien, gestreiften und geblümten Kadamank, Casta und Velp. Dies alles wollte der Zar in Zukunft vom König von Preußen beziehen; denn die Holländer und Engländer konnten mit den Preußen nun schon nicht mehr mittun.

Peter hielt sich die Ohren zu, als Friedrich Wilhelm ihm die Eigenart, den Vorzug, die Herstellung und den Preis jeden Stoffes überstürzt und doch so eingehend schilderte und ihn über alle Fragen der Emballage, des Packerlohnes und der Leichterfracht augenblicks unterrichtete. Aber ob denn der Bruder Friedrich Wilhelm nun in allen Fabrikationen seines Landes so sehr genau Bescheid wisse? Das wollte Zar Peter nun doch noch erfahren. Denn Bruder Friedrich Wilhelms Handelsgrundsatz hatte es ihm angetan, „die bonne foie sei die Seele des Commercii, davon müsse das Preußische Comptoir ausgehen; dann werde es in kurzem mehr Kredit haben als alle anderen“.

Er hoffe mit den richtigen Angaben dienen zu können, meinte der königliche Kaufherr, und sein Gedächtnis notierte jede Bestellung, die auf seinen Vortrag erfolgte. Aber der König in ihm bedachte, dass wohl ein Band sein müsse zwischen Potsdam und Petersburg, der neuen Stadt des Zaren. Auch Petersburg, vom vertriebenen, ungeheuerlichen Schlüter erbaut, war aus dem Sumpf ertrotzt und Zeichen eines werdenden Reiches und Gelübde einer Kraft.

Den Zaren und den König verband wohl auch noch mehr als nur die gemeinsame Vorliebe für Holland, für Handwerk und Jagd. –

Aber Zar Peter war reicher.

Beide waren sie fromm. Und beide waren, wie Fürsten sonst kaum, zur Freundschaft geschaffen, die fern und hoch über den Verträgen aller Potentaten steht.

„Bruder Friedrich Wilhelm“, rief der Zar, „wir wollen beide in immerwährendem gutem Verhältnis und in der rechten Harmonie bleiben!“

Solches könnte er fest versprechen, gab König Friedrich Wilhelm zurück; doch er schloss: „Was aber unsere Jungen nach unserem Tode tun werden, das müssen wir geschehen lassen –“

Der Zar sah an ihm vorbei.

„Was das Vertrauen auf die Söhne betrifft, Bruder Friedrich Wilhelm – jeder Mensch schuldet der Welt wohl eine Torheit.“

* * *

Als die Jägerburschen die Strecke vor dem Schloss auslegten und jeder Jäger den anderen die prächtigen Stücke bezeichnete, die er selber vor der Flinte gehabt hatte, wurde die Schande der beiden hohen Herren erst offenbar. Und dennoch standen sie hochgemut unter den Gästen; auch wollte der Jagdherr von Wusterhausen um jeden Preis nach seinem Brauche Jagdwirt sein; hatte er auch, wie es die Strecke nun unbarmherzig bewies, einen schlechten Tag gehabt, so sollten doch die Gäste es keinesfalls zu spüren bekommen. Er kleidete sich um, streifte die Ärmel seines Hemdes hoch und ließ sich eine große, weiße Schürze bringen. So erschien er im Gewölbe vor der Küche und schnitt sehr reinlich und gewandt die Fische, die er im Netz vom Graben hatte holen lassen. Die Küchenkräuter wusch er selbst, Petersilie und Dill, die den Fisch auf der Schüssel und in der Terrine zu zieren und zu würzen bestimmt waren. Zur Rechten und Linken des königlichen Küchenmeisters standen mächtige Becken mit heißem und mit kaltem Wasser, darin wusch er sich nach jeder Verrichtung am Herde mit Eifer die Hände, und seine weiße Schürze wechselte er mehrmals. Des Waschens war auch kein Ende, als er, sobald der Fisch im Kessel war, selbst den Salat zu bereiten begann mit Essig, Öl und feinen Zwiebeln. Lautlos und emsig, aber auch ein wenig spöttisch hantierten die Küchenjungen und Spülmägde, der Küchengärtner und der Koch um den König und Wirt.

Unter den Linden am Bache, vor dem alten Schlossgemäuer, das jetzt ganz im Licht der Abendsonne lag, rüsteten sie die Tafel, lange Tische von rohem Kiefernholz. Sauberes Leinen aus den neuen königlichen Spinnereien war darüber ausgebreitet, und alles Zinn- und Kupfergerät aus dem Hirschsaal in den Hof geholt. Die Becher brachten sie gleich in ganzen Körben heran und ganz zuletzt gewaltige irdene Krüge mit märkischem Bier und Wein in bauchigen, umflochtenen Flaschen.

Zur Tafel hatte sich der Herr noch einmal umgekleidet; kühl und rein war sein Leib, das Hemd und der neue Jagdrock, sein Haar geordnet, und die Stiefel waren blank. Er war fern von all dem Staub und Schweiß der Gäste. Die späte Sonne und die abendlichen Schatten der Linden spielten auf dem Zinn und Kupfer der jagdlichen Tafel. Nachdem er eigenhändig jedem seine Mahlzeit aufgetan hatte, sprach der Herr sein Gebet sehr feierlich: „Es wartet alles auf dich, dass du ihnen Speise gebest zu seiner Zeit. Wenn du ihnen gibst, so sammeln sie; wenn du deine Hand auftust, so werden sie mit Gut gesättigt."

Auch die wildesten der russischen Jäger und Zecher schienen diesen Ernst verspürt zu haben; denn mancher schlug ein Kreuz über dem Brot und dem Fisch und dem Wein, und der Zarennarr, der Abt, fügte noch ein besonderes Gebet hinzu, das nur an dieser einen Tafel Geltung haben mochte: „Wohl dir, Land, dessen König edel ist und dessen Fürsten zur rechter Zeit speisen, zur Stärke und nicht zur Lust!"

* * *

Heerschau und Landfahrt

Wo ein König viel Volks hat, das ist seine Herrlichkeit;
wo aber wenig Volks ist, das macht einen Herrn blöde.
Die Bibel

Seit vier Uhr morgens saß der König am Schreibtisch, jeden Tag jetzt, seit der Gast und Freund wieder ostwärts gereist war. Er trug bereits die Uniform zum Exerzieren, aber er schützte ihre Aufschläge durch grüne Leinenhüllen, wie der arme Mann Creutz sie trug, lange ehe der König ihn in den Adelsstand erhob, um vor den Junkern die leidenschaftlich bestrittene Autorität des bürgerlichen Geheimrates, seines unersetzlichen Sparers, zu erhöhen. Der Fürst von Anhalt-Dessau, wenn er des Plusmachers gedachte, bangte für den König; der Ministergeneral Grumbkow in seiner nicht minder leidenschaftlichen Auflehnung gegen Creutz sorgte sich freilich um sich selbst.

Der König hatte – auch, wie einst der junge Rat Creutz – eine große grüne Schürze umgebunden. Auf seinem Arbeitsplatze herrschte peinliche Ordnung. Vom Schreibtisch und dem Holzschemel davor hatte man schon um die erste Dämmerung den Staub wischen müssen. Das Zimmer war schmucklos und nüchtern; doch helle Vorhänge aus den neuen preußischen Kattunen vor den Fenstern, die fast wie Türen bis zum Fußboden reichten, machten es freundlich; und die wenigen Möbel waren gute Arbeit, wenn auch nur von Fichtenholz.

Die beiden Kerzen auf dem Schreibtisch waren niedergebrannt. Der Herbstmorgen war immer klarer geworden. Ein durchsonnter Septembertag voller Kühle, Glanz und Weite kam herauf. Die zu früh entlaubten Linden gaben den Blick auf die Ufer der Havel und eine sanfte, waldige Anhöhe jenseits des Flusses frei.

Der König tat den letzten Federzug. Er dachte nicht mehr an die Arbeit, die er eben abschloss. Er dachte an Koeppen. Nun, nach Jahr und Tag, hatte die Nacht von Stralsund ihn doch noch hingenommen. Nur einmal noch hatte der König den Treuen und Kühnen nach dem Krieg im Norden gesehen: fiebernd, frierend und hustend. Hohe Ehren waren dem vor Stralsund ernannten und geadelten Generaladjutanten von Koeppen noch von seinem Herrn beschieden gewesen; die höchste aber war, dass er zum Burggrafen von Stettin erhoben wurde und die Hafenstadt betreuen sollte, die sein nächtlicher Weg durchs winterliche Meer für Brandenburg erobert hatte.

Am vergangenen Abend, sehr spät, hatte die Nachricht von Koeppens Tode den König erreicht. In der dringenden Arbeit des frühen Morgens hatte er der Erinnerung an den Getreuen nicht länger hingegeben sein wollen. Als er nun das Geschriebene überflog, erkannte er, dass er in dieser seiner neuen Dienstvorschrift für die Offiziere einen Nachruf für den Toten niedergeschrieben hatte. Er hatte das Bild seines besten Soldaten nachgezeichnet, obwohl der ein kleiner, wunderlicher und unansehnlicher Herr gewesen war. Da war der König zufrieden mit seinem Entwurf; da bekannte er sich zu jeglichem Wort, das seine Feder aufgezeichnet hatte:

„Um folgende Eigenschaften hat der Offizier sich zu bemühen: Gottesfurcht, Klugheit, Herzhaftigkeit, Verachtung des Todes, Nüchternheit, Wachsamkeit, Geduld, innerliches Vergnügen und Zufriedenheit mit sich selber, unveränderliche Treue gegen seinen Herrn, vollkommenen Gehorsam, Respekt gegen die Vorgesetzten, Aufmerksamkeit. Er soll danach trachten, sich Falkenaugen und leise Ohren anzulegen, auch nichts zu vergessen, was man einmal gesehen und gehört. Er braucht Feindschaft und Hass gegen die Weichheit und schnöden Lüste, aber Begierde, Ruhm und Ehre zu erlangen. Er darf kein Räsoneur sein, muss seinen Dienst und seine Schuldigkeit ohne Fehler verrichten, Wissenschaften besitzen oder sich bestreben, deren zu erlangen. Fähnrich und Feldmarschall stehen als des Königs Offiziere in der Ehre völlig gleich." Und diese Ehre war von ihm neu aufzurichten.

Denn das wusste der Herr: es waren neue Menschen zu schaffen. Seine Offiziere waren Junker, willkürlich, hochmütig und verwildert in verzettelten Kriegen unter wechselnden Fahnen und im Solde aus den Kassen gar zu verschiedener Fürsten. Es sollte kein Edelmann mehr sein Land verlassen, sofern er sich nicht zuvor schriftlich verpflichtete, in keines anderen Landes Dienste zu treten. Und kein Edelmann des Auslands sollte ihm selbst zum Offizier vorgeschlagen werden, der nicht einen Revers unterzeichnete, niemals aus den Diensten des Königs zu gehen, sondern „ewig" zu dienen.

Bisher hatten sich die Obersten der Regimenter ihre Offiziere selber ausgesucht und die Offiziere wiederum die Mannschaft zur Ausbeutungsquelle gemacht. Für die Ausbildung war der Drillmeister da; alles war ein übler Handel. Dem Bürger- und Bauernsohn war in Preußen zu dienen ein Unglück, im übrigen Deutschland Dienst zu nehmen eine Scham, und schlechte Diener wurden zur Strafe in die preußische Armee gesteckt. Von nun an wurden alle Offiziere vom König von Preußen ernannt, und ihnen und aller seiner Mannschaft wollte er ein treuer Meister sein, der des Drillmeisters allmählich entbehren zu dürfen wünschte.

Er selber wollte tagtäglich den neuen Dienst seiner Offiziere tun und zu jeder Stunde den gleichen Rock tragen wie sie, vom blauen Tuche, das sie in seinen neuen Manufakturen das Königstuch nannten. Als wäre eine Uniform wie der Ornat eines Ordens, so dachte der Herr von des Königs Rock, seinem eigenen Kleid. Und darum stand auch in den Kriegsartikeln für die Mannschaft als das oberste Gebot: „Welcher Soldat den Allerheiligsten Namen Gottes durch Beschwörung der Waffen, Festmachen oder andere dergleichen verbotene Teufelskünste und Zaubereien missbraucht, Gottes Majestät, Eigenschaften, Verdienst und Sakrament oder heiliges geoffenbartes Wort lästert, schmäht oder schändet, hat nach göttlichen und weltlichen Gesetzen sein Leben verloren."

* * *

Von der Langen Brücke her marschierten die Grenadiere heran und nahmen Aufstellung auf dem Exerzierplatz vor dem Schloss, genau als die elfte Stunde begann. Noch hallte kein Glockenschlag über König Friedrich Wilhelms neuer Stadt, noch ragte kein Turm aus ihren Gerüsten empor. Aber der Beginn der elften Stunde war für alle in der neuen Stadt bezeichnet. Das Regiment des Königs marschierte auf! Schon bogen die Querpfeifer, die Mohren, zwischen Schloss und Havel ein!

Der König hatte von seinem Schlaf- und Arbeitskabinett aus einen besonderen Zugang zum Exerzierplatz. Von der Fahnenkammer, die vor seinen drei Privaträumen lag, führte eine kleine Geländertreppe mit schmalem, goldenem Gitter zur früheren Orangerie, die nun der königliche Marstall war, hinunter. König Friedrich Wilhelm stand an ihrer Brüstung und hielt prüfende Ausschau.

Die neuen blauen Röcke saßen prall, die weißen Hosen und die roten Westen schlossen straff an und gaben gute Figur; die weißen Stiefeletten waren ohne Flecken und Fehler, die Lederriemen über Brust und Schultern glänzten, und die steilen Spitzen der Helme blinkten in funkelnder Reihe.

Die Männer waren gut gewachsen, groß und stark und geschmeidig und einander so völlig gleich, dass man über ihren Köpfen mit dem Degen einen schnurgeraden Strich hätte ziehen können.

Bart um Bart war wie mit dem gleichen Pinselzug gemalt, Zopf um Zopf wie mit demselben Scherenschnitt gestutzt, mit dem gleichen Griffe fest gewickelt und adrett in ein Täschchen von schwarzer Seide gesteckt. Kein Unterschied war, als dass in der Kehrtwendung eine blonde, braune oder schwarze Haarsträhne zwischen Helm und Seidentasche hervorlugte, und keine Verschiedenheit, als das in der Frontstellung schwarze, braune, blaue oder graue Augen dem Rechts- und Linkskommando der Offiziere und der Korporale folgten.

Das war nun begriffen, dass niemand den königlichen Obristen zu beachten hatte. Vor seinem Schlosse war zu exerzieren, als wäre er nicht zugegen; in den übrigen Garnisonen aber hatte man den Dienst zu tun, als stünde der König von Preußen selber hinter jedem Korporal und als läge der Feind vor den Toren, als riefe noch in der kommenden Stunde die Schlacht. So lautete der Befehl.

Schützt mir alles, was da entsteht und sich weitet, Grenadiere! klang der Widerhall in König Friedrich Wilhelms Herzen nach.

Zeigt mir, Grenadiere, ob des Dessauers neuer Gleichschritt euch in Fleisch und Blut und Knochen ging, die Herrlichkeit der Ordnung und das Ebenmaß zu vollenden! Gleichschritt, Gleichschritt! Und: rasches Feuern! Geschwindes Laden! Geschlossen anschlagen! Wohl antreten! Wohl ins Feuer sehen! Alles in tiefster Stille!

Nur die Trommeln dürfen reden, nur die Trommeln. Die sind die rechte Sprache der Armee von Landessöhnen und Söldnern, Märkern und Sardiniern, Ungarn und Iren, Holländern und Polen, Studenten, Bauern, Mönchen, Händlern! Zeichen wurden eingeführt, Wirbel, einfach und vielfach, statt der Befehle.

Die Schritte knirschen, das Leder ächzt, Griffe schlagen, Trommeln wirbeln, noch größer wurde Strenge und Stille des Dienstes, noch sicherer und leichter das Waffenwerk von Stunde zu Stunde. Das Feuer der gewaltigen, langen Front ist wie ein Blitz und ein Knall.

Nun, denkt der königliche Obrist, in allen Garnisonen des Königs von Preußen wird es noch nicht so weit sein. Aber dies Regiment hier, täglich vor dem Königsschloss geübt, soll auch das Muster sein, ein Bild der künftigen Armee. Und für ein zweites Regiment zum mindesten kann der König von Preußen getrost die Hand ins Feuer legen: auf der Wiese vor Halle exerziert der Fürst von Anhalt-Dessau, obwohl ein Feldmarschall, zur selben Stunde und im gleichen Reglement! Spottet nur, großer Generalissimus Prinz Eugen, am Hofe des Kaisers! Schimpft uns nur Exerziermeister, verlacht nur die Soldatenspielerei mitten im Frieden! Es ist mein Werk, dass Friede ist. Es soll mein Werk sein, dass Friede bleibt im alten Reich und meinem werdenden Staat! Spottet nur. Es wird, es wird! Tausend Werber sind unterwegs, Tag für Tag, Nacht für Nacht!

„Aber es soll", so befiehlt das Edikt, „da die Werbungen so schlechterdings nicht gänzlich unterbleiben können, in den jedem Regiment assignierten Stand- und Stabsquartieren auch Garnisonen anders nicht als bei öffentlichem Trommelschlag und gegen Bezahlung des verordneten Handgeldes geworben und also keine andere als freiwillige Werbung fürderhin gestattet und nachgelassen sein."

Ihr habt nicht falsch gehört: Sieben neue Bataillone entstehen, obgleich täglich bei den Regimentern und Kompanien sich Abgang findet! Im Osten und Westen und inmitten des Landes werden Befestigungen und Soldatenstädte aufgebaut: ein neues Memel, ein anderes Magdeburg, ein besseres Wesel! Denn mein menschenarmes Land ist zerrissen, zerstückelt, preisgegeben mit unglückseligen, offenen Grenzen. Die halten den Frieden nur schwer zwischen ihre Schranken gebannt!

Gleichschritt! Gleichschritt! Rasches Feuern! Geschwindes Laden! Geschlossen anschlagen! Wohl antreten! Wohl ins Feuer sehen! Alles in tiefster Stille!

* * *

Hinter Schloss und Exerzierplatz lärmte die werdende Stadt. Vom Schloss an der südlichen Windung der Havel bis zum Alten Kanal im Norden, der eben geradegelegt und mit neuem Bohlenwerk verschalt war, ragte den ganzen Lauf des Flusses entlang der Wald der Gerüste. Was wollte da noch die Zerstörung der Wasserkünste besagen? War es da noch wie Klagen und Tränen, dass des Sommers noch eine Quelle aus dem hohen Rasen des mittleren Ganges im einstigen Garten, wunderbar entsprungen war?

Polternde, knarrende Wagen, verschmutzt und staubumwölkt, trugen die Trümmer der alten Fischerstadt ab. Ächzende Lastfuhren und Bretterkarren, von frischen Latten gezimmert, fuhren die neuen Ziegel heran. Schon bereitete die Beschaffung der ungeheuren Mengen von Baumaterial Schwierigkeiten, und dem verantwortlichen Kommissar drohte Ungnade. Bereits zum zweiten Mal in dieser Woche verhandelte er mit dem Magistrat von Potsdam, er möge seine Ziegelscheunen flotter in Betrieb halten. An alle Magistrate der Umgebung waren Reiter mit der gleichen Weisung unterwegs. Auch hatte man reiche Privatleute zu der Sitzung bestellt und wollte sie zum Ziegelbrennen ermuntern. Die Anlage ihres Geldes in einem solchen Unternehmen schien nicht schlecht. Der König zahlte rasch und gut für jedes Tausend Ziegel; nur galt es, sie flink zu beschaffen.

Man wollte es nicht glauben. War es noch immer nicht genug? Waren nicht von der Potsdamer Ratsziegelei und aus der Töpferkule, aus Werder, Beetzow, Glindow, Ferch und Caputh, von Fahrland, Brandenburg, Moegelin und Rathenow endlose Züge von Fuhren mit Ziegel-, Dach- und Flurstein schon seit Wochen unterwegs an jedem Tage? Drängten sich nicht auf der Havel die neuen Kähne, mit doppeltem Boden eigens hergerichtet für gebrannten Rüdersdorfer Kalk und Kalkstein für die Fundamente?

„Nichts ist genug“, sagte der commissarius loci, der im Cito! Cito! des Herrn die Ungnade witterte. Im Januar hatte der König die neuen Bauanweisungen ausgegeben. Nun war es September und der Plan so nahe vor Wintersanbruch noch nicht halb erfüllt!

Ach, was die Ratsherren nicht klug waren! Was sie dem Kommissar nicht alles vorzuhalten wussten! Wenn es dem König an der Unterkunft für seine Grenadiere fehlte, wie konnte er dann den Bürgern ihre Häuser abkaufen, nur um sie abzubrechen und in der Fluchtlinie neu aufzubauen? Müßige und verschwenderische Spielerei! Und warum wurden wohl die Scheunen eingerissen und so weit vor die Stadt verlegt?

Der Kommissar, obwohl selbst ehrlich auf den Herrn ergrimmt, verteidigte die Pläne Seiner Majestät: „Bis zu dieser Grenze der Scheunen ist die neue Stadt schon entworfen. Und was den Abbruch betrifft: nichts Altes darf bleiben, kein Verfall wird geduldet, der Kern der neuen Stadt muss sauber sein, alle wüsten Stellen werden ausgefüllt. Es soll eine helle, große Stadt da sein, wenn endlich auch das Brandenburger und das Nauener Bataillon des einstigen Kronprinzlichen Regimentes zum neuen Jahre ihren Einzug halten."

Einer dünkte sich besonders schlau, als er, über den Sitzungstisch sich zu dem Kommissar vornüber lehnend, bemerkte, wahrscheinlich brauche der Herr sein altes Regiment, damit es ihm gut aufpasse auf die vielen in der Fremde Geworbenen. Wahrscheinlich müsse der Herr darum die hohe Mauer ziehen, damit die Ausländer ihm nicht gleich von seinem Schuttplatz Potsdam wieder desertierten. Aber, he, wer sollte ihm denn überhaupt die neuen Grenadiere hier verpflegen, ihnen Obdach geben, für die Notdurft sorgen; vielleicht die paar armseligen Kleintauer von Potsdam mit ihren mageren Havelhechten?

Das war echter Hochmut des Garnherrn. Und die Garnherren, die vier allmächtigen, hoch angesehenen Teilhaber am Potsdamer Fischgarn, waren es, die als die einzigen Reichen hier, als Großfischer und Ratsverwandte, den Plänen über Potsdam übelwollten und dem König offen widerstrebten. Der Kommissar legte den Finger auf den Mund und flüsterte, ob man denn hier gar nicht mehr an den Zorn des Königs über den Widerstand der Berliner denke; er verriet nun zur Beschwichtigung sogar, was er selbst vor kurzem erst als untrügliche Gewissheit erfuhr: Der Herr hatte Kolonisten aus Sachsen, der Pfalz, aus Holland, Dänemark und Frankreich hergerufen; nach Potsdam und in wohl siebzig Städte der Mark sollten sie kommen: Kupferschmiede, Zinngießer, Nagel- und Messerschmiede, Raschmacher, Knopfmacher, Lohgerber, Zeugmacher, Seifensieder, Hutmacher, Bürstenmacher und Goldschmiede sogar – alle, die fehlten, ein ödes, leeres Land lebendig und blühend zu machen.

Woher der König nur zu alledem das Geld nahm? Jetzt vergaßen sie im Ratssaal ganz das Räsonieren; das wollten sie gar zu gern wissen. Denn man bezweifelte, dass die russische Handlungs-Kompanie derart viel abwarf, obwohl die englischen Konkurrenten in Petersburg um ihretwillen trotz aller Bestechungen „einen terriblen Banquerot von einer Million" gemacht hatten und „die neue Handlung sich viel weiter extendierte, als man anfangs vermutet".

Der Rat der alten Fischerstadt, die unter seinem Regiment verkommen und vergessen war, spielte sich auf, als hätte er allein darüber zu wachen, dass die neue Soldatenstadt einen starken und gerechten Grund erhielt. Der Kommissar, die Unterstützungen für Potsdam aufzählend, beruhigte: „Der Kreis Teltow muss, weil er die besten Gänse hat, die großen Federbetten für die langen Grenadiere liefern. Die Kreise der Kurmark haben die Steine zur Pflasterung der neuen Straßen zu beschaffen. Endlich, meine Herren Räte und hohen Garnherren, hat jeder Anbauer in seinem Hause nach vorn heraus ein Zimmer, auch eine Kammer, zur ständigen Einquartierung herzugeben; und Freihäuser, wie sie den König zu Berlin unlängst gar so sehr ergrimmten, werden überhaupt nicht mehr geduldet sein; jedes Haus muss nun Soldaten nehmen."

So, nun würden sie es wohl begreifen, warum die Häuser sämtlich einen Dachgiebel mit großer Stube und Kammer erhielten.

Bis dahin hatten alle schweigend gelauscht. Die Rede klang nicht schlecht. Das Land schien bestimmt, für Potsdam zu zahlen. Aber nun brachen die Garnherren los; jetzt ging es an den eigenen Beutel und die eigenen Rechte. Der Kommissar vermochte zur Beruhigung nur das eine vorzubringen: der König selbst nahm ständig zwölf Mann auf sein Schloss, als wäre auch er nur ein Hausbesitzer zu Potsdam.

„Die neuen Häuser sind selbst wie die Soldaten", begannen sie aus Zorn zu spotten, „eines ist wie das andere aufmarschiert, und die Blöcke stehen da wie die Kolonnen."

Damit hatten sie nicht einmal unrecht. Wer einen Grenadier des Königs sah, hatte alle gesehen; und wer ein Haus betrachtete, konnte sich die Besichtigung der anderen sparen. Mit spitzem Ziegeldach, von einerlei Höhe und aus Fachwerk, regelmäßig von Balken gegliedert und getragen, waren sie in Reih und Glied gestellt: zwei Geschosse hoch, fünf Fenster in der Front, über dem mittelsten den erhöhten Giebel, über dessen Zweck man sich nun nicht mehr den Kopf zu zerbrechen brauchte, darüber die Wetterfahne, alles Mauerwerk weiß, den Holzverband gelb angestrichen. Zudem war an der Ecke jedes Häuserkarrees ein Torweg, damit es bei Feuersnot von innen angefahren werden konnte. Wo sich aber noch eine letzte Unregelmäßigkeit zeigte, nämlich da und dort ein

Strohdach aus des Königs ärmster Anfangszeit, wurde schon das Stroh heruntergerissen und der Stuhl fürs bessere Ziegeldach aufgestockt.

„Liefert Dachsteine, ihr Herren, liefert!" Da war er wieder, der ärgerliche Kehrreim des Kommissars.

Sie fanden das Ganze zu jäh und zu rasch, bei weitem nicht gründlich genug oder auch nur genügend vorbereitet. Ein Garnherr lehnte sich tief in den hohen Armstuhl zurück und blickte ins steile Gewölbe des Ratssaals empor; er seufzte: „Ein Glück, dass das noch über uns steht."

Aber den anderen war auch das schon zweifelhaft, ob es immer so bleiben würde; und der nächste Monat schon sollte ihrer Besorgnis recht geben.

Als sie aus den Bogengängen des Rathauses traten, kam von der alten Burgstraße her ein wunderlicher Zug auf sie zu, Hunderte von Knechten schleppten Laternenpfähle heran, hunderte trugen Laternen oder luden sie, in Stroh gewickelt, von den langen Leiterwagen, die wie eine Wagenburg aufgefahren waren; acht Pferde waren jedem vorgespannt, so mächtig war die Last. Aufseher zählten nach; kaum dass sie einen Augenblick der Ruhe fanden, den Ratsmännern den Bescheid zu geben: „Sechshundert Laternen sind's von den tausend, die der alte König die Allee vom Brandenburger Tor entlang, die ganze Meile bis nach Lietzenburg zum Schloss Charlottenburg der hohen Gattin, aufgestellt hatte. Der Rest, meint nun die neue Majestät, der dort geblieben sei, gebe Licht genug. Sechshundert kommen nach der neuen Stadt."

Einen Augenblick waren die Ratsherren und ratsverwandten Garnherren nun doch von Stolz erfüllt. So groß sollte Potsdam jetzt werden? Sechshundert Laternen? Wenn nur aber das ewige Hämmern, Klopfen, Sägen, Rufen, Schimpfen, Peitschenknallen endlich einmal enden wollte! Ach, und das ständige Blitzen und Knallen ums Schloss! Und die leidigen Pfeifer, die Mohren!

Seltsam, dass so viel Ungestüm auf Friedliches, so viel Wirrnis und hastender Auftrieb nur auf Ordnung hindrängen sollte und dass Soldaten über Soldaten sich unter die keuchenden Arbeiter mengten, als sei das werdende Werk ringsum von Missgunst bedroht.

Die Extraordinarienkasse des Königs für den Bau von Potsdam war am meisten gefährdet. Aber er schien seine Stadt auf einen anderen Grund denn Gold gegründet zu haben.

Der Taufspruch für das neue Söhnlein hatte es verraten. Im Frühling, ehe das Zarenpaar kam, im Mai, ganz im Anfang des Monats und sehr früh am Morgen, hatte die Königin den König mit dem zweiten Sohne nach dem Tod der ersten beiden Söhne beschenkt. Da hatte der Herr – so überglücklich er war, sich nun erst ganz des ältesten Sohnes freuen zu können – für den Knaben Carl Ludwig Wilhelm einen Taufspruch gewählt, der mehr der neuen Stadt galt als dem neuen Kinde; denn es war das Wort darein verwoben, dass er „wartete auf eine Stadt, die einen Grund hat, deren Baumeister und Schöpfer Gott ist".

Sie sollten miteinander wachsen, der Knabe und die Königsstadt, mit der Herr Friedrich Wilhelm neu begonnen hatte vor Gott, fern den alten Türmen Brandenburgs und dem zu schweren Rufe ihrer Glocken.

* * *

Die Stadt war Exerzitium und Arbeit. Geselligkeit und Muße hatten in ihr keinen Raum, doch hielt der Herr um den Anbruch des Abends eine Stunde für die Getreuesten bereit, die ihn nach Potsdam geleiteten: Offiziere, welche sein Leibregiment des neuen Reglements halber zu besichtigen begehrten; Minister, die den Weg von Berlin her nicht scheuten, um in dringender Sache die Entscheidung des Königs eiligst einzuholen. Auch Grumbkow befand sich unter ihnen, obwohl kein besonderer Anlass es verlangte. Er wollte den König nicht mehr aus dem Auge lassen. Niemals gab es vor hohen Herren einen aufmerksameren Diener. Kein Blick, keine Geste des Königs, die er übersah; kein Wort, kein Lachen und kein flüchtiges Seufzen, die er überhörte. Groß und dunkel stand er neben seinem Herrn: gesammelt als Offizier, verbindlich als Hofmann, bedacht als Diplomat, und neuerdings auch betont männlich-derb und ein wenig formlos als der arme pommersche Junker, der er von Hause aus war.

In dem einfachen Landhaussaal neben seinen Zimmern hatte der König für die Gespräche mit seinen Gästen Landkarten aufhängen lassen, die Karten seiner Ostprovinzen, der Westgebiete, der Mark, Europas und des Reiches; denn das gedachte er in den knappen Stunden der Rast mit den Getreuen vor allem zu besprechen: wie der Zerrissenheit seiner Lande durch Umgestaltung der Verwaltung und Neuerungen des Verkehrs am raschesten und ohne jede Verletzung fremder Rechte abzuhelfen sei. In den kommenden Wochen wollte der König wieder durch sein ganzes Land reisen; er wusste von vornherein, dass die Wirklichkeit noch ungleich trüber und wirrer sein würde als das Bild der Karten ahnen ließ.

Dass der König voll so düsterer Gedanken war, verriet ein Bild, das er im Planen seiner Reise unlängst hinwarf, in aller Heimlichkeit und mit rohen Farben, wie man sie ihm gerade schnell beschaffen konnte. Denn diesmal hatte es ihm nicht genügt, wie sonst Feder und Papier hervorzuholen und in großen Umrissen kühne, wilde, nur von ferne bildhafte Striche aufs Papier zu werfen; es war seine Art so, manchmal etwas, worüber er gerade im Gespräch verhandelte, rasch zu skizzieren, man mochte nun von einem Bau oder einem Kaufobjekt oder einem Galgenvogel reden.

Nun aber war die alte Knabenleidenschaft in ihm erwacht, so sehr war er von all den großen Ängsten seiner Jugend wieder bedrängt. Friedrich Wilhelm hatte wieder gemalt –: ein Bauernhaus von schlechtem Fachwerk, von düsteren Bäumen überschattet und verdammt auf eine harte, rissige Erde. Vor dem Hause stand jammernd der Bauer und sein Sohn; der Wucherer forderte ihnen das Letzte ab, und voller Angst und Klage blickte die Bauernfrau, die Hände ringend, vom Fenster auf den Streit der Männer nieder. Große, dunkle Vögel schwirrten davon, als wollten sie für immer meiden, was von Stund an verloren schien.

Das Bild hing inmitten der Karten, seiner Heimlichkeit entrissen, eine ständige Warnung und Mahnung wie jene. Der hohe Holzschemel des Königs stand an der Fensterseite, in der Mitte einer langen Tafel; so hatte König Friedrich Wilhelm die Wand mit dem seltsamen, dem gar so ernsten Schmuck immer vor seinen Augen.

Auf dem schweren Eichentische standen vor dem Herrn und jedem seiner Gäste eine kleine Kupferpfanne mit glimmendem Torf und eine hohe Büchse mit Tabak. Auf der ganzen Tafel waren flache Kupferschalen mit Tonpfeifen verteilt, denn der König war der Meinung, dass der Tabaksgenuss das Denken anrege und den Verstand schärfe. Alles, auch die Muße beim Rauchen, sollte sich unmittelbar nützlich erweisen. Zudem war noch ein weißer, tönerner Bierkrug neben den Pfeifen jeden Gastes gutes Recht. Nur dass er ihn selbst nachfüllen musste; denn der Herr liebte um diese Stunde und in diesem Kreise die Gegenwart Bedienter nicht sonderlich. Lediglich Ewersmann, der in dem Lager von Stralsund gedingte Diener, hatte Zutritt, um am Tische mit dem Abendbrot Handreichungen zu leisten. Auf einem Nebentische lagen auf rundem Holzbrett mächtige Brote. Ein hoher Tontopf mit gekühlter guter Butter stand bereit; runde, blaue Fayenceschüsseln boten Käse und Schinken dar, und auf Zinntellern, weinlaubbedeckten, war helles, saftiges Kalbfleisch als kalter Braten aufgeschnitten. Zwischen diesem Tisch und je einem Bierfass mit einem guten Ducksteiner Hellen und Braunschweiger Dunklen hatte man auf einem Schemel einen hohen Zinnleuchter mit gewaltig dicker Kerze aufgestellt. Denn kein lieblicher gläserner oder von hellem Goldwerk strahlender Kronleuchter erhellte den Saal. Auch die Tafel selbst hatte nur die blanken, kupfernen Stehleuchter zu Zierrat und Leuchte.

Der König liebte die herbstliche Abendstunde, in der das Land weit und weiter wurde hinter Bäumen, die sich entlaubten, und frühe Dunkelheit und Kühle die Menschen an den Tisch ums Kerzenlicht verwiesen. Das waren die Stunden, in denen der rastlos Sorgende, Planende, Schaffende zu sinnen, zu erzählen, sogar zu lachen vermochte. Man durfte sich nicht einmal im Gespräch unterbrechen lassen, wenn der König den gefüllten Tabakssaal betrat.

Was es aber nur zu lachen gab in dieser Stadt der Arbeit und des Exerzitiums? Nun, Professor Gundling war dem Herrn gefolgt und wusste ihn von allerlei Dingen zu unterhalten, die alt und schlecht und überaus lächerlich waren und deren der König dennoch nicht vergessen sollte über dem Drängenden und Neuen – als da war eine hohe und gelehrte Akademie in Berlin. Den hochfahrenden mythologischen Kalendermachern spürte der Herr Professor nach, ob sie das Geld des Königs vertäten und in welches müßige Gelehrtengezänk sie sich verlören. Vielleicht, dachte Gundling, dass der Herr sich doch noch entschloss, sie davonzujagen, wie er es einst mit ihm selbst tat. Damals hatte die Akademie es versäumt, Gundling zu sich zu berufen. Seitdem war er ihr Feind, obwohl er bei dem König für alle Wissenschaft hätte kämpfen müssen.

Der Professor wusste es wohl, dass es eine eigene Sache war um die Wissenschaft und den König. Als junger Bursche hatte der Herr zwischen Soldatenspiel, derben Gesprächen mit Stallknechten, Malerei und Jagd einiges im griechischen Fürstenspiegel, in Xenophons „Kyropaedie“ gefunden; davon kam er nicht mehr los; sein Leben verriet es.

Xenophon

Denn Kyros war aus großer Leidenschaft Soldat und Jäger und Vater des Landes, dem jede Reise Heerschau und Landfahrt wurde und der nicht speiste zur Lust, sondern zur Stärke.

Mit solcher Wissenschaft vom Altertum war der König heute noch zu fangen. Das hatte Gundling längst schon wahrgenommen. Er, er allein verstand dem Herrscher Anekdoten und Historien vom großen Kyros zu erzählen, wie keiner der Kalendermacher sie nur ahnte. Majestät sollte es nur hören: Kyros musterte Jahr für Jahr die neuen Truppen; Kyros prüfte auf seinen Reisen zu den Regimentern flugs den Ackerbau, um die Reisezeit ja doppelt auszunützen. Er belohnte oder bestrafte Statthalter, beschenkte zuerst die Soldaten, ohne die kein Staat bestehen kann, und danach die Landleute, ohne die seine Soldaten wiederum nicht zu leben vermochten.

Die Herren um den König vermochten freilich nicht alle die Weisheit aus der bramarbasierenden Rede des Professors herauszuhören. Sie nahmen nur den Pfauenstolz des aufgeregten Männleins wahr, von dem in Potsdam und Berlin ja jeder wusste, dass man ihn aus Polterhansen Bleusets trüber Schenke aufgelesen hatte. Manchmal machte es ihnen Spaß, dem eitlen Professor den Bierkrug so rasch aufzufüllen, bis auch der hartgesottene Trinker endlich wieder erlag, den Saal und die Würde seines Prachtrockes und die Gegenwart des Herrn vergaß und sich in Polterhansen Bleusets Wirtsstube glaubte. Dann verfiel er in beträchtliche Derbheiten und begann, was die Anwesenden anging, gar gefährliche Offenheiten zu schwatzen. Und vor allem wusste der Eigenbrötler, Kauz und Faxenmacher treffend und bissig, unflätig und in sich überstürzenden Einfällen einige hohe Herren des alten Hofes ungemein lustig nachzuahmen. Der König nahm solches Treiben nicht übel.

Heute stand er auf, stopfte sich die Pfeife neu und trat hinter den Schemel des aufgedunsenen, stolzgeschwellten, lächerlichen, sehr erregten kleinen Mannes. Aber das Lachen wollte König Friedrich Wilhelm doch nicht kommen, obwohl er geruhte, dem Expräsidenten und Professor selbst den Krug, mit hoher Blume, vollzuschenken. Noch war der König ganz in seiner eigenen Rede befangen; er hatte von seinen künftigen Reisen gesprochen. Plötzlich zog er, wie ergrimmt, den Krug von Gundlings Platz hinweg und hieß ihn gehen; und als es der nicht mehr verstand, stießen die Offiziere ihn sehr derb hinaus. Schließlich, das hätte man ja selbst gesehen, war der Professor noch gerade gut genug gewesen, das Narrenpaar des Zaren während der russischen Visite in Berlin zu unterhalten. Und seit er sich herumgeschlagen hatte mit einem von den hundert zarischen Narren, hatte Gundling sein Geschick heraufbeschworen, selbst nur noch als Hofnarr zu gelten. Höflichkeit durfte ein solcher nicht mehr erwarten.

Der Herr nahm seinen Platz nun nicht mehr ein. Er blieb, mitten unter dem Bauernbilde von seiner Hand, bei den Karten stehen und wies, wie ein Lehrer den Schülern, die Linien seiner Reise. Aber mehr noch war er, zeigend und erläuternd, ein beredter Anwalt aller Not, die auf ihn eindrang, oder wie einer, der vom schwer zu erkämpfenden Heil zu der Schar seiner ungläubigen Jünger predigte.

Gundling hatte sich wieder in den Saal der Tabagie geschlichen. Als der König einhielt, schlug ihm Professor Gundling stammelnd vor, er werde ihm neue Landkarten anfertigen und zu solchem Zweck das Land des Königs bereisen. Die Karten hier seien aus diesem und jenem Grunde sehr schlecht. Die Karten, die er selber zu entwerfen wisse, seien in dieser und jener Art besser. Und wie er es entwickelte, warum, wich die Betrunkenheit, und nur Besessenheit von Klugheit und von Dünkel blieb. Nachdenklich sah der König den Gefährten des zarischen Narrenpaares und des Zwergentrosses an. Dann gab er Gundling den Auftrag, den er begehrte.

Einige Herren standen bei dem König und Gundling. Die Höflichsten hielten Leuchter zur Rechten und Linken der Karten. Die Unwissenderen hatten sich über den Nebentisch mit dem Brot, der Butter und dem kalten Braten hergemacht und beluden zinnerne Teller mit saftigen und mächtigen Scheiben zarten Fleisches. Ewersmann, der Bauer und Fischer, der ein königlicher Diener geworden war, ging leise auf und ab; er legte auf der Tafel zwischen Kupferpfannen und Tabakskästen die Zeitungen aus, die auf den Abend noch mit der Post aus Ost und West und Nord und Süd gekommen waren, Gazetten aus Holland und Frankreich und England, aus Frankfurt, Hamburg, Breslau, Leipzig und Wien. Der König hatte sie alle selbst bestellt, von jetzt an für immer, damit in der Runde seiner Rauchgefährten, im schmalen, weißgetünchten Saal zu Potsdam, die weite Welt auch ihre Stimme hätte und frei zu reden vermöchte wie die Herren hier.

Ewersmann besteckte die Leuchter noch einmal mit frischen Kerzen. Der König und die Offiziere, Minister von Grumbkow und Professor Gundling nahmen wieder ihre Plätze ein und griffen zu den Journalen. Die Wiener und Pariser Zeitungen fanden am ehesten ihre Leser; Französisch verstand ein jeder. Grumbkow wählte die Meldungen aus London und Hannover; wie das neue Preußen sich in den Residenzen des hohen Herrn Vaters Ihrer Majestät der Königin wohl spiegeln mochte, das schien Grumbkow nun vor allem wissenswert. Der König selbst erbat sich das Kurierblatt aus Den Haag; und eine Welt des Friedens und der Ordnung, des Wohlstands und der Sicherheit, die leuchtende Erinnerung seiner Jugendreise, erwuchs ihm aus den schwarzen Lettern. An diesem Abend wurde es sehr spät im Kreis der Tabagie, obwohl die Kutscher und Knechte in Stall und Remise schon die Pferde und Wagen für den kommenden Tag zur Abfahrt des Königs bereitmachten.

* * *

Der König fuhr hinauf ins Ostland Preußen, das nun der alten Mark, das seinem ganzen Königreich den Namen gab, so fern es auch lag und so missachtet es im Reiche auch blieb. – Nicht einmal der Titel eines Königs von Preußen war dem Herrn vom Vater her vergönnt; das westliche Preußen gehörte den Polen, und die hatten es erzwungen, dass dem Brandenburger nur erlaubt ward, sich als der „König in Preußen" zu bezeichnen.

Traurige Pilgerfahrt, die König Friedrich Wilhelm im alten Ordenslande hielt! Viel wüstes Land war sinnlos erworben, damit das neue Königreich mit Maßen und mit Zahlen prunken könne, wo die Werte fehlten. Städte, Dörfer, Menschen, Herden waren längst zum Raube des Krieges, der Tatareneinfälle und der Pest geworden.

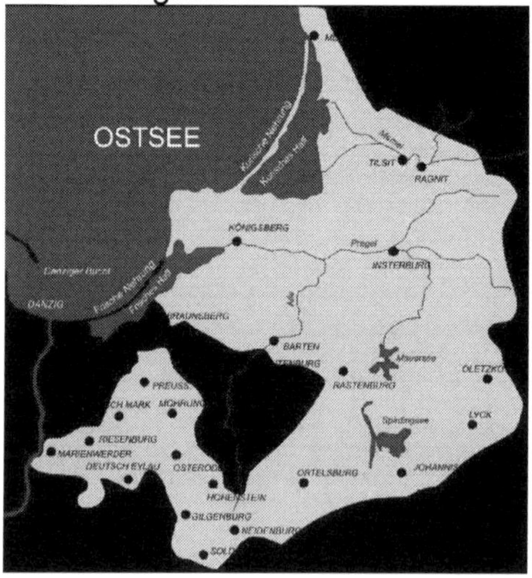

Himmelschreiendes Unrecht in der Verwaltung, Steuerbetrug durch den Adel, Nepotismus und Goldgier der Herrschenden, Stumpfheit und Trägheit der Untertanen, zu harte Winter und zu glühende Sommer hatten das Lebendige getötet, das einst die Ritter und Brüder in dem armen Lande wachsen ließen – von Brandenburgern geführt.

Ganze Tagesreisen weit war kein Bauer mehr anzutreffen, Güter und Bauernhöfe lagen verödet, kein Vieh und kein Getreidehalm war mehr zu sehen; zerfallen ragten die Gebäude; Wildnis starrte überall; das Land war eine Stätte des Grauens.

Droben in Litauen hatte der Herr in alten Schriften geblättert. Er wollte erfahren, was die zerbröckelten Mauern am Fuße der Ordensritterburgen und die verödeten Äcker, die sich um die alten Dome breiteten, nicht mehr zu künden vermochten. Die Wonne des Erdkreises, die unerschöpfliche Quelle guter Steuern, die Kornkammer, das Tor des Handels dreier Reiche war das Land in den alten Schriften genannt. Und gerühmt war sein goldener, strahlender Bernstein, der honigfarbene, gläserne Schatz aus Meer und Wald und Zeit. Gepriesen war auch der Reichtum der Fische, die Fülle des Kornes und der Herden auf üppigen Weiden, die Menge des Holzes und Wildes, der Anstand und die Schönheit seiner Menschen. Noch war ein Sprichwort aufgezeichnet, das dem Herrn das Herz zusammenpresste: „Wollten die Götter auf Erden wohnen, sie ließen sich im Lande Preußen nieder ...“ Aber nun, das wusste Preußens neuer Herr, würden die Götter nur fliehen vor Entsetzen, wie die Menschen einer armen Erde leiden und Not übereinander bringen mussten.

Zwischen Verschlafenheit und Trunkenheit schwankend, wachten sie nur, um für die bitterste Notdurft des Tages zu stehlen, aus lähmender Trägheit auf. Ein verlaufenes Stück Vieh, das war der Kostbarkeiten größte, um derentwillen jeder sich zum Diebe machte.

Der König sah die Menschen seines Elendslandes, nur in Fetzen gehüllt, dahinschleichen, die Füße bloß, mit rauem Bastgeflecht umwickelt: untätig, gegen Frost und Hitze stumpf, und roh; manchmal nur war ein Mann zu einer jungen Frau von einer fernen Freundlichkeit; und ohne Argwohn schienen sie alle gegen jeden, der beim Trunke derb und lustig war.

Wenn der Sonntag den König auf seiner Fahrt in einem Kirchdorfe fand – denn so pflegte er seine Reise mit den wenigen leichten Wagen einzurichten, so fern die Kirchen einander auch lagen –, sah er die Männer und Frauen, verschmutzt wie am Werktag, weither aus den Dörfern ohne

Kirche kommen; aus Dörfern, die dem Bann von Nachtmahr, Alp und Werwolf preisgegeben waren. Nun aber riefen jammervolle Glocken all das arme Volk zusammen; die Hornviehseuche war im Lande, das Letzte zu rauben, und das allgemeine Kirchengebet war angesagt. Betrunken torkelten die Männer, betrunken oft auch die Frauen, von ihren holpernden, mühsam und notdürftig zur Fahrt zusammengeflickten Karren, schlugen auf die Pferde ein und zerrten sie am Stricke auf den Kirchhof; die Gefährten, die noch auf dem Karren hockten, schliefen weiter.

Den fremden Mann, der ihnen in das Kirchtor folgte, nahmen die Unglücklichen nur mit einem stumpfen Blicke wahr. Sie krochen, einander umschlingend wie in großer Gefahr, in die Bänke, blickten fremd und blöde zu dem Prediger auf, dessen Schwall ohn' Ende doch niemand verstand; und mitten in Epistel, Evangelium und Psalm schliefen die einen, an den Nachbarn, auf die Vorderbank oder den Knüppel gelehnt, wieder ein, und andere begannen, unbekümmert um Gottes Wort, laut zu singen, wehmütig, unheimlich und haltlos, den wortlosen Gesang mehr und mehr in Stöhnen und Heulen verlierend, als wären sie nur um solchen Klageliedes willen weither gekommen aus den schwarzen Wäldern.

Verfallen und dunkel umschloss die morsche Holzkirche all den Jammer. Der Herr fuhr weiter, ohne auch nur den Pastor zu sich befohlen zu haben. Am Wege oder vor den Friedhofsmauern sah er die Armen Kräuter und Wurzeln zernagen und an entsetzlichen, steinharten Broten kauen; deren Kruste war mit Asche und Staub bedeckt. Er warf nur einen flüchtigen Blick auf die Hungrigen. Dann eilte er in seiner leichten Kalesche, der zu schneller Fahrt geschaffenen, von Edelmann zu Edelmann, fuhr an den Adelssitzen vorüber und fand alles, wie das Fräulein von Wagnitz, als er ihm noch sehr vertraute, es beschrieb.

Ein kleiner Küchenwagen rollte hinterdrein. Nur ganz selten auf der Reise aß der König bei Offizieren, Amtsleuten, Beamten, Förstern; und immer nur wie einer der Ihren: Suppe und Huhn; Kohl oder Erbsen mit Pökelfleisch; Kalbfleisch und Käsebrot. Doch teilte er auch nach einem bloßen Butterbrot noch reichlich Tafelgelder aus; und nur am Tische der Redlichen und Sauberen nahm er Platz.

Der König hat auch einige Herren von Rang auf ihren Schlössern aufgesucht, doch nicht als Gast. Dann hat er sie alle in die Krönungsstadt des ersten Preußenkönigs bestellt: die Braunsberg, die Wagnitz und Schlubhuth. Im Krönungssaal des ersten Preußenkönigs plante er die Schlacht gegen die „polnische Freiheit" seines preußischen Adels zu schlagen: die polnische Freiheit, wonach niemand im alten Herzogtum Preußen ohne die Genehmigung der Junker sich ansiedeln oder auch nur Beamter werden konnte.

Die großen Herren boten ihrem jungen König ein Donativ, ein Don gratuit, wie König Midas es erhielt, damit die Begegnung einer späten Huldigung gliche und in Feierlichkeiten zerrönne, nach denen man wieder seine Ruhe, sein Vergnügen, seine Zinsen von den Armen hatte. Aber König Friedrich Wilhelm wies das Ehrengeschenk zurück und erklärte, auf festen Rechten und Pflichten, nicht auf Geschenken und Verehrungen solle die Beziehung zwischen Thron und Adel und Ämtern basiert sein.

Es wurden klingende Reden zur Ablenkung des Monarchen gehalten, in denen totgeschwiegen werden sollte, weshalb er eigentlich gekommen war und hier stand. Der König hob die Hand ein wenig. Die Röte stieg ihm nun doch bis in die Schläfen.

„Ersparen Sie mir“, unterbrach er, „die Versicherungen unabänderlicher Ergebenheit und Dienstbereitschaft, die von allen Tatsachen von vornherein Lügen gestraft sind. erlassen Sie mir die Floskeln, die jeder Kanzlist mir auswendig aufs Briefpapier setzt. Ich spüre allenthalben nur die offene, geschlossene Resistenz der Tat. Mir bangt – für Sie – vor den Folgen; für mich und mein Volk werde ich sie von Stund an abzuwenden wissen.“ Danach kehrte er sich insbesondere zu seinen hohen Beamten. „Oh, es ist gut, Kammerrat oder Kammerpräsident in Preußen zu sein. Denn sie stehlen, rauben, plündern die Untertanen, ducken, lügen, wenn sie schreiben, weil es weit abgelegen ist und ich glauben muss, was mir die Kammern melden. Die armen Leute kommen selber so weit zu mir gereist – und müssen, wenn man sie abfängt, hohe Summen geben, falls sie nicht wegen Aufsässigkeit bestraft werden wollen!

Aus allem ersehe und vernehme ich nur immer wieder, dass meine Meinung ganz anders will verstanden werden als sie bei mir ist. Ich suche gar nicht Ihre Unterdrückung, sondern nur eine gerechtere Verteilung der Lasten, die meinem Volke auferlegt sein müssen; ich bin stets darauf bedacht, auch Ihr Bestes zu fördern. Das soll mein beständiger Vorsatz bleiben. Es müsste auch bekannt sein, dass ich eine große Macht zur Beschützung meiner Lande auf den Beinen halten muss, die ja gleichfalls zu meiner getreuen Vasallen und sämtlicher Untertanen Schutz gereicht. Diejenigen Gelder, die Sie, und nicht mehr nur allein meine unglücklichen Armen, zur Rekognition geben sollten, waren bestimmt, allein zur Erhaltung der Armee verwendet zu werden, damit Sie vor fremder Macht und vor einem feindlichen Überfall wie bisher allezeit gesichert und geschützt sein können, obwohl der größte Teil des Landes von Kriegstrubel umgeben war."

Als der König während seiner Rede im Moskowitersaal umherblickte, wie es seine Art war – denn er sprach, als rede er zu jedem einzelnen –, wurde die Erinnerung schmerzlich wach in ihm, dass er dies alles ganz genauso schon einmal erlebt hatte, als er mit den Junkern der Kurmark in Fehde lag. Da war überall noch die alte Unbotmäßigkeit, der Übermut und die Zügellosigkeit des Reichsadels. Ah, sonst wollten Brandenburg und Preußen, Cleve und Magdeburg einander nicht kennen, so sehr er darum warb –; doch im Widerstand gegen ihn war herrliche Einmütigkeit! Der König traf auf Stände, die Staaten waren im Staate und seiner Führung nicht zu bedürfen glaubten. Der Wind, so sagte der Herr, könne auf dem Landtag immer noch gemacht werden, aber seine Änderungen nähmen ihren Fortgang; und er werde die Enormität eines solchen Verbrechens, wie Staaten im Staat es bedeuteten, mit gehöriger Strafe zu ahnden wissen, wo immer es ihm in mancher neuen Form und doch dem gleichen Geiste offenbar werde.

Gleich war aber auch dies: dass überall ein Treuer war; dass immer wieder einer sich fand, dem die Not des Landes und die Unehre des Standes das Herz bedrängten; dass einer sich vom hellen Blick des jungen Herrschers bezwungen und hingezogen fühlte und zu ihm kam, indes die anderen ihn mieden und sich gegen ihn verschworen.

König Friedrich Wilhelm dachte an den Landmarschall von Schulenburg, als man ihm den neuen Namen nannte: Karl Heinrich Graf Truchsess zu Waldburg. Der Truchsess hatte, um sich dem König von Preußen zu verschreiben mit allen Kräften und allem Besitz, nur das eine Wort des Herrn vornehmen müssen: „Ich werde die Hände in dem angefangenen Werk nicht sinken lassen noch eher ruhen, bis die Wüsteneien aufgehört haben." Auch er stand vor dem Angesichte Gottes, der „die Erde nicht gemacht hat, dass sie leer soll sein, sondern sie bereitet hat, dass man darauf wohnen solle".

Es war, als schenke jedes seiner Länder dem König immer wieder einen, der ihn an dem Wert und der Treue und den Gaben des Adels nicht verzweifeln ließ. Der König prüfte Truchsess nur mit einem Wort, nur mit einem Blick; und schon besprach er nur mit ihm, was schnell, sehr schnell im Lande geschehen müsse. Graf Truchsess schien keiner zu sein, der in Begeisterung dahinstürmte, viel eher einer, der wartete und vorbereitete und Unterlagen beschaffte, auf die man sicher bauen konnte. Nach einer kurzen Abendtafel, die beide Herren allein miteinander hielten, war König Friedrich Wilhelm entschlossen, dem Adel sein Recht, die Armen zu besteuern, und die ausschließliche Baugerechtigkeit zu nehmen; entschlossen auch, jegliche Parzellierung durch wilden Verkauf, der eine sinngemäße Bebauung des Landes erschwerte, zu beseitigen; der Adel aber sollte nach dem Wert und Ausmaß seiner Hufen zu Steuerleistungen herangezogen werden statt des armen Mannes. Selbst den Besitz der Großmächtigen durfte der Herr jetzt nicht länger unangetastet lassen, mochten sie auch noch so drohend gegen ihn nach Polen um Beistand rufen. Wie hätten sie sich eingestehen wollen, dass ihr König ihnen nichts entriss als wüstes, wildes Land, das ihnen Last bedeutete und das von Saatzeit zu Ernte, von Ernte zu Saatzeit Jahr um Jahr brachlag. Der Herr in seinem Glauben, dass „der vaterländische Boden zu jedem guten Werk geschickt" sei, sah nur die ungenützte Erde an. Er fragte nicht nach überlebten und verjährten Privilegien, die gar nichts mehr denn nur Dekor der Eitelkeit bedeuteten. Die Not des Lebens und die Möglichkeiten einer fruchtbereiten Erde, die allein bedrängten ihn. Die Proteste und Skrupel der innerlich Toten tat der Lebendige mit heftiger Gebärde ab. Der Herr von Grumbkow warnte von Berlin aus, der König fange da ein Ding an, das er nicht werde durchführen können.

Er aber sah die Frist, die dem Ackerlande der Großen gesetzt war, ungenützt verstrichen; und sein Wille war, den Grund und Boden neu zu verteilen, als sei er, ein letzter Ordensritter, wie ein Eroberer in sein eigenes Reich gekommen, es zum Gottesstaat auf Erden zu machen. Was er entwarf, war hartes, nüchternes Edikt; aber jedes Wort darin war ein Aufruf zum Leben, auch wenn die Niederschriften Aktenchiffren und Registerzeichen trugen. Eine neue Agrargesetzgebung bahnte sich an – vorerst noch allein im leidenschaftlichen Ausbruch dieses einen heißen, königlichen Herzens!

Als Anwalt der Entrechteten hatte der König zum Grafen Truchsess, seinem „lieben Trux", gesprochen: „Ich habe in Erwägung gezogen, was es für eine edle Sache sei, wenn die Untertanen statt der Leibeigenschaft sich der Freiheit rühmen, das Ihrige desto besser genießen, ihr Gewerbe und Wesen mit umso mehr Begierde und Eifer als ihr eigenes betreiben und ihres Hauses und Herdes, ihres Ackers und Eigentumes für sich und die Ihrigen für Gegenwart und Zukunft gewiss sind."

Er plante auf der Stelle eine neue allgemeine Konferenz mit dem Adel; er wollte auf dieser neuen Sitzung mit der Faust auf den Tisch schlagen, auch einige der hohen Herren gleich verhaften lassen, aber er fügte sich dem Wissen, das sich ihm im „lieben Trux“ als einzige Hilfe bot. Denn Graf Truchsess widersprach; er redete dem Herrscher nicht zum Munde; er tat nichts, um sich selbst ein rasches Lob zu sichern. Und der Herr, in all der Not und all dem Zorn, war glücklich nur um dieses einen Gerechten willen. Der prägte ihm ein, dass glühender Wille und überstürzter Entschluss in diesem Lande der Öde, Wildheit und Schwere jäh versagen müssten. Er schrieb es seinem Herrn noch nach, mit Eilkurier und eigenem Boten, als der längst schon wieder unterwegs war: „Man muss die Sache kaschieren, bis alles changieret wird sein, alsdann auf einmal abbattieren und in fuhrie einrichten, dass die Leute keine Zeit haben zur Remonstration.“

Der Truchsess schien einer, der selbst die Heftigkeit mit Vorbedacht einsetzte. Solch einen konnte König Friedrich Wilhelm gebrauchen, über seinem Ostland zu wachen, „bis alles changieret wird sein –“.

Welch harte Probe der Geduld, wenn die Adern vom Zorne zerspringen und ein königliches Herz vor Mitleid überströmt!

„Bis alles changieret wird sein –“

Das Wort hat einen ungeheuerlichen Sinn, ein überwältigendes Ausmaß für ihn gewonnen; es wächst an Weite und Schwere seines Gehaltes; grollend ruft es ihn noch aus jedem Räderrollen an; mahnend fleht es noch im Ächzen der Deichsel und Achse. In Litauen fehlt es an kleinen Städten, und in den vorhandenen Städten an Manufakturen, die doch „der rechte nervus rerum eines Landes sind“. Verkommene, vergessene Landflecken werden in einer wahren Umgürtung von Gerüsten in Städte verwandelt; plötzlich kennt man die Namen: Tapiau, Ragnit, Bialla, Stallupönen, Darkehmen, Pillkallen, Gumbinnen, Schirwindt – jede einzelne ist König Friedrich Wilhelms Stadt.

In Magdeburg stockt der Salzvertrieb der Salinen; die Salzverbrauchspflicht ist zu erwägen. Bei den Domänen der Neumark und Uckermark ist eine Revision von Amt zu Amt höchst nötig, und das Forstwesen muss gründlich untersucht werden. Der Holzhandel mit Holland und Hamburg ist in Gefahr.

Die einzelnen Schatullgüter des Hauses Brandenburg liegen zerrissen in mehr denn zwanzig kleine Vorwerke, sind auf Raubbau zu doppeltem Preise weiterverpachtet, verschuldet, verpfändet, verrottet. Pachtverträge müssen gelöst, Verschreibungen annulliert, Erbpachten in Zeitpachten verwandelt, Entschuldungen durchgeführt, die geretteten Güter mit ewigen Fideikommiss belegt, für unteilbar und unveräußerlich erklärt werden. Er, der das elendeste Erbe übernahm, wird überall zum Verfechter einer neuen Lehre von Besitz und Erbe: vor seinem Hause, vor dem Adel, vor den Bauern.

Sechs- bis achthunderttausend Taler Revenuen mehr im Jahr lassen sich schaffen – ohne Drückung der Untertanen und bei allergeringster Besteuerung der Bevölkerung. Das ist die Lehre und die Forderung der Landfahrt.

Dabei sind den Pächtern noch die Schäden zu ersetzen, die „durch Pest, Krieg, Feuer vom Himmel, ungewöhnliche Wasserstauungen und Überschwemmungen oder andere dergleichen Zufälle entstanden, welche Menschenmacht und Vorsichtigkeit nicht haben abwenden können". Und solche Hilfe soll auch noch „gegen Misswachs, Sturm und Hagel" gewährt sein, „wenn nicht einmal das Aussaatquantum wiedergewonnen wurde". Was nun den Pächtern versprochen wird, „muss heilig gehalten werden".

Im Oderbruchgebiet ist Hochwasserzeit; die Tierkadaver sind auf die überfluteten Äcker geschwemmt. Im Havelländischen Luch versinken die Kühe beim Weiden. Die grasenden Schafe werden krank vom fauligen Klee. Die Saat verschimmelt. Die Mahd kann um der trügerischen Decke des Moores willen nicht vor dem ersten Froste erfolgen. Ein halbes hundert Dörfer modert in einem armseligen Winkel hin. Aber die Menschen widersetzen sich dem Retter: „Das Moor besteht seit uralten Zeiten. Wer kann es wohl durch Menschenkraft hinwegbannen?"

Der Herr entwirft gleich einen Siebenjahresplan, ach, Pläne für wohl sieben magere Jahre! Er übernimmt die Vermessungskosten; er beschwichtigt die, denen er helfen will: „Dieses muss ich bezahlen, weil ich es zu meiner Curiosité habe wissen wollen."

Tausend Arbeiter und zweihundert Soldaten werden ins Moor entsandt. Die Regimenter haben ihren Soldatendienst zu verlassen und Deiche, Dämme und Buhnen aufzuschütten, Weiden anzupflanzen, Flößereien anzulegen, Uferland zu schützen: ohne Waffe; und solcher Dienst scheint König Friedrich Wilhelm für seine Soldaten nicht geringer, als Schanzen und Wälle um ein Lager aufzuwerfen. Denn immerwährend ergeht, auch im Frieden, der Josuabefehl an die Herrscher der Erde: „Des Landes ist noch sehr viel übrig einzunehmen –"

„– bis alles changieret wird sein –"

Die Kavallerie, die rings im Lande auf den Dörfern und den Bauern auf der Tasche liegt, wird noch während der Reise des Königs auf den Kriegsetat gesetzt, und die Bauern sollen sich künftig, aber nur bei guter Ernte, mit einem Kavalleriegelde ablösen. Vor allen Dingen aber müssen die Kreisräte „nach Vermögen dahin sehen, dass von den marschierenden Korps die Einsamen des platten Landes und die königlichen bäuerlichen Untertanen nicht zur Ungebühr beschwert, viel weniger denen selben einiger Schade oder Verdruss zugefügt werde". Mit härtesten Drohungen wird der Prügelstrafe ein Ende bereitet, „jenem barbarischen Wesen, die Untertanen gottloser Weise mit Peitschen und Stockschlägen wie das Vieh zu traktieren". Den königlichen Räten haben die Bauern keinen Vorspann mehr zu stellen, wenn Pflugzeit und Ernte jeden ärmsten Gaul verlangen. Der König will nicht, dass die Herren Räte in den Provinzen mit seiner Bauern Pferde spazieren fahren. Er legt das Tempo des zu leistenden Vorspanns fest. Er ordnet die Benützung leichter Jagdwagen an, um die Bauernpferde zu schonen. Aber so wenig angenehm das Reisen nun ist, müssen alle Kammerpräsidenten jetzt alljährlich, sobald der Schnee taut, zur Visitation aufbrechen. Auf solcher Dienstreise ist alles in bar zu bezahlen. Man soll dem König nicht mit „pommerschen Historien" kommen, dies gehe nicht. Die Herren haben zu reisen, wie er selber jetzt die Länder durcheilt: denn grimmiger Krieg ist zu erklären allen Wölfen, Bären, Hamstern, Raupen, Heuschrecken; der Versandung der Äcker und Flüsse, dem Sterben und Faulen der Fische. Der Kampf gegen die biblischen Plagen, die Heuschrecken, hebt an; der König lässt die Felder, in denen Raupenherde nisten, vor Winteranbruch umpflügen, damit sie an der Kälte sterben. Und damit im dürren Lande der Flugsand die Felder nicht mehr verwehe, werden Erlendämme angelegt und dichte Gräser an den Ackerrain gepflanzt. Streng zu überwachen ist, dass die neue Pflugart angewendet und das wenige Getreide, das seine unglückselige Erde noch trägt, „rein ausgedroschen wird, nicht nach bisheriger unverantwortlicher Gewohnheit obenhin bearbeitet, so dass der Segen, den Gott gab, im Stroh zurückgelassen wurde".

Der Herr lässt nicht nach. Abermals und noch einmal werden zehntausend Taler für den Ankauf deutscher Pflüge ausgesetzt, mit denen seine Siedler das rohe Holzgerät der Litauer verdrängen sollen. Wenn nur die herbeigerufenen Kolonisten nicht so unbillige Bedingungen stellen wollten! Aber sie können ja nur ihren eigenen, sichtbaren Vorteil suchen –

was gilt ihnen denn des Kurfürsten von Brandenburg östliches Titularkönigreich Preußen! Ihm aber muss alles als Werk von Dauer erstehen. Er ernennt für sein Siedlungsprogramm Ingenieure und Baubeamte; er organisiert Baukompanien mit Landbaumeistern und Bauschreibern und sendet ihnen Soldaten als Hilfsmannschaften. Nicht mehr nur Soldaten, auch Mühleninspektoren, Mühlenmeister und Müllerburschen werden im Magdeburgischen und Halberstädtischen geworben. Eine neue Art von Werbern hält überall Umschau nach erstklassigen Landwirten vom Administrator bis zum Kleinknecht. Vierhundert Gärtner werden noch in diesem Jahr gebraucht –

„– bis alles changieret wird sein –“

„Bis alles changieret wird sein“, bekennt der Herr, „denke ich Tag und Nacht, wie das schöne Land in florissanten Zustand kommen kann. Dann finde ich immer, die alten Systeme stehen dem entgegen. Denn wenn das Land florieren soll, dann kann der Kommerz nicht sehr florieren. Davon bin ich überzeugt. Nun ist die Frage, ob ich ein florissantes Land oder einen florissanten Handel haben will.“

Wenn die Liebe zu seiner elenden Erde gar zu mächtig über König Friedrich Wilhelm kommt, nennt er Sand und Sumpf und Kiefernheide „das schöne Land“.

Es ringt den eben erst notdürftig gefüllten Kassen Ausfuhrprämien, Produktionsbelohnungen und Kredite für die „Entrepreneurs neuer Fabriken und Manufakturen“ ab. Fabrikinspektoren werden ernannt, der Gewerbeschutz wird ausgebaut, ein numerus clausus in einigen Innungen eingeführt. Eine genaue Handwerkerstatistik stellt fest, wo und an wem Bedarf ist. Das völlige Verbot der Einfuhr von Manufakturen wird unerlässlich, ebenso der Ausfuhr solcher Rohstoffe, welche die einheimischen Gewerbe für die eigene Produktion benötigen.

Der stärkste Widerstand kommt aus den Zünften. Der König gestaltet das Innungswesen um und hebt die alten, beschränkenden Zunftgesetze auf. Er dehnt die Fürsorge, welche die Spinner und Tuchmacher erfuhren, auch auf die Leder- und Metallarbeiter aus, da er die am ehesten mit Aufträgen für das Heer zu beschäftigen vermag.

Die Behörden müssen die fremden Biere, Branntweine, Weine, Essige, das ausländische Korn, die Gerste, den Hafer, Flachs, Butter, Käse mit hohem Imposte belegen, damit die preußischen Lebensmittel um die Hälfte billiger verkauft werden können als die fremden. Dagegen dürfen die Waren und das Getreide, die aus dem Lande in die Fremde geschickt werden, nur mit „einer leidlichen Handlungsaccise" belastet sein, und „auch sonst ist die Ausfuhr auf alle Art und Weise zu favorisieren". Der König fordert die Kaufmannschaft aller größeren Städte auf, sich monatlich zu versammeln und Vorschläge an die Behörden zu machen, wie ihre Haltung verbessert und eine neue Handlung eingerichtet werden könne.

Der neue Handel erfordert neues, besseres Geld. „Und wenn wir gleich des Jahres ein paar tausend Taler an die neuen Zweigroschen- und Achtpfennigstücke setzen müssten, so werden wir doch frisches Geld ins Land bekommen", so verspricht der König, „denn wir wollen durchaus nicht mehr gestatten, dass anstatt baren Geldes Zettel und Papiere gezahlt werden."

Dem Reich ist es unfasslich, dass ein Landesherr nun gar auch noch daran denken will, die Gewichte und Maße in den verschiedenen Gebieten seiner Herrschaft einheitlich zu machen, die auseinanderklaffenden Währungen in einem zerrissenen Lande in Einklang zu bringen. Ellen und Gewichte in den Läden werden jetzt monatlich untersucht, die Waren nachgeprüft. Alle Grenzstreitigkeiten, die den Versand und Austausch erschweren, werden beigelegt, die Postkurse vermehrt, die Wege verbessert, die freien Bestellungen unterbunden, die Tarife an die der anderen Staaten angeglichen.

Der König fährt noch durchs Land, und schon begegnen ihm im Umkreis der Städte die ungleich nobleren und bequemeren Kutschen all der großen Sachkenner, die er aus allen Himmelsrichtungen herbeirief.

Die alten Städte an den neuen Straßen verlangen nach Menschen: Magdeburg hat nach den großen Kriegen nur noch den zehnten, Frankfurt an der Oder den fünften Teil seiner Einwohner.

Die Willkür der Patriziermagistrate mit dem jährlichen Wechsel ihrer Bürgermeister und der herrschenden Familienklüngel hat den Beamtenmagistraten Seiner Majestät zu weichen. Der König wird zum Bürgermeister aller seiner Städte; er nimmt ihnen ihre Gerichtsbarkeit und unterwirft sie einem Rechte; er wacht noch über sie im Mühlenamt, in der Feuerordnung und Laternenkommission. Er ist an gar zu vielen späten Abenden durch gar zu dunkle Städte gereist; von Oktober bis März werden von nun an in den Straßen aller Städte allabendlich Laternen brennen. Seine Hand ist spürbar im Vormundsamt für die Stadtwaisen und im Dezernat der Armenwachtmeister. Gassenherren haben ihm über den Zustand der Bürgersteige zu wachen. Das Hebammenwesen wird geregelt – die Hundehaltung geordnet, als müsse alles in einem Zuge geschehen, als sei das Höchste und das Geringste im selben Maße unerlässlich. Der junge König beschließt, von nun an auf seiner Landfahrt stets eine Kapsel bei sich zu führen; in ihr stecken die Etats der Provinz, des Domänenamts, der Stadt, die er besichtigt. Jeden will er sein Pensum abhören. Mit jener Kapsel, die sein Reichsapfel ist, wird er von nun an immer reisen –

„– bis alles changieret wird sein –“

Der König fährt und schaut und prüft – und lernt. Er kann keinen Untertanen entbehren, den er auf seiner Landfahrt findet. Denn die Menschen fehlen, die neuen Pflüge zu führen, die Sensen zu schwingen, die Ziegel zu setzen, die Bäume zu pflanzen, die Kühe zu melken und die Schafe zu scheren, die aus allem guten Land in Nachbarreichen von dem König angekauft werden. Die Menschen fehlen, die Manufakten zu verwalten und zu verwerten, die der König in die Wüsten der Verzweiflung schickt. Und die wenigen Menschen seines Reiches sind einander fremd und feind. Er aber will erzwingen, dass im ganzen Land aus Jahren und Bezirken reicher Ernte künftig Magazine für die Hungersnöte vom Unglück verfolgter Landstriche aufgefüllt werden; er will mit Zwang ankaufen, aus Gnade verteilen, die sieben fetten Jahre für die sieben mageren Jahre werten, östliches Preußen und westliches Cleve, das Küstenland Pommern an Meer und Strom und die Mark im Sande ihre Not und ihren Reichtum miteinander teilen lassen. „Denn das Land“, schreibt der Herr, als wäre er, der Plusmacher, auf seiner Landfahrt zum Träumer geworden, „ist gut, dass es meinem Sohn an Menschen nit fehlet. Menschen halte für den größten Reichtum.“

An Menschen ist er bettelarm. Er wirbt um seine Untertanen, wie keiner seiner Werber um Soldaten werben kann.

Immer wieder steigt der Herr an einer Scheuer ab, immer wieder fährt der Herr an einem Amtshause vor, immer wieder jagt er die Landstraßen entlang, die kaum erst aufgeschüttet wurden – vorüber an neuen Mühlen, deren Flügel und Wasserräder sich noch nicht drehten, und an Speichergerüsten, durch deren Gebälk nur die Weite und Leere der Ebene ihn anblickt.

Die Nacht wird in ärmlichem Wirtshaus verbracht, das Mahl am Feldrain abgekocht. Nicht einmal bei Förstern und Amtsleuten kehrt er noch ein. Der Diener Ewersmann hat sich daran gewöhnen müssen, auch des Königs Koch zu sein. Auf der Reise ward er wieder Fischer, Landmann, fern dem neuen Schicksal, das eine Frau über ihn heraufbeschwor und das er nun sein Glück nannte. Der König aber wünschte sich solchen Bedienten auf seinem Reisewagen.

Obwohl es tief im Herbste war, lagerten der König und sein Diener noch immer wieder einmal am Wegrand. Die Pferde wurden an einen Wiesenstreifen geführt; der Kutscher ruhte nahe bei ihnen unter einem Baum. Der König und Ewersmann suchten eine Gruppe von Kiefern und Birken auf der anderen Seite des Feldweges. Der Diener nahm den Korb mit dem Imbiss mit; er breitete dem Herrn eine Serviette auf den Erdboden und mahnte ihn an die Mahlzeit. Als der Herr am letzten Tage seiner Landfahrt das Brot brach unter dem herbstlichen Himmel – unter einer Sonne, die keinen Halm und keine Frucht mehr reifen lassen durfte –, war es mehr als eine Geste, die der Sättigung diente. Er betete vor der Mahlzeit unter dem offenen Himmel nicht. Aber durch seinen Sinn zogen alle die frommen Geschehnisse, die er mit jedem Tage seines Königsamtes tiefer und tiefer zu begreifen begann, als sei alles Herrschen, Ordnen und Verwalten nur eine Auslegung der Heiligen Schrift: des Evangeliums von der Speisung der Fünftausend mit fünf kärglichen Broten und zwei Fischen; des Evangeliums von dem Brote, das als ein Leib dahingegeben wird zum Leben der Welt.

Es war das königlichste Mahl, das er je hielt: einsam, am Wegrand, unter offenem Himmel, in der sanften Wärme einer Sonne, die nicht mehr reifen ließ und dennoch seine liebe Erde beglänzte. Als prüfe er das herbstliche Gewölk, sah König Friedrich Wilhelm empor, Bauern und Könige müssen des Morgens, des Mittags, des Abends nach den Wolken sehen. Er betete nicht. Aber er schaute auf zu dem, der über den Wolken ist. Die Rast war kurz und tief.

Wenn sie die Eile einhielten, die der Herr bestimmte, gelang es noch immer, dass sie zur Nacht gerade wieder auf dem Gebiete seiner Herrschaft ruhen konnten: so zerrissen war sein Land, so zerstückelt in sinnlos ausgestreute Fetzen, so zerschnitten von fremden Gemarken.

Die Klagen liefen König Friedrich Wilhelm nach. Die Freien, Mächtigen, Verwöhnten, die großen Geschlechter, „die mitregieren wollten", jammerten hinter ihm her: „Tout le pays sera ruiné!"

Der Herr wiederholte es höhnisch: „Tout le pays sera ruiné? Nihil credo. Aber das credo, dass die Junkers ihre Autorität wird ruiniert werden müssen! Denn ich komme doch zu meinem Zweck und stabiliere die souverainité und setze die Krone fest wie einen rocher de bronce."

Noch durfte er die Junker nicht erfahren lassen, dass er, der Bauernnarr, der Tagelöhnerpotentat, bei seinen Bauern auch nicht einen Tag auch nur den Anflug eines Freiheitstaumels duldete. Er, der Lehrmeister der Pflüger, Säer, Schnitter, nahm die Beschenkten in nicht minder harte Schule, als sie der Adel nun bei ihm durchlaufen musste. Herren aus den Nachbarstaaten mischten sich bereits ein. Der sächsische Gesandte wiederholte seine Versicherungen, dass die Unzufriedenheit des Adels den höchsten Grad erreicht habe; und er bezeichnete dem Herrn mehrere Adlige, die ihre Güter verkaufen, ihr Vermögen durch seine Vermittlung in Sachsen anzulegen und dahin auszuwandern beabsichtigten.

Die minder Wohlhabenden unter den Junkern klagten, sie hätten allerlei Verbindlichkeiten in Warschau, denen sie nun nicht mehr nachkommen könnten; nun sei ihr Ende ganz gewiss; ihre Kinder würden noch betteln gehen, wenn der König ein so übles Spiel mit ihnen allen beginne.

Da ließ der Herr drei große Leiterwagen mit adligen Knaben nach seiner Residenzstadt fahren. Er wollte für die Knaben sorgen; denn „Menschen sind der größte Reichtum“. Er wollte sie erziehen als Pagen und Kadetten. Aber dem Adel war nach jener Landfahrt des Königs das Wort „Kadetten Seiner Majestät“ ein Schimpf; und dem unsinnigen Plane seines Kadettenhofes sagte man den baldigen Zusammenbruch voraus und betonte höhnisch, dass dieser Kadettenhof im Alten Hetzgarten errichtet werden sollte. In den gedemütigten Herrensöhnen werde sich der König für die Zukunft eine rechte Rute aufbinden.

Die Knaben der verwöhnten Warschauer Kavaliere, der Herren von Braunsberg und Wagnitz und Schlubhuth, die hundertzehn hübschen Jungen, waren aber so verlaust, dass der König, bevor es darum ging, sie als Kadetten einzukleiden, noch von seiner Reise aus Order geben musste, sie zu waschen, zu scheren, zu stutzen. Er war genötigt, all den kleinen Herren eine Kinderfrau zu halten, die gut Läuse fand und Krätze zu heilen wusste.

Zum Glück besaß die Dicke Schneider, die in Männerkleidern Huren fürs Spandauer Spinnhaus auffing, eine jüngere Schwester, die in alledem als kundig galt; auch im Haare scheren. So überlegte sich der Herr schon hübsche Uniformen für die Jungen: blau mit roten Aufschlägen, gelber Weste und einem Hut mit silbernen Tressen.

Ach, sollte den Knäblein bei Kindsfrau und König nun wohl sein!

* * *

Einer war dem König nachgereist, Schritt für Schritt: ein freier Reichsfürst, der keines Dienstes beim armen König von Preußen bedurfte, Freund Leopold von Anhalt-Dessau.

Er hatte gesehen, dass der König auf seiner Landfahrt nur selten Heerschau halten konnte. Paraden und Musterungen wurden mehr als einmal abgesagt, Truppen wurden zum Deichbau in überschwemmtes Land und zur Noternte jämmerlicher, später Hackfrucht in Elendsgebiete entsandt. Er hatte das neue Jahr des Königs an dessen Geburtstag für das Heer begehrt. Nun fuhr er heim, schwieg von dem Glanz der Waffen und dem Wetterleuchten der Fahnen – und erbat sich ein gewaltiges Stück wüsten Landes im ödesten Osten zum wunderlichen Unterpfande ihrer Fürstenfreundschaft. Denn niemand, der nicht die preußische Not – und sei es auch nur an einem ganz geringen Teil – mit König Friedrich Wilhelm teilte, hätte vermocht, sein wahrer Freund zu werden.

Der Fürst von Anhalt, der beste Wirt im Reich, begann dem „König in Preußen“ Bubainen und Norkütten zu bebauen. Wie er dem König nachgereist war Schritt um Schritt, so ging der Fürst nun in der Wüste seines neuen Gutes in jedem Zoll den Wegen nach, die der Herr und Freund in der Einöde seines ganzen Landes zurückgelassen hatte: auf Kriegszug und Pilgerfahrt in einem!

* * *

Immer, wenn König Friedrich Wilhelm auf Reisen war, belebte sich die Geselligkeit in der alten Residenz Berlin. Die Königin selbst begann die Reihe heimlicher Festlichkeiten. Obwohl sie schon das Winterschloss bezogen hatte, ließ sie Monbijou noch einmal herrichten. Der Herbst war mild, und die Kamine reichten noch aus. Abend für Abend hielt die Königin jetzt Appartement mit Kartenspiel, Konzert und Tanz, öffnete sie ihre Räume für die vornehme Welt von Berlin. Es war wie eine stillschweigende Übereinkunft unter ihnen allen, das Personal mit eingeschlossen, dass niemand Seiner Majestät etwas verraten würde; sonst hätte man sich ja bei aller künftigen Abwesenheit des Königs um jegliches Vergnügen gebracht. Selbst den strengsten Wächter über alle öffentlichen und privaten Finanzen im ganzen Lande, Geheimrat von Creutz, brauchte man in dieser Hinsicht nicht zu fürchten. Er wollte nicht mehr die Hohen, Reichen, Edlen herabziehen zu seiner Herkunft. Er wollte aufsteigen zu ihrem Glanz. Auch sein Haus lag jetzt in hellem Licht, Sänften und Equipagen drängten sich vor der Einfahrt, und an der Küchentür wollte es nicht still werden von unablässig noch eintreffenden Lieferungen.

Es hatte allgemeines Aufsehen erregt, als der aufstrebende junge Geheimrat, der Günstling des Königs, sich mit einem jungen Mädchen aus ärmstem Adel verlobte und darauf verzichtete, sich durch eine reiche Ehe ein Vermögen zu schaffen. Aber ihm brauchte nur noch daran zu liegen, in den ererbten Adel einzudringen; dabei wollte er jedoch seine vornehme Frau in völliger Abhängigkeit von sich wissen. Und wirklich, die junge Frau von Creutz war sehr gehorsam und von allem Hochmut frei. Eine alte, tiefverschuldete Mutter, eine Menge jüngerer und älterer Brüder ohne Amt und Einkünfte waren auf die Hilfe ihres Gatten angewiesen. Der gab ihnen Stellungen, in denen sie ihm unmittelbar untergeordnet waren. Der setzte der Frau Schwiegermutter eine Rente aus. Der hielt der jungen Gemahlin ihre erste Equipage und löste ihren Schmuck beim Pfandamt ein. Wie er es konnte – das war das Rätsel. Aber nichts, was nicht in Redlichkeit geschah, wenn er von Monat zu Monat seine Einnahmen steigerte. Er brachte, außerhalb des Handels, fremdes Geld ins Land und war am ausländischen Gewinn zu Recht beteiligt. Alle machten sie ihren Profit dabei: der König, die Fremden und er. Nur das unbedingt Sichere griff er heraus, etwa die Spekulation im Schiffsbau, der eine Vorbedingung war für Pünktlichkeit und Schnelligkeit im gewinnversprechenden russischen Handel. Auch zeigte er eine unerschöpfliche Findigkeit, den Handel auf der Ostsee nach Dänemark und Schweden auszudehnen. Da war es König Friedrich Wilhelm selbst, der ihm eine angemessene Provision vorschlug.

Darüber war der Herr von Creutz sehr reich geworden. Und vor allem: er konnte sich auch seiner Reichtümer offen freuen. Er besaß die Gnade seines Königs wieder wie zuvor; er wirkte und verdiente mit dem Herrscher Hand in Hand. Die Affäre Wagnitz war ihm ganz vergeben, seit der König seine neuen Leistungen bestaunte. Frau von Creutz – der Wunsch des Königs stand dahinter – empfing und erwiderte die Visite des Fräuleins von Wagnitz. Creutz führte kühl aus, was der Herr befahl. Er schleppte einen Rechenfehler nicht durch. Der König liebte wirklich nur die Königin. Das Fräulein von Wagnitz liebte wirklich nur den Obersten Friedrich Wilhelm von Hohenzollern.

Seit sich auch Creutz nun immer mehr von ihr zurückzog, führte die junge Baronesse ein einsames Leben. Auch unternahm sie nichts, es zu ändern und wieder den Anschluss an jene Kreise zu finden, zu denen sie, wenn auch bei Hofe gestürzt, nun einmal doch gehörte. Der Schmerz über die Torheit war groß; die Einsicht in die Unmöglichkeit, die

Liebe dieses Königs zu gewinnen, war noch bittrer. Dass sie nach den Sorgen der Heimat nicht mehr zu fragen brauchte, war die einzige Entlastung; der König auf seiner Landfahrt bereiste ihre Güter; alles war aus ihrer Hand genommen. Sie hätte auch gar nicht vermocht, von Berlin wegzugehen. Ein entsetzlich haltloser Zustand war über sie gekommen. Das Spiel mit einem Abenteuer, wie es andere Höfe doch in Fülle kannten, war mit völliger Hoffnungslosigkeit des Herzens gestraft. Wäre nicht plötzlich für ihren Unterhalt gesorgt gewesen, sie wäre, müde und tatenlos, dem tiefsten Elend verfallen. Aber der König hatte sich überaus gnädig gegen sie verhalten, weil er es ihr dankte, dass sie ihm einmal die Not und Schuld seines Ostlandes gar so brennend machte. Ihre Bezüge als Hofdame Ihrer Majestät außer Diensten erhielt sie weiter ungekürzt, dazu, sogar die Naturalien und das Holz für die Heizung. Nur dass sie in der Zeit ihres glanzvollen Auftretens bei Hofe zu viel Geld ausgegeben hatte, beschwor noch schlimme Folgen herauf. Doch als es sich herumsprach, dass der König weiter für sie sorge, zuckten ihre Gläubiger die Achseln, sahen sich vielsagend an und hielten die Mahnungen für unbezahlte Rechnungen zurück. Dann freilich dauerte es ihnen zu lange, bis Majestät sich nach den Verbindlichkeiten des Fräuleins erkundigte. Sie machten das Logis der Wagnitz ausfindig und erschienen vor ihr selbst, von der Dürftigkeit ihres Möblements im gleichen Maße ermutigt wie erschreckt.

Und es war gut, dass sie kamen. Die junge Frau wurde aus ihrer Müdigkeit und Haltlosigkeit gerissen. Sie entsann sich, wie Rat Creutz sie einst den Wert all ihrer Diamanten lehrte. Sie sagte rasche und völlige Begleichung ihrer Schulden zu. Ohne jede Bitterkeit, ohne die Spur eines Bedauerns trat sie zu verschiedenen Malen den Weg zum Goldschmied Lieberkühn an, und es bereitete ihr mehr Genugtuung als Kummer, wie überschwenglich er ihre Juwelen rühmte; auch gab er der Begeisterung wohl Ausdruck im Kaufpreis. Sie wurde im Goldschmiedsladen nicht minder höflich bedient als die eleganten Kundinnen, die neue, seltsame Steine, welche sehr oft aus dem Besitz des alten Königs stammten, bewundern wollten. Aber sie fragte nicht mehr nach den Menschen.

Nur als sie heute wieder – nun vielleicht zum letzten Mal, denn ihr Schmuck ging zur Neige – im Goldschmiedsladen an der Kavaliersbrücke weilte, musste ihr der einzige Kunde auffallen, der außer ihr noch in dem von Gold und Steinen blitzenden kleinen Raum weilte; dieser war sehr berühmt durch die zierlichen Malereien seiner Wände und die gefälligen Arrangements von Sesseln und kleinen Tischen, gläsernen Schaukästen, Schatullen und Vitrinen. In dem ganzen kleinen Laden brannten Kerzen; denn er war sogar am hellen Tage dunkel. Doch dem Glanz der Saphire und Smaragde tat der Kerzenschimmer besser als das Sonnenlicht; er machte die Verzauberung vollkommen. Der junge Herr, sehr schön und schlank, saß völlig versunken über ein Rosenholzkästchen mit seltenen Petschaften gebeugt. So gepflegt, so höfisch gekleidet er war, schien er doch fern von aller Norm und gar zu strengen Sitte und hatte den Hauch verlockender Fremde und Ferne um sich. Der weite Mantel hing ihm lose um die Schultern; den Hut hielt er nicht zierlich, wie die anderen Kavaliere, unter die Achsel geklemmt; er hatte ihn, mit Handschuhen und Stock, auf einen Sessel geworfen; auch trug er keine Perücke; das dunkle lockige Haar lag ihm sogar ein wenig wild und ungeordnet über der Stirn. Nur einen Augenblick sah er auf, doch völlig abwesend; die Augen waren grün und groß, die Schatten seiner langen Wimpern dicht und dunkel.

Niemals störte die Anwesenheit eines Kunden die Erledigungen des Fräuleins bei dem Goldschmied. Der hatte eine überaus geschickte Art, es gänzlich undurchsichtig zu lassen, ob das Fräulein ihm da einen Stein zurückbrachte, um einen andern dafür einzutauschen, oder ob er hier ein rares Stück erhielt, damit er es nach dem Original kopiere mit aller seiner großen Kunst.

Der Fremde, so unbeteiligt er sich stellte, gab mit schärfster Aufmerksamkeit auf alles acht. Er war sogar entzückt, wie sicher und geschickt das Fräulein mit den ernsten grauen Augen dies traurige Spiel der Verstellung bei der Veräußerung seiner Juwelen trieb. Wirklich, auch die verwöhnteste Kundin konnte nach reichem Einkauf den Goldschmiedsladen nicht stolzer verlassen. Die vornehme Schöne verriet sich in nichts; und doch, das hatte der Menschenkundige und viel Umhergekommene wohl bemerkt, gehörte sie nicht zu den kühlen und gleichmäßigen Frauen. Ihr Gesicht, so jung sie war, zeigte über den Wangen, unter den Augen die frühen, kleinen Falten, die ein Zeichen stärkster Empfindsamkeit sind und durch die Glätte keiner Jugend aufgewogen werden; und auch in ihrer dunklen Stimme, in ihrer klugen, raschen Sprache war der Unterton dauernder, lebendiger Unruhe spürbar. Sie war der erste Mensch, der ihn seit der Ankunft in der preußischen Hauptstadt lebhafter beschäftigte und anzog.

Der Goldschmied betrachtete noch die Perle und den Diamanten, die er von der Wagnitz empfangen hatte. Die Juwelen lagen noch vor ihm auf dem kleinen Tisch. Das Mittelfach des großen Eckschranks von blassem Veilchenholz, das wusste er schon jetzt, würde er freimachen; auf einem Kissen von weißem Samt sollten nur die beiden Edelsteine liegen. Minister, Fürsten, Kammerherren, ihre Damen würden sich vor ihnen drängen. Freilich, die Geschäfte waren nicht mehr gut, seit die Hofgesellschaft sich nur noch auf Schloss Monbijou beschränkte. Aber welch ein großer Tag war heute; welch seltene Stücke brachte dieser Morgen! Denn da war vor dem Fräulein, noch lange vorher, ein biederer Mann gekommen in einfacher hochgeschlossener Weste, mit rundem Hut und schwarzem Zopf, und hatte ihm aus altem Bürgererbe kostbare Münzen gebracht – Münzen, wie sie selbst durch eines Lieberkühn Hände noch nie gegangen waren. Er rührte sie nicht an; nur mit Andacht, ohne Gier sah der Meister auf sie nieder, auch als der Fremde sich erhob und zu ihm trat. Er hatte nun ein Petschaft, für ihn geeignet, entdeckt. Er legte es dem Goldschmied auf den Tisch, neben die Juwelen der Wagnitz.

„Vor diesen Steinen hält wohl schwerlich etwas stand“, meinte er dabei. Und der Goldschmied, selig über den neuen Besitz, sagte lächelnd: „Nichts.“ Immerhin war ein Gespräch über das Fräulein von Wagnitz angebahnt, und der Fremde erfuhr ihr Abenteuer und ihre Verdammung nicht durch widerwärtigen bösen Leumund, sondern aus dem Munde eines, der dem Fräulein sicher eher wohl als übel wollte und nicht gern daran dachte, dass man diese Juwelen als den Schmuck der einstigen Hofdame von Wagnitz wiedererkennen könnte.

Von den Perlen des Fräuleins kamen sie auch auf die Münzen des Biedermannes zu sprechen. „Nie und nimmer ist dies Bürgererbe“, sagte der Fremde, „hier hat der Hof ein Wörtlein mitzureden. Es gilt, die Augen offen zu halten.“

Und der Kundige erbat sich einen Abdruck in Siegellack und Wachs. Er vergewisserte sich, dass der schlichte Mann im runden Hut am Montag nochmals wegen ähnlicher Münzen vorsprechen wollte.

Als der Fremde ging, trat aus der Nebenstube von ihrem Schreibspinde mit all den feinen Waagen und optischen Gläsern, in hoher Perücke, Madame Lieberkühn, die Frau des Juweliers, die er nicht zu seinen kostbaren Besitztümern zählte. Sie pflegte gern ein letztes Urteil abzugeben. Diesmal meinte sie nicht die Ware, sondern den Kunden. Sie bemerkte nur: „Du monde." Und das sagte sie ganz unnachahmlich. Denn sie, der Laden und die Kundschaft stammten eben noch aus König Friedrichs Zeit, dieser neue Käufer aber ganz gewiss von noch älterem und reicherem, fremdem Hofe.

* * *

Wenn spät im Herbst die Sonne noch einmal groß hervorkommt, ganze Tage hindurch, nicht wahr, dann entwirft man noch ungleich festlichere Pläne in der Stadt als in all den Sommerwochen zuvor. Nein, solchen Übermut kennt ja der Sommer gar nicht! Wartet nur, ob das herrliche Wetter noch anhält bis zum Sonntag! Es wird eine kleine Landpartie geben! Die Kammerfrau Ramen hatte es richtig prophezeit, und der Hofgärtner der Königin, der fest daran glaubte, das Wetter nach alten Regeln berechnen zu können, bekam beschämend unrecht mit seiner Warnung und Bedenklichkeit.

Mit Ahnung und Verheißung hatte die Ramen noch viel mehr gewagt. Der König sei auf Reisen, begann sie, die Königin sei darum guter Laune; die Königin habe ein Fest ums andere gegeben; sie werde sich am Sonntag erholen, am Vormittag und Nachmittag zur Kirche fahren – denn andernfalls hätte der König es wohl doch erfahren und übel vermerkt – und sonst mit ihren Damen Karten spielen. Passt auf, sagte die Ramen, es gibt Urlaub für den Nachmittag und Abend! Man sollte einen hübschen Sonntag haben, eine Landpartie mit Tanz!

Welch hübsche Einfälle die Kammerfrau der Königin doch hatte! Der Gärtner aus Schloss Monbijou musste ein Gartengespann herrichten mit kleinen, weißen Eseln; das erwartete die Gesellschaft vor dem Brandenburger Tor, ein Stückchen davor, nicht an den beiden hohen Obelisken, wo die Karossen und die Equipagen sich drängten, sondern bei den flachen Torhäuschen unter den Pappeln. Denn die Straße Unter den Linden entlang wollte die Ramen nun doch nicht in der Eselskutsche fahren.

Es war nicht zu viel gesagt, dass der Wagen eine ganze Gesellschaft zur Fahrt über Land hier erwartete. Ein stattlicher Kreis kam zusammen: der Kastellan des Berliner Residenzschlosses, Monsieur Runck mit Gattin; das waren gebildete Leute; der Freund des Kastellans, Hofschlossermeister Stieff und die Seine; der war ein Kunsthandwerker von Ruf und hoch besoldet; dazu der Zweite Hofkonditor, der nach der Rangliste Sergeantenrang bekleidete. Der kam ohne Ehefrau und Demoiselle; aber ein Herr ohne Damenbegleitung in so geselliger Runde, das macht den Frauen immer Spaß; vor allem aber sorgte ja auch gerade der Zweite Hofkonditor für die Überraschungen des Ausflugs. So brachte er ein Mühle- und Damespiel mit, für das man statt der hölzernen Steinchen Kaffeebohnen und Zuckerwürfel verwenden sollte; vorerst hielt er es noch sehr geheim. Auch hatte er kleine Zuckerherzen gebacken, man musste schon besser sagen: gegossen; die waren in der Mitte durchbohrt, und die Ramen hatte Zettelchen mit Freundlichkeiten und Anzüglichkeiten beschrieben, die wurden mitten durch das Herz gesteckt; und wer sich eines zog, sollte sein Vergnügen daran haben, sein ganz großes Vergnügen, Herr und Frau Stieff sowohl wie Monsieur und Madame Runck, der Hofkonditor wie der Gärtner, nur die Ramen nicht. Die hatte ja alles geschrieben; die wusste ja alles im Voraus. Aber das hatte auch seine Reize, große Reize sogar.

Und das Ziel? Das Ziel so sorgsam vorbereiteter Landpartie? Das Schloss Charlottenburg in Lietzenburg war gewählt, ganz als führen die Herrschaften aus. Die Ramen hatte es sich ersonnen, und das war klug und nett von ihr gewesen. Man gedachte, den Kastellan dort zu besuchen. Aber die Ramen meinte mehr noch seine Tochter. Denn um diese schienen wunderliche Dinge im Schwange zu sein. Einmal war sie zu den Zeiten, da die Tochter des reichen Wirtes Koch als Zarengeliebte gar so stolz auftrat, deren Zofe gewesen; das war nun freilich vorüber. Sodann hatte König Friedrich Wilhelm ausgerechnet in Charlottenburg, dem Lietzenburger Schloss der Frau Mutter, das er seit je so glimpflich behandelte, den Drechslerwerktisch aufstellen lassen, den ihm der Zar als Gegengabe für Bernsteinkabinett und Liburnika daließ. Das gab zu denken, namentlich wenn man den Vergleich zog mit dem Zaren und der Demoiselle Koch. Es warf ein neues Licht auf die Kälte des Königs gegenüber dem schönen Fräulein von Wagnitz. Man musste wirklich einmal hin und sehen! Schließlich: War es nicht gerade auch Charlottenburg gewesen, wo die Frau Mutter einst den jungen Prinzen verführen ließ durchs muntere Fräulein von Pöllnitz? Was half es, dass der Kronprinz später klagte, wie er sich habe so vergessen können, und dass er seine Mutter eine kluge Frau, doch eine schlechte Christin nannte?! Man musste hin!

Lärmend und schwärmend fuhren sie vor. Der Charlottenburger Kastellan in seiner Einsamkeit war hocherfreut und dankte sehr für solche Überraschung; er habe sich schon so etwas gedacht, behauptete er, als er vorhin im Fenster lag und drüben, die Allee entlang, die lustige Kutsche kommen sah. Nein, und dass die Gäste sogar für ihre eigene Bewirtung sorgten! Wo nur die Tochter steckte? Wo sollte sie nur schnell die Tafel decken? In der Stube oder noch einmal unter den Linden des Gartens? Die Damen sagten: „In einem der Räume des Schlosses." Sie wollten sich totlachen, dass der Charlottenburger Kastellan darüber derart erschrak. Nun, nun, man würde wohl noch einmal einen der feinen Säle für sich selbst benützen dürfen, auf die man täglich aufzupassen hatte, zumal er doch hier draußen als Entgelt niemals ein Douceur von Fremden bekäme! Denn das Schloss seiner Frau Mutter hüte ja der König wie seinen Augapfel, und Reisenden werde es kaum jemals gezeigt.

Aber als die Unterhaltung diese hässliche Wendung nahm, war die Ramen nicht zugegen. Sie hatte sich angeboten, die Demoiselle Tochter im Garten suchen zu gehen. Es schien, als sei die Ramen nur um der Tochter willen hergekommen. Nun, das ist liebenswürdig, dachte sich der Kastellan, das arme, mutterlose Ding ist einsam.

Wusste er denn nicht, dass die Demoiselle Koch aus der Stadt herausgekommen war zu ihrer einstigen Zofe und dass die jungen Mädchen schon seit einer Stunde auf der Bank am Wasser saßen, weil die Oktobersonne noch einmal gar so mild schien?

Das war mehr, als selbst die Ramen von der Landpartie erwarten durfte, dass nun gar auch die Demoiselle Koch in Lietzenburg weilte! Was war denn mit der reichen Tochter des berühmten Wirtes, was war mit der Zarengeliebten geschehen, dass sie den Sonntag auf dem Lande bei ihrer einstigen Zofe verbrachte?!

Die Demoiselle Koch war ein wenig blass. Nein, was sie doch für ein leicht angegriffenes, vornehmes Fräulein geworden zu sein schien! War es Hochmut, dass sie gehen wollte? Waren die neuen Gäste ihr zu viel? Aber um hochmütig zu sein, dazu war sie zu still, zu freundlich, zu bedrückt. Sie gab auch nur vor, sie möchte den Kutscher nicht so lange warten lassen, der drüben im Dorfkrug ausgespannt habe.

Die Freundin – denn als solche erschien die frühere Zofe beinahe – redete ihr nicht zu, zu bleiben; sie schien sie gut zu kennen. Aber die Kammerfrau wusste noch besser um sie Bescheid. Sie musste nur auf einen Augenblick mit der Demoiselle ganz allein sein, damit sie es ihr zu verstehen geben könne.

Doch dass die aufmerksame Ramen heute so zerstreut war! Eben erst verlor sie, sicher drunten an der Brücke zwischen den Teichen im Park, ihre Börse, ein gesticktes Beutelchen, das sie von Ihrer Majestät geschenkt bekam; und nun, weil sie im Plaudern immer daran zupfte, zerriss ihr die dreimal geschlungene Kette; die kleinen bunten Steine waren gar nicht einmal wertlos. Nun hockte man im Kies des Weges, nun, durchsuchte man den Rasen; was waren doch die kleinen Steine weit gesprungen!

„Ah, Demoiselle“, rief die Kammerfrau zu der Kastellanstochter hinüber, „dort drüben sehe ich es noch blitzen – vielen Dank, dass Sie sich so bemühen –“

Sie selber aber wusste es so einzurichten, dass sie beim Suchen immer an der Seite der blassen Demoiselle Koch blieb.

„Es findet sich in jeder Lage eine Hilfe; es gibt in jeder Not noch immer einen Ausweg“, hatte sie zu bemerken, und an ihrem Tone erkannte das junge Mädchen sofort, dass es ihr nicht mehr um die Kette ging. Seine Betroffenheit vermochte es nicht zu verbergen; denn um der Not willen war es zur Freundin geflüchtet; aber das sehr verwirrte junge Mädchen wollte sich nicht verraten und sprach beharrlich weiter von den bunten Steinen. Zu solcher Unterhaltung mit doppeltem Sinn und zwiefacher Möglichkeit gab die Ramen nur zu gern Gelegenheit; dies war ja auch durchaus eine ihrer ganz besonderen Fähigkeiten.

„O je“, rief sie lachend und schalt sich selbst, „man muss sich auch nicht gleich behängen wie die Zarin Katharina.“ Und gleich schwadronierte sie wieder von anderem weiter. Die Demoiselle hockte im Grase; sie suchte nicht mehr; sie sah der Ramen zu; die sprach und sprach und wühlte und rupfte im Rasen.

Dabei schien ihr gar nicht gar so sehr viel an ihrer Kette zu liegen, denn sie scherzte: „Ach, die Demoiselle wird mir sicher einmal eine schönere Kette schenken. Mit so blondem Haar, mit so braunen Augen kann die Demoiselle es noch zu einer großen Gräfin oder Fürstin bringen. Dann trete ich in ihre Dienste, als Kammerjungfer oder Kinderfrau für ihren kleinen Prinzen.“ So gewandt war die Ramen. Sie machte mit dem Verlust nicht viel her. Die Demoiselle blickte nicht mehr von der Erde auf. Ihr Herz klopfte rascher und machte sie atemlos. Die Demoiselle fand keine Antwort. Aber was brauchte auch die Ramen eine Entgegnung. Ihre Einfälle nahmen kein Ende. Unaufhörlich plauderte sie weiter. Die Demoiselle müsse sich nur, wenn es erst so weit sei, an die rechten Leute zu wenden wissen und sich schon beizeiten umschauen, wer für ihre Dienste recht geeignet sei.

Ehe die kleine Kastellanstochter zu ihnen fand, war das Schreckliche in der verängstigten Freundin schon geschehen. Das Ungeahnte, nur mit flüchtigen Worten von der Kammerfrau der Königin hingeredet, war als Macht schon völlig über ihr, war schon Entschluss geworden.

Sie müsse zu den Engelmacherinnen beten, hatte die Ramen zu der Verzweifelten, gesagt, dann würde alles noch gut. Und plötzlich sprach die Ramen unverblümt. Sie fragte, wer davon wisse; und sie erfuhr, da sei niemand.

Die Freunde kamen, die Börse war gefunden; Steinchen der Kette seien mehr von ihnen aufgelesen als verloren waren, sagte die Kammerfrau lachend. Die Demoiselle Koch wurde noch in das Dorf bis an den „Krug“ begleitet; dann kamen sie gerade zurecht, wie unter den Linden hinter dem rechten Seitenhause des Schlosses, wo die Sonne noch letzten Glanz und letzte Wärme gab, die ländliche Tafel gedeckt war. Es waren wirklich liebenswürdige Leute, der Kastellan und seine Frau, der Hofschlossermeister und die Seinige, die Kammerfrau, der Hofkonditor und der Gärtner aus Berlin. Wie aufmerksam sie nach allem fragten, was das einsame Leben in Charlottenburg anging, jeder etwas anderes, als läge ihnen nichts auf dieser Welt so sehr am Herzen wie das Wohl des Charlottenburger Kastellans und seiner Tochter. Die Spannung der Damen war groß, ob die Kleine sich nicht endlich doch verraten würde, warum der König seine Drechslerwerkstatt ausgerechnet eine Meile vor die Stadt verlegte. Er kam also oft nach Charlottenburg? Ach, und immer, wenn er voller Sorge schien? Und immer ging er aufgeheitert wieder weg?

Die Ramen war auch zu geschickt in Fragen und Bemerkungen! „Ja, der König! Der König!“ begann sie. „Der hält es mit den braven Leuten! Der liebt und achtet sein Volk! Der verschmäht es nicht einmal, von unsereinem zu lernen! Selbst das Handwerk des biederen Mannes lässt er sich lehren! Und dass er gerade Euch in Eurer alten Meisterschaft von einst dazu erwählt hat, Herr Kastellan! Nein, der König! Er will ein Handwerk so verstehen, dass er sich auch wie ein Mann aus dem Volk von seinen Händen zu ernähren wüsste?! Welch schöne Anschauung!“

Die Kastellanstochter lauschte aufmerksam und lächelnd. Sie hörte gern vom König Gutes reden. Sie vermehrte sein Lob, indem sie erzählte, wie sie dem König immer wieder wohlverwahrte kleine Schätze seiner Mutter zeigen müsse, die er zu ganz besonderen Geschenken aufheben ließ.

Da flogen die Fragen nur so: Wie oft kommt er denn herausgeritten? Führt die Demoiselle ihn immer in die Zimmer der Frau Mutter?

„Die Demoiselle isst ja gar nichts“, meinte dazwischen die Ramen verbindlich und bemerkte das jähe Erblassen des Mädchens. Denn an diesem Tage hatte es der Freundin, die einmal seine Herrin gewesen war, gestanden, dass es den König zu lieben begann, und dass des Königs Güte groß war, wenn er so vergrämt hinauskam in das stille Schloss der Mutter. Das blutjunge Mädchen hatte durch die Freundin, aus deren Liebe zu dem Zaren, schon zu tiefe Einsicht erlangt in die herrlichen und schrecklichen Möglichkeiten des Daseins. Und darum verstand die Kastellanstochter alle Fragen der Frauen plötzlich nur zu gut und erschrak. Es war wahr: Sie wartete nur, dass der König kam. Es war wahr: Wenn er kam, so fragte er nach ihr. Sie musste ihm eine kleine Erfrischung bereiten, musste bei ihm stehen am Tisch, den sie ihm mit ländlicher Vesper bestellte. Er pflegte nur wenig zu reden; sie sollte ihm erzählen vom täglichen Leben; von Sorgen, die sich leicht beheben, von Wünschen, die sich leicht erfüllen ließen.

Nun sollte ihr auch das genommen sein. Nun war die sanfte, ferne Heimlichkeit zerstört. Nie mehr sollte sie versinken können in seinem großen, klaren Blick; nie mehr würde jene Stille in ihr sein, wenn er zu ihr sprach – immer nur von dem, was sie anging, als gäbe es sonst nichts auf der Welt, was einen König zu bedrängen vermöchte. Ach, sie glaubte es fest, dass er sie selbst nicht meinte, sondern eben nur dieses: dass er, wenn er voll so schwerer Sorgen und Kümmernisse kam, nun Nöten begegnete, aus denen er sofort zu befreien vermochte, und Wünschen, die er in seiner Macht und seinem Reichtum belächelte. Immer aber wusste sie nur Dinge zu begehren, das Seine besser erhalten zu können – ein paar Vorhänge fürs Rote Tressenzimmer, damit die Sonne der altgoldenen Bespannung, der schönen, pfauenblauen Wandbemalung und dem kostbaren erdbeerfarbenen Sesseldamast nicht schade, oder eine Gießkanne für die Orangerie der Frau Mutter.

Nun aber würde sie immer das Geschwätz der Berliner Frauen hören und unter dem Lärm und der Dringlichkeit ihrer Fragen sehr leiden. Sie würde nie mehr dem dunklen Blick, dem sanften lächelnden, der Kammerfrau Ramen entrinnen! Durfte sie noch die Zimmer seiner Frau Mutter pflegen, die Früchte für seine Tafel selber aus dem Treibhaus wählen, das Vogelnest bewachen, das der König ihr im Frühling zeigte? Durfte sie noch je in Sinnen und Erinnerung verfallen? Die Ramen sah sie an.

Da sich alle ganz vorzüglich delektiert hatten und die Demoiselle nun einmal nicht bei Appetit schien, hob die Ramen, die sich verantwortlich fühlte für den feineren Ton, die Tafel auf. Ehe es dunkel wurde, wollte man noch die Säle besichtigen, namentlich den Empfangsraum mit den drei Knabenbildern des Königs in Rüstung und Hirtenkostüm.

„Zum Verlieben!“ riefen lachend die Berliner Damen; beachtlich schien ihnen aber auch das weiße Marmorbad, in das man aus dem Oberzimmer heißes Wasser gießen konnte, und die Kammer mit den dreitausend Fayencen und Chinoiserien, an der man alle Jahre ein volles Quartal zu putzen hatte. Auch die Wissbegier der Männer war unersättlich: Was gibt es sonst hier noch an Kuriositäten, Kollege? Er hat doch auch zu allem Zugang?

Den Hofschlossermeister Stieff beschäftigten einige der köstlichen Schlösser; das war sein Fach; darauf verstand er sich. Groß war das Erstaunen, dass der Charlottenburger Kastellan sogar die Schlüssel zu all den Silberschränken besaß; nur den zum Notenschrank der Mutter verwahrten Seine Majestät persönlich. Seht, seht, und das Silber des Königs pflegt die Demoiselle! Erst kürzlich hat sie vor dem König alles zeigen dürfen! Die Damen Runck und Stieff stießen einander heimlich an und flüsterten sich zu: „Da wird sie wohl bald selbst von Silbertellern speisen ...“

Auf der Heimfahrt, die Allee war schon dunkel und der Laternenraub des Königs für Potsdam machte sich nun doch bemerkbar, gingen Runck und Stieff fast die ganze Meile Weges neben ihrer Eselskutsche her. Das war rücksichtsvoll gegen die Tiere. Außerdem aber sangen die Damen im Wagen; auch machte die Ramen so sehr viel Unruhe mit ihrem seit der Dämmerung überflüssig gewordenen Sonnenschirm, und der Schlosser und der Berliner Schlosskastellan hatten doch jetzt manches miteinander zu besprechen.

„Im Charlottenburger Schloss gibt's keine rechten Möglichkeiten“, begann der Hofschlosser Stieff. Und Kastellan Runck bewies, wie rasch er begriff.

„Der Tropf hält zum Herrn.“ Das war seine Antwort. So waren sie sich über Lietzenburg im Klaren.

Die Ramen, der man den reizenden Einfall der fröhlichen Landfahrt verdankte, stand ihnen nicht nach. Sie wusste, was sie wissen wollte. Die Demoiselle Koch bekam ein Kind vom Zar Peter; und der kleinen Kastellanstochter gelang, was ein Fräulein von Wagnitz vergeblich ersehnte. Nun würde man sehen müssen, wie Ihre Majestät sich dazu stellte.

Was war die Ramen doch für eine treue Dienerin! Auch den freien Sonntag verbrachte sie im Dienste der Herrin. Aber es war prächtig auf dem Lande gewesen. Das fanden sie alle, als sie unter den Pappeln am Torschreibershause vor dem Brandenburger Tor von ihrer Eselskutsche stiegen. Die Herren küssten den Damen die Hand. Sie hielten die Rollen der Herrschaften durch.

Es ist hübsch unter Dienern. Sie haben so vieles gesehen.

* * *

Als sie stiller geworden war in ihrem aufgewühlten Herzen, begriff die junge Tochter des Charlottenburger Kastellans, dass ihr noch etwas für den König zu tun geblieben war. Erst allmählich drangen Worte in ihr Bewusstsein, die sie in der Not und Verwirrung des Sonntags überhört zu haben schien. Plötzlich waren ihr die Augen geöffnet. Sie musste es dem Vater sagen, was er nicht gemerkt hatte aus all dem Blinzeln und Achselzucken, den Andeutungen und verschleierten Erkundigungen der Berliner Gäste. Nicht nur ihr selbst hatte ihre Visite gegolten – auch dem Vater! Schlösser, Riegel und Schlüssel des Königs waren in Berlin nicht so gut verwahrt wie in Charlottenburg.

Dies alles bedachte sie, als sie sich am folgenden Tage wieder einmal aufmachte, in die Stadt zu fahren, den Auftrag der Freundin auszuführen, beim großen Goldschmied Lieberkühn einen Ring zurückzukaufen, ein Geschenk des Zaren, das die Unglückliche in einer Stunde großer Verzweiflung weitergab und von dem sie wusste, dass es diesen Weg genommen hatte. So hatte sich die Kastellanstochter trotz all des neuen großen Kummers nett und städtisch hergerichtet; denn es war schon eine besondere Sache, zu Lieberkühn zu gehen, wenn man keine Dame von Stand war.

Die braungelockte Kastellanstochter von Charlottenburg wurde still und stiller, als sie vor Goldschmied Lieberkühns blitzenden Schreinen stand. Das stimmte den alten Juwelier sogleich sehr freundlich; die Gier, das affektierte Geschrei, der Überschwang und die Geziertheit waren ihm verhasst. So still war nun das kleine Fräulein geworden, dass es vergaß, seine Wünsche noch näher zu äußern; kaum dass es etwas von dem Ringe sagte. Hätte der Goldschmied den Kopf nicht gar so voller Gedanken gehabt, er würde das Mädchen mit der gleichen Andacht betrachtet haben, die das kleine Fräulein bei dem Anblick seiner Steine überkam.

Welch wunderliche Zeit! Die Großen des Hofes, schon seit Jahr und Tag, gingen alle sehr piano – der Ausdruck war noch immer im Schwange – und wagten nicht mehr recht, ihr Geld zum Juwelier zu tragen, weil sie fürchteten, Majestät könne es dann noch einmal fertigbringen, ihr Budget abermals zu korrigieren; teils weil es bei Hofe keinen Prunk mehr zu entfalten gab! Ein ehemaliger Regimentsschreiber schmückte seinen neuen Adel mit den alten Kostbarkeiten aus eines Lieberkühn Vitrinen; o ja, den Herrn von Creutz konnte man wohl einen guten Kunden nennen! Eine schöne Frau mit strahlend schwarzem Haar und perlengrauen Augen, die in jedem anderen Lande ein Heer von Juwelieren Tag und Nacht in Atem halten konnte, versetzte ihren letzten Diamanten, nur um ein einfaches Logis in einer Gasse nahe dem Königsschloss weiter behalten und ihre Jugend in einer Altjungfernstube vertrauern zu können! Ein Bürgermädchen, wie er es in den licht gemalten Wänden seines Ladens ganz bestimmt noch nie erblickte, trat über seine Schwelle und verlangte einen Ring, dessen Wahl doch einen gewissen Blick verriet; einen Ring zudem, um den recht ungewöhnliche Gerüchte gingen, ja, der sogar vom Zaren stammen sollte! Einfache Handwerksleute brachten ihm alte Münzen heran, so kostbar und so seltsam, dass man einen weitgereisten Fremden um die Rätsel ihrer Herkunft, trotz aller eigenen Kennerschaft, befragen musste!

Und kaum zu fassen: Das Geheimnis dieser alten Münzen trieb den Fremden wieder her, und zwar zu so früher Stunde, dass Madame Lieberkühn noch nicht einmal bereit war, Ausschau zu halten, ob sie ihr „Du monde“ flüstern dürfe!

Nur flüchtig blickte der Fremde nach dem Mädchen, nahm den Juwelier beiseite und erklärte ihm rasch, in wenigen Minuten werde ein Offizier mit einer Wache hier sein. Den sollte er samt der Mannschaft in die Hinterstube führen, und sobald der angebliche Erbe der Münzen, der Biedermann im runden Hut und in der hochgeschlossenen Weste, nach den Medaillen fragen käme, sollte Lieberkühn, als ob er die Münze hole, in die Hinterstube treten. Ein Teil der Wache würde dann sofort die Ladentür verstellen.

Der Goldschmied hatte nicht mehr Zeit, zu staunen, dass sich nun auch an Münzen und Medaillen Verbrechen und Geschicke hefteten wie an Edelsteine, da polterte es schon an der Hintertür. Soldaten waren da, und er musste die Juwelierin vorbereiten, damit sie nicht zu Tode erschräke. Wer achtete noch auf das kleine Fräulein; wer nahm ihm das

Beutelchen mit den Dukaten ab – und so musste es kommen, dass es seinem Charlottenburger Gast, dem Schlosser Stieff, nun höchst erstaunt beim Goldschmied Lieberkühn begegnete. Genau wie am gestrigen Sonntag trat er herein, in rundem Hut und hochgeschlossener Weste, den adretten Zopf im schwarzen Seidentäschchen.

Sie hätten auch der Demoiselle einen Wink geben sollen wie der Madame Lieberkühn! Nun musste wohl das junge Mädchen sehr erschrecken. Die Bajonette in der Nebenstube blitzten auf – gleich hatte sich der Biedermann zur Flucht gewendet; aber schon war er umstellt, schon waren ihm Handschellen angelegt, wurde er abgeführt; und er nahm es nur wie einen Schatten wahr, dass plötzlich die Tochter des Charlottenburger Kastellans aus Lietzenburg vor ihm aufgetaucht war.

Die hatte gar nicht nachgedacht; sie wollte auch niemand etwas Arges antun; über ihr Wollen und Denken hinweg geschah es, nur aus der Angst, dass alles wahr sei, was sie seit gestern zu ahnen begann: dass seine Diener den König betrogen! In der Erregung legte sie die Hand auf den Arm des vornehmen Fremden. „Achten Sie“, rief sie, „auf Runck – den Kastellan im Großen Schloss – seinen Freund –“

„Sie kombinieren überraschend schnell, mein Fräulein“, sprach der junge Herr in etwas gebrochenem Deutsch und ein wenig befremdet und sah ohne jede Regung auf die Mädchenhand in seiner Spitzenmanschette. Aber den Namen Runck, das Amt des Schlosskastellans, die Warnung und den Argwohn gedachte er in keinem Falle zu vergessen.

Das Mädchen schämte sich, verdächtigt zu haben, ohne beweisen zu können; es schämte sich auch, soviel Angst um den König verraten zu haben.

* * *

Es ging Schlag auf Schlag. Die Gerichte brauchten sich überhaupt nicht zu bemühen. Als sei der junge, elegante Herr nur nach Berlin gekommen, diesen großen Fang zu tun, genauso war es. Die Zeitungsschreiber durften sich nicht von den Pulten wegrühren, so überstürzten sich die Nachrichten, wie der König in seinem eigenen Schlosse bestohlen und betrogen werde, wenn er nur ein wenig länger auf der Reise ausblieb. Die Diener der Skribenten mussten dreimal des Tages flink zum Krämer jagen, neue Gänsekiele zu holen.

Zeitungsschreiber in Berlin? Hatte der König nicht die Gazetten verboten, weil er all die Kleckserei von seinem Hof und seiner Person nicht liebte, hämische Kritik und lügnerische Schmeichelei nicht brauchen konnte und empört war über die unanständige und nachteilige Zeitungsschreiberei? Dies waren seine eigenen Worte! Dennoch Journalskribenten in Berlin? Und gar so vornehme und reich dotierte, dass sie sich einen Diener halten konnten? Oh, es waren Zeitungsschreiber ganz besonderer Art! In der Tat, sie schrieben die Gazetten selber, mit der Hand und nur in einem einzigen Exemplar, falteten sie zierlich zusammen, gossen den glühenden Siegellack darauf und drückten wohlgefällig und zufrieden ihr Petschaft darauf. Hoheit würden Freude haben an dem neuen geschriebenen Journal!

Es war eine leichte, fesselnde Tätigkeit, wenn sie auch geheim gehalten werden musste. Man brauchte nur eine flinke Feder zu besitzen und über einen guten Weinkeller und einen Bekannten bei Hofe zu verfügen. Monsieur Ortgies kannte Hofrat Gundling. So war er ohne Frage der Erste der geheimen Zeitungsschreiber und konnte mit einiger Sicherheit berichten, der Kastellan des Königlichen Schlosses und der Hofschlossermeister seien in Arrest getan, und im Zusammenhang mit dieser Affäre, von der Majestät selbst noch nicht wüssten, mache ein geheimnisvoller Fremder von sich reden, ebenso eine junge Frauensperson, welcher der König seine Gunst geschenkt haben sollte, wodurch eine neues Licht auf den Skandal um das Fräulein von Wagnitz falle. Man beginne zu ahnen, warum es vom König verschmäht worden sei. Was aber den jungen Fremden angehe, so finde man es wunderlich, dass er, der bei keiner der großen Familien der Stadt zu Gaste weile, nun nicht wenigstens im Fürstenhaus am Friedrichswerder Quartier nahm und dass er auch die vornehmen Hotels wie den Kochschen Gasthof verschmähe. Er sei im Pfarrhaus von Sankt Peter abgestiegen. Den bürgerlichen Namen dieses Fremden glaube keiner. Alle Anzeichen sprächen dafür, dass eine hohe Geburt sich dahinter verberge. Die ganze Art seines Auftretens, seiner Haltung lasse sogar auf eine Fürstlichkeit von ungewöhnlichem Range schließen, die zu wichtigen Erledigungen unerkannt in Preußens Hauptstadt weilen wolle.

Man befasste sich lebhaft mit ihm. Es kamen wenig Fremde nach Sparta.

* * *

Es stand in den Türpfosten des freundlichen Fachwerkhauses eingegraben und war in schönen Lettern in den Balken mit den alten Jahreszahlen eingeschnitzt, dass dieses Haus Gott übergeben sei und dass alle, die in ihm wohnten, dem Herrn ihr Leben lang dienen wollten. Es wohnte aber nur der eine Mann im Alten Pastorate von Sankt Peter zu Berlin, allein der Prediger Roloff, ein schwerfälliger und großer Mann, Feuer und Schwermut im Blick und in der Stimme abweisende Kälte, als sei es nicht gut, mit den Menschen zu reden, vor die er Gottes Frohe Botschaft brachte. Die Gemeinde von Sankt Peter warf ihm vor, er sei kein milder Seelenhirte, der in den Hütten der Armen gottselig, Trost und Gaben spendend, aus und ein gehe. Er kam nur dann, wenn man ihn dringend rief. Die Woche flog ihm hin wie Spreu im Winde, und er quälte sich täglich bis zur Nacht mit seiner Predigt für den Sonntag; und wenn er sie dann hielt, war sie so kurz, dass in seinem Gottesdienst nicht nötig wurde, die von Majestät verordnete Sanduhr auf den Rand der Kanzel zu stellen. Seine Rede war knapp; seine Sprache war schwer; Himmel und Erde und der Abgrund, der im Menschen ist, waren in seiner Predigt aufgerissen. Er mühte sich die wenigen Worte ab; so schwer war es ihm, den Menschen die Botschaft von Gottes Gnade zu bringen; denn vor dem frohen Boten stand das Kreuz. Am heiligen Christfest predigte der Glühende und Ernste vom Kindermord zu Bethlehem und der Flucht der Heiligen Familie nach Ägypten. Das machte seine Hörer bitter. Um die Todesstunde des Heilands aber, wenn sie in der dritten Stunde des Karfreitagnachmittags die Kirchen öffnen im Land, war seine Predigt die freudigste des stillen Kirchenjahres. Er sprach von dem Glanze bei den Hirten auf dem Felde und den Königen unter dem Stern. Das nannte die Gemeinde einen Frevel, und es verwirrte sie sehr.

Beim König stand der Prediger Roloff hoch in Gunst, obwohl er nicht von seiner reformierten Konfession war. Aus der Abgeschiedenheit seines Predigeramtes war er vom König selbst herausgerissen worden. Lange hatte er sich gegen den Ruf seines Königs gewehrt. Ja, ein großer Schrecken war über ihn gekommen, als er den König Sonntag um Sonntag unter seiner Kanzel sitzen sah. Er dünkte sich ein geringer, schwer verständlicher, der Rede nicht mächtiger Diener am Worte Gottes. Was machte sich der Herr den weiten Weg zu ihm? Warum blieb der König nicht bei den berühmten Hofpredigern, die all die leichten, angenehmen Worte aus der Bibel hurtig aufzuspüren und gefällig auszulegen wussten und den Geheimnissen und Härten der Heiligen Schrift zu entrinnen vermochten?

Roloff schrieb dem König, er sei ein kranker Mann; die Lunge mache ihm zu schaffen. Der König gab zurück, man werde Roloffs Kraft nicht über Gebühr in Anspruch nehmen und für seine Pflege alles tun, aber er wünsche den Mann vor seinen Berlinern predigen zu hören, der vor einer kleinen Gemeinde die Worte sprach, der Weg zum göttlichen Dienste beginne noch immer mit der Flucht; aber der Flüchtige vor Gott habe mit der Tat und mit dem Dienste schon begonnen.

Roloff bemerkte, es werde „ein zu groß Werk“ mit ihm gemacht, und es geschehe zum „heimlichen dépit“ der bestallten Hofprediger. Sein Kollege Reinbeck habe größere Kapazität als er. Der König schrieb an den Rand der Eingabe, dass er also den Reinbeck zum Propst an der Sankt-Petri-Kirche ernennen und neben Roloff ansetzen werde.

Auch in fernen Ländern musste man vom Prediger Roloff schon vernommen haben; wie hätte sonst der vornehme Fremde aus weitentlegenen Reichen mehrmals an ihn geschrieben, dass er ihn bitte, während seines Berliner Aufenthaltes Gast im Pastorate von Sankt Peter sein zu dürfen. Der Prediger, so abgewandt er den Menschen sonst war, sagte ja; denn dem Briefe des Fremden war ein Schreiben beigefügt, das des Predigers berühmter alter Lehrer noch in der Sterbestunde an seinen einstigen Lieblingsschüler Roloff schrieb, er möge Michael Clement Baron von Rosenau zu dem Glauben führen, zu dem er gar so sichtlich strebe, nachdem der Bruch mit Papst und Heiligenglauben in ihm geschehen sei.

Jeden Tag gehörte nun eine Stunde der Unterweisung dem Fremden, obwohl es dem Pastor von Sankt Peter tiefe Beunruhigung bedeutete, wenn er auch nur eine Stunde für die Behandlung des sonntäglichen Textes verlor. Als Michael Clement von Rosenau kam, in wappengeschmückter Kutsche, mit Dienerschaft und elegantem Gepäck, im samtenen Mantel – der Prediger war nicht unterwürfig gewesen. Dies alles war ihm wohlvertraut von seinem Elternhause her, dem Hause eines großen Bremer Kaufherrn.

Aber der Baron von Rosenau war vielleicht ein wenig betroffen, als er das Haus durchschritt, zum Zimmer hin, das ihm als Gastgemach bestimmt war. In allen Räumen des alten Pastorates von Sankt Peter, das nach außen doch so einfach war, fand er den feierlichen Reichtum einer nun vergessenen Zeit. Vor den mächtigen Schränken im Glanze ihrer tiefen Voluten und der Pracht ihrer silbernen und zinnernen Schlösser stand der Fremde still; des Edlen kundig, erkannte er, von welchen Meisters Hand sie stammten und dass die hohen Stühle am Kamin aus der Werkstatt keines Geringeren gekommen waren. Im Silberzeug der Tafel fand er Meisterzeichen, wie sie ihm nur aus den Schlössern großer Fürsten in Erinnerung waren; und vor den Büchern, Pergamenten und Folianten der Bibliothek verfiel er in Versunkenheit und Schweigen. Alles strahlte Schönheit, atmete Würde, zeugte von Kostbarkeit und war umhüllt von Ernst und Stille.

„Ich bin wie heimgekehrt", sagte der weitgereiste junge Herr zum Pastor von Sankt Peter, als er in sein Haus kam. Sanftes Staunen und liebendes Bewundern ergriff ihn; ach, dass der Klang der tiefen Glocken dieses Haus umschloss! Der erste Glockenschlag des morgendlichen Geläutes schwebte und wuchs durch das Haus, und die Abendglocken wogten noch durch seine Gänge. Um diese Stunde wurden in ihnen und im Studierzimmer, zu dem sie führten, die Kerzen angezündet; und Clement vermeinte, die Weisen einer Orgel müssten erklingen. Er lag auf einem Ruhebett vor dem Kamin der Bibliothek, unter dem Bilde der verstorbenen Gattin des Pfarrherrn. Noch im Dunklen leuchtete das Bild, so strahlte der weiße Damast des festlichen Kleides, so schimmerte der Fächer, leuchteten die Hände; und über dem Bildnis lag der Glanz, den Michael Clement von Rosenau nur von den Bildern toter Frauen kannte.

In diese Sanftheit und Stille drang Lärm. Er musste jedes Wort vom Studierzimmer her vernehmen, denn die Tür zum kleinen Durchgangskabinett stand offen. Die Männer, die schon den ganzen Nachmittag im alten Pastorate weilten, taten ihrem Ingrimm keinen Zwang an. Die Gemeinde hatte sie entsandt, und das verlieh ihrem Auftreten Nachdruck. Die Sache war auch wichtig genug, dass man sich wohl um sie ereifern konnte. Morgen sollte laut Edikt damit begonnen werden, sämtliche Friedhöfe der Hauptstadt einzustampfen. Es dürften keine Friedhöfe mehr in der Stadt sein, hatte König Friedrich Wilhelm angeordnet, und die Toten müssten fortan außerhalb der Tore zur Ruhe gebracht werden. Schon hatte man damit begonnen, am Dom und bei Sankt Peter die Mauern der Totenäcker niederzureißen, die Leichensteine wegzuschaffen, die Gräber zu öffnen und die zerfallenen Skelette in ein großes Loch an der Kirche zu werfen, wo sie sofort vernichtet wurden. Die noch erhaltenen Särge erst kürzlich Bestatteter wurden ausgegraben und emporgewunden, die Gräber vertieft, die Totenschreine wieder versenkt; doch Grabhügel aufzuwerfen, duldete der König nicht mehr. In kurzem sollte jeglicher Friedhof eingeebnet sein und einer gleich dem anderen gepflastert werden, dass man darüber gehen, reiten, fahren könne.

Das hatte ein sehr großes Murren, Klagen und Seufzen in der Bürgerschaft und allen Kirchengemeinden ausgelöst. Dass nun die Toten in der

Erde keine Ruhe mehr fanden! Dass der König so absonderliche Dinge wollte!

Mit seinen eigenen Glaubensgenossen, den am Dom begrabenen Reformierten, machte er den Anfang!

Gerade darauf wies der Prediger hin. Aber es schien den Deputierten nur sehr schwachen Trost zu bedeuten; sie schauderten davor zurück, dass es vor der Neuerungssucht des Königs weder Schutz noch Grenze geben sollte und dass er es bis zur Leichenschändung trieb.

„Aber das ist der Anfang eines völlig Neuen, das ihr noch nicht kennt Der König will nicht, dass die Toten die Gesundheit der Lebendigen bedrohen", hörte Clement den Pastor entgegnen, seltsam nüchtern, seltsam weltlich alle Argumente des Verstandes zusammentragend. „Die Friedhöfe sind schlecht angelegt. Die Gräber inmitten der Städte sind schädlich." Sehr zögernd, weil es ihm schwer fiel, von sich selbst zu reden, sagte er dann: „Ist nicht auch meine eigene Frau unter den ausgescharrten Skeletten? Bedeutet sie mir weniger, weil man vermoderte Knochen zu anderem Gebein in eine tiefe Grube schüttet und Erde über ihnen feststampft?"

Dann erst fielen Worte aus der Heiligen Schrift. Wer ihrer nicht kundig war, vermochte sie nicht in den Reden des Pfarrherrn zu erkennen. Als wären all die Bibelworte neu, Gedanken des Augenblicks, so nüchtern und kühl sprach der Glühende sie aus.

„Lasst die Toten ihre Toten begraben. Gott ist nicht ein Gott der Toten, sondern der Lebendigen. Des Königs Herz ist in der Hand des Herrn wie Wasserbäche, er neigt es, wohin er will."

Noch jammerten sie sehr über Raub und Frevel an den lieben Toten, rügten sie den Mangel an Verehrung für die teuren Verstorbenen – da stand der Prediger Roloff auf, schloss die Unterredung, wendete sich ab und sprach: „Der Tod ist der Sünde Sold." Denn er wusste nur den Tod des einen zu verehren, „welcher ist um unsrer Sünden willen dahingegeben und um unserer Gerechtigkeit willen auf erweckt".

Als er sich dann zu dem Baron an die Abendtafel setzte, fand der junge, so gewandte Gast sich nicht ins gewohnte Gespräch. Seine weiten, grünen Augen verrieten eine Unruhe. Die dunklen Locken hingen ihm in die Stirn; er hatte sie, ganz in Gedanken und wider die Gepflogenheit, heute vor der Mahlzeit nicht mehr geglättet. Dann, als beginne er nun doch die Konversation, tat Michael Clement von Rosenau die gleiche

Frage, wie sie in der Hauptstadt in diesen Tagen überall gestellt zu werden pflegte.

„Wann kommt der König zurück?“

„Für morgen bin ich zu ihm gerufen“, gab ihm der Pfarrherr Bescheid.

Den Abend verbrachte der junge Herr allein über Briefen. Er hatte den gestickten Rock abgelegt und einen leichten seidenen Schlafrock angezogen. Alle seine Schriften, eine umfangreiche Korrespondenz, waren auf dem Schreibschrank und dem alten Klosterzahltisch in der Fensternische ausgebreitet. Er prüfte die Siegel; er hielt die Federzüge gegen den Lichtschein der Kerzen; er las versunken in dem Briefe eines Kardinals. Endlich schrieb er; und er tat es mit der Andacht, mit der er einst als Schüler der Mönche die Initialen heiliger Schriften mit Goldtinktur und farbigen Säften malte. Er schrieb mit den gleichen Lettern und im gleichen Zuge wie der Kaiser des Heiligen Römischen Reiches Deutscher Nation. Dann trat er zum Kamin und blickte lange in den Spiegel, der über dem Kaminsims eingelassen war. So lange und so unbewegt sah er hinein, dass er fast wie ein Bild im Spiegel zu stehen schien. Seine Augen hatten sich geschlossen.

* * *

Nach der Rückkehr von seiner Landfahrt und vor der ersten großen Konferenz mit den Ministern warf König Friedrich Wilhelm noch einen flüchtigen Blick auf die eingelaufenen Briefschaften, sichtete die Schriftstücke in Eile und steckte nur einiges, das nach Empfang und Siegel wichtig erschien, in seinen Rockschoß. Der Wagen wartete bereits am Portal. Der Fähnrich Fritz und sein neues Kadettenkorps waren schon im Tiergarten aufmarschiert! Tag und Stunde der Knabenparade waren dem König von dem jungen Knabenfähnrich Fritz noch auf die Reise mitgeteilt worden; lange hatte das Fritzlein an diesem Briefe geübt und eine ganze Seite bemalt mit den schönen Schnörkeln der Anschrift A mon cher papa, à mon cher papa. Der König hatte sein Erscheinen zugesagt; nun hielt er sich an sein Wort. Was auch den König bekümmern und beschäftigen mochte: Seine jüngsten Soldaten sollten nicht vergeblich seiner harren, nun, wo er sich zum ersten Mal zu ihrer Parade angesagt hatte. Der Wagen fuhr so schnell zum Brandenburger Tor und die lange Allee von Weiden und Linden zum Tiergarten hinaus, dass niemand König Friedrich Wilhelm grüßen konnte. Er traf aber das Knabenregiment schon nahe dem Abschluss seiner Übungen. An einem Querweg, nahe dem Großen Stern, in dem sich die Alleen aus den Jagdrevieren schnitten, hatten Offiziere dem Prinzen eine regelrechte Schanze aufwerfen lassen. Dort waren Fritzens Hundertundzehn aufmarschiert. Der König winkte, indes der Wagen hielt, man möge nicht unterbrechen. Er nahm die Revue der Kadetten sehr ernst. Nun, leicht machte es Fritz den Fünf- und Sechsjährigen – denn älter als der Sohn war wohl keiner – wahrhaftig nicht! Die große Trommel wurde meisterhaft vom kleinsten Burschen geschlagen. Zwei Mohrenknäblein setzten die Querpfeife an, dass man sie sich wohl für später merken musste.

Die Schritte knirschten, als zerträten schwere Stiefel den Sand; das Leder der Schulterriemen ächzte; Griffe schlugen wie im Takt; vollendet war Strenge und Stille des Dienstes, sicher und ebenmäßig die Übung des kindlichen Waffenhandwerks. Gleichgerichtet wie mit dem Stock des Korporals waren die liegenden, knienden und stehenden Reihen.

Seht, es galt auch hier: Gleichschritt! Gleichschritt! Rasches Feuern! Geschwindes Laden! Geschlossen anschlagen! Wohl antreten! Alles in tiefster Stille!

In ihrer blanken Montur – dem blauen Rock, der gelben Weste, der weißen, ledernen Hose und dem Hute mit den Silbertressen – standen die eben erst gestutzten Knaben wie eingeschraubt und festgenietet, marschierten sie pfahlgerade, schwenkten sie die Reihen ihrer Körper wie eine einzige Waffe.

Montur und Waffe strahlten, als seien Kreide, Puder, Schuhwachs, Schmirgel, Öl und Seife das einzige Spielzeug dieser Kinder, der jungen Söhne eines neuen Sparta.

Fürs erste, bis er alle Kadetten dem Sohn zu unterstellen gedachte, hatte der König ihm noch einen siebzehnjährigen Exerziermeister beigegeben. Doch wollte es dem König dünken, es werde nicht mehr gar zu lange nötig sein, auch wenn die großen Augen seines Sohnes etwas ängstlich schienen. Er verargte es ihm nicht. Es war ja schließlich keine so ganz geringe Sache für einen gar so jungen Fähnrich, zum ersten Mal vor einem Obristen die Truppe zu kommandieren und für sie einzustehen!

Der König trat vor den Wagenschlag. Er blieb beileibe nicht sitzen. Bequemlichkeit galt auch hier nicht. Er war als Oberst im Dienst; nur dass sein Herz den kleinen Fähnrich „Junge“ nannte.

Wenn deine Blicke wieder ängstlich werden, Junge – lass die Kompanie kehrt und noch einmal kehrtmachen, bist du dich ganz gesammelt hast! Wenn deine Stimme etwa plötzlich eine Kleinigkeit zu dünn und gar ein bisschen zitternd scheint – gib die Kommandos langsamer; schreite schweigend die Front ab; nein, nicht einer darf es merken!

Und wirklich: Fähnrich Fritz von Hohenzollern tat alles, was der Vater dachte!

Es lässt sich über Beförderung reden, Fähnrich Fritz! dachte der König und Oberst, nur scheint Er mir ein wenig klein für einen höheren Rang. Ach was, der Koeppen vor Stralsund war auch, vom Werber aus betrachtet, nur für das letzte Glied, ganz hintenan, verwendbar. Und hat dennoch die Meeresfeste für Brandenburg erobert.

Dem König entging es nicht, dass das weiche Gelock des Sohnes straff nach hinten gekämmt, in einzelnen Strähnen zum Zopf gedreht und am Hinterkopf in einer Art von Knoten zusammengefasst war. Davon freilich nahm er, der Haarkünste nicht gar so kundig, nichts wahr, dass auf Wunsch der Königin der Hofchirurgus Heinemann beim Haarschneiden die langen Seitenhaare des Kronprinzen dadurch rettete, dass er sie möglichst im Zopf mit unterbrachte. Der König sah nur den soldatischen Zopf. Hatte nicht schon das kleine Fritzlein im ausgeschnittenen, schleppenden Samtkleid, den Federhut auf dem blonden Gelock, wenn die große Schwester mit ihm promenieren wollte, den Trommelstock wie einen Marschallstab erhoben und Wilhelmine zugerufen: „Trommeln ist mir nützlicher!“? Hatte er wohl die Worte belauscht, die der Vater einmal zur guten, alten Montbail sprach?

Der König hatte jene kleine Szene malen lassen, so sehr beschäftigte sie ihn. Er zahlte Pesne 350 Taler, einen Preis, wie man ihn nur zu König Midas' Zeiten zahlte. Der König war bereit, noch einmal 350 Taler für ein Bild des Sohnes auszuwerfen: doch diesmal in der Montur – vielleicht nicht in dieser, vielleicht bereits in einer, die noch höhere Ehre bedeutete. Der Fähnrich schien sie verdient zu haben.

Der Oberst Friedrich Wilhelm hielt Kritik.

„Vielleicht, Herr Kapitän, ins erste Glied noch einige größere Leute? Das ist alles, was ich zu bemängeln hätte. Aber ich weiß, es ist nicht Ihre Schuld, Herr Kapitän. Man gab Ihnen wenig Mittel für die Werbung.“

Der Fähnrich Fritz war tief errötet. Hatte er recht gehört? Zweimal die Anrede „Herr Kapitän“?

Und noch einmal – „Womit, Herr Kapitän, wollen Sie Ihre Leute nach dem Marsch nun refraichieren?“

Beinahe listig sah der König drein. Daran würde das Fritzchen nun doch nicht gedacht haben! Bei einem Fehler musste er den Jungen doch ertappen, wenn er nicht gar zu übermütig werden sollte von dem glänzenden Verlauf der ersten Revue vor dem Obristen und König!

Aber nun blitzten die meist so sinnenden Augen des Sohnes; die hohe Stimme war fest; die Wangen, sonst sehr leicht ein wenig blass, waren röter. Er bat den allerhöchsten Kriegsherrn zu dem Platz an den drei alten Buchen. Das rote Laub war weggefegt. Mächtige Kupferkessel mit Kaltschale von Wein und Bier waren aufgestellt. Fast, fand Majestät im Kosten, war der Trank für kleine Jungen etwas stark! Doch der Kapitän musste ja wissen.

Der König hatte allein noch die Frage zu stellen, wie oft der Kapitän denn solches Exerzitium halte und wo.

Prompt kam die Antwort: „Zweimal in der Woche, Majestät, und immer hier, zur gleichen Stunde."

Die Bitte klang nicht gar so sehr versteckt heraus: der König, Oberst, Vater möchte wiederkommen.

Der Dienst war aus. Es war nicht gegen Disziplin und Reglement, wenn König Friedrich Wilhelm nun den Sohn in seinen Wagen bat. Beinahe hätte er ihn auf den Sitz gehoben. Wahrhaftig, das Fritzchen erschien als der kleinste von allen. Kerzengerade saß der Sohn an seiner Seite. Die kleinen Stiefel berührten den Boden noch nicht; und der Degen, den er zwischen seinen Knien hielt, schwebte in der Luft. Der Vater sah nicht näher hin. Dagegen konnte er dem jungen Kapitän die Frage nicht ersparen, ob er denn auch die Augen aufgemacht habe, um sich den Prinzen Carl Ludwig Wilhelm von Hohenzollern ja nicht als Flügelmann entgehen zu lassen? Er habe doch von dem starken Riesenkerl gehört? Und falls der hochmütige Tropf bei der Werbung viel Sperenzen machen sollte und sich seine Größe gar zu hoch bezahlen ließe –, der König griff in die Tasche, holte die Lederbörse hervor und ließ seine blankesten Talerstücke in die Hände seines Jungen gleiten, die den Degengriff umschlossen hielten.

Der kleine Kronprinz lachte hell auf. Nun merkte er: Der Vater machte Spaß! Das Brüderchen als Flügelmann bei den Kadetten! Es wurde ja unlängst noch im langen Hängeröckchen von der Kinderfrau getragen!

Aber die Taler waren ernst gemeint. Die nahm der Vater nicht mehr zurück. Und die Ernennung zum Kapitän – auch sie blieb nun Wahrheit! Die hatte er nun vor der ganzen Front zu überdeutlich ausgesprochen!

Das Fritzchen war recht in Verlegenheit, zwischen Scherz und Ernst, Gehorsam und Zärtlichkeit die rechte Mitte zu finden. Sollte er dem

Herrn Vater wohl die Hand küssen? Sollte er dem König militärisch danken?

„Schon gut, mein Sohn", sprach der König und fuhr sogleich fort: „Ich will dir zum Geburtstag im Oranischen Saal über der Alten Wache ein Zeughaus einrichten. Dort habe ich Platz dafür. Ich denke, ein paar kleine Kanonen können hinein – die lasse ich dir wie die großen gießen – und allerhand kleines Gewehr, jedes Stück, das die Soldaten brauchen."

Der König malte seinem Sohn das künftige eigene Zeughaus so lebhaft aus, dass er es gar nicht bemerkte, wie sich an den Lindenreihen der Allee zum Schloss die Menschen sammelten und zu dem Wagen winkten. Man nahm das Neue wahr, und etwas wie Freude darüber breitete sich unter allen aus: König und Kronprinz hatten die erste gemeinsame Ausfahrt gehalten! Es war wahrhaftig nicht nur Schmeichelei vor dem gefürchteten Herrn, dass sie der Kutsche ihre Reverenzen machten und da und dort sogar ein Vivat riefen, das seit des seligen Königs Friedrich Zeiten in dieser Stadt nicht mehr erklungen war.

Der Prinz, sehr wohlerzogen und bescheiden, wagte den Grüßen nicht zu danken. Der Vater forderte ihn freundlich zum Gegengruß auf.

„Es gilt uns beiden, Fritzchen."

Als sie dann von ihrem hohen Wagen kletterten, meinte der Vater noch: „Du wirst jetzt zwei militärische Erzieher erhalten."

Fritz wusste nicht, was wohl ein braver Prinz da zu erwidern hatte. Er freute sich. Er sagte nur: „Mon eher papa."

Es war doch schöner bei Papa als bei den Damen.

Als sie das Schloss betraten, erwarteten der alte Graf Finckenstein und der Oberst von Kalkstein Vater und Sohn: die neuen Erzieher, ein alter und ein junger Held von Malplaquet, tapfer und fromm. Graf Finckenstein war neben Dohna schon der Gouverneur des Königs gewesen. Der König fragte nicht danach, dass die Häuser Finckenstein und Dohna zu den gefährlichsten Rebellen im preußischen Adel gehörten. Er sah die Männer an.

Der Vater führte das Söhnlein zu seinem alten, freundlichen Finckenstein, von dem es selbst an König Midas' Hof inmitten aller Hofkabalen hieß: „Wenn unsere Kirche sich das Recht anmaßte, Heilige zu ernennen, so würde Finckenstein die Hoffnung haben, darunter aufgenommen zu werden."

Der König übergab den kleinen Kapitän seinem alten Heiligen.

Mit dieser Stunde war Friedrich dem Kreise seiner Geschwister entnommen, mit dieser einen Stunde und für immer. Er war zunächst den kleinen Jungen aus dem Adel zugeteilt, die der König von seiner Landfahrt auf drei Leiterwagen nach Berlin geschickt hatte – den kleinen Jungen als ihr Knabenkapitän und dem alten Kriegsveteran als sein Zögling.

An ihrem Ende meinte alle Heerschau und Landfahrt des Königs nur den einen: den König nach ihm. Manche Revue und Musterung auf der großen Landfahrt war abgesagt worden, weil die Soldaten mit der Not des Landes kämpfen mussten und nicht einmal vor ihrem König paradieren durften. Aber zur Knabenparade war der Herr erschienen, gleich nach der Rückkehr.

Er begehrte den Gefährten in der Schwere des Amtes.

* * *

Der König und der Abenteurer

Weissagung ist in dem Munde des Königs;
sein Mund fehlt nicht im Gericht.
Viele suchen das Angesicht eines Fürsten;
aber ein jegliches Gericht kommt vom Herrn.
Die Bibel

Der Herr war nach Potsdam gegangen, als wolle er an die Affäre Runck und Stieff noch nicht rühren. Traf sie ihn so sehr? Sah er sie so gering an? Er änderte seinen Plan nicht; er ließ zur Fahrt nach Potsdam anspannen. Alle Unterlagen für seine Arbeit befanden sich bereits dort, und damit war seine neue Stadt mit einem Schlage seine Residenz geworden. Er schien die Stunde sehr genau festgelegt zu haben, in der er sich mit dem hässlichen Vorfall im Schloss, dem Vergehen des Schlossers und des Kastellans, befassen wollte. Ihn als den Hausherrn betraf es. Der Betrag, der außer den alten Münzen noch gestohlen war – er war nicht so wichtig, wenn auch der König den Verlust so vieler tausend Taler nicht ganz leicht verschmerzte. Schlimmer war, dass dieser Vorfall gleich zum Sinnbild wurde: Wann und wo der König nur den Rücken wandte, ließ er einen Runck und Stieff zurück, die ihr Schlüsselrecht an den Truhen des Königs missbrauchten. Die große Reise hatte es gelehrt.

Nun verlachte man seine Bitterkeit ob solchen kleinen Diebstahls. Man erkannte nicht, dass er dem König längst ein Gleichnis für Größeres und Ärgeres geworden war. Angesichts dessen erschien es ihm auch geringfügig, als ihn heute die Botschaft erreichte, ein anderer Kastellan habe sich mit zwei Manschettenknöpfen erschossen, weil er das Geld für das Laternenöl unterschlug.

Tief bedrückt fuhr der König nach Berlin zurück, als die Stunde schlug, die er sich gesetzt hatte. Am Lietzenburger Schloss der Mutter ließ er halten. Die Meldungen hatten ihm von dem überraschenden erfolgreichen Eingreifen der jungen Kastellanstochter berichtet; er wollte mit dem Mädchen selber sprechen. Aber dann setzte er den Fuß nicht aus dem Wagen. Es war, als erkenne er, was ihn zu der Charlottenburgerin zog. Sie machte sich ihm leicht, wo alles andere auf ihm lastete, wo jeder ihn beschwerte und alles ihn verwirren wollte, jeder forderte, jeder ihn band, keiner fragte, was er tragen musste –.

„Weiter!" rief der König am Charlottenburger Tor sofort. Er wollte sich in nichts belügen. Er brauchte das Mädchen nicht zu sehen. Es sollte vor die Richter kommen und von den Richtern auch den Lohn empfangen.

Mancher, der dann den Gerichtsverhandlungen des Kriminalkollegiums beiwohnte, stellte sich im geheimen die Frage, wer hier wohl angeklagt sei. Es hieß zwar: der eitle Kastellan in der Armesünderbank, der törichte Schlosser in dem runden Hut und der hochgeknöpften Weste ihm zur Seite; aber es schien: auch jeder der Richter.

Ein Wort des Königs machte überall die Runde; er habe überall im Lande Runck und Stieff getroffen und nirgends einen Richter, über sie den Spruch zu fällen.

Nun stürmten sie über dies unverständliche Wort dahin mit mächtigen Reden und kündeten völlige Sühne an für den Frevel, der an Seiner Majestät begangen war. Der König wollte nur als bestohlener Hausherr behandelt sein.

Ein erlesenes Gremium alterfahrener, menschenkundiger, rechtsgelehrter Advokaten und Richter, so versicherte man dem Herrn, sei am Werk, zu erhellen, zu erklären, zu fixieren. Aber der König konnte sich nur davon überzeugen, dass statt der wichtigen Charlottenburger Zeugen und des Fremden aus dem Goldschmiedsladen lärmende, komödiantische, durchtriebene Prokuratoren auftraten. In Scharen waren sie aufgetaucht, Winkelschreiber, einstige Lakaien, Wucherer, eine Pest der Justiz, angewiesen auf Sporteln, die mit der Länge der Prozesse wuchsen; wer weiß, aus welchen Schlupflöchern sie kamen, aber alle waren sie bis in den letzten Schachzug eingespielt mit den Richtern, aus der klaren Sache ein dauerhaftes, einträgliches Geschäft für sie alle zu machen. Streit und Händel wurden gesucht mit unersättlicher Begier, ja erregt und angestiftet und die Einigung hintertrieben. Wühlmäuse waren sie, hervorgehuscht aus dem Unrat, witternd, dass hier eine Probe aufs Exempel gemacht werden könne, ob Prozesse, in die der König selbst einbezogen war, nicht erheblich anders angefasst werden durften als Gezänk, Verlust und Klage des gemeinen Volkes.

Die Richter behaupteten, für heute ein gigantisches Maß an Arbeit geleistet zu haben. Der König konnte aber auf ihre angebliche Überanstrengung keine Rücksicht nehmen. Gleich nach der Gerichtsverhandlung bestellte er sie zu sich; im Sitzungssaale fanden sie auch ihre höchsten Vorgesetzten vor, vom Herrn selbst zitiert.

Nun wurde die vom König einberufene Konferenz zu einem eigenen Gerichte. Das Unfassliche wurde wahr: Die Richter und die Advokaten waren angeklagt! Den preußischen Prozessverfahren sollte das Urteil gesprochen werden!

Der König sah die Akten und die Protokolle, die er von seiner Reise mitgebracht hatte und die nun hier vor ihn auf seinen Platz gelegt worden waren, mit keinem Blicke mehr an; er erwähnte sie im Einzelnen mit keinem Worte, begnügte sich mit dem Gleichnis dieses einen Prozesses. Seine Hand lag schwer auf dem gewaltigen Aktenstoß. An den Abenden seiner Reise hatte er all die alte Sudelei geprüft, indes sich die Kuriere mit den neuen Meldungen in der Affäre Runck und Stieff zuletzt fast überstürzten.

Sehr ruhig begann der König zu sprechen: „Die preußischen Richter vermögen nichts zu entscheiden, solange es noch klar ist. Erst muss ein Wust von Akten daraus geworden sein! Was habe ich Konfusionsräte nötig; ist in den letzten fünfzehn Jahren zum Exempel ein einziger Prozess für die Krone gewonnen worden? Nicht ein einziger!"

Danach erklärte er, bei der Führung der Verhandlungen möge man sich nur von dem einen Gedanken leiten lassen, dass in allen Verfahren gegen diebisches Gesinde die verletzte Treue der Hauptgrund der schweren Strafe sei. Sein Recht, Urteile zu mildern oder zu verschärfen, möchte er nie aus persönlichen Gründen missbrauchen; und schließlich und endlich wünsche er in diesem und in ähnlichen Fällen einen Kurzprozess von höchstens drei Monaten Dauer.

Als ob einer im Römischen Recht jemals solchem Ansinnen, Begriff und Verfahren begegnet wäre! Die Herren Richter hatten einen roten Kopf und geschwollene Adern bis zu dem Ansatz der weißen Perücke. Der König wünschte eine von Grund auf veränderte Handhabung aller Prozesse überhaupt! Und er selber hatte auf der Reise längst schon alles vorbereitet, dem alten Rechtsbrauch das Genick zu brechen, hatte Kommissionen eingesetzt, die ihm die Gründe für die Verschleppung und Verteuerung der Rechtsprechung gründlichst und schleunigst auskundschafteten.

„Ich warne Sie", fuhr der König fort und pochte auf dieses sein Material, „es ist noch Zeit! Und es ist besser, alle Profite aus den Prozessen fahren zu lassen, als auf der Festung zu karren. Ich muss leider mit so starken Ausdrücken sprechen, weil die schlimme Justiz zum Himmel schreit und weil ich die Verantwortung auf mich selber lade, wenn ich's nicht remediere."

Plötzlich, mit dem Frevel seines Gesindes, war es an den Herrn herangetreten und in sein Bewusstsein eingeschrieben, dass er ein Herr war auch der Folter, dass sie in seinem Namen verhängt, in seinem Namen auch geendet wurde. Er hatte gebetet, Gott möge ihm die Richter und die Rechtsgelehrten an die Seite geben, die ihn davor bewahrten, dass Gebot und Aufhebung der Folter jemals zu Unrecht geschähen. Die Richter waren seine größte Not geworden. Die Richter waren bestechlich. In Preußen war die Hölle aufgebrochen.

War er am Ende seiner Reise, in den Tagen unmittelbar vor jener Sitzung, von Stadt zu Stadt gefahren, endlich wieder seiner Residenz zu – hatte er auf Straßen und Wällen, auf Kirchen und Äcker noch genauso prüfend Ausschau gehalten wie am Anfang der Fahrt, so dachte er doch im geheimen nur noch an das eine: das Recht seines Landes, das Recht, über das so hartes Gericht verhängt war.

Schnitt er am Tisch einer Posthalterei die Briefe auf, die ihm entgegengesandt worden waren, vollzog er Unterschriften und prüfte er Belege im abendlichen Quartier – plötzlich ließ er doch die Arbeit liegen und warf in raschen Zeilen Thesen aufs Papier, die ein krankes Recht in seiner faulen Wurzel treffen, die ein neues, die das einzige Gottesrecht niederzwingen sollten in die Grenzen seines Landes. Die Zettel trug er in der Tasche bei sich.

Er stand jetzt auf, schob alle Aktenbündel zur Seite, zog das säuberlich gefaltete Päckchen loser Blätter aus der Tasche seines Uniformrocks und legte all die schmalen Seiten in sehr genau bestimmter Ordnung vor sich. Vierundsechzig Punkte waren aufgesetzt. Er begann noch ruhiger, ja fast zu bescheiden den neuen Teil seiner Rede. „Ich verstehe nicht Ziviljura, wohl aber Landrecht –"

Die Herren waren entsetzt. König Friedrich Wilhelm stieß gegen das gesamte Recht vor. Er kämpfte eine große, eine entscheidende Schlacht in vierundsechzig raschen, heftigen Attacken. Da war keine, die den Feind nicht warf! Alle Verschanzungen eines listigen Rechtes, das längst schon in Unrecht verkehrt war, waren im Nu umzingelt und erstürmt. Der erste Schlag war, dass er das Richteramt von allen Nebenämtern trennte und die persönliche Qualifikation der Richter und der Advokaten eingeführt wissen wollte. Der letzte und der schwerste Hieb war in einem Aufruf an die Fakultäten geführt, den der König über seine höchsten Richter hinweg bereits erlassen hatte: „Sie sollen die natürliche Billigkeit vor Augen haben und Sorge tragen, dass das Recht auch von dem gemeinen Mann kann verstanden werden. Das Römische Recht soll beibehalten werden, soweit es sich für den Zustand des Landes schickt und mit der gesunden Vernunft übereinstimmt. Die römischen Kunstwörter sollen auf Deutsch gegeben und das Latein soll durchgehend daraus fortgelassen werden. Das Landrecht soll dem Römischen Recht so stark nicht folgen, noch an die römische Prozessordnung, Formeln, Gebräuche und anderen alten römischen Sachen sich kehren, so aus der römischen Historie ihren Ursprung haben. Verbesserungsvorschläge aber sind von jedermann erwünscht."

Das Ungeheuerlichste war geschehen. Der König rief sein Volk auf, mit zu schaffen an dem Rechte seines Landes, mit zu wachen über Preußens Redlichkeit.

Die Akten aller Kriminalprozesse aber wünschte der Herr selbst vorgelegt zu bekommen.

Wie viel Stunden hatte König Friedrich Wilhelms Tag? Wie herrisch vermochte der Dreißigjährige seinen Schlaf zu kasteien?

Es raubte ihm die Nächte, dass er ein Herr war auch der Folter.

Auch der Henker stand in seinem Dienst.

Über den Henker und sein Opfer hatte der König Rechenschaft zu geben. Da hatte die Jurisprudenz ihn entflammt in brennender Glut seines Herzens und in einem Fegefeuer der Seele.

Wie vermochte er noch Recht zu sprechen in alten, römischen Formeln!

* * *

Einen von den Briefen, die der König als besonders wichtig selbst in die Sitzung mit den Richtern mitgenommen hatte, öffnete er wegen des fremden Wappens und Siegels, wunderlich und schön geprägt, sehr behutsam. Eine angenehme Schrift bedeckte die Seiten, eine Handschrift, die frei war von den vielen Ornamenten und Schnörkeln, wie sie Mode geworden waren. Die Anrede war kurz gefasst, dabei durchaus respektvoll und sicher in höfischer Form; der Stil war klar und frei von jeder überflüssigen Wendung. Das ganze Schreiben, und dies war völlig überraschend, war in deutscher Sprache gehalten. Es wunderte den König, dass dieser Brief mit seinem reichen Wappenschmuck als Unterschrift nur den einfachen Namenszug trug: Clement.

Der König wusste um die Verdienste des Barons Michael Clement von Rosenau in dem Prozess gegen seine Bedienten. Dass der Baron nun seinen Dank und Lohn kassierte, erschien nach diesem Schreiben ausgeschlossen. Ein Phrasenmacher und ein Beutelschneider war der nicht. Die Gründe, aus denen er um geheime Audienz bat, hatten nichts zu tun mit der Affäre Runck und Stieff. Die Argumente, welche eine Zusammenkunft erforderten, leuchteten ein. Die Dringlichkeit, bescheiden betont, schien tatsächlich vorhanden. Und was der Schreiber dieser seltsam erregenden Zeilen noch ganz besonders wünschte, war auch dem königlichen Empfänger nur zu angenehm: Die Begegnung sollte möglichst außer Hof stattfinden. Aller Ehrgeiz eines fremden Kavaliers lag also fern.

Außerdem wohnte er beim Prediger Roloff im Alten Pastorate von Sankt Peter. Das war immerhin bemerkenswert.

Schrift und Sprache, die ganze Art, ein ungewöhnliches Anliegen vorzutragen, mussten den Herrn an diesem Briefe sehr beeindruckt haben. Denn schon zum frühen Nachmittag war die Begegnung angesetzt, pünktlich um drei Uhr am Anfang des Weidendamms an General Lingers Garten.

Es war nichts Außergewöhnliches, dass der König nach Tisch einen kurzen Spaziergang unternahm oder sich zu einem Ritt entschloss. Der Dreißigjährige begann recht stark zu werden. Dem Rastlosen blieb nur die Muße für eine Mahlzeit; dann aber schien er unersättlich und schlang, ohne zu zerbeißen. Und da er die Geschmeidigkeit auf Jagd und Exerzierplatz nicht verlieren wollte, waren Ritt und Wege nötig. Zum höfischen Ereignis wünschte er sie nicht zu stempeln. Zwei Jäger oder auch nur ein paar adrette Burschen unter den Bedienten waren sein ganzes Gefolge. Unterhaltung und Geleit wären König Friedrich Wilhelm höchstwahrscheinlich nichts als störend gewesen. Denn mit jedem Schritte wurden Regimenter eingekleidet, Etats bewilligt, ungerechte Richter abgesetzt, versumpfte Weiden ausgetrocknet, Straßenzeilen neu gezogen, Handelsverträge geschlossen, Allianzen erwogen, Visitationen vorbereitet.

Heute ging der König ganz allein. Beinahe lässig – oder aber war es zögernd? – promenierte er durch die Gärten und Wiesen vor der Stadt auf den Weidendamm zu. Er wollte nicht zu früh erscheinen. Aber der Fremde war schon vor ihm da; er vermutete in dem Offizier, der da auf ihn zukam, den König; er ging ihm rasch, doch gemessen entgegen. Der

König beschleunigte seine Schritte nicht; er blieb sogar, und das war unbewusst, stehen; und gerade diese kleine, unbeabsichtigte Geste ließ ihn seine Würde deutlich wahren. In der ungewohnten Lage, sich vorstellen zu müssen, sagte König Friedrich Wilhelm kurz: „Ich bin der König von Preußen. Baron Clement?“

Und der, förmlicher und herkömmlicher als in seinem Schreiben und als gelte es doch, eine leichte Befangenheit zu überwinden, sprach mit tiefer Verneigung: „Euer Majestät gehorsamster Diener.“

Clement hatte sich vom König von Preußen ein anderes Bild gemacht, als nun die Wirklichkeit es bot. Überall, wo Clement bisher weilte, hatte das Gerücht den zweiten König von Preußen zum wilden Titanen, einem Zaren, einem Schwedenkönig gemacht. Er hatte einen großen, ungestümen, jungen Mann mit wildem Zarenbart zu sehen erwartet, einen Krieger und Jäger, rau und grob und ungeschlacht. Aber der hier vor ihm stand, war trotz Uniform und Degen durchaus ein friedlicher Bürger. Der Ansatz zum zarischen Barte war schon nach vierzehn Tagen wieder gefallen, als ein größerer Empfang bevorstand. Rock und Stiefeletten waren ohne Stäubchen, die Handschuhe ohne einen Fleck; der Hut saß gerade und korrekt auf ordentlich frisiertem Braunhaar. Der König war nicht sonderlich groß, und ein leichter Ansatz zur Behäbigkeit war trotz der schlanken Beine und der festen Schenkel, die gelbe Lederhosen knapp umschlossen, unverkennbar.

Aber jenseits aller dieser Ordnung, Blankheit und Gemessenheit war etwas Heißes und Fremdes im Blick dieses Königs und etwas Schroffes, Abgerissenes auch in der höflichsten Redewendung seiner Begrüßung. Der König hatte sich, als er die Hand reichte, artig den Handschuh ausgezogen. Den Druck der kühlen Rechten empfand Clement angenehm; und soweit es ihm die Schicklichkeit erlaubte, betrachtete er die Hand, die sich ihm bot; sie war an Schlankheit, Festigkeit und Ebenmaß die vollkommenste, in der seine Finger je ruhten.

Als sie dann weitergingen, prüfte er den Preußenkönig flüchtig von der Seite. Kontur und Profil des Gesichtes waren nicht ausgeprägt. Stirn und Nase gingen in verhältnismäßig gerader Linie ineinander über, die Nasenflügel waren etwas hochmütig gewölbt. Der Mund, nicht groß, doch voll, war schwer geschwungen; Stirn und Wangen wirkten rund. Aber um Mund und Augen zeigte das volle, blühende Gesicht, das frisch durchblutete, dauernd die leichte Unruhe einer äußersten Angespanntheit der inneren Vorgänge. Das Bild des Bürgers, der auf dem Weidendamm spazierte, ging nicht auf. Zu vieles ließ Clement erstaunen: Der Glanz der von langen Wimpern tief beschatteten Augen; die Schwermut ihres Ausdrucks; die starke Meißelung der Augenhöhlen – dies alles gab dem hellen, glatten Antlitz einen Hauch von einer großen Fremdheit.

Der König widersprach durch sein Verhalten all den Gerüchten, die über ihn im Umlauf waren. Wer konnte in höflichen Erkundigungen nach Reise, Vorhaben und ernsten Eindrücken gewandter sein als der König von Preußen?

Clement tat dem Herrn Bescheid und gab ihm die Gelegenheit, mit seinen Fragen immer weiter vorzudringen. Der Übertritt zum lutherischen Glauben beschäftigte den König am meisten. Aber er sah nun den Partner des Gespräches mit viel Bedacht an. Der war, wenn auch nicht groß, ein schöner Mensch, sehr dunkel und sehr ernst. Warum er gerade in Berlin zum anderen Glauben übertreten wolle, fragte der König noch genauer.

„Es ist ein Unrecht vor der Heiligen Schrift, gewiss; und ist doch sehr verständlich, Majestät: es hängt am Manne, hängt an Ihrem Prediger Roloff."

„Der Roloff weiß wirklich mehr von Gott – als wir", sagte der König; mochte ihn verstehen, wer es konnte.

Einen Augenblick war in Clements Blick und Stimme Mitleid spürbar. Dann zerriss er das Gespräch, ließ den König nicht denken, nicht noch weiter disputieren.

Vergaß er die schuldige Achtung?

Sie schritten fest und rasch dahin am Ufer; plötzlich blieb Clement stehen, rief wie in einem Ausbruch höchster Erregtheit: „Majestät!", riss seinen Rock auf, zog einen Brief hervor –. Der König sah nur die Veränderung der Augen. Ihr Grün war dunkel bis zum Schwarz geworden.

„So geben Sie", sprach König Friedrich Wilhelm, „ein schwerer Brief –."

„Briefe, Majestät, ein Bündel! Es ist keine Stunde zu verlieren! Ich durfte Sie nicht weiter reden lassen, Sire!"

„Ja", sprach der König von Preußen, „ja, mein Herr – Sie haben recht."

Denn er hatte die Hülle schon abgelöst. Er las im Stehen. Blatt um Blatt nahm ihm der Fremde ab.

Dann blickte der Herr auf den Fluss. Blätter trieben im Wasser. Besonnter Nebel zog um die Weiden. Lächerlich erschien es dem König, seine Zeit damit zu verspielen, Flüssen einen anderen Lauf zu geben und Dämme für ein paar bedrohte Hütten aufzuwerfen, statt sich zu wappnen gegen das Furchtbare, das kommen musste – schon eingetreten war.

Der Herr hatte Clement Brief um Brief zurückgereicht; er fragte plötzlich: „Wer sind Sie?“

Clement sah ihn an, fast schmerzlich, nahezu gequält, öffnete die Lippen – und sagte kein Wort. Er presste das Bündel Briefe König Friedrich Wilhelm wieder in die Hände.

Als der König in das Schloss zurückkam, ließ er den Ersten Kabinettssekretär rufen und gab noch zur selben Stunde die Geheimverfügung in Umlauf, dass die preußischen Gesandten in Hannover, London, Wien und Dresden ohne jede Nachricht über das, was in Berlin vorgehe, zu bleiben hätten. Mehr wagte er im Augenblick nicht zu tun.

Wirt Bleuset stand hinter dem Schanktisch. Die Vögel in den blanken Bauern bei den Kräuterbündeln zwitscherten und hüpften, alles Zinnwerk war mit Eisenkraut geputzt; es war sauber und hübsch um den Wirt.

Vor dem Schanktisch lärmten die Zecher, und um die Bänke war Unrat und Wust.

Städte entstanden, Heere wuchsen, künftige Könige reiften heran – in Bleusets Schenke änderte sich nichts mehr.

„Alles ist, wie es war, als du das letzte Mal hier weiltest, Bruderherz!“

Der Bruder war da, der Allotriatreiber, der Faxenmacher, Erzschelm und herrliche Sänger, Polterhansens Bruderwaise, die er zur Knabenzeit bemutterte, ein mächtiger Kerl! Er war wieder heimlich gekommen!

Singt, meine Vögel! Blitzt, meine Kannen! Lärmt, sauft und würfelt, meine Zecher! lachte Polterhansens Herz. Und denkt nicht daran, dass König Friedrich Wilhelms Werber und Hurenbolde nächtens durch die Gassen streifen und das Bruderherz zu schnappen suchen. Eben waren sie hier. Nun ist für eine Weile Ruhe.

Bleusets Bruder kam aus dem Versteck hervor, goss sich einen neuen Becher ein und fuhr im gleichen Satze fort, in dem er unterbrochen worden war.

Man höre doch dies und das, fragt der Bruder, als stehe es nicht gut um manchen noblen Gasthof? Ob der Bruder die Gelegenheit nicht nützen wolle, seine Schenke zu vergrößern, zu verbessern?

„Nein, das gedenke ich durchaus nicht zu tun“, sagte Polterhansen Bleuset. „Das, was hier ist, ist gut. So soll es bleiben. Denn was da ein so großer Wirt erlebt – es spielt sich turmhoch über allem ab, was unsereiner je erfährt. Freilich, es ist schlimm für einen alten Wirt, wenn die erste Hure, die in seinen Gasthof kommt, seine eigene, späte Tochter ist und ihre Wehen bald die Gäste aus den Sälen und den Kammern treiben werden! Denn es ist kein goldenes Gespann vom Zaren Peter gekommen, sie in sein Moskowiterland zu holen. Nein, nein, es ist nicht gut, wenn junge Mädchen zu hübsch zwitschern können. Aber ein Mann, der singen kann – trink, Bruderherz, und stimme an –, der ist ein Tausendsasa und ein Rattenfänger! Selbst des Zaren vergessene Liebste vermöchte er wohl noch zu trösten!"

Kam Polterhansen Bleusets Bruder nicht wie ein Flüchtling nach Berlin? Waren ihm nicht die Werber auf den Füßen? Musste er nicht bald, sehr bald in Nacht und Nebel wieder davon?

Aber die Brüder standen am Schanktisch und redeten von andrer Leute Sorgen, Geschäften und Plänen. Das sind nun die Menschen. Der Wirt kniff die Augen zusammen. Singt, meine Vögel! dachte sein Herz. Blitzt, meine Kannen! Duftet, meine Kräuter! Lärmt, sauft und würfelt, meine Zecher! Nun heißt es nur, ein Loch aus der Stadt und einen dunklen Winkel an Brandenburgs Grenze zu finden – dann werden wir Brüder uns nicht mehr sehen. Behalt den struppigen, den blonden Schopf, dein Bärenfell, die harten, weißen Zähne und den roten Mund zum Lachen; lass deine dunklen Augen weiter voller Argwohn blinzeln; sie sind wie geschaffen dazu: lang und schmal geschlitzt! Die Welt ist schlecht! Die Herrscher brauchen Krieger! Singt, meine Vögel! Mein kleiner Bruder ist ein Riese, jagt hunderttausend Türken in die Flucht!

Thulmeier, der Schweigsame, der hinter der Spreegassenbrücke wohnte und die heimlichen Briefe besorgte, stand bei den Brüdern. Sie sollten nicht von ihrer Sache sprechen; das war das einzige, was er ihnen sagte. Er hatte vom Reden zu viel Unglück kommen sehen; das waren nun die Menschen: hatten den aufrechten Gang und die Sprache vor den Tieren voraus; ach, lauft, so kerzengerade wie ihr wollt; nur sprecht nicht!

Bleusets Bruder horchte manchmal zur Seite; er wollte mehr vom König reden hören. Eben hatte einer Übles gegen ihn gesagt. Das vernahm er gern. Mitten im Singen und Reden wollte er nur davon hören. Maßlos hasste er den König, der ihn unstet umherjagte, mit seinen Werbern verfolgte. Er hasste ihn, wie er die Freiheit liebte, die schönste und vermessenste Lüge der Menschen. Warum durfte er nicht, der allerfröhlichste von allen Sängern und Zechern, an seines Bruders Schulter an dem Schanktisch bleiben, Kannen schwenken, Becher putzen, Zoten reißen, Lieder singen, Münzen in die braune Lederschürze streichen? Den Argwohn in den schmalgeschlitzten, dunklen Augen – den hatte der König von Preußen gesät. Dreimal, dreimal schon hatte er mit den Werbern des Königs gerungen!

Sie hatten ihn betrunken gemacht, hatten den Tisch voller Taler geworfen, einen Beutel mit Dukaten obenauf gestellt, ihm den Federkiel schon in die Hand gedrückt – aber er schlug auf die Werber mit dem Lederbeutel voll Dukaten ein und schrie: „Die Freiheit, die Freiheit!"

Dann hatten sich einige, die das gleiche Schicksal bedrohte, an der sächsischen Grenze zusammengefunden, mit Waffen, falls die Wachen an der Grenze doch am dunklen Waldpfad streiften. Die Wachen waren verdoppelt und verdreifacht. Einem der Kumpane wurde die Blase im Leibe zertreten; Bleusets Bruder tat dem Werber das gleiche, ganz das gleiche wie er dem Kumpan.

Das dritte Mal –. Doch davon wusste keiner außer dem Schweigsamen hinter der Spreegassenbrücke. Der war mit geheimer Botschaft und mit Talern vom Polterhansen gekommen, gerade als der Bruder den Werber verscharrte. Der Thulmeier schwieg; nicht, um das Unrecht zu schützen; nur, um die Leiden nicht zu mehren.

Heute Abend aber; als die Werber durch die Schenke streiften, da hatte der Schweigsame geredet, viel und schnell, bis Bleusets Bruder versteckt war. Nein, was der Schweigsame für Witze wusste! Die Werber konnten nicht vom Fleck vor Lachen; und guter Laune zogen sie ab. Neue Gäste polterten herein, Bleusets Bruder kam wieder hervor, und Thulmeier von der Spreegassenbrücke war, als ob er nie geredet hätte.

Nun blickte der Schweigsame schon lange zur Tür. Keiner außer ihm merkte, wer kam. Er sah unverwandt auf die Tür.

Der auf der Schwelle zauderte, wehrte den Qualm von Nase und Augen, wich noch einmal zurück; dann aber, würdevoll und gespreizt und zugleich taumelig vom Trunk, bahnte er sich zwischen den Zechern und Schelmen seinen Weg zu dem Schanktisch. Der Polterhansen hängte gerade Tücher über sein Vogelbauer. Da war Nacht für die Vögel, gute, tiefe Nacht.

„Ich habe nichts für Euch, Professor Gundling," sagte er ohne Erstaunen zum nächtlichen Gast, als wäre der erst gestern von ihm gegangen im zerschlissenen Rock und altes Bettgefieder im Haar.

Gundlings Rock war besudelt. Aber er war vom edelsten Samte und strahlte von Goldgewirk, wenn auch die Ornamente Hasen darstellten.

Gundling hatte den Dreispitz nur noch lose auf den Locken hängen. Aber selbst im Qualm und Gestank dufteten sie nach kostbarem Puder, auch wenn sie ihm zum Hohn von Ziegenhaar geflochten waren.

Mit großer Geste wehrte Gundling jede Torheit ab, die ihm jetzt einer hätte sagen können. Er zog ein Goldstück aus der reich gestickten Börse und legte es vor den Wirt.

Der goss ihm den Branntwein in den Becher. Mit beiden Händen umschloss der Professor den Nachttrunk, hob den Becher auf – und setzte ihn langsam wieder zurück, ohne getrunken zu haben. Hart stieß er ihn auf den Schanktisch, breitete fassungslos die Arme aus, brach in die Knie und schlug mit der Stirn auf die Kante des Schanktisches auf, dass er meinte, zu bluten. Aber es waren Tränen, was da rann.

„Er verträgt noch immer nicht viel“, hatte Polterhansen Bleuset zu rügen, als hätte er erst gestern Gundling auf den Hof geführt. Dann beugte er sich über die Kannen und Becher zu ihm herab. Gundling kniete vor ihm; noch strömten die Tränen. Die Arme hielt er noch emporgehoben; er schluchzte, rülpste, stammelte, er wolle zurück, hier, hier sei es noch gut gewesen.

Ein Vogelbauer war noch nicht verhängt. Bleuset besann sich und nahm das letzte Tuch.

„Ja, kommt nur heim“, sprach er zu Gundling – und fegte hinter dem Schanktisch hervor, den er seit Jahr und Tag nicht mehr verlassen hatte, setzte mit seinen langen Beinen über die Tische und Bänke hinweg, schlug mit den Händen auf die Ledertasche an der Schürze.

„Schert euch alle fort und zahlt!“

Betrunkene erschrecken leicht; das war eine seiner Wirtsweisheiten. Die Aufgescheuchten zahlten, murmelten und gingen; und trugen wohl am Morgen nichts nach.

Bleusets Bruder und der Schweigsame hatten Gundling auf die Ofenbank gelegt; sie gossen sich den Becher Branntweins auf die Hände und rieben ihm Schläfen und Stirn.

Da setzte Gundling sich auf, und wahrhaftig, es war eine Pose von nicht geringer Großartigkeit, wie er da saß: die Ziegenhaarlocken wirr ums bleiche, aufgedunsene Gesicht, die Arme so verschränkt, dass er sich selber an den Schultern packte; die Hände waren kaum mehr sichtbar im Gewirr der spinnwebfeinen Spitzen seiner Ärmel. Er redete nüchtern und entsetzlich tonlos. Sie mussten ganz nahe an ihn heran, ihn zu verstehen. Das Widrige des Fusels waren sie gewohnt.

„Sprech Er nur. Sprech Er nur." Das hatte der Schweigsame gesagt.

„Der König hat mich verlassen", stammelte Gundling, „der König ruft mich nicht mehr zu sich. Ich habe in der Tabagie umsonst auf ihn gewartet, mit meinen Karten und meinen alten Historien. Er kam nicht. Die anderen, die Offiziere, sie haben nach der Tür geblickt wie ich und gewartet, nun schon den vierten und fünften Abend vergeblich. Sie haben sich die Zeit mit mir vertrieben, mir eingeschenkt, dass ich ins Reden käme. Ich habe getrunken; ich habe geredet. Ich dachte: nun muss er doch kommen. Was habe ich geredet? Was habe ich geredet? Sie haben sich die Bäuche gehalten, sich auf die Schenkel geschlagen, mich an der Perücke gerissen. Heute aber" – er geriet ins Stocken; die Zähne schlugen ihm aneinander; er schüttelte sich – „heute, als es wieder so war, stand mit einem Male der Herr in der Tür, kam auf den Tisch zu, nahm einen Leuchter zur Hand, riss eine Landkarte vom Pfeiler, ging stumm durch den Saal – aber als er mich sah, hielt er an und sprach leise: ‚Er Narr.' Dann trat er mit der Kerze und der Karte auf den Gang hinaus. Dort stand Clement. Der nahm dem Herrn den Leuchter ab und ging ihm in seine Zimmer nach, wie jeden Abend jetzt. ‚Was hat der König gesagt?' schrien nun die Offiziere. 'Wir müssen ihn zum Narren taufen!'"

Ganz ruhig sprach nun der Professor; er löste seine überkreuzten Arme von den Schultern.

„Sie *haben* mich zum Narren getauft."

Aber wie er nun den Kopf zur Wand zurücklehnte, war doch noch immer der Abglanz unendlichen Hochmutes spürbar. Nur seine Müdigkeit schien groß, er war so völlig erschöpft, dass er das Aufschrecken der anderen nicht wahrnahm. Von ferne nur hatte er das Poltern im Hausflur gehört. Kamen Betrunkene zurück? Warum hatte Bleuset seine Tür nicht verschlossen? Ihm war es gleich.

Der Wirt und sein Bruder kannten den Schritt; der Lärm von Trunkenbolden war anders; es mussten viele da sein; die Schritte waren überall zugleich, im Flur und im Hof. Entsetzt blickten die Brüder sich an. Erst war es noch, als wollte der junge Bleuset nach dem Messer greifen und zum Sprung ansetzen. Aber alles war nur noch eine leere und verzweifelte Gebärde; Flucht war unmöglich. Die Werber waren da. Die Werber hatten ihn nur in Sicherheit gewiegt, als sie am Abend Hof und Schenke durchsuchten, sich zufrieden gaben und verschwanden.

Als die Werber die Tür zur Schankstube aufrissen – weit auf in den Angeln, denn sie waren eine große Rotte –, sank Polterhansen Bleusets Bruder nur auf einen Schemel. Er legte nur den Kopf auf den Tischrand.

Die schweigenden Werber, die plötzlich Verstummten, waren am furchtbarsten. Einer nahm das Talglicht von der Ofenbank und stellte es dicht vor den jungen Bleuset auf den Tisch. Der Werbesergeant zog ein Schriftstück hervor. Es brauchte nicht unterschrieben zu werden. Es trug bereits den steifen Namenszug des jungen Bleuset. Es trug ihn schon lange, schon seit der trunkensten Nacht; und seit er das Geld für ein Mädchen und seines Mädchens Kinder brauchte, kleine Bleusets mit dem dichten Bärenfell.

„Die Freiheit –", stöhnte der trunkene Gundling auf der Ofenbank, als hätte er alles begriffen. Aber er dachte an die eigene Not, nur an die eigene.

Nun führten sie Bleusets Bruder hinweg.

Thulmeier, der in dem Winkel hinter der Spreegassenbrücke wohnte, ging heim, schweigend und frei.

Polterhansen Bleuset hockte auf dem Schemel des Bruders, sah zu, wie das Talglicht zerfloss; zählte, wie oft der Docht wohl noch flackerte.

Gundling, den Kopf zurückgeneigt, schlief sitzend auf der Ofenbank, als trüge er noch den zerschlissenen Rock und Federflaum und Unrat im Haar; als hätte ihn der König nie geholt.

Morgen sollte Bleusets junger Bruder den Rock des Königs erhalten; ihm war, als läge ein Sterbekittel bereit.

* * *

Das Fräulein von Wagnitz, auf dessen Lippen der Name des Königs erloschen schien, begann noch einmal von ihm zu reden. Noch einmal war die Verlassene ihrer Einsamkeit und Müdigkeit entrissen. Der Fremde, dem sie im Goldschmiedsladen begegnete, war noch manchmal über ihren Weg gekommen, und nach seinem ersten Gespräch mit dem berühmten Goldschmied war es bewusst von ihm so gefügt. Eben darum aber, dass er ein Fremder war, der nicht wie alle anderen um ihren Frevel zu wissen brauchte, war die Wagnitz ihm als erstem wieder aufgeschlossener gewesen. Er konnte stundenlang, so kostbar seine Zeit auch war, auf ihre Stimme hören. Die Worte waren ihm gleich; er lauschte nur auf ihre Stimme, die Gebrochenheit, das Hauchende, Verwehende in ihr, die Wärme und die leise Hast, die ihrer Art zu reden eigen waren. Denn Clement, der so viel herumgekommen war an den Höfen und unter den Menschen, schien zu der Überzeugung gelangt, dass es gut sei, Frauen zu lieben, die mit einer großen Liebe abgeschlossen haben; sie waren so wunderbar behutsam; sie fragten nicht, erwarteten nicht, forderten nicht; sie machten sich niemals zur Last. Sie waren nur voll sanften Erstaunens, dass jenseits aller Trümmer und Verwüstungen dem Herzen noch immer ein blühendes Reich zu erstehen vermag.

„Alles geht neu an", sprach die Wagnitz leise vor sich hin, als sie eines Abends noch durch stille Wege fuhren, und suchte in der Dunkelheit den helleren Schein seiner Hände zu erkennen. Es war zu wenig, sie zu fühlen. Und noch einmal sprach sie: „Alles geht neu an."

„Schönstes und schrecklichstes Signal des Lebenskampfes", nahm Clement ihre Worte auf, und es war mehr Verbundenheit darin, als diese bloße Antwort sie verraten konnte. So wissend, so bitter, so schwer war die Sprache der Liebenden.

Es musste wohl recht heruntergekommen sein, das adlige Fräulein, dass es so dahinfuhr auf den Abend, ohne Ziel; und dass es solche Dinge redete; und den König noch liebte; und Clement zu lieben begann.

So spät im Herbst war der König noch einmal hinaus nach Wusterhausen gefahren. Niemand hatte geglaubt, dass er noch kommen werde. Die Jagdzeit war um, der Jahrestag der Schlacht von Malplaquet vorüber, zu dem er seine alten Offiziere aus dem großen Krieg nach Wusterhausen hatte laden wollen, alljährlich den Soldatentanz aus der Schenke von Malplaquet zu wiederholen. Nun nahm man an, der König wollte noch den Sankt-Hubertus-Tag, das ihm sehr liebe Fest, auf seinem Jagdschloss verleben. Aber der Herr verlangte nicht den grünen Rock. Er band sich seine grüne Schürze um, streifte die Ärmelhüllen über, ließ Hunde und Pferde im Stall und ging an den Schreibtisch. Es galt recht seltsamer Post!

Der König ließ jetzt nämlich alle Briefe öffnen, die Berlin verließen, und auch die abfangen, die in Berlin eintrafen. Gewaltige Säcke voller Briefe hatte er beschlagnahmt; ein großes Lastfahrzeug hatte sie nach Wusterhausen bringen müssen. Dort las sie nun der König; er war ganz in die Briefe vergraben. Noch immer folgten neue Sendungen von Postsäcken nach.

Nicht einmal Clement wurde zu ihm berufen; darüber wunderte sich jeder; denn man sah den Herrn nicht mehr ohne den fremden Baron. Dagegen wurde kein Minister mehr empfangen. Selbst in der Tabagie ließ sich der Herr nicht mehr blicken, obwohl er kürzlich den ganzen Kreis der

Tabaksrunde umgestaltet hatte. Die Einladungen an seine Tafel hatten aufgehört. Die ganze Lebensweise war verändert.

Das Ungeheuerlichste jedoch von all diesem Neuen wusste nur Ewersmann; und diesem hatte die Kammerfrau Ramen das Geheimnis entlockt; ohne sie, die sein Schicksal am Hofe bestimmte, vermochte der Schwere, Ernste nicht mehr zu handeln, vor ihr, der Lächelnden und schwebend Leichten, auch nicht zu schweigen.

Nur ihr und sonst noch keinem hatte er gesagt, dass der König jede Nacht jetzt mit zwei Pistolen zu Bette ging. Er tat es auch auf Wusterhausen; und auf einem Schemel vor seinem Bette lag der Degen, der Degen ohne Scheide. Und überall und immer, Tag und Nacht, hatte er auf seiner Brust in einem flachen Lederbeutel die Briefe aus Dresden, Wien und Berlin bei sich, die eine so entsetzliche Gewissheit zu bergen schienen.

Verflogen war dem König der Glaube, er habe die verschleppten, alles verzehrenden Kriege beendet. Wien und Dresden, der deutsche Kaiser und der König von Polen und Kurfürst von Sachsen befanden sich im Rüsten gegen ihn, und die großen katholischen Mächte hatten sogar nach dem protestantischen Hannover und England Fäden gesponnen, um zu erfahren, ob man nicht auch dort gewillt sei, Brandenburg aufzuteilen, ehe es weiter durch ein Heer erstarke, das seiner Größe nicht mehr entsprach, und in der Mitte Europas ihrer aller Politik durchkreuze, so verschiedene Ziele sie auch suchen mochten. Niemals sollte der „König in Preußen" sein neues Heer gegen einen von ihnen zu führen vermögen. Er sollte entführt, sein heimlicher Staatsschatz beschlagnahmt werden. Sein kleiner Sohn war schon zum König auszurufen; eine Regentschaft und Vormundschaft, die sie alle gegen das Haus Brandenburg sicherte, war einzusetzen; die Kuratoren waren bereits ernannt; Anerkennungsverträge mit den fremden Mächten waren schon geschlossen, Belohnungen und Abfindungssummen aus der Hinterlassenschaft des Königs zugesichert! Auch stand fest, dass Preußen verpflichtet sein würde, nur noch eine sehr bestimmte, eine sehr kleine Anzahl von Truppen zu halten; wenig Truppen, schlechte Truppen für ein armes Land, eine kärgliche Ebene zwischen Meer und Gebirge, von beiden getrennt, von Flussläufen durchschnitten, die ebenso viel Einfallstore für die Feinde waren, dabei weder im Besitz ihres Quellgebiets noch ihrer Mündungen. Nach allen vier Himmelsrichtungen lag dieses Unglücksland offen, allen Stürmen ausgesetzt, ein deutsches Polen. Und dieses Preußen nun hatte in die Vorschläge, ja, die Vorschriften der Widersacher gewilligt; die Namen einiger Großer bürgten für die Durchführung der neuen Politik! Preußen hatte sich verpflichtet! Der Herr vermochte es nicht zu fassen: Er war nicht mehr Preußen. Jede Stunde konnte es mit ihm zu Ende sein. Es war, als hätte man ihn für vogelfrei erklärt.

Er umgab sich nicht mit einer Wache. Er setzte nicht die Armee ein. Er blieb allein. Einsam trug er die Erbitterung seines Landes und den Hass Europas. So sehr es ihn zum Handeln drängte, glaubte er doch nicht, sein Volk zu früh beunruhigen, den Gang der Staatsgeschäfte vor der Zeit stören zu dürfen. Noch wusste niemand, dass die Briefe sich in seiner Hand befanden. Unerlässlich war allein sein Eingriff in das Postgeheimnis. Aber daraus brauchte noch keiner die richtigen Schlüsse zu ziehen. Absonderliche, strenge und plötzliche Maßnahmen war man von ihm gewohnt.

Freilich durfte er nicht dulden, dass nun noch weitere Korrespondenzen eingeleitet würden. Schleunigst war das Netz zu zerreißen, das von Wien nach Warschau, von Berlin nach Dresden über seinen Thron geworfen worden war. Die Mittelsmänner mussten verschwinden, einer nach dem anderen. Die Gegner mussten unsicher werden. Ach, Mittels-„männer". – Der König lachte böse auf. Hofdamen der Königin hatten sich in die erste Reihe der Spione und der Diplomaten hinaufgespielt. Die Königin durfte nicht eingeweiht sein. Über sie hinweg wurde Frau von Blasspiel, die Favoritin unter allen ihren Damen, unter nichtigem Vorwand entlassen. Aber der Herr hieß ja zu oft schon ungerecht; noch immer blieb sein Geheimnis gewahrt.

Drei Geheime Räte wurden verhaftet. Derartiges war auch schon früher geschehen – auch dies, dass man plötzlich begann, gegen vermögende Privatleute und hohe Beamte Untersuchungen über die Herkunft ihrer Gelder einzuleiten. Die Generalfiskale, die liebsten Kinder Creutzschen Geistes, die Häscher und Späher, gehasst und gefürchtet, waren hinter allen Reichen her; sie trieben wieder ihr grausames Wesen als Kontrolleure aller öffentlichen, privaten und geheimen Kassen.

Gespräche inkognito zeigten dem König, wie sehr man sich vor seinen Fiskalen fürchtete; niemals aber duldete der Herr eine falsche Bezichtigung. Erfolgte sie dennoch, so mussten die Fiskale die Prozesskosten tragen.

Die drei hohen Beamten aber, welche festgenommen worden waren, wurden zu Recht verhaftet: Der Herr erlebte die ersten Fälle von Spionage in seinem Lande, und zwar im engsten Umkreis seiner Räte. Für einen Tag hatte der König den Minister Ilgen, der den auswärtigen Affären vorstand, von solchen Vorgängen zwischen dem Ausland und Preußen jedoch erst durch den König erfuhr, allein und heimlich nach Wusterhausen berufen. Der König, so schwer getroffen er auch war, vergaß keinerlei Fürsorge für den greisen, treuen Diener des Brandenburgischen Hauses. Freundlich hatte er dem alten Herrn bestellen lassen, er werde ein gutes Bett und eine warme Stube und alles proper finden. Er behielt ihn eine Nacht bei sich, um ihm die geheim zu haltende Order zu geben, „aus gewissen erheblichen und wichtigen Ursachen ohne die schriftliche Erlaubnis des Königs geheime Affären niemand mitzuteilen, an keinen Menschen in der Welt, er mag Namen haben wie er will".

Er hatte ihm diese Weisung nicht brieflich geschickt; war es darum geschehen, dass er in diesen schweren Tagen das Antlitz eines Treuen sehen wollte? Vor Ilgen machte all sein banger Argwohn halt.

Aber nun ging es um Grumbkow. Das konnte das Fanal sein. Das konnte wohl den offenen Ausbruch der inneren Rebellion und der äußeren Krise heraufbeschwören. Die Schreiben von Grumbkows Hand lagen gesondert. Ein einzelner Brief war ganz beiseitegeschoben. Der hatte nichts mit alledem zu tun. Der betraf die Gelder seiner Ostgebiete.

In dem Augenblick, in dem ein so schwerer Kampf unausweichbar erschien, war König Friedrich Wilhelm wiederum ein armer Mann geworden. Alles verfügbare Geld war ins Ostland geworfen; und auch die großen Summen reichten nicht aus; und er vermochte jetzt nicht, neue Mittel zu schaffen. Alles war in Stockung geraten. Der König von Preußen war ein Spion geworden und hatte zu gar nichts anderem mehr Zeit; nur zu ein paar Zeilen an den Freund in Dessau reichte ihm der Tag noch aus; an Ilgen, und an diesem Freund allein war nicht zu zweifeln. Umhäuft von Schriftstücken, die Schicksal bedeuteten, schrieb ihm der König diese wenigen Worte: „Ich muss Euer Liebden sagen, dass jetzt meine Affären in der größten Krise sind und in der Welt alles sehr konfus aussieht, ich weiß sehr viel, aber ich kann es der Feder nicht anvertrauen. Wenn ich das Glück haben werde, Euer Liebden zu sprechen, da werde ich Ihnen Sachen sagen, dass Sie sich sehr verwundern und sagen werden: Es ist Italienisch. Werde nit hinter die Wahrheit kommen. Die gantze Sache mit Clement ist so curieus wie man sein Dage was gehört hat."

Diesen Brief gab er dann Clement zur Weiterbestellung nach Berlin mit. Nun war Clement doch noch hinauf aufs Jagdschloss gekommen; und König Friedrich Wilhelm atmete auf. Der einzige kam, der einzige außer dem in Dessau; denn Ilgen war ein Greis, auf den der König seine Zukunft nicht mehr bauen durfte. Der Fremde fand sich bei ihm ein, der so unendlich viel für ihn tat, nur darum, weil er nicht zum anderen Glauben meinte übertreten zu können, ehe er nicht sein Gewissen von unheilvoller politischer Mitwisserschaft befreite!

Der Fremde, der um die Geheimnisse des Erdteils und die Verborgenheiten des menschlichen Herzens ein seltsam tiefes und schweres Wissen zu tragen schien, musste, ehe die Nacht anbrach, dem König – Träume deuten; denn Herr Friedrich Wilhelm hatte begonnen, sich vor seinen Träumen zu bangen.

Den ganzen Tag hindurch war er von seinem letzten Traum begleitet worden; er hatte sich in einem schön geschmückten Saale befunden; in dessen Mitte stand ein Tisch, und auf dem Tische standen drei Becher. Zwei von ihnen waren ganz, der eine halb mit Wasser gefüllt. Allmählich verdunkelte sich der Saal und gewann einen so düsteren Anblick, dass der König, von Angst befallen, sich schnell entfernte; fast fliehend im Traum, erwachte er.

Clement lehnte die Deutung ab. Der König drängte ihn sehr; er gab ihm die Versicherung, dass er für sich und niemand etwas zu befürchten habe, wenn die Erklärung des Traumes nichts Gutes ergebe. Gutes erwarte er kaum noch.

Da legte der Traumdeuter dem König seinen Traum von den drei Bechern aus. Der schön geschmückte, sich mehr und mehr verfinsternde Saal sei König Friedrichs Reich, das der Herr übernahm, von goldenem Zierrat strahlend, und in dem er allen Prunk auslöschen ließ, bis er es endlich dumpf und düster machte. Die wassergefüllten Becher seien die Tränen der bedrückten Untertanen – bald sei das Maß der drei Gefäße voll! –, und die Flucht des Königs aus dem Saal verkünde, dass er seinen Thron verlieren werde.

* * *

In diesen Tagen, in denen sich aller hohen Militärs und Beamten, ja, sogar der Bauern, die mit ihren Marktwagen abends plötzlich in Berlin zurückgehalten wurden, eine maßlose Unruhe bemächtigte, war allein Herr von Creutz die Sicherheit und Kühle in Person. Er hörte von Vernehmungen, Verhaftungen, Entlassungen; aber in Ruhe richtete er sein neues Palais ein, einen mächtigen Bau im vornehmsten Viertel an der Klosterstraße; denn ein Palais war ihm nun angemessen; er war der Präsident der Generalrechenkammer geworden.

Und gerade in diesen Tagen, in denen er allenthalben schlimme Veränderungen wahrnahm und schwere Erschütterungen spürte, erschien es ihm wunderbar; es ging mit seinen Rechnungen nicht auf. Jeder hatte doch jetzt angezweifelt zu werden! Und keiner war sich im Unklaren, dass all die unerfindlichen Verdächtigungen nur von Seiten des neuen Günstlings kommen konnten. Ließ man nun ihn selbst, so fragte sich der Präsident von Creutz, in ungestörter Ruhe weiter wirken, nur damit er ohne Unterbrechung Geld, Geld und abermals Geld für das Unglücksland schaffe? War das Fräulein von Wagnitz, die einstige Verbündete, freundlich oder feindlich mit im Spiel? Jedenfalls war nicht mehr unbeachtet und unerörtert geblieben, dass man sie an der Seite jenes Fremden sah! Oder – was nicht ohne Schwierigkeiten für die Zukunft war – hielt Clement den Einfluss des Präsidenten der Generalrechenkammer auf den Herrn für so gering, dass er ihn unbehelligt lassen zu dürfen glaubte? In diesem Falle sollte Clement sich verrechnet haben. Noch lag Creutz der Aufpasser von einst im Blute. Er war inzwischen zum großen Plusmacher und Fiskal gestempelt, und aus dem Spottnamen und Schimpfwort war ein mächtiger Titel geworden; aber er hatte indessen doch auch heimlich und eifrig das Amt des Spähers weiter ausgeübt, ohne Lohn, doch nicht ohne Hoffnung. Er hatte den Fehlern in dem neuen Staatsgefüge nachgespürt.

Denn der Tag des Königs hatte nur die vierundzwanzig Stunden. In denen musste er Kriege beenden, Konfliktsstoff aus dem Wege räumen, Schulden bezahlen, Ströme neuen Geldes in sein Land zu leiten suchen, die Armee errichten, die ihm seine Arbeit schützte, und wie man neuerdings nun wusste, auch noch aberhundert Briefe lesen. –

Bis er nicht alles überblickte, riet Creutz – durch geheime Boten, nicht durch Briefe – seinen Auftraggebern im Ausland, für die er im neuen Preußen bisher so erfolgreich spekulierte, jegliche finanzielle Operation innerhalb der Unternehmen Seiner Majestät zu unterlassen. Er musste sich die Freunde im Ausland erhalten. Da war zum Beispiel jener Vernezobre, der in Frankreich, vielleicht als einziger, an den Lawschen Aktien gar so viel gewann, dass er mit seinem Geld im Ausland eine „Puissance“ zu werden gedachte. Eines Tages konnte sich wohl als nötig erweisen, dass ein Creutz die preußischen Dienste und Grenzen verließ. Creutz setzte nicht mehr unbedingt auf den König von Preußen. Er traute dem jungen Staate nicht mehr. Schließlich: Der König war der erste Preuße. Er brauchte nur einen Rechenfehler zu machen, nur einen falschen Schritt zu tun, und Preußen war nicht. Leider ließ sich über Preußens Zukunft gar nichts Vernünftiges mehr erwägen, resignierte Creutz, ehe man nicht Clements Vergangenheit kannte. Es ließ sich kein Projekt mehr entwerfen, ohne Clement einzubeziehen.

Einen Menschen aber erfüllte es mit Seligkeit: die einstige Hofdame von Wagnitz. So unermesslich also sollte der Geliebte steigen! Er würde bleiben, weiter jeden Tag den König und zu ihr vom König sprechen! Dies war nun ihr Glück. So groß ist ein Herz.

* * *

Über die junge Tochter des Charlottenburger Kastellans war am Tage des Gerichtes über den Schlosser und den Kastellan eine große Traurigkeit gekommen, dass sie ein Urteil über Menschen heraufbeschworen hatte – eine Trauer, die so quälend war, dass ihr Vater sich aufmachte zum König. Die geringen Leute wurden ja noch vorgelassen, wie auch zuletzt in seiner Tabaksrunde nur noch einfache Bürger Zugang gefunden hatten, bis er auch unter ihnen nicht mehr erschien. Der König aber wusste, dass die Trauer des Mädchens nicht minder den Gerüchten galt, die um ihn selbst und die junge Charlottenburgerin im Schwange waren. Da sprach er noch einmal mit der Sanften.

„Ich werde dir den Eheliebsten suchen, einen, der gut zu dir ist, der dich nicht mit Fragen martert – wo alles so klar ist."

Das Gesicht des Mädchens ruhte auf der starken, schönen Hand des Herrn. Der ließ ihr diesen Trost und Frieden; so fern war er schon den Träumen des Blutes.

Hatte sich das Mädchen je gequält, dass es um des Königs willen dazu beitrug, zwei Ungerechte an den Henker auszuliefern: nun war wieder Friede in ihm wie vordem.

Es ahnte, dass das Ungerechte vor dem Rechte des Königs fallen musste wie eine faule Frucht und zerstieben gleich der Spreu im Winde, wie unter dem Befehl der Schrift: „Man tue den Schaum vom Silber, so wird ein reines Gefäß daraus. Man tue den Gottlosen hinweg von dem König, so wird sein Thron mit Gerechtigkeit befestigt."

Es erkannte – und wuchs damit über alles, dem es zugehörte, empor –, dass auch die größte Liebe nie ein Recht erlangt auf einen König. Die Sanfte wurde ganz zur Untertanin ihres Landesvaters – in den wenigen

Augenblicken, in denen ihr der König seine schlanke, starke Hand gewährte.

Der König dachte: Man sollte nicht so viel Aufhebens machen um die Geburt von Söhnen, bis auf die des einen – Töchter haben ist nicht minder gut. –

So fern war er schon den Träumen des Blutes, angesichts dieser Tochter. Ob er ihr seine Hand entzog oder ob sie das von allen Tränen stillgewordene Gesicht selbst von seiner Rechten aufhob, hat weder er noch sie gewusst.

Als sie ihm dann doch noch nacheilte, geschah es, weil sie sich auf eine größere Not denn die eigene besann.

So erfuhr der König, dass ein Kind des Zaren in Berlin geboren werden sollte und dass die Geliebte des Zaren zwei Fürsprecherinnen von sehr ungleichem Stande besaß, die er beide recht gut kannte: ihre einstige Zofe, die hier vor ihm stand, und das Fräulein von Wagnitz, das ein vielgenannter Gast im väterlichen Gasthof gewesen war.

* * *

Den Abend, an dem Professor Gundling vor seiner Qual und Schande unter Reitknechten, Jägern und Mohren floh, verbrachte Clement über seinen Schriften. Er war sehr nachdenklich von der Abendmahlzeit aufgestanden, bei der er von dem geistlichen Herrn selbst die ihn seltsam erregende Nachricht erfuhr. Droben in seinem Giebelzimmer verwendete er ungleich mehr Zeit als gewöhnlich darauf, die vielen kleinen Flakons mit den verschiedenen Tinten auf seinem Sehreibtisch aufzubauen und all die Federn zuzuspitzen, Petschafte auszuwählen und die Siegellackfarben zu vergleichen.

Der Schreibtisch stand an einem der Pfeiler, welche die Bettnische vom Zimmer abtrennten. Clement hatte ihn dorthin gestellt. Er liebte es, rasch von der Arbeit aufzustehen und sich für einige Augenblicke auf sein Bett zu werfen. Heute blieb er lange so liegen. Die Vorbereitungen zum Schreiben schienen überflüssig. Er lag und sann. Er vernahm in der tiefen Stille, wie die Mägde Geschirr und Reste des Abendbrotes über den Hausflur zu der Küche trugen. Dann wurde noch einmal die Schelle am Haustor gezogen und, wie es schien, der Geistliche verlangt, vielleicht zu einer Nottaufe oder zum Abendmahl für einen Sterbenden. Nun war auch Roloffs Stimme ganz deutlich zu hören. Er brach in Eile auf. Die Tür schlug zu; noch einmal drang das Flüstern der Mägde herauf; dann lag die tiefe Stille wieder über dem ganzen Pastorat. Aber

Clements Gedanken wollten nicht mehr ruhig werden; er fand die Sammlung nicht für seine wichtigen Briefe; es erfüllte ihn nahezu mit Unruhe, dass er den Pfarrherrn nicht mehr drunten wusste und dass es unmöglich war, ihn jetzt noch zu sprechen. Er schloss sein Zimmer ab und ging noch einmal hinunter; er suchte den Diener oder die Magd. Die wussten Bescheid. Hochehrwürden waren zu einer Sterbenden gerufen. Sie hatten den Pfarrherrn in den Kochschen Gasthof am Potsdamer Torhaus geholt; der gehörte noch in sein Kirchspiel.

Als Clement wieder in die Giebelstube trat, steckte er sogleich mehr Kerzen an, als er sonst zur Arbeit brauchte. Ihn verlangte nach größerer Helligkeit; er war sehr abgelenkt, doch zwang er sich wieder zum Schreiben; er malte sorgsam Initialen, verglich verschiedene Briefe, zerriss das mühevoll Entworfene.

Die Fetzen des zerrissenen Papieres wollte er sogleich verbrennen. Das Feuer war schon matt. Er legte noch ein Holzscheit und noch eines in die Glut. Das gab noch einmal gute, hohe Flammen. Fast hätte es behaglich scheinen können; denn es war der erste kalte Abend, und auf den schmalen Leisten vor den Fenstern häufte sich der lockere Schnee. Die weißen, duftigen Streifen leuchteten im Dunkel.

Clement malte, schrieb, verglich und prüfte, zerknüllte und verbrannte Briefe. Aber er war mit den Gedanken nicht bei seinen wichtigen Geschäften.

Der greise Wirt Koch hatte heimlich noch den Eidam und künftigen Wirt seines Gasthofes zu bestellen gesucht. Seitdem spielte er den friedlich Schlafenden, den Tauben, den Blinden, den Lahmen, den Stummen. Selbst seine feine Zunge verleugnete der Alte. Terrinen und Assietten wurden nicht mehr an seinen Lehnstuhl getragen. Nein, nein, er könne nicht mehr kosten, wehrte der Alte ab; auch so kann ein Leben erlöschen, auch so. Nun glaubten es ihm alle, dass er sterben werde, ehrenvoll in seinem reichen Gasthof, ohne von der Schande der Tochter zu wissen.

Die lag allein. Niemand war da als die Wagnitz. Sie öffnete Roloff die Tür, führte ihn ans Krankenlager, hielt ihm die Kerze und schlug den Vorhang vor dem Bette zurück. Sie hatte alles Personal des Kochschen Gasthofs aus der Kammer der Wirtstochter entfernt. Das junge Mädchen lag regungslos; die Hände waren blass und fast bläulich wie im Krampf. Auf Fragen gab die Kranke keine Antwort.

Was das Fräulein, das selbst noch sehr im ungewissen tastete über das, was hier sich ereignete, dem Pastor erklärte, war alles recht seltsam. Die Demoiselle sollte in einer Gasse, in die sie für gewöhnlich niemals kam, einen Unfall gehabt haben. Man hatte sie in einem armen Hause rasch fürs erste aufgebettet und erst sehr viel später nach Männern, die sie holen sollten, in den väterlichen Gasthof geschickt. Zwei sonderbare Schwestern waren es, die ihr die erste Hilfe hatten angedeihen lassen und ihr den Liebesdienst, sie aufzunehmen, erwiesen: die sogenannte Dicke Schneider, die in Männerkleidung Huren fürs Spandauer Spinnhaus abfing, und ihre jüngere Schwester, die Kadettenwäscherin, die einen guten Griff fürs Ungeziefer hatte und Haare zu schneiden verstand, vordem aber in der Gasse, welcher auch ein Creutz und eine Ramen entstammten, die Engelmacherin hieß.

Es war nicht leicht für das adlige Fräulein, solches Gespräch mit dem Pastor zu führen. Verwandte waren nicht da. Der Vater der Kranken war zu hinfällig und alt, sich um solches Leid noch selbst zu kümmern. Die reiche, junge Demoiselle Koch besaß recht eigentlich niemand, der ihr beizustehen vermochte. In der äußersten Not, die über sie hereingebrochen war, hielt sie sogar die einstige Zofe, die Charlottenburger Freundin, von sich fern und sah nur noch die eine Möglichkeit, eingedenk der alten Bekanntschaft – denn sie hatten in den bittersten Zeiten des Fräuleins von Wagnitz einst Kammer an Kammer hoch über den noblen Gästezimmern gewohnt – das adlige Fräulein rufen zu lassen, das von Menschenschuld und Frauenschmerz gewiss viel wusste. Das Fräulein hatte zum Arzt und dann zum Pastor geschickt. Der Doktor hatte, wie jeder und wie stets, zur Ader gelassen und den Grund des schlimmen Zustandes nicht gefunden, ihm auch nicht gar so rege nachgespürt, um in den nächsten Tagen noch manchmal bei der reichen, jungen Demoiselle Koch Nachschau halten zu können. Dennoch ahnte das Fräulein viel mehr, als es dem Prediger Roloff vorerst anvertrauen durfte.

Es rief zwei alte Mägde aus der Wirtshausküche als Wächterinnen zu der Kranken und bestand darauf, den Pastor zu begleiten. Es musste unbedingt noch diesen Abend seinen Gast und Schüler Clement sprechen; denn der sollte morgen für die Kranke etwas Wichtiges beim König selbst erledigen, etwas, wovon ihr ganzes Wohl und Wehe, ja vielleicht ihr Leben abhing.

Der Geistliche hatte nach dem Ungewöhnlichen des Verlangens und der Umstände nicht zu fragen, und auch in seinen Gedanken vermied er, nachzugrübeln, Vermutungen aufkommen zu lassen oder Verknüpfungen zu versuchen, wiewohl auch ihm der Name des Fräuleins von Wagnitz nicht fremd geblieben war. Sein Gast vermochte etwas für ein todkrankes Mädchen aus dem Kirchspiel von Sankt Peter beim König selber auszurichten – das war eine glückliche Schickung, die nicht versäumt werden durfte.

Nur, dass er seinen Ornat ablegte; dann führte Roloff selbst die junge Dame hinauf zu seinem Gaste. Durch den Türspalt drang noch heller Lichtschein. Sie redeten einen Augenblick durch die geschlossene Tür miteinander. Clement ersuchte, einzutreten. Er stand am Schreibtisch, um noch rasch seine Briefschaften und den sonderbaren Aufbau seiner Materialien an Federkielen aller Stärken, Tintenflaschen aller Färbungen, Petschaften und Siegeln aller Formen und Größen beiseite zu schließen. Er sah nur flüchtig auf, so sehr war er damit befasst, und bat, die Tür sogleich zu schließen. Aber der Pfarrherr, den Leuchter in der Rechten, ließ sie noch zur Treppengalerie geöffnet; denn draußen stand das Fräulein im Dunkeln. Ein heftiger Luftzug drohte das Licht auszulöschen, und er hielt die freie Hand gewölbt vor die Kerze.

„Die Tür zu – oder das Fenster – ah, so schließen Sie doch“, rief Clement sehr erregt und beinahe ungezogen. Mit beiden Händen stützte er sich auf den Schreibtisch, damit ihm all die losen Blätter, die er noch nicht weggeschlossen hatte, nicht davongewirbelt würden. Aber einige Blätter flogen doch weit weg, bis auf die Diele an der Galerie hinaus. Das Fräulein war flink und gefällig, sprang hierhin und dorthin, den weißen Flecken auf dem dunklen Boden nach.

Aber sonderbar: Der völlig außer Atem schien, war Clement. Nun hatte er alles, was erreichbar war, in seine Schreibtischlade gestopft, nun wollte er dem Fräulein seine aufgelesenen Blätter abnehmen; die Wagnitz warf noch einen Blick auf die Bogen, ob auch nichts zerknittert sei, verwischt oder befleckt.

„Ich hatte alte Korrespondenzen verbrannt und auf den Abend noch ein Feuer angezündet – es war viel Rauch“ – Clement wies auf das offene Fenster; er wollte sich damit wegen des unruhigen Empfanges und wegen der Mühe, die er verursacht hatte, entschuldigen.

„Es ist sehr viel verwischt“, sagte das Fräulein bedauernd. Und Clement, noch immer sehr befremdet, es hier zu sehen, bemerkte beinahe etwas ungeduldig: „Oh, bitte, grämen Sie sich nicht. Ich bin Ihnen sehr dankbar.“

Hastig griff er nach dem Briefe, den die Wagnitz noch in der Hand hielt. Sie gab ihm langsam dieses letzte Blatt, auf das vor allen anderen ihr Blick hatte fallen müssen. Über und über war es mit dem gleichen Namenszug bedeckt, einer Schreibübung gleich. Der Namenszug war: Friedrich Wilhelm.

Bleich stand die Wagnitz vor Clement am Schreibtisch. Sie sah ihn unverwandt an, und Roloff, das Eigentümliche der Begegnung spürend, zog sich zurück.

„Wie soll ich jetzt mit dir von dem sprechen, was mich hertreibt", sprach das Fräulein weniger hart als verzweifelt; und als es dann noch hauchte: „Darauf also beruht deine Macht –" war nur Angst in den Worten und kein Hohn.

Clement war verstummt. Nur einmal brach es noch aus ihm hervor, und fraglos war es wie in großem Schmerz: „Diese Briefe waren die letzten; für immer; sie sollten alles ungeschehen machen, die Brücken bauen, auf denen ich noch einmal zurück konnte, weg von allem – und mit dir."

Das Fräulein stand und horchte regungslos; daran hatte es noch nicht gedacht; noch immer war es ihm zu wunderbar, dass es noch einmal lieben sollte.

„Wir haben dem König nichts Gutes gebracht", sagte das Fräulein von Wagnitz, und wieder war der schwarze Ring in der Iris seiner perlengrauen Augen. Aus den Worten klang Verbundenheit mit Clement. Der nahm es wohl wahr.

„Die Kranke –." Das Fräulein schreckte auf und legte flehentlich die Hand auf Clements Arm: „Du musst noch morgen zum König."

„Ich will den König nicht mehr wiedersehen. Ich kann es auch nicht." Tiefe Falten traten jetzt auf Clements Stirn; er war sehr blass, und was er sagte, klang tonlos.

„Wir machen alle die gleiche Erfahrung" – es war, als spräche das Fräulein ihm Trost zu – „er ist zu groß für Abenteurer und für Kurtisanen, für alles, was die Höfe umlagert –"

Und wirklich, so hart diese Worte auch waren, klang dennoch eine große Milde aus ihnen. Auch fügte die Freundin noch hinzu: „War ich denn besser als du?" Und solche Rede war wärmer, inniger, verzehrender als jedes Wort der Liebe zuvor.

Clement nahm ihren Kopf in beide Hände. Die Schatten über den geschlossenen Augen der Geliebten waren tief. Aber sie sprach gesammelt wie in großer, innerer Ruhe.

„Diese Briefe musst du noch zu Ende schreiben. Danach verlassen wir Berlin."

Clement löste die Hände von ihrem Gesicht. Er trat zum Schreibtisch zurück und suchte der Geliebten zwei kleine Bilder hervor: Miniaturen des Herzogs von Orleans und des Königs von Dänemark. Er selber trug, in erschreckender Verschmelzung, die Züge beider Fürsten im eigenen Antlitz.

„Dieses ist meine einzige Rechtfertigung", sprach er und zog nun noch einen Brief aus seinem Rock. „Dieser Brief ist echt."

Und so war alles eingestanden, was die anderen Schreiben betraf. Der Brief war ein eigenhändiges Schreiben des Königs; er bot ihm einen hohen Posten an.

Das Fräulein legte Brief und Bilder nieder.

„Es bleibt bei deinem Entschlusse. Wir werden gehen." Mehr sagte es nicht mehr; nur dass es sich doch ihrer beider Worte entsann: „Alles geht neu an – schönstes und schrecklichstes Signal des Lebenskampfes –." Es fragte nicht, woher die Mittel kommen sollten, in fremdem Lande zu leben. Es wollte nur mit Clement fort vom König; um ihrer beider willen, des Königs und des Abenteurers wegen, war es auch zum Untergang entschlossen.

Schwer war, was vor der Baronesse lag. Sie hatte Clement zu schützen und musste in einem auch den König vor Erschütterungen bewahren; denn noch niemals hatte er einem Menschen so wie Clement vertraut. Jedes ihrer Gefühle, jede ihrer Handlungen hatte ein zweifaches Ziel, und dabei blieb die bittere Frage offen, wie der König es aufnehmen würde, wenn er von den Beziehungen seines Günstlings zu ihr, der von ihm selbst Verstoßenen, erfuhr! Das Fräulein war so sehr bereit, alles zu tun, was es vermochte. Es konnte nur das eine nicht über sich bringen: das Wunder einer zweiten Liebe zu ersticken, zu verleugnen. Es war ohne Liebe undenkbar, das adlige Fräulein; es konnte nur lieben oder nicht mehr sein. Und deshalb war vielleicht in seinen grauen Augen, in seiner verhaltenen Sprache, in der Erregtheit seiner schmalen, festen Hände und selbst im Glanze des schwarzen Haares etwas, das vom Glücke reicher bedachte Frauen, Präsidenten- und Ministersgattinnen, wie eine Frau von Grumbkow oder Frau von Creutz, das arme Fräulein heimlich doch beneiden ließ.

Clement brachte die Geliebte zurück in den Gasthof zur Kranken, und die Straßen, die sie durchschritten, wurden ihnen zum Wege in die Kindheit des geheimnisvollen Mannes. Das Fräulein horchte und sann, und Clement wusste nicht, was die Geliebte dachte. Aber ihr Gesicht, wenn er im Lichtschein einer Laterne einen Blick auf sie warf, war ohne Härte und Entsetzen. So leugnete er nicht; so verschwieg er nicht; so sagte er das Wahre: dass er nicht wusste, wer er sei, und dass seine Erinnerungen nicht weiter zu dringen vermochten als zu den Leiden seiner Knabenjahre, in denen er, ohne gefragt und gehört oder auch nur vorbereitet zu werden, von einem fremden Hause ins andere gebracht worden war, in armselige Waisenhäuser, in vornehme Knabenkonvikte und endlich in die Klosterschule. Manchmal erschienen fremde Männer, die in ihren langen, dunklen Reisemänteln sehr unheimlich auf ihn wirkten, und prüften sorgsam all die Briefschaften und zwei Miniaturen, die Clements Begleiter ihnen übergaben; auch leuchteten sie dem Knaben mit hocherhobenen Kerzen ins Gesicht. „Nein“, sagten sie dann, „er kann es nicht sein.“ Und Clements Begleiter ereiferten sich sehr, er wäre es dennoch.

Im Kloster hatte Clement alte, zerrissene Schriften, die sehr kostbar und gefährdet waren, getreu in jeder Letter nachzumalen gelernt und es zu solcher Vollendung gebracht, dass man ihn all den anderen Klosterschülern fernhielt und Farben, Goldtinktur, Sepiasaft und bunte Tinten eigens für ihn destillierte; einer der niederen Brüder saß auf einem Schemel neben Clements Schreibpult und spitzte ihm die hundert Federn an.

Der Prinz Ragozy, der mit ihm im Kloster war, hat sich den Schreibkünstler später in seine Dienste geholt. Er hat seinem Sekretär die Bilder des Herzogs von Orleans und des Königs von Dänemark gezeigt; und Clement fand ihrer beider Züge in erregender Ähnlichkeit in sich vereint.

Von nun an lag ein schillerndes Licht auf all den Rätseln seiner Kinderjahre, und Clement glaubte, ein Prinz aus großem Hause zu sein. Und weil niemand wusste, welchem Lande er entstammte, und weil im jenen Jahren nahezu jegliche Thronfolge Europas umstritten war, hielt er die Augen offen in all jenen Ländern, in die ihn die verwegenen Reisepläne und die geheimen Missionen seines munteren, jungen Brotherrn führten; nur, dass dessen Munterkeit allmählich eine nicht geringe Gefährlichkeit verbergen zu sollen schien. Clement wachte darüber, was die Prinzen dieser Erde täten und von welcher Art sie wären; und meist fand er, die Fürstensöhne wären schlecht und handelten übel.

Sein junger Herr aber flehte damals den einstigen Klostergefährten Clementius an, ein einziges Mal noch seine alte Kunst zu üben und eine fremde, wenn auch diesmal keine alte Handschrift abzumalen und ihn aus furchtbarer Bedrängnis zu erretten. Und das hübsche, junge Gesicht war von einer Angst entstellt, die es sehr verfallen ließ.

Als er davon berichtete, sah aber nun die Geliebte, dass auch Clements Züge verfielen, und erkannte, indes er weitersprach, aus der Veränderung seines Antlitzes noch mehr: dass Clement, durch alle seine Gaben und Geschicke immer wieder in die Nähe der Throne getrieben, stets von neuem von unwürdigen Trägern der Krone enttäuscht, entwürdigt, missbraucht, ausgenützt und verraten worden war. Sein Hass besaß einen guten Grund und sein Wille ein mögliches Ziel: die Verwirrung eines zum Untergang reifen Europa; und durch die Wirrnis sollte endlich der eigene Aufstieg zur Macht gelingen, einer Macht, die er kraft seiner Klugheit und seines Ernstes und dank seiner natürlichen Gewalt über Menschen niemals übel angewendet haben würde.

Er hatte die alte Kunst, in fremden Handschriften zu schreiben, allmählich für sich selbst geübt, um nicht mehr ein Spion sein zu müssen, sondern als ein Fürst handeln zu dürfen. Er schrieb als Wahrheit, was er nur ahnte; denn er hatte die Großen zu belauschen und zu betrachten gelernt; er ergänzte, was er vermutete, er verknüpfte, was nur Bruchstück war; er zeigte die Kräfte entfesselt, die man nur im geheimen und für keinen fassbar walten wusste; er strebte nach dem Lande in der Mitte Europas, in dem, nach allen Erkundigungen und Gerüchten, die heilloseste Wirrnis aufgebrochen sein sollte: nach Preußen. Er traf mit selbstgeschriebenen Briefen ein, die in Berlin zum raschen Abschluss bringen sollten, was er langsam in Warschau, Buda, Pest und Wien, im Haag, in Dresden, Madrid und Paris vorbereitet hatte. Er gedachte, sein Meisterstück zu vollbringen, indem er die Spannung zwischen den Höfen Europas mit der dumpfen, inneren Gärung in dem jüngsten Königreich verkuppelte – der Gärung gegen den ungestümen Herrn, die nicht nur den aufsässigen Adel, sondern auch die Amtsstuben der trägen und betrügerischen Beamten und die Schenken der Armut und des Lasters erfüllte. Er hatte sich, ein einzelner Mann, auf Preußen gestürzt wie ein mächtiges Heer: und traf den einzigen König seiner Zeit, als wäre er nun, nur anders, ganz anders, zu dem Ziele gelangt, nach dem allein er suchte. Von diesem einzigen König aber kam er nicht mehr los; und aus den Verwirrungen, die er um ihn angestiftet hatte, vermochte er sich nicht mehr zu lösen. Er konnte nicht mehr für sich selber kämpfen. Er durfte aber unter den Augen dieses Königs auch nicht das hohe Amt bekleiden, das Preußens Herrscher ihm angetragen hatte. Um den König allein war es ihm noch zu tun.

„Was soll werden – was?“ rief das Fräulein leise in die Nacht und sprach die Worte nach: „Um den König allein ist es zu tun.“

So dachten die Liebenden, die Kurtisane und der Abenteurer, ohne es auszusprechen, das gleiche: dass den verletzten Rechten eines Königs nicht genügt werden konnte durch die Flucht des Schuldigen.

Alle echte Buße sucht die Sühne; und diese beiden waren Büßer geworden. Sie fügten sich der Erkenntnis, dass sie sich trennen mussten – in einem Augenblick, in dem sie auf der Welt nichts als einander hatten. Vom Auslande her musste Clement die Verstrickungen zu lösen suchen, in die er Preußen gebracht hatte; er musste schleunigst reisen; doch er floh nicht. Die Geliebte durfte ihn nicht begleiten. Sie hatte in Berlin über vieles für ihn zu wachen. Und nach ihr verlangte die unglückliche, reiche Demoiselle Koch; wo anders als bei dem armen, adligen Fräulein und der einstigen Zofe in Charlottenburg war sonst noch eine Hilfe für sie auf der Welt!

* * *

Noch übten Clements Briefe ihre alte Macht.

Alles war von Anfang an durch sie gewirkt.

Der Brief von Roloffs großem Lehrer, dem verstorbenen, der Brief, der Clement an den Lieblingsprediger des Königs von Preußen empfahl, war gefälscht, und unter allen listigen Mitteln stand er an vorderster Stelle. Gefälscht waren auch die Schreiben von noch ungleich größerem Gewicht. Die Zeilen Augusts des Starken von Sachsen und Polen, er könne Brandenburgs Aufkommen nicht dulden, waren die Malereien eines Betrügers und wirkten dennoch mit der vollen Kraft der Wahrheit und der Wirklichkeit. Nicht anders war es mit den Briefen des Prinzen Eugen von Savoyen am kaiserlichen Hofe zu Wien.

Die gefährlichste Wirkung all der Clementbriefe aber lag darin, dass sie derart abgefasst waren, dass sie Erkundigungen und Bestätigungen, ja, jede Antwort als gefährlich scheinen ließen. Was diese Technik anging, so verdienten sie die Berühmtheit, die sie nur zu bald erlangen sollten.

Die Vermutung, dass der König von Preußen in den Besitz wichtiger Geheimkorrespondenzen gelangt sein müsse und dass verschiedene Entlassungen nur im Zusammenhang damit erfolgt sein konnten, hatte die Panik ausgelöst, die ganz Berlin verwirrte und nun auch schon auf andere Höfe übergriff. Denn in der Tat gab es geheime Korrespondenzen, von denen König Friedrich Wilhelm nicht erfahren durfte; es waren wirklich solche Briefe vorhanden, und die allgemeine Unruhe hatte ihren Grund. Dass sie mit Clements Ankunft ausgebrochen war, daran vermochte niemand mehr zu zweifeln. Der junge Herr war viel gereist, von Hof zu Hof durch ganz Europa. Er kannte alle Welt, also vielleicht auch jenen hohen Herrn, mit dem man selbst im Reich und Ausland Briefe wechselte. Es hieß von neuem wieder einmal „piano zu gehen“. In keinem Falle durfte man den Anschein erwecken, als wäre man von Clements Weitblick und Scharfsinn nicht entzückt. Es gab ja gar keinen sichereren Beweis für das eigene gute Gewissen, als dass man Clement über alle Maßen bewunderte und mit ihm sich zu zeigen begehrte. Was er bereits enthüllte und wen er schon bloßgestellt hatte, blieb den Geängstigten noch Geheimnis. Es war bedrückend, wie unzugänglich jener fesselnde junge Fremde sich zeigte.

Die kleinen Leute, die den Hof umgaben, erschöpften ihre Klugheit darin, dem neuen Königsgünstling zu schmeicheln und sich seiner Bekanntschaft zu rühmen. Creutz und Grumbkow waren dazu schon zu groß und zu klug. Gefahr, die sie gemeinsam bedrohte, führte die Gegner zusammen: Creutz, der aus der Gasse kam und Herr der königlichen Kassen werden wollte, und Grumbkow, dem der höchste Rang bei Hofe und im Staate – von Ahn und Vater her – seine Erde und sein Himmel waren, ohne die er nicht bestehen konnte.

Noch fehlte einer, und dann waren sie Partei und Macht, die drei einst gegnerische Kräfte verband, noch fehlte Leopold von Anhalt-Dessau. Ihm wurde von den beiden Rivalen, die seine Bundesgenossen zu werden begehrten, bedeutet, dass es gut sei, wenn er sich von Zeit zu Zeit selbst überzeuge, was neuerdings bei Hofe vorging. Es handle sich, so ließ man ihm übermitteln, hier nicht um engstirnige Intrigen und höfische Kabalen; es rühre an die große Politik Europas.

Niemand war klarer im Bilde als der Feldmarschall. Er war ja der einzige, der in diesen Wochen der Wandlung Briefe vom König erhielt; und einer dieser Briefe gab ihm den Auftrag, seine fähigsten Offiziere unter dem Vorwand der Werbung nach Österreich, Sachsen und Polen zu schicken, damit sie Erkundigungen einzögen über Zahl und Zustand der kaiserlichen und der königlich-polnischen, kurfürstlich-sächsischen Truppen.

Grumbkow und Creutz indessen waren weiter genötigt, mit aller Vorsicht mit dem Fremden zu paktieren, auf dessen seltsame Ähnlichkeit mit zwei fürstlichen Herren jetzt immer häufiger hingewiesen wurde, so dass das Rätsel seiner Herkunft alle Welt zu beschäftigen begann und man noch achtsamer mit ihm umging. So maß man auch dem Umstand, dass er seinen Titel eines Barons von Rosenau so beharrlich nicht führte, immer größere Bedeutung bei und erwies ihm nahezu fürstliche Ehren.

Nur Ihre Majestät, vor der nichts galt, was nicht in London und Hannover begutachtet war, verharrte in eisigster Ablehnung; der fremde Baron hatte ihr ja ihre Frau von Blasspiel genommen. Seltsam war nur, wie sie allmählich ihre englische Familienkorrespondenz, überhaupt ihren regen Briefwechsel mit den zweiunddreißig Verwandten vom Geblüte, mehr und mehr einschränkte; Briefe schienen ihr zur Zeit in jedem Falle zu gefährlich.

Es gab da einige frühere Billetts, die sie nicht sogar ungern verleugnet hätte.

Da sie nach der Entlassung der hannoverschen Märtyrerin, der Blasspiel, niemand mehr besaß, niemand von Stande, vor dem sie offen ihren Ärger hätte zeigen können, nahm sie, durch ihr Temperament sehr unheilvoll auf rege Aussprache angewiesen, zur Kammerfrau Ramen ihre Zuflucht.

* * *

Fürst Leopold kam nicht nach Berlin. Verwicklungen der äußeren Politik in diplomatischer Verhandlung zu lösen oder wegzuleugnen – es war nicht seine Sache. Stand es so schlimm um Preußen, nun, so gehörte er erst recht auf seine Exerzierwiese vor Halle. Nein, nach Berlin reiste er unter den gegenwärtigen Umständen, so dringend sie nach ihm zu rufen schienen, gerade ihrer Dringlichkeit wegen nicht. Und der König hat es ihm als Treue angerechnet. Der Dessauer exerzierte. Hundert Briefe liefen hin und her – durch Boten übermittelt, nicht im öffentlichen Postdienst; geheime Konferenzen wurden vom Staats- und Kriegsminister von Grumbkow und vom Präsidenten der Generalrechenkammer abgehalten; die Königin hatte Audienzen zu gewähren, wie ihre kühnsten Träume sie nicht erdachten; ein gewaltiger Aufwand an Strategie war gegen Clement aufgeboten – und niemand ahnte, dass schon alles überholt und nichtig war: dass Clement wich, doch nicht den leidenschaftlichen Gegnern und Neidern, sondern vertrieben von der Größe eines königlichen Herzens und dem schweren Ernste einer Gottesknechtschaft.

* * *

Clement stand hinter dem König am Schreibtisch, die letztgefälschten Briefe in der Hand. Er wäre nicht mehr zum König gekommen, hätte ihn nicht die Bitte der Geliebten für die Not ihres Schützlings im Kochschen Gasthof gedrängt. In dieser Fürsprache lag etwas, das wie eine ferne Möglichkeit einer Sühne war.

Der König ließ sich Clements neue Briefe reichen, las sie zweimal und dreimal ohne ein Zeichen der Bewegung und gab sie zurück. Er erschien nun überhaupt wieder sehr ruhig und sprach gemessener und feierlicher als sonst.

„Sie können sich der Dringlichkeit solchen Rufes nicht entziehen, Baron. Und vielleicht ist es gut, dass Sie für eine Weile gehen müssen. Ich habe mich zu sehr daran gewöhnt, die Ereignisse der letzten Wochen mit Ihren Augen zu sehen. Es ist nötig, dass wir eine Zeitlang nicht mehr miteinander davon sprechen. Ich muss mich sammeln und Entschlüsse fassen. Ich darf ja auch in allen den Wirren und Sorgen die tägliche Not meiner Untertanen nicht vergessen, und Sie selber haben mich soeben daran gemahnt, indem Sie mir von der unglücklichen Geliebten des Zaren berichteten. Ich habe von dieser traurigen Sache gewusst. Ein Mädchen, das die Zofe jener Gastwirtstochter war, hat nicht minder dringlich, als Sie es tun, für sie gebeten.

Selbstverständlich sind auch mir Pläne gekommen, wie man sie in solchem Falle manchmal andren Ortes schon erwogen hat: dass man das Mädchen mit einem beliebigen russischen Kavalier eine Scheinehe eingehen lässt, die der Zar zu finanzieren hätte. Ich habe ernster nach Russland geschrieben. Aber es ist schwerer, als ich meinte, eine Antwort zu erlangen. Selbst die Zarin scheint völlig verstört. Ihre und des Zaren Not ist größer denn die meine. Der Zarewitsch kommt in immer strengere Haft; der Zar lässt seinen Sohn als seinen Staatsgefangenen foltern; er hat die Rebellion erlebt, die einem Fürsten furchtbarer sein muss als alle Rebellionen, die mir gegenwärtig drohen. Der Zar wird seinen Sohn zu richten haben. –

Ich habe die Dinge der Zarengeliebten in eigene Hände genommen; und ich habe dabei auch bedacht, dass das Blut wohl mancher junger

Mädchen und sehr vieler junger Herren, höherer und niederer, seine eigenen Wege gehen mag.

Die Macht eines Königs hat Grenzen. Wieweit man Richter über den Leichtsinn eines unfügsamen Volkes sein muss, werden, vielleicht, die Fakten und die Zeit mich noch lehren. Wie aber, wenn ich in dem gefallenen Mädchen die werdende Mutter sehe? Was steht dann zur Debatte? Welchen Sinn hat dann ein Gericht? Geht es um verletzte Sitte, menschliche Schwäche, Leichtfertigkeit, Leidenschaft – oder die von Gott gewollte Fruchtbarkeit der armen Erde, selbst noch im unruhevoll getriebenen Blute der Menschen? Worüber hat ein König dann zu wachen? In meinem Lande werden heute und morgen Kinder ohne Väter geboren werden.

Schicken Sie zu jenem Mädchen: Es soll das Kind des Zaren in Frieden gebären; ich will über ihm wachen; denn ich verdanke ihm, meine Blicke auf die Notwendigkeit eines neuen Ediktes gerichtet zu haben. Angst soll in meinem Lande nur haben, wer Gottes Fruchtbarkeit auf meiner menschenarmen Erde vernichtet, mag man mich auch darüber einen lasterhaften Fürsten schimpfen."

Der König zog die Lade seines Schreibtisches auf. Er nahm den Entwurf des Gesetzes heraus und legte das Blatt vor Clement hin. Der las es mit zusammengepresstem Herzen: „Alle Strafe der geschmähten und gefallenen Weibspersonen ist gänzlich erlassen, wenn sie sich vor der Niederkunft selber angeben und ihren begangenen Fehltritt gestehen."

Nun aber fuhr der König erregter fort:

„Ein anderes Gesetz dagegen wird verschärft. Kindsmörderinnen, Baron, wurden bisher nach dem Gesetz in ledernen Säcken ins Wasser geworfen. In Zukunft werden die schuldigen Mütter die Säcke selber nähen." Der da stand, war kein Richter, der Gnade und Urteil verkündete; er war ein Prediger von der Fruchtbarkeit aus Gott.

Dies dachte Clement, als er noch einmal einen langen Blick auf König Friedrich Wilhelm warf.

„Halten Sie draußen die Augen weiter für mich offen. Niemand hat Ihre Augen, Baron. Wenn Sie aber die Reise als mein Hof- und Legationsrat anzutreten wünschen – noch stehen Ihnen, bis die Extrapost abgeht, so viele Stunden zur Verfügung, dass Sie die Bestätigung empfangen können."

Aber mit tiefer, schweigender Verbeugung hatte Clement vom König von Preußen schon Abschied genommen: dem einzigen König, den es für ihn gab. Denn er war des Glaubens geworden, Könige seien die Sachwalter Gottes auf Erden und ihr Wandel sei voller Gleichnisse; Tod und Leben, Gnade und Gericht und alle Ordnung sei in ihre Hand gegeben.

Doch zu dieser Zeit hatte Gott nur zu diesem einen König gesprochen: „Siehe, in die Hände habe ich dich gezeichnet."

Und darum ging der Abenteurer. Er hatte zuvor den Glauben an das Wunder fast verlernt. Nun aber hatte er als Wirklichkeit erblickt, was vordem nur Gedanke in ihm war.

Was er dem Herrn noch von der verlassenen zarischen Geliebten zu sagen hatte, die durch König Friedrich Wilhelms Gesetz nicht mehr als Mutter beschützt, sondern als Kindsmörderin gerichtet wurde, gedachte er ihm sogleich zu schreiben. Denn es war ihm nicht möglich, noch weiter zu sprechen. Er hatte ja sein Leben durchgestrichen. Der Rebell verehrte die Ordnung.

Der König machte sich zum Exerzieren fertig. Die große Trommel wurde schon geschlagen. Die Mohren setzten die Querpfeifen an.

Schritte knirschten, Leder ächzte, Griffe schlugen, Trommeln wirbelten: Immer vollendeter wurden Strenge und Stille des Dienstes, immer sicherer und ebenmäßiger die Übung des Waffenhandwerks. Das Feuer der langen, der gewaltigen Front, der liegenden, knienden und stehenden Reihen, war ein Blitz und ein Knall. Es war nicht mehr heraus zu spüren, wer fremd und neu war in des Königs Regiment. Der Stock der Korporale hatte alle gleichgerichtet. Gleichschritt! Gleichschritt! Rasches Feuern! Geschwindes Laden! Geschlossen anschlagen! Wohl antreten! Wohl ins Feuer sehen! Alles in tiefer Stille! Die Gleichheit war vollkommen geworden.

Wo war der Mönch aus Sardinien? Wo der Handschuhmacher aus dem Königreich Neapel? Der ungarische Pferdehändler? Der Student aus Leiden? Sie waren gleicher Schritt und gleicher Griff und gleicher Rock. Nur einmal fühlte der König einen Blick voll so tödlichen Hasses auf sich gerichtet, dass er im Abschreiten der Reihen stehenblieb und zu dem Grenadier hintrat. Der stand unbewegt und hielt das Gewehr, genau wie die anderen. Die Hände waren ihm vom Stock des Korporals zerschlagen, hatten zerfetzte Haut und blaugrüne Flecken von stockendem Blut. Der König, der auch hier nach Namen, Kost und Löhnung fragen wollte, schwieg. Doch den Namen wollte er dann wissen.

„Andreas Bleuset."

Der König fragte anders als sonst: „Was fehlt Ihm?"

„Die Freiheit."

Der König, nicht ohne Unwillen, bemerkte: „Man hat Ihm wohl erzählt, dass ich über kecke Antworten meiner Grenadiere nicht gar so streng urteile?"

Polterhansen Bleusets Bruder senkte den Blick auf seine zerschundenen Hände, sah abermals voll Hasses auf den König und sprach deutlich, dass es alle um ihn hörten: „Nein, Majestät, aber man hat mich darauf hingewiesen, dass Eure Majestät die Wahrheit wissen wollen."

Der König schritt noch nicht weiter. Er sagte wider alles Erwarten: „Auch ich bin nicht frei."

Der neue Grenadier ließ von dem Herrn nicht ab, denn er sah sehr wohl, dass König Friedrich Wilhelms Augen seine Wunden an den Fingerknöcheln suchten. Er gab dem König nochmals vermessene Antwort.

„Sie werden nicht misshandelt, Majestät."

„Auf eine gewisse Weise doch –"

Damit wandte sich der König ab. Wenn Nöte und Bedrängung einen Höhepunkt erreichen, vermag der Mensch nur an sich selbst zu denken oder er lügt. So warf der König sich vor.

Den Korporalen und den Grenadieren stockte der Atem.

* * *

Ganz Berlin, soweit es Große Welt war, nahm nun selbstverständlich an, dass der Baron in königlichem Auftrag die Grenzen Brandenburgs verließ. Er sollte noch in der Stunde seines Aufbruchs vom König ein Präsent von zwölftausend Talern und den Orden de la générosité erhalten haben. Da die Minister und Geheimen Räte nun zu einem Teile ernstlich fürchten mussten, dass er binnen kurzem als ihr Kollege oder Vorgesetzter wiederkehren könne, so setzten sie viele Findigkeit und sogar erhebliche Summen daran, durch Spione zu ermitteln, wohin er sich gewandt haben mochte und welche Korrespondenzen er im Ausland unterhielt. Die Spione erfuhren eine wichtige Förderung von Seiten der preußischen Gesandten im Haag und in Dresden und Wien. Denn diese drangen selber auf Klärung, warum alle Verbindung zu König, Hof und Kabinett wie abgeschnitten sei. So wurden sehr bald die ersten neuen Clementbriefe gemeldet. Dresden und Wien erhielten laufend hochpolitische Schreiben durch Clement zugestellt, darunter auch ein Handschreiben des preußischen Königs. Abschriften wurden erlangt und ausgetauscht; und schon befand sich wieder eine Kopie eines von König Friedrich Wilhelm unterzeichneten Briefes in den Händen Grumbkows. Der hatte sich zudem die Sekretäre der preußischen Gesandten aus Wien und Dresden heimlich nach Berlin bestellt, und im Besitze weiterer Briefabschriften drang er sofort auf seine Vorlassung beim König. Es verfloss nicht eine Stunde, dass ihn der, zum ersten Mal seit langer Zeit, empfing. Der Staatsminister prophezeite vor dieser Audienz, als sollte nicht nur Clement in Preußen etwas zu weissagen haben, in kurzem werde hier alles in Feuer und Blut sein.

Aber dieser Tag zum mindesten verrann noch ohne Ereignis. Der König hatte nur bemerkt: „Die Briefe stammen nicht von mir. Ich muss die Originalschrift sehen."

Damit nahmen offizielle diplomatische Verhandlungen über die Clementbriefe ihren Anfang. Der König schrieb selber nach Dresden und Wien und erlebte, dass man seinen Briefen misstraute; sie stünden in zu großem Widerspruch zu seinem letzten Schreiben – eben jenem, das er nie geschrieben hatte!

Die Kabinette der Regenten gingen nur sehr zögernd vor. Man hatte es erlebt, wie außerordentlich gefährlich Briefe waren –. Der König von Preußen drängte auf Entscheidung. Es musste doch erlaubt sein, einen Brief von seiner eigenen Hand zu sehen! Das machte stutzig! Wusste König Friedrich Wilhelm nicht mehr, was er selber geschrieben hatte? Erst, solange es ihm gefiel, spielte er den Grimmigen, Schweigsamen, Zurückgezogenen, gab sich „wie das Heilige Grab inmitten der Ungläubigen", brach alle Beziehungen ab, wie sie von Hof zu Hof bestehen – dann plötzlich gefiel es ihm, einen Brief von seiner Hand zu präsentieren, den er jedoch gar nicht geschrieben haben wollte; und obendrein erwartete er noch, dass man plötzlich allerseits mit ähnlich geheimnisvollen Dokumenten aufwarten könne!

Der Preußenkönig wurde nun drohend. Wenn der Krieg so nahe war – warum sollte er dann nicht morgen zum Ausbruch kommen? Wenn der eigene Brief nicht ausgehändigt werden konnte – warum sollte er sich dadurch hindern lassen, das Schreiben des Polenkönigs dem Kurfürsten von Sachsen, der an Person, wenn auch nicht immer in der Politik, der gleiche war, vorzulegen, jenes Schreiben vom 17. currentis? –

Es gab aber kein Schreiben Herrn Augusts des Starken vom 17. currentis. Die Reisezüge der Diplomatenkarossen wurden fertiggemacht. Minister aus Berlin, aus Wien, aus Warschau und Dresden waren unterwegs, reisten aneinander vorbei, begegneten sich, fuhren gemeinsam nach Berlin zurück.

Bis dahin schwieg der Herr. Er tat die Dinge des Tages. Er dachte an das neue Edikt. Er fragte nach dem Kinde des Zaren und fand als Antwort Clements Brief.

* * *

Was sich am Sterbetage des alten Wirtes Koch am Krankenlager seiner Tochter abgespielt hat – niemand als das Fräulein von Wagnitz und der Beauftragte des Königs hatten davon nähere Kunde. Um Mittag holten sie die große Sünderin nach Spandau ab und brachten sie in die Krankenkammern der gefangenen Frauen ins Spinnhaus. Die Dicke Schneider und ihre tüchtige Schwester, die Kadettenwäscherin, waren bei dem Transport der Kranken behilflich; so sicher waren sie ihrer Sache, dass die Kranke schweigen würde, so reich waren beide Schwestern an Erfahrung. Die Kranke zuckte nur zusammen, als sie die Schwestern sah; dann sank sie wieder in Benommenheit.

Das Fräulein von Wagnitz aber ließ sich durch nichts und niemand mehr hindern. Es bat den König um eine Audienz. Die Worte des Gesuches klangen flehentlich. Dennoch ließ der König der früheren Hofdame Ihrer Majestät bedeuten, er sei sehr überrascht, in wie verschiedenen Zusammenhängen sie ihm immer wieder begegne. Doch sprach er mit dem Prediger Roloff von dem Fall. Der kannte seltsamerweise das Fräulein; und er ahnte ja von jenem Abend her, an dem die Wagnitz ihn ans Lager der Kranken führte, sehr viel, wenn nicht alles. Wieder sprach er die Worte der Schrift wie eigene Gedanken des Augenblicks: „Ihr sind viele Sünden vergeben, denn sie hat viel geliebt."

Der König ließ dem Fräulein durch den Prediger Antwort geben.

Die Wagnitz kam mit einem Schreiben der Gefangenen zu Roloff. Die wusste um ihr Schicksal. Sie würde genesen; man würde ihr den Ledersack zu nähen geben; und am Tage des letzten, mühsamen, qualvollen Stiches würde sie der Henker weit vor der Stadt im steinbeschwerten Ledersack versenken. Sie war erwacht und war sehr klar und begriff, dass all das Grausame nur für ihr totes Kind geschah und dass um seinetwillen viele leben würden. Sie war sich auch des Geringeren wieder bewusst: dass der alte Vater tot war; sie war die Erbin und sie trat ihr Erbteil niemals an. Die Charlottenburger Freundin, ihre einstige Zofe, sollte ihre eigene Erbin sein; und in den schönsten Räumen des väterlichen Gasthofes sollte das Fräulein bei ihr leben. Der Prediger sprach zum Fräulein nicht viel. Es sterbe eine große Sünderin, viele nach ihr vor gleicher Sünde zu bewahren. Aus *einem* Tode werde vieles Leben. In solchen Gesetzen eines Königs handle Gott an den Menschen, am König genau wie an der Gerichteten. Solches Todesurteil sei Gebot des Lebens. Darüber stehe das Gebet eines Königs, und niemand dürfe daran rühren.

Das Fräulein hatte nichts damit zu tun, als dann – mit vielen Unterschriften versehen – ein Bittgesuch für die Kindsmörderin beim König eingereicht wurde. In dieser Bittschrift wurde an die gesegneten Umstände Ihrer Majestät der Königin und an das Elend des Mädchens im Spandauer Spinnhaus recht mahnend erinnert. Der Herr vermerkte am Rande des Schreibens, man missverstehe ihn sehr. Der König war in diesen Tagen sehr verfallen, mehr als ein Mann um den Anfang seiner dreißiger Jahre es sein darf.

Er ließ die Diebe hängen, den Schlosser und den Kastellan; er würde die Kindsmörderin im Fluss ertränken lassen; Gundling war als der Narr seines Hofes geflohen. Ach, Hängen, Flucht, Ertränken waren harte Worte –. Und er wusste, dass er sie noch immer wieder hören würde; er würde weiter vernichten – ein Leben lang. Das machte ihn, zum ersten Male, müde. Eines Tages, vielleicht auch morgen schon, würden sie den Krieg von ihm fordern; und alle seine Königsherrschaft sollte nichts anderes mehr sein als eine Orgie des Todes.

„Die Zeiten Neros und Caligulas sind wiedergekehrt", sagten sie heute schon in Berlin.

* * *

Fast war es, als ob die Grenadiere in Potsdam die Müdigkeit und erste Schwäche des Herrn zu ahnen vermöchten, als spürten sie, was seine Ferne von Exzertitium und Appell bedeuten wollte. Die festen Reihen waren wie gesprengt, der Klang der Trommeln wurde verwegen. Manchmal begegnete dem zornigen Fluch der Korporale Ungehorsam und ihren Stockhieben offene Auflehnung.

Einer kam zum Feldscher: „Der Korporal hat mich zerschlagen. Ich kann den Dienst nicht mehr tun."

Ein anderer gab Meldung: „Der Sumpf in Potsdam macht mich krank. Fühlt nur, wie das Fieber in mir rast. Schreibt es nur der Majestät."

Ein dritter brauchte einen Dolmetsch seiner Leiden. Er war noch fremd im Land und seiner Sprache nicht mächtig.

Ein fremder Wille war da.

Noch war der Gleichschritt Gleichschritt, und die Schüsse waren noch ein Blitz und Knall. Aber der fremde Wille war da: die Auflehnung, der Widerstand; keiner vermochte den neuen Willen zu fassen, keiner zu sagen: Hier ist er.

Ein Schuss fiel vereinzelt. Der Korporal stürzte auf den Frevler zu. Der junge Bleuset hatte seine Flinte hingeworfen und hob die zerschundenen Hände. „Ich kann nicht mehr."

Aber er sagte es ohne Müdigkeit. Es war wie eine Drohung.

Der Schuss war das Zeichen gewesen.

An den vier Enden der neuen Königsstadt schlug das Feuer empor. Die Grenadiere wurden zu Hilfe gerufen. Ein Haus ging schon in Flammen auf. Die Grenadiere jagten hin und her.

Einer rannte querfeldein aus dem Tor. Der Wächter schleppte Wassereimer; so hatte er ihn nicht gesehen.

Auch als der Brand gelöscht war, wurde der Flüchtige noch nicht vermisst. Denn alle hatte das Entsetzen gepackt. Sie standen in Gruppen und fragten; und immer wieder wurde den neugierig Drängenden das gleiche gewiesen: die Lunte, der Napf mit dem Pulver. –

Die Stellen, an denen das Feuer gelegt war, wurden abgesteckt und bewacht. Dem König war schon Nachricht nach Berlin gesandt. Noch immer mehrten sich die Gaffer und Frager und Schwätzer an der Stätte der Untat; sie meinten und rieten. Da breitete der Schuss der Lärmkanone neue Unruhe aus. Die Sturmglocke läutete, kaum dass der Schuss verhallt war. Das war schlimmer noch als Brand! Sie stürmten alle von den qualmenden Mauern hinweg: Zur Hauptwache! Zur Hauptwache! Die Lärmkanone wurde abgefeuert! Ein Grenadier ist fort! Ein Deserteur! Ein Deserteur!

Die Strafen, wenn er Stadt und Nachbardorf entwischte, waren hart.

Die Kanonenschläge folgten immer rascher. Nun hörte man sie schon im nächsten Dorf. Die Potsdamer Sturmglocke im hölzernen Glockenstuhl läutete fort. In Bornstedt eilte der Küster zum Turm und zerrte das Seil.

Als der letzte Schuss der Lärmkanone kaum verhallt war und die Glocke noch vom letzten Schlag des Klöppels zitterte, brachten sie schon den Deserteur. Polterhansen Bleusets Bruder war gefangen.

Ein Reiter mit der Meldung jagte nach Berlin.

Drei Reiter trabten nach Potsdam.

Hinter dem mittleren Fuchs am Strick taumelte Bleuset, der junge.

Weit in der Ferne lief die Menge johlend nach.

Ob ihr Gegröl dem Wild galt oder den Jägern, – der König hätte die Antwort gewusst.

Der König hörte die Meldung an. Er sah auf; und wer ihn aufmerksam betrachtet hätte, musste sagen: gequält.

Es war sehr viel für einen Tag: der Brand; die Lunte und das Pulver, die man fand; die Desertion. Wären die Flammen aufgeschlagen, hätte die Glut über Potsdam gelodert, wäre die Stadt in Verwirrung geraten – man würde mehr entwichene Grenadiere gezählt haben! Daran zweifelte der König nicht.

Über das Urteil, das am jungen Bleuset zu vollstrecken war, brauchte der Herr sich nicht zu äußern. Es stand fest. Im Übrigen war weiter völlig unverändert Dienst zu tun; die Kasernen waren sofort sorgsam zu durchsuchen; jedes Haus, dem Grenadiere in Quartier gegeben waren, sollte man bis in den letzten Winkel durchwühlen.

„Doppelte Wachen an die Tore! Dreifache! Dreifache!"

Als er das bestimmte, verriet der Herr den Zorn, den Schmerz, die furchtbare Entschlossenheit.

* * *

Der Polterhansen verhängte alle seine Vogelbauer über dem Schanktisch. Nicht eines vergaß er. Die Gäste schickte er fort. Die Schlüssel trug er zu dem Schweigsamen hinter der Spreegassenbrücke.

„Nein", sprach er, „du sollst mich nicht begleiten." Und: „Ja, noch diese Nacht muss ich nach Potsdam. Morgen in der Frühe muss ich dort sein."

Schon als die Sonne aufging, stand er am Exerzierplatz; er lehnte sich gegen einen Baum, sehr tiefe Schatten um die Augen. Bitterer als der nächtliche Weg war das morgendliche Warten.

Der Dienst geschah wie jeden Tag. Schön und strahlend richteten die Reihen sich aus, mit hohen, blitzenden Helmen und blanken Gewehren, in knapp umschließenden, sehr reinen Uniformen, edel und fest. Die Schenkel in den weißen Lederhosen waren wie Marmor, die Schritte gemeißelt, die Bewegung der Scharen schien voller Klarheit wie das Gesetz, nach dem die Gestirne sich drehen. Vollendet waren Gleichmaß und Stille, nur dass das Leder leise knirschte, das Leder der Riemen und Stiefel.

Heute brauchten die Korporale nicht mit ihrem Stock auf die Köpfe, auf die Hände, auf die Knöchel einzuschlagen. Die Schönen, die Jungen, die Großen in der Göttergleichheit ihrer starken Leiber standen, eingeschnürt in die Montur, fünf Stunden, standen wie eingeschraubt und festgenietet; fünf Stunden lang marschierten sie pfahlgerade, schwenkten sie wie *eine* Waffe die Reihen ihrer Körper. Ununterbrochen flogen federnde Griffe im Takt.

Fünf Stunden lehnte der Polterhansen am Baumstamm, und die Ringe um seine Augen wurden tiefer. Er schleppte sich den Grenadieren nach. Die stolperten, wie Lahme, todmüde in ihre Quartiere.

Aber sie waren kaum in den Toren, so ging es wieder Hals über Kopf. Die Wäsche war zurechtzulegen, die Flecken waren zu mustern. Wo war ein Stäubchen auf dem weißen Leder? Gewehr, Patronentaschen, Koppel, jeder Knopf – sie blitzten noch nicht genug. Der eine Stiefel war nicht spiegelblank. Flink – Kreide, Puder, Schuhwachs, Schmirgel, Öl und Seife!

Ein Haar in der Frisur lag noch nicht recht. Wenn dich der Korporal sieht, setzt es Prügel! Der Korporal kommt nach der Mittagsrast! Kocht ab, kocht ab: Erdbirnen und Erbsen! Schlingt es hinunter! Hol um einen Dreier Fusel dazu! Hier zum Tausch, noch meinen letzten Brocken Brot! Bring um zwei Pfennig Dünnbier mit!

Jeden, der zur Schenke hastete, hielt Polterhansen Bleuset an. Er wartete vor der Tür. Aber sie stießen ihn zornig zur Seite. Gleich kam der Korporal! Was wollte auch der Polterhansen – er redete nur unverständliche Worte. Jetzt legte sich ihm eine Hand auf seinen Mund. Aber diese Hand war sanft. Der Schweigsame war gekommen; er war dem Polterhansen nachgegangen. Ihn fortzuholen, dazu hätte er beredt sein müssen; er musste stärker sein. Nun vermochte er nichts, als neben dem Polterhansen zu bleiben.

Nach Mittag schritt der Korporal durch die Quartiere. Er musterte zweihundert aus, zweihundert der Reinen, der Gewaltigen, der Riesen.

Im Gewölbe der Wache schnitt der Profos die Ruten.

Vor der Wache auf dem Markt ragte der hölzerne Esel mit seinen harten, schmerzenden Kanten. Es war, gemessen an dem anderen, eine Lust, für kleine Vergehen stundenlang das Teufelstier zu reiten.

Neben dem hölzernen Pferde reckte sich die Säule. Es war ein Spiel, für eine Verfehlung gefesselt und geschnürt, an ihr zu hängen.

Heute pflanzten sich die furchtbaren Zweihundert auf zur Gasse. Der Profos verteilte die Ruten. Das Tor der Wache tat sich auf. Sie führten Bleusets Bruder heraus. Volk lief herbei. Viele um den Polterhansen murrten; manche ächzten vor Schauer oder Neugier. Und dann war das entsetzliche Geräusch weithin über dem Platz und den Gassen: die stolpernden Schritte des Gejagten; die Schläge, das Stöhnen, der Schrei.

Achtmal jagten sie Wirt Bleusets Bruder durch die Gasse der Zweihundert. Zuletzt stieß der Profos ihn vorwärts, immer wieder vorwärts, wendete ihn am Ende der Gasse und trieb ihn wieder zurück. Einmal war der junge Bleuset am Ende der Gasse dem Bruder ganz nahe. Aber er wusste nicht mehr vom Polterhansen und dass der so nahe sei. Das zerfetzte Hemd wurde ihm vom zerschundenen Rücken gerissen. Das Blut hing, zu Lappen geronnen, herab. Noch schlugen sie weiter, noch stieß der Profos ihn zurück in die Gasse. Aber da stürzte der junge Bleuset, streckte sich, als wollte er kriechen –.

Da sanken die Arme, die Ruten. Die nächsten um ihn packten zu. Sie trugen ihn am Polterhansen vorüber. Der Schweigsame brauchte ihm nicht die Hände aufs Gesicht zu pressen, ihm die Augen zuzuhalten und den Mund zu schließen. Der Polterhansen sah nicht mehr; die Zähne biss er in die Fingerknöchel.

Der Schweigsame, damit alles auf einmal geschehe, sprach: „Dein Bruder ist tot."

Er sagte es zweimal: „Er ist tot."

Aus Polterhansens Mund quoll Blut.

* * *

Von Clement war ein neuer, über die Maßen merkwürdiger Brief beim König angelangt. Von der Reise aus sagte er so ziemlich alles voraus, was gegenwärtig in Berlin geschah: das fluchtartige Verschwinden einzelner Persönlichkeiten, die mit den geheimen Archiven in Verbindung standen; das Eintreffen der Residenten und neuer Bevollmächtigter vom Kaiserhof und aus Dresden; das jähe Anwachsen von Beschuldigungen, Vermutungen und Anklagen, die seine eigene Person betrafen. Bei allem Respekt vor dem König enthielt der Brief doch eine Art von Verhaltungsmaßregeln für den Herrn.

Der hätte diesem Schreiben noch einmal viel Beachtung und Vertrauen geschenkt, hätte nicht jener Brief bei seinen Akten gelegen, der seine Handschrift wies, seinen Namenszug trug – und niemals von ihm selbst geschrieben wurde; jener Brief, der zugleich geheimste Unterredungen zwischen dem König und Clement zur Voraussetzung hatte.

Dennoch, als hörte er weiter auf Clement, ließ der Herr eine Doktordissertation beschlagnahmen, die als Thema die Frage hatte: „Welche Rechte kann ein gefangener oder entführter Fürst ausüben?"

Auch brachte der König einen so merkwürdigen Vorfall wie diesen mit Clements Prophezeiungen in Zusammenhang: Der Kriegssekretär Bube war in Frauenkleidern an einem der Berliner Tore auf und ab flaniert; er hatte sich durch Gang und Haltung verdächtig gemacht und war von einem Offizier zur Wache mitgenommen worden. Der König behielt ihn in Haft.

Alle Tore Berlins wurden plötzlich wieder gesperrt, alle Posten verstärkt, die Reisenden angehalten. Patrouillen durchstreiften die Straßen. Niemand sah klar, was Ursache und Zweck war. Viele, die schon wieder sehr sicher geworden waren, fühlten sich von neuem beunruhigt. Endlich ließ der König in die Wohnung des sächsischen Legationssekretärs in Berlin gewaltsam einbrechen, um sich in den Besitz von Papieren zu bringen, auf die Clement hingewiesen hatte. Das entsprach nicht gerade den sonst üblichen Formen des Umgangs zwischen Hof und Diplomatie – aber bestimmte Dokumente durften nun einmal nicht mehr verschwinden.

Über diesen Schriften saß der Herr die halbe Nacht. Aber die Pistolen hatte er jetzt nicht mehr bei sich. Doch lag auf seinem Schreibtisch der Orden de la générosité, den er Clement verlieh, und die Summe, die er ihm auszahlen ließ. Clement hatte sie zurückgesandt; er könne so dem König nicht dienen.

Die Königin schwelgte indes auch auf den späten Abend noch in Diplomatie. Der sächsische Gesandte berichtete an seinen Hof, für die Königin sei alles vom Zepter bis zum geringsten Kammerjunker voll Verehrung. Auch heute füllten sich ihre Räume mit wahren Kapazitäten höfischen Ränkespiels – Kapazitäten, die vom König kaltgestellt worden waren, damit sie sich auf eine für Preußen dienlichere Tätigkeit besännen. – Der gesamte mit dem König unzufriedene Adel übersandte der Königin seine Vertreter: die Alvensleben, die Bernstorff, die Schulenburg, die sich etwas darauf zugutetaten, dass eine der Ihren seit langem die Mätresse des Vaters Ihrer Majestät war. Die Verwandtschaft hochgestellter Herren, die seit Clements Auftreten sichtliche Zurücksetzung von Seiten des Königs erfuhren, stellte sich ein. Der König hätte ein sehr klares Bild von seiner Gegnerschaft am Hof, im Adel und in den hohen Ämtern gewinnen können, wenn er nur zu solcher Stunde in die Säle seiner Gattin hätte hinübergehen wollen.

Hatte er sich in Clement getäuscht, wurde er von Clement betrogen, so kam dieser Opposition, die hier um Ihre Majestät geschart war, erhebliches Verdienst zu. – Der König wartete ab. Er ließ die Gattin, mit einer heimlichen Bewunderung und leisen Befremdung, gewähren. Die Königin selber aber vergaß, dass nichts, gar nichts Größeres sie in den Widerstand gegen Clement getrieben hatte als ihr Unwille und ihre Empörung über die Maßregelung einer ihrer Damen über ihren Kopf hinweg – eine Maßregelung, die in den Wochen erfolgte, in denen Clement erschienen war und in denen gleich danach die Stellung mehrerer Personen von Rang eine Erschütterung erfuhr.

Während all diese Geschäftigkeit in den Appartements der Königin herrschte, bereitete die Ramen aufs sorgsamste das Deshabillé Ihrer Majestät vor. Die Königin erschien jetzt immer sehr abgespannt in ihrem Schlafkabinett; aber je angegriffener, auf eine angenehme Weise, sie sich fühlte, desto geringer war ihr Widerstand gegen das Bedürfnis, mitzuteilen, was sich ereignete, und auszusprechen, was sie bewegte. Ermattet lag die Stolze unter ihrem Baldachin und redete erregt und lange. Die Ramen betupfte Gesicht und Hände der Herrin mit lauwarmem Wasser und trocknete sie mit einem gewärmten Tuche ab. Die Ramen trug ihr Erfrischungen ans Bett. Es war eine Wohltat ohnegleichen, solche Kammerfrau zu besitzen.

Die Ramen allein war aber auch in all der Spaltung und all dem Zerfall allem und jedem zugewandt, dem Schloss und der Gasse, dem Kochschen Gasthof und Polterhansens Schenke; und manchen hatte sie auf dem Weg von einem Ort zum anderen begleitet, so ewig getrennt sie auch schienen.

Die Behende wusste auch schon wieder, was mit Bleusets Schenke geschehen war und dass an des Polterhansen Stelle nun der Dicken Schneider Schwester, die Kadettenwäscherin, die sich aufs Haareschneiden und die Krätze verstand, dort den Branntwein ausschenkte, die Münze einstrich und die Vogelbauer über dem Schanktisch verhängte. Der Schweigsame, der hinter der Spreegassenbrücke wohnt, hatte den Polterhansen – damit er nicht in seiner Schenke zum Aufwiegler werde – bis an die Grenze eines fremden Landes gebracht, darin der König von Preußen nicht mehr Herr war.

Die Kammerfrau schien eines jeden Geschichte zu wissen, der nicht mehr Untertan des Preußenkönigs sein wollte. Davon nun unterhielt sie ihre Königin. Und die lauschte ihr gern bis tief in die Nächte. Wollte die Ramen aber noch jemals von der Charlottenburger Kastellanstochter zu reden beginnen, wehrte die Königin ab.

„Es ist alles nur törichtes Gerede, Ramen."
Und in solchem Augenblicke war sie wahrhaft groß. Aber sie suchte die Größe nur in der Macht.

* * *

Auch in dem Alten Pastorate von Sankt Peter verlöschten die Kerzen noch nicht zu der Stunde, um die der Prediger Roloff sonst die Feder aus der Hand zu legen pflegte. Noch auf den Anbruch der Nacht hatte Minister von Grumbkow persönlich sich bei Roloff angesagt, und unermüdlich trug er nun jeden Beweisgrund zusammen, der Roloff von der Wichtigkeit der Reise überzeugen konnte. Der Prediger sollte noch morgen nach Holland, Clement zu suchen. Er kenne den Baron am besten; er müsse es erreichen, dass Clement zum König zurückkehre. Der Seelenfriede des Herrn, die Ruhe des Landes stünden auf dem Spiel. Niemand außer Clement vermöge die Verwirrung um König Friedrich Wilhelm zu lösen; und die Verwirrung sei so groß, dass solche Reise ohne das Wissen des Herrn, sollte sie zu seinem Besten sein, geschehen müsse.

Da aber erfuhr der Minister, dass die gleiche Bitte, nach Den Haag zu reisen, bereits vom König selbst an den Pfarrherrn gerichtet worden war und dass er schon am nächsten Morgen die Fahrt anzutreten gedachte. Der Minister hatte nur noch dafür Sorge zu tragen, dass der zweite Platz in Roloffs Extrapost auch wirklich an einen gewissen Oberst Forestier vergeben würde.

Denn der Oberst Forestier fuhr mit fast dem gleichen Ziel im Auftrag des Ministers, um auf weltliche Weise zu erreichen, dass Clement zurückkehre, falls die geistliche etwa versagte.

* * *

Von der Morgenfrühe an, alle Tage, wenn man das Tor des Spinnhauses aufschloss, hatte die Wagnitz das Haus der kranken gefangenen Frauen aufgesucht. Sie musste stets von neuem darum kämpfen, die Gefangene, den Schützling, sehen zu dürfen. An den furchtbaren Anblick hatte sie sich, sehr um Fassung ringend, gewöhnt: die Kranke von Tag zu Tag verfallener zu finden, fiebrig und abgezehrt auf einem armen Bett, auf dünner Strohschicht und kärglichem Bettzeug; und das Stroh war feucht vom Niederschlag der Herbstnacht auf den kalten Mauern. Nur manchmal erwachte die Hindämmernde noch zu einer Empfindung der Milde: Wenn das Fräulein von Wagnitz, für flüchtige Augenblicke, zu ihr eingelassen wurde; nie vermochte die Tiefe der Erschöpfung zu verhindern, dass sie die Nähe der Beschützerin nicht wahrgenommen hätte. Nach ihrem Kinde verlangte die Gefangene nicht. Denn sie glaubte, die Schmerzen ihres Leibes wären sein wachsendes Leben. Sie glaubte es fest. Der Zar war ihrem Denken entschwunden; hätte sie einer nach des Zaren Majestät gefragt, sie hätte solche Frage nicht begriffen. Nur Katharina Alexejewna, obwohl sie diese nur von ferne hatte sehen dürfen, ging sanft durch ihre Fieberwirren und lächelte das Lächeln des Fräulein von Wagnitz, und das leise Läuten all der kleinen Heiligenbilder an ihrem Kleide war um sie. Das tat ihr wohl. Das andere war fern und ausgeschlossen: Dass die Spinnhausfrauen ihr den Ledersack zum Nähen auf eine Pritsche hatten legen müssen; wenn sie vom Fieber genas, so sollte sie nähen. Der große Lederfetzen lag nun Tag um Tag und Nacht um Nacht sehr nahe bei ihrem Strohbett, als sollte sie sich seiner als einer wärmenden Hülle bedienen. Das Fräulein von Wagnitz hatte es ertragen lernen müssen, bei ihr zu stehen und nicht aufzustöhnen, wenn es den Ledersack sah, in dem die Kindesmörderin ertränkt werden würde. Und das Fräulein hatte es vermocht, sehr still zu werden; denn die Hoffnung kam ihm und wuchs, dass die Sünderin den Tod, der Sünde Sold, empfangen würde, noch ehe der Profos sie holen kam; sie würde nicht mehr genesen.

Heute, als die Wagnitz wieder bei dem Wächter klopfte und um Einlass bat, trug man das Brett mit dem Leichnam an ihr vorüber. Der Totenkeller wurde aufgeschlossen. Die Leichenwäscherin lärmte mit Zuber und Becken. Der Schreibgehilfe wollte Namen, Daten, Fakten wissen. Niemand hatte für das Fräulein Zeit. Es irrte durch den kalten Gang und fühlte sich wie ausgestoßen aus dem Haus der Strafen und Leiden, wahrhaft verstoßen selbst von dieser Stätte des Jammers. Wohin in der Welt sollte es noch seine Schritte wenden? Wo war noch ein Mensch? Wo war Clement? Wann durfte sie zu ihm?

Der war indessen auf der Wache der Hausvogtei in aller Stille eingeliefert worden.

* * *

Der erste, der den König in dieser erregenden Angelegenheit sprechen konnte, war der Prediger Roloff. Er wirkte bei der Audienz ein wenig schwerfällig, war blass, und seine Augen hatten nicht ihr Feuer. Er war abgespannt von dem, was um ihn vorgegangen war; er war betroffen und sprach bedrückt. Auch der König war bleich. Er bekundete dem Pfarrherrn sein Bedauern, dass Roloff in eine Tragödie und Katastrophe gerissen worden sei, deren Anfänge er nicht kenne und deren Entwicklung für ihn so völlig im Dunkel liege.

„Aber ich befinde mich fast in der gleichen Lage“, fügte der König hinzu. „Ich habe, als ich Sie nach Holland zu reisen bat, nicht geahnt, dass Sie mir Ihren Konvertiten als Gefangenen zurückbringen würden.“

„Mein Auftrag war beendet, sobald ich mit dem Baron die preußische Grenze erreichte und die Gewissheit besaß, dass er zu Euer Majestät zurückkehren würde. Ich habe ihn nicht zurückgebracht. Was hatte ich mit jenem Oberst Forestier zu tun, der ohne meinen Willen alle meine Wege kreuzte, zuletzt sogar als Kommandant der Grenzwache –“

Soweit hier der König selber verletzt war, verbarg er es.

„Meine Minister haben von Vollmachten, die ihnen zu Gebote standen, Gebrauch gemacht. Sie behaupten, dass genügend Verdachtsmomente vorlägen, die sie dazu verpflichteten, Clement vom Grenzübertritt an als Staatsgefangenen zu behandeln.“

Der Prediger blieb kühl.

„Wenn diese Absicht von vornherein bestand, so hat man mich und mein Amt in verwerflicher Weise missbraucht. Man kann den Seelsorger wohl nach vollzogenem Urteil in den Gang des Gerichtes einbeziehen; nach dem Urteil, Majestät, nicht aber, wenn es gilt, die Unterlagen für den Urteilsspruch zu beschaffen.“

„Meine Minister werden sich zu verantworten haben.“ Der König gab sehr bereitwillig und eingehend Auskunft. Dem Amte des Predigers begegnete er mit großer Ehrfurcht und duldete Roloffs Widerspruch. „Ich habe nicht gewusst, dass ein früherer Oberst Forestier den Platz in Ihrer Extrapost teilte; dass er in Holland immer wieder in Ihrer Nähe sich zeigen würde; dass er die Grenze mit Ihnen wieder überschritt und im Besitze einer Vollmacht war, die ihn die Grenzwachen in Anspruch nehmen ließ. Ich habe Sie als Clements geistlichen Lehrer zu ihm gesandt, um für meine Seelenruhe, für die Ordnung meines Landes und den Frieden Europas die Lösung eines fürchterlichen Geheimnisses zu erbitten. Das Geständnis einer etwaigen Schuld des Barons habe ich nur Ihnen gegenüber erwartet; dann wären vielleicht die Folgen solcher Schuld zu beseitigen gewesen, ohne dass neue Konflikte entstanden. Sie wissen mehr als ich davon, was Gott in Clement wirken mag. Ich hatte den Frieden des Landes und Clements Geschick in die Hände seines Seelsorgers gelegt. Ich habe Ihr Amt nicht missbraucht.“

„Nein, Majestät“, sprach der Prediger Roloff, und seine Augen gewannen wieder ihr Feuer, „Sie haben mein Amt und das Ihre nie missbraucht.“

„Aber“, unterbrach ihn der König, „die Völker werden nicht nur geführt von den Königen und den Propheten. Da sind noch die Minister. Es wäre bitter, wenn sie nun mit ihrer List meinem Lande einen Dienst erwiesen hätten. Dann, Pastor Roloff, könnte Ihr eigentlicher Auftrag erst beginnen. Und wenn ich ihn, aus Müdigkeit oder Zorn, dann nicht mehr wiederholen sollte – dann handeln Sie an Clement, wie es Ihnen Ihr größerer Herr geboten hat, dass man an Sündern tun soll, die ihr Gericht ereilt hat.“

Friedrich Wilhelm schellte dem Diener, ließ sich Hut und Mantel bringen, bestellte den Wagen und fuhr zur Hausvogtei hinüber.

* * *

Weil es ein heller, kühler Tag war, lag auch über der Wachtstube der Hausvogtei ein helles Licht. Clement hatte sich einen Schemel ans Fenster gerückt – die Fesseln waren ihm nun abgenommen worden – und las, als kümmere anderes ihn nicht, in den holländischen Zeitungen, die er am Morgen der Abfahrt von Amsterdam noch gekauft hatte. Er saß ein wenig leger, das rechte Bein über das linke geschlagen; sein Mantel lag neben ihm auf der Erde, so wie er ihm von den Schultern geglitten war. Die Handschuhe hatte er in einer Seitentasche seines Rockes, des nach letzter Mode geschnittenen, stecken. Degen und Hut lagen auf einem zweiten Schemel neben ihm. Den Soldaten im Wachtlokal kehrte er den Rücken zu. Sie würfelten, ziemlich leise, auf einer Bank. Aber nun sprangen sie auf, zerrten am Leibgurt, ergriffen die Flinten und riefen: „Der König!“

Clement legte seine Zeitung auf den Fenstersims. Er trat der Majestät sofort entgegen und grüßte sehr tief. König Friedrich Wilhelm, fast die vielleicht gebotene Zurückhaltung vergessend, rief sofort: „Ich habe Ihnen den Roloff geschickt, Baron.“

Der sagte kühler, als er je zuvor gewesen war: „Und Ihre Minister, Majestät, sandten mir den einstigen Oberst Forestier. Bezüglich der Auftraggeber beider Herren bestand für mich kein Zweifel.“

Der König – die Soldaten waren gleich hinausgeschickt worden – presste einen Augenblick in unbewusster Erregung die Hände zusammen. „Was ist denn geschehen?“

„Wäre ich, Majestät, von Ihrem Prediger begleitet, nach Berlin zurückgekommen, wie es mein Wille war – es hätte eines einzigen Gespräches zwischen Euer Majestät, dem geistlichen Herrn und mir bedurft, um Ihnen alle Klarheit zu schaffen. Der Prediger Roloff hat in Holland kein anderes Wort von mir gehört, als: ‚Ich will mich ganz auf den König verlassen!' Nun aber bin ich der Staatsgefangene Ihrer Minister und muss ein geordnetes Verfahren und meine Vernehmung abwarten."

„Und der Brief?" fragte König Friedrich Wilhelm, weniger heftig als bedrückt, und hielt dem Baron das Schreiben entgegen, das seine eigenen Schriftzüge trug und nicht von ihm stammte.

Der hier unerbittlich schien, war der Gefangene.

„Der Brief, Majestät, wird ein Gegenstand meiner Aussagen sein. Ich bin ein Angeklagter, und ich werde als solcher Rede stehen. Ihren Frieden, Majestät, werden Sie in jedem Fall zurückgewinnen, nur dass nun leider um des Herrn Oberst Forestier und seiner Auftraggeber willen einige Zeit vergehen wird. Ich muss noch mehr um meine Kläger und meine Richter wissen; das ist das mindeste Recht, das letzte, des Gefangenen."

„Sie machen alles noch schwerer, Baron", sprach seufzend der König. „Man muss Sie vorerst nun als Staatsgefangenen behandeln. Man bringt Sie nach Spandau. Ich kann lediglich dafür Sorge tragen, dass man Ihre Haft so leicht wie möglich gestaltet. Ich werde veranlassen, dass Sie bis zur Klärung Ihrer Angelegenheit ein bequemes Bett erhalten. Ich werde Ihnen ein Silberservice für Ihre Mahlzeiten bringen lassen."

Clement verneigte sich und dankte ehrerbietig; in den wenigen Worten erschien er aber angegriffen und erschöpft. Der König erkundigte sich weiter, welche Wünsche der Gefangene noch habe und ob etwa Angehörige eine Nachricht erhalten sollten; vielleicht sei es gut, sie nach Berlin zu berufen; er scheine nicht ohne mächtigen Einfluss. Denn die Gerüchte um die rätselhafte Herkunft Clements hatten den König erreicht.

„Ich habe keine Verwandten", sagte Clement; und, wider Willen fast, fügte er hinzu: „Denn ich weiß nicht, wer ich bin."

Das Unheimliche dieser Antwort übergehend, drang der König weiter in ihn: „Oder Freunde? Die Möglichkeit entlastender Aussagen besteht. Wer soll kommen?"

Clement lächelte. „Nur eine soll kommen. Aber die wird sehr belastend für mich sein. Man wird alles versuchen, dass sie es für mich wird."

Nun fiel zwischen ihnen der Name des Fräulein von Wagnitz. Clement sah den Herrn sehr offen an und sagte mit Sicherheit: „Ich kann keine

Schande darin erblicken, eine Frau zu lieben, von der Eure Majestät geliebt worden ist. Auch ist es das erste Recht aller Frauen, nach einer unglücklichen Liebe sich zu wandeln, Majestät."

Das sprach er wieder fast leichthin, wie wenn sich Kavaliere von den Damen unterhalten.

„Ich muss es überlegen", meinte der König. Diesmal war er sich noch nicht im Klaren. Er verließ das Wachtlokal sehr nachdenklich. Die Soldaten suchten ihre Bank und würfelten weiter.

Im Torbogen der Hausvogtei stand das Fräulein von Wagnitz, etwa wie eine Bettlerin an einer Mauer lehnt oder die Frau eines Verurteilten ein Gnadengesuch zuzustecken begehrt. Das Fräulein vermochte es nicht mehr zu ertragen, König und Abenteurer, die geliebten, in den Gang des Rechts gezerrt zu sehen. Die Rechte seines Herzens wollten stärker sein. Es hatte sich, mit aller erwünschten Zurückhaltung brechend, selber zur Hausvogtei gewagt. Nun musste die einstige Hofdame Ihrer Majestät den Herrn ganz nahe an sich vorüberlassen. Sie hatte große, glänzende Augen. Denn das Fräulein zählte zu den sehr schönen Frauen, deren Augen strahlender und weiter werden vom Weinen. Dass sie die Hand ein wenig nach dem Herrn ausstreckte – davon hat die Geängstete nichts gewusst. Es geschah so ohne Halt und Denken, wie das wenige geschieht, das Menschen richtig tun.

Der König blieb stehen. „Ich darf Sie bitten, mir zu folgen."

Schon kehrte er um, schritt die Stufen noch einmal hinauf, schickte die Wache von neuem hinaus, führte das Fräulein zu Clement und harrte selbst an der Tür.

Das Fräulein sank auf die Bank der Soldaten. Vor ihm lagen noch die Würfel, wie sie im letzten Spiel gefallen waren. Clement trat zu der Geliebten, strich über ihr Haar und sprach ruhig und sicher zu ihr. Aber er sah sie nicht an.

„Ich bin von selbst gekommen", sagte er der Geliebten, „und ich habe den Entschluss auch nicht geändert, als das dumme, dreiste Spiel des Oberst Forestier begann. Ich werde dem König das Geständnis machen, aber nicht heute und nicht morgen. Erst muss ich selbst Gericht gehalten haben, und so lange musst du schweigen."

Die Geliebte hörte aus allem nur eines: dass noch eine Frist war; und dass niemand außer ihr von Clement wusste. Sie konnte nicht anders als hoffen. Niemand kann anders als hoffen, solange nicht die Unabänderlichkeiten Gottes über ihn hereingebrochen sind. Nur die Lügner schwärmen manchmal von der Hoffnungslosigkeit; und die das Unglück der Menschheit noch nicht ganz erfahren haben, gefallen sich in ihr.

* * *

Zu einer Stunde, da die Minister und Diplomaten mit düsteren und verschlossenen Gesichtern umherliefen und auch der König blass war vor Erregung und sich in Arbeit vergrub, ging ein junger Mann von gutem Wuchse, proper gekleidet, mit einem munteren, heimlichen Lächeln durch die Straßen, immer näher aufs Schloss zu. Ihm wurde auch nicht bänger, als er am Portal stand. Er hatte einen feinen Brief im Rock. Ganz gewiss, so viel Schlimmes geschah, so Arges man munkelte – ihn würde der König empfangen. Der König hatte selbst an Herrn von Creutz geschrieben, dass er den jungen Burschen sehen wolle. Jawohl, stand in dem Brief des Königs, er sei über die ganze Angelegenheit im Bilde, und Creutzens Schützling möge nun erscheinen.

Da stand der junge Nicolai nun vor dem Herrn: drei Bücklinge bis tief zur Erde – und nun kerzengerade Haltung, und die Augen auf den Herrn geheftet!

König Friedrich Wilhelm schätzte den jungen Mann sehr sorgsam ab. Der erschrak jedoch kein bisschen.

„Wie ich höre, will Er heiraten?“ begann der König freundlich zu fragen und suchte Creutzens Brief hervor, in dem der Präsident der Rechenkammer, verantwortlich auch für den Aufschwung der Berliner Gasthöfe, den noch vom alten Wirt Koch selbst erwählten Eidam und Verwalter nachdrücklich empfahl.

Nicolai musste ihm auf der Stelle berichten.

„Also Er verwaltet den Kochschen Gasthof?“

Der König unterbrach ihn nur im Anfang ein einziges Mal.

„Seine Aufgabe ist nicht leicht. Um unseren schönsten Gasthof in Berlin geht ein Gerücht vom Laster und Tod, und er ist in großer Gefahr; es hat sich alles geändert, und sein Verfall wäre mir bitter. Darum habe ich selbst nach dem Tode der unglücklichen Erbin die Testamentsvollstreckung und Verwaltung an den Präsidenten der Generalrechenkammer übergeben, der den Gasthof und seine Erfordernisse einmal sehr genau kannte; als junger Rat hat er ja selbst dort gewohnt. Der hat Ihn eingesetzt; und wie man mir berichtet, macht Er seine Sache gut, so schwierige Verhältnisse Er auch antraf.“

Der Präsident von Creutz nun hatte allerlei gute Gründe entdeckt, dem jungen Verwalter des Gasthofs dessen Erbin, die einstige Zofe der Wirtstochter, als künftige Braut zu empfehlen, da der König trotz aller schweren Schuld der Demoiselle Koch deren Testament unangefochten ließ. Aber gegen solchen Vorschlag einer nützlichen, wahrlich recht einträglichen Ehe – wenn er nur dem Gasthof wieder emporhalf – hatte der junge Nicolai nicht schlecht gewettert. Dergleichen sei ein übler Rat und eine schlimme Sache.

Wenn die Erbin ihn in seiner Stellung ließ – das war seine Meinung – nun, so wollte er vom Eigenen sparen und sich das Mädchen holen, das ihm einmal gefiel. Nun hatte aber der Zufall – als er daran dachte, musste er lächeln – gewollt, dass er, nachdem er die Erbin des Gasthofs, die Kastellanstochter aus Charlottenburg, das eine und das andere Mal gesehen hatte, gar nicht mehr nach dem anderen Mädchen, das vielleicht noch irgendwo zu finden wäre, Ausschau zu halten begehrte.

Etwas Hübscheres, Sanfteres, Gesetzteres an Frauenzimmer könne Majestät sich gar nicht denken, versicherte er dem König, obwohl Majestät doch ganz gewiss mit sehr schönen und vornehmen Damen zusammenkämen.

Genau so sagte der junge Mann, und König Friedrich Wilhelm musste es glauben. Der junge Wirt und Freier sprach auch in der allerhöchsten Gegenwart vergnügt und unbefangen in den Tag hinein; es war ihm nicht anzumerken, dass auch er eben in dem Kochschen Gasthof schon Zeuge sehr trauriger Eindrücke war. Jene Legatin, der man nach dem Testament der Gefangenen vom Spandauer Spinnhaus das schönste Appartement im Kochschen Gasthof überlassen sollte, das gnädige Fräulein von Wagnitz, hatte ihm gesagt, die junge Erbin, die Tochter des Charlottenburger Kastellans und einstige Zofe der unglücklichen Demoiselle Koch, habe auch ihn nicht übel befunden und wisse ihm sehr vielen Dank für alle Mühe, die er sich mit ihrem Erbe mache. Aber, so meinte das adlige Fräulein, er dürfe die Jungfer, was Verlöbnis und Heirat anginge, nicht gar so sehr drängen. Die Charlottenburgerin habe einen großen Kummer zu überwinden, und der Tod der Freundin bewege sie sehr.

Wie sollte der junge Nicolai wissen, wie viel Tieferes die Erbin und die Legatin des Kochschen Gasthofes verband, viel mehr als die bloße Hinterlassenschaft und das Vermächtnis der Zarengeliebten an sie beide: nämlich, dass sie, die einstige Zofe und die Dame von Stand, den König von Preußen geliebt hatten und ihre eigene Sprache miteinander reden lernten über die Ferne des Ranges und der Herkunft hinweg.

Der König schien wieder einmal alles von seinen Untertanen zu wissen; so wollte es Nicolai scheinen. Denn der Herr nahm sein Wort auf und sagte: „Ja, die Charlottenburger Jungfer hat einen großen Kummer gehabt. Aber“, so fügte er besonders freundlich hinzu, „Er scheint mir der Rechte, der Jungfer zu einem blühenden Gasthof und einer glücklichen Ehe zu verhelfen.“

Und nun stellte er Fragen nach der Wirtschaft; und der Prüfling schnitt gut ab und zeigte sich ebenso tüchtig wie munter; und seine Munterkeit war ohne Kälte, tat wohl und verletzte nicht die, welche das Leben nicht mehr lachend anzupacken vermögen; sie verwundete nicht jene, die schon zu der großen Einsicht und Vorsicht gelangten.

Aber nun hatte auch der Fröhliche ein paar Falten auf der glatten Stirn und zeigte sich ein wenig bekümmert; es sei nun einmal, gestand er, ein gar zu schlimmer und nicht zu vertreibender Schatten über das herrliche Gasthaus gefallen; bald nach der bunten Zarenzeit nahm es den Anfang. Nun mieden viele Vornehme die Säle und hübschen Appartements, und mancher Wein im Keller würde gar zu alt. Es müsse etwas geschehen, dass der Ruf des Kochschen Gasthofes sich wieder hebe.

Der König, die Audienz beendend, stand auf. Der letzte Punkt war kein Problem. Er reichte Nicolai die Hand.

„Wenn Er mir gut umgeht mit der kleinen Lietzenburger Kastellanin, wenn Er sie mir bald zur Madame Nicolai macht und der Gasthof dadurch einen anderen guten Namen erhält, nämlich den Seinen – so will ich euren Gasthof selber dann und wann besuchen und, wenn es an der Zeit ist, bei euch Pate stehen.“

Und der König trug ihm einen Gruß an die künftige Braut auf; und weil er gegen den Aufschub einmal erst gefasster Pläne war, schlug er die Weihnachtszeit und Jahreswende für das Hochzeitsfest vor. Auch für den Kummer der Jungfer schien es ihm am besten so. Das Leben musste weitergehen.

* * *

Bald nach den Festen war die Königin von einer Tochter entbunden worden. Der König begab sich sofort nach der ersten Gratulation noch einmal zu der Gemahlin zurück. Er hatte das Gefühl, ihr gar zu wenig Freude und Dankbarkeit bezeugt zu haben. Tatsächlich trat auch die Freude an dem neuen Kinde ganz zurück hinter dem Gefühl der Befreiung, wenigstens dieser einen Sorge enthoben zu sein, wie die Gattin nach all den Erregungen der vergangenen Wochen die Niederkunft überstehen würde; dieser Druck war von ihm genommen.

Das Glück der Mutter war noch geringer. Es hätte ja die Krönung ihrer großen Zeit bedeutet, wäre gerade jetzt ein Sohn von ihr geboren worden. Sie hatte, eben darum, das neue Kind nicht minder leidenschaftlich ersehnt als einst die beiden ersten Söhne und nach ihrer beider Tod den dritten. Sie zweifelte nicht an ihrem Triumphe über Clement.

Dass sie darüber trauerte, ihre eigene Apotheose nicht schon jetzt zu erleben, wie es ihrer ungeduldigen Art entsprach, das verriet die Königin dem Gatten nicht, obwohl es ihr immer sehr schwerfiel, nicht alles rasch und sehr ausführlich zu besprechen, was ihr Hirn und Herz bewegte. Die Scheu, dann in den Augen des Königs nicht mehr groß zu erscheinen, gebot ihr hier Zurückhaltung. So klagte sie nur, ihm keinen neuen Sohn geschenkt zu haben; und er war bewegt und tröstete sie, dass ihm dieses Kind besonders lieb sein müsse als das schönste Zeichen jener schweren Zeit, da seine liebste Frau Königin vielleicht sehr viel für Preußen tat durch ihre zarte Ahnung, ihren klaren Blick.

Er hatte beide Hände auf die überkreuzten Hände seiner Frau gelegt. So saß er bei ihr, tief zu ihr herabgebeugt. Sie hatten so lange nicht mehr wie Mann und Frau miteinander gesprochen. Die Wirren um Clement hielten sie einander fern. Die Königin empfand, was sie noch niemals wahrgenommen hatte: dass es schön war, wenn der Gatte ganz allein so nahe bei ihr saß und leise auf sie einsprach. Wahrhaftig, es war schön, ihm zuzuhören, obwohl er keine Komplimente wusste und ihr nur einen ungefassten Diamanten zum Geschenk gemacht hatte. Aber er sollte nicht aufhören, davon zu sprechen, dass ihre neue Tochter den Namen Sophie Dorothea tragen sollte zum Gedenken an die große Zeit der Mutter. Diesmal, hatte der König gesagt, wähle er ganz allein den Namen aus. Das war der Mutter ein sehr großer Stolz.

In diesen Augenblicken wollte sie ihre hohe Gesinnung beweisen. Sie sprach von Clements Begnadigung und nannte den König den gütigen Herrn über Clements Geschick. Da erhob sich der König, und wieder war er ganz in seiner anderen Welt, in der Tod und Leben ein anderes sind als an Sarg und Wiege im eigenen Hause. Der König sprach wie in einer Abwehr.

„Ich bin nicht der Herr über Clements Geschick. Niemals werde ich in den Gang der Justiz eingreifen. In diesem Fall bin ich mit zu viel eigener

Neigung und zu viel eigenem Glauben verstrickt, als dass ich von dem mir zustehenden Rechte der Begnadigung Gebrauch machen dürfte. Meine Aufgeschlossenheit für Clement ist sein größtes Unglück geworden. Ich bin befangen, kann ihn nie begnadigen. Was ich dir sage, werde ich auch vor den Richtern wiederholen, und vor niemand braucht es ein Geheimnis zu bleiben: Dieser Mann war mein Freund. An Kenntnissen, Anlagen und Plänen war er ein König, den ich mir zum engsten Genossen wünschen würde, hätte er ein Reich. Er war ein König ohne Land und Amt."

Und wie der Prediger Roloff sprach er Worte der Schrift wie die eigenen, vom Augenblick ihm eingegebenen Gedanken aus; und es war, als erfülle ihn noch immer eine letzte, ja ungeheuerliche Hoffnung für Clement, als er nun sagte: „Aber es kommt einer aus dem Gefängnis zum Königreich; und einer, der in seinem Königreich geboren ist, verarmt."

Tiefer als diese Worte berührte die Königin, als sie kurz danach erfuhr, der König habe den Vorschlag des Magistrates abgelehnt, die neue Kirche in der Spandauer Vorstadt Sophie-Dorotheen-Kirche zu nennen. Solches komme, sagte der König, keinem Menschen fürstlichen Geblütes zu; vor der Kirche seien sie sündige Menschen.

An der Seite dieses Mannes gab es nur Augenblicke des Glückes. Alle ihre Freude war verflogen.

* * *

„Ich tat, was des Königs Minister alle Tage tun. Sie suchen die Minister anderer Mächte zu betrügen und sind an fremden Höfen nur hochgeehrte Spione. Hätte ich einen öffentlichen Charakter gehabt wie sie, so wäre ich jetzt vielleicht auf der Höhe des Glückes, wie ich nun wohl bald auf der Höhe der Galgenleiter sein werde."

Clement sagte es im letzten Verhör. Man hatte ihn aus dem Kerker geholt. Die große Halle der Spandauer Feste war zum Gerichtssaal hergerichtet. Es war am frühen Vormittag, aber Kerzen brannten überall auf dem Tisch der Sekretäre zwischen den Stößen der Akten. Neben dem Lehnstuhl des Königs waren hohe Eisenleuchter aufgestellt. Die inquirierenden Minister vor dem Tisch mit den wuchtigsten Leuchtern gemahnten an Priester am Altar. Wie Chorherren saßen zur Rechten und Linken auf schweren Eichenstühlen die Geschäftsträger des kaiserlichen und des königlich polnisch-kursächsischen Hofes. Sie waren, damit man ihren Herrschern Genugtuung verschaffe, zu der Verhandlung zugezogen. Der König wünschte die äußerste Offenheit; Wien und Dresden sollten jeden Einblick haben. Den Wiener Herrn bedrückte es wenig, dass der Angeklagte einmal kaiserlicher Resident von Brabant im Haag mit zwölftausend Gulden Gehalt hatte werden sollen.

Zum ersten Mal waren alle Helfer Clements vor den Richtern versammelt. Aus dem Kalandshofe in der Klosterstraße, dem Gefängnis für das einfache Volk, und der Stadt- und Hausvogtei, die den Inquisiten höherer Stände vorbehalten blieb, waren sie hergebracht worden. Alle hatten sie sich selbst verraten. Der kränkliche, grämliche Baron Heidkam, einer der ewig missgünstigen von dem großen Höflingssturz beim Regierungsantritt des Königs her, war plötzlich in allerlei schwedische Spionagegeschichten verwickelt; der Herr von Lehmann, ebenfalls einer der Kavaliere von einst, hatte durch seine Flucht nach Dresden mehr Einblick in die wahrhaft bestehende Komplicenwirtschaft an den Höfen des Reiches gegeben, als ein Geständnis über die Lieferung von Unterlagen für gefälschte Briefe vermittelt haben würde. Der Kriegssekretär Bube war schon längst in Weiberkleidern an einem Stadttor abgefasst worden.

Alle Unzufriedenen, so schien es, hatten sich an Clement geheftet. Alle spielten sie ihr Spiel entsetzlich schlecht und hatten es verloren, als der große Abenteurer sie nicht mehr zu führen bereit war. Gegenseitig trieben sie sich ihren Richtern zu. Nun war auch Grumbkows Erster Sekretär verhaftet.

Bis sie nicht alle Clement gegenübergestellt seien, sagte der Herr, bleibe ein großer Skrupel in seinem Gemüte übrig.

Es war wie eine Totenmesse: Die dunkle Halle, die Stille, die Kerzen; Baron Heidkam schluchzte vor sich hin; die schweren Wolken draußen wurden immer dichter, immer düsterer. Ein Vorfrühlingsgewitter über der Havel machte den Tag beinahe zur Nacht.

Clement bat die Barone Heidkam und Lehmann um Verzeihung, dass auch sie nun in sein Unglück einbezogen wurden. Zwei Unzufriedene, die mit dem neuen Günstling wieder aufzusteigen hofften, waren zu Verlorenen geworden. Sie hatten Domänenräte gekannt, die ebenfalls verbittert waren gegen das neue Regime. Die hatten ihnen für Clement alle Buchungsunterlagen beschafft, die er brauchte, um in gefälschten Briefen österreichische und sächsische Pläne über die Entführung des preußischen Staatsschatzes glaubhaft zu machen.

Clement hatte aber dem Herrn auch Kopien von Plänen seines Jagdschlosses Wusterhausen ausgeliefert, deren Originale sich in Händen der fremden Kabinette befinden sollten. Und er hatte die Warnung hinzugefügt, der König möge nicht gar zu sorglos auf Wusterhausen leben, fast ohne Leibwache, nur vier Meilen von der sächsischen Grenze entfernt. Der König hatte an der Echtheit dieser Projekte nicht gezweifelt.

Grumbkows Sekretär berichtete sehr dreist und in offenem Hass gegen König Friedrich Wilhelm. Der Herr sei nun einmal nicht beliebt. Es herrsche allenthalben viel Missfallen darüber, dass die Leute so viel geben müssten, wie sie gar nicht aufbringen könnten; zu viel Arbeit und zu wenig Besoldung, das schaffe eben eine schlechte Stimmung; selbstverständlich hätten Untergebene und Bediente miteinander räsoniert.

Minister von Grumbkow gab sich äußerst unbefangen. Er könne sich unmöglich um die privaten Unterhaltungen seiner Sekretäre bekümmern. Die Minister, Richter und Räte sahen den Fall ebenfalls nicht so tragisch an. Ein fauler und geldgieriger Schreiber hatte mit unzufriedenen, verarmten Baronen zu konspirieren gesucht und ihnen einige Aktenabschriften, wie sie durch seine Hand zu gehen pflegten, zugeschanzt. Er hatte Clement durch die Barone Briefe des Ministers zu lesen gegeben und geheime Pläne von Berliner Bauten verschafft. Ein vereidigter Beamter war er nicht. Das Gericht erkannte auf drei Jahre Festungshaft. Es wusste, dass der König zwanzig Jahre forderte.

Nun, während der Regen immer dichter rauschte und die Blitze immer rascher folgten, ging ein Flüstern durch den Saal. Boten erschienen an der Tür. Meldungen und Rückfragen lösten sich ab. Endlich meldete man der Majestät: „Der Kriegssekretär Bube kann nicht vernommen werden. Ein Schlaganfall hat ihn getroffen."

Der König, von Beginn an übers Protokoll gebeugt, sprach, ohne den Blick zu erheben: „Schlaganfall? Gift!"

Der Schreiber Nord, der trotz aller seiner üblen Briefe über den König begnadigt werden sollte, hatte sich zur gleichen Stunde die Kehle mit einem Federmesser durchschnitten.

Clement wurde die erbetene kurze Pause, sich zu erholen, bewilligt. Er war völlig überanstrengt. In den Monaten der Haft waren ihm mehr als zweieinhalbtausend Fragen vorgelegt worden. Zu rund fünfhundert Punkten hatte er sich schriftlich geäußert. Seine Niederschrift kam einem dicken Buche gleich. Rätselhafterweise misstraute der König keiner seiner Aussagen. Noch rätselhafter aber schien, dass der König das Verfahren so gar nicht beschleunigte. Sollte nicht nach seinen radikalen Justizverordnungen ein Kriminalprozess nicht mehr länger als drei Monate dauern? Warum fiel das Urteil noch immer nicht?

Wieder hatte man Clement eine „letzte“ Liste mit noch weiteren dreiundachtzig Fragen zugestellt. Auch hatte er noch einige früher gemachte Aussagen zu bestätigen. Die Pause, die man ihm bewilligt hatte, war vorüber.

Danach bat er, einige Aussagen in französischer Sprache vorbringen zu dürfen, um sie recht bestimmt machen zu können. Die meisten reckten die Hälse, als gäbe es dabei etwas zu sehen. Ein Minister warf vor Neugier gleich den Leuchter um, und Clement lächelte verächtlich.

Der König hörte nun von ihm nichts Neues. Clement entwarf mit Kälte und Genauigkeit die Historie eines Abenteurers, die der König schon längst als die erschütternde Beichte eines Menschen vernahm, der, tief in Schuld und Übel und Unordnung gebannt, den Blick nicht von Kreuz und Krone zu wenden vermochte. Er hatte dem König, ruhig und bewusst in jeder Einzelheit, sein Geständnis an jenem Tage und zu jener Stunde abgelegt, die er sich in Holland vorgenommen hatte. Die Geliebte hatte nur gestammelt: „Nun musst du es tun“, und noch einmal die ganze Zerrissenheit ihres Herzens erlitten. Sie hatte auch gewusst, dass Clement den Namenszug vor den Augen des Herrn wiederholen würde.

Ganz am Ende der Clementschen Aussagen horchte der König aber auf.

Clement stand hinter den tief herabgebrannten Kerzen. Sein Haar lag wirr und feucht auf seiner schönen Stirn. Die großen, grünen Augen hielt er fest auf den König gerichtet. Er sprach leiser.

„Ich habe Jus und Theologie zur gleichen Zeit studiert. Das hat mich verwirrt. Der Zwiespalt zwischen Gottesrecht und Menschenrechten war zu tief, die himmlischen und die irdischen Ordnungen klafften zu furchtbar auseinander. Daher kam mein übler Wahn, dass in der Welt nichts ohne List und verwirrte Umstände vorwärtszukommen vermöchte und dass jeglicher Sünder sehr wohl König werden könnte, wenn er den sündhaften Fürsten nur an Fähigkeiten überlegen wäre und in seinem Streben höher griffe als sie.

Und weil ich es nicht kann, auch nicht begehre, nach einer solchen Rebellion zu leben, so ergebe ich mich ganz und gar dem, was Majestät beliebt. Einen Umstand aber möge der König als schwerstes Vergehen bewerten: dass ich, ihm aufzufallen und sein Vertrauen zu gewinnen, den Glaubensübertritt vornahm und den von ihm am meisten geschätzten Prediger als meinen Lehrer suchte. Gott aber hat in dem zu mir gesprochen, was ich als Lüge und Frevel begann.“

Die Kerzen waren niedergebrannt. Die Halle hatte sich mit Tageslicht gefüllt. Die Richter in den langen, bauschigen Talaren gingen leise hin und her. Es war wie in einem Dom nach dem Hochamt.

Der König verharrte blass und regungslos in seinem Armstuhl. Wer sollte richten, wo Gott selbst an einem Sünder handelte? Er fühlte die ganze entsetzliche Gefahr, die der Rechtsgang jetzt für ihn selbst bedeutete. Er war müde, zu töten. Wie durfte er den bekehrten Sünder Gott entziehen?! Was hatte Gott mit einem Menschen vor, den er vom Rebellentum zu solcher Demut vor der Ordnung führte?! Der König wollte so reiche Klugheit und so tiefes Denken, wie sie den Aufrührer eigneten, nicht vernichten; er wollte sie der Ordnung dienstbar machen, wollte begnadigen gegen alles Recht – ein Recht, das er von Grund auf hatte säubern wollen. Hier, an dieser Stätte und in dieser Stunde, rangen das alte und das neue Recht, quälend für ihn spürbar, miteinander. Und schon verschrieb sich der König einem freien Rechte seines Staates und leistete den Verzicht auf jene Machtvollkommenheit des Landesherrn, nach der er Urteilssprüche aus eigenem Ermessen bestätigen, mildern und verschärfen konnte. Aber seine Schwermut wich durch solchen Entschluss nicht von ihm.

Dieser Morgen des Gerichtes war von Erschütterungen zu belastet. Durch Nachtkuriere hatte den Herrn unmittelbar vor der Verhandlung gegen Clement die Nachricht ereilt, der Zarewitsch sei im Folterkeller mit Knuten erschlagen worden, und niemand werde je erfahren, ob den tödlichen Hieb der Henker oder der Vater führte – der Vater, den seine Untertanen noch im tiefsten Hass ihr „Väterchen" nannten!

Für wen, fragte es wie eine fremde Stimme im Herzen des Königs von Preußen, für wen, Zar Peter, baust du deine Städte? Für wen schickst du die neuen, die gewaltigen Schiffe aufs Ostmeer? Für dich und deine kurze Frist? Hat Gott denn dich und mich aus unserem lichten Amte gestoßen und in ein düsteres Reich seiner unentrinnbaren Gewalt verbannt? Sind wir in die letzte Tiefe allen Königtums geworfen, dorthin, wo der König nur noch dem Henker gebietet und nur noch dieses einen Dieners bedarf? Ist dir das Schwerste auferlegt, Bruder Peter: Richter und Vernichter dessen zu sein, der nach dir kommen sollte?

Noch in jedem geheimen, quälenden Gedanken bestätigte der König die Freiheit und Unabhängigkeit des Gerichtes. Er suchte Gesetze, welche größer waren als der eigene Wille. Ihn schauderte vor Zar Peter, dem Freund.

Die Reden der Bevollmächtigten aus Wien und Dresden aber beide hatten sich zur gleichen Zeit erhoben – hörte der König nahezu feindselig an. Funkelnd von Ringen und Orden, strahlend von den goldenen Schnüren ihrer samtenen Röcke, standen sie da, umleuchtet von dem ganzen Glanze ihrer Höfe. Sie sprachen kalt und feierlich. Dieses Gericht, wie es am besten die Teilnahme des Königs und der auswärtigen Bevollmächtigten bezeuge, sei ein Sondergericht, es könne in einer so hochwichtigen Sache, in die drei mächtige Staaten einbezogen seien, die Anerkennung des Reiches und der an ihr beteiligten Höfe nur erlangen, wenn es die Halsgerichtsordnung Kaiser Karls V. übernehme.

Was war Preußen und sein Recht? –

Wien und Dresden forderten die Hinrichtung. Der Kaiser verlangte die Auslieferung des Verbrechers, um ihn in Wien lebendig pfählen zu lassen. Man wollte Clement der Gnade des Königs entziehen; in dem Unberechenbaren schien etwas gar zu Absonderliches vorzugehen!

Und der König atmete auf – angesichts solcher Herausforderung! So maßloser Anspruch verlangte neue Verhandlungen. Es würde noch Zeit vergehen. Niemand konnte mehr sein versäumtes Cito! Cito! bespötteln.

Clement war noch einmal aufgestanden, drohend und bleich.

„Ich habe nur an einem gefrevelt, und der soll mich richten. Dem Rechte des Königs von Preußen will ich mich fügen und allein in ihm dem Gesetze allen Königtums Genüge tun, wie er allein ein König ist."

Die Herren Bevollmächtigten belächelten den Wahn und Dünkel des armen Schachers. Aber im Innersten wüssten sie wohl: noch war er stark genug, um zu drohen.

* * *

Dass er es war – Clement bewies es dem König, obwohl er keine Gelegenheit mehr hatte, ihn zu sprechen. König Friedrich Wilhelm fürchtete für Preußens Recht. Darum hielt er sich fern. Clement bat ihn nicht zu sich. Er wusste, wie der Herr um Recht und Gnade litt. Er erflehte von dem König nur die eine Gunst, ihm eine geschlossene Denkschrift zustellen zu dürfen.

König Friedrich nahm an keiner der nachträglichen Vernehmungen mehr teil. Doch ließ er sich die Protokolle Wort für Wort vorlesen. Clements Denkschrift las er ganz allein. Er zweifelte nicht, dass jedes Wort des Briefefälschers wahr und recht sei. Er ahnte, dass Clements einstige Phantome und Erdichtungen den Kern einer nur zu beunruhigenden echten Prophetie enthielten.

Er blätterte und blätterte und wurde immer überzeugter: Hier wurde ihm ein Dienst erwiesen, wie ihn noch keiner für ihn leistete. Es mochte dahingestellt bleiben, inwiefern es mit jenen Plänen, den König von Preußen auf einer Jagd zu „überfallen und aufzuheben" – wie es mit Stanislaus von Polen versucht und mit König Johann Sobieski vor gar nicht langer Zeit geschehen war –, den Höfen zu Dresden und Wien jemals Ernst gewesen war. Von Hannover, Dresden und Wien gemeinsam aber war eine Zerstückelung der brandenburgischen Landschaften in Aussicht genommen; und in der Wiener Allianz hatten Österreich, England und Polen sich verpflichtet, „alle ihre übrigen Kräfte anzuwenden, um dem Feinde in seinen Landen Diversion zu machen, wenn einige derselben so gelegen sind, dass man leichtlich einbrechen kann". Der Feind war Brandenburg.

Um das neue Preußen zu schwächen, hatte der Kaiser begonnen, den Widerstand des Adels gegen König Friedrich Wilhelm zu stärken.

Ein Feuer glimmte in der Asche der alten Kriege und – der Freudenfeuer zu der Thronbesteigung deutscher Fürsten in fremden Ländern. Die aber, die sich Meister all der künftigen Weltgeschicke dünkten, schienen viel eher die Werkzeuge des einen allmächtigen Willens zu sein: des großen Kardinals in Madrid, Alberoni, des wahren Herrn im ohnmächtigen Spanien der Königin Elisabeth. Der stand in Clements Schrift plötzlich vor dem Preußenkönig als der Antichrist, der dem Heiligen Römischen Reiche Deutscher Nation den raschen Untergang geschworen hatte. Und Preußen war des Reiches wundes, wildes Herz. Europa besaß einen Dämon, den Ketzerverbrenner von Madrid, Toledo, Sevilla, Valladolid und Cuenca. Klein war er, ein Gärtnerssohn, schwarz, breitschultrig und hatte einen großen Kopf und kurzen Nacken. Reich war er an Plänen, Hilfsmitteln und Auswegen, maßlos bis zur Unbesonnenheit und angetan, einen Staat groß zu machen oder zu verderben. Und niemand außer Clement schien den Dämon ganz zu kennen. Niemand als Clement war wahre Verheißung von ihm widerfahren. Von ihm empfing der Abenteurer allen Anspruch seiner Macht. Durch den einen Mann ohne Wissen um Herkunft und Geburt sollte der König von Preußen, durch den Ketzerkönig sein Land, durch Brandenburg das Reich, durch das Reich der Erdteil vernichtet werden. Für einen schweren Augenblick der Weltgeschichte schien alles Geschehen unter den Ländern und Völkern um den Kardinal von Madrid, den König von Preußen und den Abenteurer und Rebellen, der nicht wusste, wer er war, zu kreisen.

Davon schrieb der Briefefälscher, und der König glaubte ihm und wurde zum Eingeweihten der tiefsten europäischen Geheimnisse.

König Friedrich Wilhelm verbarg die Clementsche Denkschrift in seinem Rock. Er rief den Diener und ließ seinen Schimmel satteln.

Noch einmal hatte er das Recht, zu Clement zu reiten, wiedergewonnen. Er kam ja nicht, ihn zu verhören. Er wollte sich ja nicht in das Verfahren mengen. Er suchte ihn nur auf, um ihm zu danken. Und als gehöre dies notwendig mit zu jenem Dank, ließ er der einstigen Hofdame von Wagnitz freundlich Nachricht geben, die Angelegenheiten ihrer Güter seien nun geordnet; es erwarte sie ein neues, gutes, großes Werk, es sei viel an ihren armen Bauern gutzumachen, aber die Möglichkeiten seien nunmehr auch gegeben.

Er wollte das Fräulein von Wagnitz von Berlin entfernen, der Stadt des Gerichtes über Clement. Er wollte der Geliebten des Abenteurers noch den Weg ins neue Leben weisen.

* * *

Aus der Zeit, in der König Friedrich Wilhelm täglich nach Spandau geritten war, hieß der Schimmel bei den Pferdejungen immer noch „Der Spandauer". Manchmal war das Tor der Festung noch verschlossen gewesen, wenn der König schon die Gasse zum Turm einbog. Manchmal hatte der Herr noch sein Mittagsmahl in Clements Kerker eingenommen. Täglich hatten sich damals der König und der Abenteurer gesprochen.

Als der Herr jetzt doch noch einmal wiederkam, fand er Clement in Ketten gelegt. Der Gefangene schien nicht darauf gefasst, dass er den König wiedersehen sollte; und der König nahm wahr, dass Clements grüne Augen sich bis zum tiefen Schwarz verdunkelten, wie immer, wenn er sehr erregt war. In seinen Ketten verneigte sich Clement tief vor dem König; unentwegt sah er ihn an. Der König umschritt erst schweigend den Tisch, blieb stehen, stemmte dann die Hände auf den Tisch und sagte fast heftig, wohl um den Schmerz zu verbergen: „Jeder muss die Tiefen der Schuld an seinem Teil bis zum Tiefsten auskosten. Ein König wird Räuber, Tyrann, Wucherer, Brandstifter, Mörder."

Der Bleiche, der in seinen Ketten, dem König gegenüber, an dem Pfeiler lehnte, hörte mit gesenktem Haupte schweigend zu. Tränen rannen ihm über das Gesicht und die Hände. Als gäbe es nur diese eine Antwort, sagte er dann leise das Ungewöhnliche und Unvermittelte.

„Gott und der König sind wie die Cherubin über dem Gnadenstuhl, deren Antlitze gegeneinanderstehen. Gott ist ein himmlischer ewiger König, und der König ist ein irdischer sterblicher Gott. Könige, Majestät, Könige im Glauben, sind wandelndes Gleichnis unter den Menschen, sind Hüter der heiligen Ordnung Gottes, für die er sich in seinem Sohne hingab; Haushalter seiner Geheimnisse sind die Könige der Erde – auch dort, wo sie morden."

König Friedrich Wilhelm entgegnete ihm allzu rasch: „Ich bin ein Mann, Baron, der die Hufen seiner Äcker mit der Messschnur berechnet, die Warenballen seiner Manufakturen mit Gewicht und Elle prüft, den Etat bis auf den Pfennig kalkuliert, Montur und Proviant der Armee überwacht."

Der mit den dunkelgrünen Augen nickte.

„Ja, Majestät, und eben darum stellt Gott Sie mitten in seine Geheimnisse. Das Wunder wird nur an den Nüchternen offenbar."

„Wir reden", lenkte der König ab, „von Dingen, die Ihnen in Ihrer bitteren Lage fernstehen müssen. Sie sind vom schwersten Schicksal bedroht. Ginge es nicht um das Recht – ich würde Sie begnadigen. Ich würde Sie zum ersten meiner Räte machen. Sie waren weder mein Untertan noch in meinem Dienste und mir im Grunde also durch keine Pflicht verbunden!"

Clement lächelte. Die Tränen vermochte er nicht von den Wangen zu wischen. Die Ketten waren zu schwer, die Haft war zu lang.

„Es ist nicht schwer, zu sterben", sagte er mit wieder fester werdender Stimme. „Ich bin längst vernichtet. Ich habe den einzigen König gefunden. Keine Vernichtung, Majestät, ist so völlig wie jene, die durch Bekehrung geschieht."

Weiter zu sprechen, hat der Herr ihm nicht gewährt. Finster gebot er ihm Schweigen.

Aber als dies nun gesagt war, meinte Clement zu dem Herrn so frei wie einer, der nichts mehr zu fürchten, wohl aber noch ein Letztes zu vollbringen hat: „Sire, Sie sind durch Gedanken verwundbar."

Der König, ohne dass er noch eine Erklärung verlangte oder darauf einging, bemerkte leichthin: „Ich glaube wohl." Er hatte sich einen Schemel gesucht, ließ sich nieder und sah zu dem Gefangenen auf.

Der hielt ihn mit Blicken und Worten umklammert. „Wer Sie mit Gedanken verwundet, bekommt eine große Macht über Sie."

Der König schien sinnend und still. „Wenn Gottes Geist in ihnen mahnt“, rang er sich dann ab.

Der Abenteurer suchte Mitleid, Trauer und Bewunderung zu verbergen. Er begann kühl aufzuzählen: „Der erste, der Sie mit Gedanken verwundete, war Professor Gundling. Er musste gehen. Ich habe es dahin gebracht. Er war der einzige Nebenbuhler, den ich fürchtete.“

Der König wartete nicht ab, was nun folgen sollte. Er fragte nur: „Soll ich Gundling wieder holen lassen?“

„Nun, wo Sie das Geheimnis wissen – ja. Nun kann er Sie nicht mehr verwunden.“

„Nur wachsamer machen“, schloss der König und senkte den Kopf.

Aber noch einmal drängte es Clement zur Rede.

„Ach, Majestät.“ Da verschlug es ihm die Stimme, und er vermochte nur zu denken: Du Wachender, Lebendiger!

Der König, als wäre es ihm doch nicht so leicht fassbar, wiederholte es leise: „Ja, ich bin durch Gedanken verwundbar.“ Und er fühlte allen Schmerz und alles Fieber, die jene Verwundung ihm brachte, in ihrer unerträglichen Schwere und Glut.

Sie schwiegen jetzt beide. Der König erhob sich.

„Ich werde nicht mehr kommen.“

Die Ketten klirrten nicht. Der Gefangene blieb regungslos.

Nur der Schemel, den der König zurückschob, polterte auf dem steinernen Boden. Die Tür zum Kerker wurde hart geschlossen.

Nun ritt der Herr nicht mehr nach Spandau.

Wie er Städte baute, Regimenter auf die Beine stellte, Handel trieb, Edikte auf Edikte häufte und in dem leichten, offenen Wagen durch die Lande seiner Herrschaft jagte, so ungestüm, so beharrlich begann er sich auf dieses Neue zu stürzen. Er wollte das Wissen um den Sinn seines Amtes ertrotzen, das ihn zwang, einen zu töten, der einem König glich und ein Knecht sein musste, ein Gefangener.

Wo war der Segen, wo der Fluch, wo die Verwerfung und wo die Erwählung? Bei den Gefangenen oder den Richtern, bei den Knechten oder den Königen?

Als der Herr das letzte Mal aus Clements Kerker kam, war er beschattet von der Ahnung, dass Könige vermögen müssen, mehr zu leiden und schwerer zu sündigen als andere Menschen.

Könige sind am tiefsten gebeugt unter Gottes Gericht.

* * *

Ruhelos durchschritt er das Schloss. Es war so still, viel zu still. Die Königin spielte mit ihren Damen schon seit dem Kaffee Toccadilles; und L'hombre, das hübsche spanische Spiel; im engsten Kreise hatte der Herr ihr auch zwei Glücksspiele noch gestattet.

Die größeren Kinder hatten Unterricht. Die Kleinsten lagen noch im Mittagsschlaf. Die Sekretäre waren nicht bestellt, das Arbeitskabinett stand leer.

Jenseits des Ganges war eine Tür nur angelehnt. Der König öffnete sie ganz. Niemand ließ sich sehen. Doch fand er Spuren einer Arbeit, einen Zeichentisch mit Skizzen, eine Staffelei mit aufgespannter, aber unberührter Leinwand; Taburetts mit Farbenbüchsen, Behälter mit Pinseln standen umher. Über einer Sessellehne hing ein Kindermantel von sehr leichtem Hermelin. Der König wusste um die Vorbereitungen für ein neues Gemälde. Die jüngste Prinzessin sollte für die englische Verwandtschaft von Pesne porträtiert werden.

Der König prüfte die Pinsel und Farben. Die alte Lust kam über ihn, was er plante und was ihn bewegte, in flüchtiger Skizze hinzuwerfen. Es war verführerisch, dass er den Pinsel schon in Händen hielt, die Leinwand aufgespannt fand. Er vermochte nicht zu widerstehen.

Litt er um die Not der Bauern – er malte ihren Hof, den Jammer der Frau, den Streit der Männer mit dem Wucherer, die Raben des Unheils über dem Dach.

Ersehnte er gewaltige Geschlechter für seine menschenarme Erde, verlangte er danach, dass der Sand zu blühen und der Sumpf von Ähren zu rauschen begönne – er malte Enaksöhne, ragend und herrlich wie üppige Bäume vor den dürftigen Kiefern der Mark.

Auch Potsdam, die neue Stadt, war ein Bild.

Wo aber gab es je ein Bild des Sinnes?

Er begann, den Denkenden zu malen.

Die Gedanken sollten ihn nicht mehr überfallen aus ewiger Leere heraus, ihn zu verwunden, ihm zu entweichen und unfassbar zu bleiben.

Er musste sie bannen, die ungreifbaren, unbegreiflichen.

Ungefüge zog er die Striche, aber leise tauchte er den Pinsel in die Farbe, mit dem Rot des Lebens das Bildnis des Mannes zu durchströmen, der sich betrachtet, wie einer, der ein Bild anblickt oder im Spiegel sich anschaut in der bangen Frage, wer er sei. Er malte den Mann in dem Bild und dem Spiegel: Er malte das Bild eines Bildes. Aber die Augen des Menschen waren leer vor Suchen und vor Ausschauhalten, leer und unergründlich in einem, als wären sie, immer nur suchend, selbst niemals mehr für eines Menschen Blick zu finden.

Um den Kopf des Mannes zog der König einen Bilderrahmen, als stünde er wie ein Bild in dem Bilde. Von unten her fügte der König einen Spiegel in sein Gemälde; er warf ihn nur in groben Strichen auf die Fläche. Den Spiegel hielt er dem Mann in dem Bilde entgegen, so hart, dass beide Rahmen aneinanderstießen.

Aus dem Spiegel trat zum zweiten Mal das augenlose Antlitz. Mit leeren Augen blickte es sich selber an, zwiefaches Gesicht ohne die Möglichkeit der Selbsterkenntnis.

Der König dachte nicht; er bannte die Gedanken; er malte.

Es war ein Bild von einer harten Hand, ein Bild aus einem schweren Sinn, gemalt von einem, der kurze Rast hielt auf der ruhelosen Wanderung durch die stille, leere, goldene Flucht verlassener Räume, in denen er, ein König, niemals heimisch war.

* * *

Am Abend traf noch ein Brief vom Fürsten Anhalt-Dessau bei dem König ein. Er sollte zur Jagd nach Dessau kommen. Dem König erschien es noch ein wenig zu früh; aber er verstand. Er verließ Berlin sofort. Er ritt mit dem Fürsten; er blieb stundenlang an seiner Seite. Bei den abendlichen Zechereien erschien der König nicht.

Dagegen hatte er gebeten, dass er sich nach der Rückkehr aus dem Walde, sobald er sich nur ein wenig ausgeruht und umgekleidet habe, in das Arbeitskabinett des Fürsten zurückziehen dürfe. Er bat ferner, ihm gegen acht oder neun Uhr noch einen kleinen Imbiss an den Schreibtisch bringen zu lassen. Zur Nacht verabschiedete er sich nicht mehr. Den ganzen Abend schrieb der König.

Der Fürst bot ihm die eigenen Sekretäre an. König Friedrich Wilhelm dankte. Es handle sich um Affären und Projekte, die er noch gänzlich geheim halten müsse, vorerst auch noch vor dem Treuesten.

Die Bedrücktheit des Königs war allen so offensichtlich, dass niemand sich wunderte, als der Herr schon vor der Zeit wieder abzureisen verlangte. Er machte der Fürstin, nach ihrem bürgerlichen Blute nicht fragend, einen artigen Besuch. Ihr teilte er es zuerst mit.

Über sein nächstes Reiseziel äußerte sich der König ein wenig unbestimmt; tatsächlich wusste er es selbst noch nicht. Ihn verlangte nur nach Ruhe für die neue Arbeit, für den eben erst gefassten Plan. Er hatte Woche um Woche verloren über den Geschicken und Gedanken. Nun stürzte er sich wie ein Reuiger auf das Werk; aber noch schwieg er beharrlich. Selbst an dem Abend des Abschieds änderte er nichts an seinem Verhalten und redete sogar von Dingen, wie sie der Dessauer jetzt am wenigsten erwartete. Er sprach von Gundling. Warum, fragte sich der Fürst, in aller Heiligen und drei Teufels Namen gerade Gundling?!

Der Fürst sollte Gundling wiederbeschaffen!

Den Narren? Den Federfuchser? Den Blackscheißer? Den Säufer? Den haltlosen Heuler? Den Undankbaren? Wie kam man zu der zweifelhaften Ehre, mit Verlaub zu fragen, Majestät?

König Friedrich Wilhelm hob die Hand, ein wenig abwehrend. Doch dann erklärte er es ruhig.

Der Fürst hatte in Halle sein Regiment und hielt sich sehr viel dort auf. An der Hallenser Alma mater war Gundlings Bruder ein Professor von Rang. Der musste von dem Flüchtling etwas wissen.

„Soll er mit Gewalt gebracht werden, Majestät?“ Jetzt machte der Gelehrtenfang dem Fürsten schon Spaß.

„Nein“, sprach der König. „Gundling soll Zusicherungen erhalten. Mein Vorleser und Historikus in festem Amt soll er werden. Ich muss ihn wiederhaben.“

Der frische, braungebrannte Fürst, der hochgereckte Mann mit den kühlen, von keiner Schwermut verdunkelten Augen vermochte unmöglich zu ahnen, wie dringend der Herr den eigenwilligen Schwätzer und seine wunderlichen Gedanken, seine absonderlichen Parallelen brauchte und gerade jetzt nach ihnen verlangte.

Fürst Leopold fügte sich; er versprach, auch wenn er den königlichen Freund diesmal durchaus nicht verstand; denn der hatte sehr viel durchgemacht; man durfte ihn nicht gar zu dringlich fragen. Und schließlich galt es nicht mehr, als einem Deserteur nachzustellen. Der Fürst schrieb emsig in der merkwürdigen Angelegenheit. Aber der Alte Schnurrbart schrieb ja so ungeheuer gern, wenn auch wirr und unleserlich und um jeden Preis in jede Silbe ein überflüssiges „h“ einschiebend.

* * *

Erst als sie schon über zwei Meilen jenseits der preußischen Grenze waren, vom Anhaltischen her, gab der König das genaue Ziel an. Aufs Jagdschloss Schönebeck zu sollte man fahren. Nach diesem Schlosse, weil es gar so abgelegen war, hatte er noch nie gefragt. Aber darum war es nun der rechte Aufenthalt für ihn. Da war kein Hof, da gab es keine Gäste, da fand sich weit und breit auch keine Nachbarschaft. Der König hatte vorerst lediglich damit zu tun, das völlig verstörte Kastellanspaar über seine Ankunft zu beruhigen. Seinen Kutscher schickte er gleich in die nächste Stadt, ihm Federn und Tinte und reichlich Papier auf das Jagdschloss zu holen. Der König ließ sich nur zwei Zimmer richten, den kühlen, kleinen Saal mit seinen hohen Bleiglasfenstern nach dem Apfelgarten und, jenseits des gepflasterten Flures mit den Geweihen, eine Schlafkammer.

Jagdschloss Schönebeck in der Schorfheide

Der Wald stieg nahe ihrem Fenster zu einer kleinen Höhe an. Die Federbetten der Frau Kastellanin waren gar nicht schlecht. Nur einen großmächtigen Waschzuber mussten sie dem König noch holen. Früh, mittags und abends verlangte der Herr eine Kanne Brunnenwasser.

Die anderen Zimmer, alle zu ebener Erde in winkligem Kreise um einen kleinen Mittelhof gelegen, sollten bleiben wie sie waren. An Schränken, Tischen, Spiegeln hatten sie nicht viel: Hier standen noch zwei Armstühle vor einem Kamin, dort noch eine Truhe und ein eiserner Leuchter vor rissiger Wand. In der einen und der anderen leeren Stube hatten sich die Kastellansleute sogar mit altem Hausrat, Obstkörben und Handwerkszeug breitgemacht. Der Herr beließ sie ihnen. Seine kleine Geleitschaft schickte er voraus nach Berlin. Er blieb ganz allein.

Aber wenn nun jeden Abend in Saal und Kammer die Lichter angesteckt waren, sah selbst das arme Jagdschloss Schönebeck, das jahrelang wie tot gelegen hatte, nahezu wieder festlich aus. Der flache, schmale Giebel über dem niedrigen Tor trug das kurbrandenburgische Wappen, von Efeuranken umweht; das Schloss lag leicht erhöht in dichtem, wildem Buschwerk; dahinter war der Wald, waren die Kiefern, die Birken, die Sterne.

Die Schönebecker Hunde gewöhnten sich sehr rasch an den Gast. Als der König am Morgen den Küchengarten – er hatte nur die Breite von zwei Beeten – und den strohgedeckten Fachwerkstall mit Kuh und Kalb und Schaf, Ziegen und Hühnern besichtigte, folgten ihm die Hunde schon wedelnd. Tagsüber kratzten sie manchmal an der Tür zum Saal. Aber da hörte der Herr nicht auf sie. Er schrieb und schrieb, wie ein Magister über einem Buche hockt, das ihn berühmt machen soll unter allen Gelehrten der Erde. Nur die weißen Blätter lagen vor ihm und nicht wie sonst die hochgetürmten Aktenstöße, die Urkunden, Rechnungen und Belege. Keine Sekretäre, keine Referenten gingen aus und ein.

Völlig Neues schuf der Herr. Seine Lettern jagten sich nur so. Es war nicht mehr die alte, klare Schrift. Jäh und alle Zeilen sprengend warf er klobige, zerrissene, schiefe Hieroglyphen aufs Papier. dass er so lange seinem Schreibtisch ferngeblieben war, dass er den Bau von Potsdam außer Augen ließ, dass er sein Regiment nicht mehr an jedem Tage selber exerzierte, dass er viel grübelte und in Gedanken war, voller Sorgen und Fragen, und nur den Sinn des Amtes erfassen wellte, als sei dies dringlicher denn alle Tat – nun erwies es sich als tiefe Ruhe der Besinnung vor dem Werk, als ein Atemholen vor dem Ausbruch königlichen Schöpfertums.

Als er müßig umhergelaufen war, verwundet und verzehrt von den Gedanken, hatte er dennoch sein Land um keine Stunde seiner Königszeit betrogen. Nun war es erwiesen. Nun war er freigesprochen. Jedes Blatt, das er auf Schönebeck schrieb, war Rechtfertigung, Beweis und ein eingelöstes Versprechen.

Der König von Preußen und Kurfürst von Brandenburg war daran, die Mark und Preußen, Cleve, Magdeburg und Pommern zusammenzuschmieden. Angesichts der Weltfeindschaft unterwarf er das Zerrissene und Widerstrebende im eigenen Land, das aber tausend Gefahren in sich barg, einer einzigen Ordnung. Fünf Jahre seiner Herrschaft hatten die Notwendigkeit gezeigt, fünf Jahre seiner unermüdlichen Landfahrt hatten ihn die Möglichkeit gelehrt, an die noch keiner glauben wollte. Er gliederte, vereinfachte, glich aus und ergänzte. Er schrieb das einzige Buch seines Lebens: wie sein zerstückeltes, sein allen Feinden offenes, armes Land zu regieren sei, auch wenn er selbst nicht mehr wäre. Aus Landstrichen schuf er ein Reich, aus Ständen den Staat, aus sinnlos vielfältigen und einander widersprechenden Verordnungen ein starkes, klares Gesetz. Er schrieb die erste Verfassung des preußischen Staates; und er hatte die Stunde erkannt, in der solche Niederschrift geschehen musste. Jeden Tag, wenn er nach Spandau geritten war, hatte er bei sich erwogen, wie alle ihn verließen, mit denen er nun ein halbes Jahrzehnt hindurch täglich persönlich oder brieflich in gemeinsamem Werk stand. Er wusste, wie seine Großen nur auf den Augenblick seines Schwachwerdens warteten. Er hatte Äußerungen aufgefangen, die ihm alles verrieten: „Der Chef steckt bis über die Ohren in der Prozessgeschichte, ein Glück", und „Rex hat für gar nichts anderes mehr Auge und Ohr und die Dinge nicht mehr in der Hand!"

Der König war nicht mehr der alte! Man musste in Bereitschaft stehen. Der in Bereitschaft stand, war der König.

In Schönebeck schrieb er die Antwort auf alle ungeklärten Fragen, zog er den Strich durch alle trüben Hoffnungen. Im nächsten Brief nach Dessau durfte er sich dem Freunde schon enthüllen: „Ich habe alles reiflich überlegt und finde alle Tage mehr, dass es meinem Interesse konvenabler ist. Ich schreibe nun wirklich an der Verfassung und Instruktion selber, sie so zu fassen, wie ich gedenke, dass es gut sein wird. Wenn es erst dieses Jahr bestanden haben wird, alsdann werden sie im neuen Kollegium selber darauf kommen – dann wird sich alles kombinieren lassen, ehe ich gedenke, dass es geschieht. Gott, Euer Liebden und ich wissen es, aber keiner mehr. Also bitte, behalten Sie es bei sich. Die Herren werden mir erstlicher Tage den Kopf warm machen, bis ich ein Exempel statuiere, und dann passiere ich in der Welt für einen Cholericus. Ist das meine Schuld? Gott weiß, dass ich gar zu tranquill bin. Wenn ich mehr Cholericus wäre, ich glaube, es würde besser sein, aber Gott will's nicht haben. Ich habe so viel zu tun, alles zu regulieren, dass es gut gehen muss. Hoffe Freitag Abend in Berlin zu sein – und völlig fertig, alsdann der Donnerschlag Dienstag geschehen soll."

Und schon beschied der Herr in strengstem Geheimnis seinen Ersten Kabinettssekretär zu sich. Er forderte ihn auf, des anderen Tages zu ihm zu kommen, nachmittags um zwei Uhr, versehen mit Schreibmaterialien, gutem, starkem Papier und schwarzem, silbermeliertem Heftfaden, und sich so einzurichten, dass er ein paar Tage bleiben könne.

Der König diktierte, ließ sich vorlesen, las wieder nach und korrigierte nochmals, um plötzlich wieder einen völlig neuen Abschnitt in einem einzigen, großen Zuge hinzuwerfen.

Er war schon völlig in dem Neuen.

* * *

Die Bevollmächtigten der auswärtigen Staaten meldeten zu dieser Stunde den vollzogenen Akt der Sühne bereits in jeder dramatischen Einzelheit an ihre Herren und Höfe.

Clements letzte Drohungen hatten zwar noch die Wirkung gehabt, dass Wien seinen einstigen Spion den preußischen Gerichten überließ, aber die preußischen Richter schielten noch ängstlich nach dem kaiserlichen Hof und seinem Rechtsbrauch. Doch der König hatte abermals die Freiheit und Unabhängigkeit seiner Gerichte bestätigt.

Über die Hinrichtung forderte er keinen Bericht an. Niemand durfte auch nur seinen Aufenthalt wissen; nur dass er den Prediger Roloff nach Schönebeck kommen ließ.

Von Clements Folter mit dem glühenden Eisen und seinem Tod am Doppelgalgen schwieg der Pfarrherr von Sankt Peter; auch davon sagte er dem König nicht, dass Clements Leichnam vom Galgen gefallen war und manche ein Gottesgericht darin sahen. Er erwähnte vor dem Herrn allein, dass ein letzter Brief von Clement, in dem er bat, von allen Besuchern verschont zu werden, das „Datum" trug: „Am Tage vor meiner Erlösung."

Von der Galgenleiter herab hatte Clement noch einmal zu all dem Volk am Richtplatz gesprochen: „Wer unter euch zu beten vermag, den bitte ich, ein Fremder in eurem Lande, für euren König zu beten, dass Gott seine Regierung segnen möge um seiner hohen Eigenschaften willen. Betet mit mir, dass der große Gott den Geist dieses guten Herrschers beruhigen möge. Wenn je das Gute dieses Königs nicht alle Male offensichtlich ist, so haben wohl die Untertanen es selber verdient mit ihren lieblosen und dem Lande schädlichen Urteilen. Ich muss nun, weil ich mich an diesem König verging, eines schmählichen Todes sterben. Die Leiden dieser Zeit sind nicht wert der Herrlichkeit, die an uns soll offenbart werden. In den letzten siebzehn Monaten hat Gott es mich begreifen lassen. Als der Gefangene des Königs von Preußen bin ich in viele Geheimnisse des göttlichen Wortes gedrungen. Ich habe einen guten Kampf gekämpft, ich habe den Lauf vollendet, ich habe Glauben gehalten; hinfort ist mir beigelegt die Krone der Gerechtigkeit."

„Die Krone der Gerechtigkeit –", wiederholte sinnend der Herr, „ein guter Totenspruch – für einen König."

* * *

Die Hütte Gottes bei den Menschen

Fromm sein und wahrhaftig sein behütet den König,
und sein Thron besteht durch Frömmigkeit.

Die Bibel

Für Dienstag war alles vorbereitet.

Der Tag war dem des Regierungsantritts nicht unähnlich. Der König befand sich allein in seinem Arbeitskabinett. Im Vorsaal warteten zwölf Herren, die höchsten Beamten des Staates; nun befanden sich unter ihnen schon fünf Bürgerliche, die „Kläffer" geschimpft. So war es auch bei der Generalrechenkammer; so verhielt es sich auch beim Kammergericht. Vergeblich waren alle Vorstellungen bei dem König, nur Männer von Stande und anerkanntem Verdienst für seine hohen Posten zu verwenden. König Friedrich Wilhelm hatte immer nur die Antwort: „Das versteht ihr nicht, ich weiß aus Erfahrung, dass Leute von Stand und Verdienst nicht zu den Geschäften taugen. Sie brüsten sich mit ihrem point d'honneur, wenn sie meinen Befehlen nicht gehorchen wollen."

Mit einem Schriftstück in Händen trat König Friedrich Wilhelm aus seinem Schreibzimmer. Er blieb stehen wie die Herberufenen. Seine Augen schienen übernächtig, aber Haltung, Gesten, Stimme, Sprache wirkten lebhafter denn je.

„Man soll mir künftig nicht mehr zu gefallen suchen auf Kosten des Landes und der Untertanen", begann der Herr so bedeutsam, als leite er mit dem Worte „künftig" einen neuen Abschnitt seiner Regierungszeit ein. „Hole der Teufel lieber meine zeitliche Wohlfahrt, als dass so viele Leute Bettler werden und ich reich! Wer dem König von Preußen in Zukunft weiter dienen will, soll nicht auf des Königs und des Landes – denn diese sind eins – Kosten Profit machen wollen. Er soll der Ehre und Pflicht seines Amtes dienen. Wenn alle, die da unablässig rivalisieren und mit Schikanen gegeneinander regieren, das Generalfinanzdirektorium, das Generalkriegskommissariat und die Generaldomänenkammer, sich erst einmal den blühenden Zustand des Landes und der Untertanen zum Zweck und Ziel gesetzt haben und auf die Erreichung dieses Zieles alle Sinne und Gedanken richten – dann werden sie alle Hände voll zu tun haben; und wenn sie sich zu amüsieren wünschen, so werden sie es nicht mehr nötig haben, mit Prozessen gegeneinander zu Felde zu ziehen und aus meinem Beutel Advokaten gegen mich zu halten. Aber die

Juristen, die armen Teufel, werden bei dieser neuen Verfassung so inutil werden wie das fünfte Rad am Wagen."

Die Herren von Creutz und Grumbkow blickten sich flüchtig an; auch zuckten sie, nur für einander bemerkbar, ein wenig die Achseln. Das Wort „Verfassung" gab zu denken. Der König, der sich so bestimmt auszudrücken pflegte, dürfte gerade bei dieser Rede, die allmählich das Gepräge einer großen Proklamation gewann, nicht nur so allgemein einen künftigen, besseren Zustand im Sinne gehabt haben.

Der König hielt das dicke Bündel groß und dicht beschriebener Bogen während seiner Ansprache fest in beiden Händen, als gehe eine Kraft davon aus und als sei alles Augenmerk nur darauf gerichtet. Grumbkow suchte den König fest ins Auge zu fassen und die eigene Erregung und Betroffenheit zu verbergen.

„Majestät – es bedarf zum besseren Verständnis Ihrer Absichten noch einiger Erklärungen. Unsere Überraschung ist zu groß; Zweck und Anlass sind uns unbekannt; nur dass wir spüren, Majestät haben uns zu einem nicht gewöhnlichen Ereignis herbeordert."

Am König war jetzt ein flüchtiges Lächeln zu bemerken.

„Wenn Sie damit meinen, Herr Minister, dass ich mir erst allen Ärger von der Seele sprechen soll, der mich zu meinem heutigen Schritt veranlasst hat – ich wäre nur zu gern dazu bereit. Aber ich darf nicht Stunden damit hinbringen und kann aus mehr als tausend Exempeln nur die remarquabelsten herausgreifen: Die übergeordneten Stellen haben mich mit allen Mitteln im Unklaren zu halten gesucht, mir nur das Beste und Schönste gemeldet. Die Einzelkammern hatten hohe Schulden. Also haben sie mir wollen weismachen, als ob ich reicher wäre, als ich bin – ergo Wind und Flatterie. Denn ein wahres Plus ist nichts anderes als eine Vermehrung der Staatseinkünfte ohne Schaden und Nachteil der Privateigentümer. Die Kriegskasse gehört ja niemand anders als dem König von Preußen, die Domänenkasse desgleichen. Ich hoffe auch, dass ich allein derselbige bin und keinen Vormund oder Koadjutor nötig habe. Ich will nicht annehmen, dass man verlangt, es solle mit mir wie mit dem Kaiser gehen; der darf nicht mehr sagen, als seine Kollegien haben wollen. Und wie es diesen gefällt, muss der Kaiser unrecht haben. Das werde ich niemals leiden, sondern weisen, dass ich selbst regieren will.

Sie aber bezahle ich dafür, dass Sie ernsthaft arbeiten sollen. Wiederum dürfen Sie versichert sein, dass die alten Zeiten vorüber sind, wo meine Diener durch Verleumdung ins Unglück gestürzt und ungehört verurteilt wurden. Ich höre stets jeden. Wenn aber das Geringste unter meinen Dienern passiert, so werde ich sie vor ein Kriegsgericht stellen und nach den Kriegsartikeln über sie erkennen lassen. Ich habe Kommando bei der Armee und soll nicht Kommando haben bei zehntausend Blackisten? Wenn ich einem Offizier etwas befehle, so wird gehorcht. Was wollen jene hier voraushaben? Fünfzigtausend Soldaten richten mehr aus als hunderttausend Minister –."

In dieser Art nun ging das Sündenregister noch weiter. Es gelte der Maschine die Einrichtung zu geben, dass sie in seiner Hand sei und bleibe, so sicher wie ein gutdressiertes Regiment seinem Obersten. Niemand wusste, worauf es hinauslief. Bald aber gab der König nur zu deutlich an, wer in jedem Falle die Verantwortung trug; und da er Minister und Räte beim Namen nannte, nahm seine Mahnung den Charakter einer sehr deutlichen Drohung an. Wieso sprach aber der Herr von all den misslichen Verhältnissen, als wären sie Vergangenheit? Was hatte sich geändert? Was stand bevor? Ein neuer Strich durch den Etat, ein Ministersturz? Und wirklich, in einer einzigen Wendung dekretierte der Herr die Auflösung der zivilen und militärischen Behörden. „Denn es ist unmöglich", schloss der König die drohende Einleitung ab, „dass dieses Konfusionswerk weiter zu bestehen vermag, ohne mir und meinen Landen und Untertanen den äußersten Schaden und Ruin auf den Hals zu ziehen."

Und damit übergab er dem ältesten Minister, Ilgen, das Bündel Papiere, das bis dahin nur wie ein Konzept seiner Rede erschienen war, und ersuchte ihn, hier sogleich die Instruktion für seine neue Gründung zu verlesen. Als verlange der Augenblick doch eine Art von Zeremoniell, nahm der alte Ilgen Aufstellung unter dem Bilde des Königs. Und mit der Verlesung schon der ersten Zeilen war es klar, dass der König in seinem abgeschiedenen Jagdhaus nicht neue Verwaltungsvorschriften entworfen hatte, sondern eine Verfassungsurkunde schuf, das Grundgesetz einer Monarchie. Er wollte sein Land regieren, wie ein Gutsbesitzer seinen Hof verwaltet, nur dass ihm statt der Anzahl von einigen Morgen aber tausend von Quadratmeilen anvertraut waren und dass es statt der Scheunen und Ställe Städte und Dörfer zu bauen gab.

Wie er alle Kammer-, Dominial- und Schatullgüter in einem einzigen Verwaltungsdirektorium zusammengefasst hatte, wollte er es nun mit allen Zweigen des Staatswesens im ganzen Lande halten, denn die Zahl der Ämter war zu groß, die Zuständigkeiten blieben umstritten, der Mittelpunkt fehlte. Jenes neue, wohlgeordnete Staatswesen aber sollte sich über die Zufälligkeit in der Anwendung menschlicher Kräfte und die Schwankungen der Natur erheben.

Von nun an gab es für die Mark, für Preußen, für Cleve, Pommern, Magdeburg, für König Friedrich Wilhelms ganzes junges Reich nur noch die eine Regierung: das eine Generaldirektorium zu Berlin, in seinem Hause, seinem Schloss – das eine Generaldirektorium in zwei einander völlig gleichgestellten Abteilungen; der einen oblagen die Angelegenheiten des Heeres, die äußere Politik und die Justiz; der anderen unterstanden die Finanzen und allgemeinen inneren Landessachen. Die Provinzen erhielten die entsprechenden Verwaltungs-, Vollstreckungs- und Vermittlungsämter.

Der Kampf um Vortritt und Vorrecht war zu Ende. Alle waren sie ausführende Organe unter dem Vorsitz des Königs, Departementsdirektoren unter ihrem Generaldirektor. Er nannte sich den ersten Diener seines Staates. Ein Gesetz schuf mit einem einzigen Schlage den einheitlich durchgebildeten Beamtenstaat. Fünfunddreißig Kapitel, zweihundertsiebenundneunzig Paragraphen aus der Feder des Königs wiesen dem höchsten Kollegium wie dem letzten Polizeibüttel, Torschreiber, Pack- und Kranknechte der königlichen Manufakturen ihre Funktionen an, und zwar derart genau, als hätte der König Jahr und Tag die Arbeit jedes seiner Diener geleistet.

Er hatte sie alle bei ihrer Arbeit gesehen: die Pächter auf den Krongütern, die Handwerker in ihrer Werkstatt, die Faktoren in den Lagereien, die Räte in den Sitzungssälen. Ihm war nur zu bekannt, dass alle widerstrebten und murrten, von denen Anstrengungen verlangt wurden, und dass ihm nur da völlig gehorcht wurde, wo er selbst anwesend war. Jeder einzelne Satz redete allein die Sprache des Königs; niemand zweifelte, dass jeder einzige Gedanke nur seinem Kopf entsprungen und von seiner Hand zu Papier gebracht sein konnte.

Der König hatte sich während der Vorlesung gesetzt. Er beobachtete die Hörenden. Noch, das spürte er besorgt, hatte keiner begriffen, dass diese harte Stunde für die Zwölf die höchste Auszeichnung bedeutete; dass sie trotz aller ihrer Schwächen, Mängel und Verfehlungen die einzigen Erprobten waren, vor denen er all dies Schwere aussprechen durfte – dass sie sein erstes Generaldirektorium bilden würden.

Einige Male hätte der König einen Einwurf machen mögen, wollte er begründen, überzeugen, werben, so befehlend auch die Form der Instruktion gehalten war. Aber er schwieg bis zum Ende.

Fünfunddreißig Kapitel, zweihundertsiebenundneunzig Paragraphen wurden von den Herren stehend angehört. Aber die Mühe war gering, so kurz, so knapp war jeder Abschnitt, jeder Satz. Solche Sprache war neu. Das waren nicht Verfügungen. Aus jeder Zeile wehte heißer Atem. –

„Die Kommissariatspräsidenten in den Provinzen müssen die Städte ihres Kommissariats so kennen, wie Wir es im Heer verlangen; nämlich: Jeder Kapitän Unserer Armee muss um seine Kompanie so Bescheid wissen, dass ihm all und jeder dazugehöriger Soldaten innerliche und äußerliche Qualitäten vollkommen bekannt sein müssen. Der Vorgesetzte haftet für den Untergebenen; das Generaldirektorium haftet kollegialisch."

Wirklich, war es schon der Schlusssatz?

Der König erhob sich. Noch einmal hatte er ein hartes Wort zu sagen. Aber der Groll war seinem Herzen wieder fern. Er war allein voll Stolz und Ruhe, dieses Werk vollbracht zu haben. Er wusste, es war zur Grundlage tauglich; es konnte durchaus von Bestand sein.

Er sprach sehr ruhig. Und im Gegensatz zu seiner Gepflogenheit, jeden einzeln anzublicken, sah er, die Lehne seines Stuhles haltend, vor sich nieder.

„Vielleicht werden die Herren mir sagen, das Ganze sei nicht möglich. Ich habe so viele Jahre lang Geduld wie von einer anderen Welt bewiesen. Jetzt werde ich noch ein halbes Jahr Geduld haben, dass erst einmal alles en train ist. Sie aber sollen die Köpfe darein stecken; und ich befehle Ihnen hiermit ernstlich, es sonder Räsonieren möglich zu machen. Denn ich bin nach den Prinzipien verfahren, die ich durch die Experienz und nicht aus Büchern gelernt habe. Sie alle aber berufe ich in mein Generaldirektorium. Ich gedenke Sie noch hier zu vereidigen. Doch weiß ich, dass jeder Eid auch Besinnung verlangt."

Diese Worte verband er mit einer grüßenden Geste und verschwand in seinem Arbeitskabinett. Die Instruktion blieb bei den Herren. Die allgemeine Betroffenheit und Ratlosigkeit zu überwinden, bat Grumbkow, noch einen Blick in das Schriftstück werfen zu dürfen. Gleich steckten noch andere die Köpfe hinein, und nach wenigen Augenblicken waren sie alle über dem Manuskript vereint und kamen so am besten über die betretene Stimmung hinweg.

„Dies ist ein Lehrbuch der Regierungskunst", sagte Herr von Grumbkow nachdenklich; und hätte es der König gehört, er würde es lebhaft bekräftigt haben. Genau dies hatte er gemeint: ein Lehrbuch für die Erziehung des neuen Staatsbeamten und Staatsbürgers; genau dies wollte er: Verordnung und Lehre. Es war aber mehr, war Gesetz und Weisheit.

Die Herren blätterten und blätterten. War es echte Beteiligung? War es Neugier, Ungewissheit, Sorge? Oder wollten sie den Eid verzögern, die Stellungnahme der anderen abwarten? Alles das war richtig. Alles das galt.

Meinungen tauschten sie vorsichtigerweise nicht aus. Sie stellten nur fest. Die Departements waren nicht mehr nach Geschäften, sondern nach Provinzen eingeteilt: Preußen, Pommern, Neumark, Kurmark, die Restprovinzen. Für jedes Departement war in der Woche ein besonderer Sitzungstag vorgesehen, aber alle mussten sie auf ihm vertreten sein. Entscheidungen fielen durch Abstimmung. Bei Stimmengleichheit entschied der König.

Clevische, märkische, pommersche, preußische Untertanen sollten gleichberechtigt und nur nach dem Gesichtspunkt ihrer Eignung für den Staatsdienst angestellt werden; aber so dringlich der Herr es sich auch angelegen sein ließ, in den verantwortlichen Stellen nur seine eingeborenen Untertanen zu wissen, durften es nun wiederum in Cleve keine Clever, in Magdeburg nicht Magdeburger, in Pommern keine Pommern sein. Er entwurzelte die Beamten aus ihrer Heimatprovinz; er nahm sie aus dem engeren Vaterlande fort, um sie in dem größeren aufgehen zu lassen, dem Dienste des Königs von Preußen. Alles Private im öffentlichen Dienst war abzustreifen und so gut wie zu vernichten. Fortan erfolgte jede Ernennung auf Vorschlag des jeweiligen Ressortministers, der Vorschlagende aber musste für den von ihm Empfohlenen einstehen. Und um auch jede Anbiederung zu vermeiden, sollten nun auch noch immer wieder häufige Versetzungen stattfinden.

Sämtliche Naturalienbezüge wurden beseitigt, weil sich bei ihnen gar so leicht Bestechung einschlich. Wer mehrere Ämter besaß, musste auch mehrere Eide schwören. Die weiten, findigen gewissen wurden eingekreist. Aller Nebenerwerb sollte fallen. War er unbedingt nötig, so hatte er auf gänzlich anderem Gebiete als dem des Hauptberufes zu liegen; zum Exempel: Kein Forstbeamter sollte Holzhandel treiben; Akzisebeamte durften keinesfalls die von ihnen konfiszierte Ware erwerben, höchstens verderbliche Lebensmittel von geringer Quantität zum Tagespreise.

Der Herr empfahl dem neuen Direktorium, die Kammern und Kommissariate zu überwachen, zu inspizieren und ihnen nie aufs Wort zu glauben. Er schärfte den Departementschefs ein, sich Spione zu halten, ja, jeder Rat sollte seine eigenen haben und sie sich unter den Leuten jedes Standes auswählen: Pächter, Bürger und Bauern. Auf diese Weise würde man teils falsche, teils auch wahre Nachrichten erhalten und bei vernünftiger Beurteilung Wahres und Falsches wohl unterscheiden, auch wo es um Minutissima ging. Alle Berichte aber waren zu prüfen, ob auch nicht menschliche Affekten und Intrigen unterliefen.

Die Instruktionen der höheren Behörden mussten streng geheimgehalten werden, „ohnerachtet sie an und für sich auf aller Räson und Billigkeit beruhen. Aber es könnte doch diese und jene ungleich angesehen werden".

Hohe Titel zu führen, Bezüge zu empfangen, doch auf seinen Gütern oder auf Reisen zu leben, war nicht mehr möglich. Die höheren Beamten, ein völliges Novum, hatten an dem Ort ihrer Amtstätigkeit zu leben, dem mancher bisher Monat um Monat ferngeblieben war. Der Urlaub war genau geregelt, der Plan der Dienstreisen festgelegt. Es sollten nicht zu viel Mitglieder eines Kollegiums auf einmal weggeschickt werden. Dienstreisen außerhalb des Dienstbezirkes – Sonderfahrten „jener schlechten, miserablen Räte, so nur Diätenräte sind" – waren untersagt.

Die Geschäfte sollten „collegialiter", nicht aber wie bisher in den Häusern „traktiert" werden. Auch in der Provinz war genaue Kontrolle über die Beteiligung an den Sitzungen durchzuführen.

Kabinettsangelegenheiten hatten in vierundzwanzig Stunden erledigt zu werden. Das stand einzig da.

Als er die letzte Seite umwendete, lächelte Grumbkow ein wenig. Dem von seinem Sekretär geschriebenen, schön gehefteten Schriftstück hatte der König nun doch noch viele Blätter in letzter Stunde hinzugefügt, Notizen in riesigen und klobigen Lettern, ohne Linien und Zeilen – als Letztes die Bemerkung: „Die Herren werden wohl mein Sentiment verstehen, da es doch nicht cirl und ottographisch geschrieben ist; sie sollen es aufs Reine bringen und keine Pungks vergessen und mir wieder schicken."

Creutz stand versonnen. Er würde nicht aus Preußen gehen; der Entschluss war gefasst. Alle Kassen des Reiches, das allein sah er aus den Artikeln, waren in seine und des Königs Hand gegeben. Er begriff seinen

Aufstieg, auch wenn er ihn vielleicht mit dem Verlust eines prächtigen Titels würde bezahlen müssen. Er stand schon zu hoch, um noch um seinen Rang zu zittern, er, der einst den Tod im Wasser suchte, weil er die Erniedrigung eines armen Mannes nicht ertrug. Ob es die neue Verfassung anging oder die alte Not des Ostlandes betraf – alles war ihm nur Anlass, mit der Zahl zu triumphieren, ihr das Leben zu unterwerfen, Preußen zum Rechenexempel zu machen. Hatte ein anderer den Herrn durch Gedanken verwundet und wehrlos gemacht – er wollte ihn mit der Ziffer beherrschen.

„Der König erwartet uns“, sprach Grumbkow, der den Stummen und Sinnenden beobachtet hatte, und reichte Ilgen die Instruktion zurück. Der öffnete selber die Tür, denn Diener durften heute nicht zugegen sein, und führte die Minister und neuernannten Departementschefs zum König. Der Herr sprach ihnen den Eid vor.

Die Zwölf legten ihre Rechte in die Hand des Herrn. Fünf unter ihnen waren Bürger. Europa würde wiederum zu reden haben.

Nachher, als alles wieder lockerer und leichter wurde nach solch ernster Stunde, sagte König Friedrich Wilhelm zu Grumbkow, die Leistung bedenkend und die Ferne und Fremdheit des Herzens um des Verdienstes willen überbrückend: „Ihr allein habt Eure Sache immer gut gemacht. Euer Kollegium diente mir immer gut, und die anderen, die es noch gut machen, beschränken sich darauf, Euch nachzuahmen. Aber die Machtstellung eines Premierministers kann es in Preußen nicht mehr geben.“

„Dafür werde ich in der unmittelbaren Nähe Eurer Majestät arbeiten dürfen“, antwortete der Große, Dunkle, Satte seinem jungen Herrn. Aber es war nur die Artigkeit eines Höflings. Der König wusste, wie allein er war.

Die anderen fanden sich nicht so rasch in einen gewandten oder gar leichteren Ton zurück. Noch einmal war ihnen ihr jugendlicher Herr als der Wilde, Harte, Ungestüme begegnet. Das wirkte noch nach, zumal es in einem Augenblick erfolgte, in dem man ihn tatenlos, bedrückt und gedemütigt glaubte.

Keiner bemerkte, dass König Friedrich Wilhelm, als er sie mit freundlichem Worte und höflicher Neigung des Hauptes entließ, ein verfallenes Antlitz hatte.

* * *

In aller Heimlichkeit schien der Herr nun endgültig unter die ihm verhassten Schreiber gegangen zu sein. Die Eintragungen, die er in dem „Minutenbuch" seines Königsdienstes vornehmen ließ, genügten ihm nicht mehr. Begann er gar, der neuen Mode folgend, seine Memoiren aufzuzeichnen? Denn was er jetzt, nach der großen Konferenz mit den Ministern, niederschrieb, war nicht Edikt, Mandat, Reskript und Instruktion wie sonst; es war auch kein Brief, etwa für den Freund in Dessau bestimmt.

Unter dem Übermaße eines ungeheuren Eindrucks fand der König nur die eine Möglichkeit einer Befreiung; er schrieb ein Tagebuch von einer Seite.

Vergessen war die Gründung des Generaldirektoriums; kein Wort mehr von ihr. Nichts erfüllte ihn als das Gefühl seiner Ohnmacht, dass aller Wille zur Ordnung an den Grenzen der fremden Reiche zerbrach, dass er in der trüben, papierenen Sturmflut, die über Europa hinging, mitgerissen wurde; dass er eingespannt war in das Netz der Verträge, die nichts als Krankheit, Lüge, Wirrsal bargen. Sie quälten ihn zu Tode damit, er müsse neue Traktate schließen, um das durch Clement in Europa ausgesäte misstrauen wieder aus der Welt zu schaffen. Er litt an der Lüge Europas, als sei sie seine alleinige, ureigenste Schuld.

„Wollte Gott", das war der Anfang seines Tagebuches, das er über diese Zeilen nie mehr fortführen sollte, „ich hätte nicht versprochen, den Traktat zu schließen; es ist ein böser Geist, der mich regiert hat; jetzt werden wir stürzen; das ist, was meine falschen Freunde wollen. Möchte mich Gott von dieser bösen Welt nehmen, ehe ich signieren muss; es ist hier auf Erden nichts als Falschheit und Betrug; ich werde erklären, dass ich den Mantel auf zwei Schultern tragen muss. Ich werde Gott bitten, mir beizustehen, wenn ich eine Rolle spielen muss, die sonderbar ist; aber ich spiele sie ungern, denn es ist nicht für einen honetten Mann; ich signiere den Vertrag, aber ich halte ihn nicht und werde dann, wenn ich die Maske abwerfe, der ganzen Welt sagen, was die falschen Freunde mit mir vorhaben. Ich bin noch zu jung; ich verstehe es nicht. Aber ich werde signieren mit der Feder, und das Herze wird wie der Teufel falsch sein und nichts halten, was gegen bestehende Verträge ist. Es muss so sein, ich werde dadurch klug werden und werde die fourberien decouvrieren ... Ich werde ein Clement werden, ein Spion, die falschen Freunde wollen es ja haben. Gott sei Dank, dass mir Gott den Verstand gegeben hat."

Dieses Schriftstück befahl er im Archiv zu verwahren, „den Nachkommen zur Lehre, sich zu hüten, solche Freunde anzunehmen und meinen schlimmen, gottlosen Maximen in diesem Traktat zu folgen, sondern die Freunde, die man einmal hat, beizubehalten und die falschen Freunde abzuweisen; deswegen ermahne ich meine Nachkommen, noch eine stärkere Armee zu halten als ich; darauf ich leben und sterben werde."

Er sah sich auf dem Wege, um der Politik willen etwas zu tun, was anderen als höchste politische Meisterschaft galt, ihm aber tiefste Verworfenheit bedeutete. Doch gab er den Gedanken, über die nachts durchwachten Stunden hinaus, keinen Raum mehr. Er arbeitete mit der Regelmäßigkeit des Pendelschlages; er wandte sich auch wieder der Familie zu, die Jahr um Jahr so schmerzlich fernblieb.

Er fand die Zeit, mit seiner Frau und den beiden ältesten Kindern den nächsten Geburtstag der Prinzessin Wilhelmine sehr festlich in Charlottenburg zu feiern.

Dieses Schloss schien wieder mehr in Aufnahme zu kommen. Der König gab hier seiner Tochter ihren ersten Ball.

Über das Geschenk des Vaters war sie ein wenig enttäuscht. Der König hatte sie mit Poinçons, Schmuckhaarnadeln von unechten Steinen, bedacht. Die Prinzessin hatte sie sogleich besichtigt, die Mama besucht und ihr gesagt, dass Papa ihr etwas überreiche, das nicht echt scheine. Danach hatte sie die gleiche Klage noch einmal mit vieler Betrübnis bei ihrer neuen Hofmeisterin angebracht und hinzugefügt, sie wisse wohl, dass ihr Papa nicht viel weggebe; sie müsse nun die Poinçons wohl einmal in die Haare stecken, wolle aber hoffen, dass der König auf bessere Gedanken kommen und ihr echte Juwelen schenken werde.

Einen reichlichen Monat später galt es den Geburtstag Seiner Majestät zu begehen. Das Königspaar verlebte diesen Tag bereits im Jagdschloss Wusterhausen, das man eigentlich erst drei Wochen später, im September, zu beziehen pflegte.

Prinzessin Wilhelmine, von Charlottenburg noch ganz berauscht, arrangierte eigenmächtig ein Gartenfest für die kleinen Geschwister im Park Monbijou. Der König vernahm es mit Unwillen, dass seine älteste Tochter ihm zu Ehren schon Feste gab. Das war zu viel Selbständigkeit, zu große Verschwendungssucht, zu verfrühtes Repräsentationsgelüst.

Der König selbst empfing nur einige vertraute Gratulanten wie die Minister und Räte des Generaldirektoriums. Man merkte, wie er bei jeder Begegnung mit ihnen noch von dieser neuen Gründung erfüllt war. Denn selbst bei der Begrüßung und dem Dank für ihre Glückwünsche bemerkte er, als handle es sich nicht um eine Geburtstagsvisite, sondern eine Sitzung: „Wie die Herren das letzte Mal bei mir gewesen, haben wir etwas hart miteinander gesprochen, weil es die Materie so mit sich brachte. Sie werden dennoch auch gestehen müssen: wenn Sie mir räsonable Vorstellungen gemacht haben, bin ich auch räsonabel gewesen und habe mich gerne finden lassen."

Danach ließ König Friedrich Wilhelm zum ersten Mal wieder den zurückgerufenen Gundling vor sich kommen. Es geschah, von beiden Seiten, ohne Besonderheit. Gundling trat sicher und in seiner alten Weise auf. Von seinem Geburtstagsangebinde machte er ein ziemliches Wesen; endlich könne er dem König – und eben dies sei seine Gabe – einen wahrhaft schweigsamen Mann als Geheimsekretär für neue, geheime Schreibarbeit auf Schloss Schönebeck benennen: Thulmeier aus der Gasse hinter der Spreegassenbrücke; der sei ihm noch aus Bleusets Schenke wohlbekannt. Und er erzählte von jenen Diensten, die der Schweigsame dem armen Volke leistete, und meinte, es sei besser, er diene dem König.

Und wahrhaftig nahm der König es ernst auf; es sei ein großer Mangel an Schweigern im Lande, der größte Mangel von allen; was an Fertigkeit im Schreiben fehle, werde er ihn lehren lassen. Thulmeier wurde noch nach Wusterhausen befohlen. Der Herr wartete gar nicht erst ab, bis er selbst nach Berlin zurückkehrte.

Sodann erkundigte sich der König, was Gundling während seiner Abwesenheit von Berlin wohl Neues gehört oder gesehen habe.

„Das Allerneuste aus dem letzten Halbjahrtausend vor Christi Geburt", fiel der Professor auf der Stelle ein. „Es war da ein junger Prinz in einem armen Lande; der brachte den Goldmacher seines Vaters an den Galgen. Der gleiche Prinz, als er dann König war, verfiel aber selber einem großen Zauberer, der von Schloss zu Schloss reiste; und dass er ihm verfiel, geschah nur, weil der Gaukler nicht mit falschem Golde, sondern mit Gedanken seine Zauberkünste trieb. Und es hätte leicht geschehen können, dass er den Zauberer zum obersten seiner Räte erhob, denn der mächtige, junge König, der vor gar nichts Angst empfand, hatte eine große Furcht vor der Macht der Gedanken –"

Der König unterbrach nicht nur; er gebot der Unterredung ein Ende; er sprach: „Ihr seid doch mutiger als ich dachte, Gundling", entließ den Professor und blieb für den Rest des Geburtstagsmorgens bei der Arbeit.

Über Mittag hielt er sich mit dem kleinen Kreis seiner Gäste und mit der Königin im Hirschsaal auf. Man war allgemein erfreut, dass nicht wie sonst im Schlosshofe unter den Bäumen oder unter dem Baldachin des Türkischen Zeltes gespeist wurde. Denn bei solcher Hitze, wie sie gegenwärtig herrschte, war der Schatten der Bäume eine geringe Linderung. Die Kühle des alten Gemäuers war eine Wohltat, ja, Notwendigkeit. Zum größten Befremden aller Wusterhausener ließ der König am Spätnachmittag sein eigenes Zimmer plötzlich heizen. Das Feuer loderte groß im Kamin. Der König im blauen Rock saß dicht davor. Man sah sich an; man wagte nichts zu bemerken; die Königin zog sich zurück. Gegen Abend behauptete der König, es komme von draußen doch kälter herein, als ein Mensch es sich von solch schönem Sommerabend denken könne. So ließ er noch die Fenster schließen. Es erregte aber nicht mehr so viel Aufsehen, weil die Berliner Herren schon nach der Residenz zurückgefahren waren und der König den Befehl nur seinem Kastellan gab; sonst war niemand zugegen.

Aber als am nächsten Tage Prinzessin Wilhelmine aus Berlin eintraf, fand auch sie den Papa, am Kaminfeuer schreibend, bei geschlossenen Fenstern.

„Ich muss das Reißen haben“, meinte der Vater; so schmerzte ihn der Kopf. Er vermochte vor Schmerzen den Nacken kaum zu bewegen; wie wunde Stränge lief es den Rücken herab, zog sich über die Schenkel, die Beine, zerschnitt noch die Fesseln. Als er sich nach der Begrüßung seiner ältesten Tochter – übrigens bekam sie nur sehr geringe und milde Vorwürfe wegen des Festes in Monbijou zu hören – wieder an seine Schreibarbeit setzte, glitt ihm die Feder immer wieder aus. Erst fielen die Zeilen, als zöge einer den König am Ärmel, immer tiefer zur äußersten Ecke der Seite; dann war das Unglück geschehen mit verschobenem Blatt, vergossener Tinte; der Kopf sank vornüber.

Der König schrak auf, als wäre er aus plötzlichem Einschlafen geweckt. Was mochte alles das mit „Reißen“ zu tun haben – die große, große Mattigkeit vor allem, die schreckliche Benommenheit. – Mehrmals setzte er zum Schreiben an, legte die Feder hin und lief im Zimmer auf und ab, maßlos unruhig an Stühlen und Tischen herumrückend. Sekretäre ließ er nicht kommen. Er wollte keine Beobachter haben, wie schwer die Arbeit ihm fiel und wie ihn seine Schmerzen außer Fassung brachten. Nein, niemand durfte Einblick haben, wie erschüttert, wie erschöpft er war.

Und wenn nun die Jagden begannen? Der König wusste sehr genau, dass er den Eindruck des Frischen, Planenden, Beherrschenden nicht mehr aufrechtzuerhalten vermochte. Und was hing für das Land davon ab!

* * *

In der Umgebung der Königin – auf Wusterhausen war sie niederdrückend klein – erregte es außerordentliches Aufsehen, dass der König die Bitte aussprach, Prinzessin Wilhelmine möge ihre Aufgaben in seinem Zimmer erledigen. Das erschien der Königin zwar sehr sonderbar, doch ungefährlich, ja, es versprach ihr manchen lohnenden Einblick. Wie sollte sie erraten, dass der König die Einsamkeit nicht mehr aushalten, die Gegenwart von Zeugen seiner Schwäche aber nicht ertragen konnte.

Zwischen der Königin, der Hofmeisterin Léti und der Kammerfrau Ramen wurde viel darüber geredet, dass nun die Prinzess tagsüber in die Zimmer des Königs übersiedeln sollte. Der Prinzessin wurde noch von Mama und Gouvernante klargemacht, welch bedeutsamen Akt dies darstelle. Jeden Abend müsse sie genau berichten, was von früh bis spät beim König geschehe.

Schon vor sieben Uhr früh richtete die Ramen das Kind mit den unechten Poinçons vom Geburtstag, mit Spitzentuch und Schleifen zurecht. Der König übersah das alles. Früh um sieben saß er schon am offenen Feuer, aber nicht so adrett gekleidet wie sonst.

„Es drückt mich alles“, entschuldigte er sich vor der Tochter, „es beengt mich.“

Dann kritzelte er an seinen Schriften. Statt zu stöhnen, hustete er manchmal – sehr häufig; und ganz ängstlich sah er auf die kleine Tochter, ob die auch nichts von unterdrücktem Stöhnen merkte.

Für Wilhelmine war auf einem erhöhten Fenstertritt ein Arbeitstischchen hergerichtet. Dort lernte sie eifrig, namentlich die fremden Sprachen, für die hohen englischen Verwandten und die unbekannten Königreiche, deren eines sie einmal, so behauptete Mama, selbst als Königin beherrschen würde.

Ihre Mahlzeit kam aufs Zimmer. Der müde, frierende Mann konnte nicht mehr eine Stunde allein sein. Bei Tische quälte er das Kind, es müsse mehr von allem essen; er lobte es, wie gewandt es mit Messern und Gabeln hantiere; ob das Fritzchen in den Tischmanieren auch so firm sei?

„Frierst du auch?“

Die Fragen überstürzten sich; dann wieder tiefes, langes Schweigen. Der König sah gedankenverloren ins Feuer. Die Bären tappten. Die Adler an den Ketten schleppten ihre Kugeln. Das Kind verging vor Hitze und Langeweile.

Erst abends gegen zehn Uhr sagte der Vater seiner kleinen Tochter gute Nacht, küsste sie auf die Stirn, bedankte sich, nannte sie auch sein braves Kind und dachte mit keiner Silbe daran, dass er sie als Gefangene hielt. Er vermochte nicht mehr allein zu bleiben.

Jetzt endlich, so spät, flog Wilhelmine ihrer Mutter an den Hals. Dann erschrak sie, verneigte sich und küsste der Königin die Hand. Nun erst umschlang die Mutter ihr Kind. Mama und die Léti unterbrachen ihre ewigen Patiencen. Die Damen unterzogen Wilhelmine einem Kreuzverhör. Aber die Prinzessin hatte ihnen nichts zu sagen. Daraufhin galt sie als politisch verschlagen, aber begabt. Bezüglich ihres Gatten kam die Königin zu der Meinung, er habe das kalte Fieber. Alle Anzeichen sprächen dafür. Nach großen inneren Erregungen habe sie selbst es auch schon oft gehabt. Die Léti versicherte es von sich desgleichen. Die Ramen, die im Nebenzimmer bei geöffneter Tür sehr emsig stickte, von der Königin befragt, kannte nur Ziegenpeter. Manchmal tat sie wunderbar dumm.

Immerhin fand man den König so schonungsbedürftig, dass man die neueste Botschaft aus Berlin zu verschweigen beschloss. Die zweite Prinzessin, des Vaters „Ike“, und Prinz Carl Ludwig Wilhelm waren krank. Das war eine Kinderstubenangelegenheit, schien nur eine leichte Ruhr. Die Damen redeten überaus verständig davon.

Wilhelmine gestand, sie sei ebenfalls krank; vielleicht sei es von dem Kaminfeuer, den geschlossenen Fenstern –.

„Sie haben uns bereits berichtet“, unterbrach Mama sehr kühl. „Nehmen Sie Ihr eigenes Befinden nicht zu wichtig. Dagegen dürften Sie sich auf die Verpflichtungen einer späteren Königin mit größerem Ernste vorbereiten. Es wird noch einmal mehr von Ihnen verlangt werden. Und im übrigen“, Schloss Mama nun erheblich gereizt, „könnten Sie mir jetzt zum ersten Mal endlich einen der feierlich versprochenen Dienste leisten. Der König gewährt Ihnen die Gnade, Sie den ganzen Tag an seine Seite zu ziehen. Ich lasse Ihnen die Güte widerfahren, dass ich Sie freigebe. Zeigen Sie sich also dankbarer und melden Sie mir künftig mit etwas größerer Frische, was bei Ihrem Vater vorgeht.“

Die Gouvernante und die Kammerfrau hatten ein tiefes Verständnis für die Gereiztheit Ihrer Majestät. Es musste bitter schwer sein, nach so großem politischem Erfolge, wie die Haltung der Königin gegenüber Clement ihn bedeutete, nicht im Mittelpunkte höfischen und diplomatischen Getriebes zu stehen, sondern in die Einsamkeit von Wusterhausen verbannt zu sein. Die Léti versicherte es Ihrer Majestät mit sehr gewandten Worten; die Königin lächelte bescheiden und mischte ihre Karten von neuem. Prinzessin Wilhelmine, sehr beschämt und blass, bat, sich verabschieden zu dürfen. Entlassen, stürzte sie sogleich in den nächtlichen Garten, der Notdurft halber; sie hatte Qualen auszustehen.

Am nächsten Tage schickte man sie nach Berlin zurück. Die Königin, welche nur gesunde, heitere Menschen um sich sehen wollte, pflegte Krankheiten ablehnend, ja geringschätzig zu behandeln. Aber sie fand natürlich gut, Wilhelmine fortbringen zu lassen. In Berlin hatten die Kinder ihren ständigen Arzt; auf Wusterhausen war eine Pflege ohne große Unbequemlichkeiten kaum durchführbar.

Da die Prinzessin fehlte, kam der König zu Tisch.

* * *

Nachts klopfte ein Meldereiter am Tor. Die Bärin trottete heran; die Hofhunde bellten; die Adler, von dem Schein der Stallaternen geweckt, rollten ihre Kugeln an den Ketten hin und her. Der Bote kam von der alten Madame de Montbail, die das Zimmer der beiden kranken Kleinen seit Tagen nicht mehr verließ.

Die Kutsche mit Prinzessin Wilhelmine und der Ramen, welche sie begleitete, und der Reiter der Montbail hatten sich gekreuzt. Am Abend lieferten sie die fiebernde, dauernd sich erbrechende, Blut und Schleim von sich sondernde Wilhelmine der alten Montbail aus. In der Stunde zuvor war Prinz Carl Ludwig Wilhelm gestorben.

Als der Bote mit der Todesbotschaft auf dem Jagdschloss einritt, war der König als letzter noch wach. Er wanderte, schon in Schlafrock und Nachthemd, im Arbeitszimmer neben seiner schmalen Kammer auf und ab. Nun griff er zum Licht, ging selbst bis zur Treppe, winkte und bedeutete, recht leise zu sein, damit man die Königin nicht störe, und ließ den Boten zu sich kommen.

Auch als er nun wusste, was der ihm brachte, ließ er die Gattin nicht rufen. Mochte die eine Nacht ihr noch gegeben sein, in der sie ihr Unglück nicht ahnte.

Es schien, als müsse der Herr jetzt unaufhörlich sprechen. Dazwischen verlangte er neue Scheite fürs Feuer. Der Reiter flüsterte dem Diener zu, es sei so unerträglich schwül, dass sicher ein Gewitter aufziehen werde. Der König wollte den Armstuhl erst hierhin, dann dorthin gerückt, die Fenster geöffnet, die Fenster geschlossen haben. Er bettelte fast um jede Einzelheit vom Tode des Sohnes, vom völlig unerwarteten Tode. Der König hatte trockene, spröde Lippen. Immerzu war sein Mund wie zu tiefem Atemholen geöffnet. Er sah sehr unruhig vom Diener zum Reiter, vom Reiter zum Diener. Aber Ewersmann behauptete bei sich, er blicke sie beide nicht an.

Seiner Frau begegnete er zuerst, als sie am Morgen die Treppe zum Hirschsaal herunterkam. Der König stand drunten, zur Seite des Geländers. Er hielt den Kopf gesenkt und sah erst allmählich mit einem langen Blicke zu ihr auf. Es lag doch viel Anklage darin.

Die Königin war durch die Ramen schon von allem unterrichtet.

„Ich habe nichts gewusst", sagte der König.

Die Königin zerpresste ihren Spitzenschal zwischen den Händen; sie blieb stehen. „Wir wollten Sie verschonen. Kinderkrankheiten –" Sie würgte an dem Wort und begann nun zu weinen. Das nahm dem König die Fassung. Er eilte die Treppe hinauf, die Stufen ihr entgegen; er wollte sie in seine Arme schließen. Sie stand unbewegt, sah an ihm vorbei, sah ins Leere.

„Meine Söhne", hauchte die Königin, „immer wieder die Söhne –."

Stets von neuem machte sie den Irrtum seiner Liebe möglich.

Plötzlich wurde sie sehr unruhig. Sie stieß die Léti, die sie zum König geleitet hatte, beinahe zur Seite und fasste die Hände des Gatten.

„Sie müssen sofort nach Berlin schicken, alle Ärzte benachrichtigen – wenn dem Kronprinzen etwas geschieht!"

Der blasse Mann sah von ihr weg. „Das Fritzchen ist gesund. Aber die Töchter –. Wilhelmine, Ike –"

Er stützte sich auf das Geländer. Aber da er sogleich fürchtete, dass man es bemerken könne, begründete er es rasch dadurch, dass er hinunterrief, man möge die Wagen nach Berlin einspannen.

Die Königin, sehr ernst, sehr still, fragte: „Welche Anordnungen gedenken Sie für die Trauerfeierlichkeiten zu geben, in Anbetracht der Krankheit der Prinzessinnen?"

Er wandte sich wieder ganz zu ihr hin, gebannt von dem Wunder ihrer Fassung. „Du bedenkst alles –. Ich werde einige Zeilen voraussenden", fügte er nach kurzem Schweigen hinzu und verschwand in dem Hirschsaal. Er schrieb aber nicht. Er verkroch sich in den großen Lehnstuhl, saß seitlich in ihn gekrümmt; ihn fror bitterlich. Und das Gefühl von Schwere und von Schwindel wuchs und machte ihn benommen wie ein Traum. Ach, er, er wollte der Herr sein strahlender Legionen von Giganten; er, er, der Vater einer Schar von starken Söhnen! Nun würden sie kommen, ihn zu verklagen. Nun würden sie nahen, die drei dürftigen Männlein, trippelnd und sehr schwächlich: in Kronen und in Hermelin die beiden ersten Söhne; im roten, langen Seidenkleidchen, die dünnen, braunen Haare etwas feucht auf schmaler, wächserner Stirn – so wie er ihn zuletzt in einem Gang des Schlosses vor den Zimmern der Schwestern sah – Carl Ludwig Wilhelm. Niemals hatten sie einen Kosenamen für den sanften, ernsten Kleinen gefunden; immer trug er den langen, vollen, feierlichen Namen.

Nun würde er kommen, mit den Brüdern in den Kronen: wächsern, das Haar feucht vom Schweiß des Sterbens, die grauen Augen geschlossen –.

* * *

Die Trauerfeier in Berlin fand an einem späten Abend in der Schlosskapelle statt. Nur die Prinzen und Prinzessinnen vom Geblüte und die höchsten Würdenträger waren geladen. Es war sehr warm in dem von violettem Samte und schwarzem Flor so dicht verhängten Gewölbe; zudem war auch die Fülle der Kandelaber und Fackeln sehr groß.

Während der Beileidsbezeigungen, Gesänge, Ein- und Aussegnungen dachte der König nur an seinen Sohn Friedrich. Schmal und blass, erschüttert, erregt und zu dieser Stunde völlig übermüdet stand der Prinz am Sarg des Bruders vor der Ehrenwache. Der König hätte ihn an der Hand nehmen wollen, mit ihm wegzugehen und all dies trübe Feiern hier sich selbst zu überlassen. Nach der Beisetzung empfing die Königin noch in ihren Räumen. Zur frühen Nacht, kaum dass die Trauergäste sich entfernten, wurden König und Königin an Wilhelmines Bett gerufen.

Die Léti, die Ramen, die alte Madame de Montbail, Doktoren und Kinderfrauen für die Pflege umstanden das Bett. Gelbsucht und Fleckfieber waren erkannt. Die Eltern scheuten die Ansteckung nicht, in dieser Stunde tat es auch die Königin nicht. Die Verzweiflung der Eltern schien ohne Grenzen. Wilhelmine lag teilnahmslos.

„Sie werden alle sterben“ stöhnte König Friedrich Wilhelm, „es ist wieder da, dass alle meine Kinder sterben.“

Die alte Montbail sah sehr ernst auf Wilhelmine. Sie hatte an den Wiegen und Sterbebetten zu vieler Hohenzollernkinder gestanden.

„Das ist nicht der Tod, Majestät", sprach sie erfahren.

Als Wilhelmine wieder reden konnte, kam der König gleich zu ihr. Aus Freude, sie einer so großen Gefahr entronnen zu sehen, befahl er ihr, eine Gnade von ihm zu erbitten.

Es musste der Prinzessin schon viel besser gehen, denn wie der Blitz fuhr es ihr nur so heraus, man möchte sie fortan wie eine erwachsene Person behandeln und ihr auch die Kleider geben, die dazu gehörten. Der König sagte auf der Stelle ja und lächelte zum ersten Male wieder. Die Königin, als sie von dieser Szene am Krankenbett Wilhelmines erfuhr, soll böse gewesen sein.

Erst nach Wochen war Wilhelmine genesen. Sie legte den Kinderrock ab und trat in einem neuen Kleid und Mantel, Geschenken des Vaters aus seinen Manufakturen, vor die Königin.

Die musterte sie kühl.

„Das ist ja ein artiges, kleines Figürchen – es sieht wie ein Tropfen Wasser dem anderen einer Zwergin ähnlich."

Danach schalt sie ihre Tochter tüchtig aus, dass sie sich an den Vater gewendet habe, um eine Gnade zu fordern.

Was gingen einen König seine Töchter an.

Fritz, wenn er in diesen Tagen seinen Vater sah, verneigte sich tief und wich ihm rasch und ängstlich aus.

So starr sah der Vater auf den letzten Sohn.

Endlich hieß es, König Friedrich Wilhelm werde wieder reisen. Dem Herrn war nur für wenige Wochen Zeit gelassen, am Schreibtisch zu sitzen und Verhandlungen zu führen. Nur für wenige Wochen durfte es so scheinen, als könne sich das Leben eines Königs immerhin in äußerer Ruhe im Arbeitszimmer, in Sitzungssälen und Amtsstuben abspielen. Er reiste wieder und wieder, um endlich zu erkennen, dass seine Landfahrt überhaupt nur im Dreijahresturnus zu bewältigen war. Er rechnete, was die Heilung seines wunden Landes anging, in Siebenjahres- und, was den eigenen Arbeitsplan betraf, nun in Dreijahresplänen. Das Cito! Cito! begann zu verstummen.

* * *

Aus England waren Bilder eingetroffen.

Antoine Pesne

Pesne, vom König selber an den Hof nach London entsandt, war heimgekehrt mit seinem Schatz, den der König nach dem Tode des Söhnleins zum Trost für seine Gattin hergebracht wissen wollte: den Porträts des Königs von England und Kurfürsten von Hannover, des Prinzen von Wales und Kurprinzen von Hannover, der Frau Kur- und Kronprinzessin und ihrer beiden Kinder.

Der König, vor der Abreise zu den Regimentern bereits in Staubmantel und Stiefeletten, nahm an der Besichtigung noch teil.

Er, der seine Künstler verjagte, schien einem Pesne auf rätselhafte Weise wohlzuwollen; die Freudigkeit, mit der ein Pesne am Werke war, hielt den König seltsam stark bei dem zartesten aller Künstler, die je im blassen Licht der Mark Brandenburg in sanften Farbenspielen schwelgten. Einen Pesne aber band die Hoffnung an Berlin, hier der Erste statt in Paris der Zweite zu sein.

Dem König schien es Schmerzen zu bereiten, wenn er sich zu den Bildern beugte. Auch war es fast, als sei ihm ein wenig schwindlig, wenn er weiterging zum nächsten Porträt. Vielleicht trank er heimlich, seit er die Tabagie fast gar nicht mehr besuchte. – Der Hof nahm es schon lange an.

Vor dem Bildnis der Frau Prinzessin von Wales, der ansbach-brandenburgischen Kusine, auf deren zarten Schultern gar so hohe Anwartschaften ruhten, verweilte König Friedrich Wilhelm nicht länger als vor den anderen Gemälden. Er prüfte es in Eile mit der gleichen Sorgfalt, die er auch den anderen angedeihen ließ. Die Damen der Königin beobachteten den Herrn nicht einmal sonderlich aufmerksam. So völlig war es vergessen, dass die Ansbacher Brandenburgerin seine erste, seine einzige Liebe war. So vorbildlich stand die Ehe des preußischen Königspaares vor aller Augen, ein Wunder an den Höfen Europas. Die Verträge waren gut. Die Königin von Preußen war die Geliebte des Königs von Preußen, war die geliebte Mutter seiner Kinder, der toten und der lebenden, der von Gott gegebenen und der von Gott genommenen. Nicht einmal der Königin kam der Gedanke, dass ihr Gatte nun zum ersten Male seit dem Abschied vor Jahren die Züge der Geliebten wiedersah. Ihm selber war es nicht bewusst, so liebte er die Fruchtbarkeit der eigenen Frau: So dankte er es ihr, dass sie Bild und Beispiel einer gottesfürchtigen Ehe möglich werden ließ in einer Welt des Lasters, des Verfalls und der Schwäche. Mochte Gott auch seine Söhne mit dem frühen Tode zeichnen: den einen hatte er gelassen, den einen hatte er zur Erstgeburt erhoben. Die selbstgewählte Erstgeburt schlug er nicht mehr. Die Verheißung bestand. Und in dieser Frau waren vielleicht noch viele Söhne gewährt.

Prüfend und kennerisch war der Herr im Reisemantel über Pesnes allerschönstes Gemälde geneigt. In seinem Herzen betete er für den Sohn – so hemmungslos vor Gott sich werfend, dass selbst die Klage und die Trauer um den jüngst verlorenen Kleinen vor dem Aufschrei seines Herzens wie gedämpft und ferne war.

Die Frau in dem Bilde vor ihm blickte, schmal und jung, in eine große Weite, und ihr suchender Blick hatte dennoch sein festes und klares Ziel. Sie trug nicht Purpur und Krone wie der Gatte und des Gatten Vater. Ihr Gartenkleid schien fast zu spinnwebfein für die flüchtigen und kühlen Sommer über dem nördlichen Meer. Sehr licht, sehr zart, sehr ernst und klar waren ihre Züge. Alles Laster um sie hatte sie nicht berührt; alle Verschwendung ihrer Umwelt hatte sie nicht verführt. All das Nichtstun um sie ließ sie noch nicht müde werden. Der Mund, vielleicht, erschien ein wenig bitter; und ihre Hände, die im Schoße lagen, wirkten leer; auch war der kühle Hauch einer harten Entschlossenheit um ihre Stirn; vielleicht aber war es nur der Meereswind, der sie umwehte.

Sie hat sich viel vom Meister Pesne erzählen lassen, während er sie malte – mehr als es sonst die Art der Frau Prinzessin von Wales war. Sie hat auch diese Frage nicht gescheut, ob der König von Preußen immer noch so schön sei. Alle Fragen, sonst in Einsamkeit verschwiegen und beherrscht, waren jetzt ein Schimmer über ihrem Bild geworden.

Der König wandte sich von diesem letzten Gemälde ab, nicht anders als von denen zuvor. Er ging der Königin nach. Es war für ihn nicht ohne Mühe, ihr so rasch zu folgen, wie sie ihm voranschritt. Wie lächerlich er sich vorkam. Er war jünger als sie. Aber bitter fühlte er sich als ein

Greis vor ihr, der Herrlichen, Starken, Verheißenden und Unerschöpflichen!

Er wusste nicht, dass so, wie er, nur verfiel, wen das Übermaß seiner Lebendigkeit bis auf den letzten Atem erschöpfte.

Er wusste nicht, dass so wie sie, kühn, unverwelklich, ungebrochen, nur blieb, wer so tot und kalt in seinem Herzen war, dass Schauer des Lebens, die seligen und die angstvollen, es nie rascher schlagen zu lassen vermochten.

Dies alles wusste König Friedrich Wilhelm nicht.

Als der König wieder neben der Gemahlin stand, sagte er etwas leise und stockend: „Nun ist es Zeit. Ich muss nun zu den Regimentern."

Darauf zog er seinen Reisemantel wieder straff um die Schultern, winkte mit dem Hut in der Hand und ging von ihr. Aber als der König den Hut in der Rechten schwenkte und dem Treppenhaus zuschritt, war es wie die Geste und das Tasten eines, der völlig abwesend ist mit seinen Gedanken oder auch von Schmerzen und von Müdigkeit benommen. Betroffen blickte Pesne ihm nach; er, der sich doch immerhin auf Gesichter verstand, bemerkte, wie gequält der Ausdruck des Herrn war. Nein, er hätte ihn so nicht malen mögen. Pesne liebte die heiteren Gesichter; und wenn auf dieser Erde die Heiterkeit nicht immer und nicht allenthalben aufzuspüren war, zum mindesten das Ebenmaß. Dieses einst blanke, leuchtende Antlitz des Königs aber war zu aufgewühlt.

An der letzten Türe wandte der Herr sich hastig um.

„Ich habe nicht von dir Abschied genommen, Fiekchen", rief er zurück, eilte auf die Königin zu, nahm ihr Gesicht in beide Hände und küsste ihre Wangen. Sie, die gerade von dem hohen Ruhm des Welfenhauses in Britannien kündete, war von so vertraulicher Anrede nicht sehr angenehm berührt. Als bäte sie ihre Umgebung um Entschuldigung, blickte sie, etwas verlegen lächelnd, alle an. Der König sah nur, dass der Mund, den er küsste, lächelte – er sah es zum ersten Male wieder seit Carl Ludwig Wilhelms Tod. Da schossen ihm die Tränen in die Augen. Neuerdings war er so unbeherrscht.

* * *

Seit der König die neue Verfassung, all die Verfügungen und Durchführungsbestimmungen mit allen ihm zu Gebote stehenden Mitteln bekanntgemacht hatte – von den Kanzeln; durch Räte, die das Land bereisten; durch umfangreiche Briefschaften und neuerdings endlich auch durch Druck, pro Dorf zwei Exemplare mindestens –, wusste der höchste

Kommissar wie der kleinste Kanzlist im äußersten Winkel der Mark Brandenburg und des Königreichs Preußen, wie all das Neue zu verstehen sei. Es gab keine Ausflucht mehr. So gründlich, so deutlich hatte der König nun selber alles erläutert. Alle vierzehn Tage forderte der König Berichte solcher Art an, wie er sie selbst als Muster entwarf und versandte: „Zum Exempel: In Preußen ist ein guter Winter und starker Frost. Es kommt viel Zufuhr und Bestand an Lebensmitteln nach den Städten. Das Holz zu dem neuen Anbau wird stark aus den Waldungen angefahren. Der Bau gehet gut von statten. Man verspricht sich eine sehr reiche Ernte. Die Kommerzien, Schifffahrten und Manufakturen beginnen zu florieren. Diese Stadt und jenes Dorf ist abgebrannt. Die Noblesse mildert unter der Hand, den Generalhufenschoss zu werfen. Gegen dieses oder jenes Edikt wird stark gearbeitet. Dieser oder jener Edelmann opponiert gegen den Lehenskanonem. Dieses oder jenes Regiment kauft Fourage aus den benachbarten fremden Landen. Die Kammer wird ihre Quartale richtig bezahlen oder sie wird es darin fehlen lassen, aber doch so gültige Gründe dafür anzuführen haben, welche Seine Königliche Majestät, vermöge der Instruktionen, werden anerkennen müssen. Oder: Es wird nötig sein, der Kammer scharf auf den Pelz zu gehen, dass sie bezahlt. Die Kammer ist sehr fleißig. Das Kommissariat auch. Die Königlichen Verordnungen und was in der Instruktion enthalten ist, wird befolgt oder nicht. In der und der Stadt sind zwanzig neue Häuser aufgebauet."

Kurz und deutlich wünschte der Herr die Berichte gefasst, „die Sache, worauf es ankommt, in wenig Worten und nerveus vorgestellt". Weh dem, der nun, da der König selbst die Muster aufgesetzt hatte, noch in gewundenen Amtsstil und die gewohnte undurchsichtige Umständlichkeit verfiel, mit der man doch nur Zeit gewinnen wollte, Trägheit und Säumigkeit zu verbrämen.

Aus diesen Nachrichten nun sollte jede Woche ein kurzer Auszug für den König ausgefertigt werden. Je höher die Behörden standen, desto häufiger verlangte er Rapport. Das Generaldirektorium aber hatte dem König jeden Abend ein Protokoll über die Tagessitzung vorzulegen, und der Herr las es am nächsten Morgen, denn er duldete nicht, dass irgendeine Entscheidung, die etwas Neues enthielt, ohne seine Genehmigung getroffen wurde.

Wille und Geist des Königs beherrschten nun alles. Er selber weilte zur Truppenrevue in Brandenburg und Havelberg. Das Generaldirektorium erledigte nach seinem Plan seine Arbeit, als wäre der Generaldirektor zugegen. Das Residenzschloss war zur Herzkammer des Landes geworden. Schöne Räume, ehedem mit kostbaren Damasten bespannt, waren zum Versammlungszimmer mit seiner Geheimkanzlei und seinem Konferenzkabinett und zu Archiven der Kriegs- und Domänenkammer bestimmt. In anderen Sälen hatte sich das Forst- und Bergwerksdepartement niedergelassen. Zwei Geschosse eines Flügels reichten nicht mehr aus; ein drittes und viertes wurden noch für die Registraturen benötigt, und der König gab ohne Bedenken Säle mit bunten Marmorsäulen und Goldledertapeten, die über den Türen goldene Vasen hatten, dafür her. Er glaubte Berlin nicht besser ersetzen zu können, was er ihm durch seine Liebe zu Potsdam entzog, als dass er die neue Behörde im alten Schloss der Brandenburger ließ. Der Sinn so weiten Planens schien ihm nun erst erfüllt. Auch die leerstehenden Hofmeisterinnenappartements waren bereits mit Beschlag belegt. Zur schnelleren Verbindung zwischen seinen eigenen Zimmern und den Räumlichkeiten des Generaldirektoriums hatte der König durch das Portal an der großen Doppeltreppe einen hölzernen Quergang ziehen und eine Wendeltreppe aufführen lassen. In diesem Hause war nicht eine Stunde mehr zu verlieren. Eilverbindungen taten not, damit nur ja keine Verzögerung entstünde. Es war ein Schloss voll arbeitender Beamter und zeichnender Ingenieure statt konversierender Höflinge. Und die Männer, die am verantwortlichsten für sein Land zu arbeiten hatten, wünschte der König von nun an immer um sich zu haben. Er wollte mit Freunden regieren, jener wunderliche König, der sich in seinem Staat das Amt eines Generaldirektors erdachte und sich in seiner Armee nicht über den Oberstenrang, den er von seinem Vater erhielt, hinaus aus eigener Machtvollkommenheit zu befördern wagte. Der Generaldirektor brauchte die Subdirektoren zu Freunden und Hausgefährten und die Oberoffiziere zu Kameraden. Es war, als ertrüge er die Größe seiner Würde nicht; und in dem, was die anderen Hausbackenheit nannten, offenbarte sich am stärksten die ganze Weite seines Herzens und seiner Gedanken. Allmählich sprachen sie von ihm meist nur noch als dem Chef. Nur Fernerstehende sagten manchmal noch Rex.

Für die Zeit seiner Abwesenheit hatte der Chef genaue Arbeitspläne für sein Generaldirektorium ausgegeben. Den Tag seiner Beamten benötigte der König von sieben Uhr ab. Alles stand in diesem Plan verzeichnet. Das Pensum war verteilt; der Tag war gegliedert; Werk und

Stunden nahmen ihren klaren Lauf. Nicht ein Zettel sollte übrig bleiben. Auf einer einzigen Sitzung des Generaldirektoriums kamen zweiundzwanzig bis sechsundneunzig Nummern zur Erledigung.

Die vom König entworfene Platzanordnung war bereits zur Selbstverständlichkeit geworden. Auf der einen Seite saßen die dirigierenden Minister, auf der anderen ihre Räte. Da man länger als bis zwei Uhr nachmittags versammelt bleiben musste – denn die auf der Tagesordnung angesetzte Zuführung des pommerschen Ernteüberschusses nach den Notgebieten des Ostens bereitete nicht geringe Schwierigkeiten –, kam eine weitere Neuerung zur Geltung. Die Herren spürten, dass sie in des Königs Hause amtierten. An alles war gedacht. Für alles war vom Wirt und Meister gesorgt. Täglich um elf Uhr ließ der Küchenmeister durch den Kanzleidiener anfragen, ob er Anstalt zur Tafel machen solle oder nicht. Schlag zwei Uhr wurden „vier gute und wohlzubereitete Essen, eben als wenn für Seine Majestät selbst angerichtet würde, nebst Bier und Wein“ nach oben gebracht. Zur Aufwartung musste jedoch ein einziger Lakai genügen, damit das Sitzungszimmer nicht mit Dienerschaft angefüllt würde. Denn die Besprechungen durften keine Unterbrechung erfahren. Damit nun dieser eine zugelassene Lakai die Bedienung auch wirklich bewältigen könne, hatte Majestät schon angeordnet, dass jedem Mitglied seines Generaldirektoriums gleich vier silberne Teller – welche bisher das Vorrecht allein der Königin waren – für sämtliche Gänge nebst einem Glas für Bier und einem Glas für Wein hingestellt werden sollten. Auch musste schon ein großer Korb zur Hand sein, in den das unreine Geschirr sofort abgestellt werden konnte. Außerdem verlangte der König, dass man in zwei Schichten speise; auch das war ganz genau vom Herrn fixiert, „wie die Halbscheid der anwesenden Chefs und Membrorum essen, die andere Halbscheid aber arbeiten könne, damit der Dienst rechtschaffen, fleißig und getreulich befördert werde“.

Gegen halb fünf Uhr, so nahm man an, würde das letzte Aktenstück erledigt sein; und da man eine derart lange Dienstzeit noch nicht gewöhnt war, begehrte man es sehr. Jedoch kurz vor vier Uhr wurde die Sitzung des Generaldirektoriums unterbrochen. Ein Diener, sonderbarerweise von der alten Madame de Montbail gesandt, verschaffte sich reichlich wichtigtuerisch und dringlich Zutritt und Gehör in der Konferenz. Dann aber hörten alle ihn in tiefstem Schweigen an.

Der König lag im Sterben.

Hundert Fragen brachen nun los. Aber jede weitere Nachricht fehlte. Frau von Montbail hatte nur ein paar flüchtige Zeilen erhalten, dass sie die Königin auf eine äußerst eilige Reise zum König vorbereiten müsse; der König sei in Brandenburg schwer erkrankt und in bedrohlichem Zustand nach Havelberg weitergefahren. Man redete von unsichtbaren Pocken und kaltem Fieber; jedoch der König sollte erklärt haben, auf unsichtbare und kalte Sachen gebe er nicht viel. Aber dennoch hatte er die Benachrichtigung gerade der alten Madame de Montbail gewünscht.

Niemand als sie und die Königin wurden zu ihm gerufen.

Vergeblich harrte das Generaldirektorium auf eine Weisung des Chefs. Es schien aber seine endgültige Order schon erhalten zu haben. Umsonst blieb man am Sitzungstisch zusammen. Für Grumbkow war das Warten voller tiefer Bitterkeit. Aber das Schauspiel des vergeblich Harrenden zu geben, vermied er mit altem Geschick. Er gedachte, die Königin der Teilnahme des Generaldirektoriums zu versichern und ihrer aller Wünsche für den König auszusprechen; er ließ sich bei der Königin melden. Aber sie kam ihm schon an der Empore vor ihren Zimmern entgegen und schritt die mächtige, auf ionischen Säulen ruhende Treppe herab, die sie überhaupt mit Vorliebe benützte. Die Königin war schon auf dem Weg zum Wagen; sie trug eines ihrer schönsten Kleider, die für die Trauer um den Jüngsten angefertigt worden waren, schwarzen Samt mit breiten Hermelinbesätzen, neumodische, sehr weite und lange französische Ärmel mit mächtigen Stulpen, ebenfalls von Hermelin, und dazu ein paar ihrer berühmtesten Perlen. Ihre Toilette durfte nicht zu reisemäßig sein. Denn es konnte geschehen, dass sie schon an eine Totenbahre trat. Die Ramen trug den Wagenmantel nach. Sonst folgte nur noch die Montbail.

In der Halle, in der die beiden weiten Treppen vom Flügel des Königs und der Königin her mündeten, erfolgte die Verabschiedung von Friedrich. Er kam der Königin entgegen, ließ seine Herren weit hinter sich und eilte zur Mama.

Die fühlte ihr Herz und ihre Hände zittern. Doch verwies sie ihn. Er dürfe nicht eilen, sie zu umarmen.

„Bewahren Sie die größte Fassung und Gemessenheit, mein Sohn. Das Schwerste – und Größte für Sie – kann mit jedem Augenblick geschehen sein. Bereiten Sie sich darauf vor."

„Ich kann nicht mit zu Papa?"

Niemals waren die Augen des Knaben so groß, seine Wangen so blass gewesen. Er war dem Weinen sehr nahe, obwohl er seinen Degen an der Seite spürte und ein Kapitän war.

„Der König hat Sie nicht berufen." Die Mutter reichte ihm die Hand; sie sah ihn an mit schmerzlich hochgezogenen Brauen; dann winkte sie ihren Damen ernst und feierlich zurück.

In seinem Zimmer warf der Kronprinz sich über den Schreibtisch und weinte – weinte, wie nur sehr verlassene Knaben weinen können. Er hatte den kleinen Bruder verloren; er sollte den Vater verlieren; und niemand war im Schloss für ihn da.

Doch: Wilhelmine.

Wilhelmine war wieder völlig gesund und ohne ihre ständige Aufsicht.

An diesem Abend saßen sie zum ersten Male Stunde um Stunde eng umschlungen nebeneinander, weinten wie Kinder und redeten verständig wie Erwachsene, so lange, bis die Léti lärmend ihren Zögling zur Nachtruhe holte und die Offiziere Seiner Königlichen Hoheit mahnend an die Türe klopften. Kaum vermochte Wilhelmine sich von dem Bruder zu reißen. Er war so neu: zum ersten Mal ihr Bruder. Doch Mama sagte ihr stets, sie dürfe in dem Bruder nur den künftigen König sehen. Morgen vielleicht war er König. –

Aber dann würde Mama sie alle beherrschen.

Mit diesem schweren Druck im Herzen ließ sie sich von der zeternden Léti zu Bett bringen.

Die Furcht vor der Mutter war noch größer als die Trauer um den Vater. Am größten war die ungeduldige Liebe zu dem einzigen Bruder. Erst an diesem Abend fand sie ihn: schmal und ernst und schön; und so klug.

* * *

Der kranke König war in die alte Propstei neben dem Havelberger Dom gebracht worden.

Groß und dunkel, gedrungen und gewaltig, ein steiles Gebirge, ein frommes Geklüft aus Wehrturm, Gewölben und Toren, ragte der Dom auf dem Hügel der Insel jenseits der Stadt, die von Elbe und Havel umflossen war. Ärmliches Fachwerk war tief an den Fuß des Domberges gedrückt. Ringsum waren weite, ebene Ufer zweier Flüsse fast wie ohne Grenzen, Maße und Formen; nur manchmal, einem fernen Schiffe gleich, leuchtete ein Streifen blauen Waldes in der Leere. Aber es war nicht mehr jener düstere, undurchdringliche, stets tief beschattete Wald, der den seltsamen Fluss bis an den Markstein des Havelberger Bistums nicht freigab, dann aber jäh von ihm ließ – den seltsamen Fluss: denn wie die Seen hohen Nordlandes und die breiten, mächtigen Ströme des weiten Ostens in einem floss die Havel dahin, unerschöpflicher Anfang und Ausbruch.

Unabsehbar rauschten und ruhten die Wasser; und der Wald verbarg ihr Geheimnis; undurchdringlich, unaufhellbar füllte er den Spiegel der Fluten. Jede Windung wurde zum neuen Wunder und Rätsel: würde sich nun der Fortgang verraten – Strom, See oder Meer?

Es war, als müssten all die Wälder noch zu Bergen wachsen, die Seen sich zu Meeren weiten, der breite Strom ins Uferlose schwellen – da, vor dem Havelberger Glockenhügel, ward er schmal und still und ebenmäßig und rann in gerader Bahn dem Ziele zu. Die Wälder rissen ab; die Seen entschwanden in plötzlicher Biegung des Laufes; ein schmales Band geduldigen, ruhigen Gewässers, verflüchtigte er sich zu Füßen des Domes, kaum dass noch Fischergärten, Fischernachen, zwischen den Weiden aufgespannte Netze, ungefüge, raue Stege seinen Ufern eine letzte Schönheit gaben. Im jähen und schweren ersten Ansturm schon verzehrt und erschöpft und versiegt, verrann die Havel in das klare, feste Bett des größeren, gleichmäßig dienstbaren Stromes, der gen Norden strebte. Ein plötzliches Versiegen war es, ein völliges Stillewerden, überklungen von Glocken und von der Wucht der Domesmauern umwehrt. An ihrer Mündung war die Havel nur noch wie ein armer Bach, aufgenommen in das große Gleichmaß und die unversiegliche Geduld.

Der Dom lag auf der freien Hochfläche des Hügels. Sein Turmhaus war wie das Wehrtor einer Burg, aus Feldgestein zu unfasslicher Breite und Höhe gefügt. Schwere Pfeiler stützten das lange, rote, hochgewölbte Kirchenschiff, umschlossen es ganz und gaben nur die tiefen, schmalen Fenster frei. Wo sie durch ihre spitzen Bögen den weitesten Ausblick zum Tale hin hatten – denn es war in ihnen nur graues Bleiglas eingesetzt, ohne Traum und Dämmer bunter, frommer Malereien – zur Stadt und zur Brücke, zum Zusammenfluss der Elbe und der Havel hin, war zwischen Dom und Propstei, vom Kreuzgang umhütet, der Friedhof der Mönche, ein üppiger Garten aus Rosengesträuch und Fliedergebüsch, aus Linden und aus immergrünem seltenem Rankenwerk, für das nur die ältesten Leute drunten aus der Stadt noch einen Namen, wohl aus des reichen Bischofs Johann Wunderzeiten, wussten.

Über der besonnten Seite dieses Friedhofs zogen die Räume des kranken Königs sich hin: ein schöner Saal auf starken Pfeilern und mit tiefen Fensternischen nach dem Kirchhofsgarten; davor, zur Treppe hin, eine offene Halle, ein Gewölbe aus noch früherer Zeit, mit reichem Zierrat einer lichten Sandsteinbrüstung. Die mündete zur einen Seite in den Aufgang, zur anderen auf einen Chor des Domes.

Havelberger Domtum
Sein Turmhaus war wie das Wehrtor einer Burg.

Vor dem Dunkelwerden kam die hohe Frau. Ihre Ankunft in Havelberg war still und doch feierlich, obwohl Königin Sophie Dorothea diesmal ohne Suite reiste und ein Empfang nicht stattfinden konnte. Aber auf der

Brücke über die Havel und den Prälatenweg hinauf zu Dom, Propstei und Schlösschen hin reihten sich die Fackelträger. Die Königin berührte gar nicht die Stadt. Dort, wo die Annenkapelle den Aufgang zum Domberg bezeichnet, erschienen Kommandeur und Bürgermeister am Wagenschlag der königlichen Kutsche und stellten es der Königin als besondere Aufmerksamkeit dar, dass kein Empfang durch militärische und zivile Behörden vorbereitet wurde. Auch alles Volk habe man mit Ernst und Eifer dazu angehalten, die Königin ungehemmt ihren Weg an das Krankenbett nehmen zu lassen. Aber der schmale Pfad und die grasüberwachsenen Stufen der groben Treppe zwischen den Gartenmauern waren in aller Eile für die Königin mit Teppichen belegt worden.

Die Ramen trug ihr, tief gebückt, den Hermelin des Rocksaums. Zur Rechten der Königin schritt der Kommandeur, zur Linken der Bürgermeister von Havelberg. Madame de Montbail, welche erst in einigem Abstand folgen durfte, wurde von dem schnell herbeigerufenen Edelmann aus dem verarmten Schlösschen geführt, darin die Königin wohnen sollte.

In alledem war die Königin durch ihren Gatten so gar nicht verwöhnt. Die Fackeln gaben ihrem Domgang Glanz. Die Gärten, schon im Welken, dufteten nach feuchter Erde, nassem Laub. Von der Ebene der beiden Flüsse her stieg Nebel auf in flachen, dichten Wolkenfahnen. Um Dom und Propstei war abermals ein Ring von hoch empor gehaltenen Fackeln. Die großen Leuchter im Kirchenschiff waren angesteckt; ins Treppenhaus der Propstei hatte man Altarleuchter gestellt.

Der Augenblick, in dem sie das Krankenzimmer betrat, war dann leider bei weitem nicht so feierlich und so bewegt, wie Königin Sophie Dorothea ihn sich ausgemalt hatte. Der König saß nämlich im Nachthemd an einem alten Sakristeitische, diktierte dem Geistlichen des Ortes und machte wohl auch für sich selbst Notizen. Ihn gegen Erkältung zu schützen, hatte man den Herrn in seinen großen, blauen Mantel gewickelt; aber der war ihm sehr lästig, und immer wieder suchte er ihn abzustreifen. Nur jetzt zog er ihn fester um sich.

„Ah, meine Frau“, sprach er leise und brach das Diktat ab. Er kümmerte sich auch nicht mehr um den Pastor, die Ärzte und die Herren seiner Begleitung, die alle die Königin zu ihm geleitet hatten. Mit beiden Händen winkte er nur seiner Frau, recht nahe zu ihm zu kommen. Jetzt sah sie erst, wie krank er doch war.

„Ich habe heute noch sehr viel zu tun“, so sagte er und blickte zu ihr auf, wie sie nun so dicht vor ihm stand, „aber morgen werde ich mich ausruhen – ich muss mich nämlich ausruhen –, und dann sollst du den ganzen Tag neben mir sitzen. Du darfst mir nicht böse sein, wenn ich viel schlafe. Aber morgen muss ich ruhen.“

Das klang krank.

Und nun geschah das Kühne, dass man Ihre Majestät auf die Seite zu führen beschloss und sich bemühte, ihr möglichst wenig verletzend klarzumachen, dass sie wieder gehen müsse; der König dürfe im Diktat nun nicht mehr weiter unterbrochen werden; unmöglich könne er zu solcher Anstrengung ein zweites Mal den Ansatz nehmen. Danach bereitete man die Königin schonend darauf vor, es gehe um das Testament, und die Königin von Preußen gab Gelegenheit, ihre Fassung zu bewundern. Unverzüglich ließ sie den Gatten mit dem Geistlichen allein. Schweigend ging sie den Herren in die Halle voran. Alle folgten ehrerbietig, sie in ihr Quartier zu geleiten.

Eine halbe Stunde vor Mitternacht wurde der Königin von dem Geistlichen das Testament gebracht, versiegelt und mit feierlicher Aufschrift versehen.

Die Königin, von der Anstrengung der raschen Reise, dem Ansturm solchen Kummers und dem bangen Warten dieser letzten Stunden nicht mehr im geringsten mitgenommen, begehrte sofort den Gatten zu sprechen, ihm zu danken und die treue Befolgung aller seiner in dem Testament niedergelegten Wünsche zu geloben.

Der König, wurde ihr bedeutet, habe aber mit der Aufsetzung des letzten Willens eine übermenschliche Leistung vollbracht. Der König müsse erst schlafen, ganz fest schlafen. Dann könne Ihre Majestät ihn vielleicht noch einmal sehen.

Was hieß das: noch einmal? Die Königin sprach jedoch die Frage, die ihr ganzes Denken erfüllte, nicht aus. Nichts als ungeheure Spannung war in ihr – nicht Angst; nicht Schmerz; nicht Sorge –. Der Überbringer des königlichen Testamentes ging. Die Königin durchwanderte von neuem ihre drei Havelberger Zimmer. Sie hielt das Testament in Händen. Sie sah die Aufschrift, dass es ihr allein bestimmt, von ihr selbst aber auch nur nach dem Tode ihres Gatten zu eröffnen sei. Der Gedanke durchfuhr sie und ließ auch nicht mehr von ihr ab, dass sie, wie auch über Tod und Leben des Gemahls entschieden war, sich herausreden wolle mit der qualvollen Erregung dieser schmerzensreichen Stunde, in der ihr das Testament des Königs überbracht ward. Hartnäckig gedachte sie zu behaupten, sie habe es erbrochen, ohne – tränenumflorten Blickes – die Zeilen der Aufschrift überhaupt bemerkt zu haben; dann aber habe sie den Inhalt in sich begraben.

Und sie brach das Testament auf. Sie las es im Stehen. Die Ramen trug einen Leuchter herbei. Die Blätter in den Händen der Königin bebten. Auch hörte man ihren Atem.

Sie war zur Regentin des Königreichs Preußen ernannt. Nie, stand verzeichnet, habe sie ihrer Würde etwas vergeben, stets ein beispielhaftes Leben geführt und in allen entscheidenden Fragen, man denke nur an die Clementschen Intrigen, die Interessen des Brandenburgischen Hauses, durch Verschwiegenheit selbst ihrem eigenen Hause gegenüber, gewahrt.

Im Übrigen, hieß es, sei für den glatten Ablauf der Geschäfte durch die neue Institution des Generaldirektoriums gesorgt; der Befehl über die Armee sei ihrem Generalissimus, des Fürsten Anhalt-Dessau Liebden, zu belassen.

Die Königin las und las. Immer noch im Mantel, hockte sie jetzt auf dem Bettrand, des Sessels nicht achtend, den die Ramen ihr zuschob. Willig folgte die Ramen ihr mit dem Leuchter.

Der Sieg der Königin war vollkommen. Doch musste sie schweigen, bis sie die Regentschaft antrat. Es war unerträglich schwer. Sie jammerte und klagte um den König. Dabei ließ sie sich nun endlich von der Kammerfrau entkleiden. Dazwischen gedachte sie in bewegten Worten daran, welch sorgende Gedanken einem König die letzten Stunden erschwerten. Und in solchen Reden verriet sie endlich gar den Inhalt des Testaments; sie sprach ihn nicht im Wortlaut aus; sie befreite nur ihr Herz. Die Ramen war nach kurzem völlig im Bilde. Die Königin rief die Kammerfrau zur Zeugin an, dass sie in ihrem Schmerz und ihrer Verwirrung die Aufschrift übersehen hatte. Die Ramen bezeugte Verwirrung und Schmerz.

Und wieder durchschritt Königin Sophie Dorothea, nun im spitzenreichen Nachthemd und die braunen Locken lose um die Schultern, die drei Räume, aus denen die Familie jenes armen Havelberger Edelmannes für die Bequemlichkeit der Königin geflohen war.

Als nun die Königin ihre nächtliche Wanderung wieder aufnahm, schrieb die Ramen – das Reiseschreibzeug wurde schleunigst von ihr ausgepackt – bei einer kleinen Kerze auf den Knien alles nieder, was sie den vorigen Reden ihrer Herrin entnahm.

Denn sie konnte ja unmöglich wissen, wie in Zukunft die Parteien sich bildeten, verfeindeten, verbündeten; und sie wollte weiter ihr Glück machen. Es war besser, wenn es zwei Ausfertigungen des Testamentes gab, namentlich, wenn König Friedrich Wilhelm leben blieb. Und wenn die Härten des Daseins es jemals verlangten, konnte man dann etwaig Interessierten einen Einblick geben, wie es um Königin Sophie Dorothea im Herzen des Königs bestellt war und was es für sein Königreich bedeutete.

* * *

Der König war in dieser Nacht nicht mehr eingeschlafen. Unruhevoll und erschöpft und manchmal auch leise stöhnend lag er auf seinem Bett. Aber er wollte allein sein. Ärzte und Bediente mussten in der kleinen Halle warten, die von hohen Mauerbogen nach der Kirche hin durchbrochen war. Von den Kirchenleuchtern drang ein heller Schein herauf, sie sollten die ganze Nacht hindurch brennen; auch auf die Brüstung der Halle waren noch Kerzen gestellt.

Das Domtor blieb unverschlossen. Gesinde, das im Notfall zur Apotheke eilen musste, hielt sich im Vorraum unter dem Glockenturm bereit und schlug sich dort ein Lager auf. Offiziere kamen in regelmäßigem Wechsel aus der Stadt herauf, sich nach dem Zustand des Kranken zu erkundigen. Vor Propstei und Dom löste die Wache sich mit dem Anbruch jeder dritten Stunde ab. Zwischen dem hohen Holzwerk des Chorgestühls in der Apsis, zu Häupten und Füßen von Bischof Johanns Grabmal, loderten in alten Kupferbecken Kohlenfeuer, denn es galt, für den König des Öfteren Tücher zu wärmen, und für die schweren, breiten Becken fand sich im Propsthaus kein Raum. Es war eine seltsame, verhaltene Lebendigkeit in der nächtlichen Kirche.

Um den Kranken herrschte tiefste Stille. Er blieb wirklich allein. Und obwohl das Testament vollendet und versiegelt war, schrieb er weiter – schrieb mit eigener Hand und diktierte nicht mehr. Er schrieb angestrengt, schrieb steil in die Höhe, von rechts nach links; Deutsch, Französisch und Lateinisch war gemischt, lateinische Worte waren mit deutschen Buchstaben geschrieben, deutsche mit lateinischen. Heimlich machte der Herr seine Aufzeichnungen, sobald der Arzt und der Diener ihn verließen, und so blieb trotz allen Spürsinns der Kammerfrau Ramen ein Schriftstück doch wirklich geheim: Friedrich Wilhelms Brief an seinen

Sohn, das politische Testament für den blutjungen Thronfolger, das Vermächtnis, das schon weit über die Zeit der mütterlichen Regentschaft hinaussah – Worte des Königs nur für den König. Hätte die Königin von diesem Testament gewusst, es wäre ihr bitter gewesen. Als der König diese Blätter unter Schmerzen schrieb, sah er seltsamerweise nie das Kind vor sich, für das er sie bestimmte, sondern immer nur den fertigen, jungen Mann, der alles von ihm fordern durfte, als hätte von nun an er ihm zu befehlen. Fast war es, als verlöre der König im Schreiben auch noch seinen letzten Sohn. Nur der fremde, junge Herrscher stand vor ihm. Dem legte er Rechenschaft ab. Dem riet er. Dem erklärte er. Den bat er. Dem verhieß er Fluch und Segen.

Manchmal nur, im kurzen, trügerischen Schweigen der Schmerzen, wurde dem König bewusst, dass er all das Schwere und Geheime, das er da schrieb, den weiten Überblick über alle inneren und äußeren Beziehungen und Verhältnisse seines Landes, einem kleinen, zarten Knaben hinterlassen sollte. Dann flössen Worte der Zärtlichkeit in seine hochpolitische Schrift. Dann sprach er auch von sich und ihm.

„Ich fange an in etlichen wenigen Stücken von meinem Lebenslauf zu schreiben. Mit Gott dem Allerhöchsten stehe ich wohl und habe vom zwanzigsten Jahre meines Alters mein ganzes Vertrauen auf Gott feste gesetzet. Also bitte ich meinen lieben Sukzessor, ein reines Leben und einen reinen Wandel zu führen und seinem Lande und seiner Armee mit gutem Exempel voranzugehen. Das ist eines Regenten, und besser zu sagen, Euer Werk. Arbeiten müsst Ihr, so wie ich es beständig getan habe; denn ein Regent, der mit Honneur in der Welt regieren will, muss seine Affären alle selber tun. Also sind die Regenten zur Arbeit erkoren.

Mein lieber Sukzessor, was wird die Welt sagen von der allgemeinen Augmentation der Armee bei Eurer Thronbesteigung – was für eine formidable Puissance Ihr von Euren Feinden seid, deren unser Haus sehr viele hat.

Meine bisherige Domäneneinrichtung hat nichts getaugt. Aber dieses Jahr habe ich das Werk mit Force angegriffen und habe angefangen zu bauen und zu verbessern. Es hat mich sehr viel Mühe gekostet, es so weit zu bringen, wie es jetzt ist; denn es ist ein großer Querstrich gegen die Privilegien des Adels, nach denen der Landesherr vom Adel dependieret; und jetzt dependieret allein alles von mir – dependieret sonder Räson – ist das nicht besser? Eure Affären stehen ja gut. Ihr habt zu viel Verstand, einen faux pas zu tun.

Nun muss ich meinem lieben Sukzessor connaissance geben von allen meinen Provinzen an Ländern und Leuten ..."

Und er schrieb dem Sohn das Buch seines Landes und Volkes, von den Menschen, Äckern und Städten, den Ämtern und den Regimentern; er schrieb von den Nöten, den Mängeln, dem Besitz, von Widerstand und Verstocktheit, von Bereitschaft und Errungenschaft, Wert und Unwert, Möglichkeit und Unabänderlichkeit; er schrieb als einer, der nichts scheute, alles prüfte, in nichts sich belog, nichts verkannte, vergrößerte, verkleinerte und in allem bereit war zu dem Dienst an den Menschen und der Erde, die Gott ihm gab, mit der ihn Gott belud –.

Härter konnte kein König über seine Untertanen richten, glühender kein Herrscher für das Wohl des anvertrauten Landes raten und warnen –.

„Mein lieber Sukzessor muss seine Länder und Provinzen jährlich bereisen, wie ich es getan habe –"

Er entwarf ihm die Charakteristik jedes einzelnen seiner hohen Beamten bis in die letzten, kaum noch fassbaren Züge –.

„Ich versichere euch, dass ich von meinen Beamten wenig Assistenz gehabt habe. – Also habe ich in den verflossenen neun Jahren nicht mehr tun können –"

Er enthüllte vor ihm die ganze Qual, den ganzen Fluch, die ganze Unentrinnbarkeit der europäischen Traktate: „Die Traktate, die ich schließen musste, sind mein Tod. Und daran bin ich krank geworden. Ich vergebe es als ein Christ. Aber Gott wird meine Partner finden." Er hämmerte dem Sohn und Erben ein, was einzig und allein der Ausweg sei, den tödlichen Verflechtungen sich zu entziehen: Die Waffe, der Schatz, das Wort Gottes. „Folgt meinem Rat; der ist gut; ich habe alles selber aus der Erfahrung: Wohlstand eines Regenten ist, wenn sein Land gut bevölkert ist. Menschen sind der rechte Reichtum eines Landes. Von jedem Menschen, der in einem ungerechten Kriege geblieben ist, müsst Ihr einmal Rechenschaft geben. Bedenkt, wie scharf Gottes Gericht ist. Lest die Historie, da werdet Ihr sehen, dass die ungerechten Kriege nicht gut abgelaufen sind. Da kann mein lieber Sukzessor sehen die Hand Gottes. Vor Gott Rechenschaft tun, das ist eine harte Sache."

Unter dem Vorwand steigenden Ruhebedürfnisses hatte der König nach dem Alleinsein verlangt. Aber schreibend brachte er die Nacht hin.

Schmerzen und Mattigkeit, Unruhe und Beängstigung des Herzens waren groß. Aber es war so wohltuend und mehr als alle Menschenreden tröstend, dass er nun so im geheimen nur mit seinem Sohne sprach. Mit jeder Zeile, die der König schrieb, wurde der Sohn ihm älter und älter, wurde ein junger Obrist, ein stämmiger Junker um die zwanzig Jahre, ein Mann im gleichen Alter wie der König – der einzige, zu dem er sprechen durfte, sprechen musste, nun es an der Zeit war.

Denn die Kräfte des Königs waren erschöpft – überschätzt und vergeudet; oder aber: von Gott selbst versagt. Der „liebe Trux" war ja im Dienste schon des Königs von Preußen aufgerieben und verzehrt, war auf der Höhe der Jahre gestorben: ein Opfer endloser Ritte durch seines Königs Unglücksland, unermüdlicher Ritte und Fahrten im östlichen Winter –. Und was war die Fron beim König von Preußen, gemessen an der Schwere des Dienstes, den der König von Preußen vor seinem größeren Herrn tat!

In dem frühen Zusammenbruch blieb nur die eine Hoffnung: der Sohn. Mit einem Male war er riesengroß für ihn herausgehoben vor allen anderen Menschen, die des Königs Zeit bisher unablässig verlangten; hervorgehoben auch vor den wenigen Helfern, die über der Schwere ihres Amtes zugrunde gingen, wie der „liebe Trux". Nur die Mutter war noch, die den Sohn zur Reife hingeleiten sollte, die fruchtbarste der Königinnen, die Regentin über eine menschenarme Erde. Die anderen mit ihren Fragen, Forderungen und Verlangen blieben nun fern.

Nichts war mehr da als die Frau und der Sohn.

Er selbst, der Herr, war ausgelöscht.

Was waren die Pläne, die er entwarf, für die er kämpfte? Voranschläge und Berechnungen, die Gott ihm frühe aus der Hand nahm, ohne ihm ein Zeichen zu gewähren, welche er verwerfen, welche er ausführen lassen werde!

Jede Stunde konnte Gott ihn aus dem Werk abrufen. Das war ihm nun deutlich gewiesen.

Aber auch der letzten Stunde musste der König noch dienen in der Erwartung solchen Rufes.

Das war die Wehmut und die Weisheit des kaum Dreißigjährigen, war eine Fügsamkeit und ein Wissen, die ihm seinen Leib verzehrten, der tausendfach der Fruchtbarkeit seiner armen Erde verschrieben war.

Er ahnte nicht, dass er auch jetzt, von allen Ärzten aufgegeben und sterbend geglaubt, auf dem Lager zwischen Dom und Mönchsfriedhof, schöpferischer war als in den Tagen glühendsten Lebens.

Er hatte kaum auf Schönebeck das Buch geschrieben, wie der Bürger und der Beamte seines Landes heranzubilden sei, da schrieb er, der

Verächter aller Federfuchser, in der Havelberger Propstei nun einen großen Nachtrag, einen zweiten Band, nämlich, wie ein König wird.

Jede Zeile quoll von eigener Erfahrung über. Jeder Ausspruch war mit eigenem Leiden, eigener Tat besiegelt.

Nun mochte in den kühlen Domesmauern die frühe Stille über ihn kommen, die er, von Erschöpfung und von Schmerzen aufgerieben, selbst in dieser Stunde noch nicht ganz als sein Geschick begriff. Alles in ihm drängte noch zur Zukunft, und nur dieses war Erleichterung, dass sie vor ihm war als ein Bild, als ein Mensch, als der Sohn, der eine, der ihm noch gelassen war. Nun war der näher noch als der Freund in Dessau, näher noch als die Frau –.

So gab es in der schweren Nacht im Havelberger Dom zweierlei Aufzeichnungen seines letzten Willens: das Testament für die Frau, das Testament für den Sohn. Das erste genügte der Sitte. Es war mit Zärtlichkeit, Achtung und Dankbarkeit geschrieben und durchsetzt von dem großen Irrtum seiner Liebe. Im anderen, das so ernüchtert, so enttäuscht, so voller Zweifel von den Menschen sprach, war der Ruf Gottes laut geworden, der an die Könige der Erde ergeht: den Sumpf in wogendes Feld, den Sand in blühende Gärten und Sünder in Gotteskinder zu verwandeln.

* * *

Der König glättete die Blätter, er faltete das Bündel sauber zusammen. Noch in der endenden Nacht rief er nach Ewersmann, es zu versiegeln, und nach dem Geistlichen, es zu verwahren.

Er glaubte, nun sei keine Zeit mehr zu verlieren. Ewersmann erschrak sehr, als er in dem Spitzbogengewölbe die Kerzen am Bette des Königs immer noch brennend fand. Fast waren sie schon hingeschmolzen. Der König wurde vom Diener aufs Neue gebettet. Die Ärzte wurden wach und sahen nach ihm. Manche waren sehr verschlafen und hatten auf ihrem in der Halle eilig und notdürftig hergerichteten Lager so elend gelegen, dass sie sich nun kaum recken konnten.

Der Leibarzt blieb mit Ewersmann allein beim König. Die anderen schickte er hinaus. Sie sollten ihn am Morgen ablösen. Sie glaubten dem Vorwand sehr gern.

Der König schlief ein. Doch war es kein Schlaf der Genesung. Der König schlief tief, wie benommen. Er stöhnte im Schlaf. Seine Zähne knirschten. Seine Füße zuckten.

Ehe er die Kerze mit einem Lichtschirm verdeckte, sah der Leibarzt noch, wie der Herr im Schlaf verfiel. Harte Schatten setzten sich um seine Augen ab. Die Arme lagen steif und schwer auf die Decke gepresst; die Adern an den Händen waren sehr geschwollen.

Er wollte eine harte Kur mit ihm versuchen. Das beschloss der Leibarzt des Königs mit sich allein. Er sann über das Mittel.

Um die Dämmerung schickte der Leibarzt den Diener zum Küster. Die Glocken sollten nicht läuten. Der Herr musste schlafen. So kam der Morgen über Havelberg herauf, und zum ersten Male blieben die Glocken des Domberges stumm. Dadurch blieb der Schlummer auch der Königin ungestört. Sie schlief lange, denn die Nacht war über der Wanderung der Königin durch ihre Räume fast hingegangen. Natürlich war die hohe Frau beim Erwachen sehr erschrocken. Aber die Ramen vermochte sie schon zu beruhigen. Lächelnd beugte sie sich zu der Herrin: „Der König schläft."

Die Königin zeigte sich sehr glücklich und entlastet, schien aber gar nicht sehr ruhig.

Die nächste Botschaft, die Ewersmann brachte, besagte, dass der Schlummer Seiner Majestät nicht gut sei, gar nicht gut.

Der Leibarzt, von dem Regimentsarzt abgelöst, war selbst zur Apotheke in die Stadt hinuntergegangen und ließ sich wohl an hundert Büchsen reichen. Er sann noch immer über dem Mittel. Denn er kannte die Krankheit noch nicht.

In Havelberg redeten sie den ganzen Morgen davon, dass die Glocken droben heute nicht geläutet hatten und dass der Leibarzt, als er vom Prälatenweg her über die Brücke zur Apotheke hinab kam, keines Menschen Gruß erwiderte und keine Frage beantwortete.

* * *

Die Leute in den Dörfern an der großen Landstraße über Friesack und Glöwen nach Havelberg hatten es sich entgehen lassen, dass die Königin an ihnen vorübergefahren war. Das größte Ereignis seit Menschengedenken – nun war es dahin. Nun hatte man das Nachsehen und konnte nur darüber reden. Reden, das kann man ja zum Glück noch immer.

Weil man aber vom Leben eines Hofes nun fast gar nichts wusste, kam man gar nicht auf den Gedanken, dass auch in den nächsten Tagen noch reiche Kutschen aus der Hauptstadt folgen könnten. Nach ihnen hielt man nicht erst Ausschau. Aber die Kutschen kamen doch; früh, mittags, gegen Abend; es flitzte und polterte nur so durch die Dörfer. Die

Leute gingen nun nicht mehr von den Gartentüren und den Scheunentoren weg. Um die Melkzeit schrien die Kühe vergeblich.

Die erste Kalesche hatte zum galonierten Kutscher auch noch drei Lakeien; einen auf dem Vordersitz, die beiden anderen hinten auf. Im offenen Wagen, ganz von Staub umwölkt, saßen zwei hohe Herren, aber nur der eine von ihnen in prächtigem Reisemantel und Hut.

Die im Dorf zerbrachen sich vergeblich den Kopf und rieten müßig und sehr aufgeregt herum. Später kam ein Junge aus dem Nachbardorf gelaufen. „Das Gespann hat an unserer Schmiede gehalten! Ein Pferd hat seinen linken Hinterhuf verloren! Die Herren sind an unserer Schmiede ausgestiegen! Ein Lakai hat uns gesagt, wer sie waren: Der mächtigste Minister! Und der Alte Dessauer!"

Da wurden sie alle zur Seite getrieben. Mitten durch den Haufen Kinder donnerte die nächste Kutsche, ein hoher, dunkler, etwas altmodischer Kasten. Den geistlichen Herrn hatte niemand gesehen. Der Prediger Roloff lehnte tief im Winkel seines Wagens.

Professor Gundling aber war untröstlich, dass er in seiner großen Aufmachung einen elenden Karren, wie er nicht mit Unrecht sagte, zur Reise nach Havelberg benutzen musste. Jedoch der erste Sold seines neuen Amtes bei Hofe reichte zur Equipage noch nicht aus.

Wenn das Poltern des Wagens es nicht nahezu unmöglich machte, unterhielten sich Herr von Grumbkow und der Fürst von Anhalt-Dessau, den er selbst herbeigerufen hatte, sehr lebhaft. Seit Grumbkow sich als Gegner Clements so bewährte, war der Fürst viel aufgeschlossener. Unvermeidlich war, dass sie die Frage der Regentschaft berührten. Gehörten sie in den Regentschaftsrat? Welche Vollmachten lagen bei Ihrer Majestät? Der Generalissimus betrachtete den Minister; der war nicht von der Art, die er liebte: zwar war er groß und voll, doch ohne Kraft; zwar waren seine dunklen Augen beherrschend, leuchtend und bedeutend, doch von einem zu schimmernden, feuchten Glanz. Sein Mund war zu weich, zu schön und zu voll. Der Dessauer konnte sich Grumbkow, trotz des hohen militärischen Ranges, den er bekleidete, nie als Offizier vor seinem Regiment vorstellen. Es war kein gutes Zeichen, wenn der Fürst von Anhalt-Dessau dies an einem Mann entdeckte.

Herr von Grumbkow konnte es dem Fürsten nicht so ganz verschweigen, dass er nicht in dem vollen Maße, wie man seit dem Falle Clement annahm, Partei mit der Königin war. Gerade um ihretwillen trüge er, versicherte er der Durchlaucht, manche Sorge um das Land. Das brachte ihn dem Fürsten näher.

In der Frage, ob ein Testament vorhanden sei und was es enthalte, spitzte alle Sorge und Erwägung sich zu.

In Havelberg war ihr erstes, dass der Fürst und der Minister Ihrer Majestät ihre Aufwartung machten. Zur Stunde befand sie sich in der Propstei bei dem Patienten; und während er schlief, schrieb sie Briefe; Briefe nach England und sogar an die verbannte liebste Frau Hofmeisterin, die hübsche, respektlose, indiskrete Blasspiel. Es war genug aus dem zu ersehen, was Königin Sophie Dorothea selbst sich nur als ungefähre Andeutung dachte.

Gerade als die Königin von ihrem Schreibplatz aufsah, öffnete Ewersmann die Tür für den Arzt. Draußen sah sie den Fürsten und Grumbkow; und jedes Bündnis, das mit Grumbkow je einmal gegen Clement geschlossen wurde, war im Augenblick vergessen und verschmäht. Sie wollte die Generalität und die Ministerien, personifiziert in diesen beiden, in einer Stunde, die ihr alle Macht verhieß, nicht auf dieser Schwelle sehen. Sie glaubte gerade der Geschlechter sicher zu sein, die ihr Gemahl die vornehmsten und schlimmsten nannte, nämlich der Schulenburg, Alvensleben und Bismarck mit ihrer hannoverischen Politik. Sie fühlte sich stark genug, einem Fürsten von Anhalt standzuhalten, der es, wie der Gatte und der Zar, immer mit den kleinen Leuten hielt und gegen die großen Herren auftrat. Der Gedanke an seinen Schwedter Neffen und dessen brandenburgisches Erbrecht, wenn Friedrich etwas zustieß, war ihr furchtbar. Ach, ihr, ihr Sohn galt manchem als zu schwach, um seine Großjährigkeit zu erleben!

Aber stärkte nicht der König selber sie, die Regentin, gegen Anhalt und Schwedt? Auch nach den Reichsgesetzen hätte der Schwedter in das Testament als Mitregent eingesetzt werden müssen! Vertraute der Gatte, als er es unterließ, so fest darauf, dass sie nach seinem Tod noch einen Sohn gebären würde?

Königin Sophie Dorothea stützte sich auf ein Testament, dessen Inhalt sie nicht kennen durfte. Sie hielt sich an einen Adel, der Welfenpolitik gegen seinen brandenburgischen Herrn trieb. Sie fieberte vor Stolz, welche Macht ihr vom Gatten zugedacht war; und sie legte sich Rechenschaft darüber ab, für wen und gegen wen sie diese Macht und solches Vertrauen gebrauchte. Sie wollte nur endlich eine wahre Königin und nicht die Frau eines Plusmachers sein, der sich mit „Kläffern“ umgab!

Heftig legte sie die Feder hin, stand auf, trat vor die beiden Mächtigsten des Staates und schloss hinter sich die Tür zu dem Saal mit dem Kranken.

Mit so stolzer Miene, wie sie sie ihnen gegenüber noch niemals angenommen hatte, erklärte die Königin fast ungezogen, der König lasse sich jetzt nicht sprechen. Der Zustand, in welchem er sich befinde, mache für den Augenblick die Gegenwart der Herren in Havelberg, die sie aber dankbar vermerke, ganz unnötig. Daher würden sie wohl daran tun, wieder nach Berlin zu gehen, um dort alles in Ordnung zu halten, falls es der Vorsehung gefallen sollte, über den König anders zu gebieten.

Der Fürst von Anhalt wollte ihr darauf antworten. Allein die Königin unterbrach ihn und sagte ihm, sie sei so niedergebeugt, dass sie ihn unmöglich anhören könne.

Schrecken und Unruhe ließen Grumbkow nicht einen Augenblick mehr ruhen. Er sah sich von hannövrischem Adel verdrängt. Er eilte zum Kommandeur, er meldete sich bei dem Geistlichen an. Er musste in Erfahrung bringen, was nur zu erfahren war. Er stürmte davon. Der Fürst – sonst leicht gereizt und hochfahrend – war still. Er ging sehr langsam hinaus. Nun würde er den Freund vielleicht nie mehr sehen.

Draußen, vor der Mauerumhegung des Domes und seiner alten Bäume, auf der freien Höhe über dem Tal der beiden Flüsse war eine steinerne Bank. Dort saß der Generalissimus, als wäre er ein Träumer geworden.

Den schmalen Weg vom Mal der Wundertränen von Wilsnack und der Sankt-Annen-Kapelle her kam der Prediger Roloff herauf.

Der Fürst hielt von Kirche und Pfaffen nicht viel, auch wenn er den Choral „Ein' feste Burg“ gern als des Herrgotts Dragonermarsch gelten ließ. Aber der hier war anders. Das wusste er vom Freund, dem König. So sprach er ihn an; er wollte mit einem reden, der zu dem König gehörte; er brauchte einen, zu dem er von dem Freunde sprechen konnte.

„Wird er denn leben? Halten Sie es denn für möglich, dass der König nicht stirbt?“ drang der Fürst in den Pastor.

Der antwortete ruhig: „Wenn der Tod nicht nur der Sold der Sünde ist, sondern auch die letzte Erfüllung unseres irdischen Auftrags – dann wird der König noch leben.“

Damit ging er unverzüglich zum König und wurde auch vorgelassen. Der König war erwacht. Er sah den Prediger sehr aufmerksam an und bat die Königin mit freundlichem Wort und äußerst höflicher, wenn auch sehr schwacher Geste, ihn mit dem Geistlichen allein zu lassen. Dann fragte er: „Steht es denn so mit mir, dass Sie von selber kommen?"

„Manches wissen die Ärzte nicht, Majestät, darum bin ich hier."

Der Pastor hatte nun nicht minder oft als der Leibarzt des Königs an Sterbebetten gestanden. Der vor ihm war kein Sterbender. Es war noch nicht das Stillewerden der Erfüllung. Die erste Stille war es, ohne die kein Schaffender beginnen kann: der Verzicht auf allen Glauben an die eigene Kraft, auf das Vertrauen auf den eigenen Plan; auf Lohn, Verdienst, Vollendung und Bestand; auf die Enthüllung des Sinnes, der nicht erkannt und nur geglaubt sein darf. Die erste Stille war es, in der Gott zu reden beginnt mit dem Menschen. Davon sprach er zu dem Herrn und dachte, als sie nun beide schweigend verharrten: Der König hat sehr viel verloren. Der König hat auf viel verzichtet, sein Wille ist sehr oft gebrochen. Er muss vielleicht die Königin verlieren. Sie ist die Welt, die sein Herz noch ganz umschlossen hält; denn der eine Sohn gehört einem König wohl nie. Er wird leben, um das Herz von dem letzten zu reißen. Er wird leben, um das Äußerste zu vollbringen, das ein König tun muss, den Gott in seine Hände gezeichnet hat, sichtbar vor allen und nur dem Gezeichneten selber verborgen. – Der König brach das Schweigen; er sagte: „Der Arzt soll mir ein neues Mittel geben."

* * *

Der Leibarzt hielt das neue Mittel schon bereit. Es hieß Ipecacuanha und war im Wesentlichen belanglos.

Der König musste erst vorbereitet werden, damit er es einnehmen konnte. Darüber verging eine Stunde. In ihr empfing der König den Professor Gundling. Der Herr bestand darauf.

Gundling nahm auf gar nichts Rücksicht. Er vollführte ein fürchterliches Theater.

„Oh, über die zünftige Wissenschaft!" rief er aus. „Ich werde Majestät untersuchen, ich!"

Und er tat, als taste er die schmerzenden Stellen ab.

„Oh, seht, seht, was ich da finde! Dieser schmerzende Strang von Adern – natürlich vom Herzen her! Seine Majestät leiden an verwundeten Gefühlen! Seid alle meine Zeugen! Oh, wo waren eure Augen, meine Herren Kollegen aus der hohen Medizin? Diese Nervenstränge, brennend und entzündet, kommen vom Kopfe her, direkt aus der Mitte der Stirn! Verwundete Gedanken sind es, meine Herren medici, verwundete, zerrissene Gedanken! Seine Majestät der König von Preußen geruhen an etwas völlig Neuartigem zu leiden! Ich musste kommen, es zu entdecken! Denn es war – und eben dieses weiß nur ich – ein Halbjahrtausend ante Christum natum ein König –"

Der König lächelte.

Gundling sah ängstlich auf des Königs Lächeln, so pomphaft er auch gestikulierte. Es entschied seine Zukunft.

Der Leibarzt, gute Miene machend zu dem bösen Spiel, bemerkte, so unzulänglich wie Kaltes Fieber und Unsichtbare Pocken sei des Geschichtsprofessors neue Diagnose nicht. Man könnte vielleicht Nervenkolik sagen.

Der König nahm Ipecacuanha ein. Er erbrach sich sehr.

„Weg mit den Fetzen der verwundeten Gedanken!" triumphierte Gundling, wenn der König sich erbrach. Dabei überlegte sich der Professor aber schon wieder eine seiner schönen antikischen Parallelen, die er dem König, wenn er nun genas und unterhalten sein wollte, zu erzählen gedachte. Diesmal sollte sie mit einem Worte des Pythagoras anheben: „Jeder Mann muss, um sein Leben gut zu vollenden, vier Dinge vollbracht haben: er muss ein Buch geschrieben, einen Baum gepflanzt, einen Sohn gezeugt und ein Haus erbaut haben."

Der Herr hatte tausend Bäume gepflanzt und aber hundert Häuser gebaut; er hatte einen Sohn gezeugt und nun gar auch ein Buch geschrieben, wie ein Land zu regieren ist und wie ein König wird.

Aber für einen König schien dies alles nicht genug zu sein. Er musste mehr vollbringen. Sein Leben war mit alledem noch nicht „gut vollendet".

Das Ipecacuanha hatte es entschieden.

* * *

Ohne die Krisis abzuwarten, reiste der Prediger Roloff nach Berlin zurück; für ihn war der Spruch über Tod und Leben des Herrn schon gefällt.

An seinem Wagenschlag erschien noch einmal der Fürst.

„Sie rechnen so fest damit, dass er am Leben bleibt, Hochwürden?"

„Das Wort ‚rechnen', Durchlaucht, darf für mich nicht vorhanden sein. Dort drüben am Dom liegt einer, der aufgehört hat mit dem Rechnen. Ich nenne das eher Anfang als Ende."

Dem Fürsten lag noch mehr am Herzen.

„Hochehrwürden – wenn er nun lebt – nicht wahr, man kann doch nicht zu einem kaum genesenen Freunde gehen und ihm sagen: ‚Du, hör einmal, ich muss dir die Augen öffnen über deine Frau.' Und dann kann man überhaupt gar nichts mitteilen – sie ist, was man edel nennt, ist befähigt, mütterlich, reiner als eine ihresgleichen rings –."

„Niemand als Gott kann da die Augen öffnen, Gott, dem die Sünder näher sind als die Gerechten. Wir dürfen uns zu diesem Dienst nicht drängen, Durchlaucht. Er könnte sich leicht zum politischen Schachzug verwandeln."

Die Pferde zogen an.

Der Fürst von Anhalt-Dessau konnte nur noch leise für sich murmeln: „Nicht wahr, das meine ich auch."

Plötzlich empfand er wieder, als bestünde da ein Zusammenhang, seinen alten, guten Hass gegen Grumbkow. Doch musste er im Gasthof „Zur Stadt Magdeburg" noch mit ihm logieren. Denn sie hatten gemeinsam beschlossen, so lange in Havelberg zu bleiben, bis man von dem Zustand des Königs etwas Gewisseres zu sagen vermochte.

Grumbkow kam erst spät vom Nachtmahl, das er beim Kommandeur eingenommen hatte. Auf der langen Straße zur Elbe hinunter, zwischen Gasthof und Kommandantur, trat aus den Pfeilern des Zeughauses die Kammerfrau der Königin zu dem Minister.

Ach, wie sie sich ängstige! Wie sie den Beistand Seine Gnaden so nötig brauche! Ahnungen peinigten sie, als wären sie Wirklichkeit! Manchmal müsse sie fremde Dinge niederschreiben, als schrie sie ihr einer ins Ohr – Dinge, die sie selbst gar nicht verstehe! Oh, wie solle sie es nur Seiner Gnaden erklären – was nur damit beginnen!

Sie rief, flüsterte und klagte und drückte Grumbkow das Bündel Zettel in die Hand und flüchtete mit leiser Klage ins Dunkel zurück.

Im Gasthof „Zur Stadt Magdeburg", einsam beim Wein, las Grumbkow die Abschrift des königlichen Testamentes.

Dann klopfte er an der Kammer des Fürsten. Der saß noch angezogen auf dem Bettrand, den Kopf in die Hände, die Hände auf die Knie gestützt.

„Wir sind nicht im Regentschaftsrat", flüsterte der Minister, kaum dass er eingetreten war; und nun erzählte er die nächtliche Begegnung und legte zum Beweis dem Fürsten die Abschrift auf die Knie. „Es ist ein Donnerschlag für uns, Durchlaucht! Sehen Sie denn nicht voraus, dass über kurz oder lang die vormundschaftliche Regierung unvermeidlich sein wird – so unmäßig wie der König ist, so wenig wie er auf seine Gesundheit verwendet? Wir müssen die Übermacht der Königin untergraben, den König dazu bringen, sein Testament zu widerrufen."

Eigenmächtig verbrannte der Fürst die Blätter an der Kerze, ganz nachlässig, vom Bettrand aus. Die Kerze stand auf einem tiefgewölbten Kupferteller; auf den fielen nun Ruß und glimmende Fetzen.

„Das Geschreibsel einer Kammerfrau darf man ja wohl en bagatelle behandeln –."

Das war alles, was er dem entsetzten Grumbkow sagte.

Dem half die höfische Beherrschung nicht mehr. Er stammelte: „Es ist die wortgetreue Abschrift –"

Der Dessauer lächelte. „Wenn mein Freund mich seine Schriften wissen lassen will, bedarf es keiner Kopien –"

Es sollte nicht leicht sein für den Herrn, wenn er genas. Neue Feindschaft entstand, nun zwischen den Bewährten.

Aber das war ja das Neue: Der König erwartete nichts mehr; er rechnete nicht mehr; er baute auf nichts Menschliches mehr. Das eben war die Krankheit – oder die Genesung.

Diese Nacht sollte darüber bestimmen.

* * *

Tage hindurch waren Morgen, Mittag und Abend über Havelberg nicht eingeläutet worden. Am übernächsten Tage, am Sonntag, durften die Glocken seinetwegen nicht mehr schweigen; so befahl der König. Auch sollte der Gottesdienst wie stets im Dom stattfinden. Man wehrte sich aus allerlei Rücksichten sehr dagegen; aber der König hatte die gereizte Beharrlichkeit des Genesenden ins Treffen zu führen. Die Glocken riefen zu der Stadt hinunter, und über die Brücke zum Prälatenweg hinauf strömten die Menschen. Noch niemals hatte hier ein Kirchgang von solchem Ausmaß stattgefunden. Die Bürger dachten die Königin und Herren des Hofes zu sehen. Die Soldaten wollten am Dessauer vorbeimarschieren. Wie wenn die Bienen in den Wipfeln der blühenden Linden summen, so war es; genauso klangen die Schritte, das Flüstern, das leise Rufen für das Ohr des Königs, der, von dem Domplatz abgeschieden, seine Fenster offenhalten ließ.

Die Glocken verklangen, das Raunen verstummte, die Orgel und die Chöre füllten Dom und Propstei. Der König hörte das Singen. Dann war es ihm auch, als ob er den Hall der heiligen Worte aus der Kirche bis zu seinem Lager hin vernähme. Dabei las er in der Schrift und fand das Gebet: „Eins bitte ich vom Herrn, das hätte ich gerne: dass ich im Hause des Herrn bleiben möge mein Leben lang, zu schauen die schönen Gottesdienste des Herrn und seinen Tempel zu betrachten.

Denn er deckt mich in seiner Hütte zur bösen Zeit, er verbirgt mich heimlich in seinem Gezelt und erhöht mich auf einem Felsen; so will ich in seiner Hütte Lob opfern, ich will singen und Lob sagen dem Herrn.

Gib mich nicht in den Willen meiner Feinde; denn es stehen falsche Zeugen wider mich und tun mir unrecht ohne Scheu.

Ich glaube aber doch, dass ich sehen werde das Gute des Herrn im Lande der Lebendigen."

Es war unendlich ruhevoll, genesend, fern dem Thron und der Krone, so nahe dem Altar und dem Kreuz zu liegen, so ruhevoll wie nichts, noch nichts in seinem jungen Königsleben war.

Er lauschte dem frommen Gesang und hörte Gottes Wort wie ein Geheimnis hinter feierlich geschlossenen Türen reden. So nahe war Gottes Haus. Er brauchte sich nur zu erheben und die Halle zu überschreiten, da sah er von der Brüstung in den Dom, auf die Kerzen, das Kreuz und die Beter. Aber noch war er zu matt. Und nur sein Herz füllte sich immer sanfter und schwerer mit den geweihten Klängen und Bildern.

Man müsste die Schlösser der Könige neben die Hütten Gottes bauen, dachte der Herr – er, der vor den sieben dunklen Kirchen Brandenburgs geflohen war.

* * *

Nach dem Gottesdienst hielt Ihre Majestät Empfang. Denn auch der Adel rings um Havelberg war erschienen, um an den Dankgebeten für die Genesung des Königs in großer Höflichkeit trotz aller Kühle des gegenseitigen Verhältnisses teilzunehmen. Daran hatte König Friedrich Wilhelm nicht gedacht: dass sie in dem Gottesdienst auch dafür dankten. Nun kam es ihm die alte Montbail sagen.

Sie wurde als erste wieder vorgelassen. In den Tagen seiner furchtbaren Schmerzen und Schwächezustände, seit ihrer Ankunft, hatte der Herr sie noch nicht gesehen. Er scherzte: „Nun bin ich ihnen wohl zahm genug, Madame?"

Sie blickte lange auf den Abgezehrten, sehr Verfallenen und lächelte unter Tränen. Dann gab sie ihm Briefe vom Fritzchen. Noch einmal war die Hugenottin die Botin zwischen Vater und Sohn, obwohl der nun den Kriegern übergeben war. Der Prinz und seine Gouverneure, seine erste Gouvernante, die Kriegsveteranen und die Glaubensheldin, wirkten aufs friedlichste und freundlichste miteinander, damit nur ja der Kranke in Havelberg willkommene Botschaft erhielt.

Das Fritzchen ließ dem lieben Papa übermitteln, es lerne jetzt aus dem „Theatrum Europaeum".

„Ach", seufzte der König, „aus dem ‚Theatrum Europaeum' habe soeben auch ich erst gelernt, liebste Montbail –"

Aber die wollte jetzt nur die Briefe des kleinen Prinzen beachtet wissen, denn Fritzchen meldete, die Königin wisse dem lieben Papa ein paar schöne Rekruten nachzuweisen; nur dürfe sie nicht erfahren, dass er es ihm angezeigt habe.

Der Prinz übersandte dem Vater die Liste seiner Kadettenkompanie, dankte für einen neuen Kadetten, den er bekommen hatte, und sprach die Hoffnung aus, der Rekrut werde bald so wachsen, dass er in des Königs berühmtes Bataillon Garde kommen könne.

Auch erstattete er genauen Bericht über seine Kompanie, die überaus gut exerziert und „so gut gefeuert hat, dass es unmöglich besser sein kann".

Endlich sollte es den kranken, lieben Papa freuen, zu hören, dass sein Sohn einen Hasen erlegt und sein erstes Rebhuhn geschossen habe. Das Fritzlein schrieb mit kindlicher Hand, aber in Ausdrücken, wie ein alter Kapitän sie gebraucht haben würde.

Nur eine Niederschrift war zart und fast ein wenig feierlich gehalten. Die Montbail hatte dem König einen kleinen französischen Aufsatz aufgeschlagen, den der Kronprinz aus eigenem Antrieb verfasste.

Das dünne Heftchen trug den Titel: „Lebensweise eines Prinzen von hoher Geburt" und begann mit einem Psalm.

„Wenn er nur nicht der Einzige wäre", flüsterte traurig der König, obwohl er eben noch sehr glücklich lächelte.

Da beugte sich die alte Montbail über ihren einstigen Zögling, bedenkenlos mit aller höfischen Sitte brechend.

„Die Königin hat mich beauftragt, es Eurer Majestät zu übermitteln; sie glaubt an eine neue Schwangerschaft."

Der König schloss die Augen, so, als käme die tiefe Müdigkeit der vergangenen Tage wieder über ihn. Als er mitten im harten Richten stand; als die Diebe aus seinem Schloss, der Kastellan und der Schlosser, am Galgen hingen; als zur Nacht das Volk sich vom Richtplatz verlief und Clement kam und ihm den nahen Untergang verkündete – da hatte er fern von allen Sehnsüchten des Blutes und fern von allen Schrecken des Gerichtes das Kind, das neue Leben, angesichts der Vernichtung und des Unterganges begehrt. Unter den geschlossenen Augenlidern tropften große Tränen über seine Wangen in die Kissen. Aber nun lächelte der König wieder. „Ich bin noch immer recht anfällig", entschuldigte sich der Herr. Und weil er sich schämte, ließ er die Augen fest zugepresst. Die alte Montbail konnte keinen Blick von dem geliebten Zögling wenden. Sie dachte: Ein Mann braucht sich der Tränen nicht zu schämen. Es kommt nur darauf an, aus welchen Tiefen des Herzens sie strömen.

Er schlief und schlief, und sie hielt alle Frager von ihm fern, selbst Ihre Majestät, die eine so große Gewalt über Geist und Willen des Gemahls zu haben glaubte. Aber sie besaß nur sein Herz.

* * *

Der König war wieder in Berlin. Man merkte es am vielen Köpfeschütteln. Nein, war das ein Herr! So viele Einfälle hatte die Krankheit ihm eingejagt, dass er niemand mehr zur Ruhe kommen ließ. Jetzt, auf einmal, als alles gut und vorbei war, konnte er gar nicht genug von seinem schweren Anfall reden; nicht etwa, was sein Befinden anging; das war es nicht. Aber er hatte in die Mängel der medizinischen Wissenschaft einen tiefen Einblick gewonnen. Der Leibarzt, der ihm Ipecacuanha gegen die „Nervenkolik" eingegeben hatte, war jetzt sein ständiger Tischnachbar bei der Tafel. Aus diesen Gesprächen, aus den unmittelbaren Eindrücken der eigenen Krankheit erwuchs die neue Gesundheits-Gesetzgebung. Unverzüglich wurde ein Sanitäts-Rat gebildet, zumal die Pest in Ungarn und in Siebenbürgen wütete und jeden Tag in Preußisch-Litauen eingeschleppt werden konnte. Das neue Medizinal-Kollegium hing vom König unmittelbar ab und wurde je nach Bedarf in den verschiedenen Landesteilen eingesetzt. Ein Ober-Sanitäts-Kollegium war die verwaltende Zentralbehörde; Provinzial-Sanitäts-Kollegien in den Hauptprovinzen hatten den Auftrag, den Gesundheitszustand der Bevölkerung zu überwachen. Strengste, ununterbrochene Aufsicht wurde vom König auch für die Ausbildung der jungen Ärzte gefordert. Es sollte keine Feldscherer, marktschreierische Heilkünstler, ungelehrte Heilgehilfen und ärztliche Handwerker mehr geben; nur noch chirurgische Ärzte sollten zugelassen sein, auch für die Armee. Die Not mit den Ärzten im Lande Preußen war so arg geworden, dass der Herr gar selber einmal einen Doktor Eisenbart durch eine Art ehrenvollen Steckbriefes zu einem kranken Offizier hatte rufen lassen müssen. Die Charité sollte man ihm mit Operations- und Entbindungssälen zu einem Musterkrankenhaus des ganzen Landes machen.

Ein Theatrum Anatomicum war schon begründet, der Plan des alten Königs von dem Sohne finanziert und verbessert. Die Kadaver aller Gehenkten und Enthaupteten wurden hier eingeliefert; die Leichname der Soldaten auch. Die chirurgischen Ärzte hatten zwangsweise im Theatrum Anatomicum zu erscheinen. Wurden Frauenleichen aus dem Spandauer Spinnhaus zerschnitten, so waren die Hebammen herbeizuholen, auch wenn sich ihre Nachbarinnen in der Gasse noch so vor den Leichenschänderinnen grauten.

Schon drang die Kunde zu dem König, dass die Wehmütter gar kläglich barmten, das hieße ja ein großes Kindersterben als Strafe des Himmels heraufzubeschwören, wenn man sich so an den Toten vergriff! Der Herr möge in sich gehen – er, dem die Kinder im deutlichen Gottesurteil so dahinschwanden. Schon wurde auch dem König hinterbracht, dass der erste Professor seiner Anatomie, ein frommer Mann, in Wahnsinn verfiel. In seinen Phantasien rang er mit den Leichen, die er sezierte. Das fand der König grausig und traurig. Aber Sektion musste sein. Davon ging er nicht ab. Er wies auf die Einbalsamierung der Fürsten hin; da gehe ja auch ein grimmiges Zerschneiden voran. –

Er hatte verstanden, dass in seiner schweren Krankheit und in der Kunde von der Schwangerschaft der Gattin die Worte „Tod“ und „Geburt“ mit neuer Klarheit und Schwere zu ihm gesprochen worden waren.

Er wollte die Toten zerschnitten und zerstückelt haben, damit er das Leben leichter gewönne und besser erhielte. Er kämpfte unnachgiebig um den neuen Plan. Gott ließ ihn leben, dem Lebendigen zu dienen. Er glaubte, er werde „das Gute des Herrn sehen im Lande der Lebendigen“.

Er hatte den Havelberger Psalm nicht vergessen.

* * *

Es gewann den Anschein, als wäre der König für alle seine Untertanen krank gewesen, als hätte er alle ihre Leiden und ihr Alter bedacht. In einem noch nie dagewesenen Maße beschloss er, für die Alten und Kranken zu sorgen. Seine Apotheke aus Silber und Glas wurde bedeutend erweitert, ausgebaut und reich dotiert; dafür hatte sie Medikamente für den Hofstaat bis zum letzten Küchenjungen, die Riesengarde, das Kadettenkorps, die fünf Berliner Regimenter, die Invaliden, für Lazarette und Krankenhäuser und vor allem für alle Verlassenen, Verarmten und Vertriebenen zu liefern. Offiziere und Beamte erhielten die Medikamente für das halbe Geld; den Minderbemittelten wurden sie unentgeltlich zugeteilt. Man begann, den neuen Fonds die Kranken-Kasse zu nennen.

Auch Tod und Trauer bedachte der König in der Erinnerung an die Havelberger Krankheit oft. Alles war ihm nur Antrieb zur Tat. Er, der die Friedhöfe in den Städten eingestampft hatte, verfügte: Trauer darf höchstens auf das erste halbe Jahr des allergrößten Schmerzes ausgedehnt werden. Bei jeder Art von Trauerfall muss es ganz einheitlich gehalten sein. – Witwen der im Staatsdienst tätig gewesenen sollten künftig Pensionen beziehen. Wenn sie sich wieder verheirateten, war es aber besser. Die Waisen aber brauchten am meisten Fürsorge: ein Vaterhaus, ein großes, lichtes, warmes Haus mit Essen und Trinken, Kleidung, Lehre, Leitung, Gebet und Gesang!

Da fuhr der König wieder nach Potsdam. Er ließ die Steine der abgetragenen alten Marienkirche auf dem Harlungerberg bei Brandenburg nach Potsdam bringen; den Goldschatz aus dem Morgenlande hatte man vergeblich unter ihren Trümmern in all dem armen Sande gesucht. Er wählte Baumeister, Lehrer und Hauswalter, Knechte und Mägde, gab Gärten und Weiden, Tafeln und Schieferstifte und Bücher, Strümpfe und Schuhe und Bibeln. Er schenkte gar die große Uhr vom Turme seines eigenen Schlosses. Es schien, als wäre er allen Witwen und Waisen gestorben und als würde das Vermächtnis ausgeteilt. So zitterte die Nähe des Todes in ihm nach. Dieses Bild, gestorben zu sein, trug er im Herzen. Danach handelte er. So tastete er sich zurück in Leben und Tat.

* * *

Als sie die Erde für das Grundgemäuer des Waisenhauses ausgehoben und in hohen Wällen aufgeschichtet hatten, war König Friedrich Wilhelm selbst zugegen, obwohl der Arzt ihn vor der kühlen Witterung warnte. Denn nun ging das Jahr dem Ende zu, und es wurde dunkel über dem Land. Der Erdball hatte sich von der Sonne gekehrt; die Erde verlor allen Glanz, die Luft erfüllte sich mit kaltem Hauch, das späte Laub fiel von den Bäumen, und kahles Geäst zeigte das letzte, starre, bleibende Gesicht der einst wogenden, rauschenden, leuchtenden Wipfel. Es war ein stiller, kühler Tag, fast ganz im Nebel. Nur einzelne Büsche waren noch mit bleichen, überzarten blassgelben Blättern behängt.

Der Herr ging schweigend vor den Baumeistern her. Es war Feierabend, und sie kehrten mit ihm heim zum Schloss, in dem er ihnen das würdigste Quartier gegeben hatte, denn er hatte sie weit hergeholt und manchen Widerstand besiegen müssen, der sich gegen ein Unternehmen erhob, in dem „in erster Linie Militärpersonen die Einrichtung machen und die Aufsicht führen müssten". Anderes Werk als Soldatenwerk trauten sie dem Potsdamer nicht zu. Aber wo nur je ein großes Stift für Waisen errichtet worden war, dessen Erbauer sich noch finden ließ, rief der König ihn her.

August Hermann Francke – 1663 – 1727

Aus dem Lande war es nur einer: der Stiftsbaumeister Franckes in Halle, jenes August Hermann Francke, dessen Predigt zu Berlin Friedrich Wilhelm einst von Anfang bis Ende stehend angehört hatte: so fühlte er sich als junger Prinz von etwas Neuem, Hohem angeredet.

Den Hallenser, der schon ein sehr alter Mann war, winkte sich der Herr an seine Seite.

Er sollte ihm nun auch eine Kirche bauen.

Der König redete nicht davon, dass er vor Brandenburgs Kirchen geflohen war und eine neue Stadt sich gründete auf Sumpf und Sand, wie einer einen neuen, schweren Pakt abschließt. Nun stand die neue Stadt im Ringe ihrer ersten, festen Mauern.

Der König sagte nur: „Nun will ich eine Kirche bauen."

Und als hätte er noch seine jähe, rasche Art, als wäre noch das Cito! Cito! ungebrochen in ihm, besprach er auf dem Weg vom Bauplatz des Waisenhauses zum alten Schlosse schon den neuen Plan. Er wollte die Kirche ganz nahe am Schloss, doch lichter als jenes, höher, weiter und klarer.

Als wollte er neu beginnen vor Gottes leuchtendem Antlitz und näher bei Ihm – so war es im Herzen des Königs. Aber das verschwieg er; auch dachte er es nicht; er hatte Genüge am Bilde des Kirchbaus. Er wollte das Kirchtor ganz dicht am Portal seines Schlosses. Es sollte nur noch wie ein einziger Schritt sein durch ein einziges Tor vom Königsschloss zum Gotteshaus, vom Gotteshaus zum Königsschloss.

Sie überquerten die herbstliche Wiese hinter dem Schloss, die Wiese, auf der die erste Kirche seiner neuen Königsstadt Potsdam sich erheben sollte: eine Hütte Gottes bei den Menschen der Mark Brandenburg, ganz nahe dem Hause, in dem er nun unablässig wieder schaffen, rüsten und beginnen wollte gemäß dem neuen Bund mit Gott, der alle Rechnungen der Menschen durchkreuzt, aber auch jenen Schein zerreißt, auf dem die Schuld der Menschenkönige aufgeschrieben steht.

Das Wort, das König Friedrich Wilhelms heißes Herz mit einem Zittern erfüllte, das Wort des zwölfjährigen Jesus im Tempel, blieb unausgesprochen und wie in einem Schauer gemieden, obwohl er doch ein Mann war am Anfang der dreißiger Jahre, und das nannte der Herr eine starke, gute Zeit für einen Mann; aber er sagte es wie einer, der schon sehr tiefen Einblick in alle Schwäche und Vergänglichkeit besaß.

Das Wort, vor dem sein Herz erbebte, war: „Wisset ihr nicht, dass ich sein muss in dem, das meines Vaters ist?"

* * *

Soweit Teil **1** des Romans von Jochen Klepper

* * *

Der Teil **zwei** beginnt:

Die aufgehende Sonne

Denn wer weiß,
was der für ein Mensch werden wird nach dem König,
den sie schon bereitgemacht haben?
Denn wer weiß, ob er weise oder toll sein wird?
Und soll doch herrschen in aller meiner Arbeit,
die ich weislich getan habe unter der Sonne.

Die Bibel

Der König hielt den kleinen Sohn auf den Knien. Das Mahl war beendet. Er hatte das Prinzlein einfach von dem Nachbarstuhl zu sich herübergehoben. Sein Hulla pflegte nämlich bei jeder Mahlzeit zur Linken des Vaters zu sitzen. Dieser Platz kam zwar dem Kronprinzen zu, und es gab viel Gerede über solch willkürliche Abänderung des Zeremoniells – aber Majestät ließ sich nun einmal nicht irremachen. Das Bürschlein August Wilhelm schwatzte gar zu süß. König Friedrich Wilhelm wollte sich in keinem Falle darum bringen lassen, ihm zu lauschen. Unterhaltungen mit dem großen Sohn waren während der Tafel nicht das Rechte. Fritz war auch hier unablässig von der Vorbereitung auf das Amt des Königs von Preußen in Anspruch genommen. Hofmeister und Gouverneur saßen dem Thronfolger zur Seite. Der Hofmeister und der militärische Erzieher bewachten jedes Wort und die geringste Geste mit Güte, Strenge und Gerechtigkeit; denn solche Erzieher hatte der König seinem Nachfolger gegeben. Der blutjunge Major Friedrich von Hohenzollern war blass und schien ein wenig überanstrengt. Ernst und freundlich sah der Vater zu dem großen Sohn hinüber, während er, ein wenig gedankenlos, mit Friedrichs Brüderchen spielte.

„Kleiner Wicht, ich soll dir schon wieder erzählen? Ich muss doch aufs Pferd, muss nach den Bauten sehen! Ach, was nicht gar, schon wieder die dumme Geschichte, wie du in Berlin ankamst? Die ist doch schon abscheulich langweilig, närrischer Tropf! Hundert Kanonenschüsse haben den Papa zu Tode erschreckt, gerade als er in Potsdam zum ersten Mal in seinen neuen Garten ging. Was sollte der Papa da anders denken, als dass die Türken ihm Berlin zerschießen?! Aber wie er nun hinüberreitet mit dem großen Säbel –", und nun fasste er das Bratenmesser, wischte es ungeniert an der Serviette ab und tat, als stäche er das Bürschlein in den Bauch – „da ist nur ein kleines, rosiges Ferkelchen da. Und gleich machte der Papa sich ans Schlachten!"

So, nun wussten sie es beide: Jetzt ging die Geschichte nicht weiter; hier war sie unwiderruflich zu Ende, und Papa brach zu den Bauten auf. Und die ganze Tafelrunde wusste es auch; und die Königin erhob sich nahezu befreit. Sie liebte diese derbe kleine Komödie zum Dessert nicht sonderlich. Mitunter kam dann das Gespräch auf die Tage der Geburt ihrer Kinder überhaupt, und die entfernteste Anspielung auf die Geburt Anna Amaliens bereitete der Königin unsagbare Pein, obwohl nun schon an drei Jahre darüber hingegangen waren.

Die Königin hatte sich die fünfte Tochter nicht gewünscht. Damals, als sie nach der schweren Krankheit des Königs, die ihr die Einsetzung zur Regentin verhieß, nicht den ersehnten zweiten Sohn, sondern Luise Ulrike geboren hatte, war sie angesichts des bitteren Sohnessterbens ihrer vielen Töchter müde geworden. Den Sohn, den zweiten Sohn, begehrte sie, ihre machtvolle Stellung zu erhalten, zu befestigen.

Zwei Jahre später kündeten die hundert Böller dem Gatten in den Gärten Potsdams diesen zweiten Sohn. Von nun an verlangte Sophie Dorotheens Herz nach keinem Kinde mehr. Die hohe Pflicht am Hause Brandenburg war ganz erfüllt. Der toten Söhne ward nicht mehr gedacht. Die Königin wollte reisen, viel in England weilen, Band und Bote zwischen den Thronen ihrer Häuser zu sein…

* * *

In der maritimen **gelben Buchreihe** sind bisher folgende Bände erschienen:

Band 1e Begegnungen im Seemannsheim Lebensläufe und Erlebnisberichte – auch als ebook
Band 1e Begegnungen mit Seeleuten – zwei Ausgaben: schwarz-weiß in Softcover oder farbig Hardcover
Band 2e Seemannsschicksale – Anthologie – Seefahrerportraits – auch als ebook
Band 3e Seemannsschicksale – Erlebnisberichte von See – nur bei amazon + als ebook
Band 3e Seefahrerportraits – Erlebnisberichte von See
Band 4e Seefahrt unserer Urgroßväter unter Segeln – auch als ebook
Band 4e-1 Alfred Tetens Segelschiffreisen um 1850-70 – Die Seefahrt unserer Urgroßväter
Band 5 Capt. Feiths Memoiren – Ein Leben auf See – auch als ebook
Band 5e Emil Feith: Vom Kümo-Moses bis zum Alten – Softcover mit farbigen Seiten
Band 6 Seemannserinnerungen – Anthologie – auch als ebook
Band 9 Endstation Tokyo – Achtern raus in Japan – nicht mehr lieferbar
Band 10 Jürgen Ruszkowski: Rückblicke – Himmelslotse im Seemannsheim – auch als ebook
Band 14 Schiffselektriker in Cuxhaven – auch als ebook
Band 17 Schiffskoch Ernst Richter – nur bei amazon und als ebook
Band 17e Ernst Richter: Vom Schlachter im Erzgebirge bis zum Schiffskoch in Emden
Band 18 Seeleute aus Emden und Ostfriesland – Anthologie – nur bei amazon und als ebook
Band 18e Seeleute aus Emden und Ostfriesland – Erlebnisse von See
Band 19 Das bunte Leben des Matrosen Uwe Heins – auch als ebook
Band 20 Kurt Krüger: Matrose im 2. Weltkrieg – nur bei amazon und als ebook
Band 22 Jörn Hinrich Laue Frachtschiffreisen – nur bei amazon + auch als ebook
Band 23 Jochen Müller: Geschichten aus der Backskiste Masch.Assi bei DSR – ebook
Band 29 Logbuch – Anthologie mit Seemannsschicksalen – nur bei amazon + auch als ebook
Band 30 Günter Elsässer: Schiffe, Häfen, Mädchen - Trampfahrt um 1960 – auch als ebook
Band 31 Thomas Illés d. Ä. Sonne, Brot und Wein - 1 - Tagebuch eines Seglers - auch ebook
Band 32 Thomas Illés d. Ä. Sonne, Brot und Wein - 2 - Tagebuch eines Seglers - auch als ebook
Band 33 Jörn Hinrich Laue: Hafenrundfahrt Hamburg – nur bei amazon + auch als ebook
Band 34 Peter Bening: Roman Seemannsliebe – auch als ebook
Band 35 Günter George: Junge, komm bald wieder... aus Bremerhaven – auch als ebook
Band 36 Rolf Peter Geurink: Seemaschinist um 1960 – nur bei amazon + als ebook
Band 37 Hans Patschke: Frequenzwechsel – Funker 1932 – 1970 – auch als ebook
Band 39 Hein Bruns: In Bilgen, Bars und Betten – Roman – auch als ebook
Band 40 Heinz Rehn: Kanalsteurer – plattdütsche Texte – auch als ebook
Band 41 Klaus Perschke: Vor dem Mast – Seefahrt um 1953 – auch als ebook
Band 42 Klaus Perschke: Seefahrt um 1956 Ostasienreisen Nautiker 1958 – auch als ebook
Band 44 Lothar Rüdiger: Flarrow, der Chief Trilogie Maschinenassistent – auch ebook
Band 45 Lothar Rüdiger: Flarrow, der Chief - Trilogie Wachingenieur – auch ebook
Band 46 Lothar Rüdiger: Flarrow, der Chief – Trilogie – Ziel erreicht: Chief – auch ebook
Band 47 Seefahrtserinnerungen – Anthologie – auch als ebook
Band 48 Peter Sternke: Erinnerungen eines Nautischen Beamten – nur bei amazon + ebook
Band 49 Jürgen Coprian: MS FRANKFURT – Salzwasserfahrten 1 Ostasienreisen – ebook
Band 50 Jürgen Coprian: MS FRIEDERIKE TEN DOORNKAAT – Salzwasserfahrten 2 – ebook
Band 51 Jürgen Coprian: MS WIEN + NORMANNIA – Salzwasserfahrten 3 – auch als ebook
Band 52 Jürgen Coprian: MS VIRGILIA – Salzwasserfahrten 4 – auch als ebook
Band 53 Jürgen Coprian: MS COBURG Salzwasserfahrt 5 – auch als ebook
Band 54 Jürgen Coprian: MS CAP VALIENTE - Salzwasserfahrten 6 – auch als ebook
Band 55 Jürgen Coprian: MS BRANDENBURG – Salzwasserfahrten 7 – auch als ebook
Band 56 Ommi Neslül: Schiffsingenieur, Bergungstaucher, Flieger –
Band 58 Klaus Perschke: Seefahrt um 1960 unter dem Hanseatenkreuz - Nautischer Offizier - auch ebook
Band 59 Jörn Hinrich Laue Unterwegs auf Passagier-, Fracht-, Fährschiffen – auch ebook
Band 60 Kuddel Senkblei: Wasser über Deck und Luken – Seefahrt in den 1950-60ern – ebook
Band 61 Franz Döblitz + Ernst Richter: Service an Bord – auch als ebook

Band 62 Bernhard Schlörit: Hast du mal einen Sturm erlebt? – auch als ebook
Band 63 Carl Johan: Das glückhafte Schiff – Seefahrerroman – auch als ebook
Band 64 Bernd Herzog: Opas Seefahrtszeit – als Maschinist – auch als ebook
Band 66 Bernhard Schlörit: Auf dicken Pötten um die Welt – auch als ebook
Band 67 Arne Gustavs: Schiffsjunge um 1948 – auch als ebook
Band 68 Ernesto Potthoff: Segelschulschiff LIBERTAD – auch als ebook
Band 69, 70, 71 Ernst Steininger: Seemann, deine Heimat ist das Meer – auch als ebook
Band 74 Fritz Gromeier: Freddy, der wilde Heizer – zur Zeit nicht lieferbar
Band 75 Jürgen Ruszkowski: Aus der Geschichte der Seemannsmission – nur als ebook
Band 76 Heribert Treiß: Rudis Weltenfahrten 1936 – 1948 – auch als ebook
Band 77 Bernhard Schlörit: Verdammte Container – auch als ebook
Band 78 Otto Schulze: Briefe aus Fernost – 1907 – Teil 1 – auch als ebook
Band 79 Otto Schulze: Briefe aus Fernost – 1908 – 1912-13 – Teil 2 – auch als ebook
Band 82 Kapitän und Kanallotse Herbert Suhr – 1912 – 2009 – auch als ebook
Band 83 Joseph Conrad – Seefahrer und Schriftsteller – auch als ebook
Band 85: Jürgen Coprian: FRANCESCA – SAXONIA – nur bei amazon + als ebook
Band 90: Jörn-Hinrich Laue: Fährschiffe – nur bei amazon + als ebook
Band 91: Segelschifffahrt um 1850-70 – Richard Wossidlo – nur bei amazon + als ebook
Band 92: Kaiserliche Marine 1890 – nur bei amazon + als ebook
Bände 93 + 94: Willi Franck: Kadett – Marineoffizier 1895 – 1907 – nur bei amazon + ebook
Band 98: Der Mensch auf dem Wasser – Kulturgeschichte der Schiffe – nur bei amazon + als ebook
Band 99 Jürgen Ruszkowski: Hamburg – eine liebenswerte Stadt – nur bei amazon + als ebook
Band 100: Seefahrt und Post – nur bei amazon + als ebook

---

weitere Bände sind inzwischen erschienen oder geplant
Nicht maritime Bände in der gelben Buchreihe:
Band 11: Diakone des rauen Hauses: „Genossen der Barmherzigkeit“ ebook
Band 12: Diakon Karlheinz Franke – Autobiographie – auch als ebook
Band 13: Diakon Hugo Wietholz,: Autobiographie – auch als ebook
Band 15: Zeitlebens im Gedächtnis – Deutsche Schicksale um 1945 - Wir zahlten für Hitlers Hybris – ebook
Band 15e Kriegsende 1945 und die Folgen – Wir zahlten für Hitlers Hybris – Zeitzeugenberichte
Band 26: Monica Maria Mieck: Liebe findet immer einen Weg – Kurzgeschichten – ebook
Band 27: Monica Maria Mieck: Verschenke kleine Sonnenstrahlen – Kurzgeschichten – ebook
Band 28: Monica Maria Mieck: Durch alle Nebel hindurch – besinnliche Kurzgeschichten – ebook
Band 38: Monica Maria Mieck: Zauber der Erinnerung – besinnliche Kurzgeschichten
Band 43: Monica Maria Mieck: Winterwunder – Weihnachtstexte – auch als ebook
Band 65: Johann Hinrich Wichern – Geschichte des rauen Hauses –ebook
Band 72: Kirche im Nachkriegs-Mecklenburg – Anthologie – auch als ebook
Band 73: Horst Lederer: Pastoren in Grevesmühlen (Mecklenburg) – auch als ebook
Band 80 + 81: Norbert Mieck – Lyrik – auch als ebook
Band 84 Geschichte des Elbdorfes rissen – nur bei amazon + auch als ebook
Band 86: Jürgen Ruszkowski: Neubau der Stadtteilschule rissen – nur bei amazon + auch als ebook
Band 87-sw: Jürgen Ruszkowski: Wiedersehen mit Schwerin – nur bei amazon + auch ebook
Band 87-farbig: Jürgen Ruszkowski: Eine Reise nach Schwerin – nur bei amazon + auch ebook
Band 88-sw: Jürgen Ruszkowski: Wiedersehen mit Sylt – nur bei amazon + auch als ebook
Band 88-farbig: Jürgen Ruszkowski: Eine Reise nach Sylt – nur bei amazon + auch als ebook
Band 89: Jürgen Ruszkowski: Werde ich wirklich gerne alt? – nur bei amazon + auch ebook
Bände 95 + 96: Heinrich Boehmer: Der junge Luther – nur bei amazon + auch als ebook
Band 97: Der singende Luther – nur bei amazon + auch ebook
Band 97e: Luther und Frau Musica – Vater des evangelischen Kirchengesangs
Band 101 Jürgen Ruszkowski Standortfindung eines alten Mannes – nur bei amazon + auch ebook
Band 101e Jürgen Ruszkowski Standortbestimmung Gedanken eines alten Mannes
Band 102: Horst Lederer: Leben in Mecklenburg nach 1945 – nur bei amazon + auch ebook

---

Jürgen Ruszkowski's gelbe Reihe - Band **139e** Teil 1 Jochen Klepper: **Der Vater** - König Friedrich Wilhelm I

Band 102e Horst Lederer: Alltagsleben nach 1945 in Mecklenburg

Direktbezug beim Herausgeber: Reste aus Eigendruck für je 13,90 €, soweit oben nicht anders erwähnt, im Inland an Privatpersonen portofrei

Jürgen Ruszkowski, Nagelshof 25, D-22559 Hamburg,
Tel.: 040-**18090948** – **maritimbuch@googlemail.com**

Info: **www.maritimbuch.de** oder http://maritimbuch.klack.org

https://sites.google.com/site/maritimegelbebuchreihe/home

http://maritimegelbebuchreihe.klack.org/ oder http://zeitzeugenbuch.klack.org oder http://seemannsschicksale.klack.org oder http://seeleute.npage oder http://seefahrt1950-60er.npage.de oder http://seamanstory.klack.org oder http://seeleute.klack.org oder http://salzwasserfahrten.npage.de/ oder http://seefahrer.klack.org

Druck:
Customized Business Services GmbH
im Auftrag der
KNV Zeitfracht GmbH
Ein Unternehmen der Zeitfracht - Gruppe
Ferdinand-Jühlke-Str. 7
99095 Erfurt